Les Temps qui viennent

ISBN : 978-2-35593-155-0

Pascal Galodé éditeurs
18, rue de Toulouse
35400 Saint-Malo
http://pascalgalodeediteurs.com

Bérengère de Bodinat

Les Temps qui viennent

roman

Pascal Galodé
éditeurs

À Bruno
À mes enfants, Ludivine, Alexandre,
Et mon petit Adrien
Avec tout mon amour.

«… Les temps étaient sur le point de changer, un cycle de 13000 ans initié au moment de la fin de l'Atlantide arrivait à son terme, et l'axe de la Terre commençait à glisser doucement vers une géométrie nouvelle… Toutes les forces noires mises en œuvre dans les âges lointains tremblaient à l'aube d'une nouvelle lumière, prêtes à jeter leurs plus occultes sciences dans la balance pour protéger le territoire sur lequel elles régnaient depuis des millénaires… Un à un leurs secrets se défaisaient dans la clarté cruelle des consciences humaines.
Les temps étaient venus où les puissances de l'ombre et les puissances de la lumière étaient appelées à fusionner bien au-delà de notre dimension terrestre… Or pour nombre de magiciens et d'adeptes des princes des Ténèbres, pour ceux qui avaient vendu leurs âmes contre le pouvoir et les richesses illimités, ceux qui, dans les sombres caves de Turin et de Prague, versaient le sang exaltant de leurs jeunes victimes, la fusion signifiait la fin de la dichotomie, des âges noirs, et leur disparition programmée. Aussi, dans un ultime sursaut, mettaient-ils tout en œuvre pour activer les obscurs courants qui les avaient consacrés dans leurs rôles de divinités occultes… À tous les niveaux de la Hiérarchie de l'Ombre, des plus humbles aux plus élevés, l'énorme machine à broyer les âmes montait en puissance, avec une énergie extrême propre aux situations désespérées… »

NATHAN ABRAMOVIC,
LE SILENCE EXPLOSÉ, 2001

Les Temps qui viennent

Plus une nation est civilisée, cultivée, plus l'effluve de magie inconsciente qu'elle émet et accumule dans l'atmosphère qui l'environne est extraordinaire et puissante.

Raja Yoga et Occultisme,
Textes théosophiques

… C'était une de ces nuits si sombres que l'on ne voit plus sa main quand on l'étend devant soi, une nuit où l'on se sent soudain relié à des sources si lointaines qu'on en a le vertige, une de ces nuits où les forces obscures déploient depuis les confins du monde une puissance menaçante, où l'on s'enroule sous les couvertures avec une lampe allumée pour conjurer ce qui rôde dehors…

Cette scène est-elle issue de la part imaginaire du cerveau droit de la petite fille assise dans le fauteuil du grenier, est-ce une projection de ses tourments, l'aboutissement de toutes ses peurs, un rêve se déployant dans les ombres, quelle en est la part de réalité ? Si c'est un rêve, il a l'odeur des feuilles mouillées, un parfum d'humus et de liliacées… elle se souvient de la lune triomphante, auréolée de fumées bleues, ronde comme une pierre de plage de la côte d'Opale, jetant des ombres à tous les arbres déployés. Pas le moindre bruit, elle en était sûre, jusqu'au grondement grandissant qui emplit soudain la nuit… Même la chouette se taisait.

Cachée derrière le chêne du milieu, minuscule silhouette tenue secrète par les branches basses, elle avait froid d'attendre elle ne savait quoi, scrutant la façade de la vieille maison brillant sous la lune. Elle surveillait les ombres mouvantes déployées sur le fronton du château et tressaillit quand elles se rassemblèrent soudain autour du dragon de pierre.

La lourde porte d'ébène sculpté cassa l'obscurité en s'ouvrant, un rayon bien précis de lumière jaune traça ses marques sur le gravier impeccable. Elle cessa de respirer. Une longue voiture arrivait, ses phares trouaient la nuit, les carreaux des fenêtres étroites se mirent à pétiller fugitivement… Les ombres bougeaient et se rassemblaient en direction des lumières mouvantes et du ronronnement du moteur.

L'atmosphère s'emplit d'un frémissement d'expectative tandis que le monstre noir glissait jusqu'au porche. Le silence fut soudain total, silence d'apnée avant la tempête. Ils retenaient leur souffle…

La jeune femme apparut telle une déesse du Nord, presque transparente, lorsque l'homme surgi de nulle part ouvrit la portière. Son regard ne lui appartenait déjà plus. Jetée dans une autre dimension, elle avait abdiqué son existence, ses souvenirs et ses désirs… Pourtant au fond d'elle-même une bribe de conscience, lumineuse, la ramenait à son enfance… Elle fredonnait une comptine en se balançant dans le vieux fauteuil du grenier…

Le moment était arrivé, les monstres allaient fondre sur elle pour la dévorer…

La petite fille sous la lune ferma les yeux et la jeune femme se dirigea vers la porte ouverte. Des regards avides, froids convergèrent vers la mince silhouette nimbée d'or tandis qu'elle s'avançait, somnambule gracieuse, et que la foule s'écartait dans les murmures et les soupirs…

Elle n'était plus que proie prédestinée, victime des lignages et des rituels. Brièvement une silhouette dans l'assemblée la fit tressaillir, elle eut accès à des réminiscences lointaines, elle entendit un appel, comme un cri jaillissant d'une source claire, mais l'emprise était trop forte…

La porte se referma derrière elle dans un claquement définitif. Les ombres avaient rejoint l'assemblée…

Les lumières se voilèrent et se tordirent.

Les visages tournaient autour d'elle…

Les prédateurs jetèrent leurs masques.

L'heure du sacrifice était venue.

Derrière le chêne du milieu, dans un soupir, la petite silhouette se dissipa en fumée…

Première partie

LA CONVERGENCE

I

Venise, quelques jours avant…
Arielle de Thal

Mes yeux découvrent dans le Ciel ce qui sera et je franchis le temps d'un seul pas. Une main me guide vers ce que vous ne voyez ni ne savez.

PROLOGUE AU *PROTOCOLE SECRET DES PROPHÉTIES*,
JEAN DE JERUSALEM

Cette nuit, j'ai fait un rêve qui n'était pas un rêve.

… Je m'étais endormie, la fenêtre grande ouverte sur le jardin en contrebas, l'ogive de la fenêtre se découpant sur le ciel clair de Venise, tourmentée de mille questions sans réponses. Je me sentais à un carrefour de ma vie, suivant ma voie sans très bien savoir si elle me menait où j'avais envie d'aller. Cette étrange impression de me retrouver les mains vides, et surtout le cœur libre de tout désir, perdurait depuis des semaines. Blottie dans mon lit, je fixais sans me lasser les masses nuageuses passant rageusement dans le ciel avant que le sommeil ne m'entraîne vers l'oubli…

Soudain au cœur de la nuit silencieuse quelque chose me réveilla, l'esprit aux aguets, un mouvement dans les draps qu'une petite main aurait tirés. Une présence habitait la chambre, se rapprochait de moi. Je scrutais les ombres en vain. Mon cœur battait si violemment que j'avais du mal à respirer. Je me sentais transformée en pierre, ma densité intérieure changea, les draps bougèrent… La présence s'était glissée en moi… une impression de bête obscure en convulsion. Un parasite maléfique. J'aurais voulu crier, appeler à l'aide, mais de ma gorge impuissante ne sortit qu'un étrange son rauque qui s'étrangla sur lui-même.

Je me répétais : je dois, je dois garder les yeux ouverts et guetter ce qui se passe.

Les nuages passaient au ralenti sur le clair-obscur de la fenêtre, le fauteuil s'était fondu en une masse sombre, tel un monstre endormi, un silence compact figeait les ténèbres.

Dans cet état crépusculaire entre le rêve et l'éveil, paralysée mais intensément consciente de cette singulière invasion, c'est le sommeil qui finit par me sauver. Les impressions demeurèrent si fortes que je me réveillais avec la claire certitude, dans mon corps et dans mon âme, d'avoir approché l'étrange et plus encore que l'étrange, le Mal. J'avais encore des frissons d'avoir navigué entre deux niveaux de conscience, dans un espace où les sensations n'ont pas la même valeur.

L'écrasement, l'air trop épais pour respirer me renvoient au rêve de la pièce octogonale, qui m'a poursuivie pendant tant d'années de mon enfance. Je me retrouvais, alors toute petite fille, incarcérée dans un lieu oppressant dont les parois métalliques se refermaient sur moi en tournant, inexorablement, sans que rien ne puisse les arrêter. Détail bizarre qui participait à mon asphyxie, les parois étaient entièrement recouvertes de billets de banque verts. J'en voyais clairement les chiffres qui me cernaient dans une luminosité de clair-obscur et l'air continuait à se comprimer autour de moi, anormalement dense, épais, tandis que les parois se rapprochaient... Les billets me menaçaient de je ne sais quel tourment, je ne pouvais m'échapper du piège et le pire allait arriver. C'est alors que je me réveillais dans une odeur d'ozone, soulagée d'avoir échappé au cauchemar mais encore imprégnée de l'étrange sensation de revenir d'un monde étranger, où la densité et la lumière étaient autres. Je voyais ce rêve comme une énigme que je devais absolument résoudre pour comprendre le sens de mon existence. Il a commencé quand j'avais sept ou huit ans et m'a poursuivie jusqu'à la fin de mon adolescence. Chaque fois, je pressentais qu'il contenait un message, un secret, mais je me réveillais sans avoir pu le déchiffrer.

Plus tard, en étudiant les phénomènes paranormaux, je me suis posé la question : me serait-il arrivé dans mon enfance quelque chose que ma conscience aurait occulté et dont des bribes me reviendraient par l'intermédiaire de ce rêve ? Était-ce un symbole, cette pièce octogonale métallique en mouvement et la petite fille au centre transfixiée d'angoisse... L'écrasement, la pression... une sorte de sas.

Dans le registre des explications les plus simples, les voyants m'ayant toujours demandé : Que s'est-il passé à votre naissance ? Je m'étais projetée au terme de ma vie intra-utérine, j'avais posé des questions à mon interlocutrice familiale privilégiée, bonne-maman. Celle-ci m'avait regardée, alertée par l'intensité de ma demande, avant de répondre que rien, vraiment rien de spécial n'avait marqué mon entrée au sein de la famille. Dois-je malgré tout voir le ventre de ma mère comme une sorte de chambre de torture ?

Tandis que l'aube vient doucement éclaircir le décor nocturne, une lueur rosée s'infiltre à travers les carreaux de la fenêtre entrouverte. Je reste un moment enfouie sous les draps, me repassant à nouveau le film de ce rêve qui n'en était pas un pour n'en rien oublier... Il me ramène au cœur d'ouvrages sur diverses formes de possession, à des descriptions de ce qu'on appelle la *paralysie du sommeil*, des attaques d'entités malveillantes qui paralysent leur proie pour s'insinuer dans sa psyché et y prendre le pouvoir. L'équivalent magique, en quelque sorte, de ces fameuses micro-puces dont me parlait Sam, destinées à être implantées sur des millions d'êtres humains, pour pouvoir manipuler à volonté leurs processus émotionnels et mentaux.

Ce parallèle m'est venu à l'esprit si naturellement qu'il semblerait presque qu'il me l'ait soufflé à l'oreille, avec un de ses sourires énigmatiques dont il avait le secret, lorsqu'il abordait ces sujets alors si ignorés du grand public qu'ils faisaient protester les incrédules. Je réalise aujourd'hui qu'en très peu de temps ce qui tenait alors de la science-fiction est devenu monnaie courante. Les puces électroniques se sont infiltrées dans notre vie quotidienne sans que nul n'y prête réellement attention.

Pour en revenir à cette nuit, j'ai toujours apprécié les expériences insolites, si troublantes soient-elles parfois, car elles me relient à l'autre versant des choses et me rassurent sur ma capacité à communiquer avec les mondes invisibles. C'est sans doute ce que j'ai recherché pendant mes longues études sur les religions et leurs corollaires, sorcellerie, satanisme, pratiques magiques, chamanisme, pouvoirs paranormaux.

Le temps a passé et, insensiblement, je suis devenue experte en tous ces phénomènes qui intriguent ou fascinent la plupart des gens… Pourtant le doute ne me quitte pas, je refuse de me laisser manipuler, surtout dans ces domaines où l'illusion côtoie la véritable magie et où les apparences peuvent cacher le pire.

J'aurai bien paressé en rêvant un moment encore, mais les premiers rayons du soleil se coulent jusqu'à mon lit, Anna m'attend au palais Pozzi, et les ruelles, désertes de visiteurs, gardent encore tout leur charme. Je me hâte avant que les foules n'envahissent les espaces étroits, transformant leur charme intemporel en décor de foire. Les foules ont ce pouvoir terrible d'altérer même ce qu'il y a de plus beau, elles affectent l'âme des lieux qui s'absente, incapable de supporter cette multitude de regards avides. Les gens vivants fuient les foules, les autres s'agglomèrent, le nombre leur donne l'illusion d'exister.

Heureusement le palais Pozzi est tout proche, j'ai littéralement écumé dans l'étonnante bibliothèque d'Anna, enfin celle de son défunt mari Carlo, la plupart des livres ayant trait à Giordano Bruno, Savonarole, Léonard de Vinci, et nombre de visionnaires et d'artistes italiens du XIIIe siècle à la Renaissance, en cherchant, derrière leur biographie officielle, leurs liens d'initiés avec les grandes sociétés occultes. Pour croiser les informations, une ouverture en appelant une autre, il m'a fallu plonger dans toutes sortes d'ouvrages traitant de mes vieux sujets de prédilection, initiation en haute Égypte, tablettes sumériennes, symbolique des textes saints, précis d'exorcismes, traités cabalistiques ou numérologie arabe… J'ai voyagé à travers les livres et, grâce aux clés qu'ils m'ont offertes, je me suis embarquée sur les voies ésotériques du net, de Sumer à l'île de Pâques, de l'Égypte au Tibet. Mon crâne résonne de tant de noms secrets et de connexions labyrinthiques que je commence à ressentir une furieuse envie d'aller respirer ailleurs, loin de tout cet univers si étrangement organisé qu'il finit par me saisir à la gorge. J'ai rassemblé tout le matériel et au-delà pour ma prochaine publication, il va être temps de m'envoler d'ici, de la ville des fantômes…

Livrée le jour aux flots des visiteurs, Venise retrouve la nuit sa solitude, ses ténèbres jonchées çà et là des lumières des ultimes habitants. J'aime cette ville dès que le soir descend, elle offre toutes les possibilités de côtoyer l'indicible, de rejoindre le passé, de se fondre aux murs. Sa beauté agit comme un piège macabre tandis que les gondoles noires glissent sans un bruit dans les canaux obscurs. Chaque fois que je vois passer une gondole, fût-ce en plein jour, les gens me semblent assis dans leur cercueil flottant décoré de velours noir ou violet bordé d'argent, ils sont déjà morts et ne le savent pas…

Anna Pozzi reste l'une des rares personnes à habiter Venise, devenue une ville presque désertée. De riches étrangers se sont arrogés des palais sublimes qu'ils restaurent à prix d'or pour y passer une semaine par an, d'autres tentent des maisons d'hôtes et renoncent devant les travaux de soutènement toujours à recommencer. Quelques obstinés s'accrochent à leur maison et reconnaissent eux-mêmes qu'ils sont des survivants. Les autres se sont dispersés vers les terres… Chaque matin, les bateaux et les trains éparpillent leur cargaison de figurants et le décor s'installe, entraîné par une musique invisible, chacun prend sa place pour la grande illusion. Venise mourante la nuit se remet à vivre, chaque matin elle ressuscite. Il y plane une odeur suave qui ressemble à celle de la mort.

Il m'a fallu un moment avant d'identifier cette sensation sourde et légèrement suffocante, l'impression d'habiter dans un grand cimetière…

Anna, je l'aime beaucoup. Elle a été ma gouvernante entre mes huit et mes onze ans, elle suivait la famille dans ses déambulations menées par mon diplomate de père. Elle était ravissante. Je me souviens que j'épiais les regards et les gestes qui auraient pu dénoncer une intimité entre mon père et elle. Il me semblait en effet inconcevable qu'une si sublime créature n'éveille pas quelque émotion en lui. Je dois ajouter que ma mère, Klara, quoique d'une grande beauté, m'apparaissait si froide, si dénuée de sentiments, que je ne pouvais m'empêcher de souhaiter à mon père un peu de chaleur passionnelle clandestine.

Je n'éprouvais aucune espèce de loyauté envers ma mère, qui de son côté semblait ignorer qu'un enfant puisse avoir besoin de tendresse ou d'attention. Sa puissante figure symbolique, loin de me rassurer, éveillait en moi un sentiment d'effroi. Je la voyais immense, sa silhouette parfois s'étirait jusqu'au plafond, son regard glacé me rendait minuscule. C'est à cause d'elle, je devrais dire grâce à elle, que je m'étais entraînée à disparaître. Pour fuir son regard, j'avais fini par me faire invisible à souhait. Je pouvais m'installer dans un coin du salon et tout observer sans que nul ne me voie. Ce n'est qu'au moment où je reprenais conscience de moi-même que je réapparaissais, et invariablement elle se retournait alors vers moi en disant, agacée : « Mais, Arielle, que fais-tu là ? Tu ne devrais pas être couchée depuis longtemps ? »

Ce don d'invisibilité m'a été bien utile, pour des petites choses comme éviter un importun ou disparaître dans une assemblée ennuyeuse. Le seul problème est que je me sens naturellement invisible, alors que ce n'est pas toujours le cas. Ce qui ne va pas sans créer quelques malentendus, d'autant que, je l'avoue, ma mémoire est terriblement sélective… Seuls ceux avec qui s'est créé un lien, si ténu soit-il, un échange qui touche à la vie, à l'essentiel, subsistent dans mon esprit. Les autres disparaissent instantanément. Les rapports mondains ont le don de provoquer une amnésie totale.

Ces derniers mois, j'ai vu venir à moi des inconnus qui me parlaient comme à une vieille amie. Pour certains, j'ai fini par reconstituer quelques bribes de passé où nos chemins s'étaient croisés. Les autres, je me suis contentée de les éluder avec un sourire. La plupart du temps, je les réoublie aussitôt.

J'ai la chance divine d'habiter dans le quartier du Dorsoduro, au coin du pont Foscari, un ancien *palazzo* en briques ocre clair, dont le jardin s'allonge jusqu'au canal… Cet appartement possède trois des sept fenêtres en arc de cintre du deuxième étage et, quand je me penche au-dehors, des parfums de jasmin et de roses montent jusqu'à moi, à travers le feuillage de deux palmiers ébouriffés… Ce refuge vénitien prêté par ma chère Anna est un lieu soigneusement étudié et conçu comme une forteresse invisible. Un lieu dont je maîtrise les résonances, les accès et les vibrations. J'ai réalisé depuis peu que le silence me rassure, sa transparence me garde aux aguets. J'ignore pourquoi je suis toujours à l'écoute, il me faut comprendre à quoi correspond le bruit le plus furtif, reconnaître les pas connus, identifier les passages et les habitudes des autres selon leurs échos variés. Tourner le dos à la salle dans un bar ou un restaurant, me met infiniment mal à l'aise, car il me faut voir aussi. De quoi ma part inconsciente a-t-elle peur ? À quelles mémoires oubliées sont reliées ces défenses ? Je ne le sais pas encore, mais je continue à guetter inlassablement toute approche clandestine.

Certains croient que je n'aime pas la musique, ce n'est pas le cas, au contraire je vis avec des mélodies dans la tête en permanence… Ce n'est pas la musique que j'évite mais ce qu'il y a derrière.

Le chemin vers le palais Pozzi me replace dans le réel, la lumière oblique me chauffe doucement le visage, merci pour ce matin bleuté, la souplesse enveloppante de l'air tiède. Anna me chuchotait autrefois en serrant la main de la petite fille, comme un secret que j'ai toujours gardé dans ma mémoire, surtout dans les moments où l'incarnation me paraît si étrange… Habiter ce corps reste encore pour moi une création de chaque jour : « Quand tu te sens étrangère, regarde autour de toi, accroche ton regard à la réalité et sens à chaque pas tes pieds s'enfoncer dans le sol… »

Ce matin, mes pieds s'enfoncent jusqu'au tréfonds de la lagune, je les sens si denses, puisant leur force aux sources telluriques qui ont fait jaillir Venise des marais…

*

La voix légère d'Anna monte jusqu'à moi :

— Et *le Protocole secret des Prophéties*, de Jean de Jérusalem, tu le connais? C'était l'un des livres les plus précieux de mon cher Carlo, il affirmait que Nostradamus s'était fait volontairement abscons pour cacher l'approximation de ses visions, alors que les prophéties de Jean de Jérusalem éclatent d'une limpidité purement visionnaire...

Anna parle pensivement, comme si elle se replongeait dans une scène issue du passé. Elle poursuit :

— Il disait aussi que c'est la raison pour laquelle les Prophéties ont été si habilement occultées depuis leur découverte dans les archives du monastère de Zagorsk en Russie, et que les traductions faites à l'époque sont restées si confidentielles ! Selon lui, nul n'était besoin de connaître le troisième secret de Fatima, il est contenu tout entier dans le Protocole, et bien au-delà...

Je repose vivement un livre rare qui ne m'a encore offert aucun indice, un incunable du XVe siècle dont les fraîches enluminures semblent avoir été peintes hier, et me tourne vers elle, électrisée. Anna, lovée dans un canapé, lève la tête vers la rambarde de bois ouvragée du premier étage de la bibliothèque, m'offrant un mystérieux sourire. Je m'exclame :

— Anna ! Ne me dites pas que Carlo avait un exemplaire du *Protocole* ! *L'An Mille après l'An Mille*... J'en ai eu une traduction entre les mains, il y a quelques années, mais à peine le temps d'y jeter un coup d'œil... Où est-il ?

Après toutes ces années, je continue à vouvoyer Anna, comme la petite fille en avait pris l'habitude autrefois, bien que cette dizaine d'années qui nous sépare toujours n'ait plus la même valeur... Nous sommes maintenant deux femmes plus ou moins à égalité, et nous avons créé des liens d'amitié faits d'humour et de connivence. Je dois reconnaître qu'elle continue à me fasciner avec son air si raffiné à la Audrey Hepburn, chez qui toutes les excentricités paraissent si naturelles... Je lui envie – un peu, je l'avoue – cette classe parfaite, ce visage presque aussi ravissant que dans mes souvenirs d'enfance.

— Carlo le gardait dans son bureau, je n'y pensais plus. Allons voir... ajoute-t-elle avec un petit sourire entendu en me voyant voler dans l'escalier.

Enfin une vraie découverte, une échappée sur les mondes cachés, une porte. J'ai toujours eu cette obsession des portes qui ouvrent sur des pièces secrètes, sur des univers intérieurs, sur une autre réalité, sur des souterrains qui permettent de cheminer dans l'ombre jusqu'au cœur des choses, vers des mondes alternatifs, des scènes du passé ou de l'avenir, inscrites là où le temps n'existe plus... Ce livre, je le pressentais, était une porte. Vers quoi ? L'avenir ? Peut-être allais-je le découvrir, pensais-je en suivant Anna dans le long corridor ponctué de dizaines de miroirs tachetés par le temps et de lustres en verre de Murano aux reflets brumeux. Je frissonnais en frôlant vers les zones d'ombre les émanations de troubles moments du passé...

Il y a des endroits où il est impossible de vivre « ici et maintenant » tant l'empreinte des siècles, des drames et des murmures les a imprégnés d'une multitude d'histoires. Venise est un de ces lieux de mémoire, et le palazzo Pozzi en est un élément tout ce qu'il y a de plus authentique. En avançant, je m'imaginais au centre d'un vortex en mouvement, je marchais à travers les fluides et nébuleux vomissements des médiums, les échos de voix éteintes, d'étreintes mortelles et de regards oubliés. J'en perdais moi-même un peu de ma substance...

Anna s'arrêta au seuil du bureau éclaboussé de bribes de soleil pâle à travers les hautes fenêtres à petits carreaux arrondis dominant le Grand Canal :

— Il y a des mois que je ne suis pas entrée dans cette pièce... prononça-t-elle presque rêveuse, appuyée gracieusement contre le chambranle de la porte, comme si elle hésitait à briser en entrant une invisible toile protectrice. Soudain, elle m'apparut plus frêle, fragile comme une fée dont on vient de souffler la flamme. Je ressentis moi-même pendant quelques secondes une incompréhensible réticence à avancer et un sceau sur mes lèvres, lorsque d'un geste de défi souriant Anna se retourna vers moi, un éclat dans les yeux :

— C'était son mont Athos, sa cellule de chercheur... Il disait toujours « mes recherches », mais je n'ai jamais su ce qu'il cherchait, il me donnait parfois l'impression de livrer une course désespérée... Une course avec quelque chose qui ne cessait de le fuir.

Le temps que mon regard parcoure la pièce, je fus saisie par son essence monastique, jusqu'à l'odeur de cire ancienne avec de lointaines réminiscences d'encens de Jérusalem. Sur la longue table sombre s'empilaient des papiers, des manuscrits, des dossiers fatigués. Je m'approchais de la bibliothèque.

Je ne sais pourquoi j'avais attrapé mon téléphone pour suivre Anna – ah oui – l'appel de Peter Prophet, mon mentor et ami, qui doit arriver d'un jour à l'autre à Venise en rentrant de Rome.

Je ne veux pas le rater cette fois, nous avons mille choses à nous raconter depuis notre promenade au zoo de Central Park, il y a trois ans… avant qu'il ne m'envoie Sam et que la magie opère. Magnétisés dès notre première rencontre, Sam et moi ne nous étions alors pratiquement plus quittés, jusqu'à l'incendie de ses bureaux à Montréal et sa disparition.

J'ai besoin de parler de lui avec Peter, il me reste trop de zones d'ombre à élucider sur celui qui a changé ma vie avant de disparaître d'une façon si violente. Peter est peut-être le seul à pouvoir offrir des réponses à mes inlassables interrogations. Ce n'est pas un hasard s'il a lui-même insisté pour me rencontrer avant de repartir au Canada. Pourtant je n'ai plus de nouvelles de lui, alors qu'il est censé être à Rome pour le tournage d'une de ses émissions.

Je pose le téléphone sur un coin du bureau pendant qu'Anna cherche sa place. Je la vois du coin de l'œil passer d'un endroit à l'autre, s'arrêter et se glisser à nouveau un peu plus loin. Elle le fait naturellement, sans y réfléchir. Elle n'a sûrement pas lu Castaneda et pourtant elle se comporte comme si les enseignements du sorcier yaqui faisaient partie depuis toujours de ses livres de chevet. Instinctivement elle cherche l'emplacement idéal qui lui permettra d'entrer en harmonie avec les vibrations de la pièce. Alors que je scanne les livres de l'étagère la plus basse, je la vois enfin s'asseoir légèrement dans un grand fauteuil en tapisserie entre le bureau et la haute cheminée sculptée aux armes de la famille Pozzi… et poser les pieds sur un petit tabouret.

Après une recherche rapide mais vaine, portée par un élan irrésistible, comme si j'étais sur le point de découvrir l'entrée vers l'Agartha, le légendaire royaume souterrain aux confins du Tibet et de la Mongolie dont tant de voyageurs et de mystiques ont rêvé en vain, je monte sur un escabeau de bois pour accéder aux niveaux les plus élevés. Un certain désordre règne dans la bibliothèque, où l'on sent les livres pris et repris, remis dans la hâte, bousculés pour atteindre une rangée cachée. Je viens d'en attraper une pile lorsque mon téléphone libère ses chants d'oiseaux dans la pièce :

— Vous pouvez répondre pour moi, Anna, s'il vous plaît ? C'est sûrement Peter !

Les bras encombrés, je commence à descendre dans un équilibre instable.

— Non, je ne suis pas Arielle de Thal, mais elle est ici…

Elle me tend l'appareil d'un air concerné :

— Paul Noirange…

Un fantôme du passé… Comment a-t-il pu me dénicher ici ? Et pourquoi cette note d'alarme dans la voix d'Anna ? J'attrape l'objet argenté avec une appréhension vite oubliée :

— Ma chère Arielle, excusez-moi de faire irruption dans votre vie après toutes ces années. Je vous ai toujours suivie de loin, bravo pour votre mémoire et votre livre, remarquables, paraît-il… J'aurai besoin de vos compétences.

… Un moment après, saisie, je réalise qu'il vient de m'offrir sur un plateau l'alternance que j'appelais de tous mes vœux le matin même. Une fois le téléphone refermé, je reste figée sur place, devant la fenêtre, le dos tourné à Anna :

— Paul Noirange… Un revenant, murmurai-je pour moi-même.

— Celui qui t'offrait une rose et t'appelait princesse lorsqu'il venait dîner ? me demande Anna.

— Vous vous en souvenez ?

Étonnée, je me retourne vers elle.

— Tu n'as pas oublié par hasard, qu'avant d'épouser mon cher comte Pozzi, j'ai été ta gouvernante et ta confidente pendant plus de trois ans. Ce sont les petits détails qu'on n'oublie pas, tu rayonnais ta rose à la main !

— Et ma mère était exaspérée. Je vais partir, Anna, je retourne à Paris. Il vient de me faire une proposition… surprenante !

— Tu ne l'as pas revu depuis longtemps, je crois…

Anna parle d'un ton lointain, préoccupé.

— Plus de quinze ans ! répondis-je, excitée. Et je n'ai aucune idée de ce qu'il fait maintenant. Est-ce qu'il n'était pas une sorte d'agent secret, ou dans le Renseignement ? Que savez-vous de lui ? Je me souviens de conversations qui me semblaient contenir tous les dangers du monde quand je jouais les invisibles dans le salon le soir, entre mon père, lui et d'autres hommes sombres.

Anna fait partie des rares personnes à qui je peux parler de mon invisibilité sans me sentir anormale. Elle me répond avec réticence et un soupçon de dégoût :

— Derrière la façade amicale et les fleurs, j'ai toujours vu Paul Noirange comme un homme trouble. Effectivement je crois qu'il appartenait aux Services secrets, mais je n'en sais pas plus… Je ne suis pas sûre d'ailleurs que ton père l'ait jamais considéré comme un véritable ami, je l'ai toujours senti vigilant à son égard. C'est Noirange qui se réclamait de son amitié. Je n'ai jamais aimé cet homme. Il avait trop d'ombres autour de lui peut-être…

Je me suis levée suffisamment tôt ce matin pour avoir le temps de m'arrêter, en chemin vers l'aéroport San Marco, sur la petite île de Torcello qui fut mon lieu secret de prédilection pendant ces quelques mois à Venise. L'église Santa Maria Assunta, malgré son aspect extérieur qui l'apparente presque à un bâtiment industriel, s'avère être la plus ancienne église de la lagune ; en y entrant on pénètre un autre monde dont les somptueuses mosaïques des XIIe et XIIIe siècles sont les portes. Santa Maria Assunta a plus d'un secret, elle recèle à la limite du chœur une zone miraculeuse où le temps s'arrête et le cœur se soigne.

Je l'ai découverte par hasard un jour où, lasse d'arpenter depuis le matin les îles de la lagune, je m'étais assise sur un banc face à l'extraordinaire *Madonna Teotoca* planant souveraine sur la coupole d'or, son enfant dans les bras, lorsqu'une paix infinie m'entoura dans la lumière de l'après-midi. J'en perdis presque conscience, mon esprit s'envola, j'étais reliée à autre chose, à un espace où s'effaçaient douleurs et souvenirs, où rien ne pouvait plus m'atteindre. Je restai longtemps sans bouger, confortablement installée dans cet état de bien-être absolu, ne sachant s'il s'agissait d'un instant volé, éphémère, non reproductible ou d'une réelle enclave magique.

Il s'avéra ensuite que le lieu porte son pouvoir en lui, je pouvais ainsi venir m'y ressourcer naturellement, j'en ressortais toujours avec le cœur allégé et la sensation de m'être plongée dans une source pure qui m'aurait lavée de toutes mes ombres. Le sortilège continuait ensuite hors de l'église, quand je montais, le cœur apaisé, tout en haut du campanile contempler la lagune et ses îles, découvrir les jardins cachés et la géométrie ancienne découpant les parcelles autour des maisons et des palais.

D'en haut, tout devenait clair, les détours du chemin menant de l'embarcadère à l'église et au musée, les canaux traversants, les potagers secrets, les passages improbables... La *locanda Cipriani*, à l'abord si humble lorsqu'on passe en flânant devant sa devanture ocre, allongeait ses bâtiments et dévoilait ses jardins ses terrasses et ses pergolas, où tant d'artistes et de têtes couronnées sont venus passer un moment d'harmonie.

Là tout n'est qu'ordre et beauté, luxe calme et volupté, la phrase de Baudelaire s'applique merveilleusement à cette île sans que l'on sache très bien pourquoi, un charme singulier s'en irradie, une aura puissante et très douce dont la source serait l'église Santa Maria Assunta.

C'est ainsi que je suis devenue une adepte des lieux, me gardant bien de trop en parler autour de moi, désireuse d'en préserver le mystère. Heureusement, les touristes fréquentent plus les vives couleurs de Murano et de Burano que la modeste Torcello.

Ce jour-là fut comme un adieu, je me plongeais béatement dans les ondes libératrices qui s'enroulèrent autour de moi comme d'invisibles courants, lassitude et appréhension disparurent comme happées vers nulle part. La paix s'installa. Le temps suspendu cessa son cliquetis. Les yeux fermés, je fis un pacte avec les lieux, un pacte qui me serait un jour plus précieux que je ne l'imaginais.

C'est à ce moment-là seulement que je réalisais que non seulement je quittais une amie, rare dans tous les sens du terme, mais que j'allais une fois de plus rater Peter. Nos chemins ne cessaient de se décroiser, sans pourtant vraiment s'éloigner. Il était un peu mon mentor, c'est lui qui m'avait accompagnée à l'université de New York dans mon mémoire sur *Les Prédictions apocalyptiques dans les religions primordiales.*

Sorte de professeur Nimbus, avec son béret et son gros cartable noir bourré de papiers, de textes de ses conférences sur l'importance des vitamines d'amour dans la médecine, de préparations de ses émissions de télévision spiritualistes et de notes surréalistes, Peter parcourt la planète, la tête dans ses égrégores lumineux…

J'avais encore l'avertissement d'Anna à l'esprit dans l'avion qui me ramenait à Paris. Au moment du départ, elle m'avait remis un paquet :

— Tu l'ouvriras dans le ciel. Protège-toi bien et donne-moi des nouvelles…

Sans oser y croire, j'avais deviné ce que cachait le présent soigneusement emballé d'Anna. Je serrais dans mes mains éblouies l'exemplaire rarissime du *Protocole Secret des Prophéties*, écrit par Jean de Jérusalem à l'aube du deuxième millénaire.

II

Shatin – Hippodrome de Hong Kong… Dante Ibozu

25. Les animaux que Noé avait embarqué sur son Arche ne seront plus entre les mains de l'homme que bêtes transformées selon sa volonté…Que sera devenu l'homme qui aura changé les lois de la vie, Sera-t-il l'égal de Dieu ou l'enfant du diable ?

PROTOCOLE SECRET DES PROPHÉTIES,
JEAN DE JERUSALEM, 1099 APRÈS J.C.

Dante fulminait, malgré le spectacle fascinant de l'hippodrome de Shatin, malgré la course qui allait commencer et le ballet des chevaux qui se mettaient en place, portant leurs couleurs comme des oriflammes… Pourquoi avait-il ouvert ce satané journal ? Il ne lisait plus qu'épisodiquement les journaux français, qu'il méprisait pour leur manque d'audace dans leurs choix et leurs analyses, si formatés par rapport aux parutions locales asiatiques. Il appréciait particulièrement dans le *Bangkok Post* ses ouvertures éclectiques sur le monde, et sa façon de présenter les faits les plus insolites sans chercher à les expliquer, à les réduire ou à les occulter. Ce damné *Figaro* lui pesait sur l'estomac. Tout en continuant son inspection de l'avancée de la course, il commença une respiration profonde pour se dégager de la colère. Un article d'une journaliste qui ne faisait que retranscrire ce qu'un scientifique enfonçé dans le système de vision étriqué du XIXe siècle avait dû lui raconter. « Le premier hominidé bipède était sans doute éthiopien » ! Cette manie de tout catégoriser à partir d'éléments parcellaires l'horripilait.

Il s'était battu en vain contre les tenants du darwinisme : comment, après plus d'un demi-million d'années de changements minimes dans son évolution, celui que les anthropologues appellent l'*Homo erectus*, de la famille des grands singes, se serait-il transformé, comme par un coup de baguette magique, en *Homo sapiens*? Par quel miracle la capacité de sa boîte cranienne aurait-elle doublé, sans la moindre transition ?

Malgré ce vide abyssal, le fameux *chaînon manquant*, la légende mise en place perdurait. Il n'était pas question pour Dante de nier le phénomène de l'évolution, qui est consubstantiel à la vie même, mais de pointer le mystère de la transmutation ou de l'apparition de l'homme.

Il avait lu récemment une phrase qui l'avait fait beaucoup rire, elle disait : si l'homme descend du singe, pourquoi y a-t-il encore des singes ?

Sourd à la rumeur de la foule cosmopolite de Shatin, empoisonné par ces réminiscences, Dante renouait avec ses vieilles colères. S'il se retrouvait là, à Hong Kong, à jouer les consultants en génétique pour cracks à quatre pattes, c'est en partie à cause de cette mafia qui n'avait pas supporté de le voir battre en brèche leurs théories sclérosées... C'est vrai qu'il n'avait pas fait dans la dentelle, son livre *L'évolutionnisme, canular ou manipulation ?* avait provoqué un véritable tollé dans le milieu scientifique français, le choc en retour avait été sanglant.

On le traita d'illusionniste, d'incompétent et de menteur, mais ce qui le révolta plus que tout, de créationniste. Comme s'il n'y avait que deux possibilités, Dieu ou l'évolution biologique, le programme scolaire opposé au carcan religieux. L'un contre l'autre en une éternelle et simpliste opposition. Alors que Dante, loin d'adhérer au créationnisme, le rejetait avec autant de violence que le darwinisme ; il prônait ce qu'il appelait *la troisième voie*, dont il ne cessait de rechercher le mécanisme, à travers ses expérimentations sur l'ADN...

Les jeux étant biaisés d'avance, il avait refusé de se justifier, d'entrer dans ce qu'il considérait comme une mascarade. Il était parti poursuivre sa quête ailleurs, sans regrets mais avec une rancune vivace, prête à resurgir à la première provocation.

De sa tribune, il vit les pur-sang négocier le dernier tournant, ils abordèrent la ligne droite sous les clameurs hystériques de la foule. Emporté, Dante encourageait son cheval de la voix, brandissant son journal roulé comme un drapeau. Il explosa quand ce fut lui qui passa le poteau, vainqueur... Exultant, il descendit les marches des tribunes en se forçant un passage à travers la foule d'Asiatiques compacte et excitée. C'est avec le sourire de la victoire qu'il rejoignit l'enceinte réservée aux propriétaires.

Un homme parfaitement distingué, européen jusqu'au bout de ses chaussures anglaises, s'avança vers lui triomphant, les mains tendues :

— C'est magnifique, mon cher Dante, vous aviez raison, nous avons réussi... Mais ce n'est qu'un début !

— J'étais sûr que sa vitesse de pointe serait intacte dans les deux cents derniers mètres... *a priori* aucun des autres concurrents ne bénéficiait d'un tel potentiel génétique... ni d'une telle activation de ce potentiel. Vous pensez bien que s'il suffisait de croiser Ucello avec un étalon de vitesse pure comme Ubu, ce serait trop simple.

Dante parlait d'un ton détaché, sous-tendu de l'intensité passionnée qu'il mettait dans toutes ses entreprises, qu'il s'agisse du jeu ou de son travail.

— Vous avez trouvé le petit plus qui change tout. Merci de l'inaugurer avec mon haras.

Dante sourit en lui-même de ce *petit plus* qui cachait en vérité une véritable bombe génético-quantique...

— Ce soir bien sûr je compte sur vous, nous célébrerons la victoire dans mon club. Mais attention, vous risquez de subir un feu croisé de questions...

Le regard de l'homme se fit plus dur :

— Inutile de vous rappeler notre accord.

— Mon cher Simon, j'ai toujours eu envie de conjuguer mes deux passions : l'ADN et les courses de chevaux. Vous m'avez donné l'occasion de prouver que mon système est efficace. Nous sommes gagnants tous les deux, je crois ? Notre accord est toujours valable, en ce qui me concerne.

Ce petit arrangement avec la vérité ne gênait pas la conscience élastique de Dante, surtout si une légère entorse à cet accord permettait de servir une bonne cause. Cette perspective excitante dissipa définitivement le nuage de réminiscences créé par l'entrefilet du *Figaro*. Il prit son temps pour contempler d'un côté les gratte-ciel de la ville, de l'autre les montagnes dans la brume, il aimait à Hong Kong cette impression de croisée des mondes, un monde ancien totalement imprégné du passé jouxtant la frénésie d'un monde contemporain en perpétuelle mutation…

Lorsque l'annonce retentit en anglais, puis dans un français haché, Dante tressaillit. Qui diable pouvait le demander au secrétariat des balances ?

Il se dirigea tranquillement vers les guichets et se fit régler une importante somme d'argent contre son ticket, puis il partit vers le secrétariat, sans imaginer qu'on allait lui faire une proposition qu'il ne pourrait pas refuser et qui l'éloignerait de Hong Kong pour un temps indéfini.

L'homme qui l'attendait, en costume sombre, lunette noires et crâne rasé, aurait pu intégrer n'importe quel service de sécurité de la planète, de New York à Moscou. Dante soupira, pris d'un mauvais pressentiment qui s'avéra parfaitement futile. L'homme lui tendit un téléphone, la conversation fut brève… Les instructions étaient précises, le soir même il se retrouva dans un avion de British Airways, étonné de se découvrir si heureux à l'idée de retrouver Paris.

III

Fort Saint-Ours. Quelques semaines auparavant – Charles Hiéronimus Plantard

15. Lorsque commencera l'An Mille qui vient après l'An Mille
Régneront des Souverains sans croyance
Ils ordonneront aux foules humaines innocentes et passives
Ils cacheront leurs visages et garderont leurs noms secrets
Et leurs châteaux forts seront perdus dans les forêts

Protocole secret des prophéties,
Jean de Jérusalem

De la vaste terrasse dominant la vallée de l'Ubaye, Charles Hiéronimus Plantard contemplait « ses » montagnes... Sa vision devenait de plus en plus subjective pour pallier à la maladie qui jetait des filtres brumeux entre lui et le monde... Il perdait la vue, les couleurs, les formes, l'infini foisonnement des détails et la possibilité de les interpréter. Et ce flou se répercutait sur sa réalité intérieure, le monde tel qu'il l'avait connu disparaissait peu à peu. Bientôt, inéluctablement, la dégénérescence de sa macula transformerait le léger voile au centre de sa vision en épais brouillard, couleurs effacées, formes disparues. Il lui faudrait reconstituer dans son théâtre intérieur les images connues, en sachant qu'il existerait toujours une part d'inconnu, quelque chose qui lui échapperait dans les infinies et subtiles variations des choses.

Lui qui avait toujours contrôlé les situations, qui se targuait de lucidité et de précision, se rendait soudain compte qu'il avait construit cette précision principalement sur son regard, apte à analyser les moindres changements et évolutions des êtres et de leur milieu naturel... Comment allait-il pouvoir transférer ses capacités visuelles à ses autres sens ? Il réalisa avec amertume qu'il ne pouvait plus distinguer le refuge sous le pic de la Font Sancte, le sommet le plus proche. Il se leva de son fauteuil et sortit sur la terrasse jusqu'au garde-fou de son nid d'aigle, mais le refuge qu'il savait en face de lui s'était effacé. Gommé de sa vision comme mille autres détails… Il respira profondément l'air frais du matin, portant des parfums légers de thym sauvage et de narcisses. C'était l'époque où les narcisses fleurissent par vagues crémeuses et odorantes dans le dévers de la montagne.

Il commençait déjà à basculer ses sensations vers l'odorat et le toucher. Il avait découvert nombre d'informations olfactives qu'il n'avait jusqu'alors jamais pris la peine d'analyser et d'utiliser. En revanche, il avait toujours fonctionné avec les sons. Le bruit d'une porte qu'on ouvre, de pas qui se rapprochent, d'une voiture qui descend la rue. Souvent même la musique le dérangeait lorsqu'elle occultait les autres sons, car il avait besoin de tout entendre pour se sentir en contrôle. Il s'exerça donc avec encore plus d'acuité à entendre et à interpréter les moindres bruits pendant qu'il pouvait encore vérifier ses impressions. Il perdait des sensations, mais en découvrait d'autres. Ses mains devenaient essentielles, toucher et ressentir, développer une sorte de radar intérieur, des résonances en fonction des dimensions des pièces, des distances à parcourir, de la proximité des objets. Il voyait encore suffisamment, mais aidé de son maître japonais, Tetsuji Hirugami, qui lui enseignait des techniques telles que *hirimi*, il apprenait l'art de percevoir les yeux fermés le mouvement chez l'adversaire avant même qu'il n'ait bougé. Grâce à des méditations qui permettent, comme dans le tir à l'arc zen, de voir sans regarder, de percevoir au-delà des sens, de devenir ce qui existe autour de nous, il élargissait son champ de perception.

Même s'il se félicitait de cet enrichissement inattendu, rien ne l'empêcherait de chercher un remède à son mal dans le monde entier. Il avait consulté les plus grands médecins, tous unanimes à conclure que seul un miracle pourrait empêcher la dégradation de sa capacité visuelle et lui redonner sa clarté d'autrefois. Il refusait d'accepter leur verdict. Puisqu'il fallait un miracle, il irait sur les chemins parallèles des chamanes et des guérisseurs, mais il trouverait.

Passé les premiers moments de désespoir et de colère, Charles Hiéronimus Plantard avait décidé de transcender le destin comme il l'avait toujours fait. C'était nécessaire pour accomplir ce qu'il s'était fixé. Car son jeu pour le pouvoir et la connaissance continuait, focalisé sur deux points essentiels: sa collection d'artefacts et de manuscrits anciens d'une part, et la création de son Observatoire des rumeurs virtuelles de l'autre, les deux étant intimement liés. Comme bien d'autres hommes puissants avant lui, il était obsédé par l'idée de percer les secrets du passé et de maîtriser les pouvoirs évoqués par les anciennes cultures...

Charles Hiéronimus Plantard se voulait magicien, maître des sources noires. Dans le monde entier, des correspondants cherchaient pour lui des objets magiques, des livres rares, des reliques et des talismans. Des médiums voyagaient à travers le temps et l'espace pour en indiquer les cachettes où ses hommes allaient les dénicher. Les sommes importantes qu'il affectait à ces investigations ne représentaient qu'une infime partie de sa fortune personnelle, héritée de la famille italienne de sa mère.

L'ORV était l'aboutissement de sa vision de l'avenir. Poussé par la conviction que notre monde arrive à une époque charnière, que l'humanité vit les ultimes décennies d'un cycle de cinquante deux mille ans, Hiéronimus sait que bien des certitudes vont basculer, mais dans quel sens ?

Les temps sont arrivés où des âmes puissantes ont choisi de se réincarner pour jouer dans la troisième dimension l'ultime partie qui va décider de l'avenir de l'humanité. Elles arrivent pourvues de pouvoirs immenses, qu'elles soient du côté de l'ombre ou de la lumière, prêtes à se battre de toutes leurs forces pour influer le cours des temps à venir.

Les affaires insolites qui se bousculent font partie des signes des temps nouveaux. Plantard prépare une OPA sur tous ces phénomènes, une mainmise sur les affaires qui relèvent de l'irrationnel pour les utiliser à son profit.

Face aux montagnes assombries par une cohorte noire d'énormes cumulus, une curieuse appréhension s'insinua dans son esprit.

À l'approche de ces temps annoncés dans les prophéties, bruissants d'incertitudes et de menaces, force lui était de constater que le futur ne cessait de changer et que des influences invisibles modifiaient le cours annoncé des événements. Hiéronimus n'avait pas anticipé l'ampleur de ces troubles, il se félicite que l'Observatoire des rumeurs virtuelles soit enfin activé après de longues années de préparation. Et que deux pièces incontournables soient sur le point de se mettre en place sur son échiquier. En vérité, sans eux l'ORV ne saurait exister, ils en sont les clés. Dante et Arielle, l'ombre et l'ange, le roi noir et la dame blanche.

Tout a commencé il y a quelques années. Hiéronimus Plantard a initié une campagne discrète auprès de ses relations les plus haut placées, politiques et financières. Les hommes puissants étant particulièrement sensibles aux domaines de la prescience si décriés par ailleurs, ce n'est pas une coïncidence s'ils s'entourent tous d'astrologues, numérologues, gourous ou guérisseurs qui les accompagnent sur le chemin du pouvoir. Ils ont donc été particulièrement sensibles à ses arguments.

Il les a convaincus qu'il était temps de faire évoluer la pensée dominante et les médias qui, depuis le XIXe siècle stigmatisent et nient le surnaturel. Qu'il fallait cesser de consacrer exclusivement la science et la raison, au détriment de l'invisible. Mais pas question bien entendu de tout dévoiler, il ne s'agissait pas là d'une démarche altruiste et humanitaire, mais d'une mesure de précaution. De nouveaux paramètres, liés en particulier à l'utilisation d'Internet, risquaient de révolutionner les esprits. Il s'agissait de prendre les devants pour contenir l'information, de faire croire à un dévoilement tout en protégeant le secret.

La police se retrouvait désarmée devant des résurgences sataniques et des phénomènes inexplicables, parfois sanglants, des faits divers relevant de l'irrationnel se multipliaient. Il n'était plus question de continuer à bricoler, comme on l'avait fait jusqu'à présent, en mettant de côté les éléments qui dérangent et en réglant l'affaire au coin du bon sens, ce processus était dépassé.

C'est ainsi qu'à l'instigation de Hiéronimus, son condisciple de l'ENA devenu ministre de l'Intérieur avait créé un service parallèle pyramidal, un observatoire de tous les foisonnements et émergences ésotériques, des intrusions des autres mondes dans le nôtre, celui de la troisième dimension. Un observatoire de tous les bruits, murmures, révélations, revendications, explications galopant furieusement dans le grand réseau mondial du net. *L'Observatoire des rumeurs virtuelles. L'ORV.*

Car contrôler les informations, c'est maîtriser la connaissance et renforcer le pouvoir, un bel appât pour le ministère de l'Intérieur.

IV

Paris, rue Cassette – Arielle de Thal

J'ai retrouvé mon refuge de la rue Cassette avec le sentiment qu'un temps infini s'était écoulé depuis la dernière fois… Avec Sam, dans un monde désormais perdu. Je restai un instant immobile, retrouvant sans les chercher les traces anciennes de sa présence, attentive à tout ce qui l'évoquait encore. Par moments son parfum resurgissait, comme s'il existait des bulles secrètes que je ferais éclater en passant. Parfois, le matin, je le sentais flâner sur le lit, et les yeux fermés j'imaginais qu'en allongeant la main je trouverais Sam à côté de moi, et que nous ririons ensemble de cet étrange cauchemar.

C'est ici que nous avions passé des heures de complicité amoureuse, nous livrant devant le feu au jeu sacré des confidences, sans garder – ou presque – de secrets l'un pour l'autre. Nous étions irrésistiblement entraînés à reparcourir le cours de nos vies à la lumière de notre amour, à en décrypter le sens en prescience de notre rencontre. Je ressentais l'urgence de me livrer tout entière, que l'essence de ma vie passe à travers la sienne, et que la sienne vienne s'inscrire en moi. Nos esprits commencèrent à s'enlacer plus fort que toutes les étreintes.

C'est ainsi que nous avions initié notre découverte amoureuse, à travers un étrange voyage aux limites de la voyance. Il m'avait emmenée dans les lumières des territoires indiens l'été de son initiation, dans ses voyages avec son père sur le sommet du monde, invitée dans son collège écossais à la sombre aura… Je l'avais entraîné dans l'errance de mon enfance, d'ambassade en ambassade et de pays en pays, à la suite de mon père Hector, et introduit dans un domaine intouchable, celui de l'énigmatique figure maternelle disparue… Il connaissait l'existence de la Porte. Il me parlait de la planète Terre en péril, de manipulations masquées et d'apprentis sorciers, je répondais avec la cinquième dimension, les exorcismes et les sociétés secrètes.

C'est à la suite d'une de nos discussions que l'idée avait surgi de rechercher les racines cachées de ceux qui ont changé l'histoire de l'humanité, pour voir si, comme il le prétendait, nul n'a joué un rôle dans l'Histoire sans faire partie de fraternités occultes.

Nous étions deux déracinés, deux êtres en quête d'ailleurs, nous avions tous les deux vécus des expériences extrasensorielles qui avaient modifié notre vision du monde. Notre rencontre, pensais-je dans l'euphorie de l'amour du début, était inscrite dans les étoiles. Six mois, émulsionnés d'amour, tourbillonnants de révélations, d'allers-retours Montréal-Paris-Montréal, et soudain le voile noir, l'incendie, sa disparition.

Malgré les présomptions médico-légales de sa mort, je ne parvenais toujours pas à croire qu'il soit sorti de notre dimension. Quelque part au fond de moi, j'attendais qu'il réapparaisse. La nuit surtout, les images resurgissaient…

Là, retrouvant dans mon appartement cette multiplicité de traces de nous, je sentis le cycle d'obsession se réactiver. Et je ne voulais surtout pas replonger. Je cherchais du regard autour de moi quelque chose auquel me raccrocher, Anna, le *Protocole*! Je fouillais dans mon sac, le livre me glissa dans les mains, curieusement tiède. Puis je tirai le grand fauteuil rouge jusqu'à la fenêtre ouverte sur les jardins.

Je ne lâchais plus le mince volume, fascinée, presque horrifiée de lire aujourd'hui, dans ces descriptions dignes de Jérôme Bosch, toutes les turpitudes ordinaires de notre monde glorieusement évolué. De temps en temps je me levais pour contempler les jardins en contrebas, les fleurs bien ordonnées, l'harmonie géométrique des plantations du jardin des Carmes et ses allées effacées peu à peu par l'herbe folle, avec une sensation d'immanence… Dans le silence et l'immobilité, la paix revenait.

Jean de Jérusalem, quant à lui, ne laisse guère place à la grâce qui habite pourtant encore certaines parties de notre vieille planète. Hélas, on ne peut le contester, chacun de ses versets prophétiques reflète une réalité de l'état du monde. Rien ne manque à son tableau pré-apocalyptique: ses visions, retranscrites à travers le prisme et la symbolique d'un esprit médiéval, sont suffisamment imagées pour que sa description de la planète dans les premiers temps du troisième millénaire se fasse limpide. Terriblement limpide.

Au début du XIe siècle, dans la forteresse de Saint-Jean-d'Acre dominant la baie, Jean de Vézelay a consigné, sous le nom symbolique de Jean de Jerusalem, ses visions du monde inimaginable de « l'An Mille après l'An Mille », celui que nous abordons maintenant: télécommunications, hologrammes, trous dans la couche d'ozone, contrôle mental, destructions des espèces, manipulation génétique, sida, navigation aérienne, monde virtuel, etc. Il a survolé notre époque d'un regard de maître pour en décrypter toutes les facettes – des plus évidentes aux plus cachées – et en faire jaillir une vision phénoménale...

Comme notre monde moderne devait lui paraître étrange, il y a plus de mille ans, dans sa forteresse médiévale.

L'aspect le plus effrayant du *Protocole* n'est pas tant l'état des lieux actuels, dont nous commençons à reconnaître les dangers, que ce qu'il nous prédit pour un proche avenir, les guerres généralisées, les affamés par milliards, et surtout la perte des âmes, le retour des hommes vers l'état animal quand le temps sera arrivé des invasions barbares. La part d'inconnu des temps à venir galope vers nous dans les nuées, brandissant le glaive et le feu, comme les cavaliers noirs de l'Apocalypse. Au point où nous en sommes, on ne peut même plus parler d'une nécessité de changement, il faudrait une véritable transmutation pour conjurer la charge qui pèse sur l'humanité.

Pourtant, quand je projette mon regard vers cette nuit annoncée, je vois briller au plus fort des ténèbres une lueur de rédemption. Je regarde le soleil se coucher sur les jardins, comme une étincelle de toute la beauté du monde, et me reviennent des instants de grâce. En creusant bien je m'aperçois que je peux parler de désastre parce que je n'y crois pas, je suis comme une enfant qui attend le miracle infini, la lumière qui viendra tout transformer.

À la lecture du *Protocole*, une des questions que je me pose aujourd'hui est celle-ci : si Jean de Jérusalem a parfaitement décrit tout ce qui concerne l'écologie, les maladies, l'état de la planète, les communications etc... quel est donc cet « ordre noir et secret » dont la loi est la haine et l'arme le poison, cet ordre qui tient le monde sous sa coupe sinistre à notre insu ? Je relis une nouvelle fois le verset 19 :

> *19. Lorsque commencera l'An Mille qui vient après l'An Mille*
> *Un ordre noir et secret aura surgi*
> *Sa loi sera de haine et son arme le poison*
> *Il voudra toujours plus d'or et étendra son règne sur toute la terre*
> *Et ses servants seront liés entre eux par un baiser de sang*
> *Les hommes justes et les faibles subiront sa règle*
> *Les Puissants se mettront à son service*
> *La seule loi sera celle qu'il dictera dans l'ombre*
> *Il vendra le poison jusque dans les églises*
> *Et le monde marchera avec ce scorpion sous son talon.*

Est-ce cet ordre noir qui a créé des enfers un peu partout sur la Terre ? Qui a organisé la famine et la guerre dans des pays qui possèdent des richesses naturelles incalculables ?

À nouveau, je reviens à Sam et à ses dénonciations de l'ordre établi. Bien que ses thèses aient pu paraître excessives, voire iconoclastes, parce que si éloignées de ce qu'il est correct de penser du fonctionnement du monde, Jean de Jérusalem confirme à travers les temps par ses prophéties qu'il existe bien des racines au Mal. Seront-elles bientôt dévoilées, puisque nous parvenons au point de non-retour où « tout ce qui était caché sera révélé » ?

V

Arche de la Défense, bureau de Paul Noirange

Manifestation. Manifester, c'est créer par la pensée… Je n'aurais certe pas décidé de créer cette alternance-là, dans un bureau knollien de l'Arche de la Défense avec Paul Noirange, telle une énorme araignée derrière son bureau de verre. Aussi transparent que l'homme est opaque. Cela, je l'ai ressenti dès le premier regard, en entrant derrière Luna – un nom au parfum de pseudonyme – pour en apprendre un peu plus sur l'énigmatique mission avec laquelle il m'avait – irrésistiblement, il est vrai – attirée à Paris. Les mises en garde d'Anna flottaient dans ma tête…

Je venais de passer un moment à attendre dans une pièce anonyme à côté d'un homme intriguant parce qu'inclassable, auquel je n'avais accordé qu'une attention désinvolte. Je n'avais pas envie d'entamer une conversation, le *Protocole secret* m'envoûtait, je ne cessais d'y retourner par la pensée, de relier les prophéties à toutes mes recherches sur l' « autre côté »… Je rêvais à la deuxième partie du Protocole, *lorsque ce sera le plein de l'An Mille près l'An Mille,* quand les hommes auront enfin ouvert les yeux et qu'ils partageront leurs rêves. *Cela surgira des décombres noircis des tours de Babel.* Flash du 11 septembre : les trois tours disparues du ciel de New York ?

Jean de Jérusalem prophétise : bien d'autres tours de Babel s'écrouleront avant que les hommes ne changent. Je me demande si je connaîtrais les temps nouveaux, quand *les jours amers de la solitude seront enfouis.* Depuis mon enfance, je suis persuadée que je vais vivre une période charnière de l'histoire humaine, que de grands changements sont sur le point de se produire, et voilà que ces temps qui me paraissaient si lointains sont arrivés. J'ouvre les yeux pour n'en rien manquer, quelle qu'en soit la part d'inconnu et de danger.

Tout en feuilletant une revue sur les Forces aériennes, ici pas de journaux futiles, je jouais avec la pensée qu'un jour peut-être tous ces monstres de guerre et de destruction seraient détruits à leur tour. C'est le bon côté des prédictions apocalyptiques, l'idée de voir se désagréger l'injustice et la médiocrité du monde, de révéler le cynisme et l'hypocrisie avec lesquels les puissances d'argent détruisent la planète, pour qu'enfin une justice immanente retourne leurs armes contre elles. Je suis une anarchiste, paraît-il. Probablement aussi une hérétique.

C'est le moment que choisit l'assistante de Noirange, Luna, pour nous faire entrer. Nous étions tous les deux, l'inconnu et moi, face à l'ogre, c'est la première pensée qui me vint à l'esprit. L'ogre-araignée, sympathique personnage, fit le tour de son bureau et pencha sa grande carcasse vers moi pour un baisemain. Il devait me prendre pour ma mère ! Mes souvenirs de lui reprenaient forme, émergeaient de son incarnation vieillie comme des fantômes. Puis ils se fondirent dans sa nouvelle apparence sans plus chercher à exister. J'avais devant moi un Paul Noirange abîmé par le temps et l'amertume, mais toujours aussi galant. Pas de roses pourtant aujourd'hui, ni de princesse. Moi aussi j'ai changé.

— Arielle, heureux de vous retrouver, dit-il en me scrutant avec un léger étonnement. Monsieur Ibozu, bonjour, ajouta-t-il en lui donnant une vigoureuse poignée de main. Asseyez-vous…

Il nous indiqua de la main deux fauteuils de cuir noir et métal puis reprit sa place stratégique face à nous.

— Globalement vous savez pourquoi vous êtes ici, mais je pense que vous attendez quelques éclaircissements…

Je le regardais à contre-jour avec l'impression de me retrouver dans un rêve : un lieu improbable, un revenant et un inconnu. À propos d'inconnu, je jetais un coup d'œil à cet Ibozu, me demandant quel était son rôle dans cette histoire bizarre… Un nouveau service gouvernemental dont je ne savais pas grand-chose, si ce n'est que je pourrais y utiliser les connaissances glanées toutes ces années dans mes domaines de prédilection, ainsi que les talents afférents à quelques expériences ultra-sensorielles.

Je touchais dans mon sac l'étui de velours du tarot de Belline. Le 18, la carte tirée ce matin me narguait, un changement symbolisé par les astres, la terre, le soleil et la lune dans leurs mouvements célestes. Une lame parfaite pour qui veut changer le cours de sa vie, inquiétante pour les autres... Elle me convenait assez bien.

« Monsieur Ibozu » semblait un peu sur les nerfs, agacé me semblait-il par le ton quasi professoral de notre hôte, lorsque Noirange s'adressa à lui :

— Il est temps que je fasse les présentations. Monsieur Ibozu, mademoiselle Arielle de Thal avec qui vous allez faire équipe est une... spécialiste du surnaturel... des choses de ce monde qui touchent à une autre réalité. Mais son travail se situe dans une perspective historique et universitaire, c'est-à-dire sérieuse. Ne vous y trompez pas, cette jeune femme a la tête sur les épaules. Et, compte tenu du caractère spécial des affaires en cause, son érudition sera incontournable.

Malgré ces affirmations destinées à le rassurer, Je remarquais dans les yeux de mon futur partenaire un flottement, Noirange se tournait déjà vers moi avant de revenir sur lui :

— Arielle... ne soyez pas surpris que j'appelle mademoiselle de Thal par son prénom, il se trouve que je la connais depuis... son origine ! (il sourit de sa trouvaille). Monsieur Ibozu est un scientifique de pointe, anthropologue, expert en criminologie et en génétique, et en chevaux de course aussi. (Je perçus une note de dérision dans sa voix mais Dante ne broncha pas). Un homme éclectique. Vous avez aussi travaillé pour certains services américains, si je ne me trompe...

Dante resta impassible.

— L'Observatoire des Rumeurs Virtuelles, dont vous serez les têtes chercheuses, a pour mission de capter, dans l'air du temps et les méandres du net, les vibrations insolites qui se bousculent, transformant l'actualité en faits divers de science-fiction, comme vous pourrez le constater en compulsant les dossiers que nous vous avons préparés. En croisant vos connaissances et vos intuitions, nous espérons résoudre les affaires hors normes qui laissent la police perplexe. Il vous faudra chercher derrière les apparences, avec vos connaissances scientifiques et paranormales.

Il fit une pause et nous regarda tour à tour, comme pour jauger notre degré d'empathie et de clairvoyance.

— Vous allez travailler à résoudre des affaires délicates et extraordinaires. C'est dans ce but que nous vous avons réunis au sein de l'ORV, car nous arrivons à une période où la science et la tradition se rejoignent, et comme le dit monsieur Charles Plantard, il s'agit de conjuguer les deux éclairages, pragmatique et ésotérique, pour résoudre les énigmes de ce nouveau millénaire.

Ce genre de concept simpliste a en général le don de m'agacer, non l'idée en elle-même de croiser les regards, mais la manie très « troisième dimension » de mettre ces domaines en opposition systématique... Je ne pus m'empêcher de soupirer légèrement, et Dante Ibozu transforma instantanément ce soupir en connivence. Noirange ne s'apercevait de rien, l'inspiration l'emmenait sur des sommets solitaires. Nous n'étions plus que les particules sources de son autosatisfaction. L'ogre dévorait ses propres mots.

— Puis-je savoir qui est ce Charles Plantard ? interrompit Dante sur le même ton affable que Noirange. Une imitation parfaitement réussie dont je faillis sourire.

— Monsieur Plantard est à l'origine de ce qui nous a réunis ici. C'est à sa suggestion que le ministre a décidé de créer cet organisme que nous avons appelé l'Observatoire des Rumeurs Virtuelles. Vous comprendrez pourquoi. Luna !

C'est ainsi qu'il nous déroula tranquillement toute une kyrielle d'affaires curieuses, morts énigmatiques, combustions spontanées, messages inexplicables, disparitions incompréhensibles, tombes profanées dans des conditions improbables, tags sataniques sous le tunnel de l'Alma, phénomènes paranormaux, accident d'avion avec visions d'ovnis, un véritable panorama de l'étrange. Les tags qui concernaient les circonstances de la mort de lady Di, avec photos à l'appui, prirent une place prépondérante dans ses présentations macabres. Nous repartîmes, munis de dossiers conséquents sur toutes ces affaires dont les titres nous feraient prendre pour des amateurs de fantastique... Ce qui n'était pas pour me déplaire. Je voyais une sorte d'humour noir à l'idée de rencontrer dans le réel des histoires fantastiques dignes de Seignolle, Nerval, Matheson ou Edgar Poe…

Quant à Dante Ibozu, il est ressorti avec le visage flou de celui qui vient de prendre un coup dans l'estomac et ne s'en est pas encore remis. Sans doute son cursus le préparait-il dans une moindre mesure à l'écoute de tous ces phénomènes hantés par le surnaturel. Le scientifique doit se sentir un peu décalé, quand le mystère traverse les frontières du réel pour faire intrusion dans le monde bien formaté de la raison. J'ai l'impression que dans son esprit tous les rouages se sont mis au travail pour démonter une par une toutes ces énigmes à la lueur d'un esprit analytique, et les ramener ainsi à de simples machinations ou expressions d'esprits dérangés…

VI

L'imprimerie – L'ORV en un lieu insolite

Les tags sous le tunnel de l'Alma me poursuivent, ils brillent dans ma tête comme des visions subliminales. Il a fallu que j'aille non pas les voir, car ils ont été soigneusement effacés pulvérisés anéantis, mais sentir. Sentir l'esprit des lieux... Malheureusement on passe si vite dans ce tunnel, il est si difficile de ralentir dans le flot des voitures, que je restais sur mes questions informulées. Des tags accusateurs, sombres, « lady Di sacrifiée » « Diana livrée à Satan » avec des images de démons, des signes cabalistiques, « la Déesse se vengera » ou « satanique » écrits parfois à la peinture fluorescente... Des messages de fou, ou d'illuminé, dont je ne percevais plus la moindre trace en passant. À qui s'adressaient-ils à travers les ombres ? Quelle main avait tracé ces lettres, main de femme ou d'homme ? De possédé ou de vengeur ? J'examinais les photos... Dante conduisait en silence.

Noirange nous avait enfin livré le plan d'ensemble de l'ORV, s'attardant sur les affaires non résolues et les fameux tags, en insistant sur les rumeurs. Nous avions de quoi réfléchir... Il est vrai qu'il ne se passe pas une semaine sans que d'étranges articles ne ponctuent les journaux de faits déroutants ou insolites. Ainsi un rabbin lance-t-il une malédiction en bonne et due forme à Ariel Sharon (qui quelques mois après tombe brutalement dans le coma) ou « la Mission contre les dérives sectaires s'inquiète de la progression sensible du satanisme en France », « l'Université pontificale romaine *Regina Apostolorum* inaugure un cours intitulé : Exorcisme et prières de libération devant la recrudescence des cas de possession diabolique » – ça, j'étais au courant par mon cousin et ami Stanislas qui est l'un des piliers de l'exorcisme au Vatican, mais le cursus était réservé aux prêtres je n'avais rien pu faire pour l'infiltrer, dommage j'aurais adoré !

Les Sud-Américains viennent de filmer des ovnis en pagaille, dont les vidéos amateurs passent sur toutes les chaînes de télévision, devant les millions d'yeux fatalistes de la population ; des disparitions mystérieuses se succèdent ; en Iran des objets volants non identifiés s'installent au-dessus des villes...

Que de meurtres bizarres, de rumeurs de conspiration, de soi-disant suicides performés en groupe, d'affaires troubles aux résonances sataniques... Noirange nous a plongés d'un seul coup dans une mouvance parallèle au monde ordinaire.

Un poids soudain tombe sur mes épaules. Ce qui à Venise m'était apparu comme une excitante alternative à mes recherches a soudain pris à travers la bouche de l'ogre une infinie pesanteur. Nous sommes sortis plombés de cette première réunion... et Dante aussi bien que moi, je remarque son visage obscurci, un filtre de noirceur quasi concrète nous entoure comme un brouillard. On dirait que l'ogre a réussi à nous projeter dans un film d'horreur. Il s'agit d'en sortir très vite.

Heureusement le programme est chargé : à nous de prendre possession de notre QG qui, Dieu merci, se situe loin de l'Arche, détail stratégiquement un peu étrange mais qui me convient parfaitement. D'autant que, fait tout aussi curieux, il ne s'agit nullement d'une annexe officielle du ministère de l'Intérieur mais d'une ancienne imprimerie dans le quartier de Montparnasse... Une idée originale, également à l'instigation de ce fameux Charles Plantard. Nous allons retrouver sur place Luna, grande organisatrice de la rénovation de ces lieux atypiques, et « sonder » les dossiers de quelques affaires bizarres sur lesquelles Noirange nous a demandé de faire le point. Il semble penser que de la simple confrontation des points de vue scientifique et ésotérique devrait jaillir la lumière. J'ignore si c'est son point de vue personnel, j'en doute, on dirait plutôt l'application d'une sorte de principe de base, celui qui a amené à créer l'ORV. Noirange m'apparaît comme un rouage, un pion bien conditionné. Il relaie les messages d'un autre. Tout porte à croire que ce *Deus ex machina* serait Charles Hiéronimus Plantard. Cet homme, aussi puissant que secret, se révélera n'être un inconnu ni pour Dante ni pour moi, comme nous allions le découvrir, non sans étonnement.

Mais si pour Dante leur lien n'était de prime abord qu'une simple incursion dans le passé, je n'aurais pu imaginer, en entendant Noirange le nommer si pompeusement, que cet inconnu s'était immiscé depuis longtemps dans les arcanes de ma propre famille...

Nous voici arrivés. Dante se gare avec désinvolture au coin d'une place ombragée, il est resté plutôt laconique depuis que nous avons quitté Noirange, ce qui me convient tant je suis concentrée à intégrer tous les paramètres de ce nouveau service « secret », l'ORV, avec plongée directe dans les sombres strates du meurtre et de l'étrange.

— Un petit café ?

Dante me sort de mes pensées lugubres, en un éclair je me sens soulagée, comme désincarcérée. Je respire, une halte sur une de ces terrasses grouillantes nous changera agréablement les idées. Nous nous glissons jusqu'à une petite table ronde maculée de ronds de bière et de reliefs de café croissant. Comme par magie un serveur surgit, fait table rase des traces collantes et prend notre commande dans la foulée. Nous voilà, nous qui nous connaissons à peine depuis trois petites heures, installés à une terrasse sous les tilleuls du Café de la Place, comme de vieux amis ou de nouveaux amants... Enfin c'est ce que je lis dans les yeux attendris d'un couple d'Anglais âgés que je soupçonne immédiatement, tant ils ont l'air charmant, des pires pratiques sataniques. Le mal caché derrière des sourires ! On n'est pas toujours maître de ses pensées et Noirange a réussi à obscurcir les miennes. Tous deux encore sous le choc, Dante devant son café et moi un Martini bianco glacé avec un zeste de citron vert, ma boisson fétiche, le remontant idéal après l'épreuve et qui m'a semblé parfait en l'occurrence, quitte à passer pour une alcoolique. Dante contemple mon verre avec étonnement et un peu d'envie, comme s'il s'agissait d'une boisson exotique d'une exquise rareté, nous reprenons doucement notre respiration…

Dix minutes plus tard nous arpentons une grande pièce sous une verrière fraîchement repeinte en gris tourterelle. Des techniciens s'affairent autour d'un bureau moderne pour brancher ordinateurs, écrans vidéo, téléphones, fax et imprimantes. Un maillage se crée avec l'immense grille électromagnétique de communication virtuelle. Le vide magnétique des lieux se charge peu à peu d'invisibles forces, il perd sa virginité sous l'assaut des courants invisibles soudain activés. L'âme des lieux reste puissante quoique subtilement altérée, et j'en ressens la transformation progressive comme une invasion… Deux autres espaces sont en cours d'aménagement, l'un plus confidentiel au premier étage composé de deux pièces, un bureau et une sorte d'atelier, l'autre au rez-de-chaussée dans deux petites pièces contiguës… Luna ne mentionne pas l'espace du deuxième étage, une vaste pièce qui surplombe l'atelier et qui deviendra à notre grand agacement le domaine de Noirange, une annexe de son bureau de l'Arche, un poste d'observation que nous ressentirons parfois comme de l'espionnage.

Les installateurs font courir les fils d'une pièce à l'autre… Soudain, dans ce lieu un peu spécial, ce qui ressemblait à une aventure encore virtuelle prend corps. Hormis l'espace dégagé pour nos bureaux, l'ancienne imprimerie a gardé certains de ses meubles, table de lithographie, pierres gravées, immenses étagères couvertes de piles de papiers et de lithos. Dans quelles conditions sommes-nous là, squatteurs de ce lieu apparemment désaffecté ? Peu importe, je me sens bien dans cet endroit lumineux et poussiéreux à la fois. Je rejoins Dante :

— Ils ont trouvé un emplacement à la hauteur de notre mission… insolite, original. Un air de brocante, mais d'excellentes vibrations. Avez-vous vu dans l'entrée toutes ces pierres à litho ? Je suis sûre qu'il y en a de sublimes… Il paraît que c'était l'imprimerie de Braque, Picasso, Cocteau et des plus grands artistes de l'art moderne.

— On dirait plus une planque que de vrais bureaux, me répond Dante, apparemment notre existence, si officielle soit-elle, reste assez marginale. J'espère qu'ils ont prévu un vrai budget pour nos enquêtes.

Il se tourne vers Luna qui vient d'arriver :

— Quand pouvons-nous nous installer dans ce petit paradis ?

Luna lui fait ses yeux de velours. Je reconnais à Dante un certain magnétisme, l'impact de cicatrices invisibles, un regard laser sans compromis, un côté fauve mal luné avec des épaules d'ours… Maladroit mais prêt à charger… de quoi faire tourner les têtes de jeunes exaltées… Et même de redoutables manipulatrices, pensai-je en remarquant le jeu de Luna. Exactement le genre d'homme dont je me serais méfiée comme d'un virus dangereux, avant ma rencontre avec Sam.

Je les laisse à leurs détails pratiques et prends possession de l'espace qui me convient le mieux, les deux pièces du premier étage. En bas, les verrières ouvertes vers l'extérieur, les multiples portes et les espaces cachés derrière les presses activent une sensation d'insécurité. Je me sens à découvert, vulnérable. Là-haut rien d'inquiétant, je peux accumuler mes monceaux de documents sur l'immense table de ronéo en bois, le fauteuil fait face à la porte, il y a dans l'atmosphère un je-ne-sais-quoi qui m'inspire. Très bon *feng-shui*, dirait Francesca, ma voisine italienne de la rue Cassette, amie fidèle depuis l'enfance, qui m'a suivie dans mon doctorat d'histoire à la Sorbonne. Elle est passée hier soir chez moi, à l'improviste, comme à son habitude, en voyant la lumière allumée dans la cuisine. Nous avons bavardé en regardant la nuit tomber, de tout et de rien, de Venise et de son travail d'interprète, de ce mystérieux service pour lequel je suis revenue à Paris, de ses relations tumultueuses avec un haut fonctionnaire européen, marié et un soupçon pervers. J'ai senti qu'elle évitait d'évoquer Sam, incertaine de ma réaction, et j'en fus étrangement soulagée.

Assise dans le fauteuil de cuir gris du bureau, je me libère progressivement de la charge bombardée par l'ogre, tout en commençant à m'imprégner du lieu, à l'investir, à le repenser. Bon signe.

Au moment où je sors l'étui noir de mon tarot de Belline du sachet de velours qui le protège, Dante entre dans la pièce, avec un léger sourire devant mon agenda et les quelques stylos, feutres et cahiers Oxford orange et rouges, mes préférés, répandus sur la table :

— Ah ! le syndrome de l'écolière ! Respirer les petits pots de colle qui sentent l'amande amère et tailler des crayons noirs… commenca-t-il en scrutant avec amusement mon arsenal non létal. Vous avez choisi votre antre de chasseuse de surnaturel ! Il manque encore la boule de cristal et le piège à rêves indien, un peu d'encens peut-être… Alors, que pensez-vous de ce premier contact ?

Je décide de ne pas relever ou, plus amusant, d'aller dans son sens.

— Je pense qu'il est temps de tirer une carte… Pour voir si l'atmosphère est aussi sombre qu'elle le paraît et anticiper la suite des événements.

J'étale les cartes au dos bleu constellé d'étoiles d'or :

— Belline, vous connaissez ? C'est un oracle conçu par un obscur occultiste du XIXe siècle pour son usage personnel, retrouvé puis édité plus tard par un voyant, un certain Belline qui lui a donné son nom !

— Vous voulez dire que votre Belline s'est approprié l'oracle, c'est un peu du vol, pas bon pour le karma, ça ! Non ?

J'esquive…

— Autrefois j'avais un chat, c'est lui qui tirait l'oracle. Il se débrouillait toujours pour faire tomber une carte, une seule. Un vrai chat sorcier.

— Autrefois j'avais un lapin… me rétorque-t-il, je devais avoir dix ans. En fait c'était un lièvre, nous l'avions trouvé une nuit sur une petite route du pays Basque. Il dormait dans ma chambre. Mon cousin a marché dessus en descendant l'escalier. Fini. J'en ai longtemps voulu à ce cousin. Ce n'était pas un lièvre ordinaire, je suis sûr qu'avec un peu d'entraînement il aurait intégré l'esprit totem du Lièvre et le pouvoir d'Œil qui marche, la sorcière yaqui.

— Quelle culture inattendue, n'oubliez pas que vous êtes censé être le scientifique de l'équipe. En ce qui concerne mon chat, c'est vrai ! vous pouvez appeler ça le hasard, il sortait à chaque fois la carte juste. Voulez-vous faire le chat ?

— Je dois miauler ?

— Ce n'est pas nécessaire, décroisez les jambes... Voilà. Maintenant, pour avoir une réponse précise, vous devez poser une question précise. Alors concentrez-vous sur ce que nous savons de l'ORV, coupez de la main gauche, de droite à gauche et choisissez une carte. Ne la retournez pas et posez la ici... à l'envers.

Il joue le jeu parfaitement, sans ricaner ni lever les yeux au ciel. La scène me semble à la fois très naturelle et totalement irréelle, cet endroit, cet homme, encore inconnu ce matin, en train de couper le jeu, de fermer les yeux pour choisir une carte et la poser devant moi. Un courant d'air glacial me fait frissonner, je tends la main vers la carte, la retourne :

— La carte 35 *Ennemis.* Le serpent s'enroule autour du glaive... C'est une carte de Mars. Qu'en pensez-vous ?

— Mars, nous entrons en guerre et nous risquons de trouver quelques ennemis sur notre chemin. C'est la fatalité, avec quelques complications à la clé. Qu'en pensez-vous ?

Dante semble plutôt satisfait de son analyse, je me fais un plaisir d'en rajouter :

— Eh bien, je nuancerais un peu la simple entrée en guerre. Le serpent évoque la transmutation du cycle de vie, la mue, le changement intérieur. Le glaive signifie que cette transmutation ne s'effectuera pas sans combat. Quant aux ennemis, ils nous attendent... Il paraît difficile de ne pas se faire d'ennemi quand on touche à certains secrets, n'est-ce pas ?

Pendant que je parle, Dante tapote de son index la tête du serpent, il me fixe en ajoutant, ironique :

— Puisque notre rôle est de débusquer ceux qui utilisent les forces occultes, si elles existent, et de dévoiler la vérité, si elle existe, c'est bien une sorte de guerre que nous allons mener.

— Nous voilà prévenus...

Il sort de sa poche la carte officielle de l'ORV, notre sésame en somme, censée ouvrir les portes les mieux gardées, garante de notre existence officielle au sein du gouvernement, et la pose sur la table, à côté de la mienne :

— Et que nous disent ces implacables laissez-passer ? ORV… Observatoire des rubriques verrouillées… des rancœurs violentes… des rêves violés, des… quoi encore d'ailleurs ? des révélations vaseuses ?

— J'aime bien les rumeurs virtuelles.

En réalité je me pose quelques questions au sujet de ce nom ambigu. Observer ou enquêter ? Rumeurs virtuelles, rumeurs réelles ? L'observateur reste en retrait, il n'agit pas il regarde, il analyse… Ce titre vague et anodin est peut-être destiné à nous protéger des curiosités qui s'aiguisent souvent devant la nouveauté.

— Vous ne trouvez pas ce nom virtuel justement ? Nous sommes dans des bureaux qui ne sont pas des bureaux, le nom de notre service spécial n'évoque rien de menaçant, ni d'efficace d'ailleurs, mais plutôt un après-midi à la campagne à écouter le bourdonnement des insectes…

— Ils nous ont même offert un ange en prime, pour nous protéger du Mal sans doute, ajoute Dante en examinant la carte de plus près. Entre la statue de la Liberté et l'archange Michel. Je doute qu'on nous prenne tout à fait au sérieux, ou alors…

Je l'interromps :

— Regardez : cet ange porte une lumière, il s'agit donc de Lucifer et non de l'archange ! Notre protecteur serait un ange déchu. Il y a quelque chose, mais je n'arrive pas à mettre le doigt dessus, quelque chose de bizarre… Pourquoi diable nous ont-ils mis un symbole *illuminati* sur nos cartes ?

— Illuminati ?

Un rayon de lumière pénètre dans la pièce, venant juste éclairer sur la table les trois cartes, les ennemis du tarot de Belline et nos deux anges déchus barrés du ruban tricolore. On ne nous avait pas tout dit… Un étrange sentiment me saisit, l'impression d'avoir mis le petit doigt dans un engrenage qui risquait de m'avaler tout entière.

Je relève la tête vers Dante qui semble attendre une réponse, et réalise soudain combien est étrange le fait d'avoir à nouveau, comme à New York au temps de Peter, un interlocuteur avec qui je serai tenue de partager mes idées et qui m'exposera les siennes. Puisque c'est le jeu, confronter nos points de vue, nos expériences, nos intuitions à la recherche de faits et de signes qui, si arbitraires qu'ils soient, approcheront au plus près ce qu'on nomme la Vérité.

La vérité unique ne fait plus depuis longtemps partie de mes credo, lesquels se sont considérablement raréfiés au fil du temps. Je crois en la multiplicité de la vérité, en la multiplicité des regards et des mémoires. Tout est vrai et rien n'est vrai. Même de ma propre vie, je ne suis plus sûre de rien. Mes souvenirs me conviennent-ils parce que je les ai remaniés, au fur et à mesure, afin qu'ils s'adaptent à l'image que je me faisais de moi-même ? J'ai vécu longtemps sans me poser ce genre de question et maintenant la vérité s'est éloignée et devient par là même plus difficile à cerner.

J'ai donc abandonné non pas la reconquête de mon passé qui reste, avec ses trous d'ombre et d'oubli, une des véritables énigmes de ma vie, mais l'idée d'en reconstituer les faits avec une transparence absolue. Et si je doute de ma propre mémoire, de quoi puis-je être sûre ?

C'est simple, je doute de tout, tout ce que l'on m'a enseigné comme évidence ou comme dogme absolu, depuis que j'ai réalisé progressivement, intuitivement d'abord, puis grâce au décryptage de Sam, que plutôt que d'une transmission du savoir, il s'agissait d'une sorte d'endoctrinement. J'ai souvent l'impression que ce qu'on nous montre n'est qu'un décor, qu'on nous maintient loin de la véritable connaissance. C'est derrière les apparences, au-delà des religions, et des croyances, que nous devons partir à la découverte d'une étincelle de vérité.

Je regarde Dante avec l'autre regard, celui qui s'active parfois quand j'arrive dans un état second. Je vois surgir sa part d'ombre, une part prépondérante dont il ne semble pas être conscient. Ses connaissances et son intelligence servent cette ombre et lui conservent sa densité, structurée de rancune, de haine et de souffrance. Sa puissance même l'entraîne sur des rives noires, dans l'inconscience de toutes ses forces qui combattent en lui. Des forces virulentes, irrationnelles qui échappent au contrôle de son mental.

S'il sait jouer avec ses connaissances des animaux totems et des croyances animistes, cela reste un jeu. Dante n'a rien d'un ange.

VII

Retour sur un exorcisme en Italie du Nord – Arielle

Le soir tombe. L'obscurité commençe à se glisser dans les dernières transparences, je me suis plongée dans les dossiers déposés par Luna sur mon bureau, et si leur contenu n'est pas pour m'étonner, c'est la convergence de toutes ces affaires énigmatiques, sur lesquelles souffle un fort relent de sorcellerie ou de satanisme, qui me trouble.

Profanations, disparitions inexplicables, meurtres rituels, les informations des journaux ne donnent qu'un pâle reflet de l'inventaire réel de toutes les intrusions de l'étrange dans notre dimension. Je ne parle même pas des informations télévisées si parfaitement formatées, qui participent allègrement à la désinformation et la manipulation d'un public captif. Devant cette moisson insolite éparpillée sur mon bureau, journalistes et dirigeants de chaînes de télévision n'en croiraient pas leurs yeux, ou s'empresseraient de les fermer plutôt que de reconnaître qu'il existe une actualité dans des domaines si contestés. Ou bien, de peur de se ridiculiser, ils tourneraient le sujet en dérision.

Et pourtant, ces dossiers, fournis par qui d'ailleurs? Le ministère de l'Intérieur? L'un des cinq Services secrets dépendant de l'Intérieur ou de la Défense? – des sources sérieuses en tout état de cause, ces dossiers recroisent certaines de mes recherches récentes…

J'ai soudain hâte de retrouver mon refuge de la rue Cassette, mes livres, le *Protocole secret* et de lire mes mails. J'espère avoir des nouvelles d'Anna; elle partait en Grèce, dans sa maison de l'île de Sciathos. Elle a dû recevoir ma lettre de château, avec toute ma gratitude pour son amitié et son hospitalité sans failles de ces derniers mois vénitiens, où elle s'est révélée la plus parfaite des amies, attentive et lointaine. Je me suis amusée à lui décrypter le *Protocole*, dans une longue tirade sur la vision prophétique du monde, présent et à venir de Jean de Jérusalem, et je rêve d'un signe d'elle après cette rencontre marquée du sceau sinistre des affaires non élucidées de Noirange.

Mais surtout je voudrais retrouver mes protections, m'immerger dans un bain chaud, me laver de toutes les empreintes de cette journée, évacuer surtout cette sensation inconfortable qui me trouble depuis la réunion au sommet de l'Arche ce matin. Tout est allé si vite que je n'ai pas encore pris le temps de regarder ce qui avait pu l'initier. Pour cela il me faut revisiter cette journée, instant par instant, et en identifier la source.

Les premiers moments ont été plutôt amusants, retrouver Noirange dans le rôle de l'ogre-araignée, si satisfait de ses nouveaux pouvoirs dans son antre gardé par cette version féminine sexy du Cerbère, Luna. Rencontrer mon alter ego, Dante, aussi en retrait que moi, et avec autant de questions informulées. Noirange ne nous a pas laissé beaucoup de latitude pour nous exprimer, tant il avait d'informations à nous transmettre : l'organisation de l'ORV, pourquoi nous, notre statut hybride, nos bureaux insolites, la pyramide des pouvoirs et enfin un aperçu de quelques dossiers, dont celui, qui semblait particulièrement le chagriner, des apparitions des tags provocateurs évoquant la mort de lady Di sous de sombres auspices, dans le tunnel de l'Alma.

C'est à ce moment-là, oui c'est bien là que l'oppression m'a saisie, que cette pesanteur est descendue sur moi, comme un nuage d'orage… c'est à ce moment-là que les formes/ombres sont revenues, elles continuent à passer comme des fantômes à peine entraperçus, dans un mouvement furtif.

Je n'oublierai jamais la première fois où j'ai remarqué leur présence. C'était il y a des années…

… À l'époque je travaillais à Rome sur les prophéties apocalyptiques. J'y avais retrouvé Stanislas par hasard, revenant d'une enfance lointaine où toute la ribambelle des cousins germains et plus lointains du côté de mon père se réunissait dans les Vosges, sous la tutelle d'une gouvernante secondée par quelques « jeunes filles », pendant que nos parents libérés de leur progéniture parcouraient le monde. Cette petite vallée vosgienne devint pour longtemps le lieu symbolique des vacances d'été, un lieu ouvert sur l'esprit des montagnes. J'avais été heureuse de retrouver Stanislas, témoin de ces étés insouciants, je le nommais affectueusement Maître des Exorcismes, et nous avions fini par renouer notre lien d'enfance autour de sujets tabous comme l'alchimie, le satanisme et la sorcellerie, sujets délicats à évoquer avec le commun des mortels.

Stanislas avait enfin répondu à mes prières. Je ressentais alors un besoin urgent et vital de me confronter dans la réalité avec ce que je rencontrais dans mes études. Le besoin d'en vérifier l'existence. Pour cela, Stanislas, exorciste au Vatican, était le facilitateur idéal. Il rayonnait et rayonne encore sur toute l'Italie du Nord, où les superstitions et les pratiques sataniques connaissent une recrudescence alarmante.

Je lui exprimais mes doutes. La possession était-elle une légende, un mythe ou une réalité ? Car si elle était réelle, la magie l'était aussi, le démon existait, ainsi que les anges, les fées et toutes les merveilles des autres mondes. Tout devenait possible. Je voulais sentir, vibrer, voir de mes yeux et avec mes perceptions les plus aiguisées ce qu'il en était.

Bien sûr, j'avais mes intuitions, mes rêves prémonitoires et mes rêves tout court qui m'entraînaient derrière la porte. Mais il me fallait des preuves, des signes qui posent des sceaux d'authenticité sur ces perceptions singulières. C'est pourquoi j'avais demandé à Stanislas, si l'occasion s'en présentait, de me faire participer à l'un de ses combats avec le démon. Il avait souri, avec un soupçon d'ironie pour mon innocence sans doute, promis de penser à moi, et voilà, le moment était enfin venu.

Ce jour-là, il m'avait convoquée dans un café de la via Veneto, restant assez sibyllin pour éveiller ma curiosité. Bien entendu, je m'étais précipitée et je l'attendais avec impatience lorsqu'il entra avec son sourire de loup, toujours très élégant comme savent l'être les prélats italiens, une discrète croix d'argent au revers de sa veste de cachemire noir. Il prit son temps avant de parler, savourant mon attente avec un chocolat chaud, puis il ouvrit la boîte de Pandore : il partait le lendemain dans le nord de l'Italie, pour un exorcisme, et il me proposait de l'accompagner pour l'assister. Devant mon enthousiasme, il haussa les sourcils et me fit une synthèse rapide de la situation que nous allions affronter : il s'agissait d'une enfant de treize ans, brutalement métamorphosée par la possession. Le démon s'était installé en elle, il avait pris chair à travers ce corps d'enfant trop mince pour sa puissance, le déformant d'atroce façon. Rien ne subsistait de la petite fille dans cet être hybride, dont la seule vue terrorisait l'entourage et qui dégageait une force de perversion appartenant à des abysses auxquelles les humains ont rarement accès. Les yeux du démon ouvraient sur l'enfer tandis qu'il proférait des obscénités et que des odeurs nauséabondes empuantissaient l'atmosphère. On avait dû attacher la possédée à son lit pendant ses « crises » tant ses forces devenaient incontrôlables... le démon hurlait en crachant aux uns et aux autres leurs troubles secrets, livrant avec jubilation toutes leurs turpitudes ; le feu avait pris trois fois dans la chambre spontanément, la terreur du Mal envahissait la population. Le curé du village, dépassé, avait appelé le Saint-Siège au secours après avoir été projeté par une force invisible à travers la fenêtre, heureusement située au rez-de-chaussée. Plus personne n'osait franchir le seuil de la maison, excepté la mère de la petite fille.

Pendant cette description d'anthologie, des images avaient resurgi et je ne pus m'empêcher d'en faire part à Stanislas :

— On dirait une réédition italienne de *L'Exorciste !* C'est le film qui m'a le plus terrifiée de ma vie entière. Et figure-toi que, bizarrement, je l'ai vu dans un petit cinéma du nord de la Thaïlande, à Pitsanulok ! C'est d'ailleurs la seule raison pour laquelle je me souviens du nom de ce village. Une peur viscérale.

— J'espère que tu sauras affronter les démons avec moi, répliqua Stanislas en me scrutant de son regard aigu. Tu devras être forte, Arielle, sinon il vaut mieux t'abstenir.

— Je compte sur toi pour me donner des armes, nous avons tout le voyage pour que tu m'inities...

Violentes, les réminiscences de *L'Exorciste* s'imposent. Je me souviens de l'odeur de vieux tabac et de transpiration qui flottait dans la salle décatie, de ce sentiment palpable que pendant le tournage ils avaient capturé avec leur caméra des forces diaboliques qui les dépassaient. Le démon habitait le film. Je revois comme si c'était hier, quand je suis sortie, les arbres noirs se détachant sur le ciel bleu sombre, dans la nuit encombrée de démons invisibles… J'avais presque couru jusqu'au petit hôtel qui m'apparaissait comme un refuge, fragile certes mais nécessaire, un refuge contre les terreurs réveillées par ces scènes de possession trop vivaces. Je n'ai jamais voulu revoir ce film dont la seule évocation éveille encore en moi, des années plus tard, une peur qui me broie les entrailles.

En toute logique, j'aurai du fuir la proposition de Stanislas, et pourtant je m'étais mise moi-même dans la position dangereuse d'affronter avec lui ces démons qui m'avaient terrorisée. Je savais que j'allais me retrouver dans un contexte à la limite du cauchemar, mais rien n'aurait pu m'empêcher de l'accompagner. J'avais besoin de cette confrontation, serait-ce une occasion d'exorciser l'empreinte de *L'Exorciste*?

Ce jour-là, lorsque je suis revenue dans mon petit appartement près de la piazza Navona pour faire mes bagages, j'ai commencé à les percevoir, des ombres subtiles qui tournaient autour de moi. Elles ne me quittèrent plus jusqu'au village, aussi furtives qu'imprévisibles. Elles m'accompagnaient comme si elles savaient d'avance le rôle que j'allais jouer dans la lutte avec le Malin.

Dès que nous fûmes arrivés, devant la puissance du démon qui adombrait l'enfant, Stanislas exigea que la maison soit nettoyée de toutes statuettes, livres et écrits, objets et amulettes, ainsi que des meubles, bijoux et porte-bonheur. Tout ce qui pouvait être chargé des énergies diaboliques devait disparaître. Les quelques hommes aux visages rudes et effrayés qui avaient encore le courage de s'approcher transportèrent tout ce contenu hétéroclite hors de la maison. Les ombres tournoyaient en désordre… Puis il prépara ses armes contre le démon, dont un minuscule flacon opaque d'huile sainte et une imposante bouteille marquée d'une croix, l'incontournable eau bénite.

J'assistais Stanislas malgré la terreur qui me fouaillait le ventre, le vertige de côtoyer des gouffres effroyables, des présences mauvaises prêtes à m'arracher l'âme. Je m'accrochais avec l'énergie du désespoir en imaginant le démon expulsé du corps de la petite fille. Une photo d'elle, installée dans l'église, entourée de bougies sous la Vierge Rayonnante, la montrait lisse et tranquille en première communiante sublimée de blanc et de dentelles. Rien à voir avec cette horreur dans la chambre, les yeux terrifiants de malveillance et les traits déformés par la haine. Je me caparaçonnais de lumière absolue, tandis que des tentacules glacés tentaient de se glisser en moi, avides de pénétrer mes défenses. Je sentais des griffes me frôler...

Stanislas m'avait interdit de regarder en face l'enfant possédée. Lorsque je faillis, un dixième de seconde, une jubilation atroce éclata dans son regard fendu de fauve, le démon me reconnaissait... sa voix m'interpella, triomphante et vénéneuse : Ah, la voilà... approche, fille de sorcière, damnée toi-même, viens donner le baiser de soumission à ton maître... Sa langue remuait lascivement, affolée je m'efforçais de détourner le regard mais je me sentais comme aspirée par cette horrible bouche proférant des obscénités qui me brassaient le ventre, je fus envahie d'une terreur incontrôlable. Brutalement, une force invisible me plaqua à mi-hauteur du mur avec une violence telle que mes dents claquèrent en résonnant, mes cheveux crissaient d'électricité, je sentais mes os craquer, les larmes couler malgré moi, la douleur était telle que je n'avais plus de voix. Attachée sur le lit, la Chose exultait.

Stanislas blêmit, il s'interposa entre nous tandis que la Bête crachait insultes et menaces, et l'emprise se dénoua insensiblement. Suffocantes, des odeurs de charogne s'enroulaient autour de nous, je pus enfin me libérer et m'enfuir la nausée au cœur, dans un vacarme de rires moqueurs et de cris d'animaux.

Il me fallut un moment pour reprendre mon souffle. Avec mes poignets violets de meurtrissures et cette sensation d'avoir le corps broyé, je compris que l'invisible peut tuer.

Plus tard, malgré une vertigineuse angoisse, je m'obligeais à revenir pour accompagner Stanislas dans ses longues mélopées d'exorcisme. Il se fatiguait, la tension était si intense que je voyais les veines de son visage et de ses mains saillir comme des fleuves sur sa peau, ses mains serraient le crucifix avec la blancheur et le relief d'une sculpture hyper-réaliste. Je le sentais à bout de forces, lorsqu'il se mit à utiliser avec une puissante autorité un langage dont les consonances étrangères échappaient aux dialectes connus, qu'il me dit ensuite avoir reçu comme langue de combat… une sorte d'inspiration divine.

Et tandis qu'il déliait l'enfant de la malédiction de Jézabel qui courait à travers les générations de sa famille, tandis qu'il défaisait les liens avec ses dépendances invisibles, je l'assistais, médusée par la fureur du démon au contact ardent de l'huile sainte. J'étais désormais dans sa ligne de tir, et ses allusions dépravées, ses attaques grossières se faisaient plus hargneuses tandis que Stanislas, tremblant de tous ses membres, poursuivait sa conjuration en l'aspergeant d'eau bénite. Sous les gouttes brûlantes, le démon qui possédait l'enfant éructait sa rage, impuissant à contrer le langage inspiré de Stanislas et le pouvoir des liquides consacrés. Lorsque celui-ci projeta ses dernières forces dans l'ultime phrase de l'exorcisme, le démon s'enfuit en nous maudissant. Le silence se fit. Les traits monstrueux qui défiguraient l'enfant se lissèrent, la laissant pâle comme une porcelaine. Elle ouvrit des yeux effrayés.

Nous nous sommes retrouvés, ravagés et meurtris, comme deux rescapés d'une bataille mortelle. Les ombres avaient disparu.

Et voici que ces ombres, que j'avais réussi à reléguer dans un coin oublié de ma mémoire, viennent de réapparaître. Les voilà qui s'agitent autour de moi. Tout à l'heure j'ai saisi du coin de l'œil un passage furtif jusque dans ma chambre. Je n'ai pas peur, non, mais elles me mettent mal à l'aise. Je sais qu'elles sont les messagères de forces qui habitent les autres mondes, et qu'elles se manifestent quand les frontières deviennent poreuses…

Dante a insisté pour me déposer rue Cassette, je l'ai invité par pure courtoisie à prendre un café, un verre de vin ou un whisky, mais il a juste regardé le vieil immeuble avec son porche de pierre très haut et l'immense porte vert pâle et répliqué :

— Assez de nouveauté pour aujourd'hui, ce sera pour une autre fois. À demain, princesse.

Un petit geste de la main et il était reparti, à mon vif soulagement car je n'avais qu'une envie, me retrouver seule, tranquille, chez moi.

Apparemment l'histoire de l'ogre-araignée m'appelant « princesse » quand j'étais petite lui a plu. J'espère cependant que ce n'est qu'une allusion complice et non le début d'une habitude. Je montai l'escalier de pierre jusqu'à mon refuge en me sentant plus légère à chaque marche. Ma demeure. Mon domaine.

La porte s'ouvrit doucement, je posai mes affaires sur la petite console de l'entrée, me scrutant un instant dans la pénombre du miroir, comme pour m'assurer de mon existence et voir quel était mon visage du moment. Calme et fatigué mais normal. J'étais soulagée ce soir de ne pas voir apparaître un de mes autres visages dans lesquels j'ai du mal à me reconnaître. Est-ce un effet de mon propre regard déformant ou d'une subtile modification d'origine inconnue, il m'arrive de me surprendre dans un miroir comme une autre. C'est peut-être la raison pour laquelle inconsciemment je m'étonne parfois que les gens me reconnaissent. Puisque moi-même je ne suis pas sûre du visage que je leur présente.

Je suis entrée dans le salon sans allumer de lampe, scrutant le ciel lumineux découpé dans les fenêtres ouvertes, la rumeur de la ville rejetée sur un plan très lointain, j'ai ressenti à nouveau cette impression d'être parvenue dans une citadelle isolée, curieusement préservée du réel.

Cet appartement est l'étage le plus élevé de l'hôtel particulier où ont vécu mes grands-parents et leurs parents avant eux. Une construction remaniée au XVIIIe siècle, mais dont ma grand-mère m'a toujours affirmé que l'origine était infiniment plus lointaine, ce qui expliquerait le curieux entrelacs des deux escaliers et d'un demi-étage inséré entre le second et le troisième. Sans parler de « la porte ».

Je m'y suis toujours sentie chez moi, en adéquation avec l'esprit des lieux, depuis la petite chambre de service où je m'étais installée pendant la première année de mes études à Paris, ivre du bonheur de me retrouver seule et indépendante. J'avais gentiment décliné la proposition de bonne-maman de m'héberger dans son confortable appartement où je m'arrêtais deux ou trois fois par semaine pour prendre un bain ou partager un vrai repas. J'étais aux anges là-haut, entourée de mes livres et des quelques objets glanés dans l'éternelle transhumance familiale. Pour la première fois je me sentais chez moi, je me créais mon territoire, j'étais à ma place. Une seule fenêtre mais qui donnait sur les jardins, personne à qui rendre des comptes, une sensation de liberté comme un perpétuel printemps.

J'avais été aussi comblée, au moment de la succession de bonne-maman, en apprenant que le dernier étage m'avait été destiné, que troublée lorsque mon frère Antoine s'était empressé, sans même m'en prévenir, de vendre sa part, le rez-de-chaussée avec le jardin, lorsqu'il était entré en sa possession.

Mon frère fait partie de mes désillusions. Nos chemins se sont séparés après l'adolescence. Ce qui nous liait alors s'est volatilisé, la complicité dans la rébellion et le refus des conventions, la nécessité de décrypter la magie du monde se sont transformés chez lui en ardent désir de faire ses preuves dans une société aux dents longues. Sa soif de découverte et de sens s'est cristallisée en dépôts invisibles sur les étagères d'un lointain passé. Charmé par les chants rassurants de la réussite et de l'argent à profusion, il vole sur son tapis magique loin des bassesses de la médiocrité. Il est satisfait et moi désolée pour lui. Je lui conserve néanmoins toute mon affection, dont il n'a plus rien à faire.

J'ai allumé mon iBook machinalement pour consulter les mails, mis à couler un bain parfumé à la sauge sauvage et me suis servi un verre de Nuits-Saint-George, exquis. Je l'avais ouvert la veille avec Francesca pour fêter mon retour, avant qu'elle ne reparte à son tour en Italie pour assister à un grand concert organisé par sa mère à la Scala de Milan. Francesca habite l'immeuble à côté, elle est veloutée, italienne et tout à fait particulière, nous nous connaissons depuis l'adolescence, quand nous faisions tourner les verres dans la grande salle du presbytère devenu leur maison de vacances à l'île aux Moines. Séances parfois houleuses où les protagonistes effarés s'éclipsaient un à un devant l'étrangeté de ces verres poussés par des esprits manifestement perturbés, qui nous racontaient des histoires ou venaient se fracasser d'eux-mêmes sur les murs lorsque les sujets devenaient trop brûlants. Un jeu dangereux auquel je ne me prêterais plus à présent, mais qui, dans notre inconscience, nous donnait l'impression exaltante de passer les frontières du visible. Je ne savais pas alors ce que l'avenir me réservait, cette quête d'ailleurs qui m'a guidée jusqu'ici, dans les griffes de l'ORV.

Les fenêtres ouvertes laissaient entrer les parfums du soir s'élevant des jardins des Carmes, les lumières éclairaient les nuages de rose et de pourpre, sur un ciel bleu soie. Douceur de vivre. Je me remis à respirer… Lorsqu'une ombre fugace traversa la pièce, je m'interrogeai furtivement sans savoir qu'elle n'était que le prélude aux étranges événements qui allaient se bousculer d'une manière si vertigineuse.

*

Après avoir laissé Arielle devant chez elle, Dante se rembruma, impressionné malgré lui par cette première journée d'initiation à l'ORV, un peu déstabilisé que son partenaire se soit révélé être une femme, à fleur de peau, méfiante et imprévisible, mais non sans un charme insolite. Elle avait réussi à lui faire jouer le rôle du chat, il ne savait par quel stratagème… par jeu peut-être simplement. C'était bien le joueur en lui qui avait accepté de revenir en France, dans un contexte qui se révélait encore plus bizarre que prévu, alors autant accueillir l'imprévisible avec humour. Il n'allait pas commencer à prendre tout cela au sérieux, il avait bien d'autres chats à fouetter. D'abord concrétiser les accords initiés à Hong Kong, risqués mais excitants. Dante se gara place de la Madeleine, et entra dans son bar préféré, le Forum.

À peine était-il assis dans un des fauteuils de cuir fauve, qu'un serveur lui apporta un Cosmopolitan et quelques mélanges d'amandes.

— Bonsoir, monsieur Ibozu, ravi de vous revoir à nouveau parmi nous. C'est de la part du patron.

Il jeta un regard vers le bar derrière un panneau de verre dépoli qui séparait la partie bar du *Lounge* où il s'était installé.

Dante leva son verre avec un signe de tête et un sourire d'appréciation. Il y a du bon à revenir au pays… Il aimait retrouver l'ambiance raffinée, la musique légèrement jazzy en sourdine, le goût des amandes grillées sur la fraîcheur du Cosmopolitan. Quand une silhouette trapue passa la porte, un voile passa sur son visage, la pause avait été courte, mais les dés étaient lancés, il ne pouvait plus reculer, il se leva légèrement pour accueillir l'homme.

— *Huan ying, mister* Li…

VIII

Mise en scène macabre sous le tunnel de l'Alma

Lorsque commencera l'An Mille qui vient après l'An Mille l'homme sera devant la bouche d'ombre d'un labyrinthe obscur.
Et je vois au fond de cette nuit dans laquelle il va s'enfoncer les yeux rouges du Minotaure...
Prends garde à sa fureur cruelle, toi qui vivras l'An Mille qui vient après l'An Mille.

Protocole secret des prophéties,
Jean de Jérusalem – 1099 ap. J.-C.

À peine la première sonnerie avait-elle déchiré le silence de la nuit que je m'éveillai l'esprit en alerte, comme si j'avais attendu dans un demi-sommeil qu'il se passe quelque chose. Je regardai le réveil, 4 h 22, avant de décrocher doucement, la voix était précise et tendue :

— Désolé, princesse, il y a du nouveau... Je passe vous prendre dans cinq minutes.

J'eus à peine le temps de répondre, il avait déjà raccroché. « Il y a du nouveau », mais quoi ? Imprécision typiquement masculine. Je passai une tenue confortable et chaude, la nuit il fait toujours froid. Je jetais un œil vers le ciel, noir et sans étoiles. Je fourrai dans les poches de ma veste clés et portable, pas de sac. Les sacs m'ennuient, ils sont encombrants et trimballent une foule de trucs inutiles et rassurants censés pouvoir servir un jour ou l'autre. Je m'exerçais au minimalisme.

La voiture glissait dans les rues ponctuées çà et là d'orchestres et de musiciens. Rue de Babylone, les Invalides, traversée du pont, à gauche vers l'Alma. Après m'avoir donné ses informations, Dante se taisait, moi aussi. Nous regardions au passage les foules excitées, agglutinées sur l'esplanade des Invalides sans nous sentir concernés. Nous attendions de voir... L'entrée du tunnel était barrée par des véhicules de police aux lumières clignotantes, des formes s'agitaient, les rares voitures étaient détournées, quelques noctambules curieux essayaient d'en voir plus... Le quartier était plutôt calme, tandis que les foules s'agloméraient aux Halles, au Trocadéro, sur les Champs-Élysées, dans le Quartier latin ou à Montmartre pour la fête de la musique.

Notre carte ORV prouva sa validité en nous ouvrant le chemin, on nous attendait... Descendre à pied dans un tunnel la nuit est une étrange expérience, je comptais machinalement, me souvenant des circonstances de l'accident de lady Di. Tout se passait au pied du fatal treizième pilier, policiers et photographes étaient déjà sur place, ils s'écartèrent pour nous laisser passer. Je vis d'abord les lys, de grandes gerbes de lys blancs éparpillés ou plutôt disposés sur le sol en cercle autour d'« elle »: attachée au pilier par un cordon de soie pourpre passé sous la poitrine, le visage si blanc qu'il rayonnait dans la faible lueur des lampes, la tête abandonnée sur l'épaule, le corps comme désarticulé dans la longue robe du soir en velours noir disposée autour d'elle en une immense corolle de fleur vénéneuse...

Une mise en scène macabre et belle, digne de Böcklin et de son Île des morts. Ses cheveux défaits scintillaient, ses mains s'ouvraient vers le ciel comme pour une acceptation infinie. Voilà, c'était fait, enfin, elle n'avait plus rien à craindre. C'est ce que je ressentis, avec une étrange compassion pour la jeune morte aux lys.

« La jeune morte aux lys », ces mots me sautèrent à l'esprit comme le nom du tableau qui aurait pu exister. Mais cette morte était de chair déchirée et de sang répandu, d'éclat de peau et de douleur dépassée. Il flottait autour d'elle comme un murmure de sidération, je voyais dans les yeux de ces hommes qu'elle échappait à tous les critères habituels, si gracieuse et pensive que chacun avait envie de la prendre dans ses bras pour la rassurer, la sortir de son sommeil halluciné, lui chuchoter à l'oreille: « Ce n'est qu'un mauvais rêve »...

Le temps s'arrêta un instant, tous se figèrent dans une contemplation silencieuse. On eût dit qu'ils attendaient malgré eux l'esquisse d'un geste, un battement de cil, un frémissement des lèvres.

… Le premier flash éclata comme un électrochoc, le réel reprenait le dessus sur la vision éphémère, mais la conscience demeurait d'avoir vécu un moment à part, à la lisière des mondes…

Les photos s'enchaînèrent, la scène prit une dimension de drame un soir d'orage zébré d'éclairs, il ne manquait que le grondement lointain du tonnerre.

Je fermai les yeux, fis abstraction du bruit et de l'agitation pour ressentir les lieux, ce que j'avais espéré faire la veille en passant dans la circulation et qui s'était avéré impossible. L'oppression s'imposa, plus violente que jamais, et la vision surgit. Des brouillards noirs épais se formèrent en tourbillonnant, le sol s'ouvrit sur une pièce souterraine, des chants ténébreux montaient et je crus entendre une voix susurrer à mon oreille : « L'alpha et l'oméga. » Saisie de vertige, je m'efforçais d'ouvrir les yeux., Le tunnel de l'Alma n'avait pas été creusé dans un endroit neutre. Et la jeune morte aux lys n'y avait pas été déposée par hasard.

Rien de ce qui s'était passé dans cet endroit ne dépendait du hasard… Le parfum suave des lys ne suffisait pas à occulter une autre odeur à la fois envoûtante et écœurante, l'odeur du sang.

Dans les flashes des photos, j'aperçus alors, parfaitement dessinés sur le pilier au-dessus d'elle en lettres rougeâtres, trois serpents tête levée formant des S : SSS. En un éclair, devant l'accroche en haut à droite formant la tête du serpent, je pensais aux trois S, symbole secret de reconnaissance dans les religions à mystères. Trois fois le nombre 6, l'archaïque sigma grec que le modèle ionien a fait disparaître pour une raison probablement occulte, la puissance du chiffre ne devant pas être utilisée par le commun des mortels. Trois S reptiliens d'apparence anodine derrière lesquels est crypté le 666 babylonien, le chiffre de la Bête, dont parle saint Jean au chapitre XIII de son Apocalypse… Cette première impression me jaillit littéralement à l'esprit, verset de l'Apocalypse à l'appui. Je restai figée dans la contemplation de l'inscription, une partie de moi observant le reste de la scène dans une sorte de vision périphérique.

Alors que nous descendions dans le tunnel vers le treizième pilier, Dante avait été capté au passage par un Noirange excédé et furieux, déchargeant sa hargne sur tous ceux qui passaient à sa portée. Je perçus ses vibrations perturbées et m'empressai de m'éloigner. Dante, lui, n'avait pas hésité à se jeter dans l'arène, me laissant libre de mes gestes. Après le bref moment de sidération, lorsque les flashes reprirent, il me rejoignit et sans un mot, s'agenouillant aux pieds de la jeune morte comme pour une prière, commença un examen méticuleux. Je m'aperçus alors seulement qu'il transportait avec lui une mallette métallique, qu'il ouvrit...

Rien ne semblait pouvoir échapper à son attention maniaque pendant ce premier examen des traces tout autour d'elle. Le pilier, le sol, la corde qu'il avait détachée, les liens qui tenaient les lys. Il passa une lumière violette tout autour d'elle puis sur elle. Les trois S se métamorphosèrent en trois sinistres reptiles bleutés. Et apparurent sur le sombre velours de la robe des éclaboussures céruléennes qui se rejoignaient en une mer chatoyante : toute la corolle de sa robe était imbibée de sang. Sous son apparence intacte, la jeune morte aux lys avait été saccagée...

Cela, je l'appris un peu plus tard, sur la table de la morgue. Je me sentais glacée au plus profond de moi-même, et les ombres continuaient à tourner dans le tunnel, sans repos.

Lorsque Dante eut réuni jusqu'au moindre indice invisible à nos yeux, procédant avec le plus grand calme, totalement concentré sur ses cotons-tiges, bandes adhésives, pinces à relever de minuscules particules, loupe, que tel un magicien il ne cessait de sortir de sa mallette pour les confronter à d'imperceptibles marqueurs, des hommes enlevèrent le corps qui laissa une empreinte sombre. Ils rassemblèrent les fleurs éparpillées en un bouquet funèbre qu'ils jetèrent dans un grand sac en plastique transparent. Demain ou après-demain, le tunnel sera rouvert et toutes traces physiques de l'événement auront disparu, défaites par la main de l'homme, mais je pensais en moi-même que nul ne pourrait effacer l'empreinte invisible de la jeune morte, son image ne cesserait jamais de hanter tous ceux qui avaient vécu ces heures singulières.

Pendant ce temps des policiers interrogeaient le couple qui avait découvert le corps, deux jeunes gens qui avaient d'abord cru à une mise en scène horrifique. Intrigués, ils s'étaient garés à la sortie du tunnel et étaient revenus à pied vers cette vision fugitive pour en découvrir la terrifiante réalité… La première voiture de police était arrivée très vite, et le tunnel fermé dès que les policiers eurent vérifié leurs propos : la silhouette abandonnée d'une jeune femme aux yeux clos, attachée à un pilier dans le fameux tunnel de l'Alma. Une histoire qui sentait mauvais, liée à des infos classifiées, et qui remonta illico jusqu'au ministère de l'Intérieur et à Noirange, que la nouvelle avait littéralement enragé.

Il était impensable qu'elle ait pu être attachée là sans que personne n'ait rien vu… Même au milieu de la nuit, les voitures passent régulièrement dans le tunnel. Surtout la nuit de la fête de la musique. Il y avait un monde fou dans les rues toutes proches, au Trocadéro, autour du Grand-Palais. Noirange voulait des témoins, des explications. Il trépignait, exigeait des rapports, menaçait à mi-voix, et tandis que le corps de la jeune morte était enfin emmené vers la morgue, il se multipliait avec l'ardeur agressive de ceux qui ont beaucoup à perdre.

C'est en ressortant de l'obscurité du souterrain que je remarquais une infime lueur mouvante au pied de la flamme de la liberté devenue le mémorial de lady Di, la princesse défunte… La lumière d'une bougie votive, de celles que l'on trouve dans les boutiques d'objets pieux de la place Saint-Sulpice, entre les encens de Jérusalem, les statues de la Vierge, et les images de communion dentellées d'or. Je me penchai vers la petite flamme posée au pied du monument devant un bouquet de roses blanches encore fraîches liées par un ruban. Un message était scotché sur le socle au-dessus des fleurs. Je m'agenouillai pour le déchiffrer à la clarté de la lune, message d'amour et d'allégeance à la princesse défunte, en anglais, avec quatre signatures : Mark Moore, Jane Dee, Henry and Rose Stewart… Je m'y repris à deux fois, incrédule, pour lire ces noms chargés de magie et de sang. Était-ce un canular ? Un jeu ? Une énigme de plus à éclaircir… La bougie n'était qu'à demi consumée, il y avait toutes les chances pour que nos adorateurs inconnus se soient trouvés là à un moment crucial de la nuit. Témoins potentiels de cette scène fantôme.

Tout en nous excusant mentalement auprès de Diana de lui voler ces fraîches offrandes, je laissai Dante ramasser selon ses rites singuliers la bougie qu'il éteignit avec précaution, les fleurs et la lettre, pour les enfermer dans des sachets transparents qu'il décora de quelques hiéroglyphes. Curieuse de découvrir enfin les témoignages de vénération placardés autour de la flamme, symboliques de la sanctification d'une icône, dont les journaux s'étaient fait abondamment l'écho dans les années qui suivirent la mort de la princesse de Galles, je fis le tour du monument, éclairant avec mon téléphone portable ces étranges ex-voto.

Il y en avait moins que je ne l'imaginais, constatais-je avec une certaine déception ; je n'en appris que plus tard la raison, sans vraiment comprendre pourquoi la flamme de l'Alma est si souvent nettoyée de ces manifestations votives. À moins d'une volonté précise d'en effacer les traces, de conjurer le culte passionné qui a entouré lady Di avant et après sa mort tragique.

Pathos, hystérie *people*, fascination du drame, par-dessus tous ces épiphénomènes inhérents à certains mémoriaux, je fus frappée du leitmotiv parcourant ces messages éclectiques : il semblerait que lady Di soit passée du statut de princesse triste et adorée à celui de déesse incarnée et sacrifiée – pour l'avènement des temps qui viennent. Comme si sa disparition avait initié de grands changements dans l'équilibre des forces d'ombre et de lumière.

Sanctifiée par la mort, elle porte les espoirs et les prières de toutes sortes de gens, dont certains seraient prêts à lui vouer un véritable culte.

Ce qui me frappe ici par-dessus tout, c'est la dimension mystique qu'exhale cet ensemble funèbre et pourtant étrangement « vivant », activé par la foi obscure de tous ses adorateurs… Comme un prolongement de la scène symbolique de la jeune morte aux lys, avec ce même accent mystérieux qui nous entraîne dans une autre dimension.

Ce qui m'intrigue, car je m'y intéresse pour la première fois dans un contexte ésotérique, c'est la situation et la symbolique de cette flamme de la liberté à l'endroit même où la princesse Diana a perdu la vie. Certains croient qu'il s'agit d'un hommage à la princesse disparue, il n'en est rien. Cette sculpture, érigée à l'angle de la place de l'Alma et de l'avenue de New York, a été offerte à la France en 1987 par les Américains, elle est la réplique exacte de la flamme de la statue de la Liberté... Or, comme le savent les initiés, la statue de la Liberté de New York n'est autre que la représentation d'Astarté, déesse phénicienne de la guerre et de la fertilité. Une prémonition ?

Car Astarté, c'est aussi Sémiramis, l'Isis égyptienne, l'Ishtar babylonienne et... la Diane antique ! Couronnée de sept rayons, elle brandit haut dans le ciel la torche pour éclairer le monde de sa lumière. Le lien me laisse songeuse... Avant même que la princesse triste n'y laisse la vie, le lieu lui était déjà consacré, comme si elle n'avait fait que se rendre à un rendez-vous prédestiné.

Dante tourne aussi à sa façon autour de la flamme, que peut-il en penser, qu'y voit-il ? Comment un être rationnel peut-il interpréter ce mémorial improvisé ? Et tous ces témoignages ? Sa lampe de poche fait surgir une image surprenante, je m'aperçois avec stupeur que la flamme s'élève d'un pentagramme étoilé noir, symbole de la connaissance, mais aussi figure ésotérique utilisée dans les conjurations par les magiciens, dans les messes noires et les rites sataniques, et en maçonnerie sous le nom d' « étoile flamboyante ».

Sur le lieu d'un crime à connotation satanique – les tags – la coïncidence m'apparaît lugubre.

Sous la flamme babylonienne, le pentagramme noir rayonne d'une sombre puissance, je frissonne ; quelque chose de mauvais en émane. Je me retourne vers Dante qui s'éloigne... et m'empresse de le rejoindre dans la voiture.

IX

Autour de la jeune morte aux lys et des reliques

Remuée par la vision macabre de la jeune femme assassinée dont les traits exsangues flottent encore devant mes yeux, étourdie par la découverte des trois sigmas et du pentagramme sous la flamme, je reprends ma respiration avant de poser à Dante les questions qui me brûlent les lèvres :

— Alors, qu'avez-vous trouvé « en bas » ? Vous m'avez impressionnée, dans votre rôle d'investigateur de la police criminelle. Noirange avait bien dit que vous avez l'expérience des enquêtes sur le terrain, où avez-vous pratiqué avant d'intégrer notre cellule de pointe ?

J'ai réussi à le sortir de ses réflexions, il se redresse au volant et me jette un coup d'œil amusé :

— Je préférerai vous impressionner avec des résultats plutôt qu'avec des protocoles... Je me suis fait une petite réputation, en Californie, avec une thèse sur l'analyse de certaines particularités génétiques utilisables sur les scènes de crime, la clé étant le phénomène de la mutation. Un vrai succès. On a commencé à m'appeler pour tester ma méthode, les flics, la NSA... Elle s'est révélée très efficace, figurez-vous. Elle fait partie maintenant des protocoles d'investigation classique aux États-Unis...

— Et en France ?

— En France, c'est une autre histoire... Les mentalités sont différentes, le moindre changement nécessite des efforts surhumains. Disons pour simplifier que les Français préfèrent se reposer sur des certitudes, celles-ci sont ancrées dans leurs gènes et une seule remise en cause risquerait de désintégrer leur système entier. Alors une nouvelle théorie... c'est un peu une agression, un danger qui génère automatiquement une réaction de refus et même d'indignation ! Je connais bien le sujet.

Un long silence encombré des vestiges du passé s'installe, puis Dante reprend :

— Ce qui me plaît ici, ce qui m'a fait accepter ce *deal* avec le bon Noirange – il prononce son nom avec une emphase moqueuse – c'est que je suis libre de mes mouvements, de mes théories, maître de mon jeu. Tout en ayant un accès au meilleur institut d'analyses criminelles en France, à Rosny-sous-Bois.

Je sens que la liberté est effectivement un élément fondamental de sa présence à côté de moi, dans cette voiture... et je commence à éprouver une sensation réconfortante à l'idée de faire équipe avec lui.

Il se tourne vers moi :

— Et vous ? Où en êtes-vous de vos investigations ? Qu'avez-vous décrypté d'invisible aux yeux des profanes ?

— Une symbolique évidente : les lys, le treizième pilier, le tunnel de l'Alma. J'attends d'en savoir plus sur les causes de la mort, mais cela ressemble à un meurtre rituel, un sacrifice dont la victime est exhibée, mise en scène pour les besoins d'une cause. L'endroit en lui-même a une importance fondamentale, je pense. Les tags étaient les signes prémonitoires du drame. Savez-vous que la Mercedes dans laquelle lady Di est morte s'est écrasée sur le treizième pilier, celui auquel était liée notre victime... Difficile de croire à une coïncidence, surtout après les inscriptions évoquant un crime satanique contre la princesse de Galles. Les deux affaires sont liées, malgré les dénégations de Noirange, c'est évident, mais de quelle façon et dans quel but ? Quant au mémorial, qu'en pensez-vous ? À part le fait, bien sûr, que nous avons peut-être des témoins.

— Assez fascinant, cette vénération, ce besoin des gens d'emprunter la vie de leur icône, très religieux.

— Autrefois, ajoutais-je, ils auraient découpé le corps de lady Di en morceaux pour en faire des reliques, la tête réservée aux plus puissants. Les organes et les membres auraient été extraits ou sectionnés, l'un aurait pu s'enorgueillir d'avoir le cœur, l'autre le petit doigt de leur sainte. Ils auraient fabriqué des reliquaires d'or et de pierres les plus précieuses pour y conserver des objets aussi inestimables que ces morceaux de corps humain mutilé. Charmant, non ?

— J'ai toujours eu en horreur cette vénération des reliques. Quelle en est l'origine, d'où vient cette pratique barbare ?

— De rituels très anciens, de l'idée que chaque parcelle du corps d'un être qui s'est élevé vers la divinité, ou qui a plongé dans les arcanes obscurs de la sorcellerie, possède ses pouvoirs magiques : pouvoirs de guérison, d'évocation, de transsubstantiation ou autres. En s'appropriant une parcelle d'un être exceptionnel, les hommes étaient persuadés s'arroger ses pouvoirs et sa protection, car ils détenaient une partie de son âme, de son aura, de sa lumière ou de ses ombres... Le cœur tient une place fondamentale dans ces rituels, mais on ignore généralement que c'est la tête l'élément du corps le plus convoité, car c'est elle que les mages peuvent activer pour dérober au mort ses savoirs et ses talents magiques ou spirituels...

— Les crânes, oui... marmonne Dante, l'air rêveur.

Je poursuis sur ce sujet qui m'a toujours intriguée :

— Vous n'imaginez pas combien de corps des hommes les plus renommés à travers le temps reposent dans leur tombeau, mais sans leur tête... J'ai d'ailleurs lu un article dans *le Monde* récemment, posant la question : *Un Bush aurait-il subtilisé le crâne du chef apache Geronimo ?* Ce que ne savent pas les journalistes, c'est que Geronimo n'était pas un chef de tribu mais un grand guerrier, et surtout un chamane puissant. Les Skulls and Bones, une société secrète de la prestigieuse université de Yale, auraient volé son crâne vers 1918, ainsi que deux os, une bride et des étriers dans le cimetière militaire de Fort Hill, pour le transporter dans la « Tombe », la chapelle des Skulls and Bones au milieu de l'université... À quelles fins ? On peut se poser la question.

— Si c'est une référence du *Monde*, je m'incline... Les Skulls and Bones ne sont pas des petits saints, c'est bien le genre à faire collection de trophées macabres, leur nom les trahit d'ailleurs. Un crâne avec deux os croisés en l'occurrence, comme le drapeau des pirates, curieux, non ? ajoute Dante, l'air rêveur. Mais pour en revenir aux reliques, je pensais que c'était une invention de l'Église dans un but purement lucratif.

— Eh bien, non, repris-je, amusée par son cynisme, l'Église n'a pas inventé les reliques, elle s'est contentée de reprendre de très anciennes coutumes magiques, dont elle a développé le concept à sa façon, pouvoir et argent allant de pair. Mais l'Église ne contrôle pas tout. Il existe au moins deux marchés pour les reliques : le marché officiel dont nous venons de parler, pratiqué par l'Église, avec les reliques *ex ossibus* de tous les saints et martyrs, accompagnées de lettres de mandature et d'authenticité de Rome qui, sans affirmer qu'elles sont magiques, indiquent néanmoins qu'elles peuvent provoquer des miracles… d'où leur valeur intrinsèque.

Dante prend un air dubitatif :

— Ces miracles, c'est un peu la méthode Coué, non ? Cela dit, j'ai une théorie toute personnelle concernant le pouvoir de transformation de l'ADN par la pensée. Mais revenons aux reliques : le deuxième marché a-t-il un rapport avec les Skulls ?

— Tout à fait, répondis-je, c'est, disons, un marché secondaire occulte qui préfère se fournir clandestinement chez les grands initiés, les chefs de guerre, les magiciens et les sorciers. On en revient au crâne de Geronimo, les Skulls and bones voulaient peut-être lui dérober ses pouvoirs occultes de chamane. Savez-vous que les tombes égyptiennes n'étaient pas simplement convoitées pour leurs trésors en or et en bijoux, mais aussi et surtout pour la puissance des momies royales ? Entre les pouvoirs d'Ignace de Loyola et ceux de Cagliostro, certains ont vite fait de choisir. Bien que, paraît-il, Ignace de Loyola ait été selon certaines sources un immense sorcier.

— Vous plaisantez là ? s'insurge Dante avec un regard scrutateur, Non, vous ne plaisantez pas, les sorciers sont partout. Pour rester dans mon domaine, j'imaginerais bien un troisième marché : avec les avancées de l'ADN, une industrie de clonage de reliques. Un petit business super juteux, qui permettrait à chacun d'avoir sa relique à domicile. Qu'en pensez-vous ?

— Les reliques sont trop anciennes pour qu'on puisse les cloner !

Dante a l'air ravi de son idée iconoclaste :

— Eh bien, pas du tout, à moi de vous étonner ! Mon ami Mark, généticien américain très sérieux, m'a affirmé avoir cloné des gènes du Christ à partir de sang prélevé sur le suaire de Turin. Il n'est pas le seul d'ailleurs, plusieurs équipes de chercheurs dans le monde sont sur le coup.

— Les gènes du Christ ! m'exclamai-je, agacée, mais il faudrait d'abord que le suaire ait été authentifié, ce qui n'est pas le cas, la datation au carbone 14 révèle qu'il serait du xve siècle. Mais attendez… Vous suggérez qu'on peut cloner des cellules ADN, à partir d'une empreinte de sang vieille de cinq cent ans, voire de deux mille ans ? Qu'on peut ressusciter les saints à partir d'un vieil os, l'inconnu du suaire à partir de traces de sang, ou Toutankhamon à partir de sa momie ?

Une idée bizarre me vient à l'esprit : dans quel but lady Di a t-elle été opérée à la Salpêtrière, après sa mort ? Cela peut-il avoir un rapport avec le clonage ? ou avec les reliques ?

Dante a pris le boulevard Saint-Germain, puis le boulevard Raspail, il ralentit pour s'arrêter au feu de l'hôtel Lutecia, j'ai l'impression qu'il aurait aimé que le bar soit encore ouvert, mais il est trop tard… et trop tôt pour le petit déjeuner. Il répond donc à ma dernière et épineuse question avec l'enthousiasme de l'infiniment possible tandis que les premières lueurs de l'aube viennent peu à peu éclaircir notre vision des événements de la nuit :

— Mon scoop vous prend au dépourvu ? Pourtant rien ne s'y oppose, pour peu qu'il reste de l'ADN vivant. Je suis persuadé que de nombreux scientifiques se sont attelés à cette tâche impie, rêvant de ressusciter Mozart, Michel Ange, Toutankhamon ou Einstein, Geronimo ou la Belle Otero, Hitler, Napoléon ou Néfertiti. Ou de fabriquer à la chaine des supersoldats, et des courtisanes lascives… Il n'y a pas de limites au syndrome du Créateur, comme je l'appelle, ajoute Dante avec ironie, avant de poursuivre sans reprendre haleine : les gens pourront un jour passer commande d'un clone de leur fantasme le plus cher en fournissant son ADN, ressusciter l'être aimé disparu ou, pourquoi pas ? créer un double d'une personne existante. Savez-vous que de riches Américains paient des sommes folles à un laboratoire coréen, pour avoir un clone de leur toutou chéri... Il y a plus d'un millier de commandes en attente. Le premier chien vient officiellement d'être livré, un cheesapeak retriever blond, un adorable petit chiot.

— Merci à la science ! Nous voilà à des années-lumière des vieilles reliques poussiéreuses, à la lisière du fantastique, non ? L'avenir de l'humanité dans des éprouvettes...

— Il est trop tard pour revenir en arrière. Il y a trop de recherches et de compétition sur le clonage humain pour qu'ici et là des tentatives extrêmes n'aient pas été tentées. Le suaire de Turin a peut-être généré une ribambelle de petits clones à travers le monde, puisque ceux qui en ont la garde se sont amusés à en découper des morceaux pour les confier aux plus grands laboratoires génétiques, avec peut-être une arrière-pensée inavouable.

— En espérant que l'un d'entre eux parviendrait à cloner le Christ ? enfin plus exactement la personne du suaire ? lui demandais-je avec ironie.

— Pourquoi pas ? Histoire de booster l'audience de l'Église, de ramener les moutons égarés au bercail... Le retour du Sauveur !

— Si vous ajoutez les clones aux Extraterrestres, vampires, goules et autres illusionnistes qui sont censés se promener parmi nous, nous allons avoir du mal à reconnaître les simples humains.

À ses yeux qui se plissent, je sens que la tension se relâche :

— Justement, ma chère Arielle, c'est ça l'intérêt du jeu, on ne les reconnaît pas. Souvenez-vous du petit gnome caché dans la tête de l'épicier dans *Men in black*, personne ne se doutait depuis des années que celui-ci était un extraterrestre émigré sur Terre. Je le regarde d'un air faussement soupçonneux, il se met à rire :

— Allez, ne faites pas cette tête, les scientifiques ont leurs fantômes eux aussi, trous noirs, clones, le monde est en état de gestation perpétuel, tout ce qui paraît chimérique ou insensé aujourd'hui deviendra évident dans les temps qui viennent.

Comment en étions-nous arrivés à cette conversation sur les corps découpés, les reliques et le clonage? Avions-nous pressenti ce que nous allions découvrir le lendemain à la morgue, lorsque le médecin légiste nous dévoilerait le corps mutilé de Diane?

D'après Dante, la découverte dans le tunnel de l'Alma de notre jeune morte aux lys avait jeté Paul Noirange dans une curieuse panique. Aurait-il peur de se faire taper sur les doigts par le grand manitou? Arrivé juste avant nous sur les lieux, cette nuit, il n'a cessé de répéter que cette affaire n'avait aucun rapport avec l'accident de la princesse Diana, qu'il prenait les choses en main, qu'il allait juguler la presse, écrabouiller les photographes. Après avoir vociféré ses ordres aux policiers tétanisés, fait éloigner les journalistes, hurlé parce que des badauds curieux tentaient de se glisser dans le tunnel, une fois le corps emporté et le terrain déblayé, des barrières érigées sous la garde d'un bataillon de CRS, n'ayant plus rien à faire pour combler son anxiété d'avoir été ainsi dépassé par les événements, Noirange, accablé, était remonté dans sa voiture officielle. À la question de Dante: comment éviter que l'on fasse un parallèle entre cette affaire et la mort mystérieuse de lady Di? Il n'avait trouvé aucune réponse. Car ce parallèle est évidemment la première chose qui saute à l'esprit, comme si par un étrange retour sur le passé, les événements du 31 août pouvaient se rejouer en direct. C'est donc la priorité qu'il a évoquée quand il s'est écarté avec Dante de l'effervescence généralisée pour un rapide briefing. Il a été très précis:

— Certains éléments de cette affaire, comme les lieux du crime, ne peuvent manquer de rappeler la mort de lady Di sur laquelle, malgré les versions officielles de l'accident, planent encore certains mystères. Il y a déjà eu assez de battage, j'ai dû refouler ces vautours de photographes et de journalistes qu'il va falloir tenir en laisse; je m'en occupe. Nous devons éviter que les rumeurs médiatiques se saisissent de ces similarités pour faire resurgir l'ancienne affaire qui, pour nous, est réglée.

Il appuya bien du regard et de la voix, le mot « réglée » et poursuivit - ce qui n'est pas le cas pour un certain nombre d'illuminés qui y voient tout un complot de la Couronne britannique. À partir de maintenant l'enquête vous est confiée, il n'est pas question que le moindre détail de cette affaire ne s'ébruite avant qu'elle ait été résolue ! Aucun communiqué, aucune interview, niveau de vigilance extrême. Considérez-vous comme des enquêteurs de l'ombre !

Dante avait enchaîné, avec une fausse nonchalance :

— Et comme nous sommes des chercheurs atypiques, chacun dans notre domaine, à nous de démêler les fils de cette affaire gênante pour mieux en dissimuler le résultat *in fine*. C'est cela, monsieur Noirange ?

Celui-ci avait moyennement apprécié l'intervention de Dante :

— Parfaitement, nous voulons en connaître avant même la police tous les tenants et les aboutissants. Vous nous ferez un rapport quotidien. Par ailleurs vous avez carte blanche, comme convenu. Et vous serez les premiers à recevoir toutes les informations afférentes.

Dante a bien senti que si cela ne tenait qu'à Noirange, notre liberté de mouvements serait singulièrement restreinte. Mais celui-ci obéit aux ordres, il n'est qu'un intermédiaire officiel entre nous et notre hiérarchie occulte. Je dis occulte parce que pour l'instant nous n'avons pu définir quelles étaient nos relations précises avec le ministère de l'Intérieur. Il semblerait que nos commanditaires soient, comme nous, des sortes d'électrons libres par rapport au gouvernement. Quant à moi, je les soupçonnerais volontiers d'appartenir à l'une de ces sociétés plus ou moins secrètes qui nous dirigent en coulisses. Mais peut-être me trompais-je, et l'ORV n'est-il qu'un de ces services parallèles créés pour répondre à un problème précis, comme le fameux Mivilude pour les sectes.

Noirange nous a donné rendez-vous en fin de matinée à l'imprimerie, et nous comprenons ce qu'il ne nous avait pas encore dit, il compte utiliser la grande pièce du deuxième étage comme QG personnel. L'ogre-araignée investissant ce que nous croyions être notre domaine, voilà qui alourdit singulièrement l'aura des lieux.

X

Morgue, 22, quai de la Rapée

À notre arrivée à la morgue, un policier nous accueille avec un message : les photos prises dans le tunnel ainsi que les empreintes digitales envoyées au fichier central ont permis d'identifier la jeune morte aux lys.

Diane Cargill, épouse de Julien Méry, d'origine anglaise mais élevée en France, ex-top model et ex-égérie du tout-Paris nocturne. Diane, Diana, quelle supercoïncidence, voilà qui va arranger nos affaires de désinformation. Cargill ?

Après un bref retour dans ma mémoire avec l'agaçante impression d'un déjà vu furtif, je réalise avec stupeur que je les ai connus, elle et sa famille, il y a plus d'une dizaine d'années. J'étais en classe à Lübeck avec sa sœur aînée, Béatrice. Si c'est bien Diane… une drôle de petite fille au regard acide et tendre que j'aimais bien. J'espère me tromper.

Il semblerait qu'après avoir passé des heures à contacter les urgences de tous les hôpitaux de Paris, le Samu et les pompiers, le mari affolé par la disparition inquiétante de sa jeune femme enceinte ait joint tôt ce matin un de ses amis sénateur, le suppliant de faire jouer ses relations dans la police criminelle pour rechercher sa femme disparue, sans attendre le délai légal de quelques jours.

Nous sommes introduits dans la salle d'autopsie avant que j'aie eu le temps de me remémorer cette époque déjà lointaine. Je n'arrive pas à superposer mes souvenirs de la fillette délurée et provocatrice et la vision macabre de la jeune morte aux lys.

Le légiste soulève le drap qui recouvre le corps. Devant ce qui m'apparaît comme un massacre, j'ai véritablement mal physiquement pour elle, je ressens dans ma chair les lames à travers les lacérations et les ouvertures béantes. Je n'ai jamais vu de corps après une autopsie, mais il me semble qu'il y a là beaucoup plus qu'un examen officiel…

J'ai envie de m'enfuir, mais aussi de savoir, et je n'ai pas le choix. Dante pose sa main sur mon épaule. Un peu crispé lui aussi, le spécialiste de l'ADN et des enquêtes criminelles.

À travers de grosses lunettes d'écaille un peu obsolètes, le légiste contemple le carnage avec une satisfaction gourmande :

— Le sujet a d'abord été partiellement vidé de son sang par la jugulaire, puis une côte et une partie du sternum ont été découpées afin… d'extraire le cœur.

Nous échangeons avec Dante un coup d'œil alerté, les bribes de notre conversation sur les reliques flottent autour de nous. Le légiste poursuit :

— Un travail d'une précision parfaite. Celui qui a pratiqué l'opération présente de véritables compétences chirurgicales.

— Ou rituelles, ajouté-je un peu nauséeuse en effleurant le corps du regard.

— Pourquoi rituelles ?

Dante fronce les sourcils, je rassemble mes forces pour répondre :

— Une pratique issue des nobles Mérovingiens, et qui a perduré jusqu'à la fin de la royauté… Le cœur était enterré dans une urne à un endroit différent du corps. Les cœurs des personnes royales et même des enfants royaux, à leur mort, étaient enchâssés dans des boîtes de plomb, enfermées à leur tour dans des coffrets en vermeil. Tous les cœurs étaient réunis à l'abbaye du Val-de-Grâce… Récemment on a exhumé de sa tombe de la collégiale Saint-Ours le corps d'Agnès Sorel, la maîtresse de Charles VII. Son cœur et un squelette fœtal de sept mois ont été retrouvés dans une urne placée à côté du corps. Et là, on arrive dans votre domaine, Dante, puisque cinq cent cinquante-cinq ans après sa mort on a pu en déterminer la cause. Elle a été intoxiquée au mercure, sans que l'on puisse déterminer néanmoins s'il s'agissait d'un empoisonnement criminel ou accidentel.

— Justement, ce n'est pas tout, intervient le légiste passionné en montrant le corps, la victime était enceinte de cinq mois environ… Le fœtus a été enlevé, une césarienne impeccable. Le placenta a disparu. Nous avons retrouvé des traces de cocaïne et de cannabis… d'alcool et d'amphétamines aussi… plus une substance que nous n'avons pas encore identifiée, d'origine végétale, peut-être de l'iboga, un cocktail de fou.

Je frissonne, décidément on lui a tout pris, sa vie, son enfant et peut-être plus encore. Je ne veux pas penser au bébé, l'idée m'est insoutenable, ce n'est que plus tard que je prendrais conscience que nous étions face à un double meurtre. La jeune morte aux lys et son bébé fantôme. À ce moment-là, à la morgue, l'existence de cet enfant est restée virtuelle par rapport à la violente réalité du corps lacéré sur la table d'autopsie. Car une autre possibilité m'inquiétait : depuis la mise en scène dans le tunnel jusqu'à ces mutilations, tout semble indiquer qu'elle a été entre les mains de satanistes ou de psychotiques, sacrifiée à des forces sinistres.

Les questions se pressent dans ma tête : où a été entraînée Diane, a-t-elle franchi une porte interdite, avait-elle conscience de frôler si dangereusement les abîmes avant de s'y perdre ? Avait-elle été préparée, avertie ? Était-ce un meurtre perpétré par un obsédé des rituels, un électron libre de la folie collective ?

J'imagine l'esprit captif de la jeune femme, cerné d'ombres, bercé jusqu'à la nausée par des incantations rythmiques de syllabes étranges, comme dans une de ces horribles mais visionnaires histoires de Lovecraft… Comme si un passage s'était ouvert entre ici et ailleurs dont elle aurait été la porte.

Je sais, j'ai trop d'imagination, mais cette visite funèbre a fait remonter à mon esprit des lectures et des gravures que je croyais appartenir à d'autres mondes, sans aucun rapport avec le nôtre. Je reviens à la réalité en entendant la voix du légiste reprendre :

— Ses poignets portent des marques curieuses, des écorchures, comme s'ils avaient frotté sur une pierre rugueuse. D'après ce que je constate, la jugulaire a été tranchée alors qu'elle était debout, elle portait encore sa robe, les traces de sang sur le tissu et les éclaboussures du jaillissement le montrent bien. Puis le cœur et le fœtus ont été prélevés, *post mortem*. Ensuite elle a été rhabillée et attachée au pilier plusieurs heures après sa mort. Les liens qui l'attachaient au pilier n'ont laissé aucune marque sur son corps.

— Voilà qui confirme qu'elle n'a pas été tuée sur place. J'en étais sûr ! Dante se tourne vers moi : avez-vous déjà rencontré, ou entendu parler, récemment, de cas semblables ?

— J'ai entendu parler d'une vieille affaire qui avait fait beaucoup de bruit, la morte de l'abbaye Saint-Martin. On l'a retrouvée un matin dans une des chapelles latérales, vidée de son sang, le cœur avait été enlevé. Mais c'était il y a longtemps, dans les années 1970.

— Techniquement, interrompt Dante en s'adressant au légiste, de quels instruments se sont-ils servis pour la tuer, pour lui ouvrir la poitrine et en extraire le cœur ?

— Je suis médecin légiste, pas spécialiste scientifique, je ne saurai vous dire que grossièrement ce qu'ils ont pu utiliser.

— Je vous enverrai un spécialiste de Rosny-sous-Bois pour identifier les instruments utilisés pour l'extraction du cœur, lames, pinces coupantes, scie… Nous aurons besoin de preuves mécaniques avec ADN à l'appui.

Ils continuent à discuter de détails techniques, pendant que le légiste replace le drap blanc sur le corps massacré de Diane.

Nous ressortons silencieux de l'antre cadavérique. Une histoire s'esquisse, une trame qui conserve encore de nombreux mystères. Il me semble avoir voyagé dans le temps, Paris m'apparaît soudain étonnamment moderne et réel. Comment de tels anachronismes pouvent-ils se produire dans cette réalité ?

Dante reprend, comme s'il se parlait à lui-même :

— Bon, la police est déjà passée par là, comme nous ils ont des consignes de silence. Noirange et les autres veulent éviter que les médias ne s'emparent de l'affaire. À part le scoop de LCI ce matin – dont nous devons avoir l'enregistrement tout à l'heure –, il n'y a pas eu de fuite. Les médias ne parlent que de la fête de la musique, quelques coups de couteau, des rixes, les histoires habituelles.

— Parce qu'ils considèrent que LCI, ce n'est pas grave ?

— Pas de panique, ils ne sont pas entrés dans les détails, si les médias n'en parlent plus, l'affaire n'aura jamais existé.

Et c'est ce qui va se passer, d'après Noirange. Journaux, télévision, ils sont tous d'une façon ou d'une autre liés au pouvoir, prêts à participer à la légende. Il s'agit de désamorcer les bruits en douceur. Si personne ne parle, le silence va tuer la rumeur ! *Dixit* toujours Noirange…

— Cela vaudrait mieux pour ceux qui veulent étouffer l'affaire, parce que les rumeurs de mensonges et de manipulation autour de l'accident de lady Di se sont multipliées depuis sa mort. Elle aurait été assassinée, voire même sacrifiée, comme le disaient les fameux tags de Noirange. Et si ces gens qui dénoncent une conspiration avaient vent de ce qui se passe aujourd'hui, ils risqueraient de se déchaîner.

Nous arrivons devant le Jardin des Plantes, Dante ralentit et scrute les grands bâtiments du Muséum d'histoire naturelle, tout en me répondant comme s'il avait la tête ailleurs.

— C'était peut-être le but, réactiver les doutes en créant une sorte d'effet miroir, l'occasion rêvée de ressortir les théories les plus délirantes sur le sujet.

Nous longeons maintenant les quais, plongés chacun dans nos pensées… Théories délirantes, sa réaction est naturelle dans le contexte bien formaté des thèses médiatiques et si je n'avais pas ma source, peut-être me serais-je laissé illusionner aussi.

Il se trouve que je me suis penchée avec une attention particulière sur le sujet, ma curiosité ayant été éveillée par les propos d'un ami américain, que l'on soupçonne d'avoir travaillé pour la CIA et l'agence de renseignement israélienne, le Mossad. Viktor, un mois avant l'accident de l'Alma, nous avait confié au cours d'un dîner à l'île aux Moines, dans la maison de Francesca, que la couronne royale d'Angleterre avait mis un contrat sur la tête de la princesse de Galles. Ses comportements amoureux iconoclastes étaient ressentis comme une provocation envers les *Royals*. Elle aurait atteint le point de non-retour après son passage à l'Hôpital américain, quand ils avaient appris qu'elle était enceinte, situation inconcevable… D'où le contrat avec le Mossad. Un scoop auquel aucun des convives autour de la table n'avait vraiment cru, mais qui avait provoqué une discussion enflammée. L'un d'entre nous avait rétorqué qu'en effet dans la mentalité élitiste de l'aristocratie britannique, il n'était pas envisageable que lady Di donne un demi-frère ou une demi-sœur d'origine douteuse aux enfants royaux. Le sujet passionnant tout le monde, au terme de discussions croisées, nous conclûmes que la famille royale aimeraient bien la faire disparaître au nom du sang et de la lignée, mais qu'ils n'oseraient jamais... de crainte d'un scandale encore plus dangereux.

J'imagine d'ailleurs, *a posteriori*, que si Viktor avait vraiment cru ce qu'il disait, le sujet était trop grave et il n'aurait sans doute pas osé en parler, mais l'histoire devait lui paraître improbable et par conséquent digne d'être racontée à un dîner entre amis, comme une de ces rumeurs extravagantes apte à pimenter les conversations.

Le jour où j'ai appris l'accident de lady Di, tout cela m'étant revenu à l'esprit, il m'a été impossible de regarder les débats entourant son décès sans penser à ce fameux contrat. D'autant que les circonstances en furent si singulières qu'elles continuent à intriguer ceux qui n'adhèrent pas aux thèses officielles. La mort brutale et mystérieuse de la princesse accrédite l'hypothèse d'un complot contre sa vie, et la théorie du contrat avec le Mossad ne semble plus si folle. Bien que je sois loin d'en maîtriser tous les paramètres, tant les faits semblent avoir été couverts au plus haut niveau, je ressens clairement une ambiguïté et une accumulation de mensonges autour de cette mort providentielle, qu'il s'agisse des journalistes muselés dans le silence de ce qu'ils avaient vu, du médecin arrivé fort opportunément sur les lieux, et d'une myriade de détails qui ne collent pas. Je n'ai jamais pris le temps de m'attarder longuement sur le sujet, mais cette affaire m'a toujours intriguée et je n'ai cessé de passer les informations des médias au crible de l'idée qu'il ne s'agissait pas d'un simple accident de voiture dû à la vitesse et à l'alcool.

— Peut-être y a-t-il des zones d'ombre dans l'accident de lady Di.

— C'est-à-dire ?

Je ne sais pourquoi, quelque chose m'empêche de parler. L'information initiale ne m'appartient pas, ce n'est pourtant qu'une anecdote, pourquoi ne pas lui raconter ? Elle va à l'encontre de notre ligne d'enquête officielle mais c'est autre chose qui me gêne, que j'ai du mal à définir. Peut-être que j'appréhende la réaction de Dante. J'ai déjà rencontré ces regards mi-révoltés, mi-fâchés de ceux qui réclament des preuves pour chaque théorie qui échappe à la norme. Dante sent ma réticence :

— Non ? Bon. Alors cantonnons-nous à notre Diane – il appuie sur « notre » – l'affaire est déjà suffisamment complexe pour ne pas aller chercher midi à quatorze heures, il est possible après tout que Noirange ait raison et que les deux affaires n'aient aucun rapport entre elles… Nous n'en savons rien pour l'instant.

Nous voici arrivés à l'imprimerie, des hommes en bleus de travail font courir une multitude de câbles depuis le porche jusqu'à l'intérieur.

— Ils nous installent un système de sécurité ultra-sophistiqué, m'explique Dante, d'après Luna il paraît que nous avons droit à ce qui se fait de mieux. Bon, question confidentialité, aujourd'hui ce n'est pas l'idéal… Montons dans votre bureau.

Je commence à ressentir la fatigue de cette nuit éprouvante, le passage à la morgue m'a vidée et la même lassitude imprègne le visage de Dante. Nous restons d'abord silencieux chacun de notre côté, puis une idée me vient à l'esprit :

— Vous qui connaissez l'univers des psychopathes, est-ce qu'il ne pourrait pas s'agir d'une sorte de *copycat* symbolique ? Un meurtre perpétré par un fou, désireux de réveiller les mémoires. Plus personne ne parle de lady Di, on dirait qu'elle s'efface au fil du temps.

— Pourquoi pas, réfléchit Dante, c'est vrai qu'on n'en parle presque plus, ce qui peut irriter un de ceux qui l'ont érigée en idole. Pour des fans aliénés par leur passion exclusive, tout tourne autour de celui ou de celle à laquelle ils se sont identifiés. Cette addiction peut aller jusqu'à la pathologie…

Dante poursuit son idée tout en dessinant des formes géométriques enchevêtrées sur le bloc devant lui :

— Massacrer une jeune femme enceinte dans des circonstances bizarres, pour l'attacher ensuite au pied d'un endroit emblématique, pourrait être l'expression d'un esprit frustré, monomaniaque, désireux de raviver l'image de son idole. Mais ici nous ne sommes pas devant l'acte d'un individu isolé, cette mise en scène nécessite une logistique et une planification parfaites. Ils étaient plusieurs.

Pendant notre discussion, j'ai fait chauffer de l'eau et préparé du thé Mu, j'en tends une tasse à Dante :

— Du thé japonais, un mélange d'herbes sauvages des montagnes, très stimulant… N'oublions pas les tags sataniques qui suggèrent une préméditation et les signes ésotériques qui signent le crime.

— Hum, bizarre, votre thé Mu. Peut-être avons-nous affaire à une bande de fêlés, mais plus les choses semblent étranges, plus je pense qu'il faut les aborder rationnellement. Nous devons retrouver les British à la bougie et interroger tous les proches de Diane.

Nous avons fait notre premier plan de bataille, sans savoir que les événements allaient d'eux-mêmes nous emmener dans leur mouvance, comme guidés par une main invisible.

XI

Le Vésinet – Manoir de la famille Cargill

Je reste sceptique et troublée, la jeune morte aux lys s'avère être la Diane que j'ai connue enfant, et les souvenirs d'elle resurgissent petit à petit. Le rendez-vous que nous avons maintenant, Dante et moi, risque de les réactiver puisque nous nous dirigons vers Le Vésinet, où les parents de Diane habitent encore le Manoir, sorte de faux château bourgeois XIXe où j'ai rencontré Diane il y a bien des années. Sa mère, dont je n'ai qu'un vague souvenir, attend notre visite funèbre et inquisitrice, et je redoute un moment difficile et l'évocation probable d'un passé insouciant.

Nous venons de traverser le pont au-dessus de l'île des Impressionnistes quand je me décide enfin à lui en parler, alors qu'il s'étonnait que je connaisse mieux la route que son GPS.

— J'y suis déjà allée… au Manoir, la maison des Cargill, ajoutai-je devant sa mimique d'incompréhension. J'étais en classe à Lübeck, un collège dans le XVIe arrondissement, avec leur fille aînée, Béatrice. J'ai réalisé en entendant son nom que sa sœur Diane, la petite fille blonde, curieuse et délurée que j'avais rencontrée à l'époque, est la jeune morte aux lys.

Nous continuons sur le boulevard Carnot vers Le Vésinet et au fur et à mesure que les souvenirs remontent à ma mémoire, je les restitue à Dante :

— Je me souviens d'un week-end de printemps au Manoir, très chic… très ennuyeux, à part elle. Diane s'était attachée à moi comme une ombre ! Elle s'amusait à mettre mes chaussures et elle me racontait tout sur les gens qui passaient le week-end avec nous. Qui était avec qui, qui trompait l'autre, qui était en phase de conquête ou de lassitude. Ce n'était qu'une gamine d'onze ans, mais elle en avait vu apparemment de toutes les couleurs, elle décryptait leur banale comédie de mœurs en lui donnant un tour fascinant. Elle m'avait écrit un petit mot d'amour sur un Kleenex… je l'ai gardé longtemps.

Dante me jette un coup d'œil incrédule :

— Vous connaissiez vraiment Diane Cargill ?

Il fait un geste de main, comme pour désigner derrière nous la vision de la jeune femme aux lys.

— La coïncidence est bizarre, c'est vrai. En fait je ne la connaissais pas bien, nous nous sommes vues trois ou quatre fois quand j'étais en seconde. Béatrice, sa sœur aînée qui m'avait invitée chez eux, n'a été qu'une amie de passage, nous manquions d'affinités, j'étais déjà fascinée par l'alchimie et je venais de rencontrer Jung, enfin ses livres, qui me passionnaient bien plus que l'univers futile de ces gens mondains… Ils ne parlaient que d'argent, de voyages, d'amis connus et reconnus. La seule qui me faisait rire c'était Diane. Elle contestait tout par principe, et avec une lucidité étourdissante. Je l'aimais bien. J'ai souvent pensé à elle pendant toutes ces années… c'est dingue !

Les images tourbillonnent en désordre, Diane petite fille, le doigt posé sur ses lèvres, en train de pouffer, les lys éparpillés, le visage exsangue, les ombres. Mon cœur se serre, les mots m'échappent.

Dante grimace, incrédule :

— Et vous vous retrouvez aujourd'hui en train d'enquêter sur son meurtre, c'est tout de même bizarre, non ?

— C'est le moins qu'on puisse dire… J'ai vraiment espéré que ce n'était pas elle, murmuré-je.

— Mais dites-moi, Arielle, elle était mariée, pourquoi la désigne-t-on toujours sous son nom de jeune fille, Diane Cargill…

— Elle a été très connue sous ce nom des milieux de la mode, elle était l'égérie d'une grande marque de cosmétique, il y a quelques années, je la voyais apparaître sporadiquement sur les affiches, dans les magazines.

La voiture roule sur les graviers bien ratissés de la propriété. Cela me rappelle mon enfance et le bruit du râteau le matin autour de la maison de mes grands-parents. Une jeune Philippine en tenue de soubrette nous ouvre la porte avec un regard effarouché :

— Madame Cargill vous attend…

Je retrouve l'entrée ovale, les tentures sur les murs, les tableaux mélancoliques de paysages du Nord, la seule chose que j'aimais chez eux, héritage d'une grand tante en exil en Norvège. Quand nous entrons dans le large salon baigné de lumière à travers la verrière arrondie, une femme élégante aux cheveux châtains s'avance vers moi, Christine Cargill. Elle me tend une main lasse, le regard perdu. Dans ce contexte qui devrait être déchirant pour elle, elle n'émane aucune émotion, elle fait penser à une coquille vide, une page blanche. Je sors toutes mes antennes sans percevoir autre chose qu'une désolante vacuité… Devant son silence qui dure, je me lance :

— Je suis vraiment désolée de vous revoir… dans ces circonstances. Je me souviens très bien de Diane, je l'aimais beaucoup. C'était une petite fille étonnante… enfin… autrefois.

Je me sens mal à l'aise et maladroite, je n'ai jamais été douée pour les condoléances et je ne sais pas quels mots dire à une mère dont la fille est morte dans des circonstances aussi atroces que mystérieuses.

— Merci, Arielle, et merci de m'avoir prévenue de votre visite – coup d'œil furtif de Dante – tout cela paraît si soudain. Vous êtes bien sûre que c'est elle ? Mais oui, bien sûr, excusez-moi, mon mari est allé lui-même l'identifier, avec son frère.

Elle s'est donc épargné le choc de l'identification, elle n'a pas ressenti le besoin viscéral de voir sa fille une dernière fois et son indifférence m'apparaît comme une trahison, une violence incongrue, lorsqu'elle se tourne vers Dante, comme pour se justifier :

— Vous savez, Diane ne vit plus avec nous depuis des années. Elle était très secrète sur sa vie, nous en apprenions plus par les journaux que par ses rares visites. J'avais parfois l'impression qu'elle nous en voulait, de je ne sais quoi.

Christine Cargill se tord les mains nerveusement, mais son émotion sonne faux.

— Et Béatrice ?

— Béatrice vit à New York. Elle a épousé un chirurgien américain, je viens de lui parler au téléphone. Elles ne s'étaient pas vues depuis trois ans au moins, leurs relations ont toujours été conflictuelles, elles n'étaient jamais d'accord. Diane trouvait sa sœur conformiste et ennuyeuse, et Béatrice avait fini par être un peu jalouse de la beauté et de la liberté de Diane, surtout quand celle-ci a commencé à défiler pour les créateurs les plus prestigieux.

— En somme, conclut Dante, glacial, si ni vous ni Béatrice n'avez gardé de lien étroit avec Diane, reste-t-il quelqu'un de la famille encore proche d'elle ? et de son mari ? Quelle relation avez-vous avec lui ?

Derrière son ton parfaitement neutre de politesse, je sens l'agressivité et la rage. Mais Christine Cargill est au-delà de ces considérations. Elle tourne son maquillage parfait vers la fenêtre, nous présentant sans complexe son profil refait et s'exprime avec une effrayante application.

— Nous n'avons rencontré son mari, Julien Méry, qu'une fois : le jour de leur mariage. Au moins elle nous avait invités…

Son ton a changé, de neutre il est devenu acide, et laisse imaginer un tableau familial nourri de rancœur et de reproches. Elle se reprend :

— Son frère Maxime et elle n'avaient que deux ans de différence, ils sont toujours restés liés malgré… les aléas de la vie de Diane. Il est bouleversé par cette tragédie. Il a dû partir ce matin avec son père… après l'identification. En Suisse, dans la région de Bâle, nous avons une grande réunion familiale autour d'un armorial de la famille qui vient d'être terminé. C'est un événement, programmé depuis des mois, nous ne pouvions pas le remettre. Maxime revient dans quelques jours si vous voulez lui parler.

Elle continue à parler de cette façon étrange et mécanique, et son regard nous traverse vers nulle part, un peu comme ces journalistes de télévision enchaînant les pires horreurs et les petits troubles quotidiens sur le même registre. Mêmes intonations, mêmes expressions révélatrices d'une confusion des genres. Le meurtre de sa fille, l'armorial, la jalousie de Béatrice se confondent sur un même plan d'intensité.

Elle semble soudain revenir à elle et nous regarde comme si nous venions d'apparaître dans son champ de vision :

— Il fallait que l'un d'entre nous reste pour l'enquête, et comme j'ai une compétition de golf demain.

Elle se reprend devant l'incongruité de son propos et la vague de réprobation qui envahit la pièce :

— Enfin, ce n'est pas ce que je voulais dire, mais je ne me sentais pas la force…

Nous repartons troublés par son manque d'émotion, c'est tout de même sa mère. Nous n'avons rien appris qui puisse servir nos recherches, si ce n'est que la famille Cargill n'est pas un exemple d'harmonie et de tendresse, ce que je savais déjà avant de venir. Ce n'est pas par eux que nous aurons la clé du meurtre de Diane, malgré Dante qui suggère que la belle façade est pleine de fissures, qu'un père ne part pas à l'étranger quand le corps de sa fille est à la morgue avec le cœur arraché et le fantôme de celui qui aurait été son petit-enfant disparu. Surtout sous un prétexte aussi futile qu'un armorial. Il s'obstine à trouver ça louche, je n'y vois que le manque de cœur de ceux qui vivent pour les apparences.

À peine Arielle et Dante avaient-ils été reconduits à la porte par la jeune Asiatique, que l'aura de vacuité et d'ennui s'évanouit instantanément du visage de Christine Cargill, son regard s'aiguisa, avec détermination elle attrapa sur la table le téléphone et composa un numéro vers la Suisse…

Il nous faudra vite rencontrer le frère de Diane, Maxime, le seul avec son mari qui puisse nous éclairer sur ses dernières années, le seul qui semble avoir gardé un lien affectif avec elle dans ce désert familial. Car nous sommes tombés d'accord avec Dante, Christine Cargill a vaguement essayé de jouer le rôle de la mère attristée, mais pas la moindre émotion sincère n'a transparu pendant ces quelques instants passés dans son salon parfait. Elle s'est même subtilement comportée comme si elle était devenue, grâce à cette tragédie, une héroïne de roman, Diane lui ayant offert bien involontairement un dernier cadeau narcissique.

Dante se déchaîne sur le sujet, j'ai l'impression qu'il doit avoir quelques problèmes non résolus avec sa propre famille... Mais qui n'en a pas?

Moi-même je n'ai pas eu la mère idéale, elle a d'ailleurs fini par nous abandonner, mon père, mon frère et moi, elle s'est éclipsée sans plus jamais donner de ses nouvelles. Sur le moment j'en avais été plutôt soulagée, je m'étais contentée de la reléguer dans une sorte de no man's land, un pays imaginaire où je n'aurais jamais eu de mère. Puis la colère était venue, Il m'avait fallu la gommer de ma mémoire, écraser tous les souvenirs d'elle qui m'attristaient, avec autant de violence que j'aurais pu mettre à l'aimer si elle avait été une autre. Maintenant encore je préfère ne pas y penser... À voir Dante aussi sombre que moi, je me dis qu'il y a des poisons d'enfance que nous n'avons évacués ni l'un ni l'autre.

— Quand partons-nous en Suisse interroger les sans-cœur?

Dante tressaille soudain en réalisant sans doute ce qu'il vient de dire, lapsus psychogénétique évident comme si le cœur enlevé était une caractéristique familiale.

— Bonne idée. Nous pourrions faire une sorte de panorama de l'entourage de Diane, parents, frère et sœur, amis, etc. Quelle meilleure occasion qu'une réunion familiale?

Je suis par ailleurs curieuse de rencontrer Maxime, ce frère que je ne connaissais pas, il était alors en pension en Angleterre et Diane m'en parlait avec nostalgie, elle l'adorait, gamine éblouie par son unique frère. Mais est-il vraiment notre priorité?

— Vous ne croyez pas que nous devrions d'abord voir son mari, Julien Méry? Il devait bien avoir une raison pour s'inquiéter autant de sa disparition, téléphoner à tous les hôpitaux et réveiller son ami député aussi tôt le matin.

— OK, commençons par lui, fit Dante en saisissant son blackberry. J'appelle son bureau. Vous pouvez joindre Luna, qu'elle regarde les vols pour Bâle?

Luna, je dois le reconnaître, est d'une efficacité invraisemblable : nous avions dès ce matin sur nos bureaux des dossiers sur tous les proches de Diane Cargill, sur elle-même et sur son mari, Julien Méry. Nous avons eu tout juste le temps de les feuilleter avant de partir à la morgue et nous sommes déjà des spécialistes ès Diane. Dante semble de plus en plus perplexe devant la précision de tous ces renseignements :

— Vous croyez qu'ils ont des dossiers sur moi et sur vous aussi précis ? Qu'ils savent que je bois des Cosmopolitans et vous des Biancos au citron vert ? Que ma première petite amie s'appelait Caroline et vous... Comment s'appelait-il ?

— Tout dépend de ce que signifie premier petit ami. Le premier baiser n'est peut-être pas dans leurs archives... Peut-être seulement le premier fiancé, celui qu'on invite à la maison et qu'on présente aux parents. Je me demande quand même comment ça fonctionne, à partir de quels critères ils rassemblent leurs renseignements.

Et dans ma tête j'entend résonner la voix véhémente de Sam Mac Lachlan, mon amoureux disparu : « ... C'est simple Arielle, à travers les cartes de crédit, de fidélité, d'affiliation à des musées, les films que tu vois, les voyages que tu fais, tes choix de nourriture, de vêtements, de livres, tes mails, tes conversations téléphoniques, tout absolument tout ce qui laisse une trace, tous ces renseignements qui permettent de faire de toi un portrait-robot parviennent à un ordinateur central. Nous sommes tous sous surveillance... »

— Vous savez, Dante, ils ne nous ont pas fait intégrer l'ORV par hasard. Ils doivent avoir des montagnes de renseignements sur nous. Votre dossier doit être particulièrement épais, jeunesse dans l'ETA, scientifique généticien, travail avec la CIA ou la NSA ? Vous seriez sous haute surveillance que je n'en serais pas étonnée.

Je lui dis tout cela sans trop y croire, c'est une façon de le taquiner, de jouer avec sa parano et de l'attiser, et pourtant au fond de moi je sais que c'est possible. Je me souviens de ce que me racontaient Peter ou Sam, à leurs yeux rien n'était innocent.

Ils me disaient que nous ne pouvons pas imaginer l'ampleur mensongère du système qui nous entoure et nous conditionne. Puisque c'est précisément la base de notre conditionnement, croire avec naïveté à la bonne volonté des gouvernements. Quand je pense au Pouvoir, je ne vois pas les représentants officiels de l'autorité, présidents et ministres, mais d'*autres* qui tirent les ficelles dans l'ombre à leur insu.

C'est pour cela que je ne peux regarder les morts troublantes de Diane Cargill et de lady Di sans qu'elles soulèvent en moi une myriade de doutes, difficiles à partager avec Dante. Il me sort de ma rêverie :

— Et vous, Arielle, vous avez beaucoup de choses à cacher ?

— Quelques-unes à ne pas dire, peut-être... Big Brother ne me fait pas peur personnellement, c'est le système que je trouve effrayant. Parfois j'ai l'impression que les hommes ne sont que des jouets ou des pions entre les mains de divinités courroucées.

L'idée semble l'amuser, il la reprend habilement.

— C'est la base de toute la mythologie, les dieux planant au-dessus des hommes et s'amusant avec eux, descendant séduire leurs femmes et leurs filles, que ce soit les anciens dieux grecs, les divinités incas ou védiques, mais ce ne sont que des légendes, savez-vous.

Je ne me laissais pas faire :

— Et si les hommes avaient toujours eu l'intuition de l'existence d'êtres supérieurs, de leur réalité je veux dire, et qu'ils les vénéraient pour se les concilier, par crainte de leur puissance ? Et si ces dieux que nous avons transformés en mythes avaient eu une existence réelle ? et s'ils existaient toujours...

Dante semble s'amuser à entrer dans les discussions les plus bizarres comme dans un simple exercice intellectuel. Il me rétorque avec un sourire :

— Si je comprends bien, vous pensez que ce qu'on appelle mythologie serait une sorte de camouflage pour des êtres tout-puissants bien qu'invisibles, dont la terre serait le terrain de jeu ?

— C'est une possibilité théorique : et ce seraient des dieux redoutables, peut-être même des démons sanguinaires qui s'amuseraient à ravager la planète.

Loin d'être choqué, il prolonge le jeu...

— Blasphématrice ! J'aime bien cette idée que les dieux soient en réalité des démons amateurs de sang. Après tout, les chrétiens boivent bien le sang du Christ et ils ne se posent pas de questions. Alors que, si l'on y réfléchit, boire le sang et manger le corps de son Dieu, ça ressemble à un rite barbare, non ?

— Et vous dites que je blasphème ! Bravo ! C'est vrai que certains rites sont si ancrés dans notre éducation que nous n'en percevons plus la dimension singulière…

— Pour en revenir au point initial, je serais curieux de compulser votre dossier. Cela vous éviterait d'avoir à me raconter votre vie… et à la transformer au gré de votre inspiration.

Je me demande à quoi correspond cette pique soudaine :

— Oh, mais je n'ai rien à cacher, ni à transformer, rien de sulfureux ni d'inavouable, qu'est-ce que vous imaginez ?

Je n'en suis pas encore aux confidences. Après un soupir j'ajoute, agacée :

— Pour en revenir aux dossiers, je douterai toujours de leur contenu, c'est si facile de changer un élément pour leur faire dire ce qu'on veut. Un seul mensonge dans un océan de vérités, et tout est faussé.

Dante reprend le téléphone qui se met à sonner au loin, quelqu'un décroche.

— Bonjour, madame, pourrais-je parler à Me Julien Méry ? Au Palais ? Cet après-midi ? Pouvez-vous lui demander de me rappeler ?

Il raccroche :

— Au Palais, notre veuf éploré est au Palais ! Quelle famille de dingues, Diane vient de mourir et les uns partent tranquillement en Suisse tandis que le mari continue son travail d'avocat comme si rien n'était arrivé !

— J'ai du mal à y croire, Dante, il s'agit peut-être de la réponse officielle, pour sa clientèle, alors qu'il est en train de se morfondre chez lui en buvant du whisky ou qu'il s'est assommé avec des calmants. Il n'a pas pu la chercher toute la nuit, mort d'angoisse, pour aller ensuite au Palais comme si de rien n'était.

— En tout cas la police l'a déjà interrogé, il n'est pas suspect. Il a lancé tous ses appels nocturnes de son poste fixe, avenue Marceau… s'assurant ainsi un alibi parfait, ajoute-t-il pour lui-même. Qu'avons-nous comme vols pour Bâle ?

— Nous avons le choix, au moins dix vols par jour avec Air France, à peine plus d'une heure de voyage, je n'avais jamais réalisé que Bâle était si près.

Je prends un taxi pour aller rassembler quelques affaires chez moi, au cas où nous serions retenus au-delà de l'après-midi. L'atmosphère de l'appartement est si paisible, si incroyablement hors du temps que j'ai un instant la sensation que je pourrais m'endormir et me réveiller sans qu'une seule seconde soit passée… Si paisible que je n'ai qu'une envie, m'allonger et dormir… Hypnotiquement. Mon esprit rationnel se dissout dans une sorte de torpeur inhabituelle, je réalise que la nuit dernière a été très courte, j'ai lu tard et effectué de vaines recherches *via* Internet sur le tunnel de l'Alma, sans rien trouver ni sur les travaux, ni sur cet ancien temple mérovingien, dont je suis sûre d'avoir entendu parler. Internet garde encore beaucoup de secrets pour moi, je suis loin d'être une virtuose du net. Parfois les informations viennent à moi, parfois elles me fuient. Cette nuit-là ma vaine quête m'a entraînée jusqu'à presque 2 heures du matin.

Réveillée à 4 heures et des poussières, cela m'a laissé un peu moins de trois heures à me reconstituer en plongeant dans le monde des rêves. Trop peu pour moi, grande dormeuse amoureuse du sommeil, cet état qui permet de voyager dans d'autres mondes. Je n'y trouve pas toujours le repos mais souvent des solutions à mes problèmes, une possibilité d'anticipation, de lumières et d'aventures. Mieux qu'au cinéma. Morphée me tend donc ses bras frustrés tandis que dans une sorte de rêve éveillé, je remplis un sac de voyage léger. Au dernier moment, j'attrape le *Protocole* pour le glisser entre mes vêtements…

XII

Fort Saint-Ours – La colère du Sphinx

À travers la baie vitrée ouverte sur une vue vertigineuse, en voyant Charles Hiéronimus Plantard, assis dans un vaste fauteuil Art and Craft derrière son immense bureau de bois blond, nul ne se serait douté de la violence de sa colère. Il avait appris à contrôler les pulsions qui dans son enfance obligeaient son impitoyable gouvernante allemande, Frau Holstein, à l'enfermer dans sa chambre après chaque explosion. Ses parents croyaient à l'éducation prussienne, qui s'apparente plus au dressage d'un jeune animal qu'à l'intention de développer les qualités et les capacités d'un enfant. S'il avait appris à ne plus exprimer sa colère, il ne la vivait intérieurement qu'avec plus de férocité.

Sans élever la voix, il s'exprimait avec une intensité telle que son interlocuteur se ratatinait d'angoisse à l'autre bout du fil. En l'occurrence Noirange se sentait mal, très mal… Comment tout cela avait-il pu arriver? Depuis la nuit dernière, il vivait un interminable cauchemar. La voix de Charles Plantard au bout du fil le glaçait d'angoisse, celui-ci n'était pas réputé pour son indulgence, et après les années de placard où Noirange avait été contraint d'accepter les tâches les plus obscures, l'ORV était l'occasion unique de reprendre des galons et de l'influence. Il ne supporterait pas de voir ses espoirs ravagés prématurément par cette affaire, quels que soient ses torts. Aussi cherchait-il frénétiquement une porte de sortie, un bouc émissaire, tandis que Plantard poursuivait son constat impitoyable:

— Nous avons eu des signes précurseurs. Depuis les apparitions de tags le tunnel aurait dû être surveillé jour et nuit, en permanence; vous aviez tous les pouvoirs pour contrôler une situation délicate, et vous l'avez laissé dégénérer. Cette mise en scène est manifestement destinée à réactiver ce qui ne doit pas l'être. Et vous me dites que ce sont des passants qui l'ont découverte par hasard? Vous dormiez pendant ce temps-là? Si vous aviez pris les mesures nécessaires, nous les aurions arrêtés et nous aurions pu les faire parler! Ils nous ont toujours glissé entre les doigts, et pour une fois que nous pouvions anticiper leur action, voilà que vous leur laissez la porte ouverte. Comme si vous leur disiez: Je vous en prie, allez-y, prenez votre temps, nous ne vous dérangerons pas. Cela s'appelle un double échec.

À l'autre bout du fil, Noirange tente maladroitement de se dédouaner, mais Charles Plantard le reprend violemment.

— Vous dirigiez l'opération, n'essayez pas de vous cacher derrière l'incompétence de vos hommes car je vous tiens pour responsable de toutes leurs erreurs. L'ORV a carte blanche, bon sang, vous n'avez pas la moindre excuse logistique, il est temps de reprendre les choses en main. Pas de tapage médiatique, pas de fuites, et contrôlez les témoins!

Noirange est prêt à tout pour retrouver toute la confiance de son chef, il assure contrôler toute l'opération à partir de maintenant et confirme que les témoins ont été parfaitement briefés. Pas de fuites.

— Si coopératifs soient-ils, ils sont humains, c'est à dire faillibles, et ce qu'ils ont vu ne s'oublie pas. Un jour ou l'autre ils en parleront autour d'eux, pas aux journalistes directement mais ils parleront. Je n'aime pas les témoins, ils sont toujours source de complication, vous êtes bien placé pour le savoir. Nous ne pouvons pas courir ce risque. Vous savez ce qu'il vous reste à faire. Et sur ce coup-là je n'accepterai pas le moindre faux pas.

Son interlocuteur ne peut qu'acquiescer, prêt à tout pour se réhabiliter:

— Le nécessaire sera fait, monsieur. Je m'en charge dès aujourd'hui.

— Quant à Arielle de Thal et Dante Ibozu, reprend monsieur Plantard, ils sont arrivés juste à temps. Nous pouvons nous réjouir que j'aie bousculé une certaine inertie pour qu'ils commencent le plus tôt possible. Maintenant c'est à eux de jouer. Apportez-leur toute la logistique dont ils pourraient avoir besoin. Sans restriction, c'est compris?

Il raccrocha pensivement. Passé la première fureur, le stratège subtil commença à élaborer un plan pour retourner la situation à son avantage…

Son regard se fixa sur une pierre convexe posée sur le bureau, aussi noire que les verres de ses lunettes, aussi brillante qu'un miroir, une pierre célèbre dont l'histoire remonte jusqu'aux hiérarchies célestes. John Dee, le célèbre alchimiste anglais du XVIe siècle s'en servait pour entrer en contact avec les êtres des autres dimensions. À son évocation, leur image irradiée de lumière jaillissait de la pierre, aux moments où le jour hésite… à la lisière de l'ombre, au petit matin ou au soleil couchant. Aux heures incertaines.

Selon la légende, le puissant archange Uriel, l'Ange Vert, *l'esprit de la lumière*, lui aurait remis cette pierre lors d'un de ses passages dans les autres dimensions… comme une sorte de fenêtre permettant aux invisibles de lui apparaître. Secrets du passé ou énigmes primordiales, les êtres lumineux répondaient aux interrogations les plus subtiles, prédisant l'avenir et dévoilant le passé.

Longtemps la pierre d'Uriel avait brillé comme une légende, convoitée par les initiés du monde entier. Enfin en sa possession, elle était le plus cher trésor de Hiéronimus, source de connaissance et de prescience, clé des temps à venir. D'autant plus qu'ayant repris son influence sur les plans humains en cette fin de la première décade du XXIe siècle, Uriel doit préparer l'humanité à la grande transition qui commence.

Par quel prodige Charles Hiéronimus Plantard s'est-il procuré cet extraordinaire artefact, la magie n'y est pas étrangère, ni la ruse et l'argent. Nul autre que lui ne sait que la pierre exposée au British Museum n'en est qu'une habile copie. Quelques rares visiteurs s'y rendent encore parfois pour se recueillir devant elle, espérant apercevoir par miracle l'éclat de l'ÊtreAnge y passer furtivement, ou tentant par une concentration intense d'entrer en communication avec l'âme de l'objet noir, mais celui-ci reste obscurément inerte, et pour cause.

Pour l'esthète cultivé qu'est Hiéronimus, habité d'une véritable fascination pour l'Invisible, les objets occultes possèdent une vie spécifique, ils n'ont rien à faire derrière l'écran des vitrines des musées, où ils s'empoussièrent et se mettent en animation suspendue, où leurs pouvoirs s'étiolent sans personne pour les solliciter. Tandis qu'entre des mains amoureuses et expertes comme les siennes, leur éclat se fait plus fulgurant encore d'avoir été si longtemps en attente, et les êtres de l'outre-monde se réjouissent de redescendre pour tisser à nouveau leur toile constellée de rites, de prédictions et d'alliance de pouvoirs.

Plantard sourit en caressant la surface polie aux profondeurs abyssales. Une sensation d'une extraordinaire douceur s'insinua à travers sa main pour l'irradier, il perçut une odeur subtile aux résonances célestes, un parfum infime si incomparable qu'il n'est pas de mots pour le définir. Cette pierre soustraite aux béotiens avait tant de choses à lui dire. Il reposa la pierre avec un soupir, ce n'était pas l'heure de l'ange.

Bien qu'il n'ait aucune envie de quitter sa retraite des montagnes de l'Ubaye, il sentait la pression s'accentuer de jour en jour, sa présence devenait nécessaire sur le terrain.

Il avait enfin conjuré ses craintes devant la cécité qui s'aggravait, en suivant un entraînement extrême qui durait depuis des mois. Ainsi avait-il appris à se mouvoir en percevant les volumes autour de lui, comme avec un radar intérieur semblable à celui des chauves-souris. Il avait développé un sixième sens étonnant pour capter les intentions et les pensées des êtres humains à sa portée. Globalement, malgré sa vision floutée, il ne courait pas plus de danger qu'avant, lorsque son regard acéré embrassait les scènes et les êtres d'un coup d'œil.

Les temps se bousculaient, tornades et tremblements de terre allaient déchirer la planète, comme l'annonçaient les prophéties. Un signe annonciateur avait été le grand tsunami, mais les volcans allaient se réveiller, les failles sismiques s'ouvrir pour engloutir les villes, les tornades se déchaîner en nombre et avec une violence inédite. Finis les temps bénis de la stabilité, même les règnes invisibles étaient menacés. Il y avait encore bien des choses à préparer avant le grand désordre, afin que perdure leur influence. Tant qu'il s'agissait de guerres provoquées sciemment, de famines ou de révoltes nécessaires pour avancer dans leurs plans, l'entropie était sous contrôle, mais si c'était la nature même qui se rebellait, ils étaient tous menacés. Il n'y avait pas de temps à perdre, l'humanité était parvenue à la fin d'un cycle, elle allait affronter un gouffre béant qui en laisserait peu survivre.

Il avait parfaitement conscience que ces catastrophes n'étaient que les conséquences programmées de la gestion perverse de la planète par une élite dont il faisait partie.

À force de créer les conditions nécessaires à une peur globale qui pousse les hommes à se réfugier sous leur protection, afin de tous les réunir sous un seul pouvoir, ils avaient gravement déséquilibré les forces souterraines et cosmiques de la planète. Celle-ci leur échappait, elle vomissait les tombereaux de produits toxiques qui l'asphyxiaient, elle se retournait sur elle-même déchirée par les nombreuses blessures infligées par les explosions nucléaires expérimentales, elle grondait et soufflait devant ses forêts massacrées, ils avaient cru pouvoir la contrôler, mais elle leur échappait. Elle allait leur échapper. Il leur fallait agir sans tarder, compléter leur plan avant que tout n'explose.

XIII

Bâle, le Drachenhorst

Dante a insisté pour choisir la voiture de location, un puissant coupé BMW qu'il conduit avec une certaine élégance et une étrange hargne, les mâchoires serrées comme s'il s'agissait d'un rallye automobile qu'il devait gagner à tout prix. J'adore la vitesse et j'ai tendance moi-même à conduire vite, sauf sur les routes de montagne. La montagne, c'est mon enfance, les étés dans la splendeur humide des Vosges, toutes les odeurs exacerbées de plantes sauvages et de sapins, les talus constellés de fraises des bois et de framboises, les fleurs légères et parfumées dont nous faisions des bouquets aériens, offrandes déposées en passant devant un petit oratoire en bois planté à une croisée de ces chemins tracés entre champs et torrent.

Pour moi, la montagne a deux visages. Si j'en aime la part lumineuse, je suis passionnée par l'autre, son deuxième visage tellurique et ténébreux, relié aux orages imprévisibles, aux brouillards trompeurs, à la foudre qui décapite les hauts sapins, aux draches tombant jours et nuits, aux chemins qui changent au soir leur tracé pour mieux perdre l'imprudent, au chant de sirène de la cascade introuvable et au grondement des voix multiples du torrent qui court le long du chalet. La violence et le mystère. L'incertitude. Le monstrueux nuage sombre chargé de flots noirs qui brutalement efface toute lumière et nous immerge dans la nuit en plein après-midi, et cette sensation primordiale d'être relié à des forces anciennes plongeant au cœur des mythes. Les montagnes sont des géants endormis dont je guette les moindres frémissements.

Emprunter une route de montagne pour aller près des sommets, c'est initier la saveur de la réminiscence, une prise de contact exigeant un mouvement fluide, une concentration intérieure. Incarcérée dans les rugissements du moteur, frustrée de toutes sensations autres que la vitesse, j'éprouve de surcroît un léger mal de cœur. Après avoir serré les dents un moment au détriment de mon harmonie intérieure, j'ai pris ma respiration entre deux tournants :

— Dante ? Vous pouvez ralentir ? Nous ne sommes pas si pressés... Regardez autour de vous, respirez...

— Excusez-moi, je réfléchissais. Je me demande où cette histoire va nous emmener (il ralentit, ouf). Comme vous l'a dit le bon Noirange, je suis un scientifique, un peu touche-à-tout. J'ai été reconnu comme anthropologue jusqu'au jour où j'ai commis le péché capital : contester les idées établies, en l'occurrence notre ancêtre le singe. Ce qui est dans notre beau pays une cause d'ostracisme absolu. Alors je suis reparti aux États-Unis me spécialiser en criminologie et en génétique. Histoire de changer d'air, et d'idées. Puis pour d'autres raisons dignes d'un thriller, je me suis retrouvé en Asie, entre les temples et les terrains de course. Et voilà que je reviens d'exil, à Paris, mon point de départ, pour intégrer une sorte de police parallèle : tags sataniques, jeune morte aux lys dans un tunnel mérovingien, j'ai les idées larges mais reconnaissez que c'est surréaliste...

Voyant que je ne réponds pas, il reprend :

— Et vous, vous êtes tombée dans le paranormal spontanément ?

— Très spontanément, oui.

J'ouvre enfin la fenêtre pacifiée pour respirer avec volupté l'air transparent.

— Je voyais des lutins quand j'étais petite, ma grand-mère tirait les cartes, et je parlais des mondes parallèles aux gens ahuris. Puis je me suis passionnée pour la sorcellerie, l'alchimie, l'histoire des religions, des rites et des déviations spirituelles, des sociétés secrètes et du satanisme...

Je respire profondément l'air frais aux parfums de sapin et d'herbe coupée, puis je me retourne vers lui, ravie.

— C'est la version courte ! Tout cela pour me retrouver en train d'enquêter sur un meurtre aux relents sacrificiels. Je n'étais pas plus préparée au côté macabre de notre histoire que vous à ses connotations fantastiques. J'ai voulu passer de la théorie à la pratique, c'est ce qui m'a attirée dans la proposition de l'ORV, mais je me voyais plus résoudre des énigmes qu'un meurtre aussi barbare. Cette évolution n'était pas prévue dans mon cursus.

Après ces confidences et quelques hésitations en consultant notre carte, nous avons fini par arriver, sur la route de Schönenbuch, au chemin privé que nous a indiqué Maxime. Un panneau discret, *Drachenhorst,* Propriété privée en défend l'accès. Au téléphone, Maxime a paru prodigieusement stressé à l'annonce de notre arrivée inopinée, il a tenté maladroitement de nous dissuader de venir, mais nous étions déjà sur la route depuis Bâle.

Une centaine de mètres plus loin, une haute barrière coupe brutalement le chemin de macadam parfaitement entretenu, de part et d'autre des murs de pierres plates courent tout autour de la montagne, comme les fortifications basses d'un château fort, nous sommes sur le point d'entrer dans un domaine protégé. Devant le système de sécurité et les caméras résolument modernes, Dante prend un air entendu :

— Il va falloir montrer patte blanche. Soit ces gens-là sont des graves paranos, soit ils ont des choses pas catholiques à cacher...

Il appuie sur le bouton de l'interphone et nous annonce :

— Dante Ibozu et Arielle de Thal, nous venons voir Maxime Cargill.

Lentement le portail s'est ouvert, la route monte, interminable, sur le flanc de la montagne entre des reines des prés, des digitales et autres fleurs d'altitude et nous n'apercevons aucune maison, lorsque la route s'incurve sur la gauche à travers une forêt de sapins, et soudain surgit entre les arbres une sombre construction ornée de deux tours aux allures médiévales, suffisamment sinistre pour que l'on hésite à frapper à sa porte même sous le pire des orages. Les fenêtres scintillant de tous leurs vitraux multicolores distillent quelque chose de vaguement maléfique, Dante siffle entre ses dents :

— Un vrai repère de vampires, allons-nous les surprendre en plein bal ? Avez-vous emporté des chapelets d'ail ?

— Ce serait plutôt un repaire de dragons si l'on en croit le nom de cette accueillante demeure, Drachenhorst si mes souvenirs de l'allemand sont exacts signifie à peu près l'*Aire des dragons*...

Mais nos considérations s'arrêtent net, car devant les luxueuses voitures garées dans un parking en léger contrebas du château nous apercevons un comité d'accueil de trois hommes, lunettes noires, oreillettes et musculation impressionnante mal dissimulée sous leurs costumes sombres ; de parfaits spécimens de services de sécurité, aguerris aux arts martiaux et au maniement des armes de toutes catégories ; ils nous attendent fermement, visiblement déterminés à ne pas autoriser des intrus à passer. Dante ralentit :

— Ouah, je les sens mal, heureusement que nous avons prévenu Maxime, sinon je ne donnerais pas cher de leur hospitalité. D'autant que nous n'avons légalement aucun droit de venir interroger qui que ce soit en Suisse...

Je lui jette un regard interloqué :

— Comment ? Vous voulez dire...

Je ne finis pas ma phrase, Dante n'a pas jugé bon de m'informer que nous allions transgresser quelques lois internationales, qui plus est avec des gens pas vraiment démunis de défenses. Il semble se délecter de nos transgressions et je sens l'adrénaline jaillir avec volupté dans tout mon corps. Nous ne sommes pas non plus désarmés. Il gare la voiture dans l'alignement des autres et nous descendons, électrisés par l'hostilité ambiante.

Le côté enquête sans limites commence à m'exciter, bien que le sujet-même de notre enquête me laisse comme une sorte de douleur dans la poitrine, par empathie j'imagine. Je sens que nous avons un travail à accomplir pour Diane. La jeune morte aux lys va nous livrer ses secrets, elle va nous guider vers la vérité. Sa vérité.

Nous nous présentons, les trois barbouzes exigent de voir nos passeports, ils les auraient bien gardés, mais Dante les reprend avec une autorité qui les laisse interdits. Nous découvrons avec une connivence discrète qu'un dragon sculpté domine la haute porte de bois sombre, son regard malveillant me fait fugitivement frissonner, sur la tiédeur de l'été passe un souffle glacial. Le repaire des dragons porte bien son nom... l'un des hommes nous introduit dans un hall démesuré, les panneaux de bois noir se hérissent de trophées et de massacres ; à travers des doubles portes ouvertes sur un vaste salon une vingtaine de personnes, costumes noirs et robes sombres ponctuées de l'éclat des bijoux, se taisent à notre approche et nous toisent comme les intrus que nous sommes. Un accueil plus que polaire qui semble aiguiser l'envie de Dante à jouer le rôle du trouble-fête. Je le sens prêt à haranguer la foule hostile lorsqu'un grand jeune homme longiligne s'avance vers nous en repoussant une mèche châtaine qui lui retombe sur les yeux :

— Je vous attendais, passons à côté...

Il nous entraîne vers une sorte de petit salon entièrement lambrissé ouvrant sur la pièce de réception où les conversations sont reparties. Quelques regards intrigués ou méprisants glissent encore vers notre petit groupe. Maxime repousse la porte et enchaîne sur un ton d'excuse :

— Nous sommes tous réunis pour la parution d'un grand armorial, rassemblant les branches anglaises et françaises de la famille. Mon père en a dirigé les recherches pendant dix ans. Un héraldiste a dessiné et peint tous les blasons, c'est un magnifique travail.

Il ajoute fièrement :

— Notre lignée descend de Jacques 1er, roi d'Écosse puis d'Angleterre et d'Irlande, fils de Marie Stuart, ce qui signifie que nous avons du sang royal, nous avons également des alliances avec les Windsor et les Habsbourg, ainsi qu'avec les Bourbons.

— Vous n'en êtes pas immortels pour autant, apparemment.

Une allusion à la mort de Diane d'assez mauvais goût, mais la tirade de Maxime aussi en l'occurrence, comme s'il avait oublié ce qui est arrivé à sa sœur, et son histoire d'armorial et de lignée royale loin de nous impressionner nous agace, bien qu'elle mette en évidence un lien supplémentaire entre Diane et lady Di. Une question que je m'étais posée vient de trouver sa réponse, qui mérite de figurer sur notre tableau d'indices.

Je sens chez Dante une envie de bousculer Maxime que je partage à cent pour cent, avec une touche d'agressivité qui m'étonne moi-même. Celui-ci semble si détaché, si intouché, que j'aurais la cruelle envie de le faire plonger dans la vision de sa sœur attachée au creux sombre du tunnel, puis allongée sous les lumières aiguës de la morgue, la poitrine et le ventre déchirés. Il me semble qu'il doit partager cette douleur dans ce qu'elle a de plus violent, de plus insoutenable. S'il l'a aimée, il doit la pleurer à la mesure de sa souffrance à elle. Pensées fugitives vite réprimées, où la colère se mêle à l'indignation.

C'est Dante qui ouvre la partie:

— Vous êtes le seul frère de Diane, n'est-ce pas? Votre mère nous a dit que vous êtes restés proches. Nous avons besoin de reconstituer une sorte de chronologie dans sa vie, ses relations, pour comprendre ce qui lui est arrivé: Vous sortiez souvent ensemble au début de sa vie parisienne...

— Au début, oui, répond Maxime. Diane détestait cette idée de parcours obligé, les rallyes aux noms de pierres précieuses, émeraude, rubis, etc. où il fallait se montrer, jouer son rôle. Moi je m'amusais, mais elle proclamait qu'elle ne deviendrait pas une caricature mondaine comme toutes ces femmes décérébrées. Elle était toujours un peu excessive. Trop intelligente. Et rebelle.

— Alors que s'est-il passé pour qu'elle devienne une sorte d'icône des nuits parisiennes?

Maxime semble perturbé:

— Une mauvaise rencontre, dirais-je, un homme qui l'a, disons... envoûtée.

Dans la pièce à côté l'atmosphère est étrange, chaque déplacement semble répondre à un cérémonial précis, des regards nous épient sans nous regarder. Seul Maxime semble à peu près en prise avec la réalité. Dante le relance:

— Pouvez-vous nous en dire plus sur cet homme?

Maxime attrape un verre de whisky sur un plateau présenté par un serveur impassible, nous déclinons son offre.

— C'était un flambeur, un perturbé. D'origine russe... Petrovski, Wladimir Petrovski.

Il boit avidement la moitié du verre comme pour y puiser l'inspiration et enchaîne :

— Diane m'a parlé un jour de l'enfance de Wladimir, source majeure, selon elle, de ses tourments et de son déséquilibre. Ses confidences l'avaient bouleversée, elles étaient devenues l'excuse ultime à ses problèmes de drogue et de violence. Ma petite sœur a toujours été compassionnelle, elle défendait déjà les plus faibles à l'école.

— Mais encore ?

Nous le fixons tous les deux sans complaisance, il se trouble un instant devant notre hostilité avant de reprendre son histoire.

— Voilà... Il marque un instant de silence avant de continuer : La mère de Wladimir est morte à sa naissance, c'est son père, un aristocrate russe assez âgé, qui l'a élevé, le privant systématiquement de tout lien affectif. Pour l'aguerrir. Avant de le mettre en pension dans l'internat quasi militaire où il passa l'essentiel de son enfance, son père prévenait méthodiquement la moindre possibilité d'attachement. Des gouvernantes qui changeaient chaque année, comme ses écoles, interdiction d'avoir des amis, son père est même allé jusqu'à tuer devant ses yeux un chiot sur lequel il avait reporté tout son besoin de tendresse frustrée, enfin vous voyez, un cas pathologique.

— Connely[1] dirait que c'est ainsi qu'on fabrique les pervers, conclut Dante, s'attirant un regard interrogatif de Maxime.

— Pour Diane, cela justifiait la conduite cynique de Wladimir et ses déviances. C'est par ce biais qu'il l'a attirée dans ses filets. Elle voulait lui offrir la rédemption et la consolation, il l'a jetée dans la drogue... et le reste.

Un sentiment d'empathie me saisit, je me projette dans l'esprit de la petite fille que j'ai connue, qui avait ce regard si aigu et douloureux sur les jeux humains, il me semble ressentir à travers elle :

— Je me souviens, quand elle était petite, elle avait une vision incroyablement perspicace des gens tant qu'elle gardait la distance, mais dès qu'elle s'approchait d'eux, elle ne voyait plus que leur vulnérabilité.

1. Auteur de thrillers psychologiques *Le Poète, etc.*

Il hoche la tête,

— Oui, Wladimir la fascinait, littéralement. Mais ça allait plus loin. Je me suis parfois demandé s'il ne l'avait pas hypnotisée, elle semblait avoir perdu tout sens critique, ce qui ne lui ressemblait pas. C'est quand elle a commencé sa psychothérapie qu'elle a tout doucement commencé à se défaire de lui, mais il a longtemps exercé sur elle une emprise absolue. Cela m'inquiétait terriblement. J'avais appris qu'il exerçait son côté destructeur en prenant plaisir à humilier et à asservir de très jeunes femmes, allant jusqu'à les pousser à se prostituer pour lui. Avec Diane il n'est pas allé jusque-là, mais son influence a été désastreuse.

— Qu'est-il devenu ?

— Je ne sais pas très bien, on m'a dit qu'il a été journaliste sur le terrain, il a couvert des guerres en Afrique ou en Amérique du Sud, je ne sais plus exactement. On parlait aussi de trafic d'armes. Diane n'avait plus prononcé son nom depuis des années, il était devenu tabou, elle voulait oublier toute cette période de… décomposition. Mais je me souviens très bien de l'époque où elle a eu le courage de le quitter. Il l'a menacée. Il l'a prévenue qu'ils se retrouveraient, que si elle épousait un autre homme que lui, il viendrait reprendre ce qui lui appartient. Longtemps il l'a hantée, elle ne l'avouait pas mais je la voyais parfois sursauter, regarder derrière elle avec une expression d'effroi très profond. Quand elle s'est mariée l'année dernière, on a évité d'en reparler, comme par superstition. Elle était sortie de la « danse infernale », comme elle l'appelait et elle attendait son bébé. Et voilà… Je, je n'arrive pas à y croire, j'espérais qu'elle serait heureuse un jour…

Les larmes lui montent aux yeux, il a l'air si misérable soudain, si désemparé que je m'en veux de mes premières pensées vénéneuses. Dante ne le lâche pas pour autant.

— Depuis quand êtes-vous au courant pour les drogues et « le reste », comme vous dites ? Diane vous en a parlé, donné des noms, des lieux ?

— Tout ça, c'est du passé.

Il jette un coup d'œil inquiet vers sa famille de rapaces et baisse la voix :

— Elle a décroché après leur rupture. Ne parlons pas trop fort s'il vous plaît, mes parents ne sont pas au courant de cet aspect de sa vie. Elle avait commencé à prendre de la cocaïne quand elle était mannequin. Pour ne pas grossir. C'était l'excuse qu'elle donnait au début. Elle se sentait piégée, mais tant qu'elle était sous l'influence de cet homme, elle se détruisait et on ne pouvait rien faire pour l'aider. Quant aux soirées… particulières, jamais elle n'aurait abordé ce sujet avec moi. Je l'ai su par des relations.

Dante l'interrompt en haussant le ton :

— Avez-vous remarqué quelque chose d'anormal ces derniers temps ? Aviez-vous conscience qu'elle pouvait courir un danger ?

La pièce est tombée soudain dans un silence abyssal comme si le mot danger résonnait au-delà de notre trio dans l'esprit de chacun. Le climat s'est tendu, j'ai l'étrange impression que ces gens commencent à se rapprocher de nous, imperceptiblement. Je commence à devenir paranoïaque, c'est le moment de partir et celui que choisit Maxime pour nous diriger vers la porte :

— Laissez-moi réfléchir… Je propose que nous nous revoyions à Paris, je reviens dans quelques jours, je serai plus à même de répondre à vos questions en consultant mes agendas.

— Vous ne voyez personne d'autre qui aurait pu menacer Diane, des connexions avec des gens bizarres ou douteux ? continue Dante qui refuse de le lâcher.

— Vous me prenez un peu au dépourvu. S'il y a une personne qu'il faut que vous rencontriez, c'est Cornelia von Stutz. Diane et Cornelia sont… étaient amies depuis longtemps, elles étaient dans la même agence de mannequins quand elle sortait avec Wladimir, et elles sont restées très proches, même quand Diane a décroché. S'il y a une personne à qui elle s'est confiée, c'est elle. Je n'ai pas son numéro sur moi, mais je vous le transmettrai. Avez-vous rencontré son mari, Julien Méry ? Il doit être ravagé par la mort de Diane, il l'adorait, il était prêt à tout pour elle.

Il parle fébrilement, jette des regards furtifs et presque effrayés vers l'autre salle, je ne peux m'empêcher de penser à son père autoritaire et destructeur, que seule Diane avait le culot de défier. Dante fronce les sourcils, sort une carte que je n'avais jamais vue et la lui tend, le regard sévère.

— Nous le voyons demain.

Maxime la fait disparaître dans une poche de sa veste et d'un geste vers la porte nous invite à sortir :

— Les discours vont commencer, il faut que je vous raccompagne…

— Pas avant d'avoir eu un entretien avec votre père.

Le jeune homme pâlit, se trouble et sa voix contient malgré lui une note de supplication.

— Mon père ne vous parlera pas, en tout cas certainement pas ici. Cela irait à l'encontre de son image de chef de famille tout-puissant, il ne pourrait accepter de répondre à des questions de la police. D'autant que nous sommes en Suisse…

Le sous-entendu est clair, nous nous regardons, Dante et moi, avec la conscience d'avoir déjà franchi les limites de l'hospitalité des Cargill.

— Il n'a rien à cacher et rien à dire. Il n'a pas parlé à Diane depuis trois ans. Elle refusait de le voir, et il l'avait quasiment reniée. Croyez-moi, il vaut mieux maintenant pour tout le monde que vous partiez.

Maxime parle presque à voix basse, il a manifestement peur d'être entendu.

— Je vous en prie, ne faites pas d'esclandre, mon père a un tempérament… explosif et tout ce qui concerne Diane le rend fou.

— Un conseil d'ami.

Dante se penche vers lui et je l'entends distinctement poursuivre : affranchissez-vous de votre père si vous voulez grandir…

Suivant son regard, nous nous retournons vers l'assemblée qui nous épie en douce. Je reconnais le personnage avec la même répulsion qu'à l'époque où j'allais au Manoir avec sa fille, ce monsieur Cargill dont je m'écartais toujours instinctivement. Il toise notre trio avec férocité et tandis que Maxime pâlit, Dante ricane avec ironie. Je me sens plus transparente que jamais. Le défi se passe d'homme à homme. Pour ces gens-là, les femmes ne sont que des prétextes ou des gages, un contexte que je connais bien pour l'avoir toujours combattu. Mais aujourd'hui je n'ai rien à prouver et j'aurais l'impression de me salir en entrant en lice.

Je me détourne, la gorge serrée, et passe en frissonnant sous les fourches caudines des massacres de cerfs et de sangliers défunts, vers la porte ouverte par un maître d'hôtel au regard d'une troublante vacuité. Que Dante me suive ou non, je ne resterai pas un instant de plus dans cette atmosphère hostile et vaguement nauséeuse. J'ai l'impression d'émerger d'un caveau, éblouie par la lumière soudaine, étonnée qu'il ne fasse pas déjà nuit tant l'obscurité était dense à l'intérieur, face à un chêne plusieurs fois centenaire dont le feuillage clair tranche sur les sombres épicéas.

Dante surgit quelques minutes plus tard, apparemment fort satisfait de son intervention. Sur le parking, les trois hommes n'ont pas bougé, leurs silhouettes se fondent dans l'ombre dense des sapins, Dante jetant un dernier coup d'œil derrière nous, vers le Drachenhorst dont les fenêtres scintillent, me murmure entre ses dents :

— Barbouzes, domaine sécurisé, plus une forêt d'antennes sur le toit, on se croirait chez un prince arabe ou un magnat des télécommunications. Décidément, je me demande ce qu'ils cachent.

Il m'ouvre la portière tout en balayant du regard les bâtiments vaguement gothiques qui cernent le parking.

— Et une kyrielle de caméras de surveillance... Vous avez vu ?

— Oui oui, j'ai vu, partons s'il vous plaît.

Prise d'un mauvais pressentiment, je n'ai qu'une envie, m'enfuir de cet endroit qui me donne soudain la chair de poule. Le retour à Bâle se fait en silence, chacun rumine ses pensées... À l'aéroport Dante a juste le temps de faire provision de journaux avant l'embarquement. Pour une fois je n'ai pas envie de lire.

*

... La vue du père de Diane a fait resurgir des images oubliées, un jour où nous nous étions toutes les deux réfugiées dans son bureau bibliothèque aux panneaux couverts de livres, d'objets d'art et d'une collection de petites sculptures morbides, représentant différentes sortes de tortures, que je ne pouvais regarder sans un intense sentiment de malaise, un flacon ancien où une étrange racine de forme humaine flottait dans du liquide jaunâtre, une mandragore selon Diane, et des objets religieux tourmentés qui me semblaient contenir des menaces vibrantes. La pièce était mystérieuse, interdite et malsaine.

Je m'étais assise dans un fauteuil pivotant tapissé de cuir de Cordoue et Diane était derrière moi, nous regardions par la porte-fenêtre ouverte le jardin, les invités qui buvaient des cocktails allongés sur des chaises longues en bois exotique. Diane me parlait avec vivacité des uns et des autres, nous épions particulièrement les regards et les mouvements autour d'une jeune comtesse italienne provocante qui happait dans son aura les fantasmes de tous les hommes. Le soleil illuminait ce tableau sensuel, nous nous sentions bien isolées toutes deux de la scène principale, disséquant des coulisses l'intrigue en cours.

Notre paix explosa en un éclair. La voix féroce de monsieur Cargill, ivre de rage que j'aie eu le toupet de m'asseoir dans son sacro-saint fauteuil nous fit nous retourner de concert, interloquées. Diane avait encore la main posée sur mon épaule et le regard qu'il jeta sur nous me parut si trouble, si anormal, que je me levai précipitamment et m'enfuis par la porte-fenêtre, suivie de Diane assombrie et furieuse contre son père. Je me souviens comme il m'était apparu immense et ténébreux, pétri de toute cette fureur absurde. C'est cette image de lui, préservée dans un coin ignoré de ma mémoire, qui avait émergé en le retrouvant dans cette pièce encombrée de massacres et de trophées, de reptiliens et de mauvaises pensées.

XIV

Un appel au Vatican – Stanislas l'exorciste

Rien, pas un seul indice confirmant mon vague souvenir d'un lieu de culte découvert au moment des travaux du tunnel en 1956, travaux qui faisaient partie du grand projet de la voie Georges Pompidou. Alors que la moindre découverte archéologique peut figer un chantier pendant des mois, le temps que le site soit intégralement fouillé et analysé, mes recherches sur le net se sont heurtées à un mur, que ce soit sur le site de l'AFAN (Association pour les fouilles archéologiques nationales) ou de l'INRAP (Institut national de recherches archéologiques préventives) pas le moindre rapport sur le tunnel de l'Alma : aucune allusion à un lieu de culte souterrain, ni à une découverte archéologique, encore moins de mention aux Mérovingiens...

Je ne vois qu'une personne susceptible d'être au courant, Stanislas. Là-bas, dans sa nébuleuse vaticane, les archives contiennent tous les secrets du monde depuis l'avènement du christianisme – et bien d'autres qui concernent les civilisations disparues, mais ce n'est pas le propos aujourd'hui – quoique...

— Stanislas ? C'est Arielle... Bonsoir, non non... Je ne suis plus à Venise, je suis revenue à Paris, dans un contexte un peu spécial... Voilà, je suis plongée dans une histoire criminelle éventuellement liée aux cultes mérovingiens... Ça ne t'étonne pas ? Moi si ! Il m'appartient d'en décrypter la part ésotérique, il y a beaucoup de signes étranges autour de cette affaire, tu es le seul à qui je puisse en parler et j'ai besoin de ton aide. Une fois de plus !

Brusquement les consignes de silence de l'ORV me reviennent à l'esprit, que puis-je ou ne puis-je pas dévoiler ? Il est une des rares personnes qui puisse comprendre ce que je recherche. Il n'est pas journaliste mais prêtre et puis c'est mon cousin, ce que je ressens comme un facteur de confiance supplémentaire, malgré mes désolantes expériences familiales. Tous ces arguments réunis ont raison de mes réticences, je lui explique en quelques mots l'ORV et l'enquête en cours, sans avoir l'impression de trahir.

— Cette affaire ressemble à un meurtre ritualisé, la victime a été retrouvée sous le tunnel du pont de l'Alma, attachée au treizième pilier… Tu es au courant ? Décidément, depuis des siècles toutes les informations arrivent à Rome, la toile du Vatican est redoutable ! C'est d'ailleurs la raison pour laquelle je t'appelle. Voilà, je me demande si cette… mise en scène, indépendamment d'une évocation de la mort de lady Di, n'a pas un rapport avec le lieu même. Il paraît que quand le tunnel a été creusé en 1956, les ouvriers avaient exhumé d'anciens vestiges. Je suis sûre d'avoir entendu parler de la découverte d'un temple mérovingien, mais je n'arrive pas à trouver le moindre renseignement sur Internet, rien !

Stanislas me répond d'une voix calme que la seule organisation susceptible d'avoir dans ses archives des éléments sur ce temple, serait l'Association française d'archéologie mérovingienne, l'AFAM.

— L'AFAM ? Tu crois qu'ils m'ouvriraient leurs archives ?

D'après Stanislas et ses contacts à la Commission pontificale d'Archéologie sacrée, la découverte d'un lieu de culte païen au cours des travaux du tunnel de l'Alma avait électrisé le petit milieu de l'archéologie, mais la nouvelle avait été vite étouffée, avec une efficacité telle qu'on pourrait même dire éradiquée. Le sujet était devenu tabou et il doutait que le dossier Alma soit encore disponible. C'est pourtant bien par l'AFAM que la Commission pontificale et le Vatican avaient été tenus au courant. Stanislas insiste lourdement pour que je fasse preuve de la plus grande prudence dans mes recherches, et que nous évitions toute déclaration évoquant un temple souterrain.

— Rassure-toi, nous ne risquons pas d'en parler, notre enquête se fait sous le sceau du secret. Toi qui sais tout, as-tu les noms des archéologues qui ont travaillé sur le site ? Mais oui, c'est une véritable enquête dont l'ORV a été chargé… Non, je ne suis pas seule, heureusement, je te raconterai… Je n'imaginais pas, quand j'ai accepté d'intégrer ce nouvel organisme d'État confidentiel, que notre première enquête me mènerait sur la trace des rois sorciers… C'est vrai, les journaux sont restés vagues et ils ont très vite cessé d'en parler, pour la simple raison qu'ils n'ont reçu aucune information et qu'on les a gentiment prié d'oublier l'affaire. Je te faxe tous les détails, ainsi que les indices que nous avons trouvés. Je pense qu'ils t'intéresseront… Pas de fax? Bon d'accord je t'envoie un courrier, mais ça sera plus long… Écoute, quelque chose dans cette affaire me donne le vertige, j'ai la même impression perturbante qu'en Italie pendant l'exorcisme, d'interférences entre les mondes et d'intrusion de forces mauvaises… Crois-tu possible que des « néo-Mérovingiens », si l'on peut dire, poursuivent en secret un culte aux dieux babyloniens ? Non, ne t'inquiète pas, quoi que tu me transmettes, quoi que tu m'envoies, je te promets de ne pas en faire état officiellement, c'est strictement entre nous… Tu sais, j'ai vraiment ressenti quelque chose de très troublant dans ce tunnel, des vibrations puissantes, noires, et les « ombres » sont revenues, comme à Vicenza, tu te souviens ? C'est un signe, n'est-ce pas ?

Stanislas n'est pas exorciste pour rien, il connaît les arcanes de l'Ombre. Aujourd'hui je le sens lointain et troublé, il promet de me transmettre des informations par l'intermédiaire d'un de ses amis à Paris, monsieur Mullins, c'est lui qui me contactera. Il a visiblement hâte de raccrocher, comme si nous en avions déjà trop dit au téléphone.

XV

Avenue Montaigne. Un veuf accablé

Il est temps de rejoindre Dante avenue Montaigne, chez le mari de Diane, Julien Méry.

Assis raide dans un fauteuil Directoire, parfait portrait de l'avocat ou du banquier d'affaires parisien, le visage neutre et bien né, la chemise sur mesure à son chiffre et la pochette de soie assortie à sa cravate Hermès, fils exemplaire d'une mère très chic, Julien fixe droit devant lui un point imaginaire… J'ai devant moi un modèle que je connais par cœur et qui n'a jamais réussi, dans ses différentes versions, ni à m'émouvoir, ni à m'intéresser ne serait-ce qu'un instant. Je le scrute pourtant d'un œil inquisiteur, cherchant ce qui chez lui avait pu captiver ou rassurer la jeune rebelle qu'a été Diane.

Julien Méry s'efforce de répondre à toutes nos questions avec une bonne volonté presque virtuelle, comme s'il cherchait les mots les plus précis pour exprimer des choses fondamentalement curieuses.

— Depuis plusieurs années, elle allait voir un psychiatre. Elle ne m'a jamais parlé de ses séances, c'était son domaine secret, je le respectais. Mais, comme toutes les thérapies, je suppose, elle en revenait parfois perturbée. Son itinéraire avant de me rencontrer avait été, disons… chaotique, mais elle était si heureuse d'attendre un enfant, elle disait que c'était l'événement le plus important de sa vie, et qu'elle saurait l'aimer et l'entourer.

Je repensais à la froideur abyssale de Christine Cargill, sa chère mère. De toute évidence Diane avait décidé de sortir de la chaîne lésionnelle familiale de déni et d'égoïsme, bien qu'il soit difficile de cerner toutes les ramifications secrètes de ces troubles familiaux secrètement transmissibles. Peut-être n'avait-elle pu échapper qu'à la partie visible du phénomène. L'autre, la part invisible et d'autant plus puissante, l'avait rattrapée.

Je me souviens d'un déjeuner familial en Lorraine, avec mon frère Antoine, ma belle-sœur Clarisse, mon père et quelques enfants, où « innocemment » je m'étais laissée aller à dire que c'était à notre génération de prendre conscience de la chaîne lésionnelle qui court dans les familles à travers le temps, et les empoisonne avec les secrets, les mensonges et autres fantômes dans le placard. Je réalisai soudain devant leurs regards consternés que le message n'allait pas vraiment passer, mais je continuai, avec le vague espoir qu'au moins chez l'un d'entre eux l'idée ferait son chemin… Je crois fermement que c'est un des grands défis de notre génération, briser cette chaîne fatale, retrouver notre liberté d'être sans le poids de nos ancêtres, et cesser de reproduire de génération en génération les mêmes schémas mortifères. Les enfants battus qui battent à leur tour, les suicidés qui se succèdent de père en fils, les violences conjugales, les viols et les abandons qui se reproduisent fidèlement dans la lignée, jusqu'à ce que la prise de conscience d'un individu brise enfin la chaîne de traumas.

Devant leurs visages fermés, je tentais d'élargir le débat, en ajoutant que nous avions la chance de vivre un moment clef de l'évolution de l'humanité, la période de la révélation annoncée dans la Bible et une kyrielle de prophéties, quand tout ce qui était caché sera révélé. Je leur demandais s'ils n'étaient pas frappés de voir l'extraordinaire profusion des livres parus depuis quelques années sur les rites, les initiations, les secrets cachés, réservés depuis des millénaires aux seuls initiés, et qui avaient fait leur apparition, modestement et sans bruit, sur les rayons des librairies ésotériques, voire dans les grandes surfaces. Mais personne ne semblait m'entendre. Je poursuivis mon speech, poussée par un esprit malin, tandis que chacun se concentrait sur son assiette…

— Il appartient à notre génération, dont le niveau de conscience a évolué à travers la psychanalyse, la psychogénéalogie, les démarches analytiques ou spirituelles, de changer la donne, et d'arrêter là les dégâts causés par des siècles d'omerta… même s'il est plus facile de se résigner que de se battre contre les fantômes familiaux.

Mon père ne me prêtait qu'une attention lointaine, comme souvent je n'avais pas l'impression que mes paroles parvenaient jusqu'à lui, on aurait dit qu'elles se perdaient en chemin, ce qui m'amena à penser une fois de plus que ma condition de femme dépouillait mes propos de toute crédibilité. Mon père ne m'entendait que lorsque nous étions seuls tous les deux, me semblait-il. Ce qui n'était pas le cas de mon frère Antoine qui me toisa d'un œil sévère :

— Mais comment oses-tu tenir ce genre de propos ? Et devant notre père en plus ?

Je réalisai soudain qu'il y voyait peut-être une allusion à l'étrange absence de notre chère mère, disparue alors depuis presque deux ans. Il est certain que, loin d'avoir tenté de briser une mémoire familiale particulièrement noire dans sa noble lignée, Klara y avait apporté sa contribution, et l'ombre de ses mensonges planait sur nous tous.

Pourquoi cette fameuse soirée est-elle remontée à ma mémoire comme un flash ? Parce que j'ai l'impression que Diane a tenté le grand saut du nettoyage de la lignée, mais qu'elle n'a pas eu le temps d'aller jusqu'au bout de sa démarche. Comment s'est-elle retrouvée à l'épicentre de la mise en scène macabre sous le tunnel ? Par quelles voies étranges ses meurtriers ont-ils mis la main sur elle ? Je m'adresse à Julien Méry :

— Parlez-nous de sa dernière journée. Prenez votre temps, tous les détails sont importants… Que s'est-il passé ? Quand l'avez-vous vue pour la dernière fois ?

— Elle était un peu lointaine depuis quelques jours, mais ce n'était pas inhabituel…

Il se tord les doigts, l'émotion brouille sa voix, il lutte pour se ressaisir :

— Comme elle était enceinte, je pensais… bref cet après-midi-là, vers 18 heures, elle est passée à mon bureau, nous sommes allés nous installer à une terrasse à l'ombre. Il faisait très beau, elle avait l'air détendue, presque heureuse. Nous avons parlé de tout et de rien, de l'été et des vacances, je devais la rejoindre à Porquerolles où nous avons une petite maison qu'elle aimait beaucoup. Elle devait partir la semaine prochaine.

Il réfléchit, tente de cacher son émotion, se lève et marche jusqu'à une grande porte-fenêtre donnant sur les arbres de l'avenue, et son récit se fait hypnotique, comme s'il revivait ses derniers moments avec Diane.

— Il s'est passé quelque chose qui m'a paru insolite, je ne sais pas s'il y a un rapport... Un homme remontait la rue en jouant de ces rouleaux à musique qui égrènent des notes un peu vieillottes. Diane souriait, elle s'amusait. L'homme s'est arrêté devant nous, sans nous regarder il a changé de rouleau, et mis une petite musique, une sorte de ritournelle, de comptine. À ce moment-là, j'ai vu le visage de Diane se figer derrière ses lunettes noires. Elle est devenue très pâle, j'ai cru qu'elle avait une contraction, une douleur. J'ai posé la main sur son bras « Ça ne va pas ? » pendant que l'homme s'éloignait en tournant toujours sa petite musique. Diane ne répondait plus à mes questions. Puis elle s'est levée.

— Ne m'attends pas ce soir, je dois m'absenter, ne t'inquiète pas...

J'étais surpris, mais je l'ai laissée partir, j'avais encore un dossier à régler à mon bureau. Si j'avais pu imaginer... J'aurai dû l'accompagner, la questionner, je ne cesse de me le reprocher.

Pauvre Julien, il a l'air sincère, malheureux et perdu dans un drame qui le dépasse. Cette histoire de petite musique ajoute un élément mystérieux au récit, Dante est brusquement sorti de son rôle d'observateur flegmatique. Une lueur passionnée s'est allumée dans ses yeux, une fulgurance que je ne lui connaissais pas. Cet extraordinaire changement dans son attitude indique qu'un élément nouveau est venu le bousculer dans sa vision de notre énigme. Un élément que je le sens prêt à explorer, tel une sorte de rouleau compresseur mental, dans toutes ses implications, et cela a un rapport évident avec le « tourneur de musique ». La comptine maudite ?

Il prend le relais :

— Était-elle sujette à de brusques changements d'humeur ?

— Pas d'une façon aussi rapide, elle était un peu cyclothymique mais ses basculements d'humeur se faisaient en douceur.

— Et vous n'avez trouvé aucun élément qui pourrait nous éclairer ? Ni mot, ni rendez-vous sur son agenda ? un mail ?

— Non, vraiment rien, avoua Maxime. Nous devions dîner dans un petit restaurant italien, rue de Sévigné, Diane est une fanatique de truffes blanches. J'avais réservé au second service, vers 21 h 30. Quand je suis revenu à la maison après mon rendez-vous, elle n'était pas encore là, je l'ai attendue d'abord tranquillement, puis avec une inquiétude grandissante. Je vous avoue que je n'ai pu m'empêcher de chercher des indices m'indiquant où elle était partie. Mais je n'ai pas trouvé la moindre indication, ni sur son agenda, ni sur son ordinateur. Il manquait une robe du soir, noire… de chez Lanvin. Celle que… je… je ne l'ai jamais revue vivante. Toute cette nuit-là j'étais mort d'angoisse, jamais elle n'avait disparu sans me donner de nouvelles. Je pensais au bébé, elle voulait mener la vie la plus régulière possible, ne buvait pas, se couchait tôt. J'ai eu un mauvais pressentiment quand j'ai vu qu'il était plus de 4 heures du matin, j'ai appelé les hôpitaux, les pompiers, le Samu, en vain. La pensée qu'il lui était arrivé malheur m'affolait.

Il se prend la tête entre les mains : c'est un cauchemar, un cauchemar…

Les policiers ont déjà vérifié son alibi, nous n'avons donc pas à nous en préoccuper, mais il possède sûrement sans le savoir d'autres éléments qui peuvent se révéler précieux. Dante poursuit son interrogatoire :

— Vous avez appelé ses amis, pour savoir si elle était avec l'un d'eux ?

— Pas la nuit même. Malgré toute mon inquiétude, j'aurais eu l'impression de l'espionner. Et puis je n'avais aucune raison concrète de surveiller sa vie, si ce n'est cette angoisse irraisonnée. Elle me dirait tout elle-même. J'ai commencé à appeler tous les hôpitaux, les pompiers, le Samu, en vain.

Ce n'est que le matin que je me suis résolu à joindre un ami député qui a ses entrées à la préfecture, pour lui demander d'effectuer une enquête discrète. Au cas où il lui serait arrivé quelque chose. Ensuite les policiers sont arrivés, je les ai accompagnés à à la morgue… pour l'identification. Depuis j'ai appelé tous nos amis, et les siens, un par un. Personne ne l'a vue cette nuit-là. Personne.

— Dans ses papiers, vous n'avez rien trouvé qui puisse nous éclairer sur ses amis, ses occupations, et ses consultations psychiatriques ?

— Rien, Diane détestait les papiers, je m'occupais de tout ce qui concernait les impôts, les assurances, la banque, toutes les choses de la vie courante. J'ai fouillé partout dans l'espoir d'une explication, je n'ai rien trouvé. Si vous voulez, je vous donnerai les coordonnées de sa psychiatre. Diane avait délibérément coupé la plupart des liens avec son passé, à l'exception de son amie Cornelia von Stutz.

Le téléphone sonne… Julien va répondre, et avec un léger étonnement me tend le combiné :

— C'est pour vous, Cornelia justement.

Je ne suis pas moins surprise que lui. La voix au téléphone s'exprime avec un léger accent et beaucoup de douceur. Cornelia parle à voix basse, comme si elle craignait qu'on ne l'entende.

— Désolée de vous appeler chez Julien Méry. Maxime m'a parlé de vous, il m'a dit où vous joindre ce soir. C'est à vous seule que je veux parler… discrètement. Il est possible que je sois surveillée. Ne dites rien maintenant, donnez-moi votre numéro de portable, je vous rappelle dans une demi-heure pour que nous fixions un rendez-vous. Soyez dans un endroit isolé où personne ne peut nous entendre. Dans une demi-heure. Et pas un mot à Julien, je vous en prie.

Les deux hommes me fixent avec intensité, je me détourne d'eux et entre dans le jeu de Cornelia :

— Nous n'avons encore aucune idée de ce qui s'est passé, nous rassemblons tous les éléments et nous aurons sûrement besoin de vous rencontrer. En attendant, restons en contact et n'hésitez pas à me rappeler si quelque détail que ce soit vous revient à l'esprit. Voici mon numéro.

Elle est sincère, je ne peux pas en douter, peut-être un peu paranoïaque mais sincère. Néanmoins après ce qui est arrivé à Diane, je peux comprendre qu'elle ait peur et cherche à se protéger. Voyant que Dante et Julien Méry continuent à me fixer, des interrogations plein les yeux, je me jette dans un demi-mensonge :

— Maxime Cargill a eu mon message, je lui avais demandé de nous rejoindre chez vous s'il le pouvait, c'est lui qui a dit à Cornelia de nous appeler… pour avoir des nouvelles de l'enquête.

Nous repartons munis d'une liste de tous leurs amis et relations, inutile de lui dire que ces renseignements et bien plus sont probablement déjà dans le dossier « Diane Cargill » posé sur mon bureau.

XVI

La petite musique et le contrôle mental

Dante a bien son idée sur la petite musique. Dès que nous arrivons dans la rue, il s'emballe...

— La comptine ! C'est un code déclencheur !

Devant mes questions, Dante me raconte qu'il a rencontré, pendant ses études aux États-Unis, un psychiatre, Clarkson Potter, dont le domaine de spécialisation était le DID, en français *trouble dissociatif de l'identité.* Celui-ci avait soigné dans tous les États-Unis et au Canada des patients atteints de ce trouble, qui décrivaient leur participation involontaire aux recherches sur le contrôle des pensées.

Selon Dante, le DID serait une technique utilisée par les Services secrets pour stocker des informations ultra-secrètes dans le cerveau d'un individu à son insu en y créant une personnalité alternative. Celle-ci possède alors, à un autre niveau de conscience, des informations dont la personnalité principale n'a pas la moindre idée. Et c'est là que la petite musique intervient. Des phrases codes ou des mots spécifiques sont utilisés pour réveiller l'autre personnalité et avoir accès aux informations classifiées. D'après ses sources, Mengele, le monstre nazi, a travaillé après la guerre avec les Services secrets américains, comme beaucoup de criminels de guerre nazis, sur le *Total Mind Control*, sous le nom de Dr Green. Comme il adorait la musique, il utilisait le plus souvent comme déclencheur des mélodies ou des suites de notes. Mais l'imagination des programmeurs était fertile, tonalités téléphoniques, gestes de la main, dialogues de film ou comptines, ils ont pratiqué toutes les gammes de signaux déclencheurs.

Dans les vastes programmes de recherches sur le contrôle mental que la CIA et les militaires ont lancé, les plus connus sont MK Ultra et Bluebird. Avec l'aide des scientifiques, ils ont pratiqué de nombreuses expérimentations sur les enfants, dont certaines étaient, ou sont menées au Centre International de vacances d'été pour enfants (*International Children Summer Camp*). Cette précision me fait frémir quand un souvenir remonte à ma mémoire: mon frère Antoine a été envoyé deux étés de suite dans un camp très renommé dans les milieux de la haute bourgeoisie européenne. Était-ce celui-là ?

— Mais je ne comprends pas, dans quel but manipuler tous ces enfants, surtout les étrangers ?

— Vous allez voir... Potter me disait qu'après avoir provoqué cette dissociation de la personnalité à leur insu, les enfants repartaient comme « dormants » dans leur pays, mais pouvaient être réactivés à n'importe quel moment de leur vie si leur carrière les plaçait dans une position intéressante. C'est une façon magistrale de s'offrir des alliés à leur insu... Mais parfois cette dissociation interne, même non activée, provoque des troubles secondaires qui nécessitent l'intervention d'un psychiatre, et c'est à ce moment-là que la personnalité cachée peut refaire surface et que le secret se dévoile. Potter était effaré du nombre d'adultes qui révélaient au cours de la thérapie les manipulations mentales qu'ils avaient subies soit pendant leur enfance, soit déjà adultes.

— On dirait de la science-fiction !

— C'est quand Julien Méry a parlé de la musique et de la réaction de Diane, que ça a fait tilt. On dirait que nous sommes devant un cas de code déclencheur. Je vais essayer de joindre Clarkson pour lui demander son avis,

Devant mon silence, son agitation retombe d'un coup, je dois inconsciemment exprimer mes inquiétudes car il me prend par le bras comme pour me rassurer.

— Qu'est-ce qui vous perturbe, Arielle, c'est plutôt une bonne nouvelle, non ? Une piste intéressante !

— Votre fameux camp, pourriez-vous vous renseigner sur son nom exact, j'ai peur que ce soit celui où mon frère a passé deux étés quand il avait dix/douze ans... Je n'arrive pas à y croire. Vous êtes sûr de vos sources ? Comment peut-on vérifier si quelqu'un a subi ce genre d'expérimentation ?

Une ombre voile un instant son enthousiasme, il comprend que sa révélation, si excitante soit-elle dans le cas de Diane, porte pour moi son poids de doute et d'appréhension. Son ton s'adoucit, il pose sa main sur la mienne et je suis étonnée d'en ressentir un étrange réconfort...

— Ne vous tourmentez pas pour votre frère avant que nous en sachions plus. Je vais poser toutes ces questions à Clarkson, Il y a de nombreux camps de vacances aux États-Unis, et même s'il s'agit de celui-là, ils effectuent certainement un tri, tous les enfants ne sont pas modifiés.

— Modifiés, quel concept épouvantable... Il faut que nous rencontrions Myriam Goslan, la psychiatre de Diane. Si vous avez raison, elle doit être au courant. Occupez-vous de Clarkson, je prends rendez-vous avec elle.

Après les abysses des magies ancestrales, le tréfonds de la perversion humaine. Chacun dans notre spécialité, nous avons le don de pénétrer les arcanes de l'Ombre. À nous deux, le joli monde, pétillant de chants d'oiseaux et de rires d'enfants, se transforme en un décor de théâtre derrière lequel rôdent des monstres de toutes sortes. Les contes de fées ont raison, tous les dangers nous guettent, et pas seulement dans les endroits effrayants. Même les camps de vacances peuvent se révéler des enfers.

La nuit suivante, j'ai fait un rêve, un mauvais rêve...

... Je descendais le tunnel de l'Alma comme si je flottais vers la jeune morte aux lys, les fleurs brillaient dans la pénombre d'une luminescence changeante ainsi que son visage renversé en arrière, seules taches de lumière au cœur de l'ombre épaisse. Je me retrouvai soudain tout contre elle, je la scrutai à la recherche de je ne savais pas très bien quoi qui était crucial, lorsque l'impensable se produisit: elle ouvrit les yeux, lentement et me jeta un regard d'une cruauté effrayante, et sa bouche rouge s'ouvrit sur ces mots: « L'alpha et l'oméga. » Sa voix, loin d'évoquer celle d'une jeune femme, coassait comme une voix d'outre-tombe, une voix d'entité maléfique digne des pires évocations de Lovecraft. Je fus saisie de la sensation vertigineuse de me trouver devant le Mal à l'état pur. Et dans mon rêve, je me souvins d'un autre rêve où le Mal s'était révélé à

moi d'une façon aussi subite. Je regardais une photo en noir et blanc, quand les gens sur la photo se mirent à bouger, un mouvement infinitésimal qui me jeta dans l' « *envers des choses* » *avec une peur et une répugnance violentes. Le Mal était devant moi, toute la malignité sinistre du monde de l'ombre ricanait à l'envers du décor et me chuchotait, une photo n'est pas qu'une photo mais beaucoup plus, c'est un passage vers ailleurs…*

De rêve en rêve Je me réveillais, certaine d'avoir entraperçu une facette de notre monde habituellement cachée derrière la banalité du réel. Les mots de Diane résonnaient encore dans ma tête, comme une énigme supplémentaire : l'alpha et l'oméga. L'origine et la fin.

XVII

Giverny, jardins du musée d'Art américain… Cornelia

J'aime ces jardins qui mêlent les essences et les couleurs dans un savant désordre, et surtout leurs parfums. J'ai tout de suite reconnu Cornelia d'après sa propre description dans la grande jeune femme aux cheveux blonds coupés courts, cachée derrière d'énormes lunettes de soleil ombrant la plus grande partie de son visage. Elle tient à la main un catalogue de ventes de Calmels Cohen, jaune brillant, le signe de reconnaissance. Mais même sans ce signe je me serais tournée vers elle naturellement, elle possède cette aura spéciale, claire et forte de ceux qui sont passés à travers le feu et qui en sont revenus. Cet infime quelque chose qui m'attire irrésistiblement et sans lequel la plupart des gens me semblent transparents, quels que soient leur charme et leur culture… Au milieu des clones souriants de touristes japonais tombés en ravissement devant les fleurs, elle me transmit, dans une première vision quasi subliminale, une impression de puissance qui traversait tout son corps élancé et déployait ses épaules comme des ailes repliées.

— Appelez-moi Kookie. Je n'ai jamais pu me faire à l'austérité de ce prénom, Cornelia, bien que curieusement il commence à mieux me convenir maintenant.

Elle m'attrapa fermement par le bras :

— Rien de tel que la foule pour les confidences… J'aimais beaucoup Diane. Elle était probablement ma seule véritable amie. Voyez-vous, nos parcours se ressemblent, c'est d'ailleurs ce qui nous a liées. Tout ce que je vais vous dire est très délicat (je la sens me scruter derrière ses lunettes noires) mais je crois que je peux vous faire confiance, et je dois absolument en parler à quelqu'un (elle prend son élan, avec une sorte de tremblement intérieur). Il faut faire la vérité sur la mort de Diane, je suis la seule qui s'en soucie, apparemment (elle esquisse une moue), vous avez vu ces gens, sa famille, son mari ? Tous des morts vivants, ils n'ont pas une once d'amour en eux.

— Julien Méry semble très attaché à sa femme.

— Julien est un pâle substitut d'homme, tout chez lui est édulcoré, mou, sans ressort. En ce moment, il devrait chercher, se battre pour comprendre ce qui s'est passé, et que fait-il ? Le petit mondain dépassé reste chez lui à pleurer. Vous me trouvez violente ?

Je me souviens de ma première impression sur le frère de Diane, Maxime, de cette envie terrible de le plonger à son tour dans toute l'horreur de la mort de Diane, de le punir de rester si… intouché. Il semblerait que Julien Méry provoque les mêmes sentiments chez Cornelia.

— Je comprends, pourtant Diane paraissait plutôt heureuse de ce mariage, non ?

— Julien la rassurait, il n'a en lui ni passion ni tourment, sa normalité tranquille lui semblait une sorte de protection contre ses peurs. Avec lui, elle ne prenait pas de risques. Diane n'a jamais pu avoir des rapports simples avec les hommes. Rien d'étonnant, elle a été massacrée dès l'enfance.

Elle se tait, je sens son esprit s'en aller, retourner vers des chemins quittés depuis longtemps selon un temps linéaire, et pourtant lovés à tout jamais dans une boucle temporelle inachevée… et si proche. Je respecte son silence. Malgré le soleil qui nous enveloppe d'or, je la vois trembler et le froid me saisit à mon tour.

— C'est là que son mal a ses racines : une toute petite fille devenue jouet sexuel, manipulée dans son corps mais aussi son esprit. (Elle se tait à nouveau, perdue dans ses pensées.) Il lui a fallu beaucoup de temps et de détermination pour comprendre ce qui lui était arrivé. Grâce à l'aide d'une psychiatre.

Un silence s'installe, nous continuons à marcher dans l'allée bordée de nuées de fleurs blanches odorantes, puis Cornelia reprend :

— Diane avait tout oublié, elle avait effacé ce qui l'empêchait de vivre. Sa personnalité s'était dissociée très jeune.

L'une subissait, l'autre oubliait et se recréait un monde « normal ». Pendant quelques années elle a réussi à échapper à cette emprise. Puis elle est entrée dans les milieux de la mode et tout a recommencé. Le réseau l'a rattrapée. La dissociation a continué à jouer son rôle, la protégeant de la conscience de l'« autre ». L'autre… – sa voix vacille – vous comprenez ?

— Je connais un peu ce genre de dissociation, je comprends mieux ce qui est arrivé à Diane.

J'essaie de mettre de l'ordre dans mes pensées qui se bousculent, ainsi Wladimir n'a fait qu'emprunter des sentiers battus dans l'inconscient de Diane. Il a profité de la faille créée dans son enfance, mais il n'est pas à l'origine des troubles de sa personnalité. Je n'arrive plus à sentir le parfum des fleurs. Une étrange torpeur me saisit tandis que Cornelia poursuit d'une voix hypnotique :

— Jusqu'au jour où… elle a eu un terrible accident de voiture au Mexique, elle était là-bas pour des photos, elle s'est retrouvée à l'hôpital avec un traumatisme crânien. Elle a commencé à avoir des flashes. Des scènes de cauchemar, incroyablement réalistes, effrayantes, se déroulaient dans son esprit. Pendant quelques mois, elle a eu la sensation de frôler la folie, de cohabiter dans deux mondes à la fois, et le monde inconnu qui surgissait par bribes la glaçait de peur. Elle me disait : « Je le sens dans mes os, c'est comme de la glace, j'ai tellement peur, il faut que je comprenne ce qui se passe. » C'est alors qu'elle s'est confiée à une psychiatre, et que peu à peu, grâce à l'hypnose, elle est retournée au traumatisme originel.

— Qui est au courant ? Ses parents ont fermé les yeux ?

— C'est ce qu'on appelle un secret de famille. Tous complices.

— Mais c'était il y a longtemps, quel rapport avec sa mort ?

— J'ai l'impression que tout vient de là, comme si en filigrane la petite fille la suivait. Elle nous suit toujours, ajoute-t-elle d'une façon sibylline.

— Kookie, pourquoi pensez-vous être surveillée ?

— Quand nous étions mannequins, au moment où elle sortait avec Wladimir, nous avons été introduites dans des circuits… parallèles, pour des sortes de cérémonies sexuelles, des rituels dont vous n'imaginez pas la violence. Savez-vous que certaines personnes, souvent les plus puissantes, vivent en dehors de toutes les règles de la morale ? Je ne parle pas seulement de perversions sexuelles mais… de choses beaucoup plus terribles.

Cornelia hésite devant les mots à prononcer et renonçe au dernier moment à aller jusqu'au bout pour revenir à Diane :

— Là encore elle dissociait, elle refoulait dans l'ombre ce qu'elle ne pouvait affronter consciemment. Jusqu'à ce que l'hypnose fasse remonter à sa mémoire cette partie souterraine de sa vie. Après le choc et une première réaction de refus, elle a cherché à comprendre le mécanisme de ces manipulations…

Elle effleure de la main la fleur aérienne d'un hydrangea blanc, sa voix baisse jusqu'au murmure :

— C'est elle qui m'a mise en garde, elle m'a rappelé certaines soirées que je n'avais plus aucune conscience d'avoir vécu. Je l'ai crue, j'ai voulu savoir, et, grâce aux mêmes techniques j'ai eu accès à tout un pan de ma vie que j'avais occulté, remontant à mon enfance et se poursuivant dans le temps, comme une vie dans un monde parallèle, une vie si terrible que j'aurais tout donné pour qu'elle n'ait pas existé. Nous étions toutes deux face à l'impensable.

Elle se tourne vers moi, comme pour me prendre à témoin :

— Qui aurait pu nous croire, ce que nous découvrions s'apparentait à de la fiction, un thriller fantastique réservé aux adultes. Et c'était pourtant si réel…

Elle s'arrête au coin d'un salon de verdure, ponctué de roses anciennes. Nous sommes seules. Elle semble perdue dans ses souvenirs, une légère grimace déforme ses traits, puis elle se remet à parler :

— Heureusement que Diane était passée par là avant moi, elle m'a aidée à dépasser ces angoisses fulgurantes qui me ravageaient quand j'étais confrontée à ma part d'ombre. Quant à elle, elle ressentait plus la révolte que la peur. C'est là qu'elle s'est mise en danger. Vous comprenez pourquoi elle a mis une telle distance avec sa famille, plus rien de son passé ne lui paraissait innocent. Elle me disait que toutes les relations de ses parents étaient des pédophiles, qu'elle avait découvert que sa vie ne lui appartenait pas, qu'elle avait toujours été manipulée comme une marionnette, que tout ce qui lui arrivait avait été programmé depuis son enfance. Elle était dans la continuité de la perversion des adultes qui avaient abusé d'elle et qui continuaient à l'utiliser comme une poupée. Elle voulait crier au monde entier : Voilà ce qu'ils m'ont fait, voilà ce que j'ai vu ! Je l'ai suppliée de ne rien dire, de ne pas se mettre directement en scène. Je les croyais capables de tout. Elle s'est rangée à mes arguments, mais elle n'a pas pu s'empêcher de raconter son histoire – en partie – sur un site Internet, sous un pseudo. Elle disait que c'était une nécessité pour exorciser le mal qu'on lui avait fait… alors seulement elle a cessé de se réveiller toutes les nuits avec les mêmes cauchemars qui se poursuivaient, même les yeux grands ouverts. Elle s'est remise à respirer, elle a voulu croire à une vie normale. Elle pensait en avoir fini avec eux, mais il faut croire qu'elle en savait trop.

— Quel était son pseudo ? Savez-vous sur quel site elle a raconté son histoire ?

— Eurydice, elle disait qu'elle devait aller jusqu'aux enfers pour se trouver elle-même, quant au site je ne sais plus, son message a été effacé. *Page not found.* Pas par elle, par eux. C'est à ce moment-là qu'elle a appris qu'elle était enceinte, elle a tourné la page.

— Et ce Wladimir dont nous a parlé Maxime, il était complice de ces gens ? Il en faisait partie ?

— Wladimir était lui-même extrêmement perturbé et il a joué un rôle toxique dans la vie de Diane, mais je ne sais pas si c'était simplement un pervers ou s'il jouait un vrai rôle dans ce système corrompu. Je le détestais pour le mal qu'il lui faisait ; il avait en lui quelque chose de magnétique, un mélange de douleur et de violence qui l'avait totalement subjuguée. Vous devez le rencontrer, il est forcément impliqué de près ou de loin, il connaît tout le monde dans cette sphère.

— La rumeur parle de scandales dans les milieux de la mode, d'histoires de mannequins vendues à des princes arabes ou à des stars du cinéma le temps d'un week-end… une sorte de prostitution de haut vol pas toujours consentie, vous êtes au courant, Cornelia ?

— Oh oui, ces histoires pathétiques sont vraies, mais elles sont toujours étouffées.

— Je sais.

— Ce n'est pas la première fois que l'une d'elles s'est révoltée et a tenté de révéler les violences subies. Certaines en sont mortes, d'autres ont été envoyées dans des centres psychiatriques, parfois par leur propre famille, aucune n'a réussi à s'opposer à eux, aucune n'a réussi à se faire entendre. Ils sont intouchables et tout-puissants, ajoute-t-elle avec amertume. Pourtant dans la mort de Diane, j'ai l'impression qu'il y a quelque chose de plus, quelque chose qui me réveille au milieu de la nuit. Je ne sais pas pourquoi j'ai si peur, Arielle, mais j'ai peur jusqu'au fond de mon âme, ce qui s'est passé ne relève pas seulement de la perversion humaine. Cette chose… (Elle hésita imperceptiblement avant de prononcer ces derniers mots) est d'essence diabolique. Cela paraît ridicule, je sais…

Elle a baissé la tête et son visage contracté semble proche des larmes.

— Il y a une question qui m'obsède, comment nous reconnaissent-ils ? Ce qu'on nous a fait vivre quand nous étions petites filles nous a marquées d'un sceau invisible ? Victimes prédestinées, sélectionnées dès l'origine, prêtes à l'emploi ?

Diane, la jeune morte aux lys dans le tunnel sombre, cette vision qui ne me quitte pas prend une dimension nouvelle à travers son histoire. Ainsi, au temps où je la côtoyais, Diane avait déjà en elle son double abusé, et je n'avais rien vu, rien senti. Elle était précoce, troublée et certainement perturbée, et j'étais passée à côté sans rien voir. Tout cela était si loin de moi, si inimaginable, et j'avais moi-même à peine seize ans. Comment aurais-je pu savoir ? Si c'était vrai, et je le croyais, j'avais donc rencontré pendant ces week-ends au Vésinet celui ou ceux qui entrent pour moi dans le registre des monstres.

Je me demande s'il y a un lien entre les monstres de son enfance et ceux qui ont pris le relais ensuite. Cornelia a raison, au-delà d'une simple déviation humaine, il y a là des émanations de pur satanisme, comme le confirment les circonstances du meurtre ; et dans son récit je perçois plus qu'un individu, mais comme elle le suggère, un réseau.

— Qui sont-ils ? Qui sont ces gens si puissants et intouchables ?

Cornelia frissonne malgré la douceur de l'air, elle a pâli et se tient très droite.

— Quand j'étais petite, ma nounou me chantonnait une comptine en hollandais, je vais essayer de vous la traduire : *Ils m'observent, ils sont partout où je vais. Où qu'on aille, ils sont là. Ils savent tout sur nous. Ils savent que nous savons beaucoup sur eux. Ils sont dans le grenier et la cave. Ils se cachent derrière les apparences.*

C'est eux. Ils sont partout. Ils sont le Mal.

Pour le reste de notre conversation, je rends grâce au lieu de notre rencontre, à son charme et ses fleurs, car ce que Kookie m'a raconté résonne au plus profond de mes peurs, au-delà de l'incrédulité... Dans les abîmes de la perversion humaine.

Quand on joue aux échecs avec le diable, il ne faut lui abandonner aucune pièce importante, disait sir James Brown. Cornelia m'apparaît comme une sorte de fou blanc, courant sur sa diagonale en rassemblant du regard toutes les pièces du jeu. Si son extraordinaire histoire est vraie, et instinctivement, intuitivement, je n'en doute pas, je mesure le courage insensé qu'il lui a fallu pour me contacter, au lieu de courir se cacher au fin fond de nulle part. Quand je le lui dis, elle a un rire ombré d'amertume :

— Il y a quelques jours j'étais brune, mes cheveux étaient longs, et... (Elle ôte ses lunettes, ses yeux sont d'une couleur incroyable, un violet quasi fluorescent) je ne portais jamais de lunettes de soleil. Je crois essentiel le contact direct des yeux avec la lumière, c'est une façon de se recharger en énergie. Que pensez-vous de la couleur, un peu excessive peut-être ? Au naturel, ils sont plutôt bleus, beaucoup plus communs. C'est ma façon de disparaître, je n'habite plus chez moi et j'ai laissé ma voiture au garage. J'ai enlevé la puce de mon portable, coupée en onze morceaux.

Elle hausse légèrement les épaules :

— C'est mon chiffre le onze. J'ai laissé ma carte d'identité et mon passeport bien sûr, savez-vous qu'ils comportent aussi des puces qui permettent de nous retrouver n'importe où ? Je n'ai plus avec moi un seul de mes vêtements d'avant, ni sac ni bagage. Le temps qu'ils m'oublient, je ne leur ai rien laissé pour me tracer. En tout cas je l'espère.

— Vous avez pensé à tout.

— Il y a quelques années, j'avais à peine vingt ans, j'ai été approchée pour partir en mission en Union soviétique, une mission « tranquille » si l'on peut dire, apporter de l'argent et des documents à des intellectuels dissidents. J'ai suivi une formation psychologique, mentale et pratique. Ils m'ont appris, entre autres, toutes les techniques pour détecter une filature et la détourner, mais aussi quelques solutions pratiques pour se faire un nouveau look en quelques heures. Curieusement, j'ai toujours eu l'impression qu'un jour il me faudrait disparaître, j'avais donc déjà mes idées sur la question.

Elle semble lasse soudain, comme si l'énergie l'avait désertée.

— Depuis que j'ai appris la mort de Diane, je sens que je suis surveillée. Le moment est venu de m'éclipser. Maintenant que je vous ai transmis tout ce que je sais d'elle, je pars dans un endroit où ils ne me retrouveront jamais, un lieu qui n'a aucun lien avec moi ni avec mes amis. Je vous appellerai de temps en temps, si vous le voulez bien, pour prendre des nouvelles de l'enquête, ou si vous avez une question. Fixons les jours et les heures… et si vous le voulez bien des protocoles en cas de problème.

Quand je lui demande si elle connaît la psychiatre de Diane, Myriam Goslan, elle se détourne en silence comme pour réfléchir, je réitère ma question. Elle semble sortir d'une transe :

— Oui, je la connais, c'est elle qui m'a… – elle hésita sur le mot – soignée ? Enfin elle m'a aidée à retrouver mes mémoires parallèles, par l'hypnose, comme Diane. Mais voyez-vous j'ai toujours eu l'impression qu'elle n'était pas vraiment à la hauteur, qu'elle n'avait peut-être pas toutes les compétences nécessaires pour notre problème particulier. La disponibilité, l'écoute, oui. Et puis c'est vrai, l'hypnose, grâce à elle nous avons eu accès à des informations cruciales qui nous ont permis de comprendre à quel point nous avions été manipulées, pourtant je ne suis pas sûre que nous soyons allées au fond… du problème.

— Vous savez qu'il existe à New York de véritables déprogrammeurs, qui connaissent parfaitement les arcanes du DID ? Dante, mon collègue, est en relation avec l'un d'entre eux. Si vous voulez, nous pourrons vous mettre en contact avec lui.

— Maintenant c'est trop tard, après ce qui est arrivé à Diane j'ai peur que si j'utilise mon passeport, si je prends un avion, ils me retrouvent… Elle secoue la tête. Ce n'est pas le moment de partir à New York, mon identité s'afficherait en grand sur tous les écrans ; il vaut mieux que je disparaisse.

Sa détermination m'impressionne.

— Mais peut-être le Dr Goslan sait-elle quelque chose sur Diane qui nous permettrait d'avancer ? Julien Méry nous disait qu'elles se voyaient une fois par semaine, si un élément nouveau était venu perturber la vie de Diane, elle lui en aurait parlé.

— À moi aussi, répond sombrement Cornelia, mais j'étais malheureusement à Londres la semaine de sa mort. Je m'en veux d'avoir été absente à ce moment précis.

J'ai l'impression qu'elle grandit devant mes yeux… Le parfum des seringas s'enroule autour de nous, poivré de chaleur. Je ressors de la grotte sombre de notre conversation, soudain en pleine lumière. Les voix resurgissent autour de nous, j'ai cette troublante impression d'avoir habité une pièce secrète isolée du monde dans laquelle nous aurions glissé imperceptiblement au cours de notre échange.

Heureusement que Dante m'avait briefée sur le contrôle mental, sinon j'avoue que je me serai posé des questions sur les facultés d'imagination de Cornelia. Elle a senti mon empathie, peut-être aussi ma compassion, surtout quand je lui racontais mes brèves rencontres avec la petite fille qu'avait été Diane, et notre complicité. Je ne sais pas si elle avait l'intention de me raconter sa propre histoire, mais elle a succombé à la sincérité du moment, elle m'a fait confiance malgré tous les doutes qu'elle aurait pu légitimement avoir. De la vie cassée de Diane, elle a glissé dans un parallèle avec la sienne, et je ressens toute la douleur de ses confidences, ainsi que sa propre incrédulité face à ce qu'on lui a fait vivre…

Inutile de dire que ma proposition de la faire protéger par la police ne rencontra aucun écho.

XVIII

Intrusion rue Cassette

Je reviens à Paris en pilote automatique vers mon refuge, rue Cassette. Je ne me souviens de rien de ce trajet pendant lequel je repasse dans ma tête toutes les informations hétéroclites et éprouvantes rassemblées depuis la découverte de la jeune morte aux lys, le voyage dans le repaire des dragons et ma conversation avec Cornelia.

Je suis bien placée pour savoir que les Services secrets américains, russes ou français n'ont pas l'exclusivité des techniques de programmation mentale : les sectes et les religions y ont également recours, à leur façon. Chez un certain nombre d'organisations lucifériennes, il existe des programmations similaires où l'on appelle « alter » les personnalités multiples créées indépendamment les unes des autres dans le même corps. Les techniques de traumas relèvent alors du viol cosmique et des sacrifices initiatiques.

Je ne pouvais m'empêcher de repasser dans ma mémoire tous les détails révélateurs de cette scène si bouleversante sous le tunnel de l'Alma. Ces signes qui revendiquent l'Ombre. J'espère que Dante parviendra à remettre la main sur le sulfureux Wladimir, le prochain maillon de cette chaîne que nous avons l'intention de remonter jusqu'à l'origine.

Mais quand, pour noter l'essentiel de ma rencontre avec Cornelia, je voulus rallumer mon Mac, posé sur le bureau devant la fenêtre au milieu de monceaux de cahiers et de notes, malgré mes tentatives variées, l'écran resta obstinément obscur et muet. Je pris alors une feuille de papier pour commencer à écrire les révélations de Cornelia, les déclarations de Julien Méry, ainsi que les déductions de Dante sur le DID, lorsque je remarquais des détails troublants : des papiers déplacés dans mon désordre apparent, des traces d'intrusion, infimes mais révélatrices. Une étrange odeur d'ozone.

Puis j'aperçus le *Protocole des prophéties*, ouvert sur la table au milieu de mes documents. Mon malaise s'accentua, j'étais certaine de l'avoir laissé dans mon sac de voyage, avec un ruban rouge pour marquer la page de « l'ordre noir et secret ». Cette vision provoqua en moi une vague de panique incompréhensible, disproportionnée. Quelqu'un s'était introduit chez moi, un intrus dans mon domaine. Cette pensée me prit à la gorge. Avait-on forcé mon Mac, ce qui expliquerait ce bug soudain ? Qui et pourquoi ? Qui s'était glissé chez moi pour fouiller mes affaires, et pourquoi le *Protocole* ouvert ? Mes pensées se bousculaient. Je fis rapidement le tour de l'appartement, rien ne semblait avoir disparu.

Je repensais à ce que me disait Cornelia sur ce monstrueux réseau, qu'ils étaient puissants et superorganisés, et qu'ils utilisaient les technologies d'espionnage les plus sophistiquées. Avaient-ils posé chez moi des caméras, des micros ? Étaient-ils en ce moment en train de surveiller mes moindres mouvements ? L'idée me glaça. Voilà que je devenais très sérieusement paranoïaque, j'avais besoin du regard de Dante et de son soutien.

Je jetai machinalement un coup d'œil à « la porte », mais personne ne peut savoir. Je me demandais même parfois si d'autres que moi pouvaient la voir. Nul ne la remarquait, engoncée entre deux bibliothèques, décorée de petits tableaux multicolores de De Koening, moi-même j'oubliais parfois qu'elle était là. Je ne l'avais jamais ouverte, respectant ainsi le pacte passé avec bonne-maman avant sa mort… Dans une circonstance très précise, et une seule, l'interdiction tomberait, mais cette seule idée me paraissait si terrifiante que j'espérais de tout mon cœur qu'elle ne se présenterait jamais.

Ce n'est pourtant pas la curiosité qui me manquait : souterrain menant dans des lieux improbables, passage vers un endroit secret ou vers des connaissances interdites, cabinet où l'on cache des objets trop puissants, la porte et son mystère me narguait comme celle de Barbe-Bleue, et toutes les possibilités se déroulaient selon mes humeurs, lorsqu'une nuit blanche mettait en marche le mécanisme magnétique de mes obsessions intimes. Quelque part dans le tréfonds de mon être, en fermant les yeux, je voyais briller cette porte interdite d'une étrange luminescence... Comme l'ultime possibilité d'accéder à ailleurs.

Soudain, poussée par une sorte de panique, je raflai mon Mac sur la table, le débranchant rapidement, attrapai mon sac pas encore défait, refermai le *Protocole* en marquant la page ouverte du premier papier venu, jetai le tout dans le sac et me forçai à descendre les escaliers tranquillement, comme si je n'avais pas derrière moi une meute de morts-vivants prêts à se jeter sur moi pour me déchirer la gorge. Ce n'est que dans la rue que j'appelai Dante en essayant de cacher mon affolement :

— Dante, il se passe quelque chose, quelqu'un s'est introduit chez moi... je pense qu'on a fouillé dans mes papiers.

— On vous a volée ?

— Non, ce n'est pas ça, j'ai l'impression qu'il ne manque rien, mais mon Mac ne marche plus et... des objets ont été déplacés. Quelqu'un est passé chez moi, je le sens !

— On verra. Regardez tous les détails, tout ce qui suggère une intrusion, j'arrive.

— Et s'« ils » avaient placé des micros ou je ne sais quoi ? Je vais à l'imprimerie, et vous, où êtes-vous ?

Sa réponse fut on ne peut plus laconique :

— J'arrive, ne bougez pas, attendez-moi chez vous, je suis là dans dix minutes au plus tard.

Je n'avais aucune envie de remonter seule chez moi, je me suis assise sur les marches usées de l'escalier de pierre en essayant de calmer mon imagination galopante. Je tentai de cacher mon soulagement à l'arrivée de Dante, une bonne demi-heure plus tard, suivi de deux hommes chargés de grosses mallettes noires. Il sourit devant mon air faussement détaché et je me sentis instantanément allégée de mes angoisses, bien que soudain un soupçon inquiète d'avoir dramatisé la situation. Mais non, les traces étaient infimes quoique réelles, j'en ressentais encore toute la force infiltrée dans les vibrations de mon territoire.

— Nous avons là les meilleurs spécialistes de l'espionnage électronique, rien ne peut leur échapper... Dans un instant votre appartement sera « nettoyé », si jamais il en avait besoin. Laissons-les faire et offrez-moi un café.

Nous nous sommes installés dans la cuisine, pendant que les hommes s'activaient. Je n'aimais pas leurs regards vides, un instant la pensée me traversa qu'ils pouvaient jouer un double jeu, traquer les micros et les caméras éventuels et tranquillement y poser ce qu'ils voulaient pour le compte de Plantard ou de Noirange. Et si j'avais moi-même ouvert la porte à des intrus ?

— D'où viennent-ils ? Chuchotai-je à Dante, vous êtes sûr de...

Dante comprit à demi-mot :

— C'est votre rencontre avec Cornelia qui vous a tourné la tête ? Oui, on dirait bien. Racontez-moi.

J'essayai de reprendre point par point notre longue conversation, en utilisant les mots de Cornelia, sans interprétation personnelle, éludant ainsi les démons que ses paroles avaient éveillés en moi. La plus objective possible. Il m'interrompait de temps en temps pour me poser des questions, se faire préciser un point. Il semblait satisfait que son récit corrobore la thèse de la manipulation mentale, cette piste qui rejoint son domaine de compétence lui convient. Quant à moi, je me sentais dans un état second. Depuis quelques jours, les images du réel ont tendance à se déformer subtilement. Hier par exemple, je parlais à Dante et son visage m'est apparu à travers un prisme mouvant, lumineux. L'image n'est plus stable. Est-ce le monde réel qui s'altère, ou ma vision ?

En attendant, notre enquête se corse, la jeune morte aux lys commence à prendre une épaisseur émouvante. Bien que les spécialistes de Dante n'aient rien trouvé chez moi, pas le moindre micro ni caméra cachés, je m'obstine à penser qu'une présence s'est invitée dans mon domaine. Le lendemain, lorsque j'ai ouvert le *Protocole des prophéties* à la page marquée, le texte m'a sauté aux yeux : de l'époque lointaine où il fut écrit, le verset 13 de la Première partie des *Prophéties* de Jean de Jérusalem rejoint les confidences de Cornelia :

« Lorsque commencera l'An Mille qui vient après l'An Mille
L'enfant sera lui aussi vendu
Certains se serviront de lui comme d'une quintaine
Pour jouir de sa neuve peau
D'autres le traiteront comme un animal servile
On oubliera la faiblesse sacrée de l'enfant
Et son mystère. »

Le lien est clair, Diane, Cornelia, qui peut savoir ?

XIX

Cabinet du Dr Myriam Goslan, psychiatre

Une secrétaire au bord des larmes trie des papiers à l'accueil du luxueux cabinet médical de l'avenue d'Iéna, qui regroupe trois psychiatres. Ses réponses incohérentes à une simple demande de rendez-vous avec Mme Goslan, l'impossibilité de convenir d'une date précise, l'impression d'un drame sous-jacent, et nous voici sur place. Devant nos cartes officielles, la secrétaire s'écroule, le visage rougi et le nez gonflé sous ses bouclettes décolorées, serrées comme un casque.

— C'est terrible, terrible, le docteur travaillait souvent la nuit sur ses dossiers ; hier quand je suis arrivée, j'ai vu la porte de son bureau ouverte, et ça c'est pas normal, elle la fermait toujours à clé, c'est confidentiel ce genre de travail. J'ai appelé, j'avais peur d'un cambrioleur, personne n'a répondu alors j'ai couru chez la gardienne et nous sommes remontées avec son mari. Au cas où, vous comprenez...

Son regard cherche notre compréhension, nous attendons la suite.

— Et là, nous avons trouvé des papiers partout, les tiroirs ouverts, les dossiers éparpillés, la lampe renversée, les sièges sens dessus dessous, et le docteur dans le cagibi derrière. On a cru d'abord qu'elle était morte, roulée en boule dans un coin, couverte de sang. On a appelé la police, mais je vous assure... nous, on n'a touché à rien, rien du tout.

— Et le Dr Goslan, où est-elle maintenant ?

À ce moment-là un homme jeune, à moitié chauve, avec des lunettes d'écaille dignes de Woodie Allen, jaillit d'une porte à droite, l'air furieux d'un animal qui charge. Dante sort fermement sa carte, anticipant une attaque :

— Nous ne sommes pas des journalistes, nous sommes là pour l'enquête, monsieur... ?

— Docteur Reich, excusez-moi, nous avons été harcelés depuis hier... mais la police a déjà pris nos dépositions.

Il hoche la tête, manifestement perturbé, il va lui falloir une bonne psychanalyse pour se remettre. Je l'entends en écho des pensées de Dante, avec une touche d'ironie.

— Nous avons des questions précises, nous travaillons sur une affaire qui pourrait avoir un lien avec celle-ci. Mais d'abord, où est le Dr Goslan ? Nous avons besoin de lui parler, dès qu'elle sera remise de cette agression bien sûr.

On croirait notre médecin sur des charbons ardents, il nous pousse devant lui dans un long couloir peint en vert clair, orné de photos d'arbres en noir et blanc, jusqu'à une porte jaune.

— Donnez-moi la clé, Josiane, et laissez-nous.

Josiane s'éclipse, frustrée, tandis que la porte s'ouvre sur une intéressante scène de désordre extrême.

— Où sont les dossiers des patients du Dr Goslan ?

— Là, partout... éparpillés, vous voyez. La police nous a demandé de ne rien toucher. Ils étaient rangés dans l'armoire tibétaine, derrière le bureau. Je ne comprends pas ce qui s'est passé.

— Elle n'avait pas d'ordinateur ?

— Si, bien sûr, il a disparu, et le disque dur externe aussi. Vous voyez, ils n'ont laissé que l'imprimante.

— Racontez-nous tout ce que vous savez.

— Je suis arrivé peu après la secrétaire et la gardienne, avant l'ambulance et la police. Je leur ai dit de faire attention, à cause des empreintes. Myriam, le Dr Goslan, était prostrée dans cette petite pièce, dans un état quasi catatonique. Elle s'était déchiré le visage avec ses ongles, respirait à peine et ne répondait pas à nos questions. Elle nous suivait du regard et remuait les lèvres, mais sans prononcer un mot. Elle semblait terrifiée, comme si son agresseur pouvait revenir à chaque instant. Complètement traumatisée.

— Où est-elle à présent ? Nous voudrions la voir.

— Il a fallu l'hospitaliser, à Sainte Anne, je ne suis pas sûr qu'elle soit en état de vous parler.

— Drôle de destin pour une psychiatre, note Dante en train de ramasser les papiers éparpillés sur le sol, connaissiez-vous certaines patientes du Dr Goslan ?

— Pas du tout, nous discutions ensemble de certains cas difficiles, mais je ne les rencontrais jamais.

— Est-ce que le nom de Diane Cargill ou de Cornelia von Stutz vous disent quelque chose ?

— Bien entendu, des femmes comme elles ne passent pas inaperçues, mais leurs cas étaient particuliers. Myriam refusait d'en parler, elle ne m'a jamais donné d'indication sur les raisons de leur présence dans son cabinet et plus elle restait secrète, plus je sentais que ce qu'elle découvrait l'excitait et l'effrayait à la fois. Elle me disait : « Je t'en parlerai un jour, c'est trop délicat pour le moment. »

— Qu'avez-vous pensé ?

Il hésite un moment, puis se lance :

— J'ai pensé à des abus sexuels… C'est plus courant qu'on ne le pense, et cela peut devenir un casse-tête quand il s'agit de gens connus. Il faut avancer sur la pointe des pieds pour éviter le scandale. Et préserver le secret médical.

— Pouvez-vous nous parler du Dr Goslan ?

— Une excellente psychiatre, spécialisée dans la neurologie comportementale, particulièrement dans les problèmes cliniques de la cognition ou du comportement dus à des lésions cérébrales. Les troubles de la mémoire par exemple. Elle a peu de vie personnelle, se dédie à son travail, écrit des articles, publie beaucoup dans les revues anglo-saxonnes.

— Quel âge a t-elle ?

— Quarante ans environ, il doit y avoir une photo d'elle dans une revue, à la suite de la parution de son livre sur l'*insight*… attendez, je vais la chercher.

Dante se relève, les bras chargés de papiers qu'il a déjà parcourus des yeux tout en discutant, il les pose sur un coin libre du bureau.

— Nous arrivons trop tard, je veux bien parier ma chemise que nous ne trouverons pas trace des dossiers de Diane ni de Cornelia. La coïncidence est trop forte.

— Il se peut qu'elle ait des archives ailleurs, chez elle ? une clé USB ? ou des cassettes enregistrées. S'ils sont venus chercher les dossiers, c'est qu'ils contiennent des renseignements... significatifs ?

— Une clé USB ! Pas bête, c'est peut-être la vraie raison de cette fouille acharnée. Petite, facile à cacher, difficile à trouver. Vous n'avez pas une technique paranormale pour la détecter, si elle est encore là ?

— Mes dons ne vont pas jusque-là, hélas... J'adorerais n'avoir qu'à demander pour voir apparaître l'énergie lumineuse de la clé à travers la matière.

— Vous pourriez vous entraîner, ou nous pourrions aussi nous adjoindre les services de vrais médiums. Ce serait bien le minimum à exiger d'un service aussi ésotérique que l'ORV. Pas de médium, pas de boule de cristal, on n'est pas à la hauteur...

Il saisit son éternel blackberry et compose un numéro

— Luna ! Dante Ibozu à l'appareil, nous avons besoin de cinq hommes pour passer au crible un bureau, 82 avenue d'Iéna. Il faudra également passer au domicile du Dr Goslan. Nous voulons tous les documents, les bandes, les CD, DVD, clés USB. Tout ce qui peut contenir une information. Et vite. Les Inconnus sont déjà passés par là.

— Les Inconnus ?

Il sourit devant mon air interrogateur :

— Luna, vous vous souvenez ? La brûlante Luna ? J'ai eu droit à une petite réunion avec elle, je n'ai pas eu le temps de vous en parler, mais nous ne sommes pas seuls.

— C›est-à-dire ?

— Nous avons carte blanche pour utiliser les compétences d'un certain nombre de gens – ultra-professionnels dirais-je – comme chez vous hier.

— Des hommes de main ?

— Comme vous y allez, des spécialistes dans leurs domaines, comme nous, aguerris aux techniques du renseignement. Et même des commandos, si nécessaire.

— Des commandos ? Est-ce que je rêve ? Pourquoi n'ai-je pas participé à cette réunion ?

— Disons que ce fut impromptu. J'étais seul à l'imprimerie quand elle est passée pour contrôler les derniers travaux, quand vous étiez à Giverny avec Cornelia. Noirange nous avait dit un mot, vous vous en souvenez, sur la possibilité de nous appuyer sur des équipes existantes, j'ai voulu en savoir plus, et voilà. Satisfaite ?

— Vous auriez pu m'en parler, nous sommes censés travailler ensemble et partager toutes nos informations, n'est-ce pas ?

Je protestais un peu pour la forme, un peu par provocation.

— Dois-je vous rappeler que ce jour-là vous étiez légèrement traumatisée par votre rencontre avec Cornelia et l'intrusion chez vous ? Désolé d'avoir oublié de vous parler de ce détail.

Je ne relève pas son ironie :

— Et pourquoi les Inconnus ?

— Une idée de Luna. Un nom de code pour nos psychopathes, pour éviter les périphrases verbeuses et gagner du temps...

— Quelle inspiration, donner le nom d'un trio comique à des tueurs qui enlèvent le cœur de leur victime me paraît tout à fait approprié. Merci de me mettre au courant de l'extension du domaine de l'ORV aux sbires et aux inconnus...

Passé le léger agacement d'apprendre par hasard que nous avons la possibilité d'utiliser les services de spécialistes du secret, je refuse d'avoir l'impression que l'on complote derrière mon dos.

— Écrivez-moi des petites notes quand il se passe des choses comme ça en mon absence. Informez-moi au fur et à mesure, je n'aime pas être mise devant le fait accompli.

Dante me regarde, étonné et perplexe, comme si je m'étais soudain transformée en mante religieuse.

— Veuillez accepter mes excuses, princesse, j'ai trop l'habitude de faire cavalier seul, mais je vous promets de faire un effort de communication.

Je me détends enfin, le Dr Reich revient une revue à la main.

— La voilà !

Il nous montre la photo d'une brune de caractère, au nez prononcé, dont les sourcils écartés abritent des yeux noirs volontaires, Myriam Goslan exprime une personnalité affirmée, rassurante.

— Savez-vous si le Dr Goslan faisait des enregistrements audio ou vidéo de ses séances ? demande Dante avec une note d'espoir dans la voix.

— Si c'est le cas, je ne suis pas au courant, je n'ai jamais vu de caméra ni de magnétophone dans son bureau.

Je les laisse discuter, continuer à ramasser et inventorier les papiers, malgré la certitude que cette agression et le cambriolage n'ont servi qu'à effacer les traces de Diane et de Cornelia. Des effluves de douleur et de peur s'accrochent aux murs… Le lieu est chargé.

XX

Imprimerie – Arielle, Dante et le tarot de Belline

Comme je le craignais, nous repartons les mains vides mais avec la certitude que ceux qui sont derrière l'affaire de la jeune morte aux lys sont passé par là. Ils savent désormais ce qui a été révélé dans l'intimité de la relation psychiatre/patient. En quoi était-ce si important pour eux de subtiliser les dossiers et d'anéantir leur thérapeute ? Quel secret aurions-nous pu utiliser pour remonter jusqu'à eux ? Pour comprendre le sens du crime, comme dit Dante. Nous arrivons dans notre QG et, tout en montant jusqu'à mon bureau, je pense tout haut :

— Ce n'est pas rationnel, ils mettent en scène leur victime au lieu de la cacher, puis ils volent les dossiers de la psychiatre pour les soustraire à l'enquête. Ils exhibent et ils voilent…

— Mais non c'est logique, s'exclama Dante d'en bas, m'arrêtant net au milieu de l'escalier, l'exhibition était un message adressé au public, à la rumeur, à l'extérieur. Ils ne cherchent pas pour autant le dévoilement de leurs motifs profonds. Leur manipulation s'écroulerait peut-être si nous en connaissions les arcanes. Or, grâce au témoignage de Julien et à Cornelia, nous avons déjà pu pénétrer une partie de leur *modus operandi.*

Une satisfaction certaine perce dans la voix de Dante.

— Vous parlez du contrôle mental ? Venez dans mon bureau, nous parlerons plus tranquillement là-haut… Vous savez, depuis votre exposé sur le DID, je comprends mieux le personnage de Jason Bourne[2] transformé en arme vivante grâce aux techniques de manipulation mentale de la CIA. Avant je croyais que toute cette histoire avait été

2. Personnage de fiction du romancier Robert Ludlum, ayant subi un conditionnement mental des Services secrets pour en faire un tueur sans états d'âme. Trois romans, trois films.

inventée par un écrivain imaginatif, à l'esprit particulièrement tortueux.

— Comme la plupart des gens. N'oubliez pas que les programmations mentales font partie des projets gouvernementaux secrets dont l'existence est la mieux protégée. Tout cela n'est pas censé exister. Nous touchons à des domaines très bien défendus et pour cause. Vous imaginez l'impact qu'aurait dans la population l'idée que les êtres humains peuvent être manipulés comme des cobayes à leur insu, que des savants fous peuvent dédoubler leurs personnalités et les utiliser à leur guise, en faire des esclaves sexuels ou des assassins ? Et qu'il s'agit d'une réalité, non d'une fiction.

— Et surtout qu'on ne sait jamais qui se cache derrière les apparences, quelle que soit la personne et si bien qu'on croit la connaître.

Bien sûr je pense à Antoine d'abord, à cause de cette histoire de camp de vacances, mais je sais aussi que je ne pourrai plus regarder ou parler à quelqu'un que je connais, que ce soit un ami ou une connaissance, sans me poser la question : est-il double ? ou triple ? A-t-il été contaminé par un programme enseveli dans sa mémoire ? Quelle est la réalité de cet être en face de moi que je croyais connaître ? Qui suis-je moi-même ?

— Vous savez, vous, qui vous êtes, Dante ? Êtes-vous sûr qu'il n'existe pas d'autres Dante, imprévisibles et téléguidés pour des missions impossibles, cachés dans un repli de votre psyché ?

Tout en parlant, je regarde le grand panneau de papier blanc qui me sert à faire le point sur l'affaire, et d'un feutre rouge, j'ajoute le nom de Myriam Goslan avec des flèches vers Diane et Cornelia. Diane est au centre, autour d'elle rayonnent ses parents, Maxime, Julien, Cornelia, Wladimir et maintenant Myriam Goslan. Le nom de chaque personne à qui nous avons parlé est surmonté d'une étoile, les autres d'un point d'interrogation. J'espère y voir apparaître peu à peu un schéma, une idée, ou simplement quelque chose qui aurait échappé à notre vigilance.

Dante semble plongé dans une profonde réflexion, il a attrapé le tarot de Belline qu'il tripote rêveusement…

Halte-là, j'ai droit à un regard indigné quand je lui retire doucement des mains.

— Si nous tirions une carte ? Vous êtes prêt à faire le chat ?

— Vous croyez vraiment que vos cartes peuvent faire le tri entre ceux qui ont été lobotomisés et ceux qui y ont échappé ?

J'étale le jeu en éventail sur la table.

— Décroisez les jambes, quelle est votre question ? N'oubliez pas, il faut qu'elle soit précise si vous voulez une réponse précise.

— Il faudra que vous m'expliquiez un jour pourquoi il faut décroiser les jambes pour jouer à vos jeux divinatoires…

— Un jour peut-être… Allez-y. La main gauche.

Il hésite, son regard va de droite à gauche comme s'il attendait un signe, le frémissement d'une carte prête au sacrifice, puis il en sort une du milieu et la pose devant moi, l'air si sérieux qu'il me fait sourire. Je la retourne :

— la carte 36 : *Pourparlers*. Trois oiseaux sur un arbre mort piaillent, un quatrième vient les rejoindre, c'est une des sept cartes sous le signe de Mars, dieu de la guerre. Discussions, entretiens, conciliabules, ce n'est pas ce qui nous manque.

— Ils ont une sale tête, ces oiseaux, constate Dante.

— Sortez une seconde carte… pour préciser la nature de ces pourparlers.

Cette fois il ne réfléchit pas, c'est la carte du premier jour qui ressort, comme par hasard. Dante prend un ton sinistre :

— Encore la 35, les ennemis ne cessent de comploter dans l'ombre leurs prochains méfaits. Gare à nous.

J'entre dans l'image, je la scrute dans tous ses détails pour en saisir la signification par rapport à nous :

— Regardez Dante, l'oiseau qui arrive là-haut, le quatrième, on dirait un espion qui vient écouter ce qu'ils disent.

— Un espion, pourquoi pas… ils ont peut-être un hacker qui nous infiltre à notre insu.

— Et si c'était nous, les trois oiseaux en train de piailler et de comploter, vous, moi et Noirange. Le quatrième oiseau serait l'espion, l'intrus qui s'est introduit chez moi, le voleur des dossiers de Diane et de Cornelia…

— On peut vraiment leur faire dire n'importe quoi, à vos cartes... grommela Dante.

— Ce ne sont pas des instruments scientifiques, elles sont divinatoires, elles nous donnent une direction, un schéma, c'est à nous de l'interpréter.

— Ils complotent, nous complotons. Ils sont dangereux, nous le sommes aussi, n'est-ce pas, Arielle? Rien ne nous différencie que nos buts et notre éthique. Nous sommes donc les blancs, et eux les noirs.

— La carte *Pourparlers* associée à *Ennemis* suggère l'existence d'un complot maléfique. À nous de le déjouer.

Dante frappe la carte d'un doigt vengeur:

— Au nom de la justice immanente, je suis prêt à faire beaucoup de mal à ceux qui ont massacré Diane et terrifié Myriam Goslan, je serai ravi de leur arracher le cœur à mon tour.

— Pour un homme qui a passé aussi longtemps dans un temple bouddhiste, chez des moines qui ne supportent pas d'écraser par inadvertance le moindre insecte, je vous trouve bien sanguinaire.

— C'est mon paradoxe, une partie de moi déposera délicatement l'araignée égarée sur l'herbe, l'autre massacrera avec acharnement une ribambelle de ces mêmes araignées si elles deviennent trop nombreuses et qu'elles me mordent. Cela s'appelle le seuil de tolérance. Je suis un pacifiste au seuil de tolérance très bas. Au-delà je deviens un prédateur.

Je l'imagine métamorphosé en carnassier aux crocs aigus et aux yeux jetant des éclairs, mais loin d'en éprouver de la répulsion, je trouve réconfortant d'avoir dans mon camp un guerrier. L'agneau qui offre sa gorge au couteau n'a jamais été mon idéal.

Dante enchaîne avec un rire sarcastique:

— C'est bien nous les oiseaux à la sale tête du tarot de Belline, et nous complotons contre les méchants lobotomiseurs de jeunes filles, prêts à les châtier le jour venu.

— Vous ne me paraissez pas fondamentalement attaché à la notion de justice des hommes, non?

— Vous avez raison. Il y a une chose, entre autres, qui m'horripile, ce sont les gens qui disent: « J'ai payé ma dette à la société. » Quand il s'agit de fraude financière, de vol ou de malversations, d'accord. Mais pour le violeur ou le meurtrier, sans tomber dans la loi du Talion, ce système de blanchiment en passant par la case prison me révolte. Car il ne s'agit pas d'une dette à la société mais aux vies qu'ils ont détruites, et cette dette-là ne peut pas être payée par un passage en tôle.

Dante active chez moi les réflexes les plus primaires, je m'en veux de ressentir l'envie d'adhérer à son discours et de bénir les tueurs de meurtriers qui nous débarrassent de monstres. C'est le paradoxe *Dexter*, la série américaine qui soulève cet éternel dilemme… Je réplique :

— Cet argument de dette effacée ne peut être évoqué que par des êtres au niveau de conscience très bas.

— C'est bien ce dont je vous parle, des vrais méchants ! s'exclame Dante, vous voyez bien que dans le cas qui nous occupe ce sont de parfaits criminels sans état d'âme, dont il convient de protéger la société sans souci de leur bien-être. Le meilleur moyen, ne vous en déplaise, est de les voir disparaître.

— Vous ne croyez pas à la justice divine ? L'effet boomerang, l'œil dans la tombe qui regarde Caïn, le karma qui vous fait payer toutes vos mauvaises actions ?

Dante hausse les épaules et poursuit implacablement son idée :

— Je crois qu'il y a des gens qu'il faut arrêter avant qu'ils ne reproduisent leurs crimes. Et que pour ceux-là on est en droit, en devoir même, de le faire par tous les moyens, voire les plus extrêmes. Et ne protestez pas, il y a longtemps que j'ai dépassé le politiquement correct. J'ai appris à penser par moi-même. Vous croyez que Poutine a des états d'âme quand il fait assassiner de multiples façons ceux qui le dérangent ?

— Non, certes, il ne fait que reproduire de très vieux schémas, Lénine, Staline, Poutine, ça rime…

— Sérieusement, qui peut raisonnablement parler de justice, dans ces conditions ? Seuls les vaincus et les faibles sont jugés. Les forts et les dominants possèdent l'impunité, c'est dans l'ordre du monde… mais vous admettrez que cet ordre doit être transgressé, puisqu'il est le contraire de ce qu'il prétend être.

La colère de Dante vient de loin, on dirait qu'elle concentre les premières révoltes de l'adolescent au sein de l'ETA, son impuissance devant le lynchage de la communauté scientifique pour avoir refusé de se plier aux diktats en vigueur, elle s'agite aussi dans l'épisode mystérieux de son passage à la NSA précédant son envol pour l'Asie. Une rage violente, revendiquée, contre l'inégalité des forces en présence, à laquelle je ne peux théoriquement qu'adhérer. Je me demande d'où vient sa révolte initiale, si ses fondations sont familiales, qu'a t-il bien pu se passer pour qu'il passe si jeune du côté des rebelles...

XXI

Alexeï Funk-Romanov, un homme secret

Il court d'un pas élastique, aussi régulièrement qu'un robot, sa casquette et ses vêtements moulants de sport lui enlevant toute spécificité sociale et culturelle pour ne laisser que l'image d'un clone anonyme. Cela lui plaît de disparaître, de se fondre dans le cercle affairé des coureurs du parc Monceau, enchaînant les tours pour garder la forme, faisant jouer son corps pour le sentir exister… Il lui faut aller toujours plus loin, plus vite, dans un contrôle total, le nombre de tours, le nombre de pas, les mêmes personnes qu'il redépasse, de tour en tour. Le meilleur.

Contrairement aux autres coureurs, qui échangent des signes, voire quelques mots, il reste enfermé dans ses codes et ses calculs. Ce jour-là il parcourt dix-sept fois le grand cercle autour du parc, il contrôle si bien ses muscles et sa respiration qu'il n'est même pas essoufflé. Il quitte l'allée vers la rue Velasquez, toujours de la même foulée souple, sort du parc dans la rue Murillo. Il rejoint en courant à petites foulées la grande porte du 21. Il croise dans l'escalier ses voisins, sans même les regarder ni les saluer. On ne peut pas dire qu'il suscite une grande sympathie parmi les habitants de l'immeuble qui apprécient des relations plus courtoises. Ne vous fiez pas aux apparences, cet homme n'est pas simplement un ours incapable de communiquer. Grand, bien découplé, la quarantaine de golden boy, un visage ni beau ni laid, oubliable immédiatement, il a réussi à se flouter lui-même dans l'esprit des gens, leur envoyant à volonté une perception embrumée de son être physique, qui participe au malaise suscité par sa présence. On ne l'a jamais vu sourire.

Sa jeune et jolie femme, jeune liane au rire excessif, aux yeux trop bleus, et son fils de deux ans ont disparu six mois après leur installation rue Murillo, après un déménagement partiel au cours de l'été.

Caroline, retenue au lit pendant plusieurs mois pour une mauvaise hépatite, joue à fenêtre sur cour en épiant de sa chambre tous les habitants de l'immeuble, mais son revêche et muet voisin est la cible de toutes ses conjonctures. Lorsque sa jeune femme n'est pas revenue à la fin des vacances, Caroline a fait le rapprochement avec le déménagement à la sauvette, et elle s'est persuadée qu'il avait tué sa femme et l'avait enfermée dans un meuble pour la transporter en un lieu où il pourrait se débarrasser plus facilement de son corps.

C'est qu'il y a eu, deux mois avant, l'épisode de la jeune femme venant frapper en larmes chez sa voisine, racontant les violences de son mari et ses désillusions. Puis la phrase sibylline, qu'elle avait surprise un jour dans l'escalier, adressée à une amie : « Je crois que je me suis trompée... Il n'est pas ce que je croyais » était venue conforter ses intuitions. Ce qui avait fini de la convaincre de la dangerosité de l'homme était son regard, fuyant, indifférent et cette façon de se comporter en inconnu. Elle l'avait croisé souvent dans l'escalier sans qu'il daigne la voir, il lui avait à peine répondu lorsqu'elle s'était adressée à lui, son esprit était ailleurs, il lui manquait quelque chose pour être humain. Un homme incapable de dire simplement bonjour, sans parler de sourire ou de faire un signe de tête. Un psychopathe quoi... Caroline lit beaucoup pour une fille de quatorze ans, elle dévore tous les livres qui lui tombent sous la main, mais elle est surtout fascinée par les thrillers, où les monstres sont légion et les *serial killers* tout-puissants.

Toutes les caractéristiques de cet homme en font le coupable parfait. Autisme, refus d'un minimum d'échanges, violence. Il la fait frissonner.

Lorsqu'elle a interrogé la gardienne sur l'absence de Sophie et de son fils, et que celle-ci lui a répondu que Sophie était retournée dans sa famille en Bretagne, qu'elle avait quitté son mari en emmenant le petit garçon, elle n'en a pas cru un mot. L'homme a créé la légende, il est trop intelligent pour ne pas avoir protégé son crime. Il faudrait qu'elle voie Sophie pour croire qu'elle est encore vivante.

Elle est retournée en classe maintenant, mais elle continue à surveiller les allées et venues de l'homme, matin et soir. Elle vérifie instinctivement sa présence selon les lumières allumées dans son appartement, elle guette les bruits de pas dans l'escalier et le cliquetis de la porte de l'immeuble au rez-de-chaussée. C'est ainsi qu'après l'avoir vu revenir de son jogging quotidien, elle continue à l'épier quand il ressort un instant après, en costume sombre et chemise finement rayée de bleu, droit devant lui, sans un regard sur le côté ou sur la fenêtre du troisième étage d'où elle surveille les passages dans la cour. Les cheveux blonds mouillés de l'homme sont parfaitement peignés sur le côté, il tient à la main une serviette de cuir noir aussi anonyme que son costume élégant. Elle le voit disparaître sous le porche et soupire, pourvu qu'il ne soit rien arrivé à Sophie, puis elle finit de s'habiller pour partir à ses cours, rien de neuf cette fois-ci à raconter à ses amies, pas le moindre rebondissement, l'homme reste impénétrable, sa solitude le protège du regard des autres, la brèche ouverte par Sophie s'est refermée.

L'homme ne se hâte pas, sa journée est parfaitement programmée, ses rendez-vous identifiés, il s'est arrangé pour rencontrer le moins de monde possible, et surtout pas la clientèle qu'il méprise, un troupeau répugnant d'humains avides de faire fructifier des sommes misérables, ou de riches héritiers stupides qui n'ont rien fait pour mériter leur fortune. Son chauffeur l'attend au coin de la rue de Lisbonne, il monte dans la grosse automobile noire dont les vitres teintées protègent son intimité. Il considère sa vie professionnelle comme une façade, un faux-semblant de respectabilité, un moyen facile de gagner de l'argent et d'étendre son réseau. L'essentiel est ailleurs. Un ailleurs qui dépasse tout ce que ces gens pourraient imaginer ; un étrange sourire le fait grimacer, un éclair de triomphe, l'heure n'est plus loin.

XXII

Une soirée au château

19. Lorsque commencera l'An Mille qui vient après l'An Mille,
Un ordre noir et secret aura surgi
Sa loi sera de haine et son arme le poison
Il voudra toujours plus d'or et étendra son règne sur toute la terre
Et ses servants seront liés entre eux par un baiser de sang

Protocole secret des prophéties, Jean de Jerusalem

— Eh bien, nous arrivons dans vos domaines, princesse. Dante a une relation singulière avec l'idée même d'aristocratie. L'élitisme qui y est attaché, les privilèges sous-jacents, tout ce qui perpétue à travers le temps la notion d'une supériorité de sang agace terriblement son âme d'anarchiste. On le comprend, quand on rencontre certains héritiers dégénérés des vieilles familles, on ne peut qu'adhérer à son indignation. Avec son regard laser de généticien, il a pourtant constaté une sorte de régénérescence dans la génération émergente, peut-être par le jeu des mésalliances favorisant le brassage génétique.

Bien entendu, pour lui l'aristocratie est loin d'être une caste supérieure. Il y a chez les aristos le même pourcentage d'êtres médiocres que dans toutes les catégories humaines, que ce soit les gens ordinaires, les suisses, les prêtres, les acteurs, les chrétiens, les juifs, les banquiers, les chauffeurs de taxis ou autres. Ce que Dante appelle le 90/10 avec la sensation aiguë d'être encore trop généreux. Une sorte de pourcentage réaliste selon lui, estimant à ces 10 % fatidiques les êtres vrais, intéressants, dotés de jugement et de compassion, aptes à décrypter dans l'homme ce qu'il a de plus beau. Des gens pourvus d'une âme dont ils se servent, d'yeux ouverts pour voir et d'oreilles pour entendre. Avec qui on peut parler de tout. Dix pour cent, c'est son estimation personnelle, non négociable.

Les 90 % restants dorment et refusent d'être réveillés, ils sont abrutis, sous contrôle, leur esprit laminé par leur éducation, leurs besoins et leurs peurs. Certains avec un peu de chance ouvriront un jour les yeux, les autres resteront enfermés dans leurs fantasmes de fonctionnaires, d'aristos ou d'ouvriers, d'opprimés ou de privilégiés, sans réaliser qu'ils devraient avant tout être eux-mêmes. Dante n'est pas un tendre, ils sont rares à trouver grâce à ses yeux. Il enrage de voir, malgré toutes les révolutions, perdurer l'influence du symbole « noblesse », ce phénomène planétaire qui, des plus barbares tribus primordiales aux plus raffinées cours européennes, élève arbitrairement une partie de la population au-dessus de la foule. Car ils ne le doivent pas à leurs qualités propres mais au hasard qui les a fait naître au sein d'une aristocratie. Et le fait qu'ils se croient néanmoins d'essence supérieure lui semble insupportable, ridicule et suscite en lui la plus violente indignation. Même s'il considère qu'Arielle fait partie des 10 % élus, elle appartient à cette caste dont la présomption l'insupporte, et il en ressent ce soir un certain agacement, alors qu'ils se rapprochent du château.

Il jette un coup d'œil sur sa partenaire et se surprend soudain à la trouver sensuelle, voire troublante, loin de l'image lisse et un soupçon réfractaire qu'elle se compose habituellement. Pour une fois, elle habite son corps, elle existe enfin, comme si les rites de préparation à la beauté avaient réveillé en elle une sensualité ignorée... une douceur nouvelle vient illuminer son visage et gonfler sa bouche.

Sentant son regard aigu, je me retourne vers lui avec un sourire incertain :

— Quoi ? J'ai quelque chose de bizarre ?

— Juste l'impression que vous êtes une autre...

— Mais je suis une autre !

Je m'étire voluptueusement tandis qu'un effluve de mûre surgit puis s'estompe :

— Je me sens libre ce soir. Libre de ne plus exister par rapport à tout cela.

Pour accompagner cette déclaration ambiguë, je tends la main vers la demeure illuminée au sommet de la colline.

… Le regard de Dante sur moi ce soir n'est pas neutre. Je l'intrigue. Je m'intrigue moi-même, avec cette impression d'avoir perdu mon armure et de retrouver mon corps réveillé d'un long sommeil. Fait exceptionnel, je ressens avec tous mes sens, au lieu de percevoir la réalité à travers le filtre aride de mon mental. Il y a quelque chose d'enivrant à me sentir vivante. À l'improviste et sans raison.

Nous avons traversé la campagne par de petites routes pour arriver à la lisière de la forêt de Rambouillet. Une longue avenue bordée de tilleuls monte jusqu'au château où a lieu la fête, une sorte de folie XVIIIe subtilement éclairée de centaines de bougies placées devant les fenêtres innombrables, quand, bizarrement, me sont revenues en rafale des impressions mal identifiées, réminiscences de ces années où, habitée de toutes les incertitudes du monde, écartelée entre le désir de reconnaissance et le refus des règles sociales dont je me sentais l'otage, menée par un étrange besoin de séduire, j'empruntais ces grandes allées de parc vers des soirées qui me laissaient toujours un goût d'inachevé.

Nous voici sur la piste de Wladimir, prêts à nous immiscer dans une fête qui s'annonce somptueuse. Une myriade de domestiques en livrée rouge et or, très XVIIIe siècle, s'activent en silence, porteurs de plateaux surchargés de zakouskis bariolés et de boissons aux étranges coloris irisés. La longue suite de salons rayonne d'un étonnant mélange de lumières bleues contemporaines et de chandeliers démesurés. Le décor théâtral souligne le caractère illusoire et formaté des êtres humains aux mouvements parfaitement orchestrés, formant une assemblée narcissique homogène.

Voilà donc la chasse privée de Wladimir, une convergence d'héroïnes de soaps, longilignes créatures à l'inquiétante ressemblance, clones d'une image de la femme déformée vers une soi-disant perfection, et de maîtres du monde au regard transperçant… Des prédateurs à l'affût de nouveauté, comme le montrent les regards qui nous suivent et les sourires des jeunes et moins jeunes carnassières jetés comme des harpons sur un Dante surnaturel, d'une élégance qui le rendrait presque inquiétant. Quant à moi, j'ai joué le grand jeu de la transmutation sans pour autant me faire teindre en rousse comme dans le passé, et je sens sourdre une certaine tension érotique dans ces visages ouvertement appréciateurs. Ou bien est-ce parce que je me sens femme ce soir et que mes perceptions s'en trouvent modifiées ?

Je sens la main de Dante sur mon épaule nue, ferme et puissante, et son contact me semble étonnement agréable. La musique éclatante elle-même n'est pas une agression, les lumières ne me donnent pas envie de me cacher dans l'ombre. Je suis une autre.

Suivant notre plan initial, nous nous séparons. Restée seule, l'état de grâce s'estompe, je ne peux m'empêcher de penser à Cornelia, et derrière les masques d'entrevoir des monstres. Les *Prophéties* me reviennent comme en écho des rythmes presque incantatoires planant sur la foule… *Un ordre noir et secret aura surgi… et ses servants seront liés entre eux par un baiser de sang.* Quel est donc ce baiser de sang dont parle Jean de Jérusalem, un lien créé par un sacrifice sanglant, scellé par la douleur de la victime ? Je scrute ces visages qui me répondent par des sourires inquiétants ou des regards sans fond. Pour un peu je nous croirais, Dante et moi, seuls humains dans une assemblée de zombies.

Je n'ai jamais été très douée pour les foules, elles produisent sur moi un effet déstabilisateur. Toutes les pensées me parvenant en vrac, je me retrouve encombrée d'impressions et de sensations qui ne m'appartiennent pas, d'émotions qui me parasitent et me mettent en porte-à-faux, m'enlèvent à moi-même. J'évite donc d'ordinaire à tout prix ce genre de situation, me servant sinon de quelques procédés simples de protection tels que m'entourer d'un cercle de lumière, replier mon aura bien serrée contre moi, et invoquer la protection d'invisibles.

Mais il m'arrive d'oublier. Ce soir, victime de cet état étrange, je me suis jetée dans la foule sans filet. J'en ai déjà plein la tête, des broussailles de pensées qui se croisent et s'entrecroisent. Reviennent en superposition l'obsession de la jeune morte aux lys et les confidences de Cornelia. Je me mets en retrait dans l'embrasure d'une fenêtre, m'éloignant pour reprendre le contrôle et je scrute les visages, j'observe les groupes, les danseurs, les mouvements subtils rythmant leurs relations. La magie a disparu, je ne me sens plus à ma place.

Plus grand que les autres, un homme fend la foule, j'aperçois son visage pâle sous d'épais cheveux noirs, il se dirige presque en droite ligne vers moi, deux coupes de champagne à la main. Pourrait-il s'agir du fameux Wladimir, le démon de Diane ? Non, il ne correspond pas à la description de Julien Méry. Une égérie de Vivien Westwood me frôle, un drôle de pouf vert pomme posé sur ses reins, coiffant une envolée de satin vert digne du siècle dernier, des cheveux blonds vénitiens entortillés en un chignon sauvage entrelacé de rubans colorés. Elle se précipite sur l'homme aux cheveux noirs et pose la main sur une des coupes, qu'elle lui arrache d'un geste de torero qui vient poser une banderille. Il ne semble pas enchanté de l'intrusion, l'air se cristallise entre eux en aiguilles de verre mortelles. Comme au ralenti, elle se retire dans la foule, ivre et triomphante tandis que l'homme, parvenant jusqu'à moi, me tend la coupe restante. Il referme sa main sur la mienne et chuchote dans un murmure tout près de mon oreille.

— Le champagne est une boisson magique, précieuse pour se mettre au diapason. Je ne vous propose pas de danser, cette musique n'y est pas propice, à moins d'avoir le goût des danses primitives… Je n'ai pas l'impression de vous avoir déjà rencontrée ?

J'ai reculé d'un pas, hérissée de le sentir trop proche sans y avoir été invité, quoique amusée par son ton suggestif.

Il enchaîne les phrases sans me laisser le temps de répondre, tout en me dévisageant avec intensité, avec de brefs regards jetés autour de lui comme s'il se sentait en position vulnérable et voulait s'assurer de l'absence de danger immédiat. Il continue tandis que je savoure voluptueusement le champagne, je mourais de soif et les bulles glacées pétillant sur mon palais me donnent soudain une sensation de délassement intense.

— Je me présente, Edouard Kristof...
Il s'incline.
— Arielle de Thal.
— Sans indiscrétion, à qui devons-nous le plaisir de vous avoir ici avec nous ce soir ?
La réponse jaillit d'elle-même, instinctive.
— Diane Cargill...
Je sens sa respiration se bloquer, il pâlit légèrement, interloqué...
— Mais... vous n'êtes pas au courant ? Diane... vient d'avoir un accident.
Il m'agace soudain, je me sens pousser des griffes, une envie de violence, d'excès.
— Vous appelez ça un accident ? Diane a été assassinée, peut-être devrais-je dire rituellement sacrifiée...
Je sens furtivement une odeur de panique et reprends :
— Vous l'avez rencontrée récemment ?
Ciel, à peine arrivée me voici en train de brûler tous mes vaisseaux, je manque un peu de métier, dans la gamme : faites parler vos interlocuteurs sans qu'ils s'en doutent. C'est plutôt : jetons une bombe et étudions leurs réactions. Peut-être eût-il été judicieux, comme intronisation à l'Observatoire des rumeurs virtuelles, de nous faire donner quelques cours par un professionnel. Mais pour aujourd'hui c'est trop tard, les dés sont jetés !
Un instant décontenancé, on le serait à moins, il se reprend pour me répondre, comme s'il avait occulté spontanément la partie provocante de ma déclaration :
— Diane a quitté notre cercle d'amis depuis longtemps, et nous avons eu très peu de nouvelles d'elle. Je l'ai aperçue l'année dernière à une garden party de l'ambassade d'Angleterre... Toujours aussi belle, je dois dire.
— Vous la connaissiez bien, vous étiez un de ses amis ?
Malgré le ton léger destiné à contrebalancer mon agressivité et ma tirade sur le meurtre de Diane, je sens que l'état de grâce est passé, son regard sur moi se fait dur...
— Vous posez beaucoup de questions, que faites-vous ici ? Journaliste ?

— Pas tout à fait. J'étais liée à Diane et sa mort est si étrange, si violente… Je cherche à comprendre comment cela a pu arriver.

Son attitude se détend, bien qu'il reste sur la défensive.

— Je n'étais pas un de ses intimes, et comme je vous l'ai dit, depuis qu'elle s'est mariée Diane a refusé toutes les invitations, les fêtes, les dîners et elle a peu à peu disparu. Personne n'avait plus de ses nouvelles, le bruit courait qu'elle était dépressive.

— Vous connaissez Wladimir Petrovski, il a été longtemps lié à Diane, je crois ? J'aimerais le rencontrer, qu'il me parle d'elle…

— Tout le monde ici connaît Petrovski. Là-bas, vous voyez, l'homme à la veste argentée, avec les trois filles excitées…

Il me désigne un petit groupe à l'autre bout de la salle, au-dessus de la foule scintillante.

— Attention, ma chère, c'est un homme sans scrupules, ne croyez pas un mot de ce qu'il vous dira… J'ai été heureux de vous rencontrer.

Ces derniers mots galants sonnent étrangement faux, je le sens plutôt soulagé de se débarrasser de moi.

Avec un dernier sourire hypocrite, je m'éclipse. Puis je me retourne vers l'entrée de la salle, alertée par l'intensité d'un regard sur moi… et je capte la source de mon malaise… un regard vert dans un visage incertain, comme brouillé par la distance, bien qu'il ne soit pas si loin.

Kristof traverse la foule en diagonale lorsque l'homme aux yeux verts le saisit par l'épaule et le fait pivoter avec brusquerie ; ils parlent sur un mode intense, leurs visages rapprochés, puis se tournent tous deux vers moi, comme dans un ballet. L'image d'un officier nazi en uniforme se superpose à celle de l'homme du monde en smoking. D'instinct, je cherche des yeux la croix gammée mais si elle brille c'est sur un autre plan, dans son aura noire même, avec un éclat venimeux.

Tandis que Kristof lui parle, de moi sans nul doute, son regard me décortique sans scrupules, deux choses m'apparaissent évidentes, c'est que je déteste cet homme et que nous sommes destinés à nous revoir.

Les bruits soudain se tamisent, musique et sons s'emmêlent, je pénètre dans un film, c'est *Eyes Wide Shut* qui se déroule en temps irréel, on m'offre une autre coupe de champagne, si je me retourne peut-être verrai-je Nicole Kidman légèrement éméchée l'œil brillant, glissant fugitivement dans une pensée interdite… Mais c'est Dante que j'aperçois et que je perçois en position de combat, face à l'homme à la veste argentée qui d'instinct me déplaît aussi souverainement que l'autre. Un vrai nid de démons, cette soirée au château.

Je me rapproche, contournant des grappes d'humains égarés dans des non-conversations et des faux rires, des verres plein les mains. Je deviens invisible le temps d'une respiration… J'attrape la discussion au vol, comme isolée de tous les autres bruits ambiants.

— De quoi s'agit-il ?

La voix est âpre, voire hautaine, elle doit exaspérer Dante.

— Diane Cargill, *in extenso…* Mais pour commencer, quand l'avez-vous vue pour la dernière fois ?

Dante n'a pas choisi la voie de la subtilité, décidément, lui aussi est plutôt frontal dans ses démarches, et je me pose la question, ne manquons-nous pas de diplomatie ? L'autre réagit avec agacement :

— Vous ne vous êtes pas présenté, monsieur, à quel titre me posez-vous ces questions ?

Dante sort sa fameuse carte, dans un style très James Bond. J'en ris toute seule.

— Ibozu, Dante Ibozu, police judiciaire. Nous enquêtons sur le meurtre de Diane Cargill.

— ORV ? énonce son interlocuteur lisant sur la carte les trois lettres de notre service très particulier, un nouvel avatar confidentiel ?

— Mais très officiel, je vous assure. Alors soit vous me parlez maintenant, soit je vous invite cordialement à me suivre. Je me ferai un plaisir de vous interroger dans un cadre plus rigide, croyez-moi.

Wladimir reste impassible, un sourire surfait coincé au coin des lèvres, mais son visage s'est imperceptiblement modifié, comme passé soudain sous un filtre qui le jaunit. Il décide de jouer le jeu, à sa façon.

— Diane Cargill... Voyons... Il y a quelques années j'ai rencontré une petite fille égarée, pétrie de toutes les révoltes de la terre, belle et hargneuse. Je suis entré dans ses failles, la séduire a été un jeu particulièrement excitant. Grâce à moi elle a trouvé la révélation amoureuse, et découvert les pratiques sexuelles les plus étourdissantes. Elle était très douée.

— Combien de temps a duré votre liaison ?

— Longtemps, très longtemps pour moi, presque deux ans pendant lesquels je l'ai accompagnée, elle était devenue ma créature en quelque sorte, une créature exceptionnelle, je le reconnais.

— Elle vous a quitté ?

— Elle s'est rebellée avec la même intensité qui l'avait jetée dans mes bras. C'est une vieille histoire, la créature qui se rebelle contre son maître. Je ne l'ai pas revue depuis.

On dirait que Wladimir poursuit une conversation mondaine, le ton léger, décontracté, souriant.

— Dans le cadre de son « initiation », continue Dante avec un soupçon d'ironie, vous l'avez introduite dans des soirées sexuellement libérées, échangistes, etc. Mais aussi d'autres beaucoup plus noires, à tendance satanistes, d'après ce que je sais.

— Ne me dites pas que vous croyez au diable ! Il y a bien longtemps qu'on a découvert qu'il était un imposteur.

Pas de doute, Wladimir s'amuse, il joue avec Dante comme un chat avec la souris, dans le style je n'ai rien à cacher, j'assume ma perversité et mon passé, et je fais une pirouette quand on s'approche trop de mes secrets. A-t-il vraiment des secrets ?

... Il m'arrive des sensations singulières, mais ce n'est pas ce que je perçois de lui, cela vient du tréfonds de mon esprit, des volutes se forment et s'emmêlent, je perds l'équilibre... La réalité est en train de se transformer sous mes yeux. Une ombre quasi concrète aux allures de dragon a surgi de Dante, elle se déploit, immense et menaçante étirant des mains allongées comme des griffes vers Wladimir... Celui-ci commence aussi à se transformer, son visage se déforme, son dos se courbe comme l'ombre chinoise d'un étrange mutant mi-humain, mi-lézard… Jaillissant de leurs incarnations, deux immenses silhouettes reptiliennes grandissent et s'affrontent avec une violence contenue.

L'invisibilité a ses corollaires parfois excessifs. En me modifiant pour échapper au monde, mes perceptions se modifient aussi, devenue subtile les choses subtiles m'apparaissent. Que se passe-t-il ? Soit j'arrive dans une dimension imaginaire, soit je vois ce que les yeux ordinaires ne voient pas. Instinctivement, je reviens dans la réalité humaine primaire de la troisième dimension, où de telles choses n'existent pas, visible à nouveau sans faire un mouvement. D'un bel ensemble, les deux hommes se tournent vers moi, comme alertés par de subtiles vibrations qu'il vient de se passer quelque chose qui suspend leur duel invisible

— Arielle, quelle apparition, on dirait que vous avez le don de surgir de nulle part.

— Dante ! Et moi qui vous croyais encore dans un monastère Shaolin. Mais excusez-moi, j'interromps une conversation qui paraît intrigante : j'ai cru entendre parler du diable ! Présentez-moi à l'homme qui ne croit pas au diable.

De plus près, Wladimir qui s'incline perd un peu de son mystère, mais quand il relève les yeux, je crois voir un instant ce reflet jaune aigu que l'on retrouve au regard des fauves, et une impression de danger me saisit… Non, c'est pire que les fauves, c'est le regard fendu d'ombre d'un démon qui m'a dévisagée un dixième de seconde avant de disparaître dans un faux sourire. Cet homme possède des armes dangereuses, invisibles mais définitives. Je le classe sans hésiter dans la catégorie des espèces létales, et j'hésite à la jouer discrète ou à déployer toutes mes antennes. Mais je n'ai pas vraiment le choix, ils m'ont déjà tous deux, je l'entends dans leurs têtes, dévolu le rôle de la femme-épée. D'ailleurs mon épée est revenue, je la sens droite dans mon dos, lumineuse, je n'ai qu'à passer la main par-dessus mon épaule pour l'attraper. Je me demande si certains peuvent la voir, comme on voit les auras et l'idée me paraît très drôle…

… Je vois passer la dame du lac avec sa longue robe médiévale et son épée de lumière, chevauchant dans la forêt striée des rayons du soleil lointain. Je flotte à la lisière des mondes, le plafond s'ouvre et j'aperçois, sur un ciel de soleil couchant, un nuage en forme de sorcière sur son balai, elle passe devant une lune rousse en se déformant subtilement jusqu'à devenir le Dragon. Qui suis-je ? Pourquoi m'arrive-t-il ce soir des choses aussi étranges ? Je n'ai pourtant bu que du champagne, à moins que... pour pimenter les sensations... Je ressens soudain la présence de Dante comme mon ultime protection, il va se passer quelque chose, je commence à m'échapper à moi-même... Dante me contemple avec un certain étonnement. Il faut que je revienne, que je maîtrise la situation, je ne suis pas en train de rêver, cette soirée est réelle. Et ces hommes aussi.

— Arielle, vous allez bien ?

Une nuance d'inquiétude dans la voix, Dante se penche vers moi.

Et l'homme qui ressemble à un démon et qui dit qu'il ne croit pas au diable, dans le même mouvement pose la main sur mon épaule nue et je sens tout. Je l'entends penser, je sens ses vibrations malsaines et une volonté qui tente de se frayer un passage jusqu'aux zones cachées de mon inconscient. Dante réagit, je me dégage instinctivement et m'entoure de lumière. Pas question de garder la trace de cet homme sur moi. La pression de l'épée s'accentue. Pas de doute, ce Wladimir est un sorcier.

... J'ai reconnu une pratique magique: pénétrer dans l'aura de son adversaire ou de sa victime en le touchant pour créer un lien, un canal qui permettra de l'influencer dans ses pensées et ses réflexes. Mais ce que j'ai ressenti à son contact lui est revenu en écho. Il sait que je sais. Tirée vers un étrange étourdissement, je réunis mes dernières énergies, prends Dante par le bras et lui chuchote à l'oreille:

— Je crois, je crois qu'on m'a fait boire quelque chose...

Et là tout se déchaîne, la musique se transforme en vacarme douloureux, je me tourne vers la foule qui singe les personnages de Hiéronimus Bosch, les visages se déforment à une vitesse folle, des couleurs se chevauchent et se mélangent au gré des mouvements de chacun, un vertige me saisit tout entière, je tente de saisir mon épée mais tout va trop vite, je chevauche un dragon sur un manège pris de folie, et je grandis, je grandis et je me dilue dans un tourbillon, mon cœur immense bat comme une cloche d'église, plus rien ne me retient ici, je vais disparaître, au secours, je disparais…

XXIII

Sam et la pierre blanche

De la fréquentation, même sans contact, d'individus des deux sexes, naît, dans l'être le plus profond de l'un et de l'autre, une énergie spéciale ou « fluide » immatériel, appelé « tsing ». Celui-ci dérive uniquement de la polarité du ying et du yang.

TRADITION CHINOISE

— Alors, vous vous réveillez ? Revenez, bon sang ! vous m'avez fait peur...

Sa voix me parvient de loin, j'entends le bruit du moteur dans la nuit et le mouvement doux qui nous emmène, loin de là-bas. Tout s'est calmé, j'ai terriblement mal à la tête et quand j'ouvre les yeux le monde se met à tourner autour de moi. L'effet balançoire ou le syndrome bateau... Me revient le jour où j'ai trouvé dans un bosquet sur un terrain de golf des amanites tue-mouches, parfaits champignons de dessins animés peints de la main des fées... Je n'avais pu m'empêcher d'en croquer quelques-unes, petites. Effet champignon. Planage garanti, avec vision de toutes les auras des choses et des gens et le cœur qui tourne, sensation que je déteste le plus au monde. Drôle de voyage... Je referme les yeux pour calmer la nausée et replonge au fond de moi, là où la mer est calme, où rien ne peut m'arriver.

— Princesse, bon sang, ne repartez pas, restez avec moi, nous allons à l'hôpital, on va s'occuper de vous...

— L'hôpital ? jamais ! Emmenez-moi rue Cassette...

Ma voix me semble si faible que je doute qu'il m'entende et je m'apprête à répéter...

— Dans ce cas parlez-moi. Je ne sais pas quelle saloperie ils vous ont fait prendre, il vaut peut-être mieux faire un lavage d'estomac, vous m'inquiétez.

— Non, non, ça se dilue, je reprends le contrôle...

Je fais des efforts démesurés pour m'exprimer avec lucidité, il n'est pas question que je mette les pieds dans un hôpital, je dois m'en sortir toute seule.

— OK, nous arrivons porte Dauphine, continuez à parler et je me dirige chez vous. Si vous retombez dans cette espèce de coma, c'est la Pitié Salpêtrière.

— Wladimir... Que vous a-t-il dit, avez-vous appris quelque chose ?

— J'en aurais peut-être appris un peu plus si vous ne m'étiez pas tombée dans les bras, au moment où nous entrions dans le vif du sujet. Excellente manœuvre de diversion pour lui en tout cas.

— Vous ne voulez pas dire...

— Mais non, d'ailleurs vous étiez magnifique en dame en pâmoison. Je voyais presque jaillir ses dents de vampire, il bavait de concupiscence.

— C'est peut-être son fantasme, les femmes endormies... susurré-je avec un léger fou rire.

Brusquement une sensation de soulagement m'envahit tout entière, une légèreté inouïe. Tout me paraît d'une sensualité infinie, par la fenêtre ouverte l'air tiède me caresse, mon corps ne pèse plus rien, Dante conduit tranquillement, les lumières sont d'une douceur rassurante, je suis à l'abri, je peux me rendormir... Dante n'est pas d'accord :

— Hou, hou, princesse, ne fermez pas les yeux je vous en prie, sous peine de Pitié.

La menace une nouvelle fois me sort de cet état de flottement :

— Je n'ai jamais eu l'esprit aussi clair, d'ailleurs je vous propose un léger débriefing chez moi... Si vous acceptez de monter en haut de la tour.

En réalité je ne sais pas si je suis capable de monter les trois étages sans m'effondrer en chemin et m'endormir sur les marches.

— Je crois que cela vaut mieux, sans vouloir vous vexer, vous me paraissez dans un état... instable. Je ne me vois pas vous abandonner au pied de votre immeuble.

Extralucide ?

J'ai fait des rêves atroces, on m'apportait des objets bizarres en forme de tiare égyptienne rouge sang et je devais les transformer. Chaque fois que je croyais enfin résolue la transmutation au prix d'un véritable effort, on revenait déposer devant moi de nouveaux défis. Je reprenais tout à zéro. Un tambour douloureux résonnait, cognant sans trêve les parois fragiles de mon crâne. Je me suis réveillée avec la migraine la plus terrible de ma vie, paralysée de douleur. Le moindre mouvement agitant les monstres qui se battent dans ma tête, je décidai de feindre l'immobilité la plus totale, qu'ils s'endorment enfin.

Puis j'appelai mon ange au secours.

L'ange et moi sommes en étroite connexion depuis mon enfance. J'ai longtemps parlé à un être invisible sans savoir qui il pouvait bien être. Et puis un jour un livre m'est tombé entre les mains, *Enquête sur l'existence des anges gardiens*, qui l'identifia comme un ange – pourquoi pas ? – et me confirma qu'il n'est jamais très loin, et toujours prêt à sortir de sa neutralité au moindre appel.

« Demandez et vous recevrez », tel est le grand secret des anges gardiens. Pas de demande, pas de cadeau.

Nous avons un être invisible qui veille sur nous : l'ange, notre ange qui n'attend que notre invitation pour participer allègrement à notre vie. C'est un allié de choc, d'une patience infinie, joignable vingt-quatre heures sur vingt-quatre, le rêve en somme.

Comment puis-je l'oublier, mystère... et pourtant je traverse de longues périodes sans lui parler. Jusqu'au moment où je bute sur mes limitations humaines et où je me dis : et mon Ange ? Exorcisant ma mauvaise conscience, je reviens à lui en prenant des formes : Excuse-moi pour mon long silence. C'est si compliqué d'être incarné, tu n'imagines pas... La matière nous vampirise, on perd le contact avec les mondes, on oublie l'invisible.

Ce matin, il est urgent de lui parler : Je t'en prie, mon ange, donne-moi un signe, un indice pour les temps qui viennent... et calme ces tourbillons dans ma tête.

La fenêtre est ouverte sur les jardins, un parfum léger de glycine se glisse jusqu'à moi quand soudain toute la soirée de la veille resurgit en accéléré. Kristof, Wladimir et surtout l'homme au regard vert, tous les trois tournent dans mon esprit, se transforment en immenses ombres noires qui se dissolvent en tournant. Ah non, ça ne va pas recommencer ! Je les efface avec la pensée de Francesca, je lui ai promis de passer au cimetière de Montmartre ce matin pour y déposer des fleurs. Sur la tombe de sa sœur... Il faut aussi que je fasse réparer mon Mac, sans lui je me sens incomplète.

Quelle soirée bizarre, je me suis fait piéger avec une facilité ridicule. Je m'en veux terriblement d'avoir tant apprécié la coupe empoisonnée, de m'être crue invulnérable alors que sans la présence de Dante, Dieu sait ce qui me serait advenu...

Mon problème, enfin un de mes problèmes, est que je suis affligée d'une hypersensibilité à toutes les substances chimiques psychédéliques, que j'évite depuis une expérience extrême au Laos il y a quelques années: un demibuvard de LSD et le bungalow s'était envolé comme un tapis magique... le voyage avait été sublime, un survol de toute la beauté du monde. La violence m'attendait au retour, coincée entre deux mondes, incapable de réintégrer la réalité de la troisième dimension. Une sensation hautement inconfortable. Cette leçon m'a suffit. J'ignore quelle substance hallucinogène contenait leur champagne mais je me souviens avoir chevauché le Dragon jusqu'à des hauteurs sidérantes, et soudain le néant. Absolu, ni lumière ni sensation, le vide vertigineux des confins du monde, où brillent les yeux rouges du Minotaure... zut, je recommence à divaguer !

Il est temps de procéder à un rite d'exorcisme personnel, le bain: d'abord l'eau très chaude sur le sel aux algues. Je m'y coule et laisse toutes les vibrations négatives s'écouler dans l'eau, volontairement. Je les visualise, noirs ruisseaux à travers le corps jaillissant du bout des doigts et les chakras de plus en plus clairs se remplissant de lumière... Puis je passe les mains dans mon aura tout autour de moi, sous la plante des pieds, en disant je nettoie tout, je rends tout ce qu'on m'a envoyé, je reprends tout ce qu'on m'a volé... Peu à peu je retrouve forme et forces.

Et en un éclair brusquement l'essentiel me revient, Sam est venu cette nuit…

Je me souviens… Je me suis réveillée dans une bulle de silence, je me sentais légère, si légère, mes os avaient disparu, ma chair aussi, je n'étais plus que densité lumineuse… J'ai ouvert les yeux, tout était si calme, les carafes de verre scintillaient, une étrange phosphorescence nimbait chaque objet, j'ai entendu quelques notes de musique et simultanément Sam m'est apparu debout devant la fenêtre. Il portait des vêtements bizarres, une sorte de bonnet recouvrait ses cheveux, mais j'aurais reconnu son profil entre mille. Quand il s'est lentement retourné vers moi, j'ai senti une odeur iodée de mer et de rocher s'infiltrer dans la chambre. Sa présence me paraissait naturelle, comme sa façon de laisser tomber au sol son manteau et son drôle de chapeau. Je ne voyais que ses yeux aigus surplombant un sourire, et une paix immense se fit en moi.

L'instant d'après il me tenait dans ses bras. Il me prit la main, l'ouvrit et y déposa une petite pierre ronde et froide. Je me sentais comme une poupée désarticulée de bonheur, j'essayais de lui parler mais pas un mot ne sortait de ma bouche, j'avais tant de questions et plus de voix. Tant pis, je voulais juste le sentir, enfin arrivé d'un long voyage à travers les mers, je savais bien qu'il n'était pas mort. Je le savais. Le serrant contre moi, respirant son parfum salé, je m'endormis… Pour me retrouver en train de me débattre dans le rêve des tiares égyptiennes. Sa présence m'avait paru si réelle, comme la pierre dans ma main, si froide… La pierre, la preuve de son passage…

Je jaillis de l'eau, m'entourai d'un grand drap de bain blanc, la crainte retint le temps d'un souffle mon élan, la crainte que ce ne soit aussi qu'un rêve… J'avançai à pas inquiets jusqu'au lit, l'oreiller sentait la mer, enfouie dans les draps je trouvai une petite pierre blanche de rivage, de celles polies par les flots qui scintillent parmi les galets gris. Sur la grève, je ramasse toujours les pierres blanches, Sam le sait, nous avons parcouru ensemble la Côte d'Albâtre, sous les falaises de craie, dans les cris des mouettes et le fracas des fausses falaises qui s'écroulent sporadiquement. Une pierre blanche.

Une autre partie de moi s'est-elle levée dans ma nuit pour me raconter une histoire ? Ou bien Sam...

Non, il ne serait pas reparti...

Toute la journée je suis poursuivie par ce rêve, n'est-ce qu'un rêve ? Je ne sais plus où j'en suis. Suis-je somnambule ? Je reviens obsessionnellement à la même interrogation : me suis-je levée dans mon sommeil pour saisir moi-même cette pierre blanche dans une des multiples coupes où s'entassent les cailloux ramassés au hasard de mes voyages. Une de ces pierres qui jalonnent ma vie. Certaines viennent de la grande pyramide elle-même et leur pouvoir est particulier, elles font disparaître, d'autres viennent des montagnes ou de grèves oubliées, comme Lost Coast ou Desolation Wilderness entre le lac Tahoe et les Yosemites, d'autres encore ont été ramassées dans la vallée de l'Ubaye ou sur les plages de haute Normandie. Chaque pierre a son pouvoir, celle-ci est comme les petits cailloux blancs du Petit Poucet, un signe sur le chemin...

Petite fille déjà, j'étais somnambule, peut-être le suis-je toujours. Je m'en souviens précisément grâce à une anecdote qui a eu lieu dans la propriété de ma grand-mère, près de Chantilly. Nous y arrivions pour quelques jours, mes parents, mon frère, mes cousins et moi, et je voulais dormir dans mon petit lit de toile habituel qui me rassurait dans cette demeure où je sentais s'agiter trop de choses invisibles. Mais ma mère décida que j'étais désormais trop grande, elle me fit préparer une vraie chambre de jeune fille, dont le lit aux montants de bois clair sculpté me parut immense et désespérément ouvert sur tous les dangers de la nuit. Je protestai en vain et m'y allongeai le cœur serré tout en rêvant au petit nid douillet où je me blottissais depuis ma plus tendre enfance, protégée par le haut tour de toile que je refermais par une couverture tendue comme un toit. Là, je me sentais à l'abri des peurs, êtres de la nuit, maraudeurs ou fantômes.

Le grand lit me mettait mal à l'aise, au lieu de me cacher il m'exposait. Je m'enfouis sous les draps, rajoutai un édredon que je remontai au-dessus de ma tête et répétai la litanie de la peur comme j'aurais brandi une arme, jusqu'à ce que je m'endorme d'un sommeil tourmenté.

Je me réveillai le lendemain matin, repliée sur moi-même dans un espace devenu effectivement trop étroit, le petit lit d'enfant en toile. J'en fus moi-même la première stupéfaite, intriguée et ravie. Je réalisai alors, j'avais environ sept ans, que j'étais somnambule, ce qui me plut énormément. Marcher dans mon sommeil m'apparaissait comme un pouvoir magique.

Elle était donc bien là, blottie dans les draps, cette petite pierre blanche de la nuit, elle existait en dehors du rêve et elle n'avait pas disparu. Qu'est-ce que cela voulait dire ? Je la contemplais dans le creux de ma main, porteuse d'énigme, et lui demandais de me raconter son histoire. Était-elle un de ces objets migratoires qui passent d'un monde à l'autre, tels ceux que subtilisent les lutins ou ceux qui apparaissent soudain venus de nulle part. Était-elle un lien établi par Sam, pour me dire que même s'il avait disparu de notre dimension, il n'était pas si loin de moi qu'il ne puisse me transmettre un signe matériel de son existence ailleurs ? Un caillou symbolique transmis à travers les frontières invisibles qui séparent nos deux mondes… Celui des vivants et celui des morts.

La pierre restait muette, surchargée de mes doutes et de mes espoirs, il ne lui restait plus de place pour s'exprimer… En la scrutant je n'entendais que l'écho trouble de mes propres pensées enchevêtrées.

Car une troisième possibilité n'avait pu manquer de me passer par l'esprit : et si Sam était vivant ? Qu'il soit vraiment entré chez moi cette nuit, après tout il a – avait – la clé… Je l'avais vu, j'avais senti ces parfums d'algue et de mer qui me semblaient encore flotter autour de moi. Mais il ne serait pas venu jusqu'à moi pour m'abandonner à nouveau sans un mot. Je ne dois pas, surtout pas, recommencer à l'imaginer partout autour de moi, protecteur silencieux et invisible. Je dois cesser d'attendre à chaque instant son apparition. À moins d'un miracle, Sam n'est plus de ce monde et j'ai une mission à remplir ce matin.

XXIV

Montmartre – le cimetière et Balthus

Vous êtes l'ange, vous êtes l'enfant qui meurt de faim, vous êtes celui que vous avez peut-être envie de tuer.
MA ANANDA MOYI, SEPTEMBRE 2008

En ressortant du cimetière, je décide de marcher un peu en remontant sur la Butte… Nous n'avons rendez-vous que dans une heure. Dante m'a appelée, il a profité du décalage horaire pour joindre son ami Clarkson à New York. Nous en parlerons tout à l'heure, apparemment c'est pire que ce que nous avions imaginé. Avant de me quitter cette nuit, il m'a déposée tout habillée sur mon lit, où j'ai sombré dans un sommeil halluciné rempli de coupes de sang et de défis égyptiens.

Je ne sais plus que penser du passage de Sam dans mon sommeil, de la pierre blanche dans mon lit et de l'odeur de mer sur l'oreiller. Ces traces dont j'ai émergé trop vite pour me hâter jusqu'à Montmartre, mon bouquet de roses de Noël à la main. J'ai eu un mal fou à dénicher des hellébores, ce n'est pas la saison, mais Francesca y tenait mordicus. C'étaient les fleurs préférées de sa sœur. Et voilà, elles brillent maintenant dans le petit vase scellé à la tombe, dans lequel j'ai versé précautionneusement de l'eau du robinet du cimetière. Je n'ai jamais connu Giulia, mais je la vois comme une sorte de feu follet blond vénitien déclamant des vers dans de très vieux palais d'Italie du Nord…

En marchant dans les allées désertées, je réalise que j'ai perdu mon ancienne passion pour les cimetières, ils me fascinaient dans mon enfance comme s'ils contenaient des secrets inouïs, comme si ces petits mausolées familiaux cachaient le secret de la vie et de la mort, de la vie après la mort. Rien ne me paraissait plus mystérieux que cette idée d'entasser les morts dans une cavité souterraine. Pendant longtemps, j'ai cru que les tombes étaient des portes vers les mondes d'en bas. Je n'imaginais pas la réalité des corps pourrissants dans des cercueils superposés. Il fallait qu'il y ait autre chose, un passage magique pour accéder aux profondeurs, un secret qui justifierait de les entreposer avec autant de soins. Je croyais que d'une certaine façon les corps s'évaporaient, disparaissaient ailleurs. Ailleurs.

Je l'ai tant rêvé cet ailleurs, fait de souterrains et de labyrinthes, de découvertes et d'aventures. Pour me retrouver devant une réalité triviale à laquelle je soupçonne malgré tout des échappatoires. Les morts sont-ils vraiment morts, puisqu'ils peuvent venir nous hanter ou d'autres se réveiller dans le froid de leur tombe, effarés qu'un bref épisode catatonique les ait fait incarcérer dans un cercueil enfoui au creux de la terre froide. Heureux ceux qui ont eu la frêle ficelle de la cloche à saisir pour évacuer l'effroi de l'ombre remplacé par l'espoir halluciné d'être délivré... La petite cloche tinte, tinte à la clarté de la lune, dans le cimetière désert, qui l'entendra ?

Je préfère devenir cendres en un éclair, sans passer par les vers et la décomposition, par la lente et nauséeuse désagrégation de la chair, des viscères et des os. C'est plus propre et ça évitera aux gens qui m'aiment d'imaginer que je puisse avoir froid dans ma tombe, ou que je les appelle désespérément au secours. Je rêve que l'on me dresse un bûcher sur la plage, que mes cendres s'envolent vers les vagues, que les mouettes les emmènent sur leurs ailes, que le vent les transportent jusqu'aux nuages, que je me fonde à l'immensité à jamais. Voilà comment j'aimerai que mon corps disparaisse...

Le soleil commençe à chauffer, pieds nus dans mes sandales, je me sens soudain un peu en vacances. La pierre blanche m'a tourné la tête et, oubliant toutes mes sages résolutions, je porte une chemise de Sam en denim bleu clair sur un vieux jean. Une façon de raviver le lien entre nous, de sentir sur ma peau son énergie, son aura, sa présence. Tout en frôlant les tombes dans l'allée, je repense à Diane, à cette coutume si ancienne de séparer les viscères et les organes du corps, de les entreposer séparément, que ce soit chez les Égyptiens ou chez les Mérovingiens. Il y a dans cette évocation sanglante d'autres époques quelque chose d'important qui m'échappe. Pourquoi aujourd'hui, pourquoi Diane…

Je bute soudain sur une pierre enfoncée dans l'allée juste devant une tombe dont l'épitaphe me saisit, une émotion soudaine me fait frissonner, je n'en crois pas mes yeux, je la relis plusieurs fois pour m'imprégner de sa réalité :

Mille ans auront passé et l'homme sera comme une étoile au firmament… Jean de Jérusalem, le *Protocole* m'interpelle jusqu'ici, incroyable.

Et couronnant le tout, un nom est gravé sur la tombe imposante dominée par un ange immense : Constance de Saint-Georges 1770-1835… Saint-Georges une fois encore, le nom de mes ancêtres lié au *Protocole*, quel signe magnifique, merci, mon Ange…

Je me suis assise sur la marche de pierre qui entoure la tombe pour examiner la statue de l'ange, un dragon s'enroule à ses pieds, levant vers lui un regard d'adoration insolite. Saint-Georges, contrairement à saint Michel, n'est pas un archange mais un humain, guerrier de l'Empire byzantin ; il a vaincu à Silène le célèbre dragon, le prototype même du monstre des légendes.

Cette statue sur la tombe raconte une autre histoire où le passé disparaît et l'avenir se dessine en filigrane. Le dragon est apprivoisé par l'ange, et l'homme monte comme une étoile au firmament. Les rapports s'inversent au moment où arrive *Le Plein de l'an mille qui vient après l'an mille.*

Dans mon enfance, les dragons ont toujours tenu une place particulière, j'avais développé avec eux, à travers les livres et les légendes, une affinité particulière, aiguisée par le fantasme de les apprivoiser, de les séduire, de transformer le monstre en ami, qu'il me lèche les mains et obéisse à tous mes désirs. La belle et la bête en somme, je m'imaginais apportant la rédemption à ceux qui selon les anciens mythes représentaient les forces du Mal. Depuis j'ai rencontré d'autres traditions selon lesquelles un dragon vit en nous, qu'il dort et s'agite à la base de notre colonne vertébrale, et qu'il ne demande qu'à être réveillé pour nous transmettre son énergie. Une connexion individuelle avec les autres dimensions, en quelque sorte.

Ce matin, lorsque j'ai demandé un signe à l'ange, je n'imaginais pas qu'il se montrerait si généreux. Après l'énigme du caillou blanc de Sam, voici le dragon de saint Georges, message en adéquation parfaite avec les tribulations de l'ORV, signe à la fois inattendu et évident. Je ressens un bien être curieux, comme si mon dragon personnel avait libéré pour moi des forces inutilisées pour me les offrir… Portée par une divine énergie, je me retrouve dans les rues, flânant au hasard.

Einstein a dit : *Le hasard, c'est le chemin que prend Dieu pour passer incognito.* Est-ce Dieu qui m'a poussée à emprunter un véritable dédale à travers les rues étroites de la Butte, pour me retrouver devant une petite épicerie de quartier ?

Ayant décidé de me gratifier d'un cadeau après toutes les épreuves qu'il m'a fait subir, animé d'une soudaine compassion, Dieu décida de m'envoyer un ami, un frère, une âme sœur…

À côté de l'épicerie, sous le porche, un petit panneau violet attire mon regard : *RÉPARATION TOUS ORDINATEURS*, avec comme signature un nom : *balthus.* Inespéré, j'ai avec moi mon Mac qui refuse de se rallumer, et la perspective d'une longue recherche pour trouver l'endroit où l'on me le remettra en marche vite et sans m'arnaquer… Sans réfléchir à l'aspect peu professionnel du lieu et d'un improbable réparateur, je suis l'itinéraire gauchement fléché, pousse une porte en fer et me retrouve dans une cour d'immeuble décatie mais d'un charme étrange, avec sa véranda sur laquelle grimpent une multitude de fleurs en étoiles blanches.

Je sais que je suis au bon endroit en apercevant, par la porte grande ouverte de la véranda, une étonnante accumulation d'ordinateurs de toutes sortes et de toutes générations, aussi rutilants que s'ils sortaient du magasin. Un peu partout, posés dans un ordre harmonieux, des cristaux brillent dans la lumière traversante… L'énigme de la pierre blanche me frôle à nouveau l'esprit, remuant des volutes d'incertitude. J'avance, saisie par une impression de pureté, par l'ordre et le silence envoûtant qui règnent sur cette improbable enclave, comme si j'entrais dans un monastère oublié.

Puis je découvre l'âme du lieu, un jeune garçon penché sur un ordinateur, il travaille avec une concentration totale. Je chuchote vers lui :

— Pardon ?

Il se retourne doucement, il peut avoir entre dix-sept et vingt-cinq ans, il est vêtu d'une salopette rouge trop grande pour lui, d'un tee-shirt de cinéma *Star Wars* et de tongs. Il me dévisage avec une infinie candeur qui se transforme en une sorte d'émerveillement, nous nous regardons en souriant. C'est l'être le plus irradiant que j'aie jamais rencontré, je fais glisser mon portable sur la table.

— Bonjour, c'est vous qui… Il ne s'allume plus, d'habitude j'arrive à le faire démarrer en le débranchant et en le rebranchant, mais là ça ne marche pas. Je ne sais plus quoi faire.

Il le sort de sa housse avec tendresse et le saisit doucement, comme un bébé endormi. Puis il l'ouvre, le regarde longuement, le retourne et plaque ses mains dessus, pouces joints. J'ai l'impression d'assister à une séance de *healing* ou de magie rituelle, les ondes pétillent, des lumières bleutées passent doucement entre lui et l'écran… Puis il appuie sur le bouton et l'écran s'illumine aussitôt.

— Il a une jolie musique celui-là…

Il se retourne vers moi et se montre du doigt en riant : Balthus !

— Arielle…

À ce moment même je sens au fond de moi sourire la petite fille.

*

J'ai découvert son existence il n'y a pas longtemps, rencontre imprévue le soir d'un concert dans une grande salle de spectacle parisienne. Je ne sais plus qui m'avait entraînée à cette fête où se produisaient une sélection de groupes et de musiciens, je me souviens m'être retrouvée seule assise au milieu d'inconnus dans la pénombre…

C'est une chanson qui a ouvert la porte, la scène s'est transformée en une ville dont les bâtiments épurés au bord de la mer du Nord évoquaient irrésistiblement un paysage de Magritte. En un éclair la musique m'a entraînée dans ce paysage que j'ai dû connaître en rêve tant il me parut étrangement familier, comme si j'en avais parcouru les rues autrefois en quête de je ne sais plus quoi. Une violente nostalgie m'a saisie, et soudain une voix s'est élevée au fond de moi, réveillée par ces impressions singulières. Sa colère me frappa brutalement, je me penchais vers elle pour l'écouter. Là je perçus dans l'ombre de mon être une petite fille issue du passé, la petite fille que j'avais été et qui était restée dans une boucle du temps, spectatrice invisible des détours de ma vie. Elle avait tant de rêves pour moi, qu'en avais-je fait ? La culpabilité me noua le ventre, la sensation de l'avoir trahie.

Je me contentais de lui dire, comme à un enfant qui émerge d'un mauvais rêve : Calme-toi… calme-toi, tout va bien. Je comprends ta colère mais tu vas voir, tout va s'arranger…

Maintenant je sais qu'elle est là, je la ressens, je l'écoute. Elle me surveille comme une sentinelle, vigilante. Elle apparaît et disparaît, c'est elle qui décide. Parfois j'oublie son existence, comme celle de l'ange, je mène ma propre vie toute seule – soi-disant –, mais elle n'est jamais bien loin.

C'est d'elle que viennent ces moments où sans savoir pourquoi les émotions me prennent, la tristesse sans raison et aussi bien des instants de grâce. Une étrangeté rassurante, elle, elle est moi aussi.

Ainsi cet indicible qui me tourmentait prenait sa source en elle.

Je me demande si les explorateurs de l'inconscient savent. Que des enfants nous habitent qui représentent nos rêves d'enfance non réalisés.

J'aime quand elle sourit à Balthus.

XXV

Dans les arcanes du contrôle mental

Dante quitta Arielle plongée dans un gouffre de sommeil, éparpillée sur le lit avec une certaine grâce, une expression d'enfant abandonnée adoucissant son visage… Il la contempla un instant, avec une sorte de regret, comme s'il ne devait plus la revoir. Elle n'avait pas bougé depuis la veille, lorsqu'il l'avait déposée endormie dans son lit, assommée par la mystérieuse substance qu'on lui avait fait prendre.

C'est là qu'il remarqua, intrigué, le deuxième oreiller : il portait l'empreinte d'une tête, comme si quelqu'un s'était allongé auprès d'elle pendant la nuit. Il fronça les sourcils, revit la scène de la veille, le lit parfaitement fait, les oreillers gonflés. En une seconde il avait identifié le côté où elle dormait, des livres en pile posés sur la table de nuit, un flacon de somnifère, une bague, quelques pierres multicolores dans une coupe de terre cuite. Il n'avait pu s'empêcher de se pencher vers les livres pour en déchiffrer quelques titres *Fantômes dans la nurserie*, un ouvrage de psychiatrie apparemment, *Kafka sur le rivage*, *le huit*, avant de se sentir soudain indiscret. L'oreiller était intact alors, il en était certain. Il se détourna d'un air pensif.

Quand il redescendit l'escalier de pierre du vieil immeuble XVIIIe, il sentit planer sur ce matin une impression de paix légère et très ancienne. Loin, si loin de cette nuit. Il était temps de retrouver son hôtel, un petit rade dans le XVIIe aux parfums du Cambodge, avec un palmier et un hamac dans la cour. Spartiate certes, mais dont le côté minimaliste et exotique lui plaisait, sans oublier que c'était un lieu où il ne risquait de rencontrer personne de connu. Son seul défaut était d'être un peu éloigné de Montparnasse.

Il pensait sérieusement à installer un lit dans l'imprimerie, la place ne manquait pas et l'incontournable Luna avait fait rénover une petite salle de douche au rez-de-chaussée. Cela lui rappellerait son adolescence mouvementée et ses fugues pour rejoindre ses amis de l'ETA. Il se moquait bien alors du confort, vivre à la dure faisait partie de sa rébellion.

Par chance, Clarkson était encore à son bureau. Ils se parlèrent brièvement, de sujets bateau, n'utilisant que des mots neutres qui passeraient au travers des « grandes oreilles »… Ils se donnèrent rendez-vous un quart d'heure plus tard, les cabines téléphoniques restant la seule possibilité de communiquer incognito, à condition d'utiliser des cartes anonymes, achetées en espèces.

Ces deux derniers jours, Dante avait compris que l'affaire qu'on leur avait confiée avait des ramifications plus complexes qu'une simple histoire criminelle. Le déclic s'était fait pendant leur entretien avec Julien Méry, lorsqu'il avait réalisé que Diane pouvait être victime d'un contrôle mental parfaitement maîtrisé. Ce qui écartait d'emblée tout dénouement ordinaire. Les forces qui s'agitaient autour de la jeune morte aux lys étaient liées aux nébuleuses du Renseignement, des Services secrets, des programmes militaires de pointe, la manipulation des esprits étant leur domaine réservé, l'ultime *arme silencieuse pour guerres muettes.* L'analyse de Clarkson sur l'histoire de Diane et de Kookie venait le corroborer.

À l'imprimerie, Dante s'affairait à imprimer des monceaux de documents. Il en agita une liasse à mon intention :

— *Monarch, Paper clip, Sleeping beauty,* les armes psychotroniques ! Bientôt les techniques de contrôle mental n'auront plus de secrets pour nous.

— Clarkson ?

— Oui, nous venons de passer plus d'une heure au téléphone. Tout ce que vous m'avez dit à propos de Cornelia correspond, poursuivit Dante, Clarkson m'a confirmé qu'un nombre considérable de gens se croyant « normaux » ont subi à leur insu, à l'aide de techniques diverses, hypnose, drogues, armes paralysantes, basses fréquences, champs électromagnétiques, une véritable fragmentation de leur être. Il s'agit pour les manipulateurs de créer plusieurs personalités, vivant à l'intérieur d'une même personne, et utilisables comme des marionnettes par ceux qui en possèdent les codes déclencheurs. Ils les appellent des « dormants conditionnés ».

— Mais… qui utilise ces techniques, et où ? lui demandai-je, réalisant que malgré les révélations de Cornelia, je n'arrivais pas à ajuster l'idée du contrôle mental à la réalité.

— Comme je vous l'avais dit à propos des camps d'été, le conditionnement commence généralement dès l'enfance ou l'adolescence, au sein d'écoles, de centres de vacances et de loisirs, parfois même dans les familles, elles-mêmes conditionnées.

— Comment des familles, expliquez-moi, le coupai-je, intriguée.

— Une sorte de chaîne lésionnelle sensiblement différente de celle dont vous parliez, par rapport à une famille et à une lignée… des parents conditionnés sont destinés à reproduire sur leur enfant les douleurs qui leur ont été infligées, provoquant la même dissociation dans la personnalité. Comme probablement les parents de Cornelia.

En somme, le traumatisme initial leur a fait perdre la notion du bien et du mal. J'essaie de traduire en mots ce qui émerge dans mon esprit :

— Cela rejoint ce que me disait Cornelia de ses parents. Soit ils étaient profondément maléfiques, soit ils étaient piégés dans un système de fous et incapables de penser autrement. Mais on dirait que vous parlez d'une véritable machination.

Dante acquiesce, il se lève et continue à parler en marchant, concentré sur son sujet complexe pour en faire un exposé clair :

— Selon Clarkson, les rois du contrôle mental, ceux qui jouent aux Lego avec la psyché humaine, ne se sont pas cantonnés à utiliser des structures existantes. Ils ont carrément créé des crèches, aux États-Unis et en Europe, auxquelles les parents innocemment confient leurs enfants, laissant aux manipulateurs des journées entières pour les transformer à l'insu de tous. Génial, non ?

Dante s'arrête un instant, il saisit un papier sur la table, une sorte de liste.

— Puis ils ont consolidé leurs sources en créant des établissements spécialisés pour les enfants et les adolescents à problèmes, où ceux-ci sont soumis en permanence – sous prétexte de les soigner – à un conditionnement intense.

— Comme les sectes et les fondamentalistes qui créent des écoles pour formater les esprits dès l'enfance. Mais vous suggérez que cela fait partie d'un plan beaucoup plus vaste, à l'échelle de gouvernements ?

— Pas directement des gouvernements, mais les Services secrets, les militaires, l'Intelligence Service, la CIA aux États-Unis en particulier. Les recherches sur le contrôle des esprits ont pris une véritable ampleur aux États-Unis après la dernière guerre. L'opération *Paperclip* a permis aux militaires US de rapatrier secrètement aux États-Unis les savants allemands spécialistes des expérimentations sur les prisonniers. Ces scientifiques avaient eu à leur disposition un matériel humain infini, dans un contexte qui leur laissait toute latitude pour torturer, tester les seuils de douleur, et explorer la psyché humaine comme nul ne l'avait jamais fait. Ils possédaient la science ultime convoitée par les Services secrets, comment agir sur le cerveau humain pour en faire un parfait instrument. En échange d'une amnistie totale pour leurs crimes, ils ont poursuivi leurs recherches main dans la main avec les vainqueurs.

— Mais pourquoi, dans quel but, cette organisation colossale ? demandai-je, incapable de sortir de mon incrédulité.

— Question innocente, ma chère Arielle : le pouvoir, encore et toujours. Posséder le secret pour modifier des êtres humains, en faire des esclaves sexuels, des mules pour la drogue, des assassins, des espions, des mercenaires, des *psychics* pouvant utiliser des capacités extra-physiques ou des facultés extra-sensorielles. Et le summum de la technique : rassembler en un seul individu plusieurs de ces personnalités, imperméables les unes aux autres, avec la possibilité de les activer à volonté. Vous commencez à comprendre ?

— C'est accablant, vous et votre ami vous allez bien au-delà de ce qu'ont vécu Diane et Cornelia. Que des groupes d'individus dépravés, satanistes ou sectaires puissent utiliser des techniques de prise de contrôle sur ceux qui se livrent à eux, c'est une chose, mais ce que vous me dites là, j'ai du mal à y croire…

En réalité j'ai *peur* d'y croire. Par la verrière ouverte, on entend les cris d'excitation des enfants qui jouent au ballon dans la cour, le soleil inonde mon bureau, tout paraît si normal. Comme avant. J'aimerais que Dante se tourne vers moi, qu'il me dise que tout cela est une erreur, une extrapolation, mais il continue sur sa lancée :

— La volonté de puissance, les victimes formant des victimes à leur tour, un mouvement infernal. Dans des cas assez rares, la prise de conscience accidentelle de ces personnalités multiples génère la volonté de s'en affranchir. C'est ce qui est arrivé à Diane et à Cornelia. Encore faut-il, à ce moment-là rencontrer de l'aide spécifique, ces fameux déprogrammeurs, suffisamment au courant de la procédure de contrôle mental pour pouvoir en dénouer les fils.

— J'en ai parlé à Cornelia, elle-même sentait que le travail du Dr Goslan n'avait pas résolu son problème en profondeur.

— C'est normal, très peu de psychiatres sont au fait de ces techniques, c'est un conditionnement d'une extrême complexité, fondé sur de puissants traumas.

Le dossier contrôle mental fait froid à l'âme et autorise tous les doutes.

Je ne peux plus penser à la petite fille qu'était Diane quand je l'ai rencontrée sans en être meurtrie, sans que la nausée monte en moi avec un incontrôlable sentiment de culpabilité de n'avoir rien vu, rien su, rien fait. Une compassion immense pour toutes ces petites victimes, une violente répulsion et la volonté de combattre cette folie… Je comprends mieux aussi les infimes silences de Cornelia qui hésitait encore à mettre des mots sur ce qu'elle avait subi.

Ainsi il existe un secret des « dormants », un germe maléfique en attente de la musique révélatrice, une cristallisation psychique clandestine…

Diane, malgré tout ce qu'elle avait découvert avec sa psychiatre sur les manipulations qu'on lui avait fait subir, ignorait sans doute que dans une zone d'ombre de son esprit était incarcérée une volonté obscure prête à prendre les commandes lorsque le signal l'atteindrait. Elle se croyait sauvée alors que les racines du Mal étaient en elle, vivantes projections d'une volonté extérieure. À partir d'un certain moment de sa programmation, elle ne s'appartenait plus. Et là il faut croire que tout avait été méticuleusement prévu, puisque à peine la musique entendue, la main noire l'avait saisie sans lui laisser la moindre chance d'échapper à sa destination ultime. D'elle-même elle avait revêtu la robe de velours noir pour rejoindre ses bourreaux. Pas de violence, une reddition totale. Je frissonne à la pensée de ces êtres piégés dans une psyché à tiroirs, dans l'ignorance du double qui les habite.

On en revient toujours au secret…

Derrière un secret s'en cache toujours un autre, plus vaste celui-là, plus indicible aussi. On livre parfois le premier pour mieux protéger le second, mais qu'en est-il *in fine* puisque lorsque celui-ci se découvre enfin, on n'est pas pour autant arrivé au cœur de la vérité, chaque révélation en masquant une autre, du premier cercle au treizième cercle où enfin après une quête infinie on peut contempler un monde diamétralement différent de celui que nous connaissons…

Les vieilles loges connaissent ces cercles enchâssés, mais rares sont ceux qui se sont rendus jusqu'à l'ultime cercle de la Connaissance. Ils seraient devenus des demi-dieux, capables de transcender les dimensions avec leurs corps, de manifester tel Jésus faisant apparaître les poissons et les pains, ou de transformer l'eau en vin. Pour ceux qui sont parvenus au treizième cercle, la manifestation est le souffle de la vie.

Le soleil passe à travers les verrières. Un calme parfait règne dans l'imprimerie assoupie. Nous avons décidé de garder à nos bureaux leur dénomination antérieure, nom de code « imprimerie »... Notre lieu de réunion spontané en petit comité, c'est-à-dire entre Dante et moi, se révèle être mon bureau au premier étage où quasiment allongé dans un fauteuil, les pieds posés sur la table, Dante me décrypte les arcanes de ces manipulations mentales sophistiquées comme s'il s'agissait d'un simple cours de psychologie appliquée. Je joue machinalement avec l'oracle de Belline, lorsque subitement ces cartes si familières m'angoissent, je les range sans réfléchir dans leur étui noir tout en écoutant Dante. Les implications sont effrayantes, car la réalité devient un leurre, un décor de théâtre où n'importe quel acteur peut jouer un double rôle, n'importe qui se croyant aux commandes de sa vie peut se révéler une marionnette.

Je est un autre, a dit Rimbaud avec fulgurance.

Ils sont autres... et ils sont nombreux. Ils avançent dans la vie, programmés pour que nul ne sache qu'en eux est caché un terrible secret, des connaissances dangereuses dont ils n'ont pas conscience. Jusqu'au moment où l'Autre se réveille dans l'obscurité de l'esprit et prend le contrôle... comme cela était arrivé à Diane, enceinte, heureuse de l'être et brutalement rattrapée par une autre elle-même générée dans le secret de son être.

Je me scrute... Comment ne pas avoir de doute sur soi-même ? Diane, Kookie, et d'après ce que j'ai compris bien d'autres victimes de DID mènent une existence « normale », sans que nul ne soupçonne qu'une partie obscure d'elles appartient à l'outre-monde. Cette part de mystère qui est en moi, ces moments perdus et mes mémoires effacées peuvent-elles venir de là ? Cette simple pensée me donne le vertige...

— Si je comprends bien, n'importe qui peut à son insu abriter une personnalité dissociée ? Avez-vous rencontré des cas de DID ?

— Plusieurs, j'ai passé quelque temps dans le service de Clarkson. Ce qui m'avait le plus frappé, c'était la diversité des victimes, indifféremment hommes ou femmes, médecins, hommes d'affaires, avocats, politiques, chanteurs et artistes. Ils venaient de tous les horizons. Et leur personnalité principale paraissait aussi normale que vous et moi...

Il capte un éclair d'ironie dans mon regard et grimace

— Ils ressemblent à tout le monde, si vous préférez. Toute leur trajectoire, personnelle et professionnelle, est conforme et linéaire. Brusquement cet individu parfaitement intégré dans la société reçoit un signal qui active l'alter, il disparaît pour remplir une mission dont il ignorait tout la veille. Ou pour une raison ou une autre les strates s'emmêlent. Il découvre, comme vous l'a raconté Cornelia sur Diane, qu'il a subi des violences terribles, qu'il a assisté à des scènes impensables, participé à ce qui lui paraît un cauchemar, qu'il a même parfois tué ou violé. Et cette partie de lui-même qui surgit lui a été imposée, a été créée à son insu et malgré lui.

... Ce qui est arrivé à Diane pourrait donc aussi arriver à Cornelia, elle n'est protégée que par la distance et l'anonymat de sa cachette. Dante poursuit :

— Certains se suicident, incapables d'affronter cette part inadmissible de noirceur. D'autres se battent pour se libérer. Clarkson travaille depuis plus de dix ans sur la mémoire et les engrammes et, croyez-moi, c'est du travail de précision. Trouver le fil d'Ariane pour entrer dans le labyrinthe d'un esprit programmé demande une extrême patience et beaucoup de compassion.

Étonnée d'entendre Dante parler de compassion, je lui jette un regard scrutateur...

— Ce n'est donc pas en une séance d'hypnose que l'on peut s'assurer de la possibilité que quelqu'un ait subi un contrôle mental ?

— Certainement pas, les scientifiques qui ont mis au point cette arme invisible ont pris soin de la cacher dans de lointaines circonvolutions du cerveau et de l'habiller d'un voile de normalité très convaincante.

— Les trous de mémoire sont-ils des marqueurs de manipulation mentale ?

— Pas du tout. Quand la manipulation est bien faite, les moindres moments de la vie depuis la naissance sont reconstitués et réimplantés dans l'esprit de la victime sans laisser de place au doute.

Me voici obscurément soulagée, sans pour autant comprendre à quoi correspondent mes périodes de temps oublié. Dante se lève et va jusqu'à la fenêtre, comme perdu dans ses pensées. Je respecte son silence, prise moi-même dans les méandres de mes interrogations. Il se retourne à moitié vers moi :

— Et vous ? Avez-vous avancé sur l'histoire du lieu de culte mérovingien ?

— Oui et non, j'ai parlé avec Stanislas, vous savez, mon cousin prêtre exorciste au Vatican. Il était déjà parfaitement au courant de l'affaire de la jeune morte aux lys, la désinformation fonctionne bien avec les médias, mais pas avec le Vatican… Je crois qu'il a des idées sur le temple souterrain. Mais il ne voulait pas m'en parler au téléphone, toujours le même problème. Un de ses amis doit me contacter, une sorte d'ermite érudit qui jouera les intermédiaires.

— Et sur Internet ?

— Rien, absolument rien. C'est même troublant. J'ai fait une recherche systématique et il y a une anomalie. J'aurai dû trouver un minimum de liens sur les travaux de 1984, puisque les rumeurs en étaient parvenues jusqu'à moi. Néant, rien.

— Vous ne pouvez pas interroger le petit lutin de votre Mac ? Lui demander son aide ?

— Tiens, vous êtes prêt à croire aux lutins maintenant ? À propos d'Internet, je n'ai pas l'impression que ça vous passionne, vous non plus. Je me trompe ?

Il prend un air dubitatif, je poursuis :

— Comment un Observatoire des rumeurs virtuelles peut-il fonctionner sans un spécialiste du virtuel ?

— Si vous cherchez un hacker, il faut vous adresser ailleurs…

C'est là que je prends brusquement conscience d'une idée cachée dans un coin de ma tête depuis ce matin, et si Balthus acceptait de nous rejoindre, ou simplement de nous aider ?

— Il nous faut quelqu'un qui soit bien plus qu'un informaticien, qui puisse aller nous dénicher les informations cachées comme celle-ci, un type suffisamment fort pour casser tous les codes et passer tous les barrages…

— Un génie en somme ?

— Un expert dans son domaine, comme nous sommes censés l'être dans les nôtres. En fait, j'ai rencontré un garçon ce matin… par un drôle de hasard. Il s'appelle Balthus. Vous vous souvenez que mon ordinateur ne s'allumait plus ? Il l'a réparé comme ça – j'allonge la main – pratiquement sans y toucher. Surnaturel. Si nous allions le voir ensemble ? Vous pourrez lui poser toutes les questions qui vous brûlent les lèvres et juger, par vous-même, de ses capacités.

Dante me regarde comme si je venais de sortir un chat noir de mon chapeau.

— Ah, la princesse et la magie ! Dites-moi, rangez-vous automatiquement dans la catégorie « surnaturel » tout ce que vous ne comprenez pas ?

— Mais ne prenez pas tout au pied de la lettre, soupiré-je, c'est juste une façon de parler : Ce sont les jeunes du quartier qui l'ont surnommé *magic Balthus* ! Je propose que nous allions le voir maintenant puisque nous n'avons rien de prévu… à moins que vous n'ayez d'autres projets ?

Mon regard interrogateur se heurte à une impassibilité composée.

— Allez, je vous raconterai tout ce que je sais sur lui en cours de route… C'est le jeu, vous êtes le pragmatique, à vous de décrypter Balthus ! N'oubliez pas que nous devons croiser nos regards… C'est une bonne occasion, non ?

Devant sa grimace sceptique, j'insiste :

— Allez, venez Dante, il va vous plaire, et nous avons besoin d'un allié dans l'univers virtuel…

XXVI

Le roi noir, la dame blanche et le magicien…

Dans la voiture Dante ergote sur l'opportunité d'élargir notre équipe de base, sachant qu'il n'a jamais été question avec Noirange de nous laisser le choix ou la possibilité de recruter d'autres enquêteurs. Pour une fois, comme par hasard, l'avis de Noirange lui semble important. Je prétends ne pas avoir entendu son argument de mauvaise foi et lui rappelle simplement que nous sommes deux ignares dans ce domaine, ce qui présente mal pour un Observatoire des Rumeurs Virtuelles… rumeurs qui se propagent principalement sur le Net. Dante acquiesce :

— Ils auraient dû y penser en nous recrutant, mauvais point pour les spécialistes du renseignement. Et s'ils avaient déjà quelqu'un en vue ?

— Pour l'instant, il n'en a pas été question, et je n'ai pas la moindre envie de demander à Noirange de s'en occuper, quand vous verrez Balthus vous comprendrez… c'est une simple question d'affinités.

Dante ne répond pas, mais je sens que j'ai fait mouche. Ma rencontre avec Balthus ne doit rien au hasard, il semble qu'on m'ait prise par la main pour me mener jusqu'à lui. Cela j'évite de le dire, mon récit se fait le plus sobre possible : le panneau, la réparation efficace.

— J'ai trouvé des informations sur lui, je n'ai pas eu à aller loin, l'épicerie du coin est tenue par ses parents adoptifs, qui l'adorent. D'ailleurs on dirait que tout le monde l'aime.

Pour une raison génétique identifiée, son autisme Asperger, Balthus n'a ni ego ni problème de pouvoir et il possède des talents singuliers, ce qui fait de lui une exception, un être rare.

Dans son enfance, le petit garçon était considéré comme bizarre par ses camarades de classe, qui se moquaient de son langage curieux et de son inaptitude à la communication... À la maison, ses parents remarquèrent vite son anxiété anormale devant toutes les situations imprévues, son refus des contacts physiques, avec une nette tendance à se retirer dans son univers intérieur. L'humour et l'ironie lui échappaient, comme tout ce qui appartient au deuxième degré, il était incapable de mentir.

Une psychiatre finit par poser un diagnostic : Balthus était atteint du syndrome d'Asperger, une forme particulière d'autisme qui touche certains enfants surdoués. Effectivement les tests de QI montrèrent un niveau exceptionnellement élevé : 180.

L'école telle qu'elle était conçue s'avéra un cauchemar pour son hypersensibilité, il ne supportait pas le bruit, les mouvements brusques, le contact physique. Pour Balthus la cour de récréation représentait une véritable hantise, une agression insupportable. Ses parents cherchèrent, sans la trouver, l'école idéale, lorsque Balthus découvrit son affinité avec les ordinateurs, qui devinrent sa passion exclusive. Il suivit des études par correspondance, évitant ainsi l'agressivité, le bruit et l'imprévu qui sont les corollaires d'une scolarité normale. Ses parents l'accompagnèrent avec amour sans se soucier de ses manies étranges, ils apprirent à décrypter son langage et à assimiler les mots qu'il inventait. Après un passage difficile à l'adolescence – où l'on tenta de l'intégrer dans un collège pour développer sa sociabilité, mais où son anxiété face à l'environnement scolaire se traduisit par des crises de rage et de colère – il quitta définitivement le système pour se consacrer à sa passion. Il se découvrit un don pour réparer les ordinateurs, et devint le magicien et la mascotte de tout le quartier...

Le système de représentation de Balthus passe par les couleurs, qui caractérisent dans son monde les chiffres, les lettres, les jours, les heures, les gens aussi. Ainsi le mercredi est-il bleu outremer, le H carmin chaud, le 3 jaune tulipe, chaque couleur possédant un goût et une texture particulière... Son quotidien est réglé comme une horloge, pour conjurer l'angoisse il s'est entouré de rites rassurants, érigeant des protections de minéraux et de lumière. Il parle avec des alliés invisibles, des amis lointains. Balthus échappe à ce qu'on appelle la *troisième dimension dissociée*, il est en prise avec le divin, jargonne avec les anges, voit les auras, voyage spontanément sur la ligne du temps. Cela, nous allions le découvrir peu à peu…

Dante me regarde de travers quand il apprend que notre troisième homme est un autiste, mais la suite de l'histoire est suffisamment originale pour l'intéresser.

Je me doute qu'il nous reste bien des choses à découvrir sur Balthus.

Je garde pour moi les détails les plus étranges de ma visite. Je préfère avancer doucement, les laisser s'apprivoiser mutuellement. Les scientifiques en général ont du mal avec les idées farfelues, quoique le premier qui m'ait parlé du lutin de l'ordinateur soit un scientifique aussi, Sam.

Mais Sam Mac Lachlan était différent, son ascendance indienne du côté de sa mère le rendait perméable aux forces magiques de la nature et à l'irrationnel. Il aurait adoré Balthus. La tristesse me vrille le cœur, je n'arrive toujours pas à croire qu'il ne va pas réapparaître un jour devant moi afin que notre vie amoureuse reprenne son cours. Sa disparition est un cauchemar, un méchant rêve dont je vais me réveiller avec soulagement… Et les circonstances de sa mort, si obscures, n'ont cessé d'entretenir en moi un doute. Un an déjà, ou presque.

Je n'ose penser au rêve de cette nuit, à l'odeur de la mer et à la petite pierre blanche que je serre dans ma main. Est-il venu me parler comme le font les fantômes, apparition dans la nuit destinée à disparaître au matin ? Il ne pouvait pas être vraiment là, je le sais, les auras de lumière, mon corps si léger, tout cela indique un état de conscience autre. Sam, où es-tu ?

Dante interrompt le cours de mes pensées :

— Nous allons voir si votre Balthus est aussi doué que vous semblez le croire. J'ai un paquet de questions pour lui, nous allons nous amuser.

J'acquiesce, je l'espère aussi car pour l'instant l'horizon est plutôt sombre. Dante poursuit, comme s'il avait adopté soudain l'idée de Balthus :

— Si on trouve sur le Net toutes les opinions, mouvements, canalisations, informations sur tous les sujets imaginables, il n'en reste pas moins que l'accès à certaines données reste confidentiel... et comme notre travail pour l'ORV touche au secret, un expert ne serait pas de trop.

— Les gouvernements protègent leurs secrets, comme les Églises et les sectes...le secret est l'essence même des sociétés occultes, financières ou scientifiques. Regardez où nous nous retrouvons avec le contrôle mental, je doute que toutes les informations que vous a données Clarkson soient officielles.

— Si votre Balthus est capable de traverser les barrages et les murs dressés pour protéger ce qui ne doit pas être su, il peut devenir un atout pour l'ORV...

Je sens enfin chez Dante une légère impatience à l'idée de voir le phénomène de ses propres yeux.

Il est là, tranquille dans son atelier et son sourire me fait fondre. Je lui présente Dante et je m'éclipse, qu'ils se débrouillent... J'en profite pour bavarder avec sa mère en lui achetant une botte de carottes, quelques tomates en branche et des oignons blancs, j'ajoute des yaourts et un fromage de chèvre. Et des pâtes fraîches. De quoi me faire un dîner comme je les aime à la maison ce soir. La fatigue s'empare de moi, cette folle intrusion dans le bal des vampires, le tourbillon du dragon ont eu raison de mes protections. Je ne rêve que d'une chose, me coucher tôt avec un bouquin, la fenêtre grande ouverte sur les jardins des Carmes.

Bref, mon esprit vagabondait lorsque Dante est sorti du petit couloir qui mène au domaine de Balthus, avec quelque chose en lui d'apaisé, comme si la tension qui l'habite avait lâché prise.

— Vous n'aviez pas tort, c'est un phénomène, ce Balthus ! Entre vous deux, je finirais presque par croire au surnaturel.

Il me regarde, je le scrute à mon tour avec amusement. Il sort son joker :

— Il nous rejoint demain après-midi à l'imprimerie, nous avons fait quelques petits tests sur des protocoles de recherches ADN très pointus, et je reconnais que les résultats sont étonnants.

— Vous lui avez proposé de travailler avec nous ? Il a accepté ? Vraiment ?

Je me surprends à ressentir quelque chose qui ressemble à de la joie, sentiment dont j'ai perdu le goût depuis exactement onze mois. Balthus avec nous, à cette pensée la noirceur projetée sur nous par Noirange et le contrôle mental semble se dissoudre. Une porte s'ouvre sur la lumière.

XXVII

Hiéronimus et la malédiction du Marout

En plus de la parcelle d'immortalité que possède chacun de nous, appelons cela l'Esprit, la vie et la mort égyptiennes se déroulaient comme un scénario à trois entités : le Moi, le Double et l'Ombre.

RUDI BORREMANS, AVRIL 2004

Depuis l'origine, lorsque la comtesse Funk-Romanov lui avait amené le petit garçon de six ans, en exigeant de l'intégrer au Projet, Hiéronimus avait senti toute la puissance en germe dans l'enfant. Dans son regard il portait l'acuité d'une prescience au-delà de cette dimension, l'enfant avait accès à ses vies antérieures et rayonnait d'une aura nocturne.

Tout le monde connaissait la malédiction qui s'était acharnée sur la famille impériale des Romanov, mais alors que la rumeur se contentait de constater la chaîne des malheurs qui conduisit à la ruine de la famille, lui, Charles Hiéronimus Plantard, en avait découvert l'origine.

L'Égypte. Le Marout.

La contamination avait eu lieu à Vienne, lorsque l'impératrice s'y était rendue pour accueillir une grande expédition archéologique revenue de la vallée des Rois. Devant un parterre de scientifiques et des membres de la famille royale et impériale, l'archéologue aristocrate allemand Friedrich Wilhelm von Bissing ne se doutait pas qu'en déroulant les centaines de mètres de bandelettes enduites de gomme de la momie royale égyptienne, il allait libérer son Ombre affamée.

Les Égyptiens connaissaient le pouvoir de l'Ombre, l'interface obscure et tellurique des êtres, c'est pourquoi ils utilisaient la magie et des passes magnétiques pour l'annihiler, la fixant au corps momifié et l'entourant de bandelettes de lin pourpre comme autant de liens magiques. Pour mieux endormir l'Ombre et l'empêcher de sortir, ils plaçaient entre ces bandelettes des dizaines d'amulettes, tout en psalmodiant des formules sacrées et des incantations, sous l'œil attentif du contrôleur des Mystères.

Au fur et à mesure que l'archéologue déroulait les bandelettes de la momie profanée, dans un parfum de vanille, retirant une à une les quatre-vingt-sept amulettes protectrices, nœud d'Isis en jaspe rouge, scarabée de jade, ankh ou œil d'Horus, l'Ombre émergeait, elle s'agitait dans son sommeil. Inconscient de la malédiction réservée aux profanateurs, Friedrich enleva triomphalement la dernière amulette, et l'Ombre, libérée de son sommeil millénaire, avide de sensations et de chaleur humaines, quitta la momie dénudée et se dirigea selon les affinités royales vers la jeune impératrice fascinée par le spectacle, entourée d'une cour brillante et colorée.

Alexandra Feodorovna portait ce jour-là une robe de faille bleu indigo, agrémentée de dentelles précieuses au dessin de licornes et de dragons, un collier de saphirs birmans étincelants enserrait son long cou blanc, ses lourds cheveux auburn étaient tressés en une coiffure exquise et compliquée... Rayonnante de jeunesse et d'une grâce royale et lumineuse, elle vivait son ultime moment d'innocence tandis que, telle une vague ténébreuse altérant imperceptiblement la transparence de l'air, l'Ombre la flouta le temps d'un battement de cil. Toute l'attention de l'assemblée était focalisée sur l'archéologue qui souleva un ultime bijou, un scapulaire en forme d'oiseau posé autour du cou de la momie et le brandit au vu de tous comme un trophée... Un bref instant, lorsque l'Ombre la pénétra, la jeune impératrice cessa de respirer et toutes les couleurs s'effacèrent de son visage. Dans l'agitation générale, nul ne le remarqua.

La malédiction venait de frapper la lignée des Romanov.

Ainsi, lorsque au cours d'une brève mais passionnelle liaison la jeune femme fut fécondée selon un plan du sang, l'Ombre en profita pour se glisser au plus profond du ventre impérial et en imprégner le fœtus, l'empreinte du royaume des morts se substituant dès l'origine à l'enfant humain pour polluer le sang de la lignée de génération en génération. Cet être double, dont l'essentiel appartenait au royaume de l'Ombre, naîtrait avec toutes les apparences d'un humain, mais le ténébreux parasite ayant dévoré son âme, il n'appartiendrait jamais vraiment à la race humaine… et n'attirerait autour de lui que l'horreur, le drame et la mort.

Quelle que soit la beauté ou la prestance de l'enfant, il porterait une aura noire et répandrait le malheur autour de lui.

Hiéronimus avait la passion des lignées, il s'était particulièrement intéressé aux malédictions attachées à tant de familles royales. Il avait utilisé ses *psychics* pour aller dans le temps en rechercher l'origine, ils lui décrivaient les scènes auxquels ils assistaient, et la théorie de l'Ombre égyptienne, le Marout, s'était avérée juste en ce qui concerne les familles impériales des Romanov… et d'Autriche.

Rares étaient, parmi les égyptologues, les êtres suffisamment initiés pour connaître le secret de l'Ombre et des rituels complexes élaborés pour juguler son pouvoir. Ils jouaient en néophytes dans le territoire de la magie et de la sorcellerie, sans avoir la moindre idée des forces qu'ils risquaient de libérer. Il aurait fallu qu'ils soient magiciens ou thaumaturges pour respecter les mystères de l'Égypte ancienne. Ils n'étaient que des hommes inconscients, avides de trésors terrestres. Inconscients que de puissantes et étranges règles guidaient, pour des raisons précises, le moindre rite de ces traditions millénaires, surtout en ce qui concernait les rites funèbres, ils libérèrent dans le monde des entités funestes qui auraient dû rester endormies jusqu'à la fin des temps.

Le maître des *psychics* avait quasiment assisté à l'instant où bascula le destin des Romanov, par l'intermédiaire de Thomas, dont la capacité à se projeter dans le temps dépassait celle de tous les autres. Cette Ombre quasiment concrète qui était passée sur le visage de l'impératrice, il en avait retrouvé la marque dans le regard inhumain de l'enfant. Alexeï. Si jeune et si dérangeant déjà. Les capacités extra-sensorielles de l'enfant s'étaient révélées à la mesure de cette intensité. Malgré et peut-être à cause du recul que lui inspirait Alexeï, il l'avait accueilli dans le programme Équinoxe avec curiosité.

Qu'allaient-ils pouvoir faire de cette monstruosité incarnée ? Le résultat dépassa de loin leurs expectatives…

Deuxième partie

L'ÉMERGENCE

I

Rue de l'Odéon, dans l'antre d'Arthur Mullins

Le message d'Arthur Mullins est glissé sous ma porte, je le découvre en rentrant, dans l'appartement encore tiède du soleil de la journée, mes sacs de courses à la main. Je l'ouvre avec une certaine lassitude à l'idée qu'il me faille repartir sur-le-champ, mais non… Son mot d'une concision parfaite, écrit à la plume sur un épais papier gris souris, me prie courtoisement de me rendre à son domicile à la première heure le lendemain matin, « dans la plus grande discrétion » souligné. Demain, je suis d'accord pour tout, et la rue de l'Odéon est toute proche, une rue qui recèle derrière ses anciennes façades bien des dédales secrets et des escaliers cachés.

Je savoure la soirée dans un calme trompeur, sans illusion sur le caractère éphémère de cette parenthèse, bercée par *Peer Gynt*, et plonge tôt dans un sommeil agité de rêves ininterrompus.

Le lendemain je me réveille fraîche et légère… à 7 heures précises je pénètre dans le vieil immeuble XVIIIe de monsieur Mullins tandis que resurgit un souvenir lointain. L'initiation féminine. Une autre histoire.

Tout est ténébreux dans cet immeuble, comme si des couches impalpables d'égrégores l'avaient définitivement assombri depuis des siècles. L'air imprégné d'une odeur de poussière et de vieille cire soulève des vagues de réminiscences. Rares sont les lieux parisiens qui n'ont pas subi les métamorphoses des jeunes générations et succombé au charme abyssal du blanc. Ici rien de semblable. Quand la sonnette aigrelette activée par une poignée de bronze a retenti au loin, très loin, et qu'après une attente qui m'a semblée hors du temps, Arthur Mullins, auréolé d'un parfum à la violette légèrement fané, a entrouvert la porte de bois sombre, soulevant une tenture au pourpre indéfinissable pour me laisser le passage, j'ai su que j'accédais à un territoire appartenant encore au passé.

Il m'a introduite dans une haute pièce aux fenêtres occultées par de lourds rideaux, éclairée par la chiche lumière de quelques lampes poussiéreuses. Une table s'allonge au milieu, immense table de monastère presque entièrement jonchée d'un amoncellement de livres hétéroclites, certains ouverts, d'autres fermés, truffés de marque-pages multicolores, dans un désordre extraordinaire. Les murs couverts de rayonnages croulent sous des ouvrages qui paraissent si anciens que le moindre frôlement les réduirait en poussière. Cette accumulation distille une étrange harmonie, rien d'inquiétant ni d'étouffant, au contraire de certaines bibliothèques privées où d'emblée une angoisse diffuse me prend à la gorge. Je me tourne vers mon hôte et surprends dans son regard une lueur de reconnaissance ou d'amusement, comme s'il pensait: Tiens, tiens... Ou c'est bien ce que je pensais... Mais quoi? Que lui a dit Stanislas pour provoquer cette muette complicité?

Quand il me fait signe de m'asseoir dans un ancien fauteuil de cuir noir craquelé, je m'y glisse avec circonspection, de toute évidence monsieur Mullins a une longueur d'avance sur moi qui ignore tout de lui. Gardant son petit air entendu un peu agaçant, il se laisse tomber dans un autre siège devant la cheminée où des cendres fragiles volettent comme si l'on venait d'y brûler des papiers.

Mon hôte n'a pas encore prononcé un mot et l'épaisseur de l'air m'a rendu muette, comme paralysée par un sort magique. Il n'a pas de hibou sur l'épaule, mais c'est tout juste. Où Stanislas est-il allé dénicher un spécimen pareil? Soudain son sourire le fait basculer du côté des gentils. Ses petits yeux vifs d'oiseau me détaillent sans scrupule, il se frotte les mains:

— Ainsi vous êtes la chercheuse de vérité! Savez-vous au moins comme elle est dangereuse, insaisissable et parfois terrible, cette vérité? Vous voulez connaître les mystères cachés dans les méandres du tunnel de l'Alma, entrer dans les ombres de l'histoire occulte ? Il faudrait pour cela remonter à des temps immémoriaux. Mais vous avez raison, il y a bien eu un lieu de culte sous l'actuel tunnel de l'Alma, un lieu utilisé pour des sacrifices humains depuis… bien avant les Mérovingiens. Mon ami Stanislas m'a également demandé de vous transmettre des informations à partir d'un livre rare, que nous préférons ne pas remettre en de si jolies mains… mademoiselle de Thal, croyez-vous au diable ?

Tiens, la question est d'actualité. C'est la deuxième fois en quelques jours qu'on parle de l'existence du diable… Lui qu'on a souvent tendance à oublier, le diable, le démon, Satan, Shaitan. C'est vrai qu'il est souvent plus confortable de l'oublier, on préfère l'éviter, comme si le fait de le repousser dans le brouillard pouvait le faire disparaître. Mais le diable n'est jamais si puissant que quand on ne le voit pas. En me posant la question dans ce lieu chargé, j'ai soudain l'impression d'être cernée par des forces maléfiques.

— Oui, je crois au diable. Je l'ai même déjà rencontré… d'une certaine façon – je repense à l'exorcisme, à la Chose qui habitait l'enfant.

— D'après Stanislas, vous êtes une érudite en matière de satanisme. Une des plus anciennes sciences du monde. Un domaine sans limites…

Il caresse la couverture d'un livre relié de cuir patiné, et j'entraperçois un blason… La forme d'un dragon, un croissant de lune, des pointes qui doivent être celles d'un pentacle, des dents pointues. Je me souviens confusément avoir rencontré des armoiries semblables… Mais où ? C'est Mullins qui fait jaillir le sombre souvenir quand je l'entends me dire :

— Vous connaissez sans doute l'existence de l'Ordre du Dragon ?

J'acquiesçe tout en sentant monter une vague d'excitation. Il poursuit :

— Une très ancienne fraternité créée en 1408 par l'empereur Sigismond, empereur catholique romain allié à – il insista sur « allié à » – l'occultiste Vlad l'Empaleur, celui qui fut la figure historique de Dracula, le Prince des vampires. Une alliance redoutable, qui rassembla les trente-trois maisons royales d'Europe. Que savez-vous d'autre sur cette fraternité ?

... Mon esprit galope sur les chemins tortueux du temps : ces armes sont celles de la famille Bathory, famille de sang royal austro-hongroise, devenue sinistrement célèbre lorsque l'on apprit les horreurs perpétrées par la Comtesse Sanglante ! Erzebeth Bathory...

Membre de l'Ordre du Dragon, elle a été la plus grande tueuse en série de tous les temps. J'ai étudié la symbolique des blasons. Chacun raconte son histoire et révèle ses secrets à ceux qui savent les décrypter. Les trois dents de loup évoquent les vampires, la lune la grande déesse originelle, le soleil en forme d'étoile à six pointes la transmutation de la lumière divine en ombre satanique, et le dragon qui les entoure en se mordant la queue l'Ordre du Dragon qui réunit en son sein tous les mythes ténébreux venus de l'ancienne Babylone.

Il fut un temps où je m'étais immergée dans la noirceur transylvanienne, me sentant tristement concernée. Ma mère a des origines princières hongroises, elle est un pur produit de la Noblesse Noire. Dans mon sang coulent les mythes ténébreux de la grande déesse. Et pourtant, si je connais mes ombres, je suis une pure dissidente par rapport à cette lignée féminine. Un miracle génétique, le mélange avec le sang des Thal peut-être, m'a permis d'échapper à la malédiction. Je le sens au fond de moi. Pourtant l'angoisse ne me quitte pas de passer sans le vouloir de l'autre côté.

Arthur Mullins me jette un regard acéré, je continue mon tour d'horizon intérieur en quelques secondes...

Pour en revenir à la Comtesse Sanglante, elle a eu trois enfants, trois filles qui se sont mariées et ont eu une descendance. Excepté l'aînée, qu'elle a eu en cachette à quinze ans d'un paysan et dont on a perdu la trace, on peut redescendre jusqu'à aujourd'hui sa lignée sinistre. Ce ne sont pas des êtres ordinaires, ils portent en eux une puissance et une malveillance extraordinaires... Je reprends l'histoire dans ma tête : Erzebeth Bathory, née en 1560, descendante d'une famille royale de Transylvanie, membre de l'Ordre du Dragon, épouse le « prince noir » Ferencz, unissant ainsi les deux familles les plus puissantes du pays. Entre 1604 et 1610, initiée à la magie noire par une redoutable sorcière, Anna Darvulia, elle fait enlever plus de six cent jeunes filles pour les torturer, les mutiler et se baigner dans leur sang afin de rester éternellement jeune. Dénoncée en 1610, son procès a lieu en 1611. Je lisais il y a peu de temps sur le Net : *Criminelle arrogante, elle n'exprime pas le moindre remords devant la multiplicité et l'horreur de ses crimes. Au contraire elle défie la Cour, se proclamant au-delà des conventions. Elle est condamnée à être emmurée dans son propre château. Quand elle meurt en 1614, la légende raconte qu'elle rayonne encore de beauté et de fraîcheur, malgré son âge et sa réclusion…* Je n'avais pu m'empêcher de me poser la question : Cette femme mystérieuse est-elle vraiment morte, ou a t-elle trouvé un moyen de fuir sa prison pour aller perpétrer ses crimes ailleurs, dans une plus grande discrétion ? Je me suis même demandé si elle ne vivait pas toujours, les vampires humains prétendant à la vie éternelle… Une idée qui fait froid dans le dos.

Monsieur Mullins est resté imperturbable pendant cette réflexion prolongée dans le silence, j'ai un peu l'impression d'être devant un examinateur en lui répondant :

— Je vois que vous possédez un livre sur les Bathory.

Les petits yeux de Mullins s'allument, je viens de marquer un point dans son estime.

— À l'instar de Erzebeth Bathory, la plus médiatisée de sa royale famille si l'on peut dire, les membres de l'Ordre du Dragon avaient une réputation terrifiante, des bruits couraient dont personne n'osait vraiment parler ouvertement, de crainte de disparaître. On dit qu'ils seraient à l'origine de la légende des vampires… Et que pour conserver leur jeunesse, gagner la vie éternelle et posséder des pouvoirs magiques, ils buvaient du sang humain, choisissant comme victimes de préférence des enfants et des jeunes filles… On dit aussi qu'ils enlevaient des enfants pour les élever à seule fin de les sacrifier un jour à leurs desseins. Le sang est la clé de l'Ordre du Dragon.

— Pas seulement le sang, pas seulement... marmonna t-il comme pour lui-même. Savez-vous que tous les fluides féminins peuvent être consommés pour préserver la jeunesse et communiquer avec le divin ? Chez les vampires, le Graal est la Femme... Vous vous êtes déjà rendue à la cathédrale de Chartres, je suppose ?

Devant mon acquiescement étonné, il poursuit :

— Les sculptures autour du maître-autel racontent des choses très intéressantes, regardez...

Il me tend une photo : la sculpture d'une femme debout, les jambes écartées, avec une coupe tendue pour récolter ses fluides les plus intimes.

— Et qui, selon vous, boira à cette coupe ?

Je ne connais que trop ces rites érotiques et sanglants qui parcourent le tréfonds de l'humanité depuis la nuit des temps, rites mayas, mérovingiens, bouddhistes, sumériens ou Illuminatis... Le bouddhisme lamaïque lui-même, présenté comme la religion modèle de lumière et de paix, possède sa loge noire qui pratique la magie et les meurtres rituels. Il n'y a pas une religion qui n'ait, à l'intérieur même de ses structures, son côté Ombre... Et le sang revient toujours comme une clé, le sang partagé qui lie les âmes jusqu'en enfer. Je lui réponds sans la moindre hésitation.

— Ce sont les mêmes sans doute, la principale contribution à l'Ordre, de Nicolas de Vere, grand maître actuel de la Cour du Dragon, fut d'adapter les rituels pour y inclure *le sang des premières menstrues des jeunes filles pré-adolescentes...* Dans son *Protocole secret*, Jean de Jérusalem évoque ces rites avec le baiser de sang.

Monsieur Mullins se penche en avant dans son grand fauteuil, le dossier entoure sa vieille tête comme un écrin macabre de velours sombre, il me semble voir palpiter les ailes d'un grand oiseau :

— Ma chère enfant, vous savez sans doute que les temps sont en train de changer, spirituellement surtout. Le rationalisme avait enterré les sciences sacrées pour porter au pinacle les sciences profanes. Cette époque est dépassée, les vérités vont à nouveau émerger. Les temps sont arrivés où « tout ce qui était caché sera révélé », aussi ceux qui œuvrent en secret pour les forces de l'Ombre s'activent-ils férocement avant d'être dévoilés. Ceux que j'appelle la *Hiérarchie de l'Ombre* s'opposent de tous leurs pouvoirs à l'éveil des consciences, en renforçant le matérialisme, en jouant sur la peur et la cupidité, ils intensifient leurs pratiques magiques pour consolider leur influence. Mullins s'interrompt, le regard perdu dans une vision manifestement troublante.

— Où en suis-je ? Ah oui, je pense que nous allons assister, d'une part à une résurgence des cultes païens et sataniques, des pratiques magiques et des meurtres rituels, d'autre part à une évolution et à une contagion de la conscience lumineuse qui permettra aux vérités sacrées d'émerger de l'oubli. L'Ombre ne va jamais sans la Lumière…

— Vous croyez, comme les Mayas ou les Hopis l'ont annoncé, que nous arrivons dans une période de transition cruciale, la fin d'un cycle et le début d'une ère nouvelle ?

— Je crois que des changements majeurs sont amorcés. Sur les plans subtils, les batailles font rage. La jeune morte de l'Alma est ce que j'appellerai une « victime collatérale » de ces guerres. À moins qu'elle ne soit une victime exemplaire ou expiatoire ou encore… Il y a toujours plusieurs façons de décrypter l'histoire.

Il tourne en spirale autour de l'essentiel, comme s'il me testait avant de me livrer ce que je suis venue chercher, la trop dangereuse vérité dont il parlait. Malgré l'introduction de Stanislas, il doute encore de ma capacité à l'absorber.

À moi de l'entraîner au plus près du secret :

— D'après vous, il existe un rapport entre le livre des Bathory et le meurtre rituel de celle que nous appelons la jeune morte aux lys ?

— Un rapport ? Mais tout est là, ma chère enfant, tout est là, dit-il en tapotant le cuir vieilli, regardez : le Dragon tout-puissant, enroulé sur lui-même comme le temps infini, gardien du sang. Savez-vous par ailleurs que le Dragon vient d'être libéré de sa prison sous le Mont sacré ? Même enchaîné depuis des siècles, il continuait à régner sur l'esprit des hommes et sa puissance a été utilisée par toutes sortes de sorciers et d'occultistes... ainsi que par les grandes sociétés secrètes. Vous réalisez ce que cela signifie? un empereur catholique romain et un sataniste sanguinaire qui s'allient pour créer une fraternité occulte? Cela respecte-t-il l'ordre des choses? L'alliance d'un disciple du Christ et d'un adepte du démon? et tout ce que vous découvrez en ce moment, la manipulation des esprits, les alliances de gouvernements avec des monstres nazis, Inimaginable, scandaleux, mensonger! Et pourtant, croyez-moi, c'est bien dans l'ordre *secret* des choses, c'est ainsi que cela se passe dans les coulisses... *Si vous comprenez ça, vous comprenez tous les dysfonctionnements du monde.*

Elles sont là. Depuis un moment, des ombres rapides passent entre Mullins et moi, traversées de vagues de colère... Autour du livre une sorte de brouillard se forme, sans que le vieux monsieur semble s'en rendre compte. Je le regarde, fascinée, continuer à parler tandis que sa main disparaît peu à peu dans l'ombre... Les lumières baissent, des souffles de glace s'insinuent dans mes vêtements, glissent autour de mon cou...

Mullins se tourne soudain vers moi, une lueur d'entendement dans les yeux, il me scrute attentivement, puis se penche en chuchotant:

— Vous voyez ce qui se passe autour de nous? La Vérité, c'est ça le problème avec la Vérité, si vous la dites, vous les réveillez et le paranormal vous tombe dessus, s'accroche à vous et refuse de vous lâcher... C'est pourquoi certains disent qu'il ne faut ni la dire, ni l'écrire, ni même la penser. La Vérité doit rester cachée. Ce matin, nous l'avons tout juste effleurée, et pourtant l'invisible réagit.

Les ombres s'agitent, de plus en plus nombreuses, fluides et étrangement déterminées. Je me réfugie dans un œuf de lumière, un bouclier protecteur. Elles ne peuvent plus m'atteindre. Puis Mullins se lève, le brouillard se dissipe, dans un brouhaha silencieux les ombres se mêlent se fondent et disparaissent...

— C'est la raison pour laquelle je vous ai demandé de venir le matin, l'énergie est moins propice aux vibrations de l'ombre… Ce n'est pas à vous que je vais apprendre que certains objets magiques, et en particulier certains livres, peuvent posséder de grands pouvoirs, des mémoires qui se remettent à vivre au fil des pages. Ces ouvrages ne sont pas ordinaires, vous prenez un risque en les déchiffrant, vous entrez dans leur aura, vous ouvrez la porte à des pouvoirs cachés qui peuvent vous atteindre… Voire vous détruire. Vous avez vu comment le seul énoncé de la Vérité peut susciter des réactions de l'Invisible, croyez-moi, si vous ouvrez ce livre, vous ne pourrez plus simplement le refermer et l'oublier, même si vous le souhaitiez de toute votre âme. Vous serez marquée…

La lumière est revenue sur le terrible blason des Bathory. Une sorte de fascination m'entraîne, mon regard s'en approche, comme aimanté, j'ai presque l'impression qu'il va m'aspirer. Et même si, au fond de moi, la sceptique veille, je sens soudain comme des serres qui me percent le plexus, j'ai du mal à respirer, je n'ai plus qu'une envie, fuir…

— Mais ce n'est pas le livre de Stanislas… Où est ce livre pour lequel je suis venue vous voir ?

On dirait que son œil pétille…

— Les Mérovingiens, la dynastie et le sang royal ? Nous avons longuement discuté avec le père Stanislas de l'opportunité de faire voyager ce livre… Les temps ne sont pas propices, la surveillance là-bas s'est accrue, et ce livre risquait de devenir un fil d'Ariane menant jusqu'à vous. Il n'a pas voulu prendre le risque. Mais il connaît les secrets de ma bibliothèque, nous pensons que vous ne serez pas déçue.

— Et le souterrain de l'Alma ? Qu'ont-ils trouvé au moment des travaux ? Qu'y avait-il réellement ?

Mullins prend son temps, comme s'il remontait le cours de sa mémoire vers des époques lointaines et sa voix devient curieusement aérienne :

— La ville de Paris n'a pas été créée au hasard, non, ce lieu a été choisi pour les puissantes énergies d'un vortex majeur, utilisé depuis des temps immémoriaux par des religions primordiales. Lorsque les Mérovingiens ont accepté de se convertir au christianisme pour s'appuyer sur la puissance de l'Eglise Romaine, ils n'en ont pas moins poursuivi en secret leurs rites séculaires, qui les avaient fait surnommer les rois sorciers. Vous connaissez ces cultes sanglants où le mal est bien, et le bien est mal, où l'on vénère Satan et crache sur Dieu ? Ses adeptes bâtirent un temple souterrain où perpétuer leurs rituels inacceptables... Celui-ci était situé à l'emplacement du tunnel de l'Alma et a été excavé par les machines. Les ouvriers ont tout de suite compris que leur découverte était exceptionnelle... L'AFAM et toutes les sociétés archéologiques ont immédiatement été alertées, mais avant même l'arrivée des archéologues, l'endroit avait été détruit et la découverte étouffée. Il n'en reste aucune trace, ni de la découverte d'un lieu de culte très ancien, ni sur des fouilles qui y auraient été menées... Aucune preuve ne subsiste. Sauf celle-ci...

Il sort soigneusement une feuille de papier défroissé d'une pochette en plastique et l'étale sur la table... Du papier quadrillé sur lequel un dessin au crayon évoque d'une façon saisissante un temple babylonien, des colonnes, une silhouette de femme assise sur un trône autour duquel s'enroule un sombre dragon hérissé de pointes, qui ouvre sa gueule aux dents acérées. Devant la statue un autel sur lequel sont dessinés ce qui ressemble à une coupe et deux candélabres aux branches multiples. On aperçoit au fond deux ouvertures sombres.

— Regardez, vous avez là l'unique preuve, le seul témoignage de cet épisode occulté. C'est l'ingénieur des travaux qui a esquissé ce croquis de la salle, sur son bloc de travail, telle qu'elle était le jour où la pelleteuse a enfoncé le plafond du temple... Vous ne remarquez rien de particulier ?

Je scrutai le dessin et plus particulièrement la statue féminine adombrée par le dragon. Je frissonnai devant sa signification :

— ... La statue, on dirait une représentation de la Grande Déesse, Inanna... Elle est à la fois Ishtar... Astarté... et donc Diane ! Le croissant de lune au-dessus de sa tête est celui de Diane. Vous vous rendez compte ? Vous croyez que je peux rencontrer cet ingénieur ?

— Ma pauvre enfant, vous ne savez donc pas que les témoins malavisés disparaissent ? Tous les sites secrets de la

Terre ont leur lot de cadavres emmurés. Celui-ci revenait chez lui à moto, il a heurté la glissière du périphérique, il a été décapité… Une mort intéressante. Quant aux ouvriers qui ont ouvert le mur, ils ont tous brûlé vifs dans un accident. Expéditif. Bref on a parlé de la découverte archéologique, mais d'une façon éphémère, et à part ce papier, toutes les preuves ont été effacées avec une efficacité implacable. Voilà pourquoi vous en aviez vaguement entendu parler sans en trouver la moindre trace. Quant aux rites sur lesquels vous vous interrogiez, je me suis permis de vous sortir le livre démoniaque des Bathory à titre de référence.

— Mais la statue d'Ishtar, l'autel, les objets, où sont-ils passés ?

— Probablement dans un autre lieu de pouvoir, cachés au cœur d'un labyrinthe obscur… Avez-vous réalisé que la mort de la princesse Diana, précisément au treizième pilier, nombre fatidique s'il en est, semble un ultime sacrifice à la Déesse : de sang royal, élevée dans le sérail et bien sûr blonde aux yeux bleus, la victime idéale. Et voici que maintenant vient se greffer sur ce premier mystère une nouvelle énigme, à saveur de réminiscence, comme pour nous dire : « N'oubliez pas »… Tout dans l'affaire de lady Di est fascinant, les médias ne s'y sont pas trompés pas, mais ils ignorent l'essentiel. Selon mes sources, la pauvre princesse aurait été gardée dans le tunnel, sous des prétextes fallacieux, le temps de se vider de tout son sang. On retrouve là encore les rites sacrificiels dont le principe était l'exsanguination totale.

— Oui mais… C'est impossible, il faudrait trop de complicités, il y avait des gens sur place, des secouristes, des journalistes, un médecin, la police. Les témoignages se contredisent… Je sais que la version officielle reste loin de la vérité, mais j'ai du mal à imaginer que l'on puisse perpétrer impunément un meurtre rituel au cœur de Paris, avec de surcroît une victime aussi médiatisée.

J'ai la sensation confuse d'être sur le point de comprendre quelque chose, un détail, une parole, quelque chose qui a tout à voir avec la jeune morte aux lys, et qui me fuit, qui m'échappe… Comme dans un rêve, je n'arrive pas à ressaisir cette impression fugitive. Je regarde ma montre, je suis en retard pour retrouver Dante, une irrésistible envie de partir me serre la gorge… Je m'enfuis littéralement après avoir remercié le petit homme, le laissant avec son livre ténébreux… Et ma promesse de revenir. Cette conversation me laisse étrangement lasse. Mullins a raison, peut-être ai-je présumé de mes forces.

La jeune morte aux lys, lady Di, Erzebeth Bathory, les cérémonies mérovingiennes, Babylone : une ligne de force qui traverserait le temps ? Qui commencerait aux temps noirs de la Grande Babylone et du règne d'Ishtar, passerait par les initiés égyptiens, les maîtres de Lumière et ceux des ténèbres, de Josué Ben Pandira à Krishna… Ils se transmettraient leur savoir ésotérique, leurs rites cruels, leurs pratiques magiques et sanglantes… Jusqu'à cette aube du troisième millénaire ?

II

Vallée de l'Ubaye.
Le rêve de Charles Plantard

Double est l'aspect de Dieu.
L'une de ses têtes est de lumière, l'autre de ténèbres, l'une est blanche, l'autre est noire, l'une est en haut, l'autre est en bas.

SEFER HA-ZOHAR, *LE LIVRE DE LA SPLENDEUR*,
XIIIe SIÈCLE

Au cœur de son repaire des montagnes sombres, Charles Hiéronimus Plantard se réveilla brutalement dans les entrailles de la nuit, encore imprégné d'une terrible vision. Un rêve qui dépassait ses pires appréhensions.

... Dans ce songe il était de retour à Paris. De son nid d'aigle, au trente-sixième étage de l'Arche, il scrutait le ciel, les nuages charbonneux, lourds de pluie, défilaient emportés par des vents violents. La pierre noire posée sur son bureau se mit soudain à irradier une lumière surnaturelle, un halo laiteux phosphorescent grandit en puissance au point d'illuminer la pièce entière. L'angoisse le submergea, que se passait-il dans les mondes subtils qui puisse réveiller ainsi les pouvoirs de la Pierre, sans même qu'Uriel ait été invoqué ?

... Une grande clameur sourde grondait en se rapprochant. À travers la large baie vitrée qui dominait l'ouest de Paris, dans un ciel assombri par l'orage, une pointe de lumière grandit, jusqu'à prendre la forme d'un ange immense volant vers l'Arche. Le bruit du battement de ses ailes remplit les airs. Plantard sentait les tourbillons soulevés par l'arrivée de l'ange. L'une de ses ailes était blanche, l'autre noire... Son visage brillait d'une détermination terrifiante. L'ange referma ses ailes sur l'Arche et dit d'une voix sonore :

« Je reprends le pouvoir sur l'Arche, je reprends le pouvoir sur l'axe. » Puis il s'envola et plana comme une immense flamme incandescente dans le ciel tourmenté de nuages noirs déchiquetés, jusqu'à l'Arc de Triomphe, survola l'Obélisque, tourna au-dessus de la pyramide du Louvre et se posa sur la Grande Bibliothèque.

Le désastre était total. Une sensation de gouffre l'envahit, le temps leur était compté. Il s'aperçut soudain que la pierre d'Uriel avait disparu, comme consumée par sa propre intensité. Cette perte le frappa au cœur...

Son rêve était un terrible présage.

Il avait choisi de s'installer dans la Grande Arche alchimique car il savait que la puissance du zodiaque allait monter en vibrations, le temps était venu de conjonctions planétaires décisives. Les signes se bousculaient. En octobre, puis en décembre, quatre planètes s'étaient mises en croix. Mars en conjonction avec Jupiter, les aspects de la guerre, et Saturne avec Neptune, ce qui signifie qu'il faut se dégager du passé et du temps pour aller vers le Verseau. De plus, Jupiter en Scorpion pouvait annoncer la transmutation des gouvernements, de nouveaux pouvoirs en place, l'incertitude. Ces deux premières croix n'étaient que des répétitions, la grande scène devait se produire en mars, quand pour la troisième fois la même conjonction en croix de ces mêmes planètes allait clouter la nuit. Les astrologues prévoyaient des moments noirs. Pourtant, jusqu'à cette nuit, jusqu'à ce rêve, Plantard se croyait à l'écart des troubles à venir.

La morte du tunnel de l'Alma faisait partie des signes. Il était en mesure de contrôler les rumeurs, et grâce à la mise en place de l'ORV, il comptait découvrir ce qui se cachait derrière cette provocation manifeste.

Or voilà que l'archange lui était apparu en rêve, ce qui le laissait perplexe et inquiet. Symbolisait-il le retour de son ennemi mortel, qui se prenait pour l'Élu, ou était-il un avertissement de l'archange lui-même ? Si c'était le cas, il était temps d'activer les médiums. Depuis huit ans déjà, ils avaient reçu l'information : le plus puissant des archanges,

Michaël, celui qui a pris le pouvoir pour la grande transition en cours, était descendu dans un corps humain, son avatar. On disait que la Terre avait tremblé et que les murs s'étaient fendus lorsque la puissance de l'archange avait volontairement plongé des plans les plus subtils dans la réalité de la troisième dimension d'une enveloppe corporelle.

Si l'on se doutait que le corps choisi appartenait à un maître ou à un grand initié, on ignorait encore sa race, son pays et son sexe. Quoiqu'il soit peu probable que le grand archange ait choisi un corps de femme. Depuis huit ans, les *psychics* cherchaient sa trace en vain. Ils avaient eu beau envoyer leurs antennes de télépathes à travers la planète, grouper leurs pouvoirs pour voyager en esprit dans les points clés les plus reculés, comme dans les plus grouillantes métropoles, l'Avatar restait introuvable... Parmi les quelques illuminés qui prétendaient au titre, aucun ne s'était révélé le vrai. Son rêve était peut-être un avertissement : le seul moyen d'atteindre l'archange était à travers son incarnation, vulnérable aux influences occultes.

Il leur fallait réagir très vite.

Il devait revenir, reprendre sa veille au sommet de la Grande Arche... et organiser rapidement la rencontre avec Arielle de Thal et Dante Ibozu, la dame blanche et le roi noir, judicieusement réunis au sein de son Observatoire des rumeurs virtuelles.

Par ailleurs, il ne pouvait négliger une autre piste à son rêve, celle de l'ennemi. Alexeï Funk-Romanov.

III

Plateau du Larzac – la Forteresse, des années avant…

La Forteresse profilait au loin son énorme ombre noire, comme un monstre échoué dans la nuit. De fines lumières, lucioles mouvantes, la parcouraient de haut en bas et passaient de fenêtre en fenêtre. Ici et là des explosions de lumière surgirent des vitrages éclatés derrière lesquels passaient les ombres en armes…

Les cris et les déflagrations parvenaient au Guetteur avec une limpidité extraordinaire, chaque son se détachant comme une flèche stridente sur le silence nocturne.

Il suivait avec ses jumelles la progression de la rébellion, la propagation du chaos rythmé par le fracas des explosions et les tirs de machines automatiques. Les enfants auraient pu aussi bien supprimer tous les militaires, les surveillants et les instructeurs à l'arme blanche, sans un bruit, mais ils voulaient marquer leur territoire de guerre par les cris et la fureur, ils voulaient hurler vengeance avant de disparaître.

Le Guetteur passa aux jumelles à infrarouge, les petites silhouettes bleutées se répandaient comme des flammèches vivantes hors du bâtiment. Lorsqu'elles furent regroupées à bonne distance, une gigantesque déflagration projeta au ciel des tonnes de débris incandescents et le feu rugit en flammes immenses, dévorant sans retour ce qui pouvait rester des deux cent hommes superentraînés qui encadraient le programme secret. Le Guetteur jubilait devant ce déchaînement de violence. Il assistait à l'aboutissement de longues années de préparation. Ce soir, la Forteresse était neutralisée, atomisée, Treize avait rempli son contrat avec la virtuosité d'un orfèvre de la mort.

Ils avaient gagné la bataille. Tous les adolescents et les enfants allaient s'éparpiller sur la planète, reliés télépathiquement entre eux et à ses *psychics*, ne laissant que cendres et décombres derrière eux. C'en était fini du programme Équinoxe.

L'essaim des Inconnus deviendrait sa garde rapprochée, son armée de ninjas, son bras armé. Le camion était prêt à accueillir les quinze adolescents, l'élite de la Forteresse, la fierté du programme, des supragénies de la destruction. Le Guetteur suivait le projet depuis son origine, il les avait sélectionnés, suivis, contrôlés, puis il avait semé en eux le germe de la révolte contre leurs bourreaux, ceux qui leur avaient volé leur enfance et leur innocence.

Neuf ans avaient passé depuis qu'une centaine d'enfants, détournés pour la plupart de l'Assistance publique, avaient été regroupés sur ce haut plateau du Larzac, dans le site nommé « la Forteresse » pour une expérience inédite en relation avec d'autres sites dans le monde, notamment aux États-Unis, en Europe et dans les pays du Nord. Ils représentaient une matière première de choix pour des expérimentations humaines destinées à en faire des armes vivantes. L'entraînement à la guerre psychologique, à la désinformation et à toutes sortes de techniques de destruction, cet entraînement qu'ils avaient subi au détriment de leur liberté et de leur âme, était arrivé à son terme. Ainsi en avaient-ils décidé, croyaient-ils librement.

Pour leur inculquer l'esprit de corps, et pour répartir les enseignements en fonction de leurs capacités intellectuelles, extrasensorielles et physiques, on les avait répartis en groupes d'une quinzaine d'enfants : les essaims. Chaque essaim était devenu une famille, la seule dont les enfants, âgés de cinq à sept ans à leur arrivée à la Forteresse, se souvenaient. La seule qu'auraient jamais connu les bébés de la pouponnière, les mort-nés subtilisés à leur naissance pour leurs qualités génétiques. Leur prime enfance avait été effacée, ils appartenaient corps et âme au Projet. C'était ce que croyaient leurs instigateurs. Sans imaginer que ces jeunes génies décideraient un jour de prendre leur liberté et leur revanche.

Les enfants subirent un entraînement de commando, dans un univers hostile où virtuel et réel habilement mêlés les obligeaient à aller toujours plus loin, au-delà de l'imaginable, sans autre protection que celles de l'essaim auquel ils appartenaient. Leur monde de référence était celui de *Dune*, le roman de science-fiction écrit par Franck Herbert. Les hauts plateaux inhospitaliers du Larzac étaient devenus la planète Arrakis, où ils devaient confronter et dépasser leurs peurs, la faim, la soif, les dangers des vers géants et des espions Sardokar, les mentats et les gholas.

La violence d'une discipline inhumaine menée par de véritables brutes bornées avides de les faire plier, combinée au vertige des jeux de rôles qui leur offraient la possibilité de prendre le pouvoir à leur tour, avait créé en eux un désir de vengeance absolu, galvanisant leurs forces et leurs esprits. Si leurs tortionnaires se conduisaient en barbares, ils n'étaient que les bras armés des cerveaux de l'expérience, appliquant des pratiques de déstabilisation et de manipulation destinées à créer des golems de chair et de sang.

Les militaires firent jouer aux enfants tous les rôles, ils les contraignirent à intégrer les personnages de Dune, à s'imprégner de leur force et de leurs talents psychiques, à développer les pouvoirs des mentats – les drogues psychédéliques remplaçant la précieuse épice. On leur fit combattre leurs propres clones, on les initia à l'art de tuer et de disparaître ; ils furent rompus à la guerre psychologique et à la désinformation. Les plus faibles comme les plus forts furent tous programmés pour ne plus sentir la peur, le froid ni la faim, pour détruire sur ordre. On leur vola leur âme, leurs élans et leur tendresse pour en faire des robots.

À l'intérieur de chaque groupe ils formèrent une sorte de *Gestalt*, un groupe réuni dans un seul esprit, communiquant entre eux par télépathie, à l'efficacité terrifiante. Ils finirent par faire peur aux militaires qui les entraînaient. À juste titre. Pas un seul ne réchappera à leur grande révolte.

De victimes, les enfants de la Forteresse sont devenus bourreaux. Ils fuirent victorieusement les ruines brûlantes de leur prison, ils s'envolèrent un par un et disparurent dans la nuit. Ils savaient tous ce qu'ils avaient à faire. Rien n'avait été laissé au hasard.

Quant aux quinze de l'essaim des Inconnus, la bétaillère qui les attendait à l'endroit prévu les emmena par de petites routes hors du plateau du Larzac, avant de les larguer dans la nature où ils s'éparpillèrent.

Des hordes d'hélicoptères rugissants et des camions bâchés de l'armée bourrés de soldats et d'armes convergèrent à toute allure vers les lieux du désastre, mais la terrible Forteresse n'était plus qu'un amas inextricable de débris noircis et de corps calcinés. L'air puait la poudre et les chairs brûlées. Consternés ils contemplèrent le carnage, puis en silence fouillèrent les décombres dans une vaine recherche; ils alignèrent ce qui restait des corps carbonisés, des centaines de restes bientôt enfermés dans des sacs à glissière.

L'alarme terroriste fut donnée et les poursuites lancées dans la France entière, mobilisant l'ensemble des forces armées. En vain, les enfants guerriers passèrent avec brio entre les mailles du filet en se jouant de leurs poursuivants.

Terrifiés à l'idée d'avoir libéré dans la nature des créatures hautement létales, lobotomisées de tout sens moral et étrangères à la notion même d'humanité, les quelques hauts gradés au courant de l'expérience secrète et les responsables internationaux du projet affirmèrent pour se dédouaner qu'il ne s'agissait *in fine* que d'un regrettable accident, une roquette aurait fait exploser l'ensemble de l'arsenal et il n'y aurait aucun rescapé, militaires et enfants avaient tous disparu dans la chaîne des déflagrations qui avait anéanti la Forteresse…

Officiellement les rebelles n'avaient jamais existé, officieusement au sein de la confrérie du secret ils n'existaient plus. Ceux qui auraient dû devenir les criminels les plus recherchés de France avaient acquis l'immunité absolue des morts.

Échapper aux barrages de l'armée n'avait été qu'un jeu pour eux.

Sans jamais y avoir remis les pieds depuis leur introduction dans la Forteresse, ils avaient été initiés au monde extérieur grâce à des films soigneusement sélectionnées et à des jeux vidéo qui leur permettaient de se promener dans les rues comme s'ils y étaient, d'entrer dans les magasins, de posséder un appartement qu'ils avaient eux-mêmes meublé, un travail dont ils développaient les possibilités, il ne manquait rien à leur monde virtuel. Seules les relations sexuelles avaient été exclues du jeu, mais un petit malin de génie avait trouvé le moyen de créer une porte secrète qui leur permettait d'entrer dans le domaine du sexe où tout était permis, *no limits.* Ils avaient assimilé la réalité par le virtuel, avec l'efficacité qui les caractérisait.

Aussi l'étape suivante, se glisser dans la société et y retrouver une place utile au plan, fut-elle un jeu pour eux, d'autant qu'ils étaient toujours soutenus et guidés dans l'ombre par leur mentor, l'initiateur de la révolte.

IV

Centre de Zen kwun Dô, les vies de Dante

...Les étudiants en occultisme devraient savoir que, pendant que les Jésuites sont parvenus par leurs procédés à faire croire au monde en général et aux Anglais en particulier qu'il n'existe rien de tel que la magie, et à faire rire de la magie noire, ces comploteurs rusés et malins forment eux-mêmes des cercles et des chaînes magnétiques par la concentration de leur volonté collective, lorsqu'ils ont quelque objectif particulier à atteindre ou quelque personne précise et importante à influencer.

LETTRES D'HELENA PETROVNA BLAVATSKY
CITÉES DANS *THE OCCULT ESTABLISHMENT*
PAR JAMES WEBB.

... Le contrôle mental des moines tibétains par l'intermédiaire des mantras et des rouleaux de prières. L'extraordinaire puissance que représentaient ces milliers de moines répétant sans cesse les mêmes syllabes pour envoyer des vagues énergétiques précises dans le monde entier... Une autre facette d'influence invisible.

Tout en effectuant un kata compliqué, Dante rumine ses minces connaissances de manipulation des esprits, il tente d'extirper du tréfonds de sa mémoire un souvenir qui a trait à l'influence occulte des cercles de prières tibétains. Il se souvient de sa vision quand il en avait entendu parler : des vagues lumineuses d'énergie issues des montagnes du Tibet, progressant tout autour de la Terre pour y imprimer un message subliminal. La connotation était maléfique, c'est la raison pour laquelle il traque ce souvenir qui l'élude. Curieusement l'ombre de ce moment lui est revenue au moment même où il pénétrait dans le dojo. Pour une fois, les souples mouvements ne suffisent pas à lui vider la tête. Il ne parvient pas à l'état de méditation active, au vide bienheureux. Il a la troublante impression qu'à l'intérieur de son être des modifications sont en train de se produire à son insu.

Il n'a pas réussi à en parler à Arielle, lorsqu'elle lui a raconté sa vision de l'affrontement avec Wladimir et de leur métamorphose reptilienne. Mais il sait qu'il a vécu ce moment comme si réellement une force étrangère avait pris naissance au fond de lui, jailli vers le ciel comme un fleuve à rebours le long de sa colonne vertébrale. Il a senti le sommet de son crâne s'ouvrir sous la poussée, comme une fleur de lotus ouvre ses pétales, et la puissance l'a entouré tout entier et bien au-delà jusqu'à des espaces lointains.

L'ivresse du pouvoir, la possibilité de toutes les violences et surtout la sensation d'être relié à des immensités ténébreuses, où il aurait ses origines, s'étaient emparées de lui. Son être s'était élargi, connecté en un éclair à des entités dont il ne savait rien consciemment, et que pourtant il reconnaissait comme des extensions de lui-même. Expérience troublante pour le scientifique pragmatique, déjà plus concevable pour le disciple du Zen kwun Dô, complètement délirante pour le commun des mortels.

Car, contrairement à Arielle, il n'avait rien bu, il ne pouvait être sous l'empire d'une drogue quelconque. Qu'il s'agisse d'une hallucination projetée sur lui par télépathie, ou par suggestion, quelle que soit la nature de ce phénomène, il y avait adhéré avec une partie lointaine mais vivante de lui-même. Ce qu'Arielle avait vu, la synchronicité de sa vision à elle et de son ressenti à lui, le confirmait dans une réalité… disons parallèle.

Perdu dans ses pensées, continuant les yeux fermés les enchaînements, Dante ne s'est pas aperçu que l'un après l'autre, sept moines en robe sombre se sont installés dans le dojo, assis le long du mur en position de méditation. Il finit par percevoir une modification dans les ondes autour de lui, achève son Tao du Dragon au ralenti et ouvre les yeux.

S'inclinant devant lui, l'un des moines lui demande dans un anglais impeccable de le suivre : maître Enamoto l'attend au temple. Quel temple ? Fugitivement il se souvient avoir entendu parler, par un disciple d'Enamoto à Phot La, d'un temple bouddhiste sous-la-terre, un endroit stupéfiant tenu secret au cœur de Paris…

Il les a suivis à travers une porte jaune ouvrant sur le côté du dojo, un escalier descend dans une semi-obscurité. Il n'entend que le froissement des robes des moines et le frottement rythmique de leurs pieds nus sur les marches de pierre.

Pendant la descente, Dante revit à une vitesse fulgurante sa relation avec Enamoto.

Il en garde quelques photos imprimées dans son esprit : la première fois, à Angkor, quand, il s'était retrouvé dans le plus mystérieux des temples – le Bayon, la « montagne magique », dont les centaines de visages géants sculptés dans la pierre vous suivent des yeux avec un sourire énigmatique, changeant d'expression selon la lumière des heures – l'apparition du moine dans les ruines, drapé droit dans son *kolomo* sombre, la silhouette découpée dans l'ombre d'un vantail sculpté, le visage immobile, les yeux laser qui lui avaient semblé le disséquer d'un seul regard, tout cela est imprimé dans les moindres détails dans une circonvolution précise de son cerveau.

Sa première impression : lointain, froid et même – le ressenti lui revient – calculateur. Il avait oublié ensuite cette première impression, pris sous le charme de l'esprit acéré du moine et de sa culture. Il lui rappelait les frères jésuites chez lesquels il avait passé trois ans de sa formation scolaire. Le même rationalisme glacé mais brillant, une habileté machiavélique à manipuler les esprits et à retourner les situations.

Les Jésuites ont officiellement pénétré au Tibet en 1624, ils y sont restés des dizaines d'années dans les monastères les plus fermés, et Dante ne serait pas étonné d'apprendre que ces mêmes Jésuites ont aussi infiltré les temples zen japonais. De quel ordre a été leur échange ? Mystique et religieux sans doute, mais aussi selon Enamoto magique et ésotérique.

Dans son ignorance, Dante avait d'abord trouvé étrange ce nom aux consonances japonaises pour un moine bouddhiste. Quand il repense à l'époque de leur rencontre, il regrette ce manque de curiosité qui ne lui ressemble pas, bien qu'il en connaisse l'origine : il fuyait l'emprise de son mental, de l'Occident, de la rationalité. C'était la première fois qu'il venait en Asie, et dès qu'il avait respiré l'air tiède et parfumé de Siem Reap, il avait ressenti l'envie de tout abandonner derrière lui, d'oublier les manipulations et les agissements, les crimes, les paléoanthropologues et la NSA, le chaînon manquant et l'ETA.

En regardant en arrière, il a l'étrange impression d'avoir toujours choisi les routes semées d'orties et de pierres coupantes, de fils barbelés et de mines antipersonnel. Il lui a fallu se battre inlassablement, contre des ennemis qui changeaient selon les époques et sa place dans la société. Scientifiques, politiques, agents secrets, il cumulait les adversaires et les tensions, contestant, s'opposant, provoquant. Il avait vécu dans la violence et l'avidité de comprendre, le dernier clash avait été le déclencheur de son retour sur lui-même. L'Asie l'avait saisi de ses doigts de velours, envoûté de douceur et de lenteur. Il s'était rendu à la vie, abandonné à la sensualité, il avait laissé de côté la machine de guerre qui lui servait de cerveau. Il savait que ce n'était qu'un intermède, il décida de le vivre avec la même intensité dans le lâcher-prise qu'il le faisait spontanément dans le contrôle.

Il s'était donc contenté de ressentir Enamoto sans plus se poser de questions. Pas étonnant que celles-ci resurgissent aujourd'hui, devant l'étrangeté des relations que celui-ci entretenait avec les ordres tibétains. Bien sûr, rien dans l'éducation de Dante ne l'avait préparé à la complexité du bouddhisme : tibétain, theravada, mahayana, tantrique, zen, etc. Son imaginaire s'était fixé sur les robes orange des moines tibétains, les moulins à prière, toute l'imagerie populaire, et il avait abordé le Zen kwun Dô comme un simple art martial, ce n'est que par la pratique qu'il avait intégré peu à peu une sorte de mystique, d'état de méditation apte à générer le geste juste. Il n'avait pas cherché plus loin.

Pourquoi fallait-il que lui, qui ne voulait d'autres repères que scientifiques, se retrouve toujours au cœur d'histoires appartenant encore au domaine de l'inexplicable ?

Dante est intimement persuadé que ce qui semble un mystère à une époque précise de l'évolution de l'humanité, ne le sera pas toujours… que tous les phénomènes dits paranormaux pourront être décryptés par les scientifiques un jour ou l'autre, la physique pénétrant de plus en plus loin dans les domaines de l'invisible, les frontières du connu étant sans cesse repoussées.

Un des plus grands physiciens de notre époque lui-même prête aux objets une étrange détermination intérieure. Selon lui, il ne faut pas s'étonner si un objet disparaît ou change de place, car le hasard et la détermination du jeu des molécules font que cet objet peut effectivement se retrouver ailleurs, voire même dans une autre dimension. Dante se souvient du temps de son enfance, la vieille Julia disait que c'étaient les lutins qui empruntaient les objets disparus… Il ne connaît pas l'opinion de ce célèbre physicien sur les lutins, mais pour les disparitions, il a l'intime conviction que la magie joue avec la science.

Après Angkor, deuxième photo mentale, le mystère du moine aux gants verts.

Dante était conscient que, malgré les quelques semaines à voyager ensemble entre le Laos, le Cambodge et la Birmanie, Enamoto ne lui avait livré de lui que ce qu'il avait bien voulu. L'attitude respectueuse des gens sur le chemin, la façon dont toutes les portes les mieux gardées s'ouvraient devant lui, comme si sa renommée le précédait et que des voix invisibles annonçaient son arrivée, avait été plus révélatrice de la puissance d'Enamoto que tout ce qu'il aurait pu lui dire. On aurait dit qu'il avait des contacts partout. C'est lui qui lui avait conseillé, s'il passait un jour à Paris de venir s'entraîner dans ce centre de Zen kwun Dô, Dante n'est donc qu'à moitié étonné de le savoir là et de découvrir que le dojo sert de porte au fameux temple sous-la-terre.

Il ne s'attendait pas à la hauteur étonnante de la salle, dominée par un immense bouddha assis dont l'or du visage sévère brille rêveusement dans la pénombre. Des centaines de petites lumières posées à même le sol diffusent une clarté paisible.

Ils se saluent d'une inclinaison de tout le buste, assis face à face. Enamoto a pris la parole d'une voix sourde, calme, presque hypnotique, que Dante sent résonner dans une zone oubliée de sa mémoire :

— Mon ami, tu approches une période karmique de cette vie, l'âge où dans plusieurs existences précédentes tu as dû partir, violemment arraché à la dimension terrestre. Mais cette fois des armes t'ont été données, utilise le pouvoir du Serpent, la force du Dragon, libère ta puissance intérieure.

Dante commence par combattre ces paroles qui lui font tourner la tête, il s'accroche au credo matérialiste : la vie, rien après la mort, dragon imaginaire, serpent au ras du sol. Mais il a toujours su qu'il fuyait devant son intuition, de peur de la voir déçue. Le pragmatisme est indolore et sans surprises. L'intuition peut être la source de toutes les désillusions.

Au fond de lui, il sait qu'il a choisi la voie sans éclat, qu'il l'a habillée de belles certitudes scientifiques, mais qu'il lui manque en permanence quelque chose d'essentiel, d'innommé, de redouté. Ce qu'il a ressenti devant Wladimir, la connexion avec quelque chose d'immense.

Il sait qu'Enamoto a accès à certaines informations par des voies subliminales, la télépathie peut-être, un système visionnaire. Il l'a vu parler à des inconnus comme s'il savait tout de leur vie. Là, maintenant, il lui en veut de cette intervention sans pouvoir cependant se défendre d'une sorte de superstition, une petite voix lui chuchote : « Utilise le pouvoir du Serpent. » Les volutes des encens, les mantras des moines rassemblés dans un coin de la salle, la clarté diffuse, le regard d'Enamoto à travers ses paupières fermées, Dante s'abandonne malgré lui à la suggestion…

… Autour de lui la bataille fait rage, dans les cris, les fracas des épées qui étincellent dans le choc, les masses martèlent les boucliers... et des cris de ralliement jaillissent : Montdragon ! Mistral de Montdragon ! à nous ! Partout le sang, odeur lourde et jaillissements... Et soudain le coup par-derrière qui le jette à bas de son cheval. Des bulles sanglantes lui remontent à la bouche, la douleur l'aveugle un instant et la femme en armure blanche se penche sur lui, un croissant de lune surmonté de treize étoiles brille sur son blason... Les bruits s'éloignent, agenouillée dans la boue, elle lui enlève son heaume, essuie doucement le sang et la poussière de son visage, elle ne dit rien mais le regarde avec des éclats de pitié et de désolation.

Dans son regard, il voit sa vie qui s'en va. Lorsque soudain délivré il monte hors de son corps, il aperçoit au-dessous de lui la jeune femme tenant, telle une piéta, son corps physique dans ses bras, oublieuse de la bataille se jouant autour d'elle. Il s'aperçoit qu'elle est belle et qu'il la connaît avec toutes les parcelles de son corps éternel. Dans un éclair il comprend qu'il est dans le passage de la mort à ailleurs, il est aspiré à une vitesse phénoménale vers la lumière...

... Et se retrouve sur le pont d'un bateau en pleine tempête... Les mâts cassés, les hurlements des marins par-dessus le vacarme effrayant des gigantesques vagues qui jouent avec le gros vaisseau comme avec un fétu de paille... La côte se rapproche dans l'écume mortelle. Impuissant, incrédule, il la regarde, cette côte, tant espérée pendant la longue traversée depuis les Amériques, devenue leur perte.

Les premiers rochers déchirent la coque qui crie, la terreur emplit les cœurs de tous les marins, son navire est perdu. Dans la folie assourdissante de la tempête, il est précipité à l'eau, déchiré par les pointes acérées des rochers et vient s'échouer, le corps en miettes, sur une bande étroite de sable au pied de la falaise. Une silhouette vêtue d'une longue robe claire descend en courant le chemin de la cavée qu'il reconnaît, avec l'église marine perchée tout au-dessus de la mer. Elle court vers lui, c'est elle, ses longs cheveux humides de pluie, étirés par le vent lui fouettent le visage. Elle répète : Non... non... non... se penche jusqu'à lui et l'embrasse doucement sur les plaies qui lui brûlent le front et les mâchoires. Il essaie de parler, mais le froid et l'épuisement l'entraînent vers le néant. Alors qu'elle le couvre de son corps pour lui transmettre sa force, il s'est déjà envolé vers la puissante lumière… jetant un dernier regard vers les deux êtres enlacés au pied de la falaise, avec une ultime sensation de douleur à quitter cette vie. Il se coule dans un fleuve de lumière…

Stop, crie une voix au fond de lui, j'étouffe, je veux revenir, revenir à Dante Ibozu et au XXIe SIÈCLE… AU TEMPLE… SORTIR DU PIÈGE, DU CYCLE SANS FIN…

Aujourd'hui je suis mort deux fois, pense Dante. Enamoto s'est contenté de le regarder avec une lueur entendue sur le visage. Il n'a rien dit, les impressions étaient trop fortes, il l'a salué sans un mot avant de reprendre comme dans un songe l'escalier vers le monde.

Aujourd'hui, je suis mort deux fois, se répète-t-il… Il sent encore le goût du sang dans sa bouche, le froid glacial de la mer, toutes ces douleurs dans son corps déchiré, il est encore assourdi par le grondement des vagues, le fracas des armes, il voit son cheval penché au-dessus de lui, puis la jeune femme… Qui est cette femme, *ni tout à fait la même, ni tout à fait une autre*?

Il ignore la nature de cette expérience, rêve ou vision, et dans quelle mesure elle appartient à un passé qu'il aurait vécu. Peut-être existe-t-il un immense réservoir télépathique, où chacun peut puiser à sa guise des souvenirs. Devant la complexité du mécanisme de la pensée humaine, mis en scène par le contrôle mental par exemple, il se rend compte que nous ne savons pas grand-chose des capacités du cerveau humain, surtout des méandres cachés ordinairement inaccessibles de ce cerveau. Il pense aux laboratoires où des cobayes possédant des talents psychiques s'exercent à la télépathie, à la vision à distance, aux déplacements dans le temps par la pensée, vers le passé et l'avenir, et il se demande à quelle technique appartient l'expérience qu'il vient de vivre. Projection dans une tranche du passé? Et deuxième question au moins aussi importante: dans quel but? Sans oublier la troisième possibilité: a-t-il été manipulé?

Perdu dans ses pensées, Dante reprend sa voiture sans même s'en apercevoir… Son téléphone sonne, il sort de sa transe, il est déjà devant les Invalides : Arielle ? Il fait un effort qui lui paraît vertigineux pour revenir dans la réalité. Un peu comme après un voyage au LSD quand il faut un moment pour se réajuster au réel. Puis il se met à rire en pensant à Noirange et à Plantard. S'ils pouvaient avoir la moindre idée de ce qu'il est en train de vivre, ils auraient l'impression d'être trahis dans leur équation Arielle-magie/ Dante-sciences.

V

Arielle et l'empire des signes

Soulagée de m'être échappée de l'antre de Mullins, troublée par ses allusions à la Noblesse Noire, je marche de la rue de l'Odéon jusqu'à Montparnasse, traversant les jardins du Luxembourg, infiniment excitée de posséder le dessin du temple mérovingien de l'Alma, seul indice matériel à fournir à Dante dans tout cet imbroglio ésotérique. Je le tâtais dans ma poche, pour me rassurer sur son existence, je faillis même plusieurs fois le sortir pour vérifier que je ne l'avais pas rêvé.

L'idée que Balthus va nous rejoindre cet après-midi à l'imprimerie distille en moi une sorte de joie légère. Au-delà de son don avec les ordinateurs, il possède une sorte de pouvoir transformateur, la lumière se répand autour de lui comme une grâce, elle m'entoure déjà.

Une foule de questions se pressent dans ma tête, sur ces satanés Mérovingiens et les circonstances de l'accident de lady Di, questions attisées par les révélations de Mullins, qui confirment un lien entre les deux affaires. Malgré l'intensité de ce que nous avons vécu ces derniers jours, je n'ai pas l'impression que nous ayons vraiment avancé dans la résolution de notre énigme. C'est plutôt l'énigme qui nous a entraînés dans ses ombres. Nous devrions maintenant avoir des nouvelles de nos Anglais aux patronymes étonnants, Noirange nous a laissé un message, tout est arrivé sur le fax. Il n'en dit pas plus, l'habitude du Renseignement sans doute.

Tout en marchant le long de la rue de Vaugirard, je retourne au tout début de l'affaire, je me repasse le film de notre descente dans le tunnel… Ai-je oublié quelque chose ? Les brassées de lys blancs ? Les lys ont toujours été une fleur sacrée réservée aux familles royales, depuis les pharaons jusqu'aux rois de France. Ils étaient aussi le symbole de l'infamie, puisque les criminels étaient marqués au fer rouge d'une fleur de lys. Ses propriétés psychotropes étaient utilisées en Égypte pour les cérémonies d'initiation. Fleur royale, elle orne les armes de France depuis 1179, puis elle est entrée dans les armes italiennes des princes de Médicis au moment du mariage d'Henri II et de Catherine de Médicis. Pour certains, le lys est un symbole de pureté, de sagesse, pour d'autres de la tentation ou de la porte des enfers, en regard de la forme phallique de son pistil. La mort et la lignée royale…

La fleur de lys est aussi un symbole babylonien, celui de la trinité de Nemrod, de la reine Sémiramis et de Tammuz. Elle représente la couronne cornue portée par Nemrod, connu aussi sous le nom de Baal, le seigneur. Mais elle ne correspond pas au versant anglo-saxon de notre affaire qui exigerait plutôt des brassées de roses. Comme celles posées en offrande par nos Anglais au pied du mémorial de lady Di.

La connexion entre les lys et le lieu de culte mérovingien, c'est Clovis, c'est lui qui a transformé les trois crapauds païens du blason des Mérovingiens en fleurs de lys d'or, apportées par un ange, selon la légende… Il y a d'ailleurs là une controverse, selon laquelle il s'agirait initialement de fleurs d'iris dont la forme coïncide bien mieux avec le dessin héraldique du lys que le lys lui-même. Mais c'est le lys qui est devenu symbole royal et les brassées de lys ne peuvent être qu'une allusion à la lignée.

J'aime réfléchir en marchant seule dans les rues, mais c'est surtout la nuit que je résous les problèmes, pendant mes insomnies, les moments les plus propices à une vision claire des choses. Mon esprit s'ouvre alors à l'intuition et, tel Sun Tsu, prépare ses plans de bataille. Le matin venu, je n'ai qu'à suivre les instructions sans plus me poser de questions.

Je fais le point en marchant, totalement absorbée par mes pensées… Soudain je sens un frôlement, un regard sur moi, et je me retourne instinctivement : une longue voiture noire glisse doucement sur le boulevard, les vitres teintées ne permettent pas de distinguer le visage du chauffeur, ni la silhouette presque indiscernable à l'arrière qui m'envoie soudain au passage une impulsion venimeuse.

Le souffle coupé, je regarde la voiture s'éloigner comme un énorme scarabée sombre. Même si je refuse de me sentir menacée, persuadée que la peur crée le danger, même si je m'efforce de rester sereine, cette rencontre ressemble à un avertissement : nous sommes là, nous savons où tu es, nous te surveillons. La comptine de Cornelia recommence à tourner dans ma tête, provocante et mauvaise…

Où en étais-je, je reprends non sans mal le cours de mes pensées, les lys, les symboles.

Le tunnel de l'Alma et le treizième pilier, allusions évidentes à la mort de lady Di, comme le fait que Diane soit d'origine à moitié anglaise et que son prénom soit le même sous sa forme française. Quant au cœur enlevé de Diane Cargill, la rumeur affirme qu'à son arrivée à la Salpêtrière, lady Di, considérée comme cliniquement morte, a pourtant été opérée pendant presque deux heures. Selon un article de *Paris Match*, elle aurait été embaumée. Lui aurait-on également enlevé son cœur sur la table d'opération ? Et si elle était enceinte, comme le bruit s'en était répandu à l'Hôpital américain, à la suite des consultations et des analyses qu'elle y avait fait faire, lui avait-on enlevé son bébé, comme à Diane ?

Diane et Diana, deux jeunes femmes anglo-saxonnes, mortes au même endroit, à qui on aurait pris à la fois leur vie, leur cœur et leur enfant. Cela faisait beaucoup de coïncidences.

Je me demande à nouveau si la mise en scène de Diane, attachée au treizième pilier, n'était pas simplement destinée à mettre en lumière tous les éléments qui nourrissent la controverse sur la mort de lady Di. À faire resurgir l'autre version de la mort de la princesse de Galles, version occultée par les services secrets français, en accord avec le MI6 et la famille royale anglaise. Cette théorie, loin de m'appartenir, se retrouve depuis des années dans les livres, sur le net, les journaux, et la rumeur la reprend régulièrement. Un cauchemar pour Noirange, qui s'accroche à son principe de base: quelles que soient les similitudes entres les deux affaires, nous devons nous en tenir strictement à la seconde. L'exercice devient de plus en plus difficile, ces analogies nous entraînant inéluctablement vers l'énigme de la mort de lady Di.

L'inscription sanglante des trois S, le sang de Diane? confirme l'importance du choix du lieu, puisque le même sceau marque le dessin du temple souterrain. *Ce qui est en haut est comme ce qui est en bas.* Or le 666 évoque la marque de la Bête dans l'Apocalypse de saint Jean, les forces du Mal. Tags sataniques, 666, culte souterrain avec sacrifices humains, cœur enlevé: fortes présomptions d'activité satanique.

Pour les éléments scientifiques, je fais confiance à Dante, à son sens de l'organisation et de l'analyse pour n'avoir rien oublié des multiples traces répandues autour de la jeune morte aux lys. D'après Noirange, tous les résultats d'analyses sont arrivés...

Soudain, sans raison, la pesanteur brumeuse se lève, je me sens très forte, pleine d'énergie et d'optimisme, prête au combat.

Quand j'ai commencé à étudier les prophéties apocalyptiques dans les religions primordiales, j'étais devenue profondément pessimiste, l'humanité galopait vers sa fin avec une inconscience infinie, le cataclysme devenait inéluctable car seule une secousse cathartique ouvrirait les yeux de la multitude qui ne voulait pas voir. La société totalitaire du roman d'Orwell, *1984*, nous guettait, la mondialisation aggravait la déchéance écologique et les scientifiques ne voyaient pas de solution pour arrêter la fonte des pôles et la montée des eaux sur les terres, sans compter les courants perturbés et les changements de climat drastiques qui nous guettaient. Sam était pour beaucoup dans ma culture prévisionniste, à la lumière de sa passion de géophysicien. J'adorais nos discussions même si j'en ressortais défaite d'autant plus que, selon lui, il était trop tard pour arrêter le processus apocalyptique que l'humanité avait mis en branle.

Sam distinguait deux phénomènes: le massacre de la planète par l'espèce humaine, et les changements de climat qui marquent la fin d'un cycle. Les deux conjugués menaient au désastre. Les hommes n'ayant plus les moyens de figer l'entropie galopante qu'ils avaient créée.

Désespérant.

Et puis tout doucement mes peurs ont évolué, une note d'espoir s'est glissée entre les guerres et les cataclysmes : je me mis à croire, sans raison précise, que depuis les plans subtils, des êtres bienveillants sont en train de travailler pour transmuter ces déséquilibres fondamentaux.

Je reconnais que l'idée même de l'existence d'êtres tutélaires tout puissants, prêts à nous donner une dernière chance de tout transmuter, semble de l'ordre de la pensée magique, un processus d'espoir ultime et irrationnel.

Cette pensée magique vaut aussi pour Sam. Sam. Tout de lui me manque, je n'arrive pas à croire qu'il soit vraiment mort. S'il était passé dans la dimension d'après la mort, son âme ou son fantôme serait venu me rendre visite, m'arracher un sourire en faisant tourner une horloge à l'envers ou m'envoyer de ces signes comme des clins d'œil que j'aurai immédiatement ressentis : c'est lui…

Malgré l'évidence de sa disparition, je garde le même espoir irréaliste, une voix intérieure qui me chuchote l'impensable. Je vais me réveiller et tout cela n'aura été qu'un long, très long cauchemar… Mais la voix de la raison me raisonne, défaitiste : selon la police canadienne, il ne reste aucun doute, Sam est bien mort dans l'incendie de ses bureaux à Montréal.

J'ai beau scruter les rares photos de Sam, prises pendant les quelques mois de notre histoire, elles ne m'apportent aucune réponse. Les photos m'ont toujours attristée, elles appartiennent au passé. Elles envoient autour d'elles les réminiscences d'une époque envolée que l'on ne pourra jamais retrouver, celles de Sam m'intriguent, outre le fait qu'elles me font mal : je recherche un signe, une marque du destin, un indice sur son visage révélant la fragilité de son existence. J'aurai dû pressentir sa mort.

Il m'arrive aussi de les contempler pour ne pas oublier son visage, si étrange que cela puisse paraître.

Notre rencontre tient du miracle, sa disparition du mystère. Je doute parfois de son existence. Je me force à regarder ses photos, persuadée au fond de moi qu'un jour son image s'effacerait, parce qu'il n'aurait existé que dans ma tête. C'est aussi l'une des raisons pour lesquelles j'ai besoin de voir Peter, il est le seul à pouvoir m'assurer de la réalité de son existence. À part Francesca, qui avec son habitude de faire irruption chez moi dès qu'elle arrive à Paris, avait sonné un jour où Sam était là et passé la soirée avec nous. Sinon chaque fois que nous nous sommes retrouvés, nous avions tant à nous raconter, à nous découvrir, dans les affres exclusives de l'amour du début, que nous n'avions partagé ce temps précieux avec personne. Je n'ai donc que deux êtres avec qui parler de Sam, et Peter était son ami depuis longtemps… Seul lui saura m'assurer que je n'ai pas rêvé ce bref et pourtant si intense épisode de ma vie.

Une fois de plus je lui ai laissé un message sur son mobile, mais depuis l'Italie je n'ai plus de nouvelles. Ce qui est d'autant plus étrange que Peter, grand voyageur entre les États-Unis, le Canada, l'Italie et la France, sans compter les nombreuses conférences données dans le monde entier, ne se sépare jamais de son téléphone. C'est même un sujet de moquerie entre nous, car je déteste les portables, je ressens chaque fois que je m'en sers les ondes douloureuses me traverser la tête comme des faisceaux aiguisés. J'en avais mal pour lui de le voir écouter indéfiniment, me semblait-il, ses messages multilingues.

Cela ne lui ressemble pas d'oublier de me rappeler, je prie pour qu'il ne s'agisse que d'un problème technique, et qu'il émerge soudain de ce silence avec une explication rationnelle.

Je m'efforce de changer le cours de mes pensées et de revenir à… la bougie et aux fleurs déposées sous la flamme, les roses blanches, *rosa alba* dans la symbolique alchimique, la rose blanche de la onzième étape du Grand Œuvre. Me revient la phrase d'Arnauld de Villeneuve au XIIIe siècle :

« Celui qui m'a faite blanche me fera aussi rouge. Le blanc et le rouge proviennent tous deux d'une même racine. »

La transmutation du blanc en rouge est une des étapes du Grand Œuvre, la transmutation du plomb en or. Après la putréfaction et la cendre des cendres, la rose blanche surgit des cendres, élixir de blancheur qui transmute tous les métaux vils en argent le plus pur, avant que devenue rouge, couleur du sang alchimique, elle ne permette enfin l'ultime transmutation en or pur.

C'est le nom de Dee au bas de la lettre des Anglais qui m'entraîne sur cette voie, celui-ci ayant une réputation d'alchimiste, mais les roses blanches sont aussi plus simplement un des attributs de la lignée royale anglaise, comme les lys pour la France. Fleurs blanches maculées de trop de massacres et de guerres, d'un côté comme de l'autre elles ont pris la teinte pourpre du sang. Alchimie ou non.

J'arrive à la grille du passage menant à l'imprimerie, devant laquelle la voiture de Dante est garée négligemment, à moitié sur le trottoir… Revenant au présent, je touche dans ma poche le plan de Mullins, excitée à l'idée de montrer à mon partenaire la preuve de l'existence du temple mérovingien.

VI

Dernières nouvelles de l'ombre… le temple et Balthus

Je retrouve un Dante préoccupé, les sourcils froncés, devant des piles de papiers, réparties soigneusement sur son bureau. Si ce sont les résultats des analyses, ils n'ont pas sur lui un pouvoir euphorisant.

— Mauvaises nouvelles ?

Je m'assieds sur le bord de la table, le soleil pénètre par la verrière, souligne ses traits tirés, il lève à peine les yeux vers moi :

— Non, non, mais rien non plus de surprenant, deux traces ADN distinctes, à comparer avec celles de Wladimir, et aussi celle de Kristoff puisque c'est peut-être lui qui vous a droguée à la soirée des zombies. Je leur ai envoyé deux hommes pour prendre leur ADN, et je les garde sous surveillance. S'il y a une concordance, ils sont à nous. Les lys viennent d'une serre près de Rambouillet, comme par hasard… Ils nous préparent la liste de tous les clients qui en ont achetés mais je pense que nous devons passer voir monsieur Rambaud, le patron de la jardinerie. J'ai son dossier, un drôle de type, il possède quelques fauves importés clandestinement dans son parc aussi bien gardé que la zone 51… Personne ne se risquerait dans sa propriété, tous les gens du pays l'évitent soigneusement. Quant à sa maison, je devrais dire un manoir situé au milieu de son domaine, il a depuis toujours une sinistre réputation. Un lieu de débauche déjà au XVIIe siècle, où disparaissaient les jeunes filles, selon la rumeur populaire. Rambaud a acheté la maison en piètre état il y a dix ans, il y a fait faire des travaux considérables. Il n'a pas employé les gens du pays, ce qui a alimenté l'hostilité ambiante. Puis il a fait mettre des grillages électriques, des surveillances électroniques, et enfin y a introduit ses bêtes sauvages. Mais on n'a jamais rien pu retenir contre lui, casier vierge, sources de revenus identifiées, culture sous serres de plantes rares qu'il vend aux plus grands fleuristes... Rambaud joue les ingénus, mais il vit dans Fort Knox, qu'a-t-il à cacher ?

Quant aux trois serpents, les trois S, c'est bien avec du sang qu'ils ont été tracés, le sang de Diane, avec un pinceau en blaireau n° 5, probablement du Léonard 72 pour l'aquarelle, du matériel d'artiste. Inutile de répertorier tous les magasins qui vendent cet article, c'est quasiment du matériel pour écolier, que l'on trouve dans tous les supermarchés, sans compter les sites de vente en ligne, une piste illusoire, une aiguille dans une montagne de foin.

Dante parle comme s'il lisait un rapport, le regard fixé sur les papiers qu'il feuillette en parlant. Il donne l'impression d'être ailleurs, jusqu'à ce qu'il relève la tête vers moi et s'humanise soudain avec un vague sourire.

— Et vous ? Qu'en est-il de votre rencontre avec le vieil initié ?

Je l'avais tenu au courant la veille au soir du message de Mullins. Nous étions convenus de ne jamais aller seul à un rendez-vous où à la recherche d'indices sans prévenir l'autre, avec nom et adresse. Un principe de précaution.

— Vous m'avez l'air bien excitée...

Je sors triomphalement la pochette pour en extraire mon précieux papier quadrillé :

— Le temple a bien existé ! Vous n'allez pas le croire, c'est un miracle ! Monsieur Mullins m'a confié un croquis dessiné par l'ingénieur des travaux lui-même ! Regardez ! Il s'agit manifestement d'un site sacrificiel païen bien antérieur à l'époque mérovingienne, dédié à la déesse Ishtar, la grande Déesse Mère, qui a aussi été appelée Astarté et Diane. Regardez le croissant de lune sur la robe de la statue, c'est le même symbole que celui de Diane chasseresse... On y revient toujours, comme une toile d'araignée dont le centre serait la Déesse sous tous ses symboles : à travers les noms, les chiffres, la flamme, le temple. Tout est lié, on ne peut pas parler de hasard !

Je pose le papier sur le bureau entre nous, nettement plus lisible à la lumière du jour que dans l'antre obscur de

Mullins. Ressourcée par la marche, je peux l'examiner avec plus de sérénité et de recul. La perspective est excellente, les colonnes paraissent immenses, la statue d'Ishtar semble sourire, le dragon à la crête hérissée entoure son trône dans un mouvement tournant.

Je lui montre les trois signes devant la table du sacrifice, les mêmes serpents que ceux dessinés au-dessus de Diane dans le souterrain.

— Regardez ! Les trois sigma, 666. Les chiffres grecs archaïques ! Comme sur le pilier, nous brûlons ! Dante sort de son tiroir une énorme loupe, je viens regarder par-dessus son épaule, je sens son parfum, il me rappelle mon enfance, les vacances dans les Vosges, cuir et âpres fleurs sauvages. Je ferme les yeux, le vertige me saisit. Drôle de moment pour se laisser aller à des réminiscences…

— Quel est votre parfum ?

Il se retourne vers moi, étonné, et se met à rire.

— Décidément, vous avez le sens de l'à-propos… Terre d'Hermès, cela vous convient-il ? C'est assez raffiné pour vous ? Mais ne restez pas derrière moi.

Il tire un fauteuil de bureau à côté du sien.

— Asseyez-vous, Arielle.

Nous contemplons tous deux le croquis plutôt habile, le papier quadrillé marqué de plis, légèrement froissé et jauni. Dante reprend la loupe pour en examiner un à un tous les détails. Puis il ouvre une petite boîte dont il sort un instrument avec lequel il gratte légèrement la substance noire, du crayon probablement, dont l'ingénieur s'est servi pour dessiner.

— Une petite vérification…

Plus je regarde ce feuillet, plus je m'étonne du hasard qui l'a remis entre nos mains :

— Vous vous rendez compte ? Le temple souterrain a bien existé, je n'avais pas rêvé. Et ceux qui ont tué Diane le connaissent, puisqu'ils ont dessiné sur le pilier les mêmes sigma que sur l'autel… Tous les autres documents attestant de l'existence de ce temple ont disparu, il ne reste que cette esquisse qui est restée cachée, d'après Mullins, depuis la mort de l'ingénieur.

— Ce qui signifie que ceux qui ont tué l'ingénieur sont aussi les gardiens du secret, ce sont eux qui ont fait disparaître toutes les traces de cette découverte archéologique qui aurait dû être rendue publique... Deuxième constatation – dont nous nous doutions déjà – ces gens sont incroyablement puissants et très efficaces pour protéger leurs arrières. Vous imaginez l'influence et les leviers qu'il leur a fallu actionner pour occulter l'existence d'un tel trésor archéologique ?

Je repense à la réflexion de Mullins sur l'exsanguination de lady Di et à mon incrédulité...

— J'imagine assez mal, mais manifestement les moyens employés étaient à la mesure du danger que représentait cette découverte car son existence aurait pu remettre en cause l'essence même de l'origine sacrée de nos lignées royales : les Mérovingiens pratiquant les cultes païens de Babylone, cela ne concorde pas avec l'image que les historiens ont décidé de leur donner. Officiellement, la conversion de Clovis a enterré les traditions païennes pour lui permettre d'étendre sa puissance, grâce à la protection et à l'influence de l'Église. Grégoire de Tours a été le premier manipulateur de la vérité, il a transformé les rois francs en instruments de Dieu et gommé leurs pratiques sanglantes dans son *Histoire des Francs*, à la fin du VIe siècle. La seule allusion autorisée à leurs talents de sorciers repose dans les origines de Clovis en tant que petit-fils de Mérovée, dont le mythe raconte qu'il fut le fruit des amours d'une reine avec un dieu venu de la mer. C'est pourquoi on les a nommé les rois sorciers, sans très bien savoir ce que recouvre réellement cette appellation...

— Mais enfin, Arielle, qui aurait intérêt à protéger de nos jours le secret des origines mérovingiennes ? C'est absurde, nous sommes au XXIe siècle, tout le monde se moque pas mal de savoir si les Mérovingiens pratiquaient des cultes païens ou des sacrifices humains.

— Vous vous trompez, tout le monde, comme vous dites, n'est pas agnostique comme vous. Il y a encore des multitudes de fidèles qui vivent avec la foi dans les dogmes et les symboles. Regardez les réactions de l'Opus Dei et de l'Église à un certain romans parlant du mariage secret du Christ avec

Marie Madeleine, et de leur descendance. Et ne sous-estimez pas la réactivité de l'Église, elle vit à travers des mythes qu'elle a elle-même mis en place et qui servent de fondements à sa puissance. Si vous grignotez le pilier mérovingien, la construction tout entière est fragilisée. Tout est lié.

Dante grommelle pour le principe, mais je vois bien qu'il n'est pas vraiment hostile à cette thèse. Je poursuis :

— Quant aux mouvements ésotériques qui perdurent à travers les temps jusqu'à maintenant, comment pourraient-ils accepter que l'on dévoile les arcanes de cultes si contraires à la morale et à la soif d'humanité qui se manifestent à travers la pensée contemporaine ? Le meurtre et la pédophilie, qui nous apparaissent comme les pires perversions, sont pour eux des pratiques sacrées… Ils vivent dans un autre monde qu'il leur faut protéger à tout prix, sous crainte d'être pourchassés et anéantis.

— Vous croyez réellement à ce que vous dites ? Qu'il existe des gens pratiquant actuellement des rites aussi archaïques pour honorer des divinités de bande dessinée ? J'ai du mal à y croire. Moi, je pense que ce sont des psychotiques ou des déments qui trouvent dans l'ésotérisme des schémas, des modes d'emploi pour exprimer leur folie.

— Je respecte votre position rationelle mais pour l'instant, puisque les signes se multiplient dans cette direction, il s'agit d'étudier les théories liant le meurtre de Diane à des pratiques secrètes satanistes. Ce qui n'exclut pas d'autres formes de secrets, secret d'État ou secret politique. Sans oublier, vous avez raison, les perversions qui prolifèrent dans toutes les strates sociales, que ce soient les tueurs en série ou les abuseurs d'enfants. Mais nous devons partir du principe que nous ne connaissons pas la vérité derrière ce qu'on veut bien nous dire… Jouons donc chacun notre rôle : je propose, vous doutez, et *vice versa*. Confrontons-nous, c'est le but du jeu, non ?

Dante me contemple, dubitatif, en train me débattre avec ces idées qui surgissent en vrac. Je sais qu'il y a un fil rouge dans ce que je viens de dire, mais je l'ai un peu perdu. Il reprend le papier :

— Commençons par le croquis de l'architecte, OK ? Vous avez vu, on dirait deux ouvertures derrière la statue ? Peut-être les souterrains qui permettaient d'accéder au temple...

— Et s'ils existaient encore ? Si Balthus pouvait nous trouver les plans des sous-sols du quartier... et que nous connaissions l'orientation du plan surtout, nous pourrions ainsi déterminer leur direction, donc leur localisation précise et aller jeter un coup d'œil sur ce qui reste du temple...

À peine ai-je prononcé ces mots que j'en saisis l'absurdité, que ne manque pas de relever Dante.

— Alors là, ma chère Arielle, vous rêvez, les nettoyeurs de l'Alma ne sont pas du genre à laisser des traces derrière eux. D'autant plus que les entreprises de travaux publics qui travaillent en sous-sols ont l'habitude de combler les cavités avec des injections de béton pour consolider leurs constructions. Sans vouloir vous frustrer, je serais stupéfait qu'il en reste quelque chose.

— C'est vrai, mais ce document est tout ce qui reste d'une découverte qui a coûté la vie de plusieurs personnes. Le dernier témoin en quelque sorte est là, devant nous, prêt à nous révéler ses secrets.

— Vous voulez le passer à la question ? Allons-y !

La même excitation nous saisit, envolée la torpeur, Dante a retrouvé son regard aiguisé, il s'amuse et moi aussi. Tout en parlant, je scrute en vain les bords du document. C'est Dante qui fait la première découverte, sa loupe s'arrête sur un point au-dessus d'un des deux grands chandeliers dessinés de part et d'autre de l'autel :

— Regardez ici, deux fleurs de lys qui encadrent une sorte de cercle barré d'une croix...

Je me penche avec lui sur la loupe : écrites en fines minuscules, telles des pattes de mouche que seule la lentille nous permet de discerner, nous apercevons quatre lettres tracées en diagonale avec tout autour les quatre points cardinaux... Je me souviens soudain que la fleur de lys indiquait traditionnellement la direction du nord sur les cartes, effectivement cela correspond.

Trois symboles relient désormais le temple souterrain et le meurtre de Diane, le 666, la fleur de lys, Ishtar. Nous avançons...

C'est le moment que choisit Balthus pour faire son entrée… Il vient vers moi et me tend sur sa paume ouverte un quartz rose poli, dont les reflets ne sont que douceur. Puis il se tourne vers Dante, ouvre l'autre main pour lui offrir une pierre noire striée.

— Cadeaux ! Pour toi, Arielle la pierre du cœur, le quartz rose qui guérit les blessures cachées et pour toi, Dante, la tourmaline, une protection contre les énergies négatives…

Son regard s'arrête sur le papier de Mullins, il s'approche et le scrute, le renifle presque, pose les mains ouvertes dessus pendant que Dante lui explique où nous en sommes. Puis il s'installe devant l'ordinateur et pianote sur le clavier tout en parlant. Tout ce qu'il nous dit sur l'Alma rejoint les informations de Mullins, c'est ensuite que les choses se corsent…

— C'était bien caché, mais j'ai retrouvé des archives effacées de l'AFAN sur les travaux d'excavation du tunnel de l'Alma, il y est question de la découverte d'une immense crypte antérieure à l'époque mérovingienne. Un écrivain anglais en parle aussi sur un site fermé dont j'ai retrouvé la trace, il va plus loin puisqu'il affirme qu'il s'agit d'un ancien lieu de culte païen dédié à Hécate, alias Diane… Mais surtout il suggère qu'il existe un lien entre ce temple et la dimension occulte de la famille royale britannique. Ce qui, selon lui, expliquerait le choix du tunnel pour le sacrifice de la princesse. Une version diamétralement divergente de celle qui a cours dans les tabloïds, la thèse officielle de l'accident.

Vertigineusement sur l'écran se succèdent les fenêtres sur d'autres mondes, les couleurs et les formes voltigent, les lettres et les chiffres virevoltent si vite que l'écran en devient presque uniforme, une mer d'informations subliminales.

— Pour tout ce qui concerne lady Di, sujet ultra-sensible, les accès du ministère de l'Intérieur sont protégés non seulement avec les techniques de protection classiques contre les pirates, les *spywares*, et toutes autres formes de menaces sur Internet, mais aussi des filtres de confidentialité et des mots de passe. Mais surtout – ses yeux pétillent… – ils font aussi appel à la géométrie sacrée.

Dante lève les yeux au ciel, très rapidement, mais j'entends dans sa tête qu'il est entouré de deux illuminés. Pourtant il laisse Balthus poursuivre sans l'interrompre.

— Dès que je m'approche des archives de l'accident, des photos cachées et du dossier médical, je me cogne à des barrages d'énergie autour des cristaux. J'ai clairement vu une figure géométrique me barrant le passage. Regardez : Il dessine une sorte de cage ovoïde au centre duquel il inscrit le cristal.

— Un dodécaèdre ! On dirait qu'il y a des initiés au ministère de l'Intérieur…

— C'est-à dire ? demande Dante avec impatience.

— Imaginez l'union de douze formes sacrées, douze pentagrammes assemblés pour créer la forme géométrique la plus puissante qui existe. Les Celtes et tous les occultistes depuis la nuit des temps l'utilisaient dans leurs pratiques magiques, pour prédire l'avenir par exemple. C'est Léonard de Vinci qui a inventé le dodécaèdre ouvert… Celui que l'on retrouve le plus fréquemment dans les boutiques d'ésotérisme, censé jouer un rôle de protection contre les ondes électromagnétiques.

Dante m'interrompt :

— Et ça fonctionne comment, Balthus ? Comme un coffre-fort ? Nous devons trouver la clé ou le forcer pour avoir accès à son contenu ?

Balthus ne répond pas, et tandis qu'il chemine dans des dédales que j'ai du mal à imaginer, je pense tout haut :

— Je me demande comment ils ont réussi à enfermer le cristal à l'intérieur du dodécaèdre… En entourant l'ordinateur entier de la figure géométrique ? Ou en créant grâce des pratiques magiques classiques une sorte de pentagramme que l'on ne peut pénétrer ?

Dante sourit un peu jaune :

— Des pratiques magiques classiques…

— Vous êtes un scientifique et un biologiste, vous connaissez la puissance des ondes de forme et des volumes spatiaux, l'énergie des pyramides, les travaux du colonel de Rochas, etc. Admettez que les formes ont une influence sur ce qui les entoure, il existe différentes formules qui permettent de les activer et de multiplier leur pouvoir. Ce qu'on appelle géométrie sacrée pourra peut-être un jour être décryptée scientifiquement. C'est ce que vous disiez l'autre jour, non ?

Dante acquiesce de mauvaise grâce :

— Restons-en aux ondes de forme si vous le voulez bien.

Sourd à notre discussion, Balthus pianote sur le clavier, hors du monde, ses doigts crépitent d'une lumière bleue, sur l'écran les fenêtres se succèdent vertigineusement...

— Toutes les communications avec l'extérieur sont bloquées par les ondes de forme du dodécaèdre, il faut que je crée une *back door*, ma porte d'entrée personnelle dans l'œuf magique pour parler au cristal...

Je ne peux m'empêcher d'exprimer mes craintes, je sais qu'Internet peut être un instrument extraordinairement pernicieux entre les mains de forces noires.

— C'est peut-être dangereux, Balthus, le dodécaèdre multiplie tous les pouvoirs et puis je sens derrière quelque chose de sombre...

Dante ricane :

— Sombre ? Dans le tréfonds du ministère de l'Intérieur ? Quelle blague !

J'éclate de rire, tandis que Balthus sourit rêveusement...

Je réalise soudain combien l'utilisation du dodécaèdre comme porte blindée est à double tranchant. Certes pas un magicien noir ou hacker fou n'y pénétrerait sans dommage, mais nous avons affaire à la géométrie sacrée, adombrée par les plus hautes hiérarchies angéliques. Si Balthus y projette son esprit imprégné par la grâce, qui sait ce qui peut se passer ? Je sens qu'il nous réserve des surprises.

Pendant que je fais chauffer de l'eau pour une tasse de thé vert, Balthus explore des dimensions lointaines et Dante se replonge dans ses documents. Sa dernière phrase sur le tréfonds du ministère de l'Intérieur a réactivé l'impression étrange d'être sous surveillance. Pas ici, à l'imprimerie je suis tranquille, je me sens protégée. C'est dehors, dès que je sors, que je sens un regard sur moi, depuis que Cornelia m'a donné quelques clés sur ceux qu'elle fuit.

J'aperçois régulièrement une Velsatis noire aux vitres teintées. Elle passe rue Cassette, elle attend dans la rue de

Montparnasse près de l'imprimerie, elle semble croiser ma route en permanence. Son immatriculation n'est jamais la même, comme si le démon avait à sa disposition toute une flottille de voitures semblables. Je n'ai rien dit à Dante, j'ai été suffisamment mortifiée de ma petite crise de parano chez moi l'autre jour. Mais chaque fois que je l'aperçois, la comptine de Cornelia se met en route dans ma tête

... Ils m'observent, ils sont partout où je vais. Où qu'on aille, ils sont là. Ils savent tout sur nous. Ils savent que nous savons beaucoup sur eux. Ils sont dans le grenier et la cave. Ils se cachent derrière les apparences.

VII

Le noir destin d'Alexeï Funk-Romanov

Alexeï Funk-Romanov se savait exceptionnel bien avant d'être reclus dans la Forteresse, par son appartenance à une lignée impériale secrète. L'ombre de la Grande Russie se perpétue dans ses gènes et dans son sang, sa lignée remonte aux Romanov, mais par une branche occulte et inconnue, au sang tonifié grâce à une mésalliance programmée.

C'est sa propre mère qui l'a livré aux militaires, pour qu'ils fassent de l'enfant un surhomme, ce mythe aussi ancien que Gilgamesh au temps de Sumer, auquel les forces militaires de la fin du xxe siècle avaient décidé de donner vie et chair, dans une expérimentation hasardeuse qui avait trouvé, le soir de la Grande Révolte, son apogée cataclysmique.

Après la grande révolte, en arrivant dans le quartier souterrain des Invalides, il avait persuadé leur mentor, Charles Plantard, de l'introduire comme programmeur mental dans le cadre des recherches secrètes sur les pouvoirs parapsychiques, avec l'arrière-pensée dissimulée de se créer ses propres alliés. C'est ainsi que la chaîne lésionnelle fonctionne, c'est ainsi que Diane et Cornelia, parmi d'autres, sont tombées entre ses mains cruelles.

Contrairement à d'autres rebelles qui poursuivent dans l'ombre la guerre secrète pour laquelle ils ont été formés, avec gilet pare-balles, treillis et armes cachées, il n'est jamais entré dans la clandestinité. Alexeï Funk-Romanov est revenu au sein du giron familial. Il s'est glissé dans la peau d'un financier, s'habille chez Lanvin de costumes d'une élégance discrète et, pour justifier à son entourage son absence de l'âge de six ans à seize ans, il est censé avoir passé toutes ces années dans un pensionnat en Suisse. Sa mère a veillé à ce que la légende soit parfaite.

Même si la haine couve encore dans ce qui lui reste de cœur envers celle qui l'a sacrifié sur l'autel du surhomme, il a su la museler. Il avait besoin des relations de sa famille pour se créer un personnage au-dessus de tout soupçon, dont la réussite financière s'est faite tout naturellement. Vieille famille, vieil argent et nouveau jeune loup aux dents acérées, Alexeï s'est même marié avec une jeune femme correspondant parfaitement à ses critères eugénistes : une beauté svelte et longue aux cheveux dorés, une ascendance aristocratique de province, dont les origines remontent à Guillaume le Conquérant, du sang du Dragon. Elle lui a donné un fils, mais leur relation a fini par exploser, il n'entrait pas dans son système mental de la considérer autrement que comme une alliance nécessaire, la génitrice de sa descendance sacrée. Et ce qu'il ressentait comme de la naïveté ou de la bêtise chez elle, son timbre de voix haut perché et son gentil snobisme provincial, l'exaspérait au plus haut point.

Elle se mit à concentrer toute la violence comprimée derrière l'apparence cultivée du banquier, les explosions étaient de plus en plus fréquentes… Il se contenait pour ne pas casser mortellement son corps fragile, mais lui infligeait les coups les plus vicieux, invisibles mais si douloureux qu'elle s'en évanouissait. Elle tremblait dès qu'il approchait la main d'elle, si doucement soit-il, car c'était souvent dans ces moments-là que la pression sur un point précis déclenchait une souffrance si déchirante qu'elle ne pouvait plus proférer le moindre mot, elle glissait dans l'oubli. Le pouvoir d'Alexeï sur elle était tel que la résistance ou la pensée même de la rébellion ne l'effleurait pas. Sophie était une victime subjuguée.

Quand leur fils eut quatre ans, elle commença à avoir peur pour lui : bien que la violence qu'Alexeï exerçait à l'encontre de l'enfant ne soit que verbale, elle n'en était pas moins d'une venimeuse intensité. Ce qu'elle n'avait pu surmonter pour se défendre elle-même, elle le fit pour son fils. Un jour quand il revint de voyage, il trouva l'appartement vide de tous ses vêtements et objets personnels, meubles et papiers. Elle avait disparu avec l'enfant.

Il resta une nuit éveillé pour se réorganiser avec ce nouveau paramètre. La fuite de sa femme avait des aspects positifs, elle le libérait. Il l'avait épousée, poussé par une impulsion de jouer jusqu'au bout son rôle dans la société, par un désir fugitif de conformité qu'il jugea après coup imbécile. Elle restait reliée à la face exotérique de sa vie et pouvait en disparaître sans préjudice, car elle appartenait au monde ordinaire et non au cercle des initiés. Seul son fils importait, il était de son sang. Il vérifia immédiatement et ce qu'il pensait s'avéra juste : Sophie était retournée dans sa famille en Bretagne, faible elle était retournée vers les protections de son enfance. Son fils serait élevé dans les traditions familiales, et pour l'instant cela lui convenait. Il irait le rechercher le moment venu, et dans quelques années il apprendrait à développer tous ses pouvoirs, comme lui l'avait fait.

Depuis la Révolte, il avait suivi son plan, année après année, pour arriver bientôt à l'apogée… Apogée inscrite dans les nombres : 2012, le 5 universel, verra surgir le nouveau Messie.

Toutes les cartes étaient entre ses mains. Le sang du sacrifice avait renouvelé le pacte et son grand rival, devenu désormais son ennemi juré allait disparaître, lui livrant malgré lui ses connaissances et ses trésors.

Ce soir, après la cérémonie de l'Alliance, ils célèbreraient l'entrée dans la phase finale. Le mouvement était enclenché, et rien ne pourrait plus empêcher leur plan de se dérouler. Bientôt Internet dévoilerait l'information sur une multitude de sites et ses adeptes le rejoindraient par millions.

Vers 18 heures, la limousine noire le déposa près de la Bourse du commerce, il s'y trouve là une étrange colonne, seul vestige de l'hôtel de Soissons construit en 1574 par la reine Catherine de Médicis. Celle-ci l'avait fait ériger pour son astrologue florentin, Cosimo Ruggieri, dont la réputation dépassait largement les limites de l'astrologie, on parlait d'envoûtement et de sorcellerie, il aurait même participé au complot contre Charles IX avec de la Môle et Coconnas.

Cette svelte colonne de trente-deux mètres de haut servait d'observatoire à Cosimo Ruggieri. Elle a miraculeusement survécu à toutes les destructions. Une porte donnait directement sur la chambre de la reine, et servait de passage discret pour entrer et sortir de l'hôtel de Soissons. Une autre communiquait avec le laboratoire où l'astrologue sorcier préparait ses envoûtements avec les poupées de cire aux effigies de ses victimes, incluant ongles ou cheveux nécessaires au maléfice. C'est là que descendait Catherine de Médicis pour qu'il lui prédise l'avenir dans des miroirs convexes ou des cristaux magiques. C'est là qu'il préparait ses potions et sortilèges, et sur les étagères du laboratoire des bocaux contenaient toutes les plantes, racines, crapauds séchés et corne de licorne, minéraux et poudres actives, venins et poisons. Catherine de Médicis avait fait forger pour en protéger l'accès une lourde grille en ferronnerie ornée des douze signes zodiacaux autour d'un Dragon en majesté. Le laboratoire possédait son accès direct aux souterrains qui rayonnaient dans les quatre directions, comme c'était l'usage à l'époque.

Mais Cosimo ne se cantonnait pas à la magie si noire soit-elle, il n'était pas seulement astrologue et sorcier, il avait été initié à la nécromancie par un mage arabe et maîtrisait l'art d'utiliser les morts pour connaître l'avenir.

Dans la tour du château de Vincennes, à la demande de Catherine de Médicis, il avait fait appel à un de ces rites archaïques qui jalonnent l'histoire de l'humanité, que ce soit dans les pays nordiques, dans la Rome antique, ou chez les Mayas, l'ultime offrande pour se concilier les dieux : le sacrifice humain. Les documents décrivent cette cérémonie on ne peut plus macabre : après avoir sacrifié un jeune enfant d'origine juive, il lui aurait fait trancher la tête que l'on aurait ensuite posée sur un socle d'or gravé de signes ésotériques, afin, par des incantations blasphématoires, de faire parler cette tête. C'est ainsi qu'elle lui prédit la mort de son fils et sa future régence.

On peut imaginer que les lieux investis par le mage noir Ruggieri conservent dans leurs vibrations des émanations du Mal. Ce n'est donc pas un hasard si Alexei Funk-Romanov en possède les clés.

Parvenu près de la colonne, à laquelle nul ne prête plus attention si ce n'est une poignée d'historiens, Alexeï

Funk-Romanov sembla se fondre dans la pénombre qui la sépare de la Bourse du commerce et disparut. Il avait pénétré, comme Nostradamus et bien d'autres au XXIe siècle, dans l'antre de Cosimo Ruggieri. Il sortit une lourde clé pour ouvrir la grille au Dragon, et descendit les quelques marches menant au laboratoire puis aux souterrains qui courent encore sous la ville. Il chemina longtemps dans le labyrinthe sous la terre, sans la moindre hésitation quant aux directions à emprunter. Il éteignit sa lampe en arrivant dans un haut et long passage voûté, éclairé de part en d'autre de lanternes posées à même les bancs de pierre taillée courant tout au long du passage. Leur lumière rougeoyante irradiait sourdement l'atmosphère trop épaisse, et au fur et à mesure qu'il avançait, sa silhouette paraissait, par un curieux effet d'optique, grandir, se transformer, et prendre une densité d'une extrême obscurité.

À la moitié du passage, il se tourna vers le mur à sa gauche et appuya la paume de sa main sur un signe sculpté. Une porte pivota, dévoilant une salle immense, éclairée des mêmes lanternes dont l'éclat rougi se reflétait sur un spectacle à couper le souffle.

Derrière un autel fait d'une matière sombre et lisse sur lequel reposait une coupe de terre entourée de treize bougies allumées, trônait, impériale, une statue de femme couronnée d'une lune en croissant. Son visage et ses mains d'ivoire tranchaient sur l'obscurité de sa longue robe au drapé digne d'une vierge byzantine. Derrière elle s'enroulait, protecteur, un dragon déployé, la gueule ouverte sur des crocs acérés et les griffes en avant. L'ensemble déesse/dragon émettait des ondes d'une incroyable puissance, une puissance qui prenait sa source au tréfonds des cultes de Sumer et de Babylone.

Funk-Romanov sentit cette énergie l'imprégner et le grandir, il fut pris d'un frisson d'exaltation mêlée de peur. La déesse revient. Rythmiquement des roulements de tambours scandèrent la respiration de la statue, ses yeux s'animèrent, les milliers d'années de dévotion sacrée lui avaient conservé toute sa puissance magnétique.

Derrière lui, de chaque côté de la porte secrète qui se referma, deux hautes ombres armées veillaient, leurs visages reptiliens fendus d'un regard liquide…

Six de part et d'autre de l'autel, douze hommes debout vêtus de longs manteaux noirs au profond capuchon se tournèrent vers Funk-Romanov. Ils portaient des bottes et des gants de cuir noir, et on voyait luire le métal qui ceignait leur taille et leurs poignets.

Funk-Romanov était satisfait, les usages sacrés se perpétuaient, seuls les vêtements rituels pouvaient convenir pour cette cérémonie d'alliance qui remonte aux Scythes et a été décrite par Hérodote lui-même.

Lorsqu'il parvint devant la statue, le dragon sembla grandir encore, se déplier dans l'espace, crocs et griffes en avant. Funk-Romanov brandit un poignard, remarquable par la sculpture de son manche représentant une exquise jeune femme endormie parmi des rinceaux de fleurs de lys. Il le leva des deux mains comme une offrande ou une demande de bénédiction vers la déesse impassible. Les yeux verts du dragon brillèrent d'un éclat mauvais lorsqu'il s'entailla le poignet d'un geste fulgurant et laissa le sang couler dans la coupe sur l'autel en psalmodiant dans un langage archaïque. Bien loin de l'atmosphère policée des affaires, Alexeï s'immergea dans son monde aux racines ensanglantées, héritage d'une longue lignée de gardiens du Secret.

L'un après l'autre, les hommes versèrent leur sang dans la coupe et chacun revint à sa place. Les tambours continuaient à scander le silence des profondeurs. Le maître de cérémonie trempa la lame de son poignard dans le sang et le reposa sur l'autel, et ses gestes évoquaient ceux des prêtres.

« Ceci est mon sang »

Il prit la coupe à deux mains et but le sang des treize, ses yeux fixés sur ceux de la déesse au dragon qui scintillaient à la lueur des chandelles. Chacun leur tour, les contractants burent dans la coupe de terre le liquide vital, symbole de leur alliance.

VIII

Dans un endroit perdu, Cornelia en proie à ses démons

14- Lorsque commencera l'An Mille qui vient après l'An Mille, le regard et l'esprit des hommes seront prisonniers Ils prendront les images et les reflets pour la vérité du monde
Et l'homme s'il survit sera dépouillé de son âme.

PROTOCOLE SECRET DES PROPHÉTIES,
JEAN DE JERUSALEM

L'angoisse reprenait le dessus. La petite douleur insistante lui taraudait la poitrine qui se remplissait de flots de brouillard, et ce brouillard troublait sa vision intérieure, ses idées s'éparpillaient sans bruit dans l'atmosphère cotonneuse… Une sensation resurgissait, issue du passé, d'une zone du passé tordue, coincée dans l'ombre, reniée. Comme si une vrille la perçait jusqu'à ses couches psychiques les plus profondes, laissant leurs émanations s'échapper de la prison où elle était parvenue à les incarcérer depuis tant d'années. Elle ressentait les limites de la chambre comme poreuses. Elle savait où elle était et pourquoi mais soudain plus rien ne lui semblait logique.

Tout était clair quelques jours auparavant, quand elle avait rencontré Arielle à Giverny. Elle se sentait forte, centrée, prête à braver l'adversité et à réorganiser sa vie et voilà que toutes ses certitudes partaient en miettes. À quoi bon cette fuite, si le prix à payer était l'angoisse revenue, et les films refusés qui reparaissaient… Il lui semblait qu'une griffe se frayait un passage dans sa poitrine en la déchirant, elle ferma les yeux et eut la vision d'une main issue de nulle part, telle celle d'un fantôme invisible, se matérialisant à son contact.

Soudain elle sut, ou elle crut savoir, et cette seule pensée était une défaite totale. Elle aurait beau fuir au bout du monde, changer son apparence, brouiller les pistes, c'est à travers l'invisible qu'ils la poursuivaient. Ils étaient sur elle, ce qui expliquait cet état étrange dans lequel elle se retrouvait ce soir.

Elle avait suivi infailliblement son plan, déterminée à prouver qu'une de leurs marionnettes pouvait se détourner d'eux et disparaître pour vivre sa vie sans regarder en arrière. Elle ressentait alors une force extraordinaire à la pensée de se mettre en travers de leurs plans et de leur échapper. C'était la victoire de la lumière sur l'ombre, de la vérité sur tous leurs mensonges, de l'innocence sur les monstres qui la traquaient depuis son enfance.

Pour la première fois, elle s'était sentie libre, libérée par le meurtre de Diane, comme si le voile tendu sur la réalité s'était soudain déchiré pour lui faire entrevoir le monde sous un jour différent. L'emprise s'était levée pour lui laisser le temps de fuir, mais à quoi bon s'ils pouvaient la retrouver et jouer avec ses émotions et sa lucidité comme avec une poupée ?

Elle se retrouvait, tel Bilbo avec l'anneau de pouvoir, traquée par l'œil du seigneur des Ténèbres. D'un lointain Mordor, pour mieux l'atteindre on réactivait les liens qu'elle avait tranchés. Le poison se répandait dans son cœur.

Trop lasse, si déstructurée qu'elle avait juste envie de se laisser glisser dans le gouffre, elle chuchotait en elle-même : Prenez-moi si vous le voulez, rien ne me retient plus à cette vie, laissez-moi seulement dormir, oublier.

Elle se roula en boule sur son lit, les bras croisés pour se protéger dans l'abandon. C'est à ce moment-là qu'on frappa à sa porte, les larmes lui vinrent aux yeux, je ne peux pas, je ne peux pas bouger ni répondre… Un double d'elle-même se leva, ouvrit la porte au petit garçon intimidé qui lui tendit dans un sourire muet un panier rempli de prunes violettes odorantes. La porte s'ouvrant sur les Monts Enchantés, la lumière si pure et l'air d'une fraîcheur inouïe, la timidité de l'enfant et son regard émerveillé la réveillèrent de cet état de transe tragique. Elle respira profondément et sourit à son tour :

— Jules ? Tu t'appelles bien Jules, n'est-ce pas ? Merci, elles sentent tellement bon…

— Maman demande si vous viendrez dîner avec nous ce soir… Elle a fait du poulet aux morilles, c'est moi qui les ai ramassées avec papa, et le poulet vient de la ferme des Sibard.

— Top là ! Tu peux compter sur moi, je suis très gourmande.

Elle avait découvert cet endroit par hasard quelques années plus tôt, en randonnant avec des amis. Une vieille ferme rénovée en maison d'hôte, *la Haute Combe,* merveilleusement située dans la montagne au voisinage d'une ancienne citadelle. La vue sur les sommets était immense, la maison confortablement arrangée et la famille qui la recevait cordiale. La maîtresse des lieux, Marie, savait garder ses distances et André, son mari, faisait une cuisine exquise avec les produits du pays, morilles, girolles, myrtilles, fromages de chèvre, et la bibliothèque qu'il avait héritée de son père l'avait fascinée tant elle était singulière, touchant à des domaines qui l'avaient toujours spontanément attirée sans qu'elle ne prenne jamais le temps de s'y attarder. Le vieil homme avait eu la passion de l'occulte, du symbolisme et de l'étrange, passion que ne semblait pas partager son fils, visiblement plus attiré par les champignons et la bonne cuisine. Huysmans côtoyait Drunvalo Melchisedech et Gérard de Sède, les *Somnambules* de Koestler jouxtaient le *Matin des magiciens,* et les énigmes se déclinaient à l'infini sur le dos des livres mille fois compulsés.

À cause de son isolement sans doute, de sa beauté, de cette étrange bibliothèque, elle avait toujours gardé cet endroit dans un coin de sa mémoire, au cas où il lui faudrait un jour s'isoler du monde, et c'était là qu'elle s'était réfugiée tout naturellement après avoir retrouvé Arielle dans les jardins de Giverny.

Giverny, le début de la cavale, le grand jeu de la transformation avant la disparition. Il lui fallait passer le flambeau, elle ne pouvait pas s'enfuir sans transmettre ses informations et quand Maxime lui avait parlé d'Arielle, elle avait joué le tout pour le tout. Elle espérait ne pas avoir à le regretter…

Pour l'instant, elle se sentait si seule, si lasse, elle aurait tant aimé entendre une voix amie. Dans cet état de doute qui l'habitait, oscillant entre espoir et défiance, elle décida d'appeler Arielle comme elles en étaient convenues, avec cette impression d'être guidée par une prescience supérieure... Il lui fallait établir un lien lumineux auquel elle pourrait se raccrocher. Qui lui donnerait des forces.

Le lendemain, elle accompagna Marie au prochain village. Elle alla jusqu'à la cabine téléphonique et composa, le cœur serré et les mains tremblantes, le numéro d'Arielle. Elle criait silencieusement au secours, répondez, répondez, je vous en prie... Mais les sonneries se succédaient sans réponse, jusqu'à la mise en marche de la messagerie... Tétanisée, elle ne savait plus ce qu'elle devait faire, parler, raccrocher, elle regrettait déjà d'avoir appelé pour tomber sur ce vide, elle allait laisser un message suffisamment codé pour qu'il ne parle qu'à elle. Les mots tournoyaient dans sa tête sans qu'elle parvienne à choisir, à savoir que dire... Et soudain ils jaillirent d'eux-mêmes :

— Arielle, je suis loin mais j'ai peur, j'ai l'impression qu'ils me rattrapent, j'ai dû faire une erreur, j'ai peur... J'essaierai de vous rappeler demain à la même heure. Je vous en prie, soyez là, il faut que je vous parle, que je vous entende...

Elle était là depuis quelques jours seulement et son univers intérieur était en train d'imploser. À peine arrivée dans la petite chambre élargie par la vue sur les sommets lointains, épuisée par sa longue course, elle s'était jetée sur le lit pour s'immerger dans un lourd sommeil rythmé de rêves de fuite et de labyrinthe, puis avait insidieusement glissé dans cet état nauséeux. Il lui fallait se forcer, sortir, arpenter la montagne, se régénérer avec l'air cristallin, la lumière. Elle secoua ses courts cheveux blonds pour chasser les ombres, encore étonnée de ne plus sentir la masse soyeuse de sa lourde chevelure châtaine, et après une longue douche, se décida enfin à sortir. Curieusement un détail lui trottait dans la tête, une intuition qu'elle ne parvenait pas à cerner et qui pourtant revenait sans cesse à la lisière de sa conscience. *On the Threshold of a Dream,* ce titre d'une chanson autrefois écoutée, il y a longtemps pourtant, et qui repassait en ritournelle…

Elle était partie au hasard du petit chemin qui va vers la forêt, engoncé entre deux talus que les fraisiers sauvages et les fleurs se partageaient joyeusement, attirée par les éclats de lumière avec la volonté de réagir devant ce glissement insidieux vers le non-être.

Lorsque soudain, sans prévenir, elle fut aspirée dans le temps, à l'âge de ses huit ans, *le soir de Kim*, quand les structures de son être s'étaient désarticulées sous la pression. Elle avait perdu sa voix, elle avait perdu les mots. Aucun mot n'était apte à exprimer ce qui lui arrivait et qui était au-delà de la compréhension.

On lui avait mis un verrou sur la parole. Si elle parlait, elle allait mourir.

Elle revoit leur maison à Haarlem non loin d'Amsterdam, une belle maison ancienne en brique rouge, près du centre ville historique au bord du canal. Son père était un homme respectable, allant au temple régulièrement, horloger comme son père et son grand-père, bien connu dans toute la ville. Sa mère, une jolie blonde aux yeux de myosotis, entièrement soumise à son mari, avançait dans la vie avec une sorte de tristesse et de résignation dans le regard. Chaque fois que Cornelia pensait à sa mère, elle éprouvait un violent mélange de rage et de compassion.

Sa pensée glissa jusqu'à ce jour frappé à tout jamais au feu de sa mémoire retrouvée, quel qu'ait été son désir d'y échapper. Ce jour où la petite fille savait que tout allait recommencer, mais ignorait encore que l'impensable était à venir.

Les signes étaient activés. La fréquence des appels téléphoniques, les baisses de voix à leur approche, la cuisine qui s'était remplie de toutes sortes de provisions comme pour une fête, la lune presque pleine, cette convergence la faisait frémir d'une angoisse diffuse qui n'était perceptible que d'elle, lui semblait-il. Quant elle vit Kim si désemparée, elle compris qu'elles partageaient la même appréhension du connu inconnu. Le connu restait supportable, l'inconnu les jetait dans un puit noir.

Ce soir-là, elles avaient été envoyées dans leur chambre. Elles écoutaient, le cœur battant, les oreilles collées à la porte et la main dans la main, la porte d'entrée qui s'ouvrait, les effusions, les rires nerveux, toute une gamme de voix et de chuchotements emplir le rez-de-chaussée. Kim se jeta dans ses bras : J'ai peur… Kookie la voyait toute pâle, le visage défait d'avance, l'air suppliant. C'était la petite, elle n'avait que cinq ans et ses yeux d'un bleu éclatant semblaient l'implorer, comme si elle, Kookie, avait le pouvoir de tout arrêter. Et « la femme » était venue les chercher, dans ces circonstances sa mère disparaissait. Elle les avait habillées d'une courte tunique blanche de soie très douce, Kookie se souvient de l'odeur, rien que d'y penser elle sent son cœur se soulever, un parfum insinuant, tout en volutes nauséeuses.

La porte de la cave était ouverte, ses yeux s'étaient remplis d'eau, une brusque envie de faire pipi s'était emparée de son ventre, mais la main impatiente les traînait, elle et Kim, et tout avait recommencé, l'horrible jeu. Comme les fois précédentes. En mille fois pire.

Ils les avaient allongées sur la table, côte à côte, elle se souvient comme la pierre était lisse et froide, Ces gens, dans le clair-obscur des bougies, les fixaient avec des yeux si brillants qu'ils en devenaient presque rouges. Bien qu'elle puisse reconnaître certains d'entre eux, leurs visages n'en étaient pas moins subtilement altérés, ils lui paraissaient ces nuits-là issus d'un autre monde étrange, tant leur expression ordinaire s'était transformée pour en faire des sortes de monstres comme dans ses livres de contes. Une vague de panique la submergea. Ils allaient la saisir, elle redoutait la douleur si aiguë, la déchirure, elle haïssait ces mains moites sur son corps, ces haleines chargées de tabac et d'alcool, ces cris et ces soupirs. Elle ferma les yeux pour disparaître.

Elle n'osait pas bouger, elle savait qu'elle n'avait pas le droit, mais elle avait quand même saisi la main de Kim qui s'était agrippée à elle avec violence. Les chants les entouraient, sombres et glaçants. La terreur passa de l'une à l'autre, instantanément, et le poignard s'abattit sur Kim, faisant jaillir un liquide sur elle, le sang jusqu'à elle, chaud sur son visage.

Elle avait fermé, serré fort ses yeux, attendant le cœur paralysé la déchirure de la lame, une éternité où elle se mit à courir dans un tunnel intérieur vers ailleurs, un coin de paix loin de la tourmente… Des mains la saisirent pour la forcer à boire à même un bol un sombre liquide poisseux au goût métallique, Kim. Le cri avait jailli des profondeurs de son petit corps tétanisé, sans fin, suivi de longs hoquets où elle vomissait l'horreur, désespérément, avant de sombrer dans un bienheureux trou noir.

Le lendemain, quand elle s'était retrouvée en classe, comme tous les jours, comme si rien ne s'était passé, elle n'avait pas pu reprendre sa vie, son âme et son corps criaient et dans l'impossibilité de formuler l'interdit sa voix l'avait quittée. Il lui semblait être morte en même temps que Kim, elle n'avait plus d'existence, plus de réalité, nul ne pouvait l'entendre, et comme un fantôme elle errait dans un monde à la lisière d'ici… Tout pouvait advenir puisqu'elle était déjà morte. Peu à peu elle se mit à douter de l'existence même de Kim, elle savait pourtant qu'elle avait existé, elle avait tant de souvenirs avec elle depuis qu'elle était arrivée dans la famille un an auparavant, elle était devenue sa meilleure amie. Pourtant insidieusement Kim s'effaçait de sa vie. Kookie avait dû rêver le cortège accompagnant la poupée ensanglantée pour l'enterrer derrière les arbres, dans le petit enclos de pierre où elles jouaient à la princesse perdue.

Elle s'accrochait à la légende qu'on lui avait implantée, ses parents l'aimaient, ils étaient là pour la protéger. Kim était repartie chez elle, tout ce qui arrivait était dans l'ordre des choses et ne regardait personne en dehors de la famille. Elle ne devait en parler à personne d'étranger. Sinon les pires malheurs pouvaient arriver, sinon elle allait mourir.

Elle enferma tout en bloc, la parole était trop dangereuse, elle ne parla plus. Tout son corps commença à se tordre, elle ne pouvait plus se tenir droite ni laisser quelqu'un regarder dans ses yeux de peur de dévoiler son secret. Recroquevillée sur elle-même, le dos tordu comme une petite vieille, l'enfant criait au-delà des mots, avec ses os et sa chair, ce qu'elle ne pouvait comprendre, ni même percevoir clairement.

On lui disait qu'on l'aimait et on jouait avec elle comme avec une poupée. Elle était leur petite fille chérie et si elle se taisait il ne pourrait rien lui arriver, ils ne seraient jamais séparés. Kim lui manquait et Kookie surveillait les dates et la lune, terrifiée de voir approcher les jours fatidiques. Quand ils reviendraient jouer avec elle.

Ils ne revinrent pas, l'enfant démantibulée s'était déchargée de ses attraits, l'étrangeté nouvelle de son petit corps tordu la protégeait, semblait-il, des prédateurs d'enfants. Elle s'enferma de plus en plus profondément dans son carcan jusqu'au jour où elle finit par se retrouver dans une maison spécialisée, enfin sauve, et où l'attention et la patience d'une psychiatre la réveillèrent de son autisme. Ce qu'elle finit par livrer, bribe par bribe, permit de la soustraire à sa famille. Elle grandit dans des familles d'accueil, libérée en un sens mais hantée à tout jamais par des visions dont elle ne savait plus quelle en était la part de réalité ou de cauchemar. Le temps lissa sa mémoire. Mais l'empreinte demeurait au creux le plus profond de son être.

C'est ainsi qu'ils la retrouvèrent un jour, comme si à son insu elle envoyait un signal invisible, enfant abusée, proie prédestinée. Comme Diane ils l'avaient prise au piège par sa faille initiale, ils avaient rouvert le couvercle soigneusement fermé sur l'horreur et cela n'avait été qu'un jeu pour eux de la réduire à nouveau à l'état de poupée triste.

« Kookie, Kookie, petit gâteau exquis, je te croquerai les pieds, je te croquerai les mains, je te croquerai le cœur, je te croquerai la fleur... » De drôles de chansons habitaient ses pensées, son corps ne lui appartenait plus, il lui était devenu extérieur, instrumentalisé. Elle l'avait mis à une telle distance de sécurité qu'elle n'était plus en mesure de le protéger. Il lui avait fallu choisir, elle avait fui la folie et son corps en même temps. C'est ainsi qu'ils avaient pris le pouvoir, le hasard n'y était pour rien.

Une autre petite ritournelle tournait dans sa tête, mais pourquoi, elle se répétait inlassablement comme un mantra : « Mais pourquoi ? Mais pourquoi ? » Chaque fois qu'elle laissait sa main courir d'elle-même sur le papier, chaque fois qu'elle essayait un stylo ou un crayon, elle voyait se former ces mots « mais pourquoi, mais pourquoi ? »

Pourquoi quoi ? Elle l'ignorait en vérité, elle était simplement habitée par une question fondamentale dont elle ne connaissait pas la teneur exacte, et qui restait tapie dans son inconscient, prête à resurgir à la moindre occasion.

Là, assise à cette table face à la vue sublime des montagnes, son stylo à la main, elle regardait les mots se former sans pouvoir intervenir car rien d'autre ne lui venait à l'esprit. Sa tête semblait s'être mystérieusement vidée de toute sa substance, il n'y restait plus que ces mots suspendus en une éternelle question, mais pourquoi ?

Elle essayait d'autres mots, mais sa main refusait de les écrire et revenait obsessionnellement à « mais pourquoi ? »

Pourquoi tout cela, pourquoi à moi, pourquoi je ne peux pas m'échapper, pourquoi sont-ils si mauvais et moi si faible ? Pourquoi ?

Pourquoi ai-je si peur ?

« Kookie, Kookie… » Non, elle ne voulait plus l'entendre, plus jamais, plus jamais, elle mis les mains sur ses oreilles et poussa un long cri rauque.

IX

Paris. Funk-Romanov et le sarcophage de Freud

« Et je repense à tous ces jours dont aucun n'est le mien. »

Michel Ange

Tout fonctionnait comme il l'avait prévu, chaque élément se plaçait à un endroit stratégique, Kookie avait rejoint la zone d'incubation. Son double noir, Alia du Couteau, sortirait bientôt de son sarcophage, impatiente d'accomplir sa mission destructrice.

Il s'était amusé à scruter vicieusement l'esprit de Cornelia, lui envoyant de noires impulsions, des cohortes de doutes et il était satisfait : les flèches empoisonnées s'enfonçaient dans sa psyché sans trouver le moindre bouclier protecteur.

Psychiatre, il siffla avec mépris, que peut un psychiatre contre la haute magie, combinée aux techniques les plus pointues du contrôle mental ? Il ignore tout de la puissance des rituels, comme du pouvoir des *psychics.* À toute personne hors norme, il colle l'étiquette « fou », à ceux qui perçoivent l'invisible, ceux qui utilisent les pouvoirs de l'esprit, ceux qui savent. Les psychiatres mettent dans des asiles les malheureux qui ont le malheur de passer les frontières des mondes et de parler de leurs visions. Parfait, se réjouit-il, ils obéissent au conditionnement, ils jouent leur rôle.

Comment cette femme aurait-elle pu enseigner à Cornelia l'art de se protéger des flèches psychiques ou des intrusions mentales puisqu'elle en ignorait jusqu'à l'existence ?

Comment une simple psychiatre aurait-elle pu soupçonner, derrière l'apparition d'une deuxième personnalité, l'existence d'autres *alter* incarcérés dans des méandres du temps et de l'espace ? La révélation de la petite fille violentée était pour elle l'aboutissement stupéfiant d'une recherche qui la dépassait. Rien ne lui avait permis d'imaginer la complexité subtile des multiples doubles, ou ombres interdimensionnelles créées au cœur même de la psyché de sa patiente.

Pour Funk-Romanov, les psychiatres ne sont qu'une invention efficace, un paravent supplémentaire contre la connaissance.

Jung était l'exception, car il avait la prescience des autres mondes et du réseau lumineux qui relie dans la psyché humaine l'alchimie, les rêves, l'anthropologie, l'art, la religion et la philosophie. Il aurait pu trouver comment ouvrir cette psyché vers d'autres dimensions... et contaminer des esprits évolués. Pour contrer le danger qu'il représentait, on lui avait mis Freud dans les pattes, si l'on peut dire, et le message de Jung avait été traité d'illuminisme, sa résistance aux arguments scientifiques d'ésotérisme, sapant ainsi toute sa crédibilité. Il avait même été éliminé des cursus psychiatriques au profit d'adeptes du rationalisme, thérapeutes adoubés par le pouvoir.

Avec Freud triomphant au service de la science et de la logique, on retombait dans les anormalités d'une psyché réduite à des pulsions sexuelles et l'on effaçait ce que pressentait Jung des extraordinaires possibilités de l'esprit humain, de son lien cosmique à travers les rêves et les processus symboliques.

Funk-Romanov savait que Freud, sans qu'il s'en doute, avait été subtilement préparé pour cette mission de dissimulation. Mais malgré tout, celui-ci avait parfois été entraîné par son intuition trop près de la vérité, aimanté par la nébuleuse spirite qui essaimait alors les phalanstères dans les montagnes suisses. Ces égarements dans ses recherches furent purement et simplement occultés.

Ainsi conforma-t-on les esprits pour que Freud et Lacan soient sacralisés sans possibilité de critique et Jung quasiment effacé de l'histoire de la psychanalyse. Tout danger d'émancipation de l'esprit qu'aurait risqué de provoquer Jung était circonscrit, l'homme restait réduit à lui-même, ses extensions disparues, ses rêves écrasés.

On l'avait enfermé dans le sarcophage de Freud.

L'humanité restait dans son moule, les portes qui auraient pu s'ouvrir disparaissaient sans bruit. Il faut des êtres inspirés pour ouvrir l'espace à la pensée, pour activer les visions. Sans eux, les hommes oublient qu'ils sont reliés au divin. Sous le poids de la pensée dominante qui leur assène limitations et conformité, ils s'inclinent.

Assis à son bureau, dans son repaire de la rue Molière, Funk-Romanov savourait sa puissance, confisquer la connaissance, modeler les esprits, quelle jouissance ! Il eut un ricanement de mépris pour ceux qu'il appelait avec dérision *les pantins*. Tous ces gens qui se croyaient parvenus au pouvoir et à la gloire, petit pouvoir et gloire illusoire selon lui, se regorgeant de la certitude qu'ils le devaient à leurs seules qualités, n'y étaient pas arrivés par hasard. Ils y avaient été élevés par une détermination supérieure et pour un but qui leur échappait.

Chacun à sa place. Le secret était simple : pour dominer, il fallait un peuple conforme, réduit à consommer, obéir et souffrir. Configuré pour obéir, avec la peur de souffrir, le plus grand drame étant assimilé à la perte du confort. À la pensée de tous ces gens à l'esprit blafard, avançant tels des somnambules en conformité avec le Plan, il ressentit une vague d'exaltation. Les Éveillés étaient rares. Tout avait été fait pour qu'il en soit ainsi. Et dans la mesure du possible, ils étaient contrôlés.

Le deuxième secret de la réussite du Plan consistait à maîtriser ceux qui ont le droit de savoir, en fonction de leur lignée et de leur potentiel génétique. Et d'éliminer les autres. Sans que cela se voie trop, pour ne pas susciter les doutes, saper la crédibilité des initiés non agréés étant une voie douce pour les détruire, selon la technique des « armes silencieuses pour guerres muettes ».

Grâce à un travail implacable effectué depuis plus d'un siècle, ils avaient maintenant à leur disposition des psychiatres parfaitement formatés, incapables de discerner les réelles facultés mentales de leurs patients et disposant d'un registre extrêmement limité de paramètres thérapeutiques. Exactement comme ils l'avaient prévu.

Dans ces conditions, ni Diane ni Kookie n'avaient de véritables chances de s'en sortir.

Depuis qu'il avait aperçu Arielle de Thal à Rançay, il ne pouvait plus la sortir de son esprit. La fille de Klara von Debretsy, la filleule de Charles Hiéronimus Plantard, possédait à son insu le pouvoir de sa lignée et ses puissants protecteurs veillaient inlassablement à sa sécurité, sans même qu'elle s'en doute. Arielle appartenait plus à l'engeance des sorcières, comme sa mère, qu'à celle des victimes. Il ne parvenait pas à empêcher ses pensées de s'égarer vers elle, comme si un fil invisible les reliait. Bien qu'il connaisse son existence depuis longtemps, ainsi que son importance pour Plantard et pour le Plan, qui la rendait d'autant plus envoûtante, c'était leur première rencontre.

Le soir de la fête, la vision de Kristof penché vers elle avait agi sur lui comme un révélateur, éveillant un furieux et inusité sentiment de jalousie. D'obscures mémoires resurgissaient pour le tourmenter.

Mais il n'était pas simplement jaloux de l'intimité du geste de cet homme envers elle, il était jaloux d'elle, comme si elle possédait quelque chose qui lui manquait, quelque chose qu'elle lui aurait volé. L'image mouvante d'Arielle, avec sa peau claire dans l'écrin des cheveux aux reflets de métal, et son regard fixé un instant sur lui comme un défi, réveillait en lui des tressaillements curieux. Il avait cette redoutable impression qu'elle avait réactivé dans sa mémoire un monde depuis longtemps éteint, où les sensations étaient intenses et passaient par la chair, chaude, vibrante et… oui, ensoleillée. Il la maudissait pour cette faiblesse nouvelle et cette attente de la revoir qui s'était imposée à lui.

Elle était venue jusqu'à lui, à travers le temps, à travers l'espace. Il ne la laisserait pas s'échapper. Il lui reprendrait ce qui lui appartenait.

X

Montmartre. Le premier dîner

Toute cette histoire résonne en moi avec une saveur de déjà connu. Elle a le goût de cette poupée flottant au milieu des ordures, poussée par les vagues vers les rives de la Seine sous le Trocadéro, dont le regard figé évoquait un drame intime si poignant que je ne pus m'empêcher de penser que les poupées devaient avoir une âme. Elle évoque la tristesse de l'envers des choses, l'inéluctable macération des strates noires existant au cœur des hommes, tout cela entraîné par un mouvement si ancien qu'il pulse comme le tic-tac d'une horloge cosmique que rien ne peut arrêter.

Curieusement, plus nous avançons, plus il me paraît urgent de questionner les zones du passé qui échappent à ma mémoire. Des lignes de faille dont j'ai toujours perçu plus ou moins l'existence prennent soudain une importance aiguë. Il me semble que je ne peux plus laisser à l'abandon ces intuitions fugitives, que le temps est venu de les décrypter, de descendre en explorer les secrets présumés. Je me contentais auparavant de constater des anomalies, confiante qu'un jour viendrait où leur finalité s'éclairerait d'elle-même. Je commence à comprendre, à la lumière de nos dernières découvertes, que je suis liée à cette affaire. Je dois trouver qui je suis.

Ce matin, en me regardant dans le miroir de l'entrée, j'ai vu une autre femme, les méplats plus accusés, les yeux élargis. La forme même de mon visage avait changé. C'est un visage qui me plaît, il m'est donc facile de l'accepter. Il dure depuis ce matin, ce n'est ni tout à fait moi, ni tout à fait une autre, une variante en quelque sorte. Dante lui-même m'a regardée avec un léger étonnement, comme s'il me voyait pour la première fois. Comment pourrait-il savoir ?

Je ne peux me défendre de cette impression d'être entraînée par des flots puissants vers l'épicentre d'un cataclysme. Le monde entier me semble être le miroir agrandi des millions de fois de cette affaire de l'Alma. Les tentacules qui en jaillissent traversent les temps et les continents, reliant des mémoires oubliées, les réactivant pour qu'elles s'inscrivent enfin avec leurs douleurs et leurs pertes dans la conscience humaine.

Je repousse un dossier bleu censé contenir, par dates chronologiques, toute la vie de Diane selon les Renseignements généraux, mais qui ignore des éléments essentiels de sa vie. Ils n'ont pas eu accès à tout. C'est un peu comme le fonctionnement parcellaire du cerveau, une idée qui vient de surgir et sur laquelle j'aimerai avoir le sentiment de Dante. Je l'ai entendu arriver, il était au labo ce matin, peut-être y a-t-il du nouveau... je descends le retrouver :

— Vous voulez un expresso ? On nous a enfin livré la machine que vous réclamiez, Luna est venue l'apporter elle-même, j'ai l'impression qu'elle était un peu déçue de ne pas vous voir – ajouté-je malicieusement, mais sans succès, il reste impassible.

— Volontiers, vous savez la faire marcher ?

— Ce n'est pas sorcier, vous savez, Luna l'a mise en marche, comme si elle pensait que nous étions incapables de le faire nous-mêmes... et voilà, dis-je en posant la tasse mousseuse devant lui, maintenant j'ai une question à vous poser.

— Dites.

— C'est en relation avec les personnalités multiples : nous n'utilisons qu'une petite partie de notre cerveau. Et si ce n'était qu'une petite partie « à la fois » ? Que nous soyons spontanément multiples, et que nos doubles, nos ombres ou nos extensions possèdent chacun leur part de neurones qu'ils utilisent chacun à leur tour ?

Il me regarde, surpris, avant de répondre :

— Et celui qui prendrait le contrôle du corps réveillerait la partie du cerveau qui lui correspond ? Pas inintéressant... je me demande si Clarkson a étudié les zones du cerveau activées sous hypnose, lorsque les personnalités secondaires émergent...

Je pousse mon hypothèse un peu plus loin :

— Est-ce qu'il n'y aurait pas aussi un rapport avec les rêves ? Et si ces parties endormies du cerveau qui sont connectées à nos doubles les libéraient à l'état de sommeil, les laissant envahir nos rêves ? vous rêvez, Dante ? Vous vous souvenez de vos rêves ?

— Rarement, répond-il, l'air songeur. Mais je crois que les rêves reflètent les éléments qui travaillent dans notre inconscient. Vous êtes perturbée par l'extrême complexité de l'esprit humain révélée par notre enquête ?

— Plus nous avançons, plus le contexte dans lequel les êtres humains évoluent me paraît complexe et inquiétant ! Je finirais presque par trouver une certaine justification à l'illusion apaisante que nous offrent les religions.

— L'enfer, le péché originel, le mal ? un apaisement ? questionne-t-il avec ironie.

— Mais oui, les religions donnent aux hommes un cadre, parfaitement identifié, fonctionnant autour du bien et du mal, du paradis et de l'enfer, enfin globalement. Avec un mode d'emploi pratique et clair à la clé. C'est simple, on peut même transgresser et pécher puisque le pardon existe. J'ai toujours détesté le despotisme des religions et l'infantilisation des esprits qu'elles provoquent, mais je commence à comprendre, devant la complexité que nous découvrons, que les gens se raccrochent à leur foi... Les religions sont faites pour nous rassurer, pour préserver la croyance en un système où l'homme peut se reconnaître, où la part d'inconnu est limitée, les peurs et les dangers répertoriés.

— Avec la confession et le pardon à la clé ! C'est vrai que c'est confortable, vu comme ça... l'absolution, la rédemption ! Péchez, tuez, violez, le repentir est là pour vous sauver, n'importe quel prêtre, même le plus dépravé, peut vous donner l'absolution et vous ouvrir les portes du paradis ! se met à déclamer Dante comme un bonimenteur de foire, vive la religion !

J'ai mis le doigt sans le vouloir sur un sujet sensible... mais je poursuis mon idée :

— Ici, c'est le contraire, rien de ce que nous découvrons n'entre dans les cases connues. J'ai l'impression que nous sommes passés de l'autre côté du miroir, en terre interdite. Regardez l'intensité de tous ces symboles : Mullins et son livre démoniaque, l'homme décapité, le cœur enlevé de la jeune morte aux lys, la petite lumière au pied du mémorial, les trois sigmas à la luminescence bleutée, l'éclat des lys éparpillés, le dragon et le signe d'Ishtar sur le croquis retrouvé, le sang, l'ADN, les monstres de Cornelia, le contrôle mental, chaque élément nous emmène un peu plus loin de l'autre côté.

Pour conjurer le vertige qui me saisit, je ferme les yeux et respire son parfum, les Vosges resurgissent… sans pour autant dissoudre l'éclat inquiétant de tous ces éléments. Ils m'apparaissent comme des pièces de puzzle, jetées au hasard sur la table, qui possèdent leur logique, s'articulent ensemble et se répondent. Un jour elles formeront un dessin, j'ai peur de ce qui surgira devant nous. Quand je rouvre les yeux, Dante m'observe tranquillement, avec même une certaine tendresse dans le regard.

— Vous respirez l'air du temps ? me demanda-t-il. Vous assimilez l'étrangeté de notre enquête ? Et si nous allions dîner ce soir dans un petit bistrot, jouer aux gens normaux qui ont une vie normale… sans magie ni manipulation, sans psychopathes ni scientifiques fous. Qu'en dites-vous ? Oublions tout pendant quelques heures. Nous avons mérité une pause.

— Vous connaissez de bons bistrots ?

— C'est mon péché mignon. Oublions la rive Gauche, et puisque Montmartre nous a porté chance en nous offrant Balthus, je vous propose ma cantine, un petit restaurant tout en haut de la rue des Martyrs, ambiance copains et cuisine à la hauteur. Vous craquerez pour leurs petits légumes…

Voilà une assertion restrictive, Dante doit avoir une image de moi un peu raide, bien née, trop chic, un soupçon ennuyeuse peut-être. Tout ce que je déteste. Ma réponse fuse :

— J'aime les légumes, mais j'aime aussi les oreilles de veau sauce gribiche, le cochon, l'Époisse avec du porto, et surtout le gras. J'adore le gras, c'est moins chic, ça, non ?

Il se contenta de rire et d'attraper sa veste :

— Allons-y, Cendrillon !

Quelque temps plus tard, nous nous retrouvons chez Miroir, confortablement installés à la table n° 1, l'as, tout au fond… Dante me présente à tout le monde, Charlotte qui nous accueille avec un sourire en l'embrassant sur les deux joues, Matthieu qui nous apporte d'emblée deux verres de pouilly fumé parfumé, et le cuisinier Sébastien qui sort la tête de la cuisine et lui serre la main.

— Vous êtes connu comme le loup blanc… lui dis-je en goûtant le vin transparent, délicieux, si le dîner est aussi bon, je prends un abonnement moi aussi. Je meurs de faim, j'ai l'impression de n'avoir pas fait de vrai repas depuis des mois.

Dante me commente l'ardoise que Charlotte vient de poser devant nous sur une chaise, ajoutant qu'ils viennent d'avoir une étoile au Bottin Gourmand.

— Mais expliquez-moi, Dante, vous venez d'arriver de Hong Kong et vous avez déjà vos habitudes ici, quel est votre secret ?

— Je suis casanier, j'aime bien avoir mon rond de serviette symbolique, être accueilli en ami, qu'on me donne une table de quatre quand j'arrive à deux…

— Je vois, vous aimez qu'on vous aime, et même qu'on vous préfère… C'est drôle, je vous imaginais plus détaché.

— Quelques idées préconçues sur le Basque pragmatique ? Vous risquez d'avoir des surprises, je suis beaucoup moins cynique que vous ne le pensez…

De notre table nous avons une vue parfaite sur l'enfilade très animée des deux salles séparées par le bar. Chaque nouvel arrivant m'intrigue, je ne peux m'empêcher de scruter son allure et son aura. Nous pourrions jouer à un jeu : qui est qui ? Je préfère en rire… et en parler à Dante :

— Ma vision du monde est un peu déformée, j'ai l'impression que tous les gens ont quelque chose à cacher, qu'ils dissimulent des clones, des *alter*, des aliens ou je ne sais quoi encore… dis-je d'un ton d'autodérision.

— Ne vous inquiétez pas, c'est un syndrome bien connu, la suspicion est contagieuse. Les traqueurs de nazis, de pédophiles ou de dealers de drogue ne peuvent plus regarder le monde d'un regard innocent, chaque être humain devient un suspect potentiel. Dans notre domaine extraordinaire, c'est la même chose, mais il doit bien exister un système pour reconnaître les êtres des autres dimensions, les sorciers et autres intrus, réplique Dante, toujours pragmatique.

— Je crois qu'ils ressemblent à monsieur Tout le Monde, et que leur couverture est parfaite. Pour les débusquer, il faudrait des lunettes magiques permettant de voir la réalité, au-delà des apparences. Avez-vous vu le film de John Carpenter, *They Live*? Il est tout à fait pour vous, je vous l'offrirai. Un peu comme Wells avec son *1984*, Carpenter décrit un monde qui fonctionne sur un système de manipulation mentale à grande échelle, une illusion terrifiante. Seuls ceux qui mettent les lunettes noires magiques « voient » apparaître *l'envers des choses.* Et la sale tête des reptiliens ! Les autres continuent à vivre dans leur monde imaginaire, sans se poser de questions…

Dante me regarde d'une façon indéfinissable, le vin de Pouilly me monte un peu à la tête, une sensation lénifiante bienvenue, libératrice. Dans le brouhaha excité des tables autour de nous, je m'arrête de parler pour goûter les fameux petits légumes, fondants, savoureux, relevés d'une subtile vinaigrette. Pas mal !

— Très bon, mais vous ne dites plus rien ?

— Je vous écoute, j'imaginais que tous ces gens, autour de nous, nous entendent : ils nous prendraient pour des fous, ou pour des scénaristes de science-fiction en train de travailler sur leur prochain projet.

Charlotte nous apporte nos plats en souriant, sans se douter de l'étrangeté de notre conversation. Des pieds de veau grillés, je ne pouvais pas faire moins après ma sortie de tout à l'heure. Sans regrets, un choix étonnant.

— En somme nous vivons dans l'illusion, reprend Dante, et selon votre théorie, du côté de l'envers des choses, ceux qui dirigent notre monde – qu'ils soient politiques, financiers, religieux, sans oublier les scientifiques – seraient de simples marionnettes manipulées pour maintenir l'illusion de la liberté et de la démocratie !

— Non, ceux qui nous dirigent ne sont pas tous de simples

marionnettes, ils ont leur part de responsabilité, puisqu'ils participent à la malversation du Mal au nom du Bien.

Cette phrase de François Favre clignote sans cesse dans mon esprit depuis le début de notre enquête : *Le système de domination des consciences le plus performant et le plus puissant n'est pas celui qui accomplit le Mal au nom du Mal mais bien celui qui réalise le Mal au nom du Bien.*

Dante résume ma vision avec brio :

— En somme, vous mettez dans la même calèche noire roulant pour l'enfer, le pape, le dalaï-lama, Bush, Poutine et tous les autres…

— J'aime bien la calèche noire, lui répondis-je, c'est un peu ça en effet.

— Arielle, l'implacable hérétique ! Y a-t-il des gens qui trouvent grâce à vos yeux ? Des rescapés ?

— Je reconnais que ma théorie peut paraître un peu extrême, mais elle a l'avantage de décoder une grande énigme. Regardez notre planète, pourquoi toutes ces guerres, ces haines, ces famines et ces massacres, ces disparités, ces armes, cette violence ? Malgré les ineffables « bonnes intentions » affichées des gouvernements, les affirmations des droits de l'homme, les sommes de bonnes volontés dédiées aux plus pauvres, il semble que tout soit confisqué au passage, qu'il n'en reste rien que des intentions.

— C'est la nature humaine, conclut Dante sans état d'âme, l'avidité, l'instinct guerrier, la conquête, la soif de pouvoir, cette planète n'est que le reflet de l'homme et de ses contradictions.

— Je ne suis pas d'accord, je crois que rien de tout cela n'est inévitable, il y a autre chose derrière ce que vous présentez comme la nature humaine. Les hommes sont ce que l'on leur suggère d'être. Les plaies qui accablent l'humanité proviennent d'une volonté directrice toute-puissante. Je la sens, je la hume, cette volonté, elle est partout, immanente, invisible, magique, je la ressens à travers les modes, les publicités, les films, tout ce qui infléchit les pensées quotidiennes des hommes.

— Nous voilà à nouveau dans le contexte illuminati, si je ne me trompe ? répliqua Dante.

— Je sais ce que vous en pensez, dis-je, mais soyez tranquille, les Illuminatis demeurent une légende, au même titre que les ogres et les dragons.

— Probablement parce qu'ils ne sont pas la seule réponse à l'ensemble des problèmes du monde. Mais vous avez remarqué, je suppose, que vos Illuminatis défraient de plus en plus la chronique, ils apparaissent un peu partout dans des films et des livres, et ils font l'objet de nombreuses controverses. Personne ne semble mettre leur existence en doute, ajoute-t-il.

— Pourtant nous ne sommes pas du tout formatés pour accepter l'idée qu'une organisation millénaire influe sur le destin de l'humanité. Le doute est toujours là. Quand Mullins m'a parlé de la cour du Dragon et de la Noblesse Noire par exemple, j'étais partagée entre une adhésion intuitive, et le refus de mon mental, bien conditionné, qui a suscité spontanément une sensation de dérision, sympa le vieil homme, mais un peu cinglé.

— Quelle passion... En somme tout ce que nous rencontrons dans notre enquête s'intègre à la perfection à votre système mental. La remise en cause systématique de ce qui fait la base de notre civilisation.

Je ne peux m'empêcher de rire, il a raison, plus j'avance et plus je doute. Mais jamais je ne me serai livrée aussi librement sans le pouilly. Un instinct de conservation m'interdit d'habitude de livrer le fond de mes pensées, tant elles vont à l'encontre de ce que les gens ont envie d'entendre. Pourtant les faits sont là, je suis bien placée pour le savoir, l'histoire secrète inscrite dans de nombreux documents n'a rien à voir avec la version officielle de nos livres de classe. Comment ne pas avoir de doutes ?

Je lève mon verre vers lui, il lève le sien à son tour, complice... Je le soupçonne de trouver un certain plaisir à mes thèses destructrices. E *viva la revolucion* !

XI

Le monde manipulé

La soirée d'hier s'est révélée une parenthèse parfaite. Elle m'a rappelée à moi-même. Depuis mon retour à Paris, sous le choc de retrouver si vibrantes les traces de Sam et de plonger avec l'ORV dans un outre-monde qui, même s'il me glace parfois au sens propre du terme, me fait miroiter le dévoilement du sens ultime de la vie, je m'étais enfermée dans la tour d'ivoire de la rue Cassette. Il ne m'était même pas venu à l'idée d'appeler mes quelques amis parisiens, persuadés que j'étais toujours à Venise.

J'ai pris mon temps ce matin pour me souvenir que je ne me résume pas à un esprit en quête de vérité, je suis une femme avec un corps vivant, une réalité physique, incarnée dans une époque précise qui me permet de vivre, d'aller au cinéma, de flâner dans les musées, de guetter les métamorphoses des nuages dans le ciel de Paris, de respirer profondément la douceur de l'air d'été… Je retrouve un peu les sensations de la soirée psychédélique au château avec Dante, avant la chute.

Et voici que nous allions rencontrer le mystérieux Charles Hiéronimus Plantard, revenu de ses montagnes de l'Ubaye !

Derrière son bureau, les pieds sur la table, renversé en arrière sur son siège et les yeux clos, Dante semble plongé dans une profonde méditation. Je m'installe en face de lui sans bruit, désireuse de ne pas le troubler, lorsqu'il ouvre les yeux :

— Nous devons reprendre le tableau des connexions, j'ai l'impression que nous avons négligé quelque chose.

— Comment ? À quoi pensez-vous ?

— Un lien avec ce que monsieur Mullins vous a révélé sur la Noblesse Noire, mais je n'arrive pas à mettre le doigt dessus. On monte dans votre bureau ?

— Si vous voulez.

Pendant que Dante se plante d'un air perplexe devant le tableau où les lignes se croisent et s'entrecroisent, une idée me traverse l'esprit :

— À propos de Mullins et de cette bataille qui aurait lieu dans les autres dimensions. Elle me rappelle un évènement qui a eu lieu en Belgique au siècle dernier, pendant la Première Guerre mondiale.

Dante se redresse :

— Oui ?

— Ne le prenez pas mal, mais à l'époque l'Evêché l'a répertorié comme un miracle, le miracle des *Anges de Mons.* Imaginez le tableau : L'armée anglaise est en déroute dans la région de Mons, elle fuit, traquée par les puissantes divisions allemandes. La bataille fait rage, les anglais sont à genoux, à bout de forces. Soudain le ciel s'éclaire d'une lumière prodigieuse et les soldats voient apparaître, dans le ciel plombé de lourds nuages, des êtres lumineux qui projettent des éclairs meurtriers vers l'armée allemande épouvantée. Le feu du ciel ravage les rangs allemands qui se sentent maudits, c'est la fuite. L'armée anglaise est sauvée. Sauvée par des anges apparus dans les nuées. Etrange histoire, non ?

Dante n'a pas l'air convaincu :

— Bien racontée en tous cas. Et, bien sûr, ce n'est pas une légende, les anges au secours de l'armée anglaise ? Drôle de parti-pris d'ailleurs… Votre histoire relève de la légende dorée, le Ciel au secours des justes ! Mais nul n'est juste dans une guerre, ce ne sont que des humains qui tuent d'autres humains, au nom d'illusions pompeuses. Et si l'on croit aux anges, emblématiques êtres de bonté et d'amour, comment accepter qu'ils aillent se mêler des petites querelles des hommes, ce qui ferait d'eux des anges meurtriers ? Pas logique, pourquoi pas des extra-terrestres plutôt ? ajoute t-il d'un ton trop sérieux pour être honnête.

— Le fait est historique, de nombreux documents de sources variées, belges, anglaises, religieuses et militaires le décrivent en détail. Son interprétation historique correspond à l'esprit judéo-chrétien, des anges et un miracle. Mais après tout, pourquoi pas des extraterrestres, puisque nous sommes dans l'irrationnel ? À moins d'une hallucination collective…

— Sincèrement, avoue Dante, entre les anges et les visiteurs des autres planètes, mon cœur balance… Pour en revenir à Mullins, quand il parle de guerre dans les autres dimensions, qui sont ces guerriers ? Vous savez bien maintenant que je ne suis pas totalement hermétique à l'Invisible, même si j'ai du mal à croire à l'histoire des anges salvateurs. Vous voyez ça comment, anges contre dragons ?

C'est le moment que choisit Noirange pour entrer dans la pièce du rez-de-chaussée, la fenêtre de mon bureau qui donne sur l'imprimerie est un excellent poste d'observation général. Mais nous poursuivons notre discussion, qu'il la prenne au vol si ça lui chante. La notion du Bien et du Mal m'a toujours interpellée, je poursuis mon idée initiale :

— Ce n'est pas si simple, les anges et les dragons sont souvent liés dans la symbolique, comme l'ombre et la lumière. L'un ne va pas sans l'autre. D'ailleurs que veut dire Mal et que veut dire Bien, puisqu'au regard de lois qui changent, ce qui est mal ici est juste ailleurs ?

— C'est une technique de guerre, réplique Dante, diviser pour mieux régner. On pointe en priorité la différence plutôt que les affinités et les ressemblances, l'autre devient un étranger, un ennemi, ce qui justifie le fait de le tuer. Au nom de la patrie, de la liberté. En oubliant simplement que ce sont des hommes comme nous.

— Exactement, c'est ce que j'appelle le Mal au nom du Bien. Et pendant ce temps on perd de vue notre véritable ennemi, celui qui génère la division et la haine.

— Brrr… Décidément l'étrange monsieur Mullins a passé une couche d'ombre sur votre vision du monde, changez-vous les idées, regardez le soleil magnifique qui brille sur nous ce matin !

Assis dans un fauteuil, Noirange tapote un épais dossier gris posé sur le bureau de Dante. En nous voyant descendre, il nous salue brièvement sans se lever.

— J'ai préféré venir en personne vous apporter quelques dossiers que je ne voulais pas envoyer par fax.

— Sage précaution, souligne Dante, les ennemis sont partout et les oreilles multiples... Voyons ces documents trop compromettants pour passer par les voies ordinaires !

— Je vous les laisse. Mais avant j'aimerai un compte rendu sur vos avancées dans l'enquête, monsieur Plantard attend votre rapport avec une certaine impatience...

Pendant que Dante fait le point avec Noirange, dans ma tête les questions continuent à fuser. Dans quelle dimension a lieu la bataille dont parlait Mullins ? Y avons-nous une place en tant qu'Observatoire des rumeurs virtuelles ? Existons-nous pour ces autres dimensions, en équipe ou individuellement ? Avons-nous chacun notre rôle à jouer, Dante, Balthus, H et moi ? Existe-t-elle, cette fraternité planétaire secrète blanche destinée à contrebalancer le pouvoir des Illuminatis, si l'on décide d'appeler ainsi ceux qui nous gouverneraient dans le secret ?

Car ils commencent à prendre corps dans mon esprit. Leurs noms sont multiples. Leur influence implacable. Ils sont apparus à chaque détour de mon chemin, incontournables seigneurs de l'Ombre, mais ils ont longtemps pour moi conservé l'irréalité de la légende.

Au cours de mes années d'études et de recherches, j'ai toujours pressenti, au-delà des évidentes influences occultes, cette volonté toute-puissante dont j'ai parlé à Dante, que je ne savais pas nommer. Une gigantesque nébuleuse au pouvoir maléfique, ourdissant ses plans dans l'ombre. D'après certaines traditions, les Illuminatis seraient des Maîtres de Sagesse envoyés sur cette Terre à l'aube des temps pour enseigner les hommes. Ils auraient été aspirés par l'intensité ravageuse des sentiments humains. Les Sages sont tombés dans la matière, leur lumière s'est faite noire, elle prend ses sources au plus profond des ténèbres.

Aujourd'hui ces êtres mystérieux acquièrent une troublante densité, je crois les voir diriger de leur Olympe une multitude de petits pions humains, dans un schéma tentaculaire... Une action qui ne saurait être décryptée qu'à travers une vision quasi métaphysique de la politique.

— Arielle ? Vous rêvez ? Je n'ai rien oublié sur notre rencontre avec les anglais excentriques ?

Dante, un peu agacé que je l'abandonne avec Noirange, m'interpelle. Je reviens de loin.

— Pardon, j'étais ailleurs... Si vous voulez, j'ai retranscris l'intégralité de notre conversation sur mon ordinateur, je vous apporte le dossier.

Un moment de tranquillité, parfait. Je monte dans mon bureau inondé de soleil, la fenêtre ouverte laisse entrer la rumeur de la ville. Tout est paisible, une harmonie trompeuse qui laisse croire à un monde sans tourments ni folies. L'ancien monde.

Rapidement je reprends le compte-rendu de la séance du Montalembert, le déroulement de leurs aventures depuis le tunnel de l'Alma jusqu'à l'agression sur les quais, et tous les éléments justifiant leur présence si près du lieu du crime. Nous gardons pour nous les confidences de Cornelia, et son existence même... Pour l'instant, contaminés par ses craintes, nous avons décidé avec Dante de préserver son désir de disparition, ne sachant exactement où se situe H sur l'échiquier du Bien et du Mal. Noir ou blanc ? En imprimant la version intégrale du Montalembert, je revois le fichier de Giverny et notre conversation restituée par ma mémoire avec une précision étonnante. En l'écrivant, j'avais revécu chaque seconde de notre rencontre, les intonations dans la voix de Cornelia, les parfums de fleurs, les lumières, les images terribles provoquées par ses mots âpres et amers. Tout était là, intact, imprimé dans ma mémoire.

Sont-ils derrière le récit de Cornelia, ces fameux Illuminatis? Dante a raison, d'une manière curieuse, ils resurgissent en ce moment un peu partout, dans les séries télévisées, les journaux, les livres, ceux qu'on ne nommait pas il y a encore quelques années entrent dans l'air du temps. Mais pour que leur existence prenne une vraie réalité, il nous faut oublier ce que nous avons appris, prendre du recul afin de regarder l'Histoire et l'actualité autrement. Mais également, et c'est Peter qui m'avait alertée sur ce sujet, prêter attention aux plus petits détails. Ce qu'il appelait la théorie de l'*Autre Regard*, et Sam celle du *Monde manipulé.*

Les Illuminatis aiment apposer leur marque, je dirais même leur sceau, sur leurs actions et possessions, c'est ainsi que ce qui apparaît comme des synchronicités étranges n'est que le reflet de leur jeu. Au royaume des Illuminatis, les signes sont rois, rien ne doit être pris au premier degré... Saluer en levant la main fermée, ou en faisant les cornes, *la mano carnuta,* porter une écharpe d'une couleur ou d'une autre, placer les objets selon une certaine géométrie, choisir le nom et le logo d'une société en fonction d'archétypes, décider de la forme symbolique d'un bâtiment, comme le Pentagone par exemple, tout est signe. Plus le signe est fort et évident, moins les gens le remarqueront... L'exemple le plus banal et le plus emblématique à la fois est le billet d'un dollar exposant sa troublante symbolique, dont la pyramide et l'Oeil qui voit Tout, sans que nul ne s'en préoccupe. Ou si peu. Sans oublier nos cartes ORV marquées de leur empreinte, la flamme et l'ange.

Je descends l'escalier, encore immergée dans mes extrapolations sur la symbolique *illuminati.* Je tends les feuillets à Noirange.

— Voici la transcription du récit des Anglais. À propos, Dante, avez-vous parlé à monsieur Noirange de notre nouvelle recrue, Balthus ?

J'aborde le sujet comme s'il était tout naturel d'avoir recruté un troisième membre pour notre équipe, de notre propre chef et sans aucune autorisation, sans même lui avoir demandé son avis. Cette fausse assurance ne m'empêche pas d'anticiper une réaction négative, assez naturelle par ailleurs. Dante esquisse une grimace...

- Nous n'avons pas encore eu le temps d'évoquer le sujet – et devant l'étonnement de Noirange, il poursuit – Nous avons en effet fait une recrue indispensable pour la suite de l'enquête, un jeune garçon type hacker surdoué, pour qui le net n'a pas de secrets. Grace à lui, l'ORV va enfin entrer dans le virtuel, parce que nous ce n'est pas du tout notre domaine. Science ok, sorcellerie oui, mais internet pas du tout. Avec Balthus, c'est son nom, l'équipe est au complet. Nous sommes assez satisfaits.

Noirange a du mal à avaler la nouvelle, sa réprobation est palpable, il réagit pourtant sans excès :

— Vous avez carte blanche dans vos enquêtes, soit, mais ce n'est pas à vous de recruter votre équipe. N'oubliez pas que vous faites partie d'un service spécial, confidentiel. Toute candidature doit être passée au crible de nos informations, on ne peut pas accepter n'importe qui, quels que soient ses talents. Il faut faire une enquête préalable, et qu'il soit agréé par monsieur Plantard et par moi.

J'écris rapidement sur une feuille de bloc :

— Voici ses coordonnées, nom, adresse… pour faire vos recherches. Mais en ce qui nous concerne, nous n'avons pas le moindre doute. Noirange me dévisage, l'air méfiant.

— Je transmets à monsieur Plantard. En attendant notre décision, restez discrets, surtout s'il vient vous voir ici. Cantonnez-vous aux généralités, rien sur l'affaire, d'accord ?

Puis il se lève, visiblement contrarié, dans son costume gris un peu froissé, s'incline devant moi, salut brièvement Dante et s'éclipse.

— Je parie qu'il va immédiatement appeler son monsieur Plantard, il est furieux ! constate Dante, assez satisfait.

Nous remontons dans mon bureau où je scotche au mur une grande feuille de canson blanc, pour y noter cette fois les signes qui foisonnent autour de la jeune morte aux lys : le treizième pilier, le temple souterrain, les lys, le chiffre de la Bête, la petite musique, la statue d'Ishtar, le cœur enlevé… A côté du tableau des connexions, le tableau des signes. Nous avançons dans le labyrinthe obscur dont parle Jean de Jérusalem.

Ce matin en venant, immergée dans mes pensées, j'ai failli passer devant le kiosque à journaux du boulevard de Montparnasse en oubliant d'y prendre ma moisson du jour. En feuilletant *Télérama*, je me suis arrêtée, saisie, devant une publicité pour la Maison de la France : une belle jeune femme pensive chevauche une statue de chimère cornue dominant tout Paris. Des toits de Notre Dame, le démon contemple la ville et derrière lui, la belle baisse la tête en signe de soumission. Une seule phrase : « France, l'incomparable rendez-vous ». Incomparable, rendez-vous avec le diable sur les tours de Notre-Dame ! Voilà une parfaite expression de ce qui se passe à la vue de tous, sans que nul n'y réfléchisse. Le publicitaire a t-il voulu donner une impression de mystère, sans réaliser qu'en prenant pour emblème l'alliance d'une sculpture démoniaque et de la beauté innocente, il poursuit une longue tradition ésotérique noire et puissante ? Il pourrait d'ailleurs se demander comment cette idée est parvenue à son esprit, quelles influences il a subies subconsciemment. Qui a décidé de choisir cette photo parmi d'autres projets, appartient-il à quelque confrérie bien établie ? Ce choix n'est qu'un signe de plus, un signe des temps qui viennent.

Chaque fois que je me coule dans cette autre façon de regarder, je ressens à quel point elle est éloignée du système de pensée dans lequel j'ai grandi. Je me demande d'où me viennent ces certitudes de l'envers du miroir.

J'en suis à ce point de mes réflexions lorsque les oiseaux se mettent à chanter, j'ai un message... La lumière rose clignote mystérieusement, un numéro s'affiche puis la voix hachée me saisit, j'ai tout de suite reconnu Cornelia, la douceur de son timbre stressé d'angoisse, son message me saisit au cœur. Pourquoi ce damné téléphone n'a-t-il pas sonné ? Alors que je le garde sur moi en permanence au cas justement où Cornelia appellerait... Je note compulsivement le numéro affiché de crainte qu'il ne s'efface soudain... Que faire ? J'appuie sur la touche rappel mais la sonnerie résonne dans le vide, il va falloir attendre demain matin, je regarde l'heure de l'appel, 11:12. Quoi qu'il se passe, demain à la même heure, j'attendrai que cet appareil se mette à sonner, en priant pour qu'il le fasse. Cornelia participe, par tout ce qu'elle m'a révélé, à ce subtil glissement de ma perception du monde, au pressentiment que la vérité occulte, le monde de l'au-delà, les autres dimensions forment un ensemble infiniment plus complexe que le schéma de départ, un ensemble vertigineux, proche de l'inconcevable. Je rumine des pensées sur ce monde invisible, ces autres dimensions où pullulent démons et mystificateurs, lorsque surgit la vision de Cornelia prisonnière de tentacules de fumée noire qui s'enroulent autour d'elle comme des serpents venimeux.

Il me revient un moment de la nuit dernière, à la limite du rêve, où comme par une ouverture apparue soudain dans un mur, j'avais eu l'impression de voir de l'autre côté. Mais comme en rêve la vision m'échappe. Je ferme les yeux pour tenter de me replonger dans cet instant, Le rêve revient d'un seul coup :

… Je suis dans cette demeure liée à mon enfance que je connais bien et qui grandit ou change selon les rêves. Il me faut fuir, les motos arrivent, les bruits de moteur de mes poursuivants se rapprochent, je réalise que la seule échappée possible passe par le souterrain caché derrière la petite chapelle. Je me mets à descendre dans les profondeurs de la terre un escalier interminable ponctué de fenêtres rondes qui distillent une lumière étrangement ensoleillée, puis je parviens au seuil d'une porte ouvrant sur un monde immense.

Deux ours énormes gardent la porte de part et d'autre, et quelques marches mènent dans un grand parc à ciel ouvert planté d'arbres majestueux. En regardant mieux les ours, je m'aperçois qu'ils grouillent d'asticots blancs, mais que malgré leur état avancé de décomposition ils semblent vivants. Suspendue entre les arbres, éclairée de manière diffuse, une gigantesque toile arachnéenne luit dans la nuit, étalant son dessin de fils d'argent à la merveilleuse géométrie jusqu'aux confins du monde.

Au centre de la toile, celle que nous appelons la jeune morte aux lys, Diane, s'inscrit comme une proie déjà vidée de son sang, d'une transparence de camée. Cherchant du regard la monstrueuse araignée qui l'a prise à son piège, je ne réalise pas que le ciel s'éclaircit.

Soudain le soleil jaillit sur la scène, le rose revient aux joues exsangues de la jeune femme, elle ouvre les yeux avec un sourire radieux et se retrouve assise sur un haut trône de verre, regardant autour d'elle.

Telle Alice, elle descend d'un bond dans l'herbe de la prairie et se met à tourner sur elle-même. Le sang se fige brutalement dans mes veines lorsque j'aperçois derrière sa tête un deuxième visage hideux comme celui de la Gorgone, qui grimace triomphalement. Je me réveille en un éclair…

XII

Hector – Un voile se lève sur le passé

J'étais encore perturbée d'avoir raté l'appel de Cornelia lorsque le téléphone sonna. Je me précipitais dessus, c'était mon père. Mon père lointain, dont la voix résonnait de loin en loin des quatre coins du monde. Il ne savait rien de Sam, notre relation ne se racontait pas, je la vivais avec trop d'intensité pour la mettre en mots. J'attendais une convergence qui les mettrait en présence naturellement, elle ne s'est jamais produite. Je n'avais pas pris le temps non plus de lui raconter le curieux rebondissement de ma carrière universitaire vers l'ORV. Quelque chose m'en avait intuitivement empêché, un malaise, une réminiscence fuyante qui ne cessait de m'échapper et que je devais résoudre avant de lui parler.

Je saisis enfin cette impression fugitive, au moment même où je prononçais le nom de Charles Hiéronimus Plantard. Tout me revint à l'esprit, ma mère et H, le regard fiévreux de mon père, cette soirée terrible à Budapest dans les salons de l'ambassade. Ce fut la première disparition de ma mère…

C'était son nom la clé, le nom de l'homme qui dansait avec ma mère dans la salle de bal dont je me souviens des immenses fenêtres donnant sur les jardins, encadrées des rideaux lourds de taffetas rouge que je repoussais pour mieux voir… Je revois aussi le parquet brillant où glissaient les longues robes multicolores, l'orchestre qui jouait des valses et des mazurkas, les hommes guindés dans leurs smokings, tout cela dans un parfum d'une autre époque. Je m'étais endormie, cachée derrière les rideaux, dans le brouhaha de la musique et des conversations. Je me réveillai brutalement, saisie par l'intensité d'un affrontement à quelques pas de moi. Les dernières bougies éclairaient la salle désertée, se reflétant dans les miroirs glacés avec, multipliées à l'infini, les silhouettes de ma mère, dressée de toute sa hauteur svelte et impérieuse face à mon père habité d'une orageuse fureur…

Si les tensions entre mes parents m'avaient toujours été perceptibles, sans que je m'interroge vraiment sur leur compatibilité – je n'avais que sept ans à l'époque –, je les vis soudain dépouillés de tous les artifices mondains qui maintenaient la cohésion de leur relation. Dans leurs regards, leurs attitudes, l'intensité haineuse de leur échange verbal n'en était que plus saisissante, je voyais les sons passer de l'un à l'autre en une ligne sombre comme du velours, sans éclat de voix mais avec une intensité d'une violence telle que je fus submergée par une vague épaisse qui s'enroula autour de moi, m'empêchant de respirer. Ils se détachaient comme des ombres dans les dernières lumières de la fête, mais un éclat rouge scintillait dans leurs yeux, et un nom revenait comme celui d'un démon, jeté entre eux en défi, Charles Hiéronimus Plantard.

À l'arrivée de cet homme ce soir-là dans une longue voiture grise j'avais remarqué l'incroyable sourire qui avait transformé le visage habituellement si hautain de ma mère, lui conférant une douceur inédite. Une transmutation qui dévoila soudain sa face cachée et ne fit qu'élargir le mystère qu'elle représentait pour moi. Ainsi une autre femme était cachée en elle, vivante et vibrante, et elle pouvait resurgir des ténèbres où elle était prisonnière. Curieusement cette découverte provoqua en la petite fille que j'étais une tristesse terrible. Je me sentais aussi proche de cette nouvelle femme que loin de celle que l'on disait être ma mère. Je ne voulais pas qu'elle reparte se cacher, j'étais prête à me fondre dans ses bras.

Je repensais souvent à cette autre femme lorsqu'elle nous abandonna. Je comprendrais plus tard que dans l'esprit de celle qui m'était apparue ce jour-là, j'étais probablement liée à la prison qu'on lui avait infligée, je faisais partie d'un ensemble qui l'avait condamnée à disparaître, d'abord en elle-même, puis sans doute ne supportant plus cette contrainte, de nos vies. Klara n'avait pas épousé Hector de Thal par amour. Mes parents ne s'étaient pas aimés. Comment avait-elle pu accepter cette alliance si elle en aimait un autre, elle qui était si forte ?

Charles Hiéronimus Plantard était lié à la face cachée de ma mère, celle à laquelle je n'aurais jamais accès. Mais je n'avais gardé de lui qu'une image floue face à l'éclat nouveau dans ses yeux à elle. Et son nom s'était peu à peu effacé de ma mémoire, enfoui sous les strates tournoyantes du temps… Ce n'est qu'en prononçant son nom tout haut pour mon père que tout me revint, vertigineusement, avec l'acuité d'une lame brûlante, alors même que je le sentis partir comme une balle à travers l'espace. Dans le silence au bout du fil, je compris que je n'étais pas seule à revivre cette lointaine et étrange soirée où l'amoureuse cachée avait surgi de l'ombre. Quand la voix lui revint, elle me parut blanche et délavée, dépouillée par la fatalité. Pour la première fois depuis presque quinze ans il prononça son nom.

— Ne crois pas que ce soit un hasard, si l'on t'a demandé de rejoindre l'ORV. Hiéronimus Plantard n'en est pas seulement l'autorité, c'est lui qui l'a créé. Et ta mère, Klara, avait un lien avec cet homme bien avant que je ne la connaisse. Je ne suis pas vraiment étonné qu'il t'ait contactée, j'ai toujours pensé que cela arriverait un jour. Écoute-moi bien, Arielle, je peux venir à Paris dans quelques jours, il faut que nous nous voyions. Il est temps que tu apprennes… certaines choses qui concernent notre famille.

Je fus saisie d'une sensation d'urgence, comme si le temps nous était compté, qu'une menace surgie du passé était sur le point de nous rattraper pour changer à tout jamais nos paradigmes familiaux.

— Dès que vous savez quand vous arrivez, dites-le-moi, je viendrai vous chercher à l'aéroport. Moi aussi, j'ai besoin de vous voir.

— Promis. Tu as toujours ta Boxster ? me demanda-t-il sur un ton plus léger.

Ma voiture. C'était la dernière acquisition de mon grand-père, l'ultime gadget de sa collection. Il me l'a laissée à sa mort, en souvenir de la petite virée que nous avions faite tous les deux dans les Pyrénées orientales, vers les terres d'origine de notre famille affiliée aux seigneurs de Périllos.

Bon-papa était un extraordinaire historien amateur, c'est lui qui m'a éveillée à cette curiosité insatiable de recherche de sens et de liens derrière les événements historiques.

Il m'avait invitée pour mes seize ans, comme chacun de ses autres petits-enfants au même âge, leur demandant de choisir leur destination. Les autres avaient choisi Vienne, Rio ou New York, je n'avais pas eu à réfléchir. Je rêvais de découvrir ces lieux dont il m'avait parlé, creuset alchimique de nos origines familiales, où je pressentais, comme dans les portes, un secret. Je voulais partir à la chasse au trésor, au caché, à l'indicible.

J'avais adoré ce voyage initiatique avec le vieux monsieur aux yeux pétillants, qui me décryptait les signes cachés sur les murs des églises de Serralongue ou de Notre-Dame du corral, et les symboles des statues et des tableaux, ainsi que les légendes qui les accompagnaient. Il m'apprit à regarder au-delà des apparences et des conventions, et initia ainsi ma passion pour l'Histoire cachée. J'avais été particulièrement touchée qu'il me destine la voiture qui avait été son dernier jouet, et dans laquelle nous avions eu tant de conversations passionnées, pendant cette escapade qui avait à jamais tissé un lien entre nous.

Cette voiture était devenue ensuite un prolongement de ma révolte, foncer dans la nuit au hasard des routes me donnait l'impression d'échapper à l'angoisse lovée en moi comme un serpent familier. La vitesse agissait comme un puissant anxiolytique : protégée par la familiarité de l'habitacle, je sentais peu à peu se détacher de moi les tensions accumulées…

Entre le voyage à Venise et mon refus de conduire à Paris, je réalisais que depuis plus d'un an je ne l'avais pas sortie du garage où elle sommeillait, telle une belle au bois dormant dans l'attente d'être réveillée.

Je revois précisément la dernière fois, avec Sam. Nous étions partis plusieurs jours en Haute-Normandie, sur les petites routes bordées de hauts talus d'où jaillissaient des hêtres immenses…

Dans mon enfance, j'aimais apprendre par cœur des poèmes, de préférence sinistres ou symbolistes, *L'irréparable ronge avec sa dent maudite… Adorable sorcière, aimes-tu les damnés?* Ou *ma seule étoile est morte, et mon luth constellé porte le soleil noir de la mélancolie…* Chaque fois que je pense à ma voiture, c'est le poème de Lamartine qui me revient à l'esprit: *Objets inanimés avez-vous donc une âme, qui s'attache à notre âme et la force d'aimer?*Mon frère s'est toujours moqué de ma façon d'en parler comme d'un être humain, et féminin de surcroît, mais si j'avais dit « mon boxster », j'aurai eu l'impression de parler d'un chien.

— Je l'ai toujours, vous verrez…

— Tant mieux, à très bientôt alors. Sois vigilante.

Il raccrocha, me laissant doublement perplexe: du lien que je venais de retrouver entre le Sphinx de l'ORV et ma mère, de son avertissement et des révélations qu'il veut me faire sur la famille.

La famille, un sujet difficile pour tous. Dès la naissance, on est imprégné sans le savoir des traumatismes et des mensonges qui habitent son histoire cachée; l'essentiel, l'intense et le scandaleux ont été soigneusement déguisés pour s'inscrire dans la norme. On ignore donc les prémices de cette étrange influence, ses fondements et plus encore son tréfonds. La seule façon de soigner les empreintes familiales douloureuses est de dénouer le passé, de l'éclairer et de couper les liens avec ce qui ne nous appartient pas. J'aurai peut-être enfin avec mon père l'occasion d'éclaircir les obscurs recoins où mes ancêtres et prédécesseurs ont jeté tout ce qui risquait de ternir l'image familiale. Et de m'en libérer.

Du côté hongrois de ma mère, j'ai fouillé dans les mémoires sanglantes et bourbeuses de la Noblesse Noire, et je connais une partie de leurs secrets. Je sais aussi que d'autres m'échappent. De quoi mon père veut-il me parler?

De ma mère ou de sa propre lignée de vieille noblesse française dont j'ignore à peu près tout. Va t-il enfin me dévoiler une part du mystère de la disparition maternelle ?

XIII

Thomas et le secret des Invalides

La plupart des gens ignorent les secrets cachés derrière les façades trop connues des monuments devenus emblématiques, figés dans leur beauté ou leur opulence. Histoire secrète des cathédrales, de leurs souterrains et de leurs fondations païennes, châteaux parcourus de réseaux secrets, monuments au double langage, significations cryptées dans les sculptures et les formes, messages survivant au temps que seuls savaient déchiffrer les initiés… pour celui qui sait voir et entendre les langages codés, ces monuments se révèlent volubiles et racontent des histoires très différentes de celles qui sont devenues la version officielle.

Avant de découvrir que Louis XIV, le Roi-Soleil, en était le véritable visionnaire, Thomas, comme bien d'autres, avait d'abord regardé l'ensemble monumental de l'Hôtel national des Invalides, sa froide architecture, les ors et les palmes, comme une réalisation de Napoléon, un hommage à la puissance de l'empereur, que son tombeau a consacré comme l'âme des lieux. Ces lieux dont les profondeurs cachées allaient devenir sa nouvelle demeure.

Après sa longue fuite à travers la France, suivant les instructions, il avait rejoint ses frères de combat dans leur lieu de ralliement, le cœur secret des Invalides, un centre occulte du ministère de la Défense. Il découvrit que, comme une réplique souterraine des constructions extérieures, des salles immenses ramifient les sous-sols à une profondeur allant jusqu'à près de trente mètres. Invisible, un immense complexe d'écoutes et de télécommunications a été implanté dans ces salles souterraines, une véritable ruche humaine travaillant pour les Services secrets français. C'est là que les fugitifs de la Forteresse avaient été rassemblés après la grande révolte, pour utiliser leurs dons développés dans la frustration et la douleur. C'est là que Thomas avait compris qu'il ne pourrait jamais retrouver un regard innocent.

Tout avait commencé dans un camp de nature, quand il avait été repéré par les télépathes...

Il se souvenait parfaitement de la première fois où « on » s'était glissé dans son esprit, exercice que lui-même maîtrisait spontanément depuis l'enfance, croyant longtemps que c'était chose normale que d'envoyer des sondes mentales pour lire les pensées des autres. Il lui suffisait de se focaliser sur une personne pour entendre tout ce qu'elle avait dans la tête. Il avait vite compris avec quelques taloches qu'il lui fallait mieux se taire sur ce qu'il entendait dans les crânes des gens du village, sans compter les *Autres*, qui émettaient des pensées qu'on ne pouvait exprimer avec des mots humains.

Thomas était né dans le pays cathare, entre Montségur et Quéribus, deux citadelles emblématiques de la résistance cathare à la croisade des Albigeois, quand les chrétiens du Nord s'étaient armés pour exterminer ceux que l'on appelait les « bons hommes », qui prônaient le retour aux paroles du Christ, au dépouillement et à la pauvreté, en opposition aux fastes scandaleux de l'Église.

Les cathares ne sont pas ce qu'on nous a fait croire. Thomas l'a toujours su, il a des affinités avec eux qui vont au-delà d'un simple intérêt, ils sont ses frères. Il les a rejoints à travers le temps pour partager les moments clés de leur histoire. Il sait que ce nom de cathare qui paraît si noble à certains ou que d'autres récusent avec passion, n'était à l'époque qu'une insulte des chrétiens, on disait cathare en crachant, comme on disait les « chiens » maures. Ils se nommaient eux-mêmes « pauvres du Christ », et si l'Église les a récupérés comme hérétiques afin qu'ils trouvent leur place dans le grand schéma catholique, en réalité ils n'avaient rien ni de chrétien ni d'hérétique. Ils étaient autres. Thomas avait découvert que, derrière l'imagerie commune qui n'est qu'une sorte de travestissement de leur secret, leur action était millénaire, sans rapport avec les visions des religions abrahamiques, judaïsme, christianisme, islam. En quoi consistait leur secret ? Pourquoi les réduire à une simple divergence de points de vue religieux? C'est le nœud de toutes les querelles sur les cathares.

La perspective que Thomas avait découverte en travaillant sur les autres dimensions échappait à toutes les théories et analyses, les pauvres du Christ étaient d'une autre essence que les simples humains. Issus de la nuit des temps, ils possédaient un savoir et des dons qui dépassaient toute dimension politique ou religieuse. Thomas en était venu à penser qu'ils venaient d'Ailleurs. Ils étaient si différents que leur seule existence était un danger pour les pouvoirs politiques et religieux, qui décidèrent de les éradiquer avant qu'ils ne deviennent incontournables. Ce fut un véritable génocide...

Mais quelque chose avait survécu, planant toujours sur les lieux qu'ils avaient imprégnés, malgré les morts et les destructions. Certains pouvaient encore en ressentir au fond de leur cœur la pure immanence, un souffle extraordinairement puissant. Les temps avaient passé, Montségur au sinistre bûcher avait été rasé puis reconstruit, les citadelles cathares avaient été abandonnées par leurs habitants, mais elles avaient conservé leur aura magnétique. On leur prêtait des trésors cachés, des pouvoirs magiques, et nombreux étaient les « spécialistes », énergéticiens, géobiologistes, magnétiseurs, sorciers, chercheurs, ou encore initiés qui venaient ressentir, s'imprégner ou modifier les énergies si particulières de ce pays cathare, dans les ruines sévères qui dominaient encore les vallées. On disait qu'un vortex, une porte vers d'autres dimensions, s'ouvrait à Montségur et que les énergies subtiles de ses murs s'accordaient avec celles de la planète. Thomas y était venu à plusieurs reprises avec des compagnons pour communiquer avec des leaders cathares dans d'autres dimensions, il pouvait attester de l'intensité des vibrations en jeu.

Au petit village de son enfance, Saint-Paul-de-Fenouiller, il était en classe de huitième quand les camps avaient été organisés pour les enfants du pays alentour, financés par l'État. Exploration du pays, des nombreuses grottes, apprentissage de la vie dans la nature, les enfants adoraient ça. Lui aussi.

Le camp venait de commencer, l'homme était arrivé, il l'avait regardé et pour la première fois Thomas avait senti comme un tentacule froid qui tentait de s'insinuer dans sa tête, il l'avait rejeté avec colère et l'homme avait souri, un sourire de satisfaction qui lui avait fait mal au cœur. Cet homme connaissait son secret, et contrairement aux autres ne le laissait pas entrer dans son esprit, protégé par un mur qu'il ne pouvait pénétrer. L'homme était reparti, mais Thomas n'avait pas oublié son malaise qu'il comprenait mieux à présent.

De camp en camp ils l'avaient formé, suivi, poussé dans des études scientifiques, et s'il sentait bien que leur intérêt pour lui ne tenait pas à ses capacités physiques ou intellectuelles, mais à son don particulier, il avait fini par l'accepter. Il accepta aussi les entraînements présentés comme des jeux : vision à distance, télépathie, influence occulte. Tous ces exercices dans lesquels il se révéla surdoué le conduisirent directement à la Forteresse.

Maintenant il aurait voulu oublier les années passées là-bas, l'entraînement inhumain, la violence. L'indicible. Mais il en portait la marque malgré lui.

Ses talents étaient sa seule richesse : faire oublier le temps à un sujet en projetant sur lui une bulle où le temps n'existe pas, envoyer des sondes psychiques à des moments précis de l'Histoire pour vérifier la réalité de certains faits, éventuellement influencer les esprits pour changer le cours des choses, déconcentrer un homme ou une femme politiques, l'éventail des exercices se révéla très vaste. Thomas travaillait sans se rendre compte qu'il n'avait pas de vie, pas de petite amie, ni de copains, que le plaisir d'aller au restaurant ou au cinéma lui était tout à fait étranger. On l'avait réquisitionné corps et âme, « neutralisé » en tant qu'humain et sublimé comme médium. Là, il faisait des merveilles.

Son libre arbitre lui avait été retiré, il était prêt à obéir à tous les ordres, comme un soldat modèle, comme bien des militaires de carrière dont l'armée a détruit les cerveaux pour en faire des armes sans état d'âme, en attendant les soldats bioniques préparés en secret par les militaires des grandes puissances.

Thomas était dans le secret des dieux. Dieux ou démons ? Il ne se posait plus la question.

Il représentait une pièce cruciale sur l'échiquier bien particulier de Charles Hiéronimus Plantard, l'Ours de l'Ubaye, grand maître au trente-troisième degré de la loge la plus secrète de la franc-maçonnerie. Comme ceux qui planent dans les hautes sphères, au-dessus du vulgaire, celui-ci pouvait se permettre d'ironiser sur les rites et les signes de reconnaissance des petits soldats en bas de la pyramide. Si bien que nul, surtout parmi ses plus proches relations, ne se doutait que derrière ses railleries de la franc-maçonnerie se cachait un grand maître. Il jouait ainsi sur les deux tableaux, influence occulte et virginité publique. Il n'était pas le premier à avoir usé de ces artifices pour préserver son secret.

XIV

H, Grand Maître en manipulation, reprend les armes

Le lendemain de son rêve terrible, Plantard atterrissait à Paris dans son luxueux Falcon.

Une limousine noire l'emmena directement à l'hôtel national des Invalides, où un ascenseur le descendit de plusieurs étages jusqu'au niveau le plus bas du complexe souterrain de surveillance et de communication du ministère de la Défense. Dans ces lieux *Secret défense,* bourrés de serveurs informatiques, de systèmes électroniques et électromagnétiques, de réseaux téléphoniques interministériels protégés, du tout nouveau intranet sécurisé du gouvernement, *ISIS,* il existe une enclave quasiment vierge de technologie, une zone à part. Parmi tous les militaires qui grouillent dans les sous-sols des Invalides, rares étaient ceux qui avaient eu l'opportunité de découvrir la grande salle en pierre de taille et à la voûte en ogive, telle une cathédrale sous la terre.

Sa haute silhouette un peu voûtée, Plantard en sortant de l'ascenseur contempla avec satisfaction, malgré le léger brouillard qui les floutait, ses *psychics* habillés de la raideur d'armures invisibles, assis autour d'une vaste table ronde. Ceux-là étaient des valeurs sûres, il pouvait les envoyer, telles des flèches lumineuses, pour chercher des informations dans les lieux les plus sécurisés de la planète ; il pouvait leur faire bousculer l'échiquier politique en infléchissant les pensées des dirigeants. Il pouvait communiquer avec ses envoyés dans n'importe quel pays du monde sans téléphone mobile ni satellite ; la planète leur était ouverte sans limites sauf pour les quelques lieux gardés par la magie.

Car, si paradoxal que cela puisse paraître, compte tenu des incroyables avancées de la science, rien n'égalait dans toute la galaxie technologique le pouvoir de la pensée, de la prescience, en un mot des *psychics.* Aucune machine ne pouvait remplacer les pouvoirs de l'esprit humain. Les complexes souterrains les mieux protégés, les sites les mieux cachés, impossibles à pénétrer pour les sondes des satellites, s'ouvraient aux promenades des *remote viewers.* Ils étaient le joker des communications télépathiques avec les sous-marins nucléaires. Ils envoyaient leur esprit parcourir les lieux archéologiques perdus, descendant dans les salles secrètes pour en évaluer les trésors, ils pouvaient retrouver les épaves d'anciens navires engloutis où dormaient de précieuses informations, des objets de culte ou des artefacts magiques. Ils pouvaient repérer les lieux lointains pour préparer une attaque armée et fournir tous les renseignements logistiques, voire même retrouver une cible en cavale. Ils pouvaient se projeter dans le passé et certains dans le temps futur, jusqu'au mur noir de 2012 au-delà duquel nul ne pouvait passer.

Plus de portes ni de murs, abolis l'espace et le temps, les *psychics* de Charles Hiéronimus Plantard peuvent se comparer aux esprits évoqués autour des tables de spiritisme, mais ils sont infiniment plus fiables, car de chair et de sang, incarnés dans cette réalité et prêts à rendre compte d'une façon précise de tout ce qui s'y passe. Tandis que parmi les esprits astraux il se trouve parfois des affabulateurs incontrôlables, la préparation mentale des *psychics* les met dans l'incapacité de désobéir ou de mentir.

Plantard donna ses instructions précises et minutieuses à quatre hommes et trois femmes, totalement concentrés, les regards domptés avant d'être lâchés pour s'éparpiller dans toutes les dimensions. Désormais l'Avatar ferait partie intégrante de leurs pensées, il serait un élément de plus dans leurs recherches complexes, un paramètre inéluctable… Où qu'ils se projettent dans le temps et dans l'espace, pour quelque mission que ce soit, tout ce qui le concerne serait mis en lumière, intégré et répertorié, le moindre signe, la moindre parole, rien ne devrait leur échapper. Assis sur des sièges face à un grand écran, ils commencèrent par la projection de photos de villes, de monuments, de cartes routières…

Le Mont-Saint-Michel, Montségur, Narbonne, la chapelle Rosslyn, Chartres, un à un les lieux choisis pour leur lien avec les forces occultes sous surveillance imposaient leur aura et révélaient leurs mémoires. Chacun travaillait avec concentration, scrutant les traces éthériques lumineuses, cherchant des signes révélateurs de la présence de l'Avatar. Les autres s'étaient répartis dans des pièces attenantes à la grande salle, chacun activant son don singulier dans le même but.

Puis Plantard convoqua Thomas dans son bureau, à lui seul il confia une mission si sensible que nul autre que lui ne devait être au courant.

Charles Hiéronimus Plantard soupira. La traque était sans fin.

Il était temps de rencontrer Arielle de Thal et Dante Ibozu. Il se félicitait de leur première recrue, l'arrivée de Balthus confirmait la confiance qu'il avait mise en leurs talents comme en leurs capacités intellectuelles et mentales. Noirange avait assez mal pris l'introduction de Balthus dans l'ORV, mais Arielle s'était entêtée, elle avait montré avec Dante une détermination intéressante qui prouvait qu'ils se sentaient impliqués dans leur première affaire. Noirange n'avait eu qu'à s'incliner.

Charles Plantard avait rencontré Dante aux écuries de l'Aga Khan près de Chantilly. Depuis les années avaient passé. Celui-ci avait déjà des théories sur la mutation génétique du gène de la myostatine induisant des performances supérieures. Il travaillait alors sur le séquençage du gène mutant, persuadé d'arriver un jour à créer une nouvelle race de chevaux beaucoup plus puissants et rapides. Le rêve de tout éleveur. Dante et lui avaient eu de longues conversations sur les avancées de l'ADN, et les mirifiques possibilités qu'elles offriraient, sachant bien que seule une élite aurait l'occasion d'en profiter. Plantard avait apprécié son cynisme et détecté en lui des failles utilisables, amour de l'argent, besoin d'être reconnu, désir de vengeance. Un être complexe, éclectique, diaboliquement intelligent et subtilement corruptible. Un homme en colère, passionné, un démon de la génétique.

À propos de gènes, ceux que Dante possédait à son insu le mettaient bien à part du commun des mortels, certaines alliances étant programmées pour engendrer des êtres spéciaux. Aussi Plantard avait-il l'œil sur lui depuis sa naissance, il l'avait suivi dans ses dérives d'adolescent fougueux à l'ETA, son doctorat d'anthropologie, ses brillantes études de neurobiologie et de génétique à l'université de Berkeley aux États-Unis, sa carrière mouvementée, la publication de son livre iconoclaste, le tollé médiatisé des évolutionnistes français, son retour aux États-Unis et son éclatante réussite dans la criminologie, où sa théorie avait trouvé des applications inédites. Son implication dans le NSA et la CIA. Son nouveau départ pour l'Asie, les monastères shaolin et les courses de chevaux…

Depuis leur rencontre préméditée au haras Aga Khan, il attendait patiemment le moment où leurs destins se rejoindraient. Dès que l'ORV avait été créé, malgré l'opposition larvée de Noirange qui avait la prétention d'y placer un de ses hommes, il avait fait appeler Dante en lui faisant une proposition dont il savait qu'il ne saurait la décliner.

Arielle de Thal appartenait à une autre histoire, la sienne. Il avait partagé avec sa mère, Klara von Debretsy, aristocrate hongroise d'une beauté aussi fulgurante que son âme était tourmentée, une histoire passionnelle qui fut dans sa vie la seule échappée de son cloître mental vers l'animalité de la chair. Klara était à elle seule la quintessence de la femme, un artefact vivant, une déesse incarnée dans le sang et la fureur. Elle était son égale, libre et sans scrupules, descendante d'une lignée cruelle qui avait établi sa puissance sur la Transylvanie par la violence. Elle le fascinait.

Elle avait épousé Hector de Thal et lui avait donné deux enfants, mais Hiéronimus n'était pas jaloux, nul ne pourrait jamais posséder Klara comme il l'avait fait, corps damné et âme noire, elle avait été sa porte vers les profondeurs secrètes des anciens cultes, une grande prêtresse avide de pouvoir occulte et de rites sanglants. Bien sûr elle n'avait pas l'âme d'une mère. Arielle et Antoine avaient à peine grandi qu'elle les avait quittés ; elle s'était littéralement volatilisée de leur vie, retournant vers ses origines.

Plantard savait tout des deux enfants de Klara. Depuis son départ il s'était senti autorisé à veiller sur eux et investi d'une mission à leur égard, quitte à infléchir le cours de leur vie. Mais si Antoine s'était toujours plié au cours des choses sans se poser de questions, Arielle n'avait cessé de lui échapper, imprévisible feu follet, jusqu'à ce jour.

L'Observatoire des Rumeurs Virtuelles devenu un piège à fée, voilà qui était ironique. La vision lui vint d'un cercle d'ifs sombres surplombant un des plus beaux parcs de Normandie, dix-sept arbres pour retenir les fées dans un cercle magique. Le bois des Moustiers, conçu selon des principes théosophiques, respire encore au rythme des esprits élémentaires. Les initiés comme les enfants vont s'asseoir sur la pierre au centre du cercle désormais brisé. L'un des arbres est tombé, les fées se sont envolées, grisées des parfums mêlés des gigantesques massifs de rhododendrons éclatants de toutes les couleurs, elles se sont glissées au plus profond du parc, vers *la vague*… Dans la vision de Plantard, le dix-septième arbre est revenu fermer le cercle et a restitué sa puissance au piège à fée où Arielle tourne en vain en quête d'une issue.

D'après tout ce qu'il connaît d'elle, Arielle n'est pas de la même essence pervertie que Klara. Investie malgré elle de l'aura ténébreuse de sa mère, elle s'est naturellement tournée vers les sciences occultes, mais dans le rôle de l'historienne et non de la prêtresse, désespérée de dénouer en elle ces obscurs pressentiments d'autres mondes. L'ORV allait lui donner l'occasion d'activer ses intuitions et ses pouvoirs latents. Il se réjouissait à l'avance de cette proximité.

Il lui fallait aussi désormais compter avec Balthus, la part d'imprévisible qu'Arielle et Dante venaient d'inviter dans le jeu. Ses talents parapsychiques exceptionnels, ses dossiers médicaux et scolaires, sa capacité à voyager avec les cristaux, son autisme, ses parents adoptifs, tout l'itinéraire du jeune garçon, compilé dans une épaisse chemise bleue, avait atterri sur son bureau dès la deuxième rencontre qui les avait réunis tous les trois à Montmartre, Dante, Arielle et Balthus. Charles Hiéronimus Plantard se réjouissait de cette extraordinaire recrue pour l'ORV. Il comptait bientôt pénétrer le mystère qui entourait l'apparition du bébé Balthus sur les marches du Sacré-Cœur dix-neuf ans plus tôt, dans un panier tel un moderne Moïse. Adopté par le couple Thureau, son origine était restée inconnue, nul ne s'étant soucié à l'époque d'en identifier la mère. Plantard avait d'ores et déjà activé ses réseaux pour la retrouver, ainsi que son père. Une histoire à la fois banale et compliquée qui ne devait pas dépasser les compétences de ses enquêteurs particuliers.

Il ignorait encore que dans le maillage qu'il était en train de créer avec l'ORV, existaient en dehors de lui des liens que le plus grand des hasards n'aurait suffi à expliquer, des liens initiés bien des années auparavant, notamment entre Balthus et Thomas... Quelqu'un avait en effet supprimé délibérément la pièce du dossier qui établissait la connexion entre les deux *psychics*.

XV

Pays cathare – la rencontre de Thomas et Balthus

Dans son enfance, les parents de Balthus l'emmenaient tous les étés passer le mois de juillet à Soulatge, un village proche de Saint-Paul-de-Fenouiller, où sa mère avait hérité d'une minuscule maison de village. Un jour ses parents avaient appris qu'il existait dans la région des camps où les enfants apprenaient à vivre ensemble dans la nature. Ils avaient cru bien faire, devant les difficultés de Balthus à s'intégrer à des groupes ou même à se faire des amis, en l'inscrivant dans l'un de ces camps. C'est là qu'il rencontra Thomas…

Thomas n'avait pas l'amitié facile. Il se sentait si loin des autres enfants et de leurs préoccupations insouciantes. Il lui arrivait de jouer à pénétrer leurs esprits et à leur envoyer des pensées bizarres, dont ils s'étonnaient eux-mêmes. Mais il était vite revenu de ces intrusions intérieures tant le butin en était dérisoire. Il n'y rencontrait la plupart du temps que bavardages et lieux communs, une réplique intergénérationnelle de l'univers mental étriqué de leurs parents, où la bouffe, l'alcool et la copulation prenaient la part du lion. Toutes les particularités anciennes, les liens avec la nature, les traditions, la beauté et la simplicité d'une vie dans ce pays si profondément enraciné dans son histoire secrète, tout ce patrimoine énergétique essentiel s'était dilué dans les miasmes développés par le principal instrument de perversion de l'esprit, la télévision. La planète épanchait dans les cuisines et les salons toutes ses facettes pailletées de néant. À travers le petit écran, elle se réduisait à peu de choses. Illusionnés, trompés, les esprits vulnérables, quel que soit leur quotient intellectuel, étaient tombés dans le piège du laminage et du formatage. Bref, rares étaient ceux qui, passés au crible du don de Thomas, en ressortaient avec son estime ou son affection.

Il n'oublierait donc jamais, car la scène s'était gravée dans son esprit, l'apparition de Balthus sur la place du village. Clignant des yeux, ébloui par le soleil de midi au sortir du car, Balthus s'était arrêté, la valise à la main, au milieu des enfants criant et riant. Thomas assis sur un petit muret les regardait s'éparpiller, quand, à travers la foule, une lumière intense l'intrigua. Le halo entourait un jeune garçon de plusieurs années son cadet, immobile, l'air totalement concentré sur une vision intérieure, un léger sourire venant peu à peu remplacer son expression intense au fur et à mesure de l'envol des autres enfants autour de lui. Bientôt il resta seul, auréolé de lumière, au milieu de la place. Puis il émergea de son monde intérieur et balaya du regard les maisons, le petit café, les trois platanes et arriva sur lui. Thomas ressenti une douce fulgurance en approchant son esprit de celui du jeune garçon, mais les tentacules télépathiques qu'il lui envoyait machinalement furent détournés en douceur, comme dans une esquive de jiu jitsu, et le garçon se mit à rire, les yeux plissés, en même temps que lui. Séparés par la largeur de la place, sans un mot, ils riaient en se regardant. Après cette première rencontre, ils se retrouvèrent trois étés de suite, une complicité sous haute surveillance.

Autant Thomas se montrait sensible à l'influence des « recruteurs », autant Balthus ne cessait de leur échapper. Sur sa forme particulière d'autisme, les sollicitations, gratifications et stimulations glissaient comme sur une armure invisible. Il restait inaccessible à toutes les tentatives d'interférer dans son esprit. Il suivait son chemin, tranquillement, apprenait quand cela lui chantait, et dépassait tous les autres quand il s'agissait d'aller explorer une grotte par la pensée, de guider le vol d'un aigle ou de déterminer l'itinéraire d'un prédateur. Il avait sauvé bien des petits animaux en les prévenant du vol de la chouette, et il avait le don de dénicher des pierres rares et des cristaux au plus profond de leurs cachettes. Il pouvait rester plusieurs heures en communication avec ces cristaux, car ils étaient des portails par lesquels son esprit se promenait à travers le temps et l'espace.

Balthus visualisait la planète entourée d'un réseau de maillages superposés, d'auras de différentes couleurs et intensité. Chaque espèce possédant son propre maillage, les animaux, les hommes aussi bien sûr, les arbres, les esprits élémentaires, les oiseaux, les plantes, les lieux et les cristaux. Pour aller encore plus loin, il existait des maillages angéliques, d'autres établis directement avec d'autres planètes et d'autres dimensions. C'est ainsi que la Terre, lorsqu'il la contemplait dans sa totalité, s'habillait de myriades de voiles luminescents superposés, telle Shéhérazade dans la danse des sept voiles... Et les espèces communiquaient entre elles en suivant ces lignes lumineuses, les informations passaient à une vitesse phénoménale dès lors que le vecteur est créé, sans connaître de distance ni de frein.

Pour Balthus, ce maillage invisible purement énergétique existe depuis des temps immémoriaux et la toile Internet n'en est que l'ultime chimère. Bien que l'on attribue plus volontiers au hasard ou à l'espionnage les synchronicités étonnantes de découvertes scientifiques ou de courants artistiques, il sait qu'elles tiennent au maillage de l'espèce humaine, par lequel ceux qui sont reliés se transmettent spontanément leurs idées, leurs envies et leurs inspirations. La plupart n'en ont pas conscience. Tout le monde n'a pas accès à ce réseau, nombre d'êtres humains ayant laissé leurs capacités sensorielles s'atrophier, il leur est devenu impossible de se connecter à cette interdimensionnalité universelle.

Ce que Balthus appelle depuis ses premiers mots d'enfant *les mondes parallèles*, est un peu l'équivalent de ce que les scientifiques appellent matière/antimatière. Car les deux mondes, celui de la matière et celui de l'antimatière, sont subtilement et de toute éternité liés comme le reflet l'un de l'autre. Un reflet agissant, les interpénétrations étant légions entre les deux. Ce concept, si complexe qu'il échappe au sens commun, lui paraît aussi évident que le soleil et la lune. D'après lui, certains êtres viendraient de l'antimatière, violant impunément la frontière pour venir fausser les règles de notre monde.

Balthus a ce discernement, il peut les reconnaître.

Il sait ainsi que certains gourous ou magiciens doués de toutes sortes d'aptitudes, des manipulateurs de réalité qui font rêver sur les scènes des théâtres, sans compter ceux qui agissent dans des domaines moins visibles, viennent de l'autre côté de la frontière, de l'antimatière... Parmi les nombreuses méthodes pour les reconnaître, à condition bien sûr d'avoir l'œil, la première et la plus évidente est l'aura. Révélateur de l'essence la plus intime...

Pendant leur formation psychique intensive, on leur avait appris à voir les auras, à les décoder et les interpréter, car celles-ci dévoilent les faces les plus cachées de l'individu, ses préférences sexuelles, ses origines, ses états d'âme, ses pulsions et ses envies. Balthus avait découvert de son côté que certains initiés pouvaient à volonté modifier leur aura afin de tromper leurs observateurs. Thomas, lui, rêvait d'y parvenir mais n'arrivait qu'à d'infimes variations d'intensité et de couleur qui n'auraient trompé personne.

On leur avait enseigné l'art de voyager sur les fils invisibles du maillage qui relie les humains entre eux. Balthus, lui, avait accès à toutes les toiles, mais sa préférée était celle des cristaux aux voies fulgurantes, qui désormais, grâce au silicium vivant au cœur des ordinateurs, s'étaient répandus par myriades à travers le monde, telle une infinité d'invisibles espions aptes à transmettre tous les savoirs et les informations de ceux qui s'en servaient sans se douter de leur existence.

Tandis qu'avec le temps Thomas intégrait le réseau des psychics, Balthus était reparti vers ses espaces infinis, mais tous deux restaient toujours en contact télépathique, un lien activé dans la liberté mutuelle. Quand Thomas avait été envoyé dans le Larzac avec les autres enfants élus pour le projet Équinoxe, Balthus avait contemplé de loin leur conditionnement guerrier, la montée en puissance de leurs capacités parapsychologiques jusqu'à l'explosion. Il avait suivi Thomas dans sa fuite et sa récupération par Plantard.

Il en savait d'une certaine façon beaucoup plus que Thomas. Pendant que celui-ci s'acharnait à survivre aux violences de l'entraînement, Balthus suivait les fils lumineux qui l'emmenaient jusqu'aux hommes de pouvoir, il les observait dans leurs territoires, avec leurs proches, et les voyait ourdir leurs machinations aussi clairement que dans un film. Il connaissait parfaitement Charles Hiéronimus Plantard et sa relation obsessionnelle avec les objets magiques, il avait reconnu la pierre noire d'Uriel sur son bureau, il était entré à sa suite dans le Secret, le cœur de son domaine…

En tant que grand initié, H savait se protéger des intrusions psychiques ou les percevoir assez tôt pour dresser des barrières impénétrables, mais Balthus possédait le don d'invisibilité dans l'invisible, comme Arielle l'avait dans le réel. Sa transparence d'intention le rendait indétectable, tout juste peut-être l'impression fugitive d'un souffle lumineux, comme si un rayon de soleil s'était glissé subrepticement entre les ombres.

Ainsi la synchronicité des liens entre les différents protagonistes de l'affaire de l'Alma était-elle encore plus complexe que Charles Hiéronimus Plantard pouvait l'imaginer, puisqu'il ignorait que Balthus entretenait avec un de ses plus précieux guerriers psychiques une relation remontant à l'enfance. Cette découverte allait le confondre, le ravir et l'inquiéter aussi, avec l'éternelle paranoïa de ceux qui ont beaucoup trahi.

H ignorait qu'Arielle s'était également prise au jeu des origines de Balthus, curieuse de mieux comprendre cet ovni si attachant. Les parents adoptifs de Balthus lui avaient transmis tout ce qu'ils savaient avec une bonne volonté venue du fond du cœur. C'est ainsi qu'elle apprit que dans le panier avec le bébé il y avait un petit mot simple d'une écriture ronde parfaitement déliée écrit avec une encre violette « Je m'appelle Balthus, aimez-moi », ce qu'ils s'étaient efforcés de faire sans compter. Il y avait également un livre presque aussi gros que le bébé, que Balthus lui montra ensuite, datant de 1786 d'un certain E.G. Guyot *Nouvelles*

Récréations physiques et mathématiques [...] contenant ce qui a été imaginé de plus curieux dans ce genre; auxquelles on joint les causes, les effets, la manière de les construire et l'amusement qu'on peut en tirer pour étonner et surprendre agréablement...

Entre la couverture et la page de garde, dans une enveloppe crème, ils trouvèrent une note de la même écriture disant « à remettre à Balthus pour ses onze ans » ainsi qu'un jeu de cartes datant du XVIIIe siècle, trois foulards multicolores, une carte IGN de la région nord de Digne-les-Bains surlignée d'un itinéraire en rose, un gros œuf blanc en ivoire délicatement peint de motifs géométriques et la photo d'une jolie femme avec un grand chapeau et des vêtements clairs prise devant ce qui paraît une porte de pierre immense inscrite dans le flanc de la montagne. L'ensemble composait un véritable rébus qui jeta Arielle dans une interrogation rêveuse. De là à imaginer que le père de Balthus était mathématicien ou magicien, ou sa mère pourquoi pas, il n'y avait qu'un pas.

Balthus l'a laissée consulter son précieux livre, mais n'ayant pas l'esprit mathématique, elle n'y a vu qu'une suite d'énigmes sans rapport avec le bébé du Sacré-Cœur.

C'est la carte de cette région des Alpes du Sud, accompagnée de la photo, qui l'intrigue le plus. Elle laisse à penser qu'il y a là une clé essentielle des origines de Balthus. Elle ne peut s'empêcher de faire le lien entre les deux, et l'envie la prend d'aller parcourir ces chemins à la recherche de la porte en arrière-plan de la photo. Ouvre-t-elle sur un monde souterrain ?

XVI

L'Arche du decumanus

« Who controls the new religion,
Controls the World »

Nous voilà de retour à la Grande Arche, un lieu où souffle un puissant esprit. Cette fois nous arrivons ensemble, Dante et moi, et notre hôte n'est plus Noirange mais Charles Hiéronimus Plantard, personnage clé de mon histoire familiale. Ce pan de ma vie, je le garde pour moi, Dante n'a pas pour l'instant à le connaître, j'ai d'ailleurs du mal moi-même à assimiler ce que la conversation avec mon père a fait resurgir. Surtout l'autre visage de ma mère, celui que j'avais aimé fugitivement en le voyant émerger dans toute sa fulgurance. Il revient me hanter. Je vais rencontrer l'homme qui l'a fait sourire, l'homme qui avait sur elle cet incroyable pouvoir, et j'ai le cœur qui se serre.

L'étage a changé, nous sommes convoqués au trente-sixième étage, mais je tiens d'abord à découvrir, sur la dalle qui domine l'Arche, l'œuvre de Jean-Pierre Raynaud, un immense zodiaque divisé entre les douze signes astrologiques, dont il a dit : *J'ai voulu mettre la Grande Arche en situation planétaire… Le XX*e *siècle, trop porté sur le visible, n'est pas à l'aise avec les parties invisibles… Tout ce qui existe n'est pas visible…* Tiens, tiens !

Le dîner chez Miroir nous a rapprochés, et nous commençons, Dante et moi, à nous accorder dans le respect de nos positions respectives. Je me laisse aller à lui parler librement, sans craindre son ironie.

— Je crois que les mesures de l'Arche ont une valeur symbolique et une efficacité occulte, comme sa position clé dans le prolongement de l'axe du *decumanus*.

Devant son silence interrogateur, je précise :

— C'est l'axe qui traverse Paris, de Vincennes à La Défense, il est jalonné de monuments, arches, obélisques etc. qui lui confèrent une signification particulière, et surtout développent une énergie considérable. Ce n'est pas trop bizarre pour vous ?

— Je connais assez bien les principes de la géobiologie, figurez-vous, selon lesquels on peut modifier le réseau d'énergie qui quadrille la planète, en érigeant sur ses lignes de convergence des constructions, monuments, temples, églises, pyramides, dolmens ou obélisques. Comme par exemple à Carnac, ou à Stonehenge, ou au Caire.

— Exactement, repris-je, ravie d'être comprise, Et leurs positions permettent de concentrer l'énergie Terre/ciel, et de l'exploiter selon des desseins spirituels ou temporels. Pour concentrer l'énergie divine ou l'énergie du pouvoir et de la richesse financière. Le secret est dans l'Intention.

— Ah, je savais que vous iriez encore plus loin. Expliquez-vous sur l'intention.

— Je prends un exemple : le World Trade Center a été construit intentionnellement sur un site énergétique de l'île sacrée des anciennes tribus indiennes, dans l'intention spécifique de produire du pouvoir et de la richesse financière. Il ne pouvait qu'attirer des énergies décuplant toutes les possibilités de gains, mais entraînant aussi tous les dangers. Si l'on avait construit une cathédrale au même endroit, les mêmes énergies auraient été sollicitées pour intensifier un ressenti spirituel, un lien avec la divinité, et aussi pour élargir le pouvoir de l'Église, quelle qu'elle soit. L'énergie nous donne ce que nous lui demandons, dans une certaine mesure. Parfois au-delà.

— Vous proposez en somme un nouveau paramètre ! Regardez l'Arche de la Défense, on dirait un gigantesque dolmen… voué à quelles forces, à votre avis ?

Dante a raison, je n'y avais pas pensé, l'Arche ressemble à un dolmen destiné à concentrer des énergies, mais lesquelles ? Je ne peux qu'en constater le caractère singulier :

— Vous savez que La Défense n'est qu'un grand ensemble de monuments aux noms symboliques, voire même selon certains, ésotériques. De la tour Ève aux Quatre Temps, les initiés qui sont derrière n'ont pas caché leur volonté de prise de pouvoir. Venez voir, La Défense n'est que le point extrême d'un axe qui est la colonne vertébrale énergétique de Paris !

Nous sommes en avance à notre rendez-vous, j'entraîne Dante dans un des ascenseurs panoramiques qui montent jusqu'au belvédère surplombant Paris à cent dix mètres de hauteur… Le ciel n'est balayé que de quelques nuages blancs effilés comme des plumes, la vue s'étire à l'infini en droite ligne jusqu'à Vincennes. Tandis que je lui détaille l'axe du *decumanus*, notre regard, passant par l'Étoile, survole une autre arche, l'Arc de triomphe, puis suit les Champs-Élysées, s'arrête un instant place de la Concorde, au-dessus de l'Obélisque rapportée d'Égypte qui symbolise le culte de Baal, traverse les jardins des Tuileries jusqu'au Louvre où scintille la pyramide si controversée de Pei, rencontre la Bastille et sa Colonne de juillet surmontée du Génie de la liberté, ange à la flamme et au serpent – encore une flamme, comme celle de nos cartes ORV, de la statue de la Liberté, de la flamme de l'Alma, etc. Il arrive enfin place de la Nation où les symboles se multiplient : un arc de triomphe, les deux grandes colonnes du Trône et la statue du Triomphe de la République. Mais l'axe orient-occident de la ville de Paris, appelé decumanus au temps des Romains, ne s'arrête pas là, il se poursuit jusqu'à Vincennes et à son château royal féodal flanqué du plus haut donjon d'Europe. Un château à la sinistre réputation apprécié de Catherine de Médicis… l'autre extrême du *decumanus*.

Après ma longue description de l'axe emblématique de Paris, que Dante a écouté sans mot dire, je me tourne vers lui :

— En somme, cette ligne énergétique fourmille de symboles et de monuments, ce qui suggère que la création de l'axe a obéi à une volonté occulte qui a traversé les siècles. Vous reconnaîtrez qu'il y a là plus qu'une suite de constructions aléatoires…

Je me suis lancée dans cette visite guidée pour Dante lorsqu'il m'a avoué tout ignorer de l'histoire secrète des monuments de Paris.

— Et vous croyez que la construction récente de l'Arche, en 1989, correspond à un but précis, par rapport à cet ensemble existant depuis des siècles ? demande Dante.

— Comme vous le disiez, les ondes de forme des constructions modifient les lignes énergétiques sur lesquelles on les érige. En prolongeant l'axe et en le complétant par la pyramide du Louvre, on en a intensifié la puissance. Mais il y a deux éléments troublants, l'Arche est décalée et la pyramide inversée.

— Deux éléments qui ne rentrent pas dans le cadre vous voulez dire ?

— Au contraire ils s'intègrent parfaitement dans l'ensemble, mais en le modifiant : regardez, pourquoi l'Arche serait-elle décalée, si ce n'est pour transformer l'énergie de l'axe, la détourner. Quant à la pyramide et son double inversé, elle capte cette énergie, l'entraîne vers les profondeurs et la restitue imprégnée d'influences occultes...

Dante s'incline avec un sourire appréciateur.

— Magnifique, princesse... Je reconnais que si l'on se réfère à la physique quantique, tout ce que vous dites peut trouver un sens. Les flots de particules peuvent être dirigés, infléchis et modifiés selon ce qu'ils rencontrent. Mais en quoi tout ceci nous concerne-t-il ?

- Je n'en suis pas sûre, je me pose des questions sur ceux qui ont érigé des constructions aussi considérables que l'Arche ou la pyramide du Louvre en modifiant l'ancien axe. Si celui-ci exerce vraiment une influence sur la Ville, ne ricanez pas, Dante, cette action ressemble... à une prise de pouvoir.

— Pour continuer dans votre sens, enchaîne-t-il, mais rassurez-vous, ce n'est qu'un jeu intellectuel, je tiens à conserver le rôle qui m'a été assigné, nous pouvons aussi nous demander tous les deux pourquoi le chef de notre service spécial, Charles Hiéronimus Plantard, réside précisément dans ce monument contemporain emblématique, Arche d'alliance ou Arche de Noé, qui prolonge et détourne l'axe... Qu'en pensez-vous ?

— C'est là que ça se complique, on en revient à l'intention : la modification de l'axe est-elle un bien ou un mal, de quelle façon agit-elle sur les gens, sur leurs comportements et leurs pensées ? Bien sûr Plantard s'intéresse à l'occultisme, sinon il n'aurait pas créé un Observatoire des rumeurs de l'étrange… Je pense que le fait qu'il ait investi cet endroit précis n'est pas anodin.

— Nous devons savoir de quel côté il est, demande Dante, dans cet univers virtuel de dragons et de princesses. Est ce que nous travaillons pour le diable du Drachenhorst ou pour les anges de Balthus ?

Je m'interroge sur Dante, sa façon ambiguë de s'exprimer dont je n'arrive pas toujours à discerner la dose d'humour ou d'ironie. Nous faisons une pause, son regard vole au-dessus de Paris, jusqu'à l'horizon, le mien revient au toit du monde, scrutant les constellations de Raynaud.

— Anges ou diables, la puissance de l'énergie est curieuse. Vous la sentez ? J'ai les mains qui vibrent… Regardez, sur le zodiaque tous les signes ne sont pas visibles. J'aimerais savoir à quelle loi a obéi Raynaud pour mettre en lumière certains signes et en occulter d'autres. Pourquoi n'a-t-il pas représenté le Lion ? A-t-il suivi des instructions précises d'initiés qui ont ainsi inscrit un message au sommet de l'Arche ? C'est comme l'intrication de tous ces carrés magiques, vous voyez, là ? Je lui montre du doigt le carré du Temple, au centre de la dalle.

— Ce qui est bien avec vous, Arielle, c'est que tout ce qui peut paraître simple prend à travers vous une dimension… cosmique ! Je crois que je connais le secret du zodiaque : les signes sont mouvants, ils évoluent en permanence. Aujourd'hui le Lion est caché ? Demain il apparaîtra rugissant en secouant sa crinière dorée, et la Vierge timide se cachera à son tour.

Il prend un air de conspirateur.

— Arielle, nous devons surveiller ce zodiaque.

— Vous pouvez plaisanter, mais cet endroit dégage une énergie… incroyable.

— Et si c'était une aire d'atterrissage pour des vaisseaux extraterrestres ? Ou plutôt des navettes, vu la taille de la dalle, suggère Dante, Charles Hiéronimus Plantard serait alors un méchant gris infiltré dans un corps humain, gardien de la Grande Base de Paris. Il aurait un ascenseur spécial destiné à descendre les êtres venus d'autres planètes vers un réseau secret en sous-sol, où ils intégreraient des enveloppes humaines avant de se répandre impunément et incognito dans notre belle ville; ils adoreraient particulièrement prendre l'apparence de grandes blondes longilignes pour vivre des moments érotiques inédits dans leur planète.

Je ne peux m'empêcher de rire:

— Vous avez trop regardé *Men in black*, mais l'idée de la piste d'atterrissage me plaît. Vous pourrez poser la question à notre chef, l'Arche ne doit pas avoir de secrets pour lui.

— Justement... il jette un coup d'œil à sa montre: le Sphinx nous attend! Allons chercher des réponses à nos énigmes.

XVII

Le Sphinx, la dame blanche et le roi noir

Devant la porte, un sentiment de fatalité me saisit, une impression de silence cotonneux. Depuis que j'ai parlé à mon père, le passé flotte dans ma tête avec toutes ses ramifications, je revisite les souvenirs de ma mère, de nos relations, des rares paroles dont je me souviens... Je cherche un nouveau schéma qui intégrerait le fait que je travaille pour un homme qui a terriblement compté pour elle, qu'elle a disparu de ma vie et que lui soudain y surgit...

Qui va nous introduire? Une soubrette gothique, un homme en noir ou un vampire très poli, comme le suggérait Dante il y a deux minutes? Bingo! Troisième solution: l'homme au sourire de loup et aux oreilles pointues porte une livrée que n'aurait pas désavouée ma grand-mère, très à cheval sur les tenues de sa domesticité. Il s'incline légèrement et sans un mot nous fait signe de le suivre.

Nous oublions vite Milo Dragovitch, comme nous découvrirons plus tard qu'il se nomme, tant le décor qui s'offre à nous est inattendu, somptueux et ténébreux. Tout ce qu'il y avait de l'autre côté de la porte est aboli, nous pénétrons dans une demeure immémoriale aux hauts plafonds portés par des colonnades sculptées de sirènes, de serpents et de scènes rituelles. Des myriades de tapis persans jonchent le sol, les miroirs de sorcières se cachent derrière des tentures brodées d'arbres de vie... Je réalise que tout est fait pour troubler les perspectives, agrandir l'espace à l'infini par la juxtaposition de formes géométriques. J'aperçois un magnifique besoard monté sur un socle en forme de serre, des tableaux dans les tableaux, tout est mis en scène avec une maestria diabolique. Nous en avons le souffle coupé, Milo semble sourire en lui-même de notre saisissement.

Je n'ai pas encore repris mes esprits lorsqu'il nous introduit dans le saint des saints. Une gigantesque baie vitrée ouvre sur tout Paris, et la vue que nous venons de scruter librement apparaît toute autre soulignée par ce cadre précieux, dans le contexte insolite d'une pièce tout aussi stupéfiante que le reste de ces lieux, un immense cabinet de curiosités.

L'homme aux lunettes noires s'est levé, avec un sourire aussi chaleureux que celui du chat de Cheshire d'*Alice au pays des Merveilles*, et je me dis en moi-même, ce n'est pas l'endroit où l'on peut accepter de mordre dans un gâteau sans réfléchir... Comme dans un brouillard je le laisse s'incliner sur ma main -décidément, on est super vieux jeu dans les services secrets...- avant de me retrouver assise dans un siège immense mais moelleux qui invite à la détente. Je soupire, fascinée par ce décor troublant que je scrute comme un tableau de Patinir... et m'aperçois soudain avec étonnement que Dante et Hiéronimus discutent comme de vieux amis, c'est tout juste s'ils ne se tapent pas dans le dos. J'ai la vague impression d'être flouée. Il aurait pu me le dire, Dante, que notre chef ne lui était pas inconnu, mais je ne réagis pas, mon sentiment d'irréalité s'accentue, peut-être suis-je simplement en train de rêver.

... Puisque je suis tombée dans ce rêve, autant en étudier toutes les significations : je dois être influencée par la sublime exposition du Grand Palais, la plus remarquable depuis celle sur le Symbolisme, *Mélancolie* m'entraîne dans ses méandres. Une extraordinaire inflorescence de corail rose jouxte un sablier complexe dont la fiole centrale est entourée de quatre moindres fioles aux quatre points cardinaux, un crâne de cristal trône dans une alcôve de velours noir – est-ce un vrai ? Sur l'immense bureau du maître de maison, une aura dorée scintille autour d'une pierre noire lumineuse, je ne peux la quitter du regard... Il me semble qu'une partie de moi-même est aspirée vers la lumière et danse avec elle.

Hiéronimus, j'ai décidé de l'appeler ainsi dans mon for intérieur, Charles est trop banal, Plantard, malgré sa signification liée au Graal, trop terre-à-terre, je ne peux utiliser le reste de son nom puisqu'il le garde caché, mais comme toute personne un peu versée dans l'histoire occulte, il m'est connu ; donc Hiéronimus, le maître de cette demeure alchimique, me sort de ma demi-transe :

— Que voyez-vous donc dans cette pierre qui vous fascine autant ?

— Il y a tant d'objets fascinants dans cette pièce que je ne sais plus où regarder, répondis-je en éludant sa question, ce crâne de cristal, c'est l'un des treize ?

— Vous connaissez la légende, bien sûr. Celui-ci a été découvert au Mexique, comme le Sha-Na-Ra, et il a été longtemps utilisé par les prêtres mayas pour la guérison et les rituels. La mâchoire est mobile et il transmute la lumière. Il ne porte aucune marque de polissage et contrairement à celui du British Museum et de Branly, c'est un vrai, l'un des Treize. Mais alors que la plupart des crânes de cristal sont répertoriés et connus, celui-ci n'a pas été médiatisé. Rares sont ceux qui en connaissent l'existence. Je ne le sors du Secret qu'en de rares occasions, je vous demanderai d'ailleurs de ne pas en parler.

— Le Secret ?

— Une enclave où je garde mes pièces les plus précieuses. Comme vous pouvez le constater, je suis amateur… de raretés.

— C'est la première fois que je vois un de ces crânes de près, puis-je le toucher ?

Ce crâne magique, la pierre noire, tous ces objets magnétiques chargés de sens et d'ondes puissantes ont réveillé en moi une sorte d'avidité dont je m'étonne. Je croyais m'être affranchie du désir de possession. Mais là il ne s'agit pas tant de posséder que d'être possédé. À l'instant où je réalise que ces objets instillent à dessein en moi une irrésistible pulsion de m'en saisir, le charme se rompt. Je lève les yeux vers H. Finalement Hiéronimus c'est trop long – on dirait qu'il a lu dans mon âme à livre ouvert. Dante de son côté semble habité d'une interrogation intense, quand il prend la parole, je me demande où il va nous entraîner…

— Monsieur Plantard… L'affaire sur laquelle nous travaillons, le nom de notre service, votre environnement, tout cela appartient à un monde à l'opposé du mien. Nos rencontres au temps des écuries de Chantilly ont toujours été placées dans un contexte purement scientifique, je me demande ce que je viens faire dans votre Observatoire des rumeurs virtuelles. Plus nous avançons dans cette affaire de l'Alma, plus ses sources et ses racines me semblent éloignées de toute rationalité. Les mystères cabalistiques et les rituels sauvages sont bien loin de mes domaines de compétence.

— C'est ainsi que vous voyez les choses ? Vous ne croyez donc pas qu'à travers votre expérience vous possédez vos propres clés ? C'est vous faire bien peu confiance... Eh bien moi, je crois en vous, en votre capacité d'absorber des situations nouvelles et de les passer au crible pour en extraire la signification. Vous avez plus d'affinités que vous ne le pensez avec ces dimensions qui vous surprennent encore, si vous cherchez au fond de votre intuition, vous vous apercevrez qu'elles ont malgré toutes vos réticences quelque chose de familier.

Il a posé ses lunettes et me regarde curieusement, à travers ses yeux légèrement flous un second regard s'aiguise...

— Comme vous deux, notre époque oscille en permanence entre le sacré – il se tourne vers moi, et le profane – son regard va à Dante, et l'un nourrit l'autre dans l'alternance des vibrations qui les composent. La science et la magie puisent aux mêmes sources. Prenez un brin d'ADN et cette sculpture maya par exemple, que constatez-vous ? La forme est identique, l'onde de forme l'est donc aussi. Chaque ADN possède un champ vibratoire et électromagnétique particulier, et les scientifiques ne sont pas les seuls à pouvoir le reprogrammer, le savez-vous ? Et vous, Arielle, croyez-vous qu'on puisse modifier un code génétique autrement que par des manipulations biologiques ?

La réponse surgit d'elle-même :

— Vous parlez des miracles ? Dans le cas d'un miracle, de rémission instantanée, de disparition subite de certaines maladies, il pourrait s'agir d'une reprogrammation consciente ou inconsciente de l'ADN. Un des fondateurs de l'ostéopathie affirme que l'homme est doué de son propre pouvoir de guérison. On peut imaginer que chaque être humain a la possibilité de modifier son ADN par l'intention. Certains s'adressent à Dieu ou aux saints, c'est le système de l'invocation ou de l'intercession, d'autres aux anges, d'autres utilisent la méthode Coué ou des systèmes personnels de relation avec les vibrations de leurs corps. Ils peuvent aussi se confier à des guérisseurs, des chamanes. Mais l'élément clé m'apparaît être la foi, la croyance en un paramètre qui transcende l'être humain, la connexion avec une dimension intérieure sacrée.

— Une mise en relation avec l'ADN superflu ? Pourquoi pas... interprète Dante qui, devant mon air interrogatif, développe son idée : notre patrimoine génétique est si vaste que les biologistes n'en ont défini qu'un infime pourcentage, la même inconnue que pour notre cerveau dont nous n'utilisons qu'une petite partie, d'où votre intéressante hypothèse d'hier sur les personnalités multiples, Arielle, ajoute-t-il en aparté... En communiquant avec cet ADN superflu nous pouvons le modifier. Quand j'ai commencé à affirmer que la spirale ADN ne possède pas une forme fixe, mais qu'elle se modifie selon nos états d'âme, que ce soit l'activation de la créativité ou de la méditation, le choc d'un deuil ou le choc amoureux d'ailleurs, on m'a regardé de haut. Depuis l'opinion a évolué, c'est un postulat quasiment accepté par l'ensemble de la communauté scientifique. Au départ il s'agissait d'une véritable révolution... avec laquelle je me suis fait quelques ennemis supplémentaires.

Je sens Hiéronimus jubiler, ses yeux se sont plissés et l'esquisse d'un vague sourire a traversé son visage impassible. Satisfait de ses petits soldats... me souffle un lutin irrévérencieux.

— Vous voyez comme vous êtes complémentaires, comme se rejoignent vos univers que l'on n'a eu de cesse d'opposer depuis que la science a pris le pas sur la foi. Nous retournons vers l'irrationnel, mais avec un regard et une intuition qui ont évolué avec les avancées scientifiques. Une plus grande conscience nous habite, nos relations avec l'inconscient flirtent avec la magie, mais la découverte de l'infiniment petit éclaire l'ensemble. La science retrouve la conscience, je ne parle pas de morale mais d'ouverture lumineuse. L'une n'existe pas sans l'autre et leurs interrelations vont s'intensifier dans les temps qui viennent. Parlons maintenant de l'affaire de l'Alma. Je vous écoute…

La jeune morte aux Lys, le nom a l'heur de lui plaire, resurgit soudain dans une lumière crue, son corps profané suppliant d'être décrypté. Nous déposons devant H notre butin de recherches, le symbolisme des lys, des trois sigma, la forte probabilité d'une intervention liée au satanisme, et – je me jette à l'eau – à la lignée. Comme prévu, je glisse rapidement sur ma rencontre avec Mullins et ne parle de mes liens avec Stanislas que comme un informateur anonyme bien placé au Vatican, contacté pour confirmer l'existence du lieu de culte mérovingien. Je tais aussi ma rencontre avec Cornelia. Tant que nous n'en saurons pas plus sur H, je refuse d'impliquer ceux qui nous apportent leur aide. Nous passons donc sous silence l'élément le plus important de notre enquête, le dessin de l'ingénieur, étant bien en peine d'expliquer comment il est tombé entre nos mains. Je sens instinctivement qu'avec H on peut occulter mais pas mentir. Il percevrait le mensonge instantanément d'un coup de regard laser, je parle de son regard intérieur bien sûr. Cette acuité que je pressens chez lui existe au-delà de la simple perception sensorielle, j'ai d'ailleurs remarqué comme un léger voile couvrant ses yeux et je me souviens maintenant que Noirange nous a dit un mot sur ses problèmes de vision… Je tente la diagonale du mensonge par omission, en mettant un coup d'invisible sur ce qui ne doit pas être dit. Dante lui livre sa théorie sur la petite musique et le contrôle mental, et la possibilité que Diane ait présenté le syndrome des *personnalités multiples*.

Notre chef paraît satisfait des avancées de l'enquête. Il insiste sur l'importance du témoignage des anglais fans de lady Di.

— À propos de lady Di, lance Dante, monsieur Noirange nous a demandé de ne faire aucun parallèle entre l'accident de la princesse et l'affaire Diane Cargill. Pourtant il faut bien reconnaître que dans les faits les deux histoires ne cessent de se recouper, nous pouvons difficilement tenter d'élucider le meurtre de la jeune femme aux lys sans tenir compte des paramètres de la disparition de lady Di. Quelle est votre position sur le sujet ?

— Ne limitez pas vos recherches et n'hésitez pas à utiliser les recoupements avec l'affaire de lady Di, s'il le faut. Je vous demande seulement de rester très discrets si vous découvrez des éléments nouveaux sur l'« accident » – il insiste sur le mot – la position du gouvernement est précise et sans équivoque, vous ne la bousculerez pas. Pas de journalistes, pas de recherches qui éveilleraient leur méfiance, nous devons contrôler cette affaire de son alpha à son oméga. Vous me transmettrez directement toutes les informations qui remettraient en cause la thèse officielle. Pour tout ce qui concerne ce que nous nommerons l'affaire initiale, je resterai votre unique interlocuteur.

Ayant ainsi brutalement coupé l'herbe sous les pieds de Noirange, ce qui ne manque sans doute pas de réjouir – discrètement – Dante, Charles Hiéronimus Plantard nous raccompagna jusqu'aux portes de son étonnante demeure.

XVIII

Une apparition éphémère – Peter

Parmi toutes les questions liées à cette réunion mémorable, Je pose sans tarder à Dante celle qui le concerne et qui me brûle les lèvres.

— Alors, les haras de Chantilly, vous me racontez ?

— J'ai réussi à vous étonner, ma chère, chacun son tour ! – une allusion sans doute à mes relations avec la famille de Diane – en réalité je n'avais pas fait le lien entre monsieur Plantard, éleveur de chevaux de course dans sa propriété proche de Deauville, que j'ai rencontré à plusieurs reprises chez Karim Aga Khan, et Charles Hiéronimus Plantard, le Sphinx de l'ORV. D'abord c'était il y a un bail, plus de sept ans, et entre ces deux mondes si différents, le rapprochement n'était pas évident. D'ailleurs je ne comprends toujours pas comment il est passé de l'un à l'autre.

— Dommage que ce bon Noirange ne nous ait pas déposé un dossier H. Charles Hiéronimus Plantard, c'est un peu long. Que diriez-vous si nous le nommions H ?

— *James Bond* après *Men In Black*, OK, H remplace M, H chef occulte de l'ORV... Pourquoi pas ? Mais j'aime bien le Sphinx aussi : la princesse, le Sphinx, le magicien, et moi vous me voyez comment ? Le chevalier blanc ou le cavalier noir ?

Mais son téléphone grince dans sa poche avant que j'aie le temps de répondre, il écoute un moment, le referme d'un coup sec :

— H voulait le témoignage des Anglais, les voilà, ces drôles d'oiseaux aux noms bizarres nous attendent, et savez-vous ? Je sens que nous allons avoir besoin de Balthus.

— Je persiste à penser que nous n'aurions pas dû le laisser seul pour infiltrer le dodécaèdre... S'il y a des chevaux de Troie, il peut y avoir aussi des janissaires armés pour châtier les intrus. Symboliquement parlant, bien sûr.

— Des janissaires... intéressante projection de votre imagination fantasmatique ! Je vous rappelle que nous avons délaissé Balthus parce que le devoir nous appelait, je ne me voyais pas dire : Excusez-nous, monsieur, peut-être pourrions-nous remettre cette petite réunion à demain, notre ami Balthus va infiltrer les mémoires du ministère de l'Intérieur en pénétrant dans un dodécaèdre ensorcelé pour en libérer le cristal ! Quoique maintenant qu'il nous a entrouvert les portes de son royaume, je me sentirais plus à l'aise dans ce genre de discours…

— Que se passe-t-il avec les Anglais ? La police a réussi à les trouver ?

— Nous allons directement à leur hôtel, on dirait qu'ils ont vécu quelques tribulations depuis leur passage – au mauvais moment – devant le tunnel de l'Alma. L'une d'entre eux sort de l'hôpital, elle serait tombée dans la Seine, une agression paraît-il. Un autre a disparu, mais il avait un programme de visite de Paris très chargé, incluant les catacombes. Excellent pour un traquenard. Bref, nos amis anglais aiment flirter avec le danger…

— Vous suggérez que quelqu'un leur veut du mal ?

— C'est dans le domaine du possible, mais nos petits camarades qui les ont repérés ayant, syndrome très français, une légère déficience en anglais, à nous le plaisir de les cuisiner…

— Cuisiner ! Par moments vous parlez comme dans un mauvais polar. Vous vous mettez dans la peau de votre rôle ?

— C'était une de mes options secondaires, mais après six mois à l'Academy of Dramatics Arts à New York, j'ai réalisé que j'étais nettement plus doué pour les études scientifiques que pour jouer la comédie… J'ai intégré Berkeley, sans regrets.

C'est à ce moment-là que j'aperçois Peter, passant sous le « nuage » avec l'air concerné du lapin blanc d'Alice. Il disparaît aussitôt, englouti par un groupe babillant de touristes coréens. Sans réfléchir une seconde, je me lance à sa poursuite, abandonnant sans un mot Dante derrière moi. Mais le temps que je coure vers Peter à travers la foule, je ne trouve plus trace de la silhouette si familière coiffée de son éternelle casquette et tenant sa vieille serviette bourrée de textes ésotériques et de vitamines d'amour.

Je scrute en vain le ballet des touristes, mon cœur bat si vite, je suis si déçue de sa disparition que les larmes me montent aux yeux… Je reviens lentement vers Dante, interloqué, en continuant à chercher Peter du regard, espérant le voir resurgir par miracle dans mon angle de vision :

— Désolée, j'ai cru reconnaître un vieil ami, mais je l'ai perdu… Dites-moi quelle est la probabilité que nous nous retrouvions le même jour à la même heure sur cette esplanade à La Défense, lui qui est perpétuellement entre deux avions et quatre pays, et moi qui viens tout juste de revenir de quelques mois en Italie, sachant par ailleurs que nous nous courons après depuis un moment sans parvenir à nous rejoindre ?

Je suis d'autant plus troublée que je n'ignore pas les connexions de Peter avec les plus hautes sphères du secret mondial, et je suis frustrée de toutes les questions que je n'ai pas pu lui poser. Depuis quelques années, Peter est devenu mon autorité pour tout ce qui concerne l'envers de notre décor de théâtre, dans le domaine du Renseignement, de l'ONU, de la NSA, et des organismes liés aux Extraterrestres, ce qui est encore une autre histoire. Il a des contacts hauts placés un peu partout, il est par conséquent tout à fait plausible qu'il connaisse le chef occulte de notre service spécial.

La coïncidence est incroyable, à moins que ce n'en soit pas une, puisque alors que je le pensais au bout du monde, voilà qu'il se retrouve sous mon nez, à deux pas de la demeure de H… Plus qu'une coïncidence, une synchronicité.

Je rêve toujours qu'il me parle de Sam, qu'il me donne son point de vue sur sa disparition. D'une certaine façon, je réalise que je voudrais lui demander de ressusciter l'homme qui a traversé ma vie comme un météore, en partageant avec moi leur longue complicité. Il me doit bien ça, c'est à cause de lui que nous nous sommes rencontrés.

Pourquoi ne m'a-t-il pas vue ? A-t-il cherché à m'éviter ?

J'ai sorti mon portable et sacrifié ma détestation pour cet objet en composant une fois de plus son numéro, mais une voix angélique m'affirme dans un anglais chantant que le réseau ne peut être joint. Une angoisse sourde me taraude le cœur, comme si j'avais eu un rendez-vous avec Sam et que je l'avais raté, comme si, par une ironie du destin, j'étais passée à côté de l'essentiel. Cette enquête m'entraîne dans un espace douloureux, le passé, avec la pierre blanche, mon père, Diane enfant, sans parler de l'énigme maternelle... Tout ce que je rencontre non seulement réveille les échos de la mort tragique de lady Di, mais m'entraîne dans les méandres de ma propre vie.

Dante me sort de mes pensées en répondant à retardement à la question que j'avais presque oublié lui avoir posé.

— Les probabilités que vous vous rencontriez aujourd'hui, à cet endroit, sont si faibles que j'aurais tendance à croire qu'il est sorti de votre imagination. Quoi qu'il en soit, vous le retrouverez un jour ou l'autre, ce n'est pas très grave, conclut-il sans soupçonner mon désarroi.

Peter n'est qu'un paramètre de plus à rajouter à mes multiples interrogations. Se peut-il qu'il ait lui aussi un lien avec notre affaire ? Tout est possible... Diane rayonne dans la mort, autour d'elle se tisse dans l'invisible toute une toile qui relie les différents personnages de l'histoire de l'Alma. Je commence à voir apparaître un schéma en réalisant que, loin de rassembler au hasard des êtres juxtaposés pour une période déterminée, des liens plus ou moins cachés nous unissent les uns aux autres.

Diane et moi, Dante et H, ma mère qui ressurgit à côté de H, la détermination de mon père de passer enfin au-delà des secrets, l'histoire des camps de vacances aux États-Unis qui plane comme une menace sur mon frère Antoine, Peter et l'Arche de la Défense. Balthus n'ayant sans doute pas, malgré les apparences, rejoint par hasard notre aventure, de même que le mystérieux Arthur Mullins, il me faudra rester vigilante face aux nouveaux paramètres qui ne manqueront pas de surgir...

Je reste silencieuse dans le taxi qui nous emmène vers les énigmatiques Anglais, surveillant le téléphone dans ma poche, l'heure approche, l'heure de Cornelia. Sa pensée reste suspendue dans mon esprit comme une petite lumière allumée en permanence. A-t-elle vraiment réussi à se mettre à l'abri de la tourmente ?

Dante, de son côté, accroché à son mobile sophistiqué, écoute de multiples messages, rappelle les uns et les autres avec de brefs commentaires, passant de l'anglais à une langue qui me paraît être du chinois avec une redoutable facilité.

J'admire son don pour les langues orientales...

Plongeant la main dans ma poche, je sens un papier assez fin qui se froisse... Une page à petits carreaux arrachée à un carnet à spirales, couverte d'une écriture microscopique... Je ne m'en souviens pas... d'où vient-il ?

Pour dominer la mort il faut vaincre la vie,
Il faut savoir mourir pour revivre immortel.
Il faut fouler aux pieds la nature asservie,
Pour changer l'homme en sage et la tombe en autel.
Eliphas Levi

La phrase « changer la tombe en autel » fait surgir l'image de la flamme au-dessus du tunnel, autel consacré à la princesse défunte sur le lieu même de sa mort... C'est drôle, je n'ai pas porté cette veste depuis l'année dernière, et j'ai totalement oublié d'où vient ce papier... Dante continue à parler, je me renverse en arrière sur le siège en murmurant : « Appelle, Cornelia, appelle ». Une fois encore je vérifie le réseau, tandis que défilent les immeubles de l'avenue Charles de Gaulle, nous suivons le *decumanus* et seul le silence répond à mes prières...

J'ai découvert ce matin, sur l'ongle de mon pouce droit, une tache blanche en forme de lune, une lune croissante si j'étends la main devant moi. Elle est incrustée « à l'intérieur » de mon ongle, signe ancré dans la matière cornée de ma main droite. Je ne l'avais jamais remarquée.

La lune. Le signe de Diane déesse.

Dois-je voir des coïncidences partout ?

Quand je pense qu'à Venise, lorsque Noirange m'a appelée, je me suis félicitée d'échapper aux livres qui commençaient à m'étouffer... Je voyais sa proposition comme une récréation, je n'imaginais pas la cour de récré peuplée de cadavres, de sang et de démons. Dante rengaine son instrument diabolique :

— Vous me parlez ?

— Je me demandais où nous retrouvions les Anglais…

— À l'hôtel Montalembert, près du boulevard Saint-Germain, et je suis sûr qu'ils rêvent de pouvoir s'expliquer dans leur langue avec des interlocuteurs qui les comprennent ajoute-t-il sardoniquement.

Le Montalembert, le choc me laisse sans souffle… Le téléphone de Dante sonne à nouveau, langue asiatique, tonalités pointues… Je le laisse jacasser, prise d'une soudaine panique à l'idée de me retrouver au Montalembert… Ce n'est pas le moment de laisser les réminiscences m'envahir.

XIX

Hôtel Montalembert, mystérieux témoins anglais…

Pour éviter de me laisser aspirer vers le passé, je me plonge dans l'énigme des trois noms : Moore, Dee, Stewart. Ce n'est pas à Demi Moore que je pense, ni à Michael Moore, ni à Jullian, mais à un autre Moore célèbre du XVIe siècle, Thomas Moore, poète inspiré et initié, que certains disent être la réincarnation du roi Arthur et d'Abraham… Je me suis peut-être emballée, Moore est un nom finalement très commun, mais la juxtaposition des trois noms suppose malgré tous mes doutes un lien secret, une symbolique qui ne peut pas tenir qu'au hasard.

Continuons, Jane Dee évoque irrésistiblement John Dee, astrologue et magicien, voire amant de la reine Elizabeth Ire d'Angleterre avec laquelle il entretenait une relation passionnée, mathématicien et géographe pratiquant les sciences hermétiques et les rituels magiques, une sorte de surdoué du XVIe siècle. Son épouse s'appelait justement Jane, Jane Fromond. Jane Dee, curieuse coïncidence, coïncidence significative aurait dit Jung. Je ne peux penser à John Dee sans retourner au livre de Gustave Meyrink, *L'Ange à la fenêtre de l'Occident…*

J'en arrive à Henry et Rose Stewart : grande lignée des rois d'Écosse, le nom Stewart évoque pour les occultistes contemporains la Cour du Dragon, dont me parlait Mullins il y a quelques jours. Ce nom nous plonge dans les pouvoirs mystiques de la lignée du Graal et dans les luttes intestines qui ont conduit au schisme de la cour du Dragon, Nicholas de Vere restant le grand-maître sataniste de l'ordre du Dragon, tandis que le prince Michael Stewart devenait le grand protecteur de l'Ordre rival.

La tradition du Dragon, la *Societas Draconis*, repose sur la transmission du sang royal à travers les grandes lignées aristocratiques, issues selon eux du sang du Christ, c'est-à-dire symboliquement du sang divin.

D'autres pensent que ces lignées sont issues de *la fabrication et du clonage génétique par les dieux Annunaki qui sont descendus sur la planète à l'aube de la civilisation.* Eh oui, voilà une autre explication du chaînon manquant pour Dante, que j'appellerai l'« hypothèse annunaki » ! Détail que j'avais oublié lors de notre mémorable conversation sur le clonage des reliques. Voilà qui devrait lui plaire... Je me retourne vers lui, mais il est encore parti dans une de ses conversations interminables en langue inconnue... Je lui réserve cette information pour plus tard, quand il sera à nouveau réceptif, et je reprends le cours de ma réflexion :

En somme les uns se réclament de Dieu sur terre, Jésus, et les autres des dieux eux-mêmes qui nous auraient fabriqués à partir de leurs propres gènes. J'ai un faible pour cette dernière théorie fort ancienne, issue des tablettes sumériennes, la fabrication des races humaines par des dieux extra-terrestres, car elle rejoint les dernières avancées de la génétique.

La fameuse côte d'Adam qui a soi-disant servi à fabriquer Ève, n'est-ce pas une parabole du clonage ? Ce que nos scientifiques parviennent à réaliser à présent, pourquoi d'autres avant nous, dans des civilisations avancées, ou pour aller encore plus loin dans l'extrapolation, des civilisations venues d'ailleurs, ne l'auraient-ils pas réalisé ? Cette histoire d'Adam m'a beaucoup intriguée quand j'étais enfant, comment pouvait-on fabriquer un être à partir d'un morceau de corps humain ? Une question devenue obsolète...

Pour en revenir au troisième nom, Stewart, et à Michael Stewart en particulier, il est lié aux familles royales d'Autriche, de Hollande et d'Angleterre, il fait partie du Conseil européen des princes qui se croient nés et élevés pour être les leaders de l'humanité. Le pouvoir est effectivement entre leurs mains, que ce soit la famille royale d'Angleterre ou bien les présidents américains qui, ce que l'on ignore généralement, possèdent tous, plus ou moins, du sang issu des familles royales anglo-saxonnes.

Nous voilà donc une fois de plus dans la nébuleuse de lady Di, dans une boucle qui, interminablement, se déploie en sa direction.

Diana Spencer, descendante de Charles 1er d'Angleterre, était de plus noble origine que son époux princier, alors que paradoxalement la plupart des gens croient que Charles avait épousé une roturière. C'est une erreur fondamentale, elle a été épousée pour son sang aristocratique, sa lignée, afin que ses enfants, les héritiers du trône, transcendent l'ADN des Saxe-Coburg-Gotha. Bien entendu je me garde bien en général d'exprimer ce point de vue iconoclaste, si éloigné de la légende dorée britannique, de crainte d'être mise au pied du mur et sommée de fournir des preuves. Mais je pense que l'ADN royal risque d'intéresser Dante.

Je ne sais pourquoi j'ai imaginé nos Anglais jeunes, depuis que nous avons trouvé leur mot couronnant le bouquet de roses blanches et la bougie votive rouge sang. Comme si cette sorte de culte primitif ne pouvait être que l'expression de la fougue et de l'imagination de la jeunesse, mais en regardant plus loin justement, vers les lignées, ils deviennent intemporels, des âmes reliées dans le temps dont l'âge importe peu. Je m'attends aussi bien à rencontrer des adolescents exaltés que des adultes imprégnés de certitudes ésotériques, désireux de prêter allégeance à une nouvelle déesse…

Voilà donc, dans cette lettre des Anglais, ce qui avait sonné comme une alarme dans ma tête, l'union des trois noms : Stewart = Cour du Dragon = sang royal (encore !) + Dee l'occultiste + Moore l'initié. La symbolique était trop forte pour n'être qu'un hasard. Nous allons bientôt savoir s'il s'agit de leurs vrais noms ou des pseudo symboliques, mais il me semble difficile d'occulter le fait qu'ils ne peuvent qu'avoir un lien avec notre affaire.

Quand nous arrivons à l'hôtel Montalembert, Laura et Henry, las du dialogue impossible avec une police au degré zéro de la langue anglaise, sont partis faire un tour chez les antiquaires de la rue de Beaune. Des esthètes, ces Anglais, logés dans un des hôtels les plus sélects de ce vieux quartier chic, nous voilà loin des étudiants fauchés que Dante avait imaginé retrouver dans un rade de Pigalle ou un petit hôtel miteux.

*

Je connais trop bien le Montalembert, c'était un de mes lieux favoris autrefois, j'allais y lire au coin du feu, dans la salle à manger/bibliothèque aux panneaux de bois sombre, grignoter un plat léger en écrivant. Je m'y sentais chez moi.

Un jour, recherchant pour une nuit une chambre avec vue, Sam et moi avons réservé, au huitième étage, la chambre 81 ouverte en plein ciel sur le paysage minéral des toits de Paris, d'où émergent clochers, tours et dômes, dans une fraîcheur de fin d'hiver.

... Toute la nuit une pluie violente avait battu les fenêtres et les toits, nous aimions la sentir puissante, chantante, qui nous berçait de pluies anciennes et du simple bonheur de s'enfouir sous les draps tièdes emmêlés l'un à l'autre. Je me souviens de tout, de la couette aux larges rayures noires et blanches, du bain parfumé dans lequel nous nous sommes immergés ensemble, de cette photo de Chenonceaux embrumé au loin avec au premier plan un balustre de pierre sur le fleuve. Je m'en souviens car elle s'était prolongée dans un rêve, où nous retrouvions à cheval tous les deux galopant vers le fleuve dans la brume. Les cloches de Saint-Thomas d'Aquin résonnant à travers la fenêtre ouverte nous avaient réveillés, la vue au petit matin était magique, la nuit aussi...

Depuis la disparition de Sam, je n'avais pu y revenir. J'ai fui tous les lieux parcourus par notre amour, de crainte que les affronter seule ne réactive mes obsessions.

Aujourd'hui le lieu n'a pas perdu sa magie, il m'est étrange d'y pénétrer à nouveau, comme si je me trouvais à la croisée de deux mondes, où l'ancien moi révélé par l'amour avec Sam laisserait définitivement la place au nouveau moi, lancé dans une enquête parallèle à ma vie.

Des portes se ferment, d'autres s'ouvrent, quelle tristesse dans l'inéluctable, juste un instant retourner à ce moment précis où je foulais le même sol de marbre vers l'ascenseur, ma main dans celle de Sam. Quelque part dans le non-temps nous sommes toujours là. Si seulement je pouvais y accéder, j'ai cette impression d'être sur le point d'y parvenir, il suffirait que je comprenne une toute petite chose de plus, que je trouve la clé qui est devant mes yeux, que je lise une formule déjà écrite dans ma tête, et la connexion instantanément se ferait, Sam se tournerait vers moi en souriant et l'ascenseur s'ouvrirait pour nous emmener au huitième étage.

Stop, pensées interdites. Pourvu seulement que nous ne montions pas jusqu'en haut. Malgré moi, je me souviens…

Je pousse un soupir quand l'ascenseur s'arrête au troisième. Dante me jette un bref regard curieux, mais l'excitation de l'enquête l'empêche de se pencher plus longtemps sur mon cas.

Nous nous retrouvons devant Jane Doxson, alias Jane Dee. La jeune femme, enroulée sur elle-même dans un fauteuil profond se révèle incapable de répondre de façon cohérente à nos questions pourtant posées dans un anglais élaboré…

Elle glisse sur le déroulement de leur soirée votive, les raisons de leur présence, la lettre et les fleurs, ne livrant rien de leurs intentions ou des croyances qui les auraient entraînés dans cet étrange pèlerinage. Elle se crispe lorsqu'elle arrive à l'épisode de l'affrontement dans le tunnel, et nous dessine erratiquement un autre schéma que celui auquel nous nous attendions… A-t-elle fumé ? Ou son plongeon dans l'eau macabre de la Seine au plus noir de la nuit a-t-il explosé ses perceptions, la laissant égarée et un soupçon incohérente ? Dante lui-même laisse percer sa perplexité, il multiplie les questions dans l'espoir de restaurer une cohésion à la cascade de moments enchevêtrés délivrés par la jeune femme transie, en état de choc.

Le témoignage de cette jolie jeune femme à la peau crémeuse et au regard hanté dans l'écrin raffiné de sa chambre d'hôtel présente un côté surréaliste… Elle ne cesse de répéter : « J'ai froid, j'ai froid… » et se recroqueville au creux d'un fauteuil de velours taupe clair. Elle s'efforce de répondre à nos questions, mais sans cesse son esprit s'égare, ses mots s'effilochent, elle perd le fil des phrases. Elle ne s'anime que lorsqu'elle parle des fleurs devant la flamme, elle ne peut évoquer la suite sans se crisper, le tunnel lui fait horreur, trop de violence. Quant au plongeon dans l'eau glaciale de la Seine, elle est incapable d'en parler, de raconter ce qui s'est passé. Elle vit un cauchemar où tout se mélange dans son esprit. Manifestement elle a encore peur.

Heureusement surgissent nos deux promeneurs, revenus de leur incursion dans les antres somptueux des antiquaires du quartier. Henry tient à la main un paquet soigneusement emballé. Toute vêtue de noir, un piercing dans la narine droite et bardée de bijoux barbares, le regard charbonneux et méfiant, Laura la gothique contraste singulièrement avec le concentré de charme brumeux très vieille Angleterre qu'est Jane… Notre vue ne semble pas les remplir de joie, mais ils se plient avec flegme à l'interrogatoire poussé de Dante. Je tiens le rôle de l'observatrice, qui me convient parfaitement en l'occurrence.

Ni si jeunes que nous le pensions, ni si vieux que pourrait le suggérer leurs choix huppés, ils restent aussi énigmatiques dans leur trentaine branchée que peuvent l'être ces rejetons de la haute société britannique qui ne semblent souvent se soucier que d'extravagances au détriment de tout sérieux.

S'il ne livre rien ayant trait à leur démarche, esquivant habilement le sujet, Henry Stewart nous trace une chronique précise des événements, le soir du drame, depuis leur arrivée sur les lieux, leur surprise de voir cette longue voiture immatriculée corps diplomatique s'engouffrer dans le tunnel fermé pour travaux, les barrières s'ouvrant miraculeusement devant elle, leur résolution de descendre à sa suite pour voir de leurs yeux ce treizième pilier où la voiture de la princesse s'est fracassée la nuit du 31 août 1997. Jane l'écoute avec de grands yeux affolés et frémit lorsqu'il arrive au moment de l'altercation avec les prétendus techniciens de nettoyage. Ceux-ci leur ont barré violemment la route, les menaçant soudain d'armes s'ils avançaient. Furieux, Henry a pris des photos du tunnel fermé, de la voiture, des hommes qui tentaient de lui arracher l'appareil photo, repoussés par Mark, avant de courir tous les deux dans la nuit vers l'autre côté de la place de l'Alma.

Voyant la situation dégénérer, les deux femmes s'étaient éloignées, aiguillées par une peur soudaine. Ils les avaient rejointes en piquant un sprint de tous les diables. Là, Jane et Henry avaient attrapé un taxi providentiel vers leur hôtel tandis que Mark et Laura finissaient la nuit au Harry's Bar, à boire des bières et manger les plus mythiques hot-dogs de Paris, dans un environnement typiquement britannique.

— Et cet appareil photo ? Où est-il ? argentique ou numérique ? demande Dante, excité.

Henry et Laura se concertent du regard, Laura sort du coffre un petit appareil chromé, et de ses longues mains pâles aux ongles laqués de noir, l'active pour montrer à Dante les images prises deux jours auparavant. Sa grosse bague d'argent en forme de dragon en colère me fascine presque autant que les images de notre énigme. Dante est aux anges, il scrute chaque photo avec passion.

Bien que les prises aient été faites de nuit, on y voit distinctement les barrières, une camionnette claire dont la plaque d'immatriculation se devine à moitié, et deux hommes gesticulant, l'un avec une arme à la main. Sur l'une d'entre elles en particulier, on reconnaît au fond du tunnel éclairé d'une lumière diffuse les feux arrière d'une grosse voiture sombre. Malheureusement l'angle de la prise ne permet pas de voir au-delà... La suite des photos exprime l'étonnement, l'impuissance, la colère et l'agressivité des gardes, mais rien sur ce qui se passe dans le tunnel pendant ce temps-là.

— Vous permettez ? Nous en aurons besoin pour le labo...
Dante empoche l'appareil et poursuit :

— Vous n'avez pas eu l'idée d'aller trouver la police pour lui raconter votre petite aventure ? Vous avez été menacés, agressés, et vous rentrez tranquillement à l'hôtel, ou vous allez boire dans un pub comme si de rien n'était. Pourquoi ?

Henry sourit avec un zeste d'ironie :

— Avez-vous remarqué que notre français est très limité, et comme vous devez le savoir la police française n'est pas réputée pour ses talents de polyglotte. Sauf quelques rares exceptions – il s'incline vers nous avec un sourire ironique. De plus, cette histoire était bizarre, et d'autant plus difficile à raconter, nous aurions pu passer la nuit à essayer de nous faire comprendre. Vous voyez? Nous ne savons pas ce qui s'est passé ce soir-là, mais je suppose qu'il s'agit d'une affaire grave, sinon vous ne seriez pas en train de nous interroger. À propos, de quoi s'agit-il? Est-ce que cela a un lien avec la princesse Diana?

Il touche pile le point sensible, assez logiquement d'ailleurs, puisque pour eux ce lieu est entièrement dédié à lady Di, tout ce qui s'y passe tourne autour d'elle...

— Continuons jusqu'à l'accident de la nuit dernière. Aviez-vous l'impression d'être suivis ou surveillés depuis l'altercation de l'Alma?

— Nous n'avons rien remarqué... Le lendemain nous avons pensé à une affaire louche, des gens qui auraient profité de la fermeture d'entretien du tunnel pour y organiser un trafic ou une rencontre. L'arme faisait penser à des gens du milieu. Nous n'avions qu'une idée, ne pas y être mêlés. Nous avons donc décidé, d'un commun accord, de mettre cela de côté et de continuer nos vacances à Paris comme prévu.

— Racontez-moi ce qui s'est passé la nuit dernière...

Il s'est assis sur le bras du fauteuil où Jane est pelotonnée et lui caresse doucement le cou.

— Nous sommes allés nous promener sur les quais, Jane et moi, en sortant d'un restaurant espagnol du quai Conti, il faisait doux et les lumières étaient... si romantiques! Nous étions au bord du quai quand des silhouettes ont surgi de l'ombre, arraché le sac de Jane et nous ont poussé à l'eau.

Il grimace, Jane frissonne.

— Bon, ça n'a pas été le meilleur moment de ma vie, c'était glacial et j'entendais Jane s'étrangler avec l'eau dans le noir, j'avais peur pour elle, qu'elle se noie et j'avais peur aussi des autres... J'attrapais Jane contre moi, elle tremblait et suffoquait, et le courant nous entraînait, mais je n'osais pas revenir vers le quai de peur qu'ils nous y attendent... Un mauvais James Bond.

Je comprends que Jane soit traumatisée, d'autant qu'elle n'a rien d'une aventurière... Elle reste prostrée dans ses peurs, tandis qu'Henry continue:

— Et puis des gens sur la rive se sont mis à crier en nous montrant, et le bateau de la police fluviale nous a repêchés.

Jane marmonne quelque chose sans que personne y fasse attention. Je m'approche, m'agenouille vers elle et elle me regarde avec de la peur dans les yeux :

— C'est à cause de mon appareil photo, ils ont cru que c'était le même...

Henry se penche vers elle :

— Calme-toi Jane...

— Ils savent qui nous sommes maintenant, ils vont revenir...

Elle s'agrippe soudain à moi.

— Il faut nous protéger... Ils vont revenir...

Les autres se sont tournés vers nous. Henry semble ennuyé, voire un peu agacé :

— Jane croit que ce sont les hommes de l'autre jour qui nous ont poussé à l'eau, qu'ils veulent récupérer les photos prises sous le tunnel et qu'ils vont continuer à nous pourchasser...

Laura se rapproche, pose la main sur l'épaule de Jane et s'adresse à elle, d'un ton intime et pressant :

— Maintenant, la police a l'appareil photo, c'est fini, on n'a plus rien à craindre, nous n'intéressons plus personne.

Jane lève les yeux vers elle, suppliante

— Tu sais bien que ce n'est pas si simple...

Soudain j'ai l'impression qu'ils nous cachent quelque chose de plus grave, dont ils ne peuvent pas nous parler. À l'attitude de Dante, je pense qu'il l'a perçu aussi. Pourtant au lieu de chercher à comprendre cette dernière petite phrase alarmante, Dante change brusquement de sujet, j'ai jeté le doute dans son esprit avec leurs étranges homonymes, il veut explorer la question. Mais leurs passeports ne nous fournissent pas le scoop espéré. Henry et Laura sont frère et sœur, ils s'appellent bien Stewart, sauf que, petit détail, la jeune femme ne s'appelle pas Laura mais Rose ; Moore est le nom tout à fait officiel de Mark. Seule Jane Dowson a emprunté son nom à Jane Dee, parant ainsi d'une aura ésotérique la toute banalité des autres homonymes. C'est la somme des trois noms, Stewart, Moore et Dee qui créait l'impression de synchronicité. Sans Dee, les autres n'ont pas la même signification.

— Pourquoi avez-vous signé Jane Dee, demandé-je à Jane doucement pour ne pas l'effaroucher.

Elle lève les yeux vers Laura qui répond pour elle :

— C'est mon idée, en réalité c'est le nom de sa grand-mère et il est tellement plus puissant que Dowson…

— C'est en rapport avec John Dee, l'occultiste astrologue ?

Laura me regarde, étonnée, avec un éclair de reconnaissance :

— Vous connaissez John Dee ? C'est un pur génie, l'homme le plus fascinant de l'histoire d'Angleterre… J'ai fait ma thèse d'histoire médiévale sur lui, et j'ai poussé Jane à utiliser son nom, Jane Dee c'était le nom de sa femme, vous vous rendez compte ?

Elle parle d'une voix inspirée, intense à la mesure de la passion qu'elle semble éprouver pour son mage médiéval. Jane opine de la tête, soulagée de ne pas avoir à se justifier. Son explication se tient, Dante reprend le flambeau :

— Où est passé votre ami Mark Moore ? On nous a parlé des catacombes…

Ils se regardent comme pour se concerter, chacun attendant que l'autre parle.

— Alors ?

C'est Rose/Laura qui répond à nouveau :

— Quand nous étions au Harry's Bar ce soir-là nous avons rencontré un type qui a parlé à Mark de visites clandestines dans les catacombes, et lui a fait miroiter des sensations fortes. En d'autres circonstances, J'aurais aimé partager l'aventure avec lui, mais cet homme avait quelque chose de repoussant… Et j'avais des billets pour un concert de Gothika, un groupe électro rock gothique, au Klub de Paris…

Regret ou remords, sa défection lui apparaîtrait-elle, maintenant qu'il a disparu, comme une trahison ? Elle ouvre les bras vers le sol, comme si elle s'attendait à ce qu'il en surgisse, en vain :

— Il avait rendez-vous avant-hier soir, à 22 heures… Il n'est toujours pas revenu.

— Où avait-il rendez-vous ?

— Près du Luxembourg, je ne sais pas exactement où, l'entrée avait l'air d'être un secret d'État. Ce type a parlé d'une salle du dragon et aussi d'une *human bomb*… C'était assez confus, il ne parlait pas très bien anglais et Mark seulement un peu de français. Je me souviens du dragon parce que le type lui a montré ma bague en riant et de *human bomb* parce qu'il l'a dit en anglais. Je ne sais pas ce que cela veut dire… Mais cet homme me mettait mal à l'aise.

Elle fait une grimace.

— À quoi ressemblait-il ?

— Grand, assez maigre, le crâne rasé, habillé tout en noir, mais pas gothique. Un peu sale, avec des ongles très longs taillés en pointe. Ses oreilles aussi, un peu pointues. Il avait quelque chose de malsain.

Elle parle en faisant des gestes de la main, son dragon virevolte dans des éclairs d'argent. Puis elle se penche en avant et plisse son nez de dégoût :

— Et surtout j'étais obligée de retenir ma respiration, il avait une odeur atroce, une haleine nauséabonde.

Elle soupire :

— Je suis extrêmement sensible aux odeurs, il sentait la pourriture, la bête crevée dans un bois…

Je vois à l'expression de Dante que notre Anglaise gothique au nez sensible exerce sur lui une certaine séduction.

Elle s'exprime dans une langue parfaite et quand elle est stressée, comme maintenant, elle oublie son accent faussement cockney pour retrouver, à s'y méprendre en fermant les yeux, les accents d'une lady bien élevée. Elle caresse nerveusement son petit dragon familier, et se tourne vers moi, droit dans les yeux :

— Mark ne nous laisserait pas sans nouvelles, j'ai peur qu'il lui soit arrivé quelque chose… Il faut aller le rechercher, vous allez nous aider, n'est-ce pas ?

Certaines personnes ont le don de se mettre dans des situations dangereuses, d'autres sont des victimes nées, d'autres encore jouent avec le feu. La présence de ces Anglais dans le tunnel, puis les catacombes ne tient pas au hasard mais à leur propre détermination. Que cherchent-ils dans les profondeurs ? Le frisson, l'aventure ? Ou bien sont-ils poussés par une quête dont ils ne veulent pas parler ? J'ai l'impression qu'ils ne nous livrent que la partie avouable de l'histoire, je sens derrière leurs paroles des zones d'ombre et de dissimulation.

Dante s'isole un instant devant la fenêtre, jouant avec son blackberry. Si mon intuition est juste, il y a du Balthus dans l'air. Qui mieux que lui peut s'infiltrer dans les méandres des catacombes ? Il me fait signe et je le rejoins :

— Vous êtes déjà descendue dans les sous-sols de Paris ?

Autrefois j'aurais adoré cette idée d'aventure souterraine, inexplicablement ce n'est plus le cas. Descendre dans l'obscurité, le froid et l'humidité à la recherche d'un Anglais hypothétique ne suffit pas à faire monter en moi l'excitation du risque. Ai-je égaré une partie de mes rêves en chemin, les catacombes ont perdu leur pouvoir d'évocation, comme les cimetières, j'ai l'horrible impression de devenir pragmatique. La pire punition qui pourrait m'arriver.

— Jamais, mais un de mes amis écrivain y est descendu pour un de ses livres, il m'a raconté les fresques de l'école des mines, les dédales et les courses-poursuites avec les brigades anti-cataphiles… Il paraît que ce monde souterrain grouille d'activités occultes, une foule de gens s'y promène, jeunes bourgeois à la recherche de sensations fortes, randonneurs de sous-sols, fêtards jubilants, concerts souterrains…

— Oui, j'ai entendu dire qu'on peut s'y perdre aussi, mais Balthus va nous dégotter les meilleurs guides, j'en suis sûr. Je viens de le mettre dans le coup.

— Vous êtes sûr que c'est nécessaire, je veux dire de descendre nous-mêmes dans ces souterrains ? Avant de prendre une décision, nous pouvons chercher à en savoir plus sur notre égaré, Mark Moore. Je m'en occupe, si vous voulez.

— OK, je vais faire déposer l'appareil photo au labo, avec un peu de chance ils pourront reconstituer le numéro de la limousine et faire ressortir des détails invisibles à l'œil nu. Nous allons aussi faire des recherches sur les deux mecs de l'entretien… On se retrouve à l'imprimerie.

Je reviens vers les Anglais, Laura penchée sur Jane toujours transie se retourne vers moi, interrogative : *something else ?*

Oui, j'ai encore beaucoup de questions, mais je comprends bien qu'il est inutile de les poser directement, mieux vaut emprunter des chemins de traverse pour essayer de sentir ce qu'ils nous cachent.

Je propose de faire monter du thé, une atmosphère conviviale les incitera plus à parler que l'interrogatoire frontal de Dante. J'attends que le thé soit servi en papotant sur les antiquaires du quartier. Le ton de la conversation me paraît plus propice aux confidences. Je commence par l'état-civil de Mark Moore, rien de plus naturel après tout ! Célibataire, avocat, travaille pour le gouvernement, bonne famille, Aston Martin, propriété dans le Devon, il sort avec Laura depuis six mois.

— Est-ce que Mark fait partie d'un club privé ou d'une société de *gentlemen* ?

— Mark est membre de l'Athenaeum Club, répond Henry, où se retrouve l'élite intellectuelle, artistique et scientifique du Royaume-Uni. Un des plus réputés club de *gentlemen*. C'est également le mien.

— Dickens, Darwin, Winston Churchill et même sir Arthur Conan Doyle en ont été membres, ajoute Laura, comme si elle parlait de distinctions honorifiques.

Les clubs de *gentlemen* anglo-saxons ont une grande importance pour le prestige social, il faut montrer patte blanche pour y être accepté, fortune et lignée en sont la clé. Mark se retrouve donc au sommet du chic anglais.

Le nom du club vient d'Athena, la déesse grecque de la Sagesse, qui porte sur son bouclier la tête de la Gorgone tuée par Persée. Encore une déesse !

— Vous semblez avoir une vénération particulière pour lady Di, votre lettre, les fleurs…

Laura intervient :

— C'est mon domaine, je suis historienne et je fais une étude dans la continuité de ma thèse sur l'influence de certains personnages clés qui ont changé le cours de la politique de notre pays. Non par l'action, mais par la pensée. Je crois en la force de la pensée. John Dee par exemple, l'ancêtre de Jane, a été un libérateur et un précurseur. lady Di une rebelle. Ils ont tous deux été marginalisés, mais leur existence a modifié des paramètres fondamentaux de la conscience. J'aime les irrévérents.

Rien d'étonnant considérant l'image qu'elle donne d'elle-même, proclamant d'emblée avec son look déjanté d'historienne britannique gothique « Je ne suis pas comme les autres. » Laura brandit son originalité comme savent si bien le faire les Anglais, sans complexe.

— Vous savez, nous sommes très nombreux en Grande-Bretagne à aduler la princesse. N'est-ce pas, Jane ?

Jane lui lance un regard de reproche, comme si toutes ces mésaventures lui étaient imputables.

— Et Mark, il fait partie des fans ?

— Pas exactement, mais il aimait le concept de venir à Paris pour le solstice d'été et de déposer un message en hommage à Diana. Je crois même que c'est lui qui en a eu l'idée. Mark est très médium, un peu mystique. Il prétend communiquer avec les morts, c'est pourquoi il a voulu aller chercher dans les catacombes des lieux de pouvoir où il pourrait expérimenter ses talents parapsychologiques, disait-il.

— Et vous ?

— Moi, j'aime tout ce qui est insolite, pratiquer les jeux dangereux et feuilleter les pages interdites de l'Histoire.

Elle parle sur un ton de défi, sans savoir à quel point ses positions sont proches des miennes. Nous avons glissé toutes les deux vers un ton de confidence, nous parlons presque comme deux amies. Jane nous écoute, sa tasse de thé à la main, peu à peu elle semble reprendre son calme. Henry, assis dans un fauteuil près de la fenêtre, reste muet. Je me tourne vers Jane :

— Et vous, Jane, que faites-vous dans la vie ?

C'est Laura qui répond pour elle :

— Jane est une superbe artiste, elle peint ses rêves. Jane possède un monde imaginaire magnifique, ses tableaux sont très recherchés. Je ne sais pas si John Dee est vraiment son aïeul, mais en tout cas il l'inspire, n'est-ce pas, Jane ?

Le visage de Jane s'est fugitivement éclairé de l'intérieur, ses joues rosissent puis palissent à nouveau, la peur réapparaît.

— Laura, je veux partir d'ici, retourner à Londres. J'ai peur qu'ils nous retrouvent…

— Ne vous inquiétez pas, nous vous protégeons maintenant, vous ne risquez plus rien, ajouté-je pour la rassurer, et Laura renchérit :

— Nous devons d'abord retrouver Mark, nous n'allons pas partir sans lui…

— Ne m'en veux pas, Laura, mais je veux rentrer à la maison. Henry et moi nous pouvons repartir, non ? J'ai froid, j'ai peur, je ne vais pas bien.

Jane est à nouveau au bord des larmes… Elle enfouit son visage dans ses mains transparentes tandis qu'une ombre dure passe dans les yeux de Laura, les craintes de son amie l'agacent visiblement.

— Et toi, Henry ?

— Tu sais que j'ai un rendez-vous pour présenter mon projet d'architecture aux Saoudiens demain matin. Je peux ramener Jane à Londres, aller à mon rendez-vous et revenir le lendemain, au cas où Mark n'aurait pas réapparu. Ce n'est pas la peine que Jane reste ici dans cet état… Si on n'a plus besoin de nous pour l'enquête, je propose de prendre l'Eurostar cet après-midi.

Jane s'illumine, puis regarde Laura avec angoisse, comme si elle pouvait d'une seule parole défaire tous ses espoirs. Laura fixe son frère sans prononcer un mot, puis secoue la tête sombrement :

— Bien, faites comme vous voulez, moi je reste. Elle se tourne vers moi : ils peuvent partir ?

J'acquiesce, nous avons leurs témoignages, l'appareil photo d'Henry, nous n'avons pas de raison de les retenir. J'aurais pourtant aimé parler seule à seule avec Jane, une fois ses émotions un peu calmées, pour identifier la source de ses peurs, qui ne se résument peut-être pas aux menaces de l'Alma.

— Et pour Mark, que comptez-vous faire ? Lancer des recherches ?

— Je vous tiendrai au courant… Donnez-moi votre numéro de portable, inutile d'attendre ici cloîtrée dans votre chambre d'hôtel…

XX

Chroniques insolites selon Balthus – le Moai

Me voici en route pour l'imprimerie, je vais enfin savoir comment Balthus s'est débrouillé avec le dodécaèdre, et s'il a réussi à s'introduire dans le saint des saints. J'attrape le bus 94, boulevard Saint-Germain, et m'assieds sur le premier siège libre, puis je sors mon moleskine rouge et un crayon pour noter tous les éléments que viennent de me livrer Laura surtout, et vaguement Jane. J'essaie de faire une synthèse, mais mes pensées dérivent vers Balthus face aux profondeurs insondables du ministère de l'Intérieur. J'ignore pourquoi, mais l'inquiétude ressentie quelques heures plus tôt s'est intégralement dissipée, seule demeure la curiosité. Je reprends donc le cours de cette nuit du 21 juin :

... Le tunnel a été fermé une partie de la nuit. Des voitures de service détournaient la circulation sous prétexte de le nettoyer, et si les Anglais n'étaient pas arrivés à l'instant précis où la barrière s'était ouverte pour laisser passer une voiture noire immatriculée Corps Diplomatique, nous serions restés sur la plupart de nos interrogations.

Une organisation sans faille pour disposer en toute tranquillité le cadavre encore tiède de Diane devant le treizième pilier fatidique, arranger autour d'elle sa longue robe de velours noir puis l'entourer des gerbes de lys blancs et or, sans oublier de tracer les trois sigma sanglants sur le pilier au-dessus de sa tête.

Une mise en scène loin d'être anodine, j'entends encore Mullins disant tranquillement, avec un éclat dans les yeux, qu'il s'agissait peut-être d'une façon de sacraliser l'image de la princesse en lui offrant son reflet miroir en sacrifice. La sacraliser, mais surtout la réactiver. Il ne fait pas de doute que si cette affaire n'avait pas été aussi soigneusement étouffée par la police et les médias, le risque était grand qu'elle ne prenne un tour passionnel. Une occasion en or de réveiller la ferveur populaire envers celle que l'on avait crue propulsée à l'état de quasi divinité des temps à venir. Or, paradoxalement, son image a tendance à s'effacer au fil du temps qui passe. Elle semble tomber sans bruit de son piédestal, la puissance de son évocation se dissipant dans les nouvelles vibrations cathodiques…

Pourtant Mullins avait raison sur un point, son image n'est pas celle d'une sainte, à l'instar de sœur Teresa, mais celle d'une déesse couronnée, inconsciemment reliée aux grandes divinités féminines qui règnent encore obscurément sur l'inconscient collectif.

Pourquoi Diana a-t-elle perdu insensiblement sa puissante aura ? Elle qui soulevait l'adoration des foules n'apparaît plus qu'en filigrane dans les articles des journaux, et son image peu à peu se dépouille de son charisme. Et de son mystère.

Y a-t-il une conspiration pour la tuer au-delà de son corps ?

Car c'est dans ce silence que la princesse commence à mourir vraiment, insensiblement, elle qui parlait au cœur de millions d'admirateurs. Bien sûr, il restera toujours les irréductibles, les amoureux de la déesse, ceux dont les rêves perpétuent la dimension divine de la jeune femme au regard triste. Et puis, si l'oubli embrume aisément la part de dévotion populaire qui retourne sommeiller au fond des êtres, si son image semble s'effacer insensiblement au fil du temps, elle persiste malgré tout comme un feu qui couve, petite braise qui n'attend que la première occasion pour se transformer en brasier.

La ferveur est contagieuse lorsqu'elle active au cœur des hommes le sens du sacré, il suffit d'un éclat pour faire se lever des foules en délire, soudain reliées à une source qui les dépasse.

Et quel meilleur levier que le meurtre symbolique de la jeune morte aux lys ? Une ex-top model, assassinée en robe du soir et déposée comme une offrande sur le lieu de l'accident, attachée au treizième pilier fatidique. Une princesse de la nuit à la vie déchirée, dont la tentative de bonheur a été saccagée dans un contexte mystérieux, comme dans la légende de lady Di ?

Je réfléchis à ceux qui auraient intérêt à réveiller les anciens mythes pour pallier l'entropie des trois grandes religions, mes idées s'embrouillent, j'ai du mal à réfléchir rationnellement. Reprenons au début. À l'idée de la Femme à travers la Déesse et des religions contre cette Femme. Fallait-il que la peur des hommes soit fulgurante pour qu'ils développent une si grande cruauté, saccageant l'image de la femme devenue la tentatrice et la gourgandine, la trompeuse et l'impure.

Pourtant malgré les efforts déployés pour annihiler son pouvoir en la mutilant, la lapidant, la cachant sous des voiles opaques, lui déniant tous droits au profit des hommes, lui interdisant la prêtrise quand les prêtresses furent si puissantes dans les anciennes religions, lui niant son âme et sa liberté, s'efforçant de la reléguer en une sous-humanité, l'influence de la Femme n'a cesssé de grandir. La Grande Déesse, loin de disparaître s'est multipliée, empruntant tous les voiles, Ishtar, Sémiramis, Astarté, Marie, Diane et bien d'autres... Ses multiples visages rayonnent sur le monde.

Les trois grandes religions appartiennent aux vibrations bientôt dépassées de l'ère des Poissons, leurs constructions se lézardent ou se fanatisent, créant un vide propice à une nouvelle religion. Est-ce l'intention exprimée par l'exhibition de la nouvelle Diane, un appel au culte dianesque, la cloche qui sonne dans la nuit pour réveiller les adeptes endormis ? Le retour de la Grande Déesse ?

Je relève les yeux vers le croisement du boulevard Raspail et de la rue de Rennes grouillante de gens pressés ou flâneurs, merveilleusement inconscients de ces strates noires que je brasse dans ma tête... Je les envie, j'envie leur insouciance et leurs illusions. Une petite voix soudain s'élève dans ma tête : et je m'égarais dans un univers imaginaire ?

Sur toutes mes pensées plane la présence perdue de Sam, réactivée par le passage à l'hôtel Montalembert. Comme si j'avais respiré un air pernicieusement empli de nostalgie, les pensées me fouillent la poitrine comme autant de poignards. À vif.

Je savais bien qu'il ne fallait pas revenir sur nos traces, les lieux possèdent leur propre mémoire et n'hésitent pas à la restituer dès qu'ils en ont l'occasion, sous forme d'obsession ou de fantômes.

*

Pendant qu'Arielle se perd dans des pensées interdites, Dante vient de rejoindre l'imprimerie :

— Quelle drôle de journée, ravi que tu sois encore là, Balthus, dit-il en se jetant dans un fauteuil, à côté du bureau où le jeune garçon semble, comme toujours, immergé dans les abysses du web.

Il continue, sans se soucier de l'apparente absence de Balthus :

— Après une visite guidée de l'axe du *decumanus*, tu connais sans doute, par la grande spécialiste Arielle de Thal, la découverte d'une aire d'atterrissage d'ovnis camouflée par un artiste contemporain très au fait des paramètres ésotériques de l'Arche, puis une plongée dans l'antre fabuleuse du puissant sorcier Hiéronimus, nous avons retrouvé, dans un hôtel superchic, une brochette d'Anglais dérangés, adeptes de tunnels macabres et de catacombes. La routine, en somme.

— Le *decumanus*? Tu sais que ça va devenir un sujet superbranché ?

— Un axe qui concentre les énergies telluriques, je ne suis pas sûr que tout le monde puisse comprendre, plaisante Dante. Tu as un scoop capable de le mettre au goût du jour ?

— Un scoop du bout du monde, répond joyeusement Balthus, Arielle va adorer ça, un Moai arrive bientôt à Paris.

— Un Moai ? Laisse-moi deviner… il s'agit d'un indigène, une sorte de chaman d'Amérique du Sud ?

— Tu brûles. C'est un géant – de pierre – il vient de l'autre côté de l'océan Pacifique, c'est lui qui a exprimé son désir de venir en France – là-bas ils écoutent quand les pierres parlent – attend, je te lis ses mots : … *pour apporter une énergie spirituelle qui va changer la conscience de l'humanité… pour métamorphoser la conscience du monde matérialiste en une conscience plus humaine.* Génial, non ?

— Pas mal pour une pierre, peut-être un peu mégalo, non ?.. Pour qui se prend-elle ? Moi qui croyais en avoir fini avec les histoires zarbies pour aujourd'hui…

— Okay.

Balthus se détourne et replonge dans son écran. Dante lève les mains en l'air

— Je me rends, je me rends, dis-moi tout !

— Tu l'auras voulu : c'est une statue de l'île de Pâques, un des neuf cent quatre-vingts géants qui peuplent l'île, la fondation Vuitton va la transporter jusqu'à Paris, à sa demande, paraît-il ! Les chefs Rapanuis sont venus en repérage, « habités par l'esprit du Moai », pour lui trouver sa place. Et tu sais où l'esprit a choisi de s'installer ? Entre l'obélisque de la Concorde et la pyramide du Louvre… Pile sur l'axe du *decumanus* dont tu viens de me parler !

Dante semble faire un douloureux travail sur lui-même pour ne pas réagir, et finalement opter pour une légère dérision. Il répond d'un ton de conspirateur :

— Il a choisi ! Bien sûr… Il a senti le courant d'énergie qui traverse les Tuileries, oui d'accord, ça c'est sûr qu'elle va adorer, Arielle, d'autant que… le Moai a raison, l'installation d'un monolithe aussi puissant et déterminé sur l'axe du *decumanus* aura sûrement des conséquence sur ses énergies. Que vont dire les autres malins qui ont construit leur arche un peu décalée et leur pyramide inversée pour prendre le contrôle du bon vieil axe ? Moi, je te le prédis, ils ne vont pas être contents. Il faudra vraiment qu'il soit superfort, le géant de l'île de Pâques pour se glisser dans la course. Tu vas voir, Balthus, il va rencontrer de sacrées oppositions !

— Ouaah ! C'est un conditionnement ariellien, on dirait. Mais je suis d'accord avec toi, le côté obscur de la force ne va pas apprécier.

— Où as-tu trouvé ces infos fascinantes ?

— Dans le journal et sur un site italien tout à fait sérieux. La fondation Vuitton est italienne. Mais j'ai fait mes vérifications : pour le moment, ni la mairie de Paris, ni le maire du Ier, ni le ministère de la Culture ne sont officiellement au courant…

— Et c'est quand, l'opération « Sauvons le monde » ?

— 2011, on a le temps de les regarder s'agiter…

— C'est singulier, conclut Dante : le jour-même où nous nous retrouvons en haut de l'Arche et où Arielle me fait découvrir le *decumanus*, tu pêches par hasard cette information on ne sait où, d'une statue de l'île de Pâques qui décide de s'installer sur ce même axe ! C'est de la télépathie ou quoi ?

— Plutôt de la synchronicité, une histoire de maillage magnétique… la pensée focalisée sur un sujet attire ses extensions, affirme tranquillement Balthus.

— Il a raison, surgit une voix de l'ombre de l'entrée, la connaissance multiplie la possibilité de reconnaître les signes, elle élargit le regard et la perspicacité.

Dante siffle en se retournant vers elle :

— Voilà notre grande spécialiste en courants magnétiques, enfin sortie des griffes des Anglais.

— C'est génial, ton histoire, Balthus ! s'exclame Arielle qui a saisi leurs derniers échanges en arrivant.

Elle le scrute intensément :

— Tout va bien à part les géants de pierre qui s'invitent sur l'axe ? J'étais un peu inquiète tu sais…

Pendant que Dante s'éloigne avec son blackberry pour répondre à un nouvel appel, Balthus se soumet à mes questions avec un sourire compréhensif. Dans ma main la pierre blanche me réconforte, je m'y accroche comme un naufragé à du bois flottant, sans plus qu'une ombre de réponse aux questions qu'elle fait planer autour de moi.

Victoire du côté lumineux de la force, Balthus s'est infiltré dans le dodécaèdre en un battement d'ailes de papillon. Comment ? Il a visualisé la lumière, exprimé son intention, et les portes se sont ouvertes devant lui, sans bruit, dans un glissement imperceptible… et sans laisser de traces, pour le laisser communiquer avec le cristal. Désormais le canal est créé, il y a accès à volonté. Ses yeux pétillent… À nous les dossiers sensibles, les informations top secret, les secrets d'État.

Quand Dante revient, toute la légèreté de la discussion autour du Moai a disparu, il serre les mâchoires comme s'il avait envie de mordre. Balthus continue sans s'en apercevoir :

— Regardez : il nous montre un plan de Paris, pointant du doigt la place de l'Alma. Les deux caméras qui couvrent le tunnel de l'Alma étaient en panne le 21 juin, la nuit où l'on a retrouvé Diane, exactement comme il y a dix ans, au moment de l'accident de lady Di. Savez-vous que pas une seule des onze caméras placées entre le Ritz et l'Alma n'a fonctionné le 31 août 1997 ? Toutes ont été simultanément annihilées. Une coïncidence d'après la préfecture. Mais j'ai trouvé une autre « coïncidence » ce soir-là encore plus insolite, un silence radio programmé sur toutes les ondes de la police.

— Comme si tout avait été prévu à l'avance…

— N'extrapolons pas, interrompt Dante. On en aurait entendu parler. Tu es sûr, Balthus, de ce que tu avances ?

— Sûr des faits, pas le moindre doute, mais rien ne t'empêche de vérifier de ton côté.

— Je le ferai.

Des éléments troublants se mettent en place : la thèse du Mossad ne suffit plus, il faudrait qu'il y ait eu complicité du côté des Services secrets français. Plantard et Noirange ne nous ont peut-être pas livré tout ce qu'ils savent de l'accident de la princesse :

— Pas de caméras et silence radio : Paris était bâillonné et aveuglé le soir de l'accident de lady Di. Ces éléments suggèrent la préméditation. Surtout si l'on ajoute le trajet incompréhensible de la Mercedes qui n'aurait jamais dû passer par le tunnel de l'Alma. Comme si elle avait été téléguidée par des instances supérieures pour s'écraser précisément à cet endroit, et pas ailleurs.

Je devrais mesurer mes paroles quand je me laisse aller à réfléchir à voix haute. Dante me reprend avec une tonalité excédée dans la voix, il est revenu, depuis son coup de fil tout à l'heure, d'une humeur noire…

— Je sais bien que monsieur Plantard nous a donné son blanc-seing pour jouer entre les deux affaires, Arielle, mais essayons de regarder ces nouveaux éléments d'une façon rationnelle. Sans revenir perpétuellement sur l'affaire initiale. Deux caméras qui tombent en panne, ça arrive figurez-vous. C'est peut-être même extrêmement courant.

Je m'insurge indignée : Pas deux, onze ! Et le silence radio ? C'est courant aussi ?

— Vous parlez encore du passé. Ce qui m'intéresse c'est maintenant, la jeune morte aux lys, et tout ce qui tourne autour. Revenons à notre affaire, d'accord ?

Même si quelque chose l'a mis de mauvaise humeur, ses réticences m'agacent, pourquoi refuser les indices du passé qui se reproduisent dans notre enquête... Pourquoi s'énerver alors que je cherche simplement un sens aux éléments que Balthus nous apporte ? J'ai remarqué des modifications dans l'humeur de Dante depuis hier déjà, un moral en dents de scie, il s'accroche plus que jamais à son portable, se jette dessus dès qu'il sonne... Attend-il des nouvelles ? J'ai cru comprendre à travers ses conversations téléphoniques qu'il a laissé certaines affaires en cours à Hong Kong qui le rendent nerveux.

Il n'est jamais revenu chez moi depuis la fameuse soirée au château de Rançay, mais il a quitté son hôtel du XVIIe et s'est installé un lit ridiculement étroit dans la petite pièce du rez-de-chaussée de l'imprimerie.

Notre QG étant doté d'un système de sécurité réputé inviolable, doté de tous les derniers perfectionnements des techniques spatiales, paraît-il, je me demande s'il ne cherche pas à se protéger. Mais de quoi ?

Balthus continue sans se démonter :

— Ce ne sont pas les seuls éléments en discordance avec la version officielle, la chronologie comporte quelques contradictions : après l'accident, on affirme qu'il a fallu un certain temps pour désincarcérer la princesse encore vivante, parce qu'elle était prisonnière des tôles de la Mercedes. Faux, les rares photos parues dans les journaux suffisent à le prouver, l'état de la voiture excluait ce scénario. Pourquoi l'ont-ils alors gardée plus d'une heure sans la soigner, la laissant se vider de son sang ? Encore plus curieux, après avoir soi-disant constaté sa mort sur place, l'ambulance qui l'emmenait à la Salpêtrière a mis presque une heure pour y arriver, prétextant avoir essayé de la réanimer. Réanimer une morte ? Ils pouvaient y être en un quart d'heure. Pourquoi avoir tant tardé ?

Naturellement les paroles de Mullins me reviennent à l'esprit, sur les rites d'exsanguination totale dans les cérémonies babyloniennes. Mais inutile d'en rajouter, ce n'est pas le jour. Balthus poursuit…

— Que s'est-il passé dans cette ambulance ? Le mystère reste entier. Ensuite elle arrive, toujours selon la version officielle, cliniquement morte à l'hôpital, et pourtant elle est opérée pendant deux heures. De quoi opère t-on une morte ? *Paris Match* encore affirme qu'elle aurait été embaumée, et suggère que les fluides de l'embaumement empêcheraient désormais de vérifier si elle était enceinte ou non.

— Où as-tu trouvé tous ces renseignements, Balthus ? bougonne Dante, sur conspiration. com ?

Balthus se penche sur son écran, concentré.

— Si ta conspiration a ses sources dans les dossiers du ministère de l'Intérieur… Tout vient de chez eux, inclus l'article de *Paris Match* et ce n'est pas tout ! La thèse de la culpabilité du chauffeur alcoolique, Henri-Paul, ne tient pas debout. Les dossiers parlent d'hypnose et de médicaments, mais il n'avait pas bu. Son dossier médical a été truqué pour l'accabler. J'ai eu accès aux documents qui le prouvent… Il y a également des témoignages de plusieurs personnes qui auraient vu un éclair de lumière violent venant de l'extrémité du tunnel quelques secondes avant le choc. Quant à la voiture blanche, la Fiat qui a été recherchée en vain dans toute la France, elle a été retrouvée, avec quelques morts autour. Encore un détail gardé soigneusement caché. Je continue ?

Dante réagit :

— Tout cela est très intéressant, mais on est en train de s'égarer, tu te trompes d'enquête, Balthus. Dix ans ont passé depuis cet accident, et vous ne me ferez pas croire que sur une affaire aussi médiatique, on ait pu mentir à tout le monde. Il doit y avoir des explications, un médecin qui a peur de prendre des risques devant la personnalité de la victime, des services hospitaliers harcelés par différents services officiels hésitant sur la marche à suivre, une désorganisation générale due à des pressions contradictoires… Quant au chauffeur, que ce soit la drogue ou l'alcool, c'est quand même lui qui conduisait la voiture et qui l'a écrasée dans le tunnel... Restons-en à l'affaire Diane Cargill, elle est suffisamment compliquée comme ça !

Et hop, Dante a repêché le pavé jeté dans la mare par Balthus. En quelques secondes tout est à nouveau normal, sous la bannière l' « erreur est humaine » les doutes se lèvent. À croire qu'il a regardé le documentaire sur l'affaire Diana concocté par une petite chaîne de télévision française au sommet du politiquement correct, suivant gentiment la thèse officielle dans ses moindres détails. C'était censé être du journalisme d'investigation, mais la trame était cousue de fil blanc et tous les doutes éludés avec une telle application que cela en devenait suspect, à mes yeux soupçonneux en tous cas. Je réplique avec agacement :

— Moi j'adore tout ce que nous raconte Balthus, nous en reparlerons un jour où vous serez de meilleure humeur et l'esprit plus ouvert...

— Je vois que je suis bien le seul, mais toutes ces élucubrations me fatiguent... Je vais faire un tour, à demain !

Alors Balthus se retourne vers nous, tel le jeune bouddha sous son arbre, et rigole :

— Dante et Arielle, vous vous croyez à l'opposé l'un de l'autre mais tout ça, comme l'enfer et le paradis c'est du passé, il faut faire confiance aux temps qui viennent. Arielle, tu sens bien que les vibrations sont en train de changer, les intentions vont devenir de plus en plus efficaces. C'est l'intention qui va changer le cours des choses, pas les vieilles techniques guerrières de la troisième dimension. Toi, Dante, tu dois cesser de te battre avec toi-même et monter, monter. Mets tes ailes pour passer au-dessus des nuages, il y a du soleil là-haut.

Dante lève les yeux au ciel, très opportunément son téléphone sonne à nouveau, il se jette dessus et sort de la pièce.

Balthus rit et m'entraîne dans son rire, la tension se relâche en un éclair.

— Et ce n'est pas tout, puis il ajoute en regardant l'écran : Dante est rouge...

— Rouge foncé alors, presque noir...

L'homme rouge nous revient beaucoup plus détendu, ouf, nous abandonnons le terrain glissant de l'accident pour celui des catacombes et de notre Anglais égaré... C'est le moment de lui apprendre le départ d'Henry et de Jane, qui ne le contrarie pas outre mesure.

— Laura reste? Parfait. Et alors, vous en savez plus sur notre disparu, Mark Moore?

— C'est un disparu non négligeable, avocat, il fait partie de la gentry et appartient à l'Athenaeum Club, le summum du chic anglais d'après eux. Tu peux regarder, Balthus? Chercher des liens avec notre histoire, Athena, les membres célèbres de l'aristocratie anglaise ou ayant des liens avec les membres royaux, le symbolisme, l'architecture, etc... Souvent ces clubs ont des accords entre eux, je ne sais pas si les Anglais ont créé un Athenaeum Club à Paris, mais c'est à explorer. Les relations avec des sociétés secrètes, Golden Dawn, etc. Tout ce qui a trait à l'ésotérisme, au satanisme... Notre histoire a des racines anglaises, c'est l'occasion d'en faire le tour...

— Et les autres?

— Éclectique, Jane est peintre et célèbre, Henry architecte et Laura historienne. Un quatuor de choc. Il paraît que Mark a un don de médium, c'est lui qui s'intéresse à l'au-delà.

Dante prend un air blasé:

— Un de plus: vous croyez qu'ils n'étaient pas là par hasard? Ils ne sont pas venus pour la fête de la musique?

- Ils sont venus célébrer lady Di au moment du solstice d'été. C'est la nuit de la Saint-Jean, la nuit la plus courte de l'année ou le jour le plus long, au choix. Les meurtriers ont choisi le jour où la lumière gagne son combat contre l'ombre pour tuer ou sacrifier Diane. C'est une date emblématique, de tous temps l'occasion de cérémonies ou de fêtes, en Syrie, en Phénicie, chez les Égyptiens et les Incas, dans les rites vaudou. Et pour les sorciers, c'est une époque particulièrement propice, quand le soleil est à l'apogée. J'imagine que c'est pour sa puissance de solstice que Jack Lang a choisi cette date pour sa fête de la musique.

— Je vois que vous avez eu le temps de cogiter entre le Montalembert et ici! Ajoutons donc la date du 21 juin à tous nos paramètres. Nous devons découvrir ce qui est arrivé à Mark, car ceux qui ont failli noyer dans la Seine Jane et Henry se sont peut-être attaqués à lui dans les catacombes. La probabilité est forte qu'il soit en danger, le fait qu'il n'ait pas réapparu est inquiétant, vous ne croyez pas ? demande Dante.

— D'après Laura, c'est lui qui serait à l'origine de leur voyage à Paris. Avait-il une intention qu'il n'aurait pas révélée aux trois autres ? Il paraît qu'il s'intéresse à l'ésotérisme, ce qui crée un lien avec notre affaire mais ce n'est peut-être qu'une coïncidence.

Je reste volontairement vague pour ne pas réactiver chez Dante de rejet violent. Nous ne sommes pas là pour nous écharper. Mais il semble calmé et à nouveau rationnel :

— Ils ignoraient ce qui allait se passer, ils nous ont donné l'appareil photo sans hésiter et leurs témoignages se recoupent. De toute évidence ils ne sont pas complices du meurtre. S'ils ne sont pas complices, ils sont victimes, comme le montre l'agression contre Jane et Henry. Mais ils peuvent nous mener aux coupables si ces derniers continuent à les menacer.

— Ce soir, il ne restera plus que Laura à Paris, je propose qu'on la mette sous protection discrète, et qu'on accompagne les deux autres jusqu'à leur embarquement dans l'Eurostar pour Londres. Jane a besoin d'être rassurée, sa mésaventure l'a jetée dans un trouble et une peur incontrôlables.

— Vous avez raison, j'appelle tout de suite pour que l'équipe de protection en place les suive dans tous leurs mouvements. À mon tour : les photos ont révélé que la voiture noire dans le tunnel est une Velsatis – je tressaille – avec des plaques corps diplomatique des Comores Orientales. Ces plaques sont fausses, j'ai déjà vérifié. Quant à la camionnette qui barrait le tunnel, c'est bien un véhicule de la voirie de Paris. Je passerai à la Direction de la Voirie pour le localiser. Ils doivent me rappeler. Le labo va nous faire parvenir les photos des hommes qui ont menacé les Anglais, la définition était assez mauvaise, mais ils pensent en tirer des images suffisamment claires pour les identifier.

XXI

Dans les catacombes avec les Nagals

Balthus nous a déniché deux cataphiles avertis pour nous guider dans les entrelacs du sous-sol. Il existe plusieurs entrées clandestines pour cette partie du réseau souterrain, dont une à partir de la crypte d'une église, une autre par les caves d'un cabaret louche, et une troisième plus officielle par un puits profond. Leur choix semblerait prouver qu'il est plus facile de graisser la patte d'un tenancier que de se faire ouvrir les portes d'une église en pleine nuit. En effet, si étrange que cela puisse paraître, les intrusions dans ces mythiques sous-sols se font à la tombée du soir, comme s'il fallait assortir l'obscurité extérieure à celle des profondeurs.

Nous allons parcourir le grand réseau Sud en clandestins, ayant estimé d'un commun accord, Dante, Balthus et moi, que suivre les équipes de police du commissariat de la Goutte d'Or dans leur chasse aux cataphiles manquerait de l'ingrédient le plus intéressant, l'aventure, et ne nous laisserait pas guider vers les mêmes endroits. De toute façon, la sacro-sainte liberté de Dante passe par une démarche parallèle à tout ce qui est officiel, à laquelle j'adhère pleinement. Je préfère garder une marge de manœuvre à mes intuitions plutôt que me confier à des baroudeurs préprogrammés qui nous entraîneraient dans leur cavalcade bien rôdée. Enfin, c'est ainsi que je l'imagine… Quoique d'un autre côté le processus officiel avait quelque chose de plus rassurant.

L'idée est de reconstituer le trajet de notre Anglais, pour tenter de retrouver sa trace en suivant son cheminement vers les salles du Dragon et de *human bomb*, dont Balthus a confirmé l'existence, avec un petit détour vers les salles de l'École des mines… Nos guides pensent, d'après la description de Laura, qu'il est descendu avec un certain Nosferat.

Nom prédestiné pour un être de la nuit, le vampire à l'haleine fétide… Le plus simple aurait été de le convoquer pour l'interroger sur sa course avec l'Anglais, mais Nosferat s'est volatilisé, lui aussi.

Balthus nous accompagnera par la pensée, il est incapable de descendre dans ces endroits sinistres et obscurs. Je le comprends, au fond de moi j'aurai bien laissé l'aventure à Dante l'ombrageux, mais la bravade et la curiosité l'ont emporté.

Inquisitor, notre guide normalien, se montre d'abord le plus laconique des hommes, ce que je ne peux que regretter, le sujet s'avérant aussi complexe qu'étonnant, mais il se rattrapera par la suite en nous décryptant à chaque étape l'historique de ces lieux habités depuis le Moyen Âge. Cornélius a l'air tout à fait à l'ouest d'un savant Cosinus, dont il aurait pu aussi bien prendre le pseudonyme.

Ici on ne descend pas en tenue de ville, nous ont-ils prévenus, il nous faudra ramper, sauter, passer éventuellement dans des passages immergés avec un froid de catacombes. J'ai mis un vieux jean noir, une parka assortie et des bottes de campagne en caoutchouc. Sur leurs recommandations, nous nous sommes également équipés de lampes frontales, et j'ai pris dans ma poche une torche électrique de secours. Bien que légèrement nyctalope, le noir me fait peur lorsqu'on peut y rencontrer des rats, des araignées ou autres insectes frétillants. Dante joue les paramilitaires avec une tenue tendance Rambo, veste et pantalon de l'armée américaine, j'imagine un poignard glissé dans ses bottes de combat, quant à ses multiples poches il y a glissé tout un matériel à rendre jaloux la police scientifique. Il semble prêt à toutes les éventualités.

Avant de descendre j'aimerais recevoir l'appel de Cornelia, mais mon téléphone reste muet. Je passe donc au plan B et je regagne la cabine du boulevard Raspail où elle peut également me joindre en cas de danger. J'attends près d'une demi-heure en priant en vain pour qu'elle appelle… J'essaie de la sentir en fermant les yeux, je la visionne telle qu'elle était à Giverny, je rentre en elle pour regarder par ses yeux. La montagne s'étend tout autour d'elle, puis éclate en milliers de pixels, silencieusement.

C'est curieux, je n'ai pas ressenti de peur ni de doute, mais la sensation que quelque chose d'inquiétant est sur le point de lui advenir s'impose à moi. J'espère me tromper, mais je crains qu'elle ne soit pas parvenue dans l'oasis de paix dont elle rêvait. Cornelia, Cornelius, comme c'est bizarre...

Ce soir nous voici donc prêts pour l'aventure souterraine avec Inquisitor et son acolyte Cornélius, scientifique et orienteur cataphile... Tous deux forment un couple original, Inquisitor plutôt du style condottiere avec ses cheveux bruns attachés en catogan, est habillé tout en noir profond, alors que Cornelius arbore un look de savant fou, vêtu de bric et de broc, il porte de grosses lunettes d'écaille et des chaussures de plage. Nos guides sont de vieux baroudeurs des catacombes, ils règnent sur leurs domaines, partagés avec différents groupes d'amateurs, nous expliqueront-ils au fil de nos rencontres souterraines.

Ils ont hésité à nous faire entrer près du Panthéon, mais l'un des barreaux de la porte d'accès aux profondeurs, un puits de plus de trente mètres, a cédé deux jours avant sous le surpoids d'un visiteur, rendant la descente périlleuse pour des néophytes comme nous. Il leur a fallu trouver une solution de rechange, plus confortable mais peu utilisée, à cause du droit d'entrée. Le cabaretier un peu louche qui en contrôle l'accès demande un droit de passage assez élevé que se refusent à acquitter les cataphiles avertis.

Nous voici donc devant une boîte « de charme », où messieurs et dames viennent en couple goûter aux saveurs troubles de l'échangisme. Cornelius ricane comme un gamin en sonnant à la porte découpée d'une ouverture grillagée comme celle d'un couvent espagnol. Un visage apparaît, Inquisitor murmure quelques mots inaudibles, la porte s'ouvre sur une entrée calfeutrée de tentures de velours rouge sombre... Nos tenues dénotent dans ce décor de lupanar du XIXe siècle, mais nous ne faisons que passer incognito, nous n'irons pas au-delà de l'antichambre vers ce monde nébuleux de la nuit, d'autres souterrains nous aspirent.

L'énorme troll, entre Dracula et Frankenstein, qui nous a ouvert, arbore une barbichette pointue et des cheveux gominés qui rebiquent dans le cou… Les fantômes de quelques chauves-souris s'envolent tandis qu'il nous ouvre avec emphase une trappe dans le sol de l'entrée, l'air confiné qui s'échappe transporte des odeurs de vieux bouchons et de terre. Nous descendons une échelle de cave en bois vermoulu, suivant Cornelius sans dire un mot, le sol en terre est meuble sous nos pas, une ampoule nue nous éclaire de sa lumière blafarde jusqu'à un escalier de pierre qui s'enfonce loin dans les ténèbres vers une salle profonde. Ce n'est que le début du labyrinthe…

De là, un passage voûté nous mène à un deuxième escalier, ma phobie des araignées s'active, j'ai l'impression que des minuscules pattes d'insectes s'agitent sur mon visage et dans mes cheveux. Je sors un bonnet de ski, reliquat de mon dernier séjour à la montagne, et l'enfonce sur ma tête comme une ultime protection. L'air dense chargé de miasmes obscurs, l'obscurité silencieuse qui nous avale de marche en marche vers une infinie profondeur, l'impression de se dissoudre vers nulle part, tout concourt à me mettre en mode automatique. Ma pensée s'arrête. Mes yeux scrutent l'ombre, mes pieds se placent au bon endroit pour ne pas tomber ni glisser, mes mains gantées maintiennent l'équilibre. Je marche derrière Cornelius et Dante, Inquisitor ferme la marche, c'est rassurant. Je détesterai n'avoir derrière moi dans ces boyaux obscurs que les multiples menaces de l'ombre, glissements visqueux et observation malveillante. L'air grouille de présences invisibles…

Personne ne parle. La descente semble sans fin, rythmée marche après marche par les saccades de nos lumières frontales. Dans une longue galerie aux murs de pierre taillée, l'oppression me saisit, la tête me tourne, je déteste ces souterrains glacés, d'une obscurité abyssale. Tout ce que n'éclairent pas nos lampes disparaît dans le néant. Nous expirons des nuages de condensation qui se contorsionnent dans la lumière blanche des lampes.

Mes mains se glacent malgré les gants, j'aperçois des tags en passant, à chaque carrefour des flèches partent dans tous les sens… Heureusement Cornelius qui semble humer l'air suit infailliblement son chemin. Inquisitor me murmure qu'il pourrait sans doute s'y retrouver à l'aveuglette, il passe la moitié de son temps au fond depuis plus de vingt ans. Une passion qui l'a saisi à son adolescence et ne l'a plus quitté. Son plan des sous-sols, réservé aux amis cataphiles serait le *nec plus ultra*, la bible cataphile…

Bientôt j'oublie ce que nous sommes venus chercher au tréfonds de la Ville Lumière, le temps s'est arrêté, le monde extérieur n'est plus qu'un mythe. Dante ne bronche pas, le côté commando de notre petite expédition lui inspire des rafales de questions à Cornelius.

Le bruit de leurs voix me panique, on peut nous entendre arriver de loin, et s'ils parlent je ne peux plus guetter dans le silence les bruits annonciateurs d'une approche ou d'une présence hostile.

Le plafond descend, nous marchons de plus en plus courbés, parfait, au moins ils se taisent, j'ausculte les ténèbres… Bientôt il nous faut ramper sur des dizaines de mètres avant de nous retrouver presque debout.

Cornelius s'arrête brusquement, lève la main pour nous garder en silence, nous écoutons un bruit de gouttes d'eau qui tomberaient de très haut dans une grande bassine, en résonnant d'écho en écho. Et derrière, comme des froissements de papier de soie, furtifs et cadencés. Mon cœur se met à battre si fort que je presse mes mains sur ma poitrine pour qu'on ne l'entende pas. Ça ne va pas du tout, depuis que je suis entrée dans ces boyaux souterrains, il se passe un phénomène étrange, j'ai l'impression d'être obligée de fendre une foule des fantômes glacés pour avancer. Il y a trop de monde ici sous la terre, trop d'êtres qui n'ont pas pu s'échapper.

Curieusement je reviens dans le ventre de ma mère, un lieu hostile qui me comprimait, où je me sentais prisonnière et dont j'avais réussi à m'évader cinq semaines avant la date prévue. Enfin libre. Mon premier cri fut sans doute un cri de joie au sortir de ce monde obscur vers la lumière.

Il paraît que l'on ne peut pas avoir de souvenirs intra-utérins, et pourtant, dans une mémoire subliminale, ce passage de quelques mois dans le corps de ma mère me revient en écho aujourd'hui pendant ce long cheminement sous terre… Un monde inamical où je ne souhaite pas retourner. Malgré mon pull épais et ma veste de laine, mon âme grelotte. Ce n'est pas un endroit pour moi, je n'ai plus qu'une envie, remonter vers la lune qui doit briller sur Paris. Ce matin vers 6 heures, une lumière extraordinaire balayant ma chambre m'a sortie de mes rêves, la lune scintillait en haut du ciel d'une intensité anormale.

En temps ordinaire au petit matin elle commence à s'effacer, joue les transparentes. Ce matin elle rayonnait, guerrière et redoutable, si violente que les ombres qu'elle portait aux arbres du jardin des Carmes avaient la profondeur du velours. Image des temps qui viennent, qui sont déjà sur nous. Les archétypes nous rattrapent.

Dante ralentit, il m'attend, se rapproche de moi et j'avoue que je lui demanderais bien de me serrer dans ses bras, un peu de chaleur humaine me ferait du bien. Mais Cornelius reprend sa marche et nous entrons dans une première salle, celle dont avait parlé le cataphile au Harry's bar, *human bomb* : éclairé par la puissante lampe de Cornelius, un visage nous regarde de sa stèle de pierre plantée dans la terre, les initiales HB au-dessus de sa tête, avec de part et d'autre deux dates 1951… 1993 agrémentées d'une croix.

Dessous « BOURREAU VICTIME ASSASSINÉ PAR LA POLICE FRANÇAISE. »

Brusquement Inquisitor se fige, il lance un bref cri d'appel à Cornelius et me plaque contre le mur humide, Dante rejoint l'ombre, nous éteignons nos lampes. D'abord seules nos respirations oppressées scandent le noir opaque, puis le glissement froissé entendu plus tôt recommence, avec je ne sais quoi d'incroyablement inquiétant. Il se rapproche, des vibrations étirées comme des vols d'insectes l'accompagnent, s'amplifiant comme une multitude de pas perdus dans le tunnel par lequel nous sommes arrivés.

J'imagine une sorte de Gollum avec des ailes de chauve-souris qui râperaient les murs au passage, moitié volant, moitié courant… Il arrive vers nous en chuintant et crissant, à l'entrée de la salle s'arrête un instant, et je crois voir luire deux petites lumières rouges dans le noir total… Personne ne bronche, nous ne respirons plus, liés par un sort magique nous nous fondons au mur. Je me fais invisible, étendant mon pouvoir aux trois autres.

L'être passe dans son tumulte silencieux, et passe avec lui une cohorte d'ombres sinistres. Je crois voir des dizaines de leurs yeux rouges traverser la salle de l'autre côté. Ils nous cherchent, nous flairent, mais ne peuvent nous voir. Bientôt les bruits fantômes s'éloignent et se distendent, échos fragiles de leur passage.

Dante, figé à mes côtés, a saisi ma main, léger réconfort. Nous restons transfixiés contre le mur le temps d'une éternité, comme si le diable en personne était sur nos traces.

Enfin Inquisitor rallume sa lampe, il me semble plus pâle qu'avant :

— J'en avais entendu parler, mais je croyais que c'était une légende…

— Qu'est-ce que c'est ?

— Ici on l'appelle l'armée des Ombres ou les Nagals…

Il a du mal à parler.

— Statistiquement parlant, poursuit Cornelius, chaque fois qu'ils passent, il y a des disparus. On ne les revoit jamais. La cohorte traque les groupes de cataphiles et prélève son tribut. Selon quels critères on l'ignore, les survivants ont du mal à en parler. Rares sont ceux qui redescendent après les avoir rencontrés, ils sont quasi morts de trouille. Les Nagals ont frappé même chez les flics, mais ils ne l'avoueront jamais. Vous qui avez des connexions, posez-leur la question…

— Mais ils ressemblent à quoi, ces êtres ? Ils sont humains ?

— La légende raconte qu'au moment de la Terreur des familles entières se sont réfugiées dans les fondations de leurs maisons, puis sont descendues de plus en plus profond. Depuis ils survivent de génération en génération dans les ténèbres, mutants devenus nyctalopes et albinos, pâles comme des fantômes, les cheveux blancs. Ils ne parlent plus comme nous et s'expriment par des crissements, des vagissements et des sortes d'ultrasons. Les descriptions varient, membres atrophiés, corps allongé comme celui d'un serpent géant, visages aux yeux étirés, mains palmées, la peur nourrit aussi l'imagination. De quoi se nourrissent-ils, on ne le sait pas, des champignonnières englouties, des poissons sans yeux qui hantent les ruisseaux souterrains… On ne sait pas non plus où ils entraînent leurs victimes ni pourquoi ils les enlèvent…

— Et on ne connaît pas l'entrée de leur royaume souterrain, ajouta Inquisitor, de nombreux cataphiles l'ont cherchée en vain, nuit après nuit. Ils existent – de nombreux témoignages le prouvent – mais leur existence reste totalement mystérieuse.

— Mais pourquoi n'en entend-on jamais parler ?

— Ce qui se passe dans le monde d'en bas ne remonte pas au-dessus. Il n'y a pas d'explication. C'est ainsi. Pour beaucoup c'est un des attraits d'ici, on y vit à part, et quand on en émerge c'est comme sortir du sommeil, jaillir d'un rêve. Les réalités ne se croisent pas. La Cohorte, les Nagals procèdent de cet imaginaire que l'on rejoint en descendant au cœur des ténèbres, ils incarnent tous les dangers et les peurs de la matrice originelle. Nous abandonnons notre nom de baptême pour un nom qui illustre notre nature différente de sous-la-terre. Dans le même corps, l'être de votre monde et celui d'en bas sont distincts, et vivent avec des émotions, des pulsions aussi éloignées que celles de deux personnes différentes.

Inquisitor parle à mi-voix, le profil inscrit dans l'ombre, la façon dont il s'exprime est très élaborée, je me souviens qu'il est normalien. Mais que cherchent-ils donc tous dans les sombres boyaux de la ville ? L'oubli d'eux-mêmes ou le retour à la matrice, la soi-disant chaude et câline caverne originelle d'où l'on émerge nu, vagissant, hurlant contre la lumière cruelle et aveuglante ?

Autant cette descente m'angoisse, parce que j'ai vécu le ventre maternel comme une incarcération, autant d'autres sans doute y retrouvent la douceur nocturne du non-être, du sans-nom, de l'abandon total.

Nous reprenons notre progression, mais les ténèbres sont désormais peuplées de démons bien réels, blancs comme la mort. Je ne suis plus seule à guetter les plus infimes bruits des profondeurs. Alors que nous entrons dans une nouvelle salle, ma lampe fait surgir de l'ombre à ma droite un immense dragon sculpté dans la pierre aux reflets orange, avec des pattes d'araignée et une gueule de loup. Nous avons marché dans le ventre de la Terre, oublié nos noms et l'espoir de la lumière, et nous voici à présent dans l'antre du dragon. C'est curieux ces dragons qui surgissent un peu partout, après celui qui veille sur la tombe au cimetière de Montmartre, celui qui enlace Ishtar sur le croquis du temple et maintenant celui des catacombes. Ils habitent les profondeurs et accompagnent les morts.

Des morts, encore des ossements, tout ici nous rappelle que nous ne sommes là que de passage. Un jour nos os parsèmeront les chemins des autres.

Décidément je préférerais que l'on me brûle jusqu'à la cendre, et qu'on la répande à la lumière du jour au pied d'un arbre à fleurs ou dans la mer au gré des vagues… Je n'ai pas envie que des égarés jouent aux osselets avec ce qui restera de moi, même si je sais que ma mort m'ouvrira à une autre vie, je préfère disposer moi-même de mes restes et les soustraire aux jeteurs de sort et autres cloneurs ou adeptes de rites sumériens.

Existe-t-il une folie des profondeurs ? Mon esprit flotte dans un état incertain, se raccroche aux miettes de lumière diffusées par nos lampes cahotantes, les silhouettes de Cornelius et de Dante se contorsionnent devant moi, épousant les obstacles surgis de la nuit hostile. Ils grandissent et se rétrécissent, comme dans *Alice au pays des merveilles* et les merveilles se changent en cauchemar. Heureusement le dragon m'a souri au passage et je continue le cœur soudain un soupçon plus léger. En tout cas, pas traces de notre Anglais égaré, pas le moindre petit os de Mark à nous mettre sous la dent, pas le moindre cadavre affalé dans un recoin caché, pas le plus petit signe de rituel macabre. Si Mark n'a pas resurgi de lui-même par une des multiples échappées de ces catacombes, il ne nous a laissé aucun indice de son passage. Aurait-il rencontré les Nagals ?

— Nous arrivons au carrefour des Morts, attention à vos pas il y a du monde, les os et les crânes du cimetière des Innocents ont été déversés ici à la fin du XVIIIe siècle, ils parsèment encore les couloirs adjacents à l'ossuaire officiel.

Le parcours se corse, les os craquent sous nos pieds, Cornelius nous jette de laconiques : Tête, droite, gauche, trou, nous informant des chausses-trappes et autres stalactites qui ralentissent nos pas. Je n'ai plus qu'une idée, sortir de ces interminables tunnels mortifères. Mais l'adrénaline provoquée par notre rencontre avec les Nagals m'a sortie de l'état de vague torpeur où les ténèbres m'avaient plongée. Dès qu'une situation devient difficile, une sorte de force jubilatoire monte en moi, je sors mes griffes, la fatigue disparaît. Rien ne peut m'arrêter. Cette nuit je suis prête à toutes les reptations, descentes en apnée, escalade d'éboulis, pour atteindre mon but : sortir de là. Je rage, le sort de Mark ne fait plus partie de mes priorités, je lui en veux de nous avoir attirés dans ces obscurs dédales dont je ne saurais me sortir seule. J'espère pour lui que son guide n'était ni un de ces farfelus cataphiles amateurs, ni un tueur manipulé par les gardiens du temple.

Car, entre des Nagals pires que le sentier lumineux, les labyrinthes où l'on peut errer des semaines jusqu'à en mourir, les sorties bétonnées du jour au lendemain par la police, sans compter les menaces qui pesaient déjà sur lui dans le monde d'en haut, je n'imagine même plus retrouver cet inconscient qui s'est jeté sans réfléchir dans des lieux si propices à une disparition. Monter, descendre, tourner, ramper, contourner, Ariane elle-même y perdrait son fil, enfoui sous un tas d'os, englouti dans un trou d'eau. Notre expédition est vouée à l'échec, il nous faut sortir de là… Inquisitor s'obstine, il a un itinéraire dans la tête et deux points à vérifier. Nous cheminons ce qui me paraît des heures, arrivons enfin dans un haut couloir qui nous laisse enfin nous relever de toute notre hauteur. À mi-hauteur des murs de chaque côté, des dizaines de bougies posées sur un soubassement de pierre brillent dans l'obscurité. Dante se retourne vers moi, je ne vois que le faisceau de sa lampe qui m'éblouit.

— Ne vous inquiétez pas, nous ne sommes pas les seuls visiteurs, nous arrivons dans un coin plus fréquenté, la voix rassurante d'Inquisitor dissipe le trouble surgi à la vue des bougies allumées au milieu de nulle part.

Sur le côté je remarque en passant une cavité plus sombre, habitée d'une forme qui m'intrigue. Je m'incline légèrement lorsqu'une poussée brutale me projette en avant, mon front heurte le linteau, la lumière explose sous mes paupières et je disparais dans un gouffre bienheureux…

La béatitude ne dure pas, une cacophonie de voix aspire hors du néant mon corps vide comme une chrysalide abandonnée, j'ouvre les yeux sur les lumières qui s'agitent autour de moi. Le décor a changé, sur les murs d'une grande salle un cloître aux fines colonnes s'ouvre sur le ciel bleu.

— Bon sang, mais c'est quoi cette habitude de s'évanouir chaque fois qu'on fait une petite virée, marmonne Dante qui me tient gentiment dans ses bras pour m'éviter de reposer sur le sol humide.

— Je ne comprends pas, tu as vu quelqu'un, quelque chose, que s'est-il passé ?

Se croisent les questions de nos guides… Regardez, elle a le front qui saigne…

Le front qui saigne et l'impression qu'une petite bombe a explosé dans mes cervicales, l'onde de choc se propageant jusqu'au septième chakra vers le haut et tout le long de ma colonne vertébrale jusqu'à mes doigts de pieds encore crispés. C'est simple, si Inquisitor qui me suit n'a rien vu, il faut bien imaginer qu'une force invisible m'a projetée en avant. Car je n'ai rien senti de palpable, de physique, mais comme l'impact d'un souffle puissant et volontaire.

Vous avez regardé dans la cavité, à l'endroit où je suis tombée ?

Ma voix semble curieusement éthérée. Ils me regardent, et même dans cette semi-obscurité, je perçois leur étonnement.

— Quelle cavité ?

— Je me suis penchée pour regarder à l'intérieur, j'ai cru apercevoir une forme, quelque chose au fond du passage. Je voulais voir…

Cornelius et Inquisitor se concertent à voix basse, puis Inquisitor repart en arrière.

— Où sommes-nous ? dis-je, contemplant toujours la parcelle de ciel derrière le cloître.

— Sous l'École de mines de Paris, dans la salle des promos. Devant vous, c'est la promotion 2000. Chaque année ils peignent une nouvelle fresque sous l'égide d'une marraine, voilà celle de Charlotte de Turckeim : Il éclaire la fresque de sa lampe, *Ghostbuster*, amusant.

— La promo 1996, Irène Jacob, est superbe, regardez : Un grand dragon rouge cornu et griffu aux ailes écarlates repliées se retourne vers un chevalier en armure tenant dans ses deux mains une épée lumineuse, une flamme brûle à leurs pieds. Mais qu'ont-ils tous avec les dragons ?

Je m'adresse à Cornelius :

— Encore un dragon ? C'est une mythologie cataphile ?

— Vous ne croyez pas si bien dire, en descendant dans les entrailles de Paris, nous nous rapprochons de la demeure du Dragon. Pour l'évoquer, on le dessine avec l'idée qu'un jour il nous apparaîtra. Nous rêvons tous de voir le Dragon. Il y en a un autre d'ailleurs. Venez voir.

Je quitte l'abri des bras de Dante en vacillant pour suivre Cornelius. Il fait soudain plus froid.

— Vous venez, Dante ?

Il me saisit par le bras :

— Allons-y !

— Voilà ! La promo 2003 !

Il est charmant celui-là, un éclat de soleil dans la caverne. Il me rappelle une histoire de dragon et de poisons que je lisais enfant : d'un orange flamboyant, un dragon heureux lève les pointes de ses deux ailes vers le ciel bleu avec un doux sourire et escalade des rochers sur une mer écumeuse.

La lune blafarde est traversée de trois rayons, le soleil blanc surplombe les rochers, c'est une fresque joyeuse et pleine d'espoir. L'irradiation de cet orange intense propage une énergie que j'absorbe goulûment.

— Elle est loin, la sortie, Cornelius ? J'ai besoin d'air...

— Ne vous inquiétez pas, il y en a une tout près d'ici, une sortie confidentielle dont il ne faudra surtout pas divulguer l'existence.

— Rassurez-vous, je suis prête à tous les serments pour retrouver le monde d'en haut le plus vite possible.

Je me tourne vers Dante, toujours silencieux :

— Je ne comprends même pas comment nous imaginions retrouver la trace de Mark dans ce dédale. C'est de la folie pure, non ? Je ne vois pas ce qu'on peut faire de plus…

— Il faut bien qu'il soit quelque part pourtant. Cornelius, se passe-t-il des choses bizarres dans les catacombes ? Avez-vous entendu parler de disparitions, de meurtres, de rituels ? Parce que là, vous nous le jouez Disneyland, mais les lieux doivent attirer aussi les psychopathes et les cinglés.

— Mais aussi les mythomanes, répond Cornelius, il y a toujours des rumeurs qui traînent, c'est sûr, mais je m'en méfie…

Dante ne se laisse pas faire, on dirait qu'il a décidé de reprendre le contrôle de la situation :

— Alors maintenant on va s'asseoir et vous allez me donner un bref aperçu de toutes les rumeurs qui traînent dans ces boyaux. Un homme est peut-être en danger et nous sommes là pour l'aider ! Je refuse de repartir sans en savoir plus.

— J'ai entendu dire qu'il y a des oubliettes dans la partie située sous l'Observatoire. Certains parlent de cris qui viennent de nulle part, d'autres de salle de torture. Mais rien ne dit que ce ne sont pas des paroles en l'air.

Il baisse soudain la voix :

— La légende sous-urbaine mythique, c'est celle des Nagals. Il y a quelques heures je vous aurais dit encore un fantasme, mais nous les avons rencontrés… Vous avez une chance folle d'ailleurs, certains traînent ici depuis des années dans l'espoir de les apercevoir.

— Ce sera une chance quand nous serons dehors, à l'air libre ajouté-je *in petto.*

— Oubliettes, Nagals, et quoi encore ? le titille Dante, insatiable.

— Sous l'hôpital de la Salpêtrière, il y aurait des salles où les médecins faisaient des expériences sur les cadavres… et sur les vivants aussi. Elles ont mauvaise réputation, fantômes et compagnie. Les étudiants en médecine y font soi-disant des fêtes macabres, boivent le vin dans des crânes, mais c'est la rumeur… On peut raconter n'importe quoi…

La Salpêtrière, dernier arrêt de lady Di avant le cercueil. Pauvre princesse, à son évocation une immense tristesse semble tourbillonner autour de nous. Et sans savoir comment je reviens à la source, à Torcello. Je ferme les yeux, les voix de Dante et de Cornelius s'éloignent…

… Le bois est froid et le banc un peu dur mais il me semble extraordinairement confortable à côté de la terre tassée que je viens de quitter. Une immense joie m'emplit à la vision de la Madonna Teatoca penchée vers moi, pensive, son enfant dans les bras. Je suis revenue. La magie opère, mon âme se libère de toutes les troubles émanations qui se sont infiltrées en moi et qui me quittent, glissant entre les interstices du pavement ancien. Une troublante sensation de félicité m'envahit… Autour de moi le temps semble arrêté, les silhouettes ne bougent pas. Une femme aux longs cheveux gris porte un sac à dos rouge, elle contemple immobile la grande mosaïque de verre et d'or représentant le Jugement dernier. En enfer, les crânes où se tortillent les vers semblent exercer sur elle une infinie fascination.

Une forme presque transparente s'assied sur le banc non loin de moi. Insensiblement elle prend de la densité, et apparaît une jeune femme qui penche la tête sous des cheveux blonds et courts. Elle sourit dans sa tristesse et se redresse, je vois la grâce agir et lui restituer sa clarté. L'apparition de la princesse Diana dans la cathédrale Santa Maria Assunta est d'une telle évidence qu'il semble que nous ayons rendez-vous depuis toujours. Nous ne nous connaissons pas et pourtant nous communions dans la même magie intemporelle.

De la Salpêtrière, j'ai suivi le fil d'argent tissé depuis son passage à Torcello, et je l'ai retrouvée sur ce banc où une part d'elle-même se ressource pour l'éternité. Je voudrais l'envelopper de douceur, lui tendre la main, la rassurer sur la fatalité qui l'entraîne mais elle ne peut me voir. Elle ferme les yeux un instant encore lorsqu'une forme transparente la rejoint, je la vois littéralement se dissoudre en traversant la cathédrale vers l'abside où elle disparaît… Une émotion terrible me saisit, les larmes me viennent aux yeux, j'aurais tant voulu remonter le cours du temps pour lui chuchoter au creux de l'oreille un avertissement, mais le sort est déjà noué, elle porte son destin en elle, elle le sait. Et sa trajectoire l'emmène tout droit vers le tunnel de l'Alma où l'attendent les Parques… Et moi vers les catacombes où rôdent les Nagals.

Mon escapade est passée inaperçue… L'obscurité reste aussi dense, les faisceaux de nos lampes la pénètrent à peine. J'ai dû imaginer cette mystérieuse cavité sous la pression des profondeurs, et notre Anglais vagabond, s'il est passé par ici, n'a pas laissé la moindre trace. Cornelius suggère qu'il s'agit peut-être d'une fugue pour vivre la face cachée de sa sexualité. Heureusement Dante coupe court à ses fantasmes, il voit bien que je n'arrive plus à respirer, ma crise de claustrophobie s'accentue, je dois à tout prix sortir d'ici.

Un moment plus tard nous retrouvons le ciel et la lune et la ville endormie, l'immensité me semble un hymne à la vie, la pureté de l'air un nectar absolu.

Troisième partie

LE DOUBLE ET L'OMBRE

I

Haute Combe : le réveil d'Alia

Sans prévenir la peur se résorba, une accalmie lui était offerte dont Cornelia décida de jouir librement, imprégnée d'une envie nouvelle de croquer à belles dents la douceur des choses. Le voile s'était dissipé d'un seul coup et avec lui, toutes ses angoisses diffuses.

Tout lui paraissait magnifique, la transparence fraîche de l'air, l'éclat vivifiant du soleil sur sa peau, le goût des prunes, les subtils parfums des reines-des-prés, des aiguilles de pins et des mousses… Elle avait emprunté à la bibliothèque du salon un livre sur la flore de montagne et recherchait dans les planches aux couleurs délicates le nom des fleurs qui croissaient, çà et là, dans les hautes prairies et les sous-bois. Elle s'abandonna à son propre étonnement à une insouciance inattendue, comme si elle était enfin parvenue dans une bulle où tous ses souvenirs se dissolvaient, lui permettant ainsi de vivre l'instant.

Quand elle rentra un soir après une longue promenade jusqu'au lac, un bouquet de fleurs sauvages à la main, Jules lui proposa à nouveau de regarder avec lui son film, un DVD qu'il avait reçu de sa marraine et qu'il voulait partager avec elle, *Dune* le film de David Lynch d'après le roman de Franck Herbert. Depuis qu'il avait trouvé le livre dans la bibliothèque de son grand-père, il avait commencé à s'identifier au jeune héros Paul Muad-Dib, qui maîtrisait les vers géants de la planète Arrakis… et la production de l'épice, grâce à ses dons de prescience et aux enseignements de sa mère Jessica, une initiée du Bene Gesserit. Il lui racontait tout cela en vrac, et ses descriptions lui paraissaient à la fois familières et étrangères, une obscure réticence l'habitait.

Mais Jules s'était pris d'affection pour elle, il tenait absolument à la faire entrer dans son univers… Cornelia, qui n'était pas fan de science-fiction, espérait secrètement qu'il se lasserait et regarderait le DVD tout seul ; mais ce soir-là, devant son insistance, lasse d'avoir tant marché et aspirant à se reposer, elle acquiesça avec fatalisme. Sans savoir qu'elle venait de vivre ses derniers moments de quiétude. Que le noir tourbillon était sur elle, dont rien ne pourrait la sauver.

Assis confortablement tous deux au fond du vieux divan de velours vert un peu passé, un peu défoncé, un saladier de pop corn posé entre eux, ils se laissèrent entraîner dans l'histoire…

Jules lui donnait passionnément des explications, sur les différents personnages, les mentats qui sont des sortes d'ordinateurs humains, les gholas, clones parfaits de gens vivants ou morts, mais à qui il manque les souvenirs, les vers des sables qui produisent l'épice précieuse, les sables tambours et les marteleurs, les fremens (hommes libres) habitants des sables infinis et exploitants de l'épice, les distilles, combinaisons destinées à récupérer l'eau du corps dans cette brûlante planète de sable, où l'eau est l'élément le plus rare…

Cornelia entrait dans ce monde, qui trouvait naturellement une place dans sa tête, avec une curieuse saveur de déjà-vu, peut-être grâce aux explications de Jules et à son décryptage…

C'est une très ancienne litanie du Bene Gesserit, lui chuchota Jules, la litanie contre la peur, je la connais par cœur… Il mit le film sur pause et se mit à la réciter à mi-voix. Un écho en elle l'accompagnait comme une petite voix infiniment lointaine.

Je ne connaîtrai pas la peur car la peur tue l'esprit.
La peur est la petite mort qui conduit à l'oblitération totale.
J'affronterai ma peur.
Je lui permettrai de passer sur moi, au travers de moi.
Et quand elle sera passée, je tournerai mon œil intérieur sur son chemin.
Et là où elle sera passée, il n'y aura plus rien. Rien que moi.

Cornelia frissonna, comme si l'effleurait la lame d'un sortilège. À plusieurs reprises, elle se visualisa avec étonnement couverte d'un tatouage invisible qui aurait été la trame de Dune. Ce film lui devenait plus familier que sa vie elle-même, dans chacune des paroles elle retrouvait des traces anciennes. Lorsque le duc Leto s'adressa à Paul : *sans changement, quelque chose dort au fond de nous, qui se réveille rarement… Le dormeur doit s'éveiller*, elle tressaillit comme si on lui avait planté une aiguille dans la peau, et chaque fois que cette phrase revenait, *le dormeur doit s'éveiller*, comme un leitmotiv, elle sentait au fond de son corps une vibration s'amplifier. La troisième fois, lorsque la paume lumineuse de la main grandit puis s'efface sur un fond rougeoyant, la vibration s'arrêta net, le silence se fit en elle. Elle avait conscience de cheminements intérieurs, de l'activation de pulsions lointaines, le film se déroulait devant ses yeux, mais elle ressentait de l'intérieur tous ces événements. Elle était l'enfant dans le ventre de Jessica. Elle était encore à naître…

Dans la caverne des fremens, au cours de la cérémonie initiatique dite l' « agonie de l'épice », Jessica enceinte boit l'eau de la vie, un poison violent qu'elle doit transmuter pour avoir accès à la *mémoire seconde…* La douleur lui déchire le corps, si intense qu'elle va expulser l'enfant à naître de son ventre torturé.

Lorsque Paul ajouta la phrase fatidique : *le dormeur doit se réveiller, the sleeper must awake…* le code caché la frappa comme un cri.

En Cornelia la transition se fit en un éclair, au moment même où sur l'écran jaillissait le hurlement de souffrance de Jessica.

Alia s'était réveillée.

Elle est née avec tous les savoirs et les pouvoirs d'une révérende mère…

… Un instant avant, elle était Cornelia, grignotant du pop corn dans le joyeux bavardage de Jules en écho au film. Dès que la phrase fatidique fut prononcée, dès que le cri eut jailli, elle devint une autre. L'injonction avait fait son œuvre : l'impact violent de la petite phrase *Le dormeur doit s'éveiller* avait libéré son *alter*, en un éclair. Alia, qui attendait son heure blottie dans un repli lointain de son inconscient, prit alors le pouvoir rejetant du même coup Cornelia dans une geôle intérieure.

Le corps de la jeune femme se redressa, elle prit instantanément une conscience aiguë de tous ses muscles, ses réflexes s'aiguisèrent... Son cerveau compartimenté était passé en mode delta, une strate ignorée à laquelle elle n'avait jamais eu accès consciemment. L'*alter* se souvint de tout, le plan entier lui apparut clairement et elle sut exactement ce qu'elle avait à faire. Elle se leva, sans se soucier des protestations de Jules, elle n'avait plus de temps à perdre.

Elle retrouva une perception globale de son corps et réalisa que son état physique actuel exprimait un laisser-aller qui pouvait se révéler fatal. Il lui fallait retrouver un état de fonctionnement maximal avant de commencer sa mission. L'entraînement commença.

Elle passa ses journées dehors, à exercer ses muscles et son souffle, pratiquant sans se ménager des exercices dignes de commandos. De jour en jour elle courait plus vite, elle retrouva la maîtrise parfaite du karaté et du kendo, elle savait que son œil et sa main connaissaient aussi bien le maniement du poignard que des armes à feu. Elle était en état de transe, de concentration absolue, rien n'aurait pu la détourner de son but. Elle redevint une magnifique machine de guerre, elle qui était arrivée aux abois, pâle et trop mince. Son entraînement impitoyable la transforma en athlète en sept jours. À n'importe qui d'autre il aurait fallu des mois, mais Alia n'était pas n'importe qui. On lui avait appris à contrôler sa biologie intérieure, pour cela elle se mettait dans un état de concentration propice à modifier la vitesse de fabrication de ses muscles et à restaurer les légers dysfonctionnements provoqués dans son corps par l'érosion du temps. Intention. Visualisation. Réinitialisation. Elle accéléra tous les processus...

Le destin auquel Cornelia voulait tant échapper l'avait rattrapée, mais pas comme elle le craignait, ce qui lui arrivait était infiniment pire. Celle qui avait pris les commandes ne connaissait plus les états d'âme de la Cornelia initiale, avait oublié jusqu'à son existence, son passé avait été reconstruit, elle avait été programmée dans un but précis et les émotions ne faisaient pas partie du schéma. Un masque hiératique remplaça son visage aux émotions changeantes.

Jules était fasciné, il l'épiait en train de faire des centaines de pompes, de monter et de redescendre du plus haut sommet à un train d'enfer, de s'entraîner avec un bâton en montrant une maîtrise fulgurante. G.I. Jane s'exerçait devant ses yeux éblouis.

Elle ouvrit le paquet qui venait d'arriver. Des photos, une adresse, des papiers. Elle examina longtemps la photo posée sur la table pour l'imprimer dans son esprit. L'homme la fixait, un homme dont le regard brillant démentait l'âge, qui lui était familier, avec quelque chose de Norman Mailer… Un vieil homme, au moins soixante-dix ans, mais elle se contentait de constater pas de comprendre, elle ne se posa pas la moindre question, si ce n'est comment parvenir jusqu'à lui.

Depuis le matin, la tempête grondait, de lourds nuages sombres chargés d'eau avaient envahi le ciel et un vent gigantesque courbait les cimes des sapins noirs, sifflant et hurlant entre leurs branches.

L'heure était venue, elle était prête. Elle rassemblait les documents et les photos, lorsque Jules ouvrit la porte. Elle ne l'avait pas entendu frapper dans le vacarme de la tempête, le vent s'engouffra avec furie dans la chambre, faisant s'envoler les papiers posés sur la table. Elle se retourna vers l'enfant avec colère, mais la façon dont il la regardait fit fondre une seconde son armure, la Cornelia initiale tressaillit de son exil, criant au secours.

Désemparée, elle ramassa rapidement toutes ses affaires dans le rugissement du vent, se pencha sur Jules et lui posa la main sur la tête. Elle aurait voulu lui dire quelque chose, elle ne savait plus quoi. Un instant la mécanique se détraqua, elle laissa une ouverture à l'autre pendant un laps de temps infinitésimal. Un silence soudain se fit en elle… Puis la guerrière Alia reprit le dessus, Jules la vit se fondre dans la nuit hurlante, immergée sous des flots de pluie.

Deux longues voitures l'attendaient plus loin, garées sur l'herbe bordant la route de montagne. Sans un mot, elle prit les clés de la voiture noire, se mit au volant et s'enfonça seule dans la tourmente.

Cette infime défaillance lui avait fait relâcher son attention : elle n'avait pas vu qu'emportée par la bourrasque de la porte ouverte, la deuxième photo de sa cible, celle qui avait été magnétisée et barrée d'une étrange figure s'était glissée sous le lit. À moins que ce ne soit l'autre, Cornelia, qui dans son bref éclair de conscience, ait voulu laisser une trace, un indice derrière elle.

II

Arielle, la Pythie et Ishtar

Après le choc violent dans les catacombes, la douleur irradiait à travers mon crâne transformé en une lugubre boîte de résonance. Au moment où ma tête avait été projetée brusquement en arrière, j'avais senti un craquement et une rétraction des membranes méningées, un peu comme une toile d'araignée qui se recroqueville sur elle-même. Avec le temps, si je ne faisais rien, le phénomène allait empirer et créer une chaîne lésionnelle jusqu'aux pieds, après m'avoir bien perturbé la vie pendant des mois.

Bien que je sache que Brinbrin était pratiquement injoignable et ses rendez-vous pris des mois à l'avance, j'appelais sans réfléchir et tout se passa comme dans un rêve, rendez-vous demain à 13 h 15, ce n'est qu'ensuite que je réalisais qu'elle avait sacrifié le moment de son déjeuner pour me recevoir.

J'avais un peu oublié ses talents de sorcière mais ce fut sans surprise que je l'écoutais :

— Vous croisez beaucoup de gens en ce moment, des clairs mais aussi des sombres, des très noirs… Il y a quelqu'un qui est toujours là, qui s'immisce dans votre aura. Vous voyez qui c'est ?

Pas vraiment, je ferme les yeux, personne. Pourtant c'est juste, je perçois des sortes de tentacules opaques et mouvants qui, tel le sable du marchand de sommeil, m'entourent de pesanteur… Je ne sais pourquoi je pense à mon étrange mère qui m'apparaît un peu comme la méchante reine de Blanche Neige, bien que ce soit absurde.

— Oui, il y a quelque chose, quelqu'un mais je ne sais pas qui…

— Rejetez-le, dites-lui : Dégage, va-t-en ! Visualisez des épées de lumière qui partent de vous pour chasser l'intrus, avec force.

Projetée tout autour de moi la lumière et mon adjuration font de l'effet, la méchante reine se retire, je coupe les minces filaments qui nous retiennent l'une à l'autre.

— Oui, ça marche, c'est bon, dit Brinbrin, et maintenant demandez à vos guides de vous emmener sur votre planète d'origine, créez un lien immense de lumière vers là-haut, c'est ce qui vous donnera la force et la protection. Connaissez-vous votre planète tutélaire ?

Ma planète d'origine ! Il n'y a que Brinbrin pour me poser des questions aussi frappées, mais j'aime jouer le jeu avec elle… Les yeux fermés, je pense à Vénus, mais depuis *Les hommes viennent de Mars et les femmes de Vénus*, toutes les femmes doivent penser à Vénus, alors j'élude. Soudain un autre nom arrive : Antarès. Sans aucune conviction. Pourquoi l'étoile Antarès a t-elle jailli dans mon esprit, mystère. Je découvrirai un jour, en connexion avec Balthus, le secret caché derrière cette réponse.

Elle continue ses manipulations crâniennes, dégage la tension qui générait vertiges et nausées… Je vois sous mes yeux clos des flammes rouges. Il me faut surmonter mon incapacité à poser des questions :

— Et vous, savez-vous quelle est ma planète, est-ce qu'Antarès est une planète d'ailleurs, c'est ce nom qui m'est venu à l'esprit.

— Antarès, oui sans doute, mais ce n'est pas ce que j'avais perçu.

— Qu'aviez-vous perçu ?

— Ishtar.

Bingo. Je suis d'autant plus frappée qu'Ishtar est mon alliée secrète. Une subtile connivence nous lie depuis mon adolescence, depuis que j'ai entendu son nom pour la première fois et qu'il a résonné en moi, réveillant des visions d'un royaume sous la terre. La terrible déesse à la sombre aura me laissait venir à elle, innocente et confiante. Nous avions des conversations d'âme à âme, excluant tous les mots. Bien sûr, cela fait partie du domaine du rêve ou du voyage intérieur, mais Ishtar depuis longtemps habite mes espaces imaginaires. Ce dont je n'ai parlé à personne. Brinbrin me voit donc liée à Ishtar ?

— Mais Ishtar n'est pas une planète, c'est une déesse. J'ai un rapport particulier avec Ishtar, depuis très longtemps.

— Je suis étonnée que vous ignoriez qu'Ishtar est aussi la face cachée, ésotérique et subtile de Vénus, c'est pourquoi je vous disais de vous diriger vers Vénus, que l'énergie serait reconduite ensuite au bon endroit. Vous avez besoin de vous protéger Arielle, utilisez toutes les forces auxquelles vous êtes rattachée.

— Je me sens tout à fait protégée. J'ai frôlé plusieurs fois des situations périlleuses, des gens dangereux, des gourous avides, et je ne suis pas tombée dans leurs pièges, je n'ai pas une âme de disciple. Je garde mes distances.

— Je ne parle pas de gourou ou de maître, je parle de gens qui veulent vous imprégner à votre insu, vous parasiter ou vous polluer.

Elle regarde soudain mon pendentif en verre aux mystérieux reflets gris, un ravissant bijou de Baccarat, cadeau de Sam.

— Quel est son pouvoir ?

Brinbrin a décidément le don de me poser des questions auxquelles je ne peux répondre autrement que par d'autres questions circonspectes :

— Pourquoi ? Vous voyez quelque chose ?

— C'est un passage, on dirait qu'il ouvre sur d'autres mondes, sur ailleurs. Il faudrait demander, donnez-le moi.

Je défais le lien de soie noire et le lui tend, elle le pose sur la table où le verre sombre brille doucement, passe ses doigts dessus.

— C'est bien une porte… et un amplificateur. Selon votre état d'âme, il vous branchera sur des mondes qui amplifieront vos vibrations. Quand vous travaillez sur des forces noires, ne le portez surtout pas. Au contraire, si vous êtes dans l'harmonie et la joie, mettez-le, votre joie n'en sera que plus grande.

J'avais déjà ressenti des variations dans la luminosité du pendentif, parfois il attire une attention immédiate et des commentaires sur sa beauté, parfois il reste comme brouillé, terne, et je suis presque mal à l'aise de le porter.

Brinbrin reprend, tout en continuant ses légères pressions crâniennes :

— Méditez, entourez-vous de lumière dorée, du chakra coronal surtout, envoyez un puissant canal de lumière jusqu'à votre planète mère. Quelqu'un d'autre, ce n'est pas la même personne, essaie de vous atteindre, ne vous laissez pas faire. Dites-moi des noms de personnes autour de vous...

Je lui cite quelques noms de personnes rencontrées récemment, Wladimir, Inquisitor, les Anglais, Julien Méry, un peu au hasard, sans réaction je continue, Dante – à cause de ses zones d'ombre – mais elle ne réagit pas. J'arrive à H, quand elle m'arrête : C'est lui. Dites-lui : Va-t-en, pars, dégage, dites-lui fort.

Je visualise des vagues de lumière qui jaillissent de toutes parts de mon corps et les envoie repousser l'intrus avec force, puis je coupe tous les fils que je vois et qui nous relient encore. Je coupe, coupe et je me sens étrangement soulagée.

Décidement, tout est normal, je viens me faire soigner pour un coup du lapin, et je me retrouve au cœur d'un rituel de protection !

Je ressors légère dans la lumière de la rue du Roi de Sicile.

Ainsi, alors que j'avais cru pouvoir me débarrasser à bon compte de certains éléments de mon passé, je découvre que quelque part dans mes strates invisibles ils sont encore accrochés et continuent à me parasiter tranquillement, ou en tout cas à essayer de le faire. Ma mère disparue continuerait-elle à me surveiller à mon insu ? Quant à H, voilà une information précieuse sur ses talents psy, l'homme est puissant, comment en douter après notre rencontre au sommet de l'Arche, mais que me veut-il ?

Je le revois distinctement, sa belle tête ciselée et inquiétante, et son regard étrangement flou tourné vers moi. Il me connecte avec une sorte de mémoire onirique, peut-être vient-il me visiter dans mes songes comme le font les sorciers, mais la vision que j'en ai est lointaine, issue de l'enfance, liée à mes univers fantasmatiques enfantins. Cela m'échappe à la façon d'un rêve qui se dissout au réveil, je retrouve cette sensation obsédante d'être sur le point de comprendre quelque chose de vital, qui m'échappe encore et encore.

J'ai remis le pendentif non pas autour de mon cou, mais dans mon sac, me promettant d'écouter les conseils de Brinbrin. Je n'ai plus de vertiges.

Les oiseaux chantent si doucement que dans le fracas de la circulation parisienne j'ai failli ne pas l'entendre... Cornelia ! J'attrape fébrilement mon portable au fond de ma poche, l'ouvre en le conjurant de ne pas s'arrêter, presse enfin le bouton, oui ?

C'est mon père, il arrive demain à Roissy, à 10 heures. Terminal B vol AF510 en provenance de Delhi.

Que fait donc Cornelia ?

De retour à l'imprimerie, je tape Ishtar sur mon ordinateur et je me retrouve sans surprise en Mésopotamie :

L'antique Mésopotamie a connu des civilisations possédant les systèmes d'écriture les plus anciens au monde. Cette région a vu la succession des Sumériens, des Assyriens et des Babyloniens entre 5500 et 1750 avant J.-C. Dans la religion sumérienne, Shamash, Soleil, fait partie d'une triade planétaire également composé de Sin (Lune) et Ishtar (Vénus).

C'est donc vrai, comment avais-je pu oublier le lien entre Ishtar et Vénus ? Peut-être parce que dans ma mythologie personnelle j'ai toujours vu Ishtar comme une image de la Grande Déesse, d'Artémis ou de Diane portant le croissant de lune sur son chakra coronal.

Je continue mes recherches :

La grande déesse Ishtar régentait tout sur terre...C'était le temps des civilisations matriarcales... Tout le monde œuvrait pour l'harmonie du grand univers, dans lequel chacun se sentait inséré et partie prenante; les messages divins signalaient au pays, via les dieux planétaires, si l'ordre naturel des choses était respecté ou non.

Les civilisations matriarcales ont longtemps régné sur Terre, sous l'égide de la Créatrice du monde, Innana, Ishtar, Isis... jusqu'à ce que les hommes prennent le pouvoir, marquant la fin de l'harmonie et le début des ères guerrières.

Est-ce pour faire oublier la prééminence de la Grande Déesse, pour en effacer la mémoire, que l'Église avait supprimé le calendrier de treize lunes pour le remplacer par une année bancale de douze mois ?

Mais malgré cela on la retrouvait partout. Alors ils ont fait mieux, Marie a pris la place de la Grande Déesse, et le culte marial s'est substitué à celui de la déesse.

J'ai encore rêvé cette nuit, une fois de plus sous le signe du double :

... Je suis assise sur mon lit, dans une chambre étrangère qui pourtant est la mienne, les murs de miroir en miroir reflètent la montagne aux ombres violettes. Quelle douceur de pouvoir contempler ce paysage immense dans la lumière du matin. Un étrange besoin me prend. Je saisis mon téléphone blanc, il me faut raconter à mon amie voyante, lui raconter quoi ? Je ne sais plus mais je raconte, et brusquement : « Vous êtes occupée ? Je vous rappellerai. » Du téléphone mal raccroché me parviennent des percussions assourdies qui résonnent – étrangement – dans ma mémoire ancienne. Rythmes criant tout bas qui appellent le sang, la transe, qui procèdent de démons et de rites. Mon cœur se serre, je me sens violer un secret, indiscrètement. Je pose ma main sur le récepteur pour les empêcher, là-bas, d'entendre les battements étranglés de mon cœur. Soudain sous ma main, à travers le téléphone, quelque chose palpite pour passer, des plumes affolées s'agitent. Je tente en vain d'empêcher l'intrusion, un oiseau noir jaillit et s'envole dans la pièce, un ruban violet autour du cou. Une femme vient s'asseoir sur le lit, elle est belle, triste et ensanglantée, nue elle porte son sang comme une écharpe de soie rouge...

Moi, l'initiale, je me regarde dans le miroir, je ne me reconnais plus, yeux de prisme et de démon. Qui suis-je ? Soudain je comprends que je suis l'autre, la femme parée de sang écarlate.

Mais l'oiseau noir vole, sa présence est une menace pétrifiante. Sam entre dans la pièce. Je lui montre l'oiseau, ma voix parvient à peine à sortir de ma gorge, étouffée d'angoisse : dehors, dehors... de-hors...

À peine réveillée, j'attrape un papier pour noter ce rêve si vivant, j'ai encore l'impression de sentir les plumes palpiter sous ma main, et l'écho des percussions résonne en moi, inquiétant.

III

Fort Saint-Ours – Alia en quête de sa cible

Tout était inscrit dans sa tête, elle n'avait pas loin à aller à vol d'aigle, mais avec l'orage sur les routes de montagne, le passage d'une vallée à l'autre pouvait prendre des heures... Les rafales de vent secouaient la lourde voiture, les essuie-glaces se battaient contre les flots d'eau ruisselant sur le pare-brise, le ciel grondant était d'un noir profond que ne ponctuait pas la moindre lumière... Elle avait étudié la carte avant de quitter la Haute Combe et en avait intégré tous les détails, l'itinéraire se déroulait dans sa tête et les trombes de pluie n'y changeaient rien. Les éléments étaient avec elle, elle pourrait s'approcher du fort Saint-Ours protégée par les rugissements de la tempête, ses mouvements épouseraient celui des branches secouées par les bourrasques, elle se glisserait, ombre parmi les ombres, et approcherait sa cible sans que nul ne s'en doute.

Quelque chose en elle exultait, elle sentait couler dans ses veines une intensité magnétique liée aux lignes de force même de l'univers, elle puisait dans des strates oubliées la puissance des vagues et des vents, la colère des dieux resurgis. Ses yeux brillaient, seuls éclats répondant à celui des phares, qui fouillait les routes obscures, tels des serpents déchiquetés par la tempête.

Elle cacha sa voiture dans un chemin raviné par les ruissellements, des odeurs de sapin et de mousse l'assaillirent dans les brusques rafales, elle se glissa à travers les ombres mouvantes, entraînée dans l'action par une détermination immanente et vaguement étrangère. Mécanisme vivant, parfaitement adapté, ses gestes fluides portaient la marque de son conditionnement extrême. Dans son esprit, plus de place pour le moindre doute, Alia du Couteau progressait, insoupçonnable, jusqu'à la porte ouest du Fort. Deux gardiens, un garde du corps, deux domestiques, le maître des lieux faisait preuve d'une grande confiance en lui, il se croyait à l'abri des surprises.

Elle créa sa légende, et l'envoya par ondes télépathiques jusqu'au gardien qui ne vit soudain aucun inconvénient à ouvrir à une jeune femme cherchant un refuge à la terrible tempête... Il ne sut pas plus résister aux harmoniques vocales de la *Voix* qui s'insinua dans son cerveau vulnérable avec le tranchant d'un katana pour lui ôter toute initiative et l'assurer du bien-fondé de tous les ordres venant de cette puissante créature. En un instant fugace il avait changé de maître et neutralisé le deuxième gardien. Les domestiques dormaient dans une aile séparée, il lui assura ne pas avoir à s'en préoccuper.

La cible d'Alia avait disparu. Dans l'après-midi même Charles Hiéronimus Plantard avait pris un avion pour Paris avec son garde du corps, Milo Dragovitch.

Alia ne perdit pas d'énergie en vains regrets, chaque instant était précieux.

C'est l'occasion idéale de cerner au plus près sa cible. Du seuil du bureau elle assimile l'ordre parfait, l'harmonie intemporelle de son lieu de travail... Deux appliques de bronze distillent leur lumière dorée, elle scrute les bibliothèques en bois sombre qui cachent des livres précieux derrière de fins grillages, deux grands meubles qui courent parallèlement jusqu'à une baie vitrée, fenêtre sur la nuit déchiquetée par la tempête. Elle n'entend que les cris déchirants des vents qui se cognent au fort. D'un côté de la pièce un meuble d'écriture, de l'autre une longue crédence sur laquelle des objets se détachent en ombres chinoises. Elle avance doucement jusqu'au bureau, et prenant garde à ne pas en troubler les ondes, s'assied à la place de l'homme à abattre. Immobile dans le fauteuil *art and craft* où Plantard médite chaque jour les mouvements de la partie qui doit le porter au sommet de ses ambitions occultes, Alia dégage une singulière lumière, elle ferme les yeux et laisse les ondes s'ordonner autour d'elle.

Sur son écran intérieur des images apparaissent, traces éthériques du proche passé. Autour d'une pierre noire posée sur la surface lisse de la table dansent des êtres lumineux. L'homme assis dans le fauteuil semble immense, dans son aura bleue pétillent des flammèches rouges, son éclat grandit et irradie toute la pièce, chaque objet s'active…

Il avance la main vers la pierre qui s'éclaire à son tour d'une étrange luminosité, et prononce d'une voix ancienne quelques mots qui se détachent de sa bouche, ondulent jusqu'à la pierre rayonnante, la frappant d'un seul coup bref comme un cri. Lorsque celle-ci n'est plus qu'incandescence, une forme de lumière s'en dégage et monte, ange magnifique aux ailes dépliées vers l'immensité.

Soudain autour de l'homme apparaissent cinq silhouettes que joignent des fils de lumière sombres, parcourus de pulsions magnétiques lumineuses. Elle reconnait l'une d'entre elles avec étonnement, les informations crépitent des uns aux autres dans un langage qu'elle ne sait déchiffrer. La vision s'efface brutalement. Alia rouvre les yeux, la pièce respire dans la pénombre, il n'y a pas trace de la pierre noire sur le bureau.

Ce qu'elle vient d'entrevoir à travers le temps lui confirme que sa cible n'est pas de celles que l'on supprime sans lutte, Hiéronimus est relié aux mondes invisibles, aux mentats et aux *psychics*, mais aussi à son propre passé, à l'être humain qu'elle habitait, à Cornelia.

Au moment où Alia l'évoque, celle-ci revient fugitivement. Un instant bref comme une pensée elle s'échappe, puis s'éclipse à nouveau. Il est temps de partir, du regard elle fait un dernier tour des lieux. En face du grand bureau, posé sur une sorte de présentoir d'ébène sombre, un poignard au manche ciselé trône comme un trophée. Elle s'en empare, ressent le choc électrique et rit, elle le lève à deux mains vers la baie vitrée qui plonge vertigineusement dans la nuit et l'offre à la lune qui illumine les nuages déchiquetés de ses lueurs jaunâtres. Puis elle le glisse dans sa botte droite, fait un brusque demi-tour, jette encore un regard panoramique autour d'elle, intégrant des informations qui lui seront précieuses. La disposition des meubles, les tableaux, l'absence de musique.

Il perd la vue, il se sent donc vulnérable, il n'en est que plus dangereux. À travers les propos du gardien elle a relevé des détails révélateurs de l'état d'esprit de sa cible. Elle les stocke et les range avec une précision diabolique dans ses dossiers virtuels. Avant de repartir, elle prend les deux gardiens, l'un après l'autre, sous son regard et s'assure qu'ils auront tout oublié de son passage, juste une sensation de flou, une soirée sans histoire...

... Si ce n'est l'énigmatique disparition du poignard sumérien auquel tient tant monsieur Plantard. Ils en auront des sueurs froides, n'ayant de cesse de fouiller la maison dans ses moindres recoins pour tenter de le retrouver.

La tempête s'est miraculeusement calmée lorsqu'elle émerge du fort dans la nuit profonde, les odeurs de fleurs écrasées et de bois s'enroulent autour d'elle comme pour la tirer vers la réalité, mais les sensations ne parviennent pas dans la zone consciente de son cerveau, celui-ci fonctionnant en mode delta devient insensible à la douceur comme à la douleur. Ressentir n'est plus son problème, seule sa mission guide ses moindres gestes, au-delà de ses propres envies ou sensations.

Elle retrouve les routes de montagne, tendue vers son but, Paris, Charles Hiéronimus Plantard. L'adrénaline qui coule à flots dans ses veines la garde éveillée, elle peut conduire des heures sans sentir la fatigue l'enlacer. Alia du Couteau aiguise son plan, elle reprend les adresses imprimées dans son esprit, elle visualise une trame qui cerne les Invalides, l'Arche de la Défense, les trajets entre les deux, et une imprimerie qui cache des activités secrètes. Elle parcourt la galerie des portraits de ceux qui gravitent autour ou au large de sa cible. Elle tressaille brièvement en arrivant à la photo d'Arielle et passe à la suivante. Elle traque les habitudes de chacun en analysant les éléments qui lui ont été fournis enrichis de tous les indices qu'elle a pu glaner au fort Saint-Ours.

Elle reconstitue ainsi le mode de vie, de communication, d'expression de chacun. Elle traque les failles par lesquelles elle pourra contourner les défenses, les lieux les plus accessibles, les alliés possibles de sa cible.

Elle apprécie de conduire dans la nuit, l'autoroute presque pour elle seule, avec l'impression de glisser sans bruit sur une immense piste neigeuse que dévoilent les phares et qui ne sont que les reflets de leur faisceau lumineux sur la pellicule d'eau laissée par l'orage. La voiture fend l'obscurité solitaire.

Alia projette ses connaissances sur un panneau virtuel qui flotte à la lisière de sa conscience, elle y place chacun en évaluant son potentiel, puis elle dessine les lignes de force entre les lieux, les heures, l'espace et les êtres humains. Au centre, Charles Hiéronimus Plantard. Autour de lui ses défenses : ses *psychics*, sa garde rapprochée, ses acolytes. Il s'agit de s'immiscer dans son espace de communication pour se frayer un passage jusqu'à lui, se créer à elle-même une existence par rapport à lui qui lui ouvre les portes de son territoire. Arrivée là, elle sait ce qu'elle a à faire. Imparable.

Elle va trouver la faille par laquelle elle peut se glisser jusqu'à lui pour frapper.

Elle se met à chantonner, une petite musique lancinante qui se retourne sur elle-même, un écho de berceuse ou de comptine, dont on dirait qu'elle a sa propre vie et son propre dessein… La musique revient, repart, monte et descend, emprunte un chemin ou un autre mais telle le *humming* des moines tibétains l'entraîne dans des sphères isolées.

Brutalement, venant briser l'état semi-hypnotique dans lequel la mélodie l'avait entraînée, le signal surgit dans son esprit. L'ordre est précis, elle sait où se rendre à son arrivée à Paris. Il l'attend.

La voiture poursuit sa trace dans la nuit noire.

IV

Hector de Thal – des réminiscences empoisonnées

L'avion est arrivé à l'heure. Le temps de récupérer ses bagages, mon père ne va pas tarder. Je regarde dehors le ciel qui irradie une étrange couleur mauve, aussi lumineuse qu'un néon coloré. Rien ne me paraît tout à fait normal en ce moment, je serre dans ma main la pierre blanche de Sam et le quartz rose de Balthus, ils me transmettent leur douce chaleur, ils atténuent la tristesse qui m'a saisie ce matin en mettant la clé dans la serrure de ma voiture.

J'ai revu en un éclair la dernière fois. Avec Sam. Nous revenions de Haute-Normandie et dans ce petit village prédestiné de la Côte d'Albâtre notre amour avait imprégné les lieux, le cimetière marin autour de l'église perchée sur la falaise, les arbres du bois des Moustiers, la plage jusqu'à Pourville où nous nous étions arrêtés pour manger des huîtres en regardant sans nous lasser les couleurs changeantes de la mer. Nous remontions en voiture la route vers Saint-Aubin, vers ces lieux de nulle part qui évoquent le nord de l'Écosse, Lost Coast ou un ailleurs du bout du monde.

Chaque fois que j'emprunte cette route, j'ai cette étrange impression de m'enfoncer vers une réalité temporelle parallèle, de frôler des endroits où le passé est resté incrusté et n'attend qu'un signe pour se réactiver…

Le port de Saint-Aubin remplissait toutes ses promesses et au-delà, rien n'y avait changé depuis des dizaines d'années, ni les barcasses de pêche, ni les trois étals des pêcheurs vendant leur moisson marine au sortir des filets…

C'est en repartant que tout a commencé. Sam conduisait, la lumière gravait le paysage comme une empreinte photographique, les champs courant jusqu'à l'horizon de la falaise plongée dans les bleus calcaires de la mer, les arbres dressés pour l'éternité avec leur poids de feuilles, de sève et de mémoires, la route restituant la vérité de toutes les routes anciennes, dans leur couleur et dans leur grain. Le présent contenait l'ensemble des douceurs du passé, la terrible et trouble nostalgie du temps perdu et d'un paradis oublié...

Tout un réseau d'émotions contradictoires, d'impressions incernables s'insinuèrent en moi. Une puissante émotion dont je ne trouvais pas la source m'emplissait...

Me mouillait les yeux...

Au fond de moi un caillou très dur commençait à se fendre...

Quelque chose allait se passer...

La voiture avait quitté la côte et roulait dans une campagne qui me paraissait à la fois étrangement familière et singulière, comme si par inadvertance nous avions passé une porte et étions arrivés dans un monde aussi semblable qu'étranger.

La pierre dans mon corps me suspendait au bord de l'inconnu...

Comme un œuf prêt à éclore...

Sa densité m'accablait...

Qu'allait-il se passer? Quelque chose était en train de changer... autour de nous... Dans le monde... Sur la planète. Le monde ancien qui était en train de disparaître perdurait ici pour de mystérieuses raisons, et ce voyage à travers le temps m'éloignait de moi-même, me replongeant dans des sensations oubliées au goût d'espoir et de cendres. Au cœur même de la perte se profilait l'aube d'un autre paradigme, la possibilité d'une nouvelle vision du monde...

Nous sommes revenus à la nuit, traversant Rouen comme dans un rêve. Je me laissais conduire et ma main caressait la nuque de Sam. Nous avions tant parlé pendant ces quatre jours que le silence était encore habité de tous nos mots échangés. La musique rythmait nos rêveries, Sam reprenait un avion le lendemain pour Montréal, je préparais mon départ pour Venise. Le trajet passa comme un songe. Sans savoir, sans rien savoir, perdus dans notre bulle amoureuse.

Je n'ai rien pressenti, nous nous sommes quittés le lendemain matin comme si nous devions nous retrouver dans une poignée de jours. Je ne l'ai plus jamais revu.

Quand la nouvelle est tombée, je ne parvenais pas à y croire, je fermais les yeux en tentant d'éradiquer ce cauchemar, je me concentrais pour revenir dans le temps, ressaisir nos moments ensemble. J'ai alors entamé une longue période obsessionnelle. Je repassais mille fois dans ma mémoire les derniers jours avec Sam, inlassablement, y traquant les signes précurseurs de sa mort. Je revisionnais tous ces instants significatifs avec arrêts sur image et, instant après instant, je reconstituais nos conversations, notant sur un carnet toutes nos paroles qui me revenaient en mémoire, à la recherche d'un indice ou d'une prémonition. D'un signe. Je ne sortais plus, je ne mangeais plus, je ne voulais parler à personne, avide de fouiller ma mémoire quand ses traces étaient encore vives, avec l'ardeur du désespoir et les larmes sèches de l'incrédulité. Une période hors du réel, implacable, dont je ne m'étais échappée qu'avec l'aide d'Anna et de Francesca, mes deux amies.

C'est tout cela qui m'a envahi le cœur en insérant la clé dans la serrure de la Boxster, comme une marée trop longtemps contenue, un flot d'émotions et de douleurs refoulés. L'angoisse m'a coupé le souffle, je me suis glissée dans mon siège, mes mains se sont agrippées au volant, et si mon père ne m'avait pas attendue à Roissy, je crois que j'aurais pu passer la journée comme un zombie, crispée sur le siège avant de la voiture au fond du garage, dans une sorte de transe paralysante.

La pensée de mon père me sauva du gouffre. J'atteignis Roissy avec la petite lumière clignotante du devoir accompli, comme s'il s'agissait d'un réel exploit.

Me voici dans la foule qui attend l'arrivée du vol de New Delhi, la dernière ambassade en date où règne mon père, dans la grande maison coloniale du 50 Shanti Path. Je suis saisie malgré moi par la sensation d'attente, la tension palpable sur les visages autour de moi, le silence avant l'arrivée des passagers…

Une beauté indienne surgit en sari jaune, suivie de toute sa famille dans un festival de couleurs, je sens presque les parfums d'épices flotter autour d'eux. Quelques voyageurs les suivent, sac à dos, bronzés, planant de tous leurs souvenirs de randonnées, habillés de larges pantalons indiens ou de shorts, le visage illuminé par l'aventure.

Soudain, entre un couple de touristes chic très époque coloniale et deux rétro-hippies au regard nébuleux, j'aperçois la chevelure grise de mon père couronnant sa haute silhouette un peu courbée. Il semble las, mais dès qu'il m'aperçoit se redresse avec un sourire.

Nous ne sommes pas très démonstratifs dans la famille, ni très physiques, nous nous embrassons légèrement sur les deux joues, mais je crois que nous sommes tous deux heureux de nous retrouver. J'appréhende soudain ce moment où il va me poser des questions sur ma vie pendant ces deux ans où nous n'avons communiqué que par des échanges téléphoniques réduits au minimum…

Il ne sait rien de Sam, presque rien de l'ORV. Que sait-il de moi d'ailleurs ? Encore une marque de famille, nous n'aimons pas le téléphone et nous pouvons passer longtemps sans nous voir et sans frustration aucune. Parfois je me demande s'il ne nous manque pas un élément fondamental dans nos relations familiales, comment se fait-il que tant de gens paraissent être si indispensables les uns aux autres dans le cercle de la famille ? Je ne sais d'où vient notre détachement émotionnel, de cette éducation où les mondes parents-enfants étaient si distincts, de la disparition sans explication de ma mère, ou d'une carence génétique ?

Ce n'est pas que je n'aime pas mon père, je l'aime mais je peux vivre sans lui parler ni le voir pendant de longues périodes, il ne me manque jamais. En revanche, je suis toujours contente de le retrouver, et aujourd'hui particulièrement curieuse. Pour la première fois de ma vie, va-t-il enfin me regarder autrement que comme une chère étrangère et me livrer un peu des secrets qui empoisonnent les relations intra-familiales depuis toujours. Ces damnées vérités qui ne peuvent être dites aux enfants, même quand ils ont grandi. C'est difficile de rompre le sceau du silence après des années de mensonge. Le moment serait-il venu…

Mon père a pris le goût des hôtels, il aime la solitude et ne supporterait pas l'idée de s'installer, ne serait-ce que brièvement, chez un de ses enfants. Sa chambre est réservée à l'hôtel de l'Abbaye, juste à côté de chez moi, rue Cassette.

Pendant que le portier sort ses bagages du coffre, je vérifie dans le rétroviseur : mes combats intérieurs n'ont pas entamé le visage que j'ai stabilisé ce matin à coups de pensée positive, de projection de lumière et d'intercession en haut lieu. J'ai l'air tout ce qu'il y a de plus normale, mes cheveux descendent souplement sur mes épaules, rien n'obscurcit la clarté de mes yeux, je présente l'apparence sereine d'une femme heureuse. Ironique, non ? Je ne cherche plus à comprendre, seulement à contrôler le mieux possible les variations imprévues de ce corps que j'habite.

Nous avons rendez-vous ce soir pour dîner tous les deux, et puisque j'ai sorti ma voiture – on dirait que je parle d'un animal familier – je la garde pour aller à l'imprimerie…

C'est drôle, Dante doit s'imaginer que je ne sais même pas conduire, les rares fois où nous nous sommes retrouvés en voiture, il a d'emblée pris la place du conducteur, la place de l'homme, de celui qui sait. Tellement typique que j'en ris, d'ailleurs c'est plutôt agréable d'avoir un chauffeur, de pouvoir rêver, fermer les yeux, ne pas me soucier de la circulation. Je deviens de plus en plus paresseuse quand il s'agit de conduire, surtout à Paris. Sinon, j'aime être seule et partir loin, dans la nuit de préférence, quand les voitures se font rares et que je fonce avec l'impression de trancher l'obscurité vers la fin de la nuit, ailleurs, de l'autre côté du miroir.

V

La Haute Combe – sur les traces de Cornelia

J'imagine mon moi vu à travers un prisme – toutes les figures qui évoluent autour de moi sont moi-même et je m'impatiente de leurs faits et gestes.
HOFFMANN – JOURNAL

Le fil rouge, le numéro de la cabine téléphonique utilisée par Cornelia, a entraîné Balthus, de connexion en extrapolation j'imagine, jusqu'à un lieu précis. Une maison d'hôtes dans les Alpes de Haute-Provence. Vérification faite, une grande jeune femme, Alice Steiner, dont la description correspond plus ou moins à Cornelia telle que je l'ai vue à Giverny, vient de passer plus de deux semaines là-bas. J'ai eu au téléphone un petit garçon, Jules, qui m'en a parlé comme d'une amie, avec une grande admiration pour ses talents de GI Jane. Il me confirme mes craintes, elle est partie. Je me suis présentée comme une amie d'Alice, et il se confiait à moi avec enthousiasme lorsque qu'un adulte est arrivé et a interrompu notre conversation avec colère :

— Ne dis pas n'importe quoi ! Mon fils a beaucoup trop d'imagination, madame ?

— Arielle de Thal. J'ai besoin de parler à mademoiselle Steiner pour des raisons professionnelles, savez-vous où je peux la joindre ?

— Même si je les avais, je ne vous les donnerais pas, je ne sais pas qui vous êtes et nos clients ont droit à la confidentialité.

— Vous êtes monsieur Chainard, le propriétaire de la Haute Combe ?

— C'est bien moi.

— J'aimerai savoir quand elle est partie.

Jules m'a déjà dit qu'elle était partie deux soirs auparavant pendant la grande tempête, mais je veux vérifier la bonne volonté de son père à nous renseigner.

— Vous faites une enquête ? De quoi s'agit-il exactement ?

J'ai beau revenir à la légende professionnelle avec ma voix la plus persuasive et la plus charmeuse, la méfiance de l'homme ne cède pas. Dante prend la suite :

— Dante Ibozu, de la police judiciaire. Mademoiselle Steiner devait rejoindre son poste il y a deux jours, elle n'est pas arrivée, nous sommes inquiets pour elle, peut-être a-t-elle eu un accident. Alors soyez assez aimable pour nous donner les renseignements qui pourraient permettre de la retrouver, ou du moins de vérifier son emploi du temps avant sa disparition.

La voix impérieuse de Dante, plus l'étiquette police judiciaire, les barrières mentales de monsieur Chainard s'effondrent – au temps pour moi et ma douce persuasion...

— Mademoiselle Steiner est partie il y a deux jours, samedi soir, elle ne nous laissé ni adresse ni téléphone.

— Merci, si vous avez de ses nouvelles, ne manquez pas de nous prévenir...

La soirée avec mon père s'est avérée fertile en révélations. Je me laisse un temps de réflexion avant d'y revenir. Les circonstances de sa rencontre avec Klara von Debretsy, son coup de foudre et l'enchaînement des circonstances particulières qui ont abouti à leur mariage forment le premier volet de la trilogie. L'histoire de sa propre famille, le don fatal de ma grand-mère et l'héritage secret passant de génération en génération en forme le deuxième volet. Rien qui vienne cependant bousculer mes intuitions générales. C'est le troisième volet qui porte la marque de l'inédit, pour ne pas dire de l'impensable. C'est pour celui-là qu'il me faut un temps de respiration, car il vient quelque peu bousculer mes rares certitudes sur ma place dans l'Olympe familial.

Me lever à l'aube pour attraper le premier TGV vers le Sud s'est avéré une bénédiction, je m'échappe de la rue Cassette où se sont cristallisées depuis mon enfance des constructions virtuelles qui s'avèrent désormais erronées.

Je pourrai ainsi les contempler de loin, de ce lieu neutre et en mouvement qu'est le train, me libérant de la charge émotionnelle et de l'empreinte invisible que la rue Cassette renforce en moi, malgré ma détermination à m'en affranchir. Nous filons à trois cents à l'heure vers le point de fuite de Cornelia, la facilité avec laquelle Balthus a retrouvé si précisément sa trace me consterne, qu'en est-il de ses poursuivants ?

Je réalise que, malgré l'urgence de l'enquête, je viens de passer deux jours immergée dans mes problèmes personnels, Sam et mon père, il est temps que je revienne au réel. Dante a fermé les yeux, il semble dormir. Où est-elle passée ? Notre conversation à Giverny tourne dans ma tête, s'y mêlent les couleurs des fleurs, la subtilité des lumières qui tournent dans les parfums flottants. Je revois ce pli amer soudain à ses lèvres fraîches et le sang qui lui quitte le visage au plus douloureux de ses confidences, la laissant si pâle et froide malgré le soleil.

Qu'y avait-il derrière cet appel dont je n'ai eu que le message implorant ? Si nous nous étions parlé ce jour-là, je saurais mieux ce qu'elle ressentait comme une menace, et si sa disparition n'est qu'une parade à ses craintes ou au contraire leur aboutissement. Pourquoi s'est-elle évaporée ce soir de tempête ?

Je ressasse avec angoisse les possibilités qu'elle ait été rattrapée par les psychopathes qui ont tué Diane. Je dois faire une grimace ou marmonner dans mon coin car Dante lève les yeux de son précieux Bangkok Post, pour s'adresser à moi avec toute la patience agacée d'un maître d'école à un enfant apeuré.

— Ne vous rongez pas comme ça, nous en savons trop peu pour nous inquiéter… Il se peut que cela fasse simplement partie de son plan, passer d'un endroit à l'autre pour dérouter les poursuites et déstabiliser l'ennemi.

— Vous voyez, vous sous-entendez bien qu'il y a un ennemi, derrière la mort de Diane il y a des gens pas vraiment sympathiques, puissants et cinglés. Si Cornelia est partie se cacher parce qu'elle se croit menacée, sa disparition devient automatiquement inquiétante. Je suis inquiète.

— Je vous propose simplement une trêve jusqu'à ce que nous en sachions plus... En arrivant à l'improviste, nous les surprendrons et ils nous livreront tout ce qu'ils savent.

— C'est vrai, Il y a l'enfant, Jules. Il a l'air de bien la connaître et de beaucoup l'aimer, il nous dira la vérité.

En fin de matinée, nous garons la Mercedes de location sur un espace plan en haut d'un champ en bordure de route, le chemin descend jusqu'à la vieille ferme qui domine les sommets et les vallées lointaines, la vue est inouïe.

Une petite tête ébouriffée émerge du feuillage d'un vieil arbre sur la terrasse, son regard nous ausculte gravement, ce qu'il voit lui convient apparemment, nous n'avons pas l'air de dangereux malfaiteurs car il nous sourit,

— Bonjour.

— Bonjour, Jules? Je suis Arielle, l'amie d'Alice, nous nous sommes parlé au téléphone hier, tes parents sont là?

— Non, ma mère est partie à Champion et mon père travaille, mais ils reviennent pour le déjeuner. Vous voulez un verre d'eau, nous avons la meilleure source du village, nous annonce-t-il avec fierté.

L'absence de ses parents nous convient très bien, il était plus proche de Cornelia/Alice qu'eux, et nous parlera plus librement sans leurs regards sur lui.

— Nous aimerions surtout parler d'Alice, nous sommes ses amis, Dante et moi.

— Vous aussi, vous êtes des super-héros?

C'est Dante qui répond d'un air de conspirateur:

— Tu n'imagines pas à quel point. Et tu peux nous aider. As-tu remarqué quelque chose d'anormal les derniers jours qu'Alice a passés chez toi? Des gens inconnus, des appels téléphoniques, du courrier?

— Elle a reçu une grosse enveloppe, mais pas par la poste, je l'ai trouvée dans la boîte aux lettres un matin, et il n'y avait pas de timbre.

— Est-ce qu'Alice avait l'air d'avoir peur?

Il nous regarde comme si je venais de dire une énormité.

— Peur? Alice? C'est pas son genre... Au début elle était triste, c'est vrai, elle ne sortait pas de sa chambre, et puis on est allés dans la montagne, je lui ai montré mes cachettes et mes bases. Ensuite je la suivais dans son entraînement, enfin pas jusqu'au bout elle allait trop vite. Je la regardais, j'ai appris le kendo, ajoute-t-il fièrement, regardez.

Il prend un bâton et commence des mouvements étrangement ordonnés pour un gamin si jeune. Je ne comprends pas cette histoire d'Alice en combattante, je jette un regard interrogatif à Dante, aurions-nous fait une erreur? Et si Alice n'était pas Cornelia?

— Peux-tu nous montrer sa chambre?

— Elle a emporté toutes ses affaires, j'ai pris les pierres et les morceaux de bois qu'on avait ramassés ensemble, vous croyez que je peux les garder?

— Bien sûr, tu nous les montreras?

La double vue de la chambre sur les sommets environnants donne envie de s'y installer pour une période indéterminée, le petit bureau devant la fenêtre interpelle au fond de moi mes désirs d'écriture. Mais effectivement la pièce est vide de toute trace personnelle, le ménage a été fait à fond.

Jules nous entraîne dans sa chambre, sur une petite commode en pin clair, il a disposé des pierres comme des stupas, posées les unes sur les autres pour former des pyramides. L'ensemble évoque les cairns d'Andy Goldworthy.

— C'est très beau, Jules, c'est toi qui les as faites?

Jules me regarde avec une question dans la tête, je lui souris:

— Ça va?

Il hésite, puis se lance en jetant un coup d'œil vers la porte:

— J'ai trouvé quelque chose dans sa chambre, une photo avec de la magie… Je l'ai cachée.

Il ouvre le tiroir de la commode, farfouille dans un fouillis de petites voitures, de jeux Kinder, de bonshommes de toutes les couleurs, de briques de Lego en vrac, de tous les menus jouets injetables qui accompagnent la vie des enfants et qui finissent en amoncellement dans des cartons ou des tiroirs. Il en extirpe un portefeuille noir avec l'inscription « Jason Bourne ».

— Vous avez vu?

La photo qu'il nous montre me coupe le souffle.

Dante la saisit, nous fixons tous deux avec la même stupéfaction Charles Hiéronimus Plantard qui nous regarde solennellement. La photo a été prise dans un jardin, il est assis de profil sur un banc anglais et on aperçoit la mer derrière lui dans le creux d'une valleuse. En surimpression sur la photo est dessinée la silhouette d'un petit être, digne de Miro ou de certaines sculptures africaines. La tête ronde surmontée d'une lune se superpose au visage de H, le parant de cornes. Le point au milieu du cercle est posé juste entre les deux yeux, prolongé d'une croix qui descend, avec deux petits bras, le tout est posé sur deux cornes à l'envers.

On pourrait croire à un dessin d'enfant, mais je reconnais immédiatement le symbole, John Dee continue à hanter notre affaire, c'est sa fameuse monade hiéroglyphique, si prisée par les rose-croix et les alchimistes du XVIe siècle qui y voyaient une représentation de l'Être total. La lune, le soleil et la croix.

Barrant l'ensemble, une grande croix faite d'une matière épaisse rouge sombre le marque d'un sceau inquiétant.

Dante réagit le premier :

— C'est toi qui a dessiné ça ?

— Non, c'est pas moi, c'était comme ça. Mais je connaissais déjà ce dessin, j'ai trouvé le même dans les livres de grand-père, regardez.

Sur son bureau d'écolier, entre les cahiers et les feutres, il attrape un livre épais recouvert de papier kraft et l'ouvre à une page marquée d'une carte magique de Kataki :

Sous un grand portrait en couleurs de l'astrologue John Dee, une reproduction en noir et blanc du frontispice de son fameux livre : *monas hieroglyphica* – 1564, nous retrouvons le petit bonhomme dessiné sur la photo de Charles Hiéronimus Plantard, la monade.

Devant le portrait de John Dee, je réalise soudain l'extraordinaire ressemblance qui lie Charles Hiéronimus Plantard et John Dee, même front haut, même long nez, même regard horizontal qui donne l'impression de regarder au-delà. En lui enlevant son bonnet noir de savant, sa collerette blanche et sa longue barbe pointue, on jurerait voir le visage de H.

— Tu as trouvé ça tout seul ?

Ma question recouvre bien des strates d'interrogations. Comment imaginer qu'il ait pu être guidé spontanément vers *Les Langues occultes de la Renaissance,* un livre de Thomas Behar dans cette ferme perdue dans la montagne ?

— D'où sors-tu ce livre ?

Tout excité par notre intérêt, Jules nous entraîne dans ce qui semble être le salon, les fenêtres à petits carreaux quadrillent les montagnes. Au fond, des rayonnages croulent sous les livres. Je m'approche, et découvre la plus belle collection de livres ésotériques et de science-fiction que j'ai vue depuis longtemps. J'ai l'impression de me trouver face à une réplique de ma propre bibliothèque.

— Ce sont les livres de grand-père… Vous savez, mon grand-père, les gens du pays disent qu'il était un sorcier. Et c'est moi qui ai son pendule ! Il sort de sa poche une boule de buis patinée au bout d'une ficelle verte. Quand il tourne à droite, il dit oui, à gauche, il dit non. Il suffit de lui poser la question…

Un bruit de voiture s'arrête au-dessus de la maison, Jules se fige, il remet le pendule dans sa poche.

— Mes parents n'aiment pas beaucoup la magie, ils n'y croient pas, mais moi, oui. C'est pas la peine de leur dire…

Quand la porte s'ouvre, nous sommes sagement assis, moi dans le canapé, défraîchi mais impeccablement propre, et Dante dans un grand fauteuil de bois. Le poste de télévision, posé sur un napperon blanc brodé sur une petite table où traînent quelques DVD, est éteint. En apercevant la pochette de *Dune*, le film de David Lynch, je me dis que Jules suit à sa façon la voie de son grand-père. Le film n'est pas à la hauteur du livre, il n'arrive pas à restituer l'ampleur et la charge mystique du roman, mais on y retrouve une partie du message : eugénisme, contrôle mental, télépathie. Je réalise aujourd'hui, à la lumière de tout ce que j'ai appris sur le contrôle de la pensée et la manipulation mentale, que *Dune* est un extraordinaire miroir de toutes ces techniques.

Le cours de mes pensées est interrompu par Jules qui ouvre la porte à ses parents, les bras chargés d'un butin de supermarché. Nous nous levons poliment, je vois Dante porter machinalement la main vers la poche où je l'ai vu glisser la photo, comme pour la protéger et palper à travers le tissu son existence.

— Ce sont des amis d'Alice ! S'écrie Jules.

Les parents dépassent visiblement leur méfiance pour accepter de nous parler. Notre appartenance à un service gouvernemental officiel les rassure sur nos intentions. Mais ils n'ont pas grand-chose à dire : mademoiselle Steiner était gentille, discrète, elle avait bon appétit, c'était une grande sportive. Mais une sauvage aussi, pas de bavardages, elle n'a rien raconté de sa vie. Elle s'entendait bien avec Jules. Elle est partie sans prévenir en laissant un mot, mais elle avait payé son séjour, en espèces. Elle devait rester encore une semaine ou deux, mais ce n'est pas grave, c'est la fin de la saison d'été. Et il n'y a pas eu beaucoup d'étrangers cette année, moins d'Anglais on ne sait pas pourquoi, quelques Belges…

Nous les faisons parler de tout et de rien, espérant glaner dans un détail anodin une pièce de plus pour notre puzzle, mais la conversation s'avère d'une parfaite vacuité. Ils brossent le portrait d'une femme réservée et ordonnée, le genre de cliente qu'ils aiment bien avoir, et puis sportive ça c'est sûr, mais la mère de Jules semble plus préoccupée par son travail au syndicat d'initiative du village, et son père par la cuisine et la cueillette des champignons que par leurs hôtes de passage.

Je suppose qu'au bout de quelques saisons on est en quelque sorte immunisé à force de voir passer des dizaines de personnes variées. On ne fait plus vraiment attention à eux, sauf s'ils font trop de bruit ou de désordre.

Jules a l'air plongé dans son livre, mais je le sens attentif à tout ce que nous disons. Quand nous demandons à ses parents s'ils ont noté quelque chose d'inhabituel les derniers jours, aperçu un rôdeur ou reçu une visite d'inconnus, ils secouent la tête, non on ne voit pas… Jules me fait un signe subrepticement.

Je sens qu'il vaut mieux ne pas l'interroger devant eux, il est manifestement dans un autre monde, il y a peu d'interférences entre lui et eux. Cette barrière invisible qui le sépare de l'univers des adultes, je la connais bien, c'est celle des enfants qui se sont créé un monde imaginaire puissant où les amis éthériques sont bien plus réels que les êtres humains qui les entourent. Alice/Cornelia, elle, a réussi à y pénétrer parce qu'elle n'appartenait pas à la réalité ordinaire, elle était belle comme une légende, forte comme les fées des autres mondes, comme Galadriel ou la fée Morgane… Il s'est incliné devant sa dimension magique.

Tandis que Dante poursuit la conversation, je passe entièrement à l'écoute de Jules, ses pensées naviguent vers moi, il me transmet ses images, ses représentations magiques, son panthéon de dieux intimes où Alice/Cornelia trône avec les sorcières du Bene Gesserit. Je tressaille, bien sûr il connaît *Dune.*

Le petit garçon nous accompagne jusqu'à notre voiture, il sautille à nos côtés, ravi de partager cette aventure avec nous : Il y avait deux grosses voitures noires garées derrière le tournant, Jules les a remarquées avant que l'orage n'éclate, le soir du départ d'Alice. Elle est partie sans dire au revoir à ses parents, ils n'étaient pas contents le lendemain matin. Elle avait payé à l'avance, mais ils disaient que ce n'était pas correct de partir comme ça. Lui il savait bien qu'il fallait qu'elle disparaisse, elle avait l'air tellement pressée, elle était sortie en courant comme si on l'avait appelée, vite, vite. Sous la pluie battante, il avait voulu la suivre mais il n'avait pas son imper et il pleuvait trop fort, il l'avait vue disparaître comme un fantôme vers la route.

Des voitures comme on n'en trouve pas ici, qui ressemblaient à de gros scarabées noirs. Et les vitres étaient fumées, il ne voyait pas à l'intérieur, il n'avait vu personne, juste les deux voitures immobiles. Il fallait bien que quelqu'un soit venu chercher Alice, elle ne pouvait pas partir loin sous la pluie avec son sac.

J'embrasse Jules, j'espère qu'il ne va pas trop vite, voire même jamais, intégrer la réalité ordinaire de ses parents. L'influence de la montagne le protégera peut-être contre la normalisation. Mais sera-t-elle assez puissante face à l'école, aux adultes, à la télévision, à la grande kermesse ambiante de la consommation et du futile? Un enfant qui croit à la magie, est-ce si rare de nos jours?

Nous repartons un peu sonnés par l'épisode de la photo. À nous maintenant d'en décrypter le sens. Quel est le lien entre Cornelia et H? Pourquoi la Monade? C'est le seul signe que Cornelia a laissé derrière elle.

Elle n'avait pas parlé d'entraînement. Mais de refuge.

VI

Les révélations d'Hector

Sous la grande marée de l'histoire humaine s'écoulent les courants discrets des sociétés secrètes, qui dans les profondeurs déterminent fréquemment les changements qui se manifestent à la surface.

(A.E. Waite)

Nous nous sommes retrouvés chez moi vers 7 heures, ce soir-là. Il a sonné à l'interphone de la porte cochère, la porte de cet hôtel particulier où il a grandi, désormais scindé en trois appartements. Je suis la seule de la famille à avoir repris le flambeau de la rue Cassette, et à m'être installée dans l'ancienne demeure familiale. Je me demande si mon père n'aurait pas finalement préféré que je vende aussi, faisant ainsi une croix définitive sur le passé. Sans qu'il l'avoue, je sens dans son attitude empruntée le refus de se laisser prendre par les réminiscences. Il avance sur la pointe des pieds pour ne pas remuer les effluves d'avant, ni réveiller le fantôme de sa mère, vieille dame suprêmement élégante dont le doux sourire n'avait jamais été désarmé par la maladie qui déformait son corps et la torturait en permanence.

Bonne-maman nous recevait assise dans son fauteuil, sa canne au pommeau d'argent à sa portée et sa boîte à pilules posée sur la table. Nina, sa cuisinière que j'imaginais italienne à cause de son prénom mais qui venait en réalité de Lorraine, préparait des gâteaux délicats pour accompagner le thé. Avec Bonne-maman nous parlions de tout, de l'amour, des garçons puis des hommes, du monde, de la rébellion, de mes parents. Bonne-maman ne m'avait jamais rien dit contre ma mère, même quand je me plaignais amèrement à elle de sa froideur ou de ses excès de contrôle sur ma vie. Pourtant quand j'évoquais celle qui avait vampé son fils bien-aimé, je voyais passer sur son visage l'ombre d'une profonde tristesse. Elle s'efforçait néanmoins de lui prêter des intentions positives à mon égard, peut-être simplement de façon à calmer mon indignation et à adoucir mon chagrin.

Sa mort m'a privé de la seule personne à qui j'aurais parlé de Sam. À qui j'aurais raconté les péripéties de ma carrière et que j'aurais consulté sur notre enquête. Elle me manque plus que ma mère et, contrairement à elle, sans espoir de la retrouver.

Tout cela me vint à l'esprit alors que mon père montait l'escalier de pierre, comme si ses pensées venaient activer les miennes. Il me parut plus alerte que le matin malgré cette contenance distante qui s'active particulièrement lorsqu'il revient dans cet ancien bastion familial, où se sont succédé jusqu'à l'éclatement récent des générations de nos ancêtres.

Un bref baiser sur la joue et nous voilà installés dans les deux profonds fauteuils rouges, devant la fenêtre ouverte. L'angoisse m'a foudroyée d'un seul coup en le voyant s'asseoir. Mon père est devenu vieux sans que je m'en aperçoive, brutalement. J'ai abdiqué mon regard d'enfant qui le conservait semblable malgré le temps, et celui que je vois fait déjà partie des anciens. Une anticipation qui se fait malgré moi, liée sans doute à mes précédentes évocations de Bonne-maman et de tous ceux qui ont rejoint l'armée des défunts. Hier, aujourd'hui, demain, le tourbillon prend de la vitesse, qui nous entraîne inéluctablement vers la fin. Mon père était autrefois si beau, si vivant, même le départ de sa femme Klara ne lui avait pas enlevé cette force séductrice qui était le trait le plus marquant de sa personnalité. Et le voilà avec dans le regard quelque chose de cassé, de subtilement dépossédé, comme s'il avait acquis une transparence indéfinissable.

Les mots me désertent, je le laisse commencer… Il s'appuie sur le dossier du fauteuil, son regard s'enfuit dans ses pensées, il serre dans sa main droite un verre de cristal taillé rempli de Glenfiddich, sa chevalière aux armes des Thal tourne légèrement autour de son doigt amaigri, il cherche ses mots…

— Comme dans beaucoup de familles, Arielle, nous avons cru qu'il fallait épargner aux enfants, et cacher à l'extérieur ce qui pouvait prêter à scandale ou à rumeurs. Ou ce qui était simplement la réalité de la vie, l'amour, les alliances, la trahison, l'adultère, les comportements psychotiques, les mensonges. Notre famille a ses secrets, parfois assez lourds... Je vais t'éclairer aujourd'hui sur certains d'entre eux en transformant les trous d'ombre de l'histoire familiale en atouts. Tu dois connaître les liens qui existent entre ma famille, celle de ta mère et celle de l'homme qui vient de te recruter pour l'ORV, Charles Hiéronimus Plantard. Liens que j'ai découverts trop tard pour infléchir le cours du destin. Sinon tu ne serais pas là, ma chérie. Tout ce que je vais te dire risque de te troubler, de te faire de la peine ou de t'indigner, il faut pourtant que tu saches.

Je sursaute, est-ce à moi qu'il vient de dire ma chérie ? Je ne me souviens pas d'avoir jamais entendu un mot aussi tendre de sa part, mon père n'est plus lui-même, c'est certain.

— Tu le sais, ta mère descend d'une grande famille hongroise alliée à de nombreuses têtes couronnées d'Europe. Sa famille s'est installée à Paris vers la fin du XIXe siècle. Par un curieux hasard, tes deux grands-mères étaient amies d'enfance. Ta grand-mère maternelle que tu n'as pas connue, Tamara, et ta bonne-maman, avaient fait leurs études ensemble à l'Institut de la Madeleine. Tamara était réputée pour sa beauté, mais aussi pour sa conduite très libre. Lorsque le comte Laszlo von Debretsy est arrivé à Paris, auréolé d'une réputation de séducteur sulfureux et immensément riche, pour assister à un grand bal donné au Palais Rose par Boni de Castellane, Tamara a jeté son dévolu sur lui. Quelques mois après, leur mariage somptueux où se retrouva tout le gotha dura trois jours de fêtes folles comme on les faisait à l'époque. Tamara envoyait à ta bonne-maman des lettres exaltées pendant leur voyage de noces, six mois de fêtes et de mondanités dans les plus grands palaces d'Europe. Le conte de fées a tourné à l'horreur lorsque les jeunes mariés se sont installés dans les domaines du comte, en Hongrie.

Confinée dans un sinistre château isolé dans la montagne, elle a vu surgir la face sombre de son époux. Il revint à d'anciennes perversions, se livrant à des débauches avec des jeunes gens, des filles de cuisine et même des enfants. Elle écrivait chaque mois à ta bonne-maman pour lui confier ses doutes et ses soupçons avec la liberté de ton qui lui était propre, peu à peu ses lettres portèrent l'empreinte d'un désarroi grandissant.

Il me regarde comme pour répondre à mon interrogation muette :

— J'ai retrouvé toute sa correspondance à la mort de ta Bonne-maman, je voulais savoir, comprendre ce qui avait fait de ta mère un être si à part, si névrosé... Tu vas voir que malheureusement le destin n'a pas été tendre avec elle... Sa naissance apporta d'abord un peu de douceur dans la vie de Tamara ravagée par la cruauté de son mari, mais des outrages envers sa femme, le comte porté par sa nature ténébreuse sombra dans la violence. Quand elle tenta de s'enfuir avec l'enfant, il la rattrapa et de ce jour la traita en prisonnière. Elle finit par se suicider alors que ta mère, Klara, n'avait que onze ans. À l'âge auquel il aurait fallu à tout prix la soustraire à ce milieu dépravé, elle l'abandonna sans protection. Son père s'en débarrassa en l'envoyant dans un couvent avec d'autres jeunes filles de bonne famille pour apprendre les langues européennes, les bonnes manières, la peinture et la religion, selon la tradition. Mais lorsque sa fille à treize ans revint passer un mois d'été dans leur propriété, ayant développé une beauté et une féminité troublantes, il se prit pour elle d'une passion singulière et irréversible. Elle ne retourna pas au couvent. Il ne voulait plus qu'elle à ses côtés, elle l'accompagnait dans ses voyages, il lui faisait les plus beaux cadeaux, robes, bijoux, voitures... Aux yeux de tous, il la traitait comme une maîtresse adorée. Les femmes de chambre chuchotaient qu'ils partageaient le même lit. Il était jaloux du moindre de ses regards, de ses paroles, nul ne pouvait s'approcher d'elle.

Klara avait grandi seule, et ce ne sont pas les religieuses qui lui avaient appris la vie. Elle prit donc l'amour charnel de son père comme naturel, jusqu'au jour où elle-même tomba amoureuse. Comme pour sa mère, cela se passa à

Paris, un soir de bal à l'hôtel Crillon. Klara rayonnait de l'admiration qu'elle lisait dans tous les regards masculins. Tu n'imagines pas, Arielle, combien ta mère était belle à dix-sept ans, quelque chose de magique, de velouté, de triomphalement sensuel se dégageait de son visage, ses yeux verts étaient comme des sortilèges, tous les hommes tombaient à ses pieds. Elle s'en moquait joyeusement, et se retournait vers son père avec des gestes d'une sensualité sidérante. Les rumeurs allaient bon train. Mais un jour un rival apparut, comme il fallait s'y attendre.

Mon père fait une pose dans sa longue histoire, la fatigue plie sa bouche, je sens qu'il cherche ses mots…

— Charles Hiéronimus Plantard n'était plus un jeune homme, il avait parcouru le monde, du Tibet jusqu'aux hauts plateaux du Pérou. Extrêmement riche par la famille italienne de sa mère, il se consacrait à des recherches ésotériques qui lui donnaient une aura de magicien et d'initié. Il était ami de Cocteau, de Chirico, de Jacques Bergier et de bien d'autres… Élégant, mystérieux, adulé des femmes. L'étrange trajectoire sexuelle de Klara la prédisposait à subir l'attraction d'hommes mûrs plutôt que de gentils jeunes hommes. Le sort était jeté.

Quand il alla la demander en mariage à son père, celui-ci menaça de le tuer si seulement il osait encore adresser la parole à sa fille. Dans une explosion de jalousie et de violence, il le jeta à la porte et fit faire sur-le-champ leurs bagages pour repartir en Hongrie. Dans la nuit même, Klara, qui avait assisté cachée à la scène s'était enfuie pour retrouver Hiéronimus. Ils vécurent leur passion pendant deux ans, poursuivis par le comte von Debretsy. Celui-ci, dévasté d'avoir perdu sa femme-enfant, jura de se venger et mit tout en œuvre pour les séparer.

C'est ainsi qu'il fit un pacte avec ma propre mère, pour une raison que je n'ai pas totalement élucidé, et que celle-ci me fit rencontrer à Biarritz Klara von Debretsy. Au premier regard, j'étais perdu d'amour. Perdu, c'est bien le mot, ajouta mon père avec amertume. Puis la nouvelle arriva d'Afrique : Charles Hiéronimus Plantard était mort, sa caravane avait été attaquée dans le désert de Mauritanie, le seul survivant avait raconté le massacre dans la passe d'Amoghjar…

… Nous avons été mariés, sans presque nous connaître. J'étais fou de joie, sans réaliser que la jeune femme sublime à mes côtés n'était qu'une somnambule au cœur absent. Pourquoi avoir accepté ce mariage ? Était-ce par désolation que son amant magnifique l'ait abandonnée pour cette expédition dans les dangers d'un pays déchiré par la rébellion et qu'il en soit mort ? C'est ainsi que, le moment de l'aveuglement passé, j'ai interprété la situation. J'ignorais qu'elle avait été initiée par son père, selon la tradition familiale, à des rites où le sang tient une place primordiale. Je sais que tu as fait des recherches sur la cour du Dragon, Arielle, dont un de tes cousins lointains le prince Nicolas de Vere est le souverain. Ta mère était profondément impliquée dans ses arcanes.

Elle a donc accepté ce mariage arrangé par des instances supérieures, un mariage destiné à produire des enfants particuliers. Klara riait parfois quand nous nous querellions, elle disait : « Remercie-moi, nos enfants sont les enfants du Dragon. » J'avais en horreur toutes ces allusions à des traditions hermétiques qui m'échappaient et je m'accrochais à la réalité, refusant en bloc tout ce qui m'apparaissait comme de l'ésotérisme…

Je reste muette, les faits s'ordonnent autour de ma mère. Je devrais dire les hommes s'ordonnent autour d'elle. Son père, Hiéronimus, son mari. Ses trois premiers amants. L'inceste philosophal. J'ai un goût de nausée dans l'estomac, une envie de pleurer, je ne sais plus où j'en suis. Et bonne-maman mêlée à tout cela, elle qui représentait la quintessence de la dignité et de la tolérance.

— Je ne comprends pas pourquoi bonne-maman…

Les mots m'échappent…

— Je ne sais pas non plus. Je n'ai jamais pu élucider auprès d'elle les termes de cet étrange marché passé avec von Debretsy, si ce n'est que nous devions avoir une fille, et que ce serait elle, après Klara, l'héritière des Debretsy. Cette fille, la clé de notre contrat de mariage, c'est toi, Arielle.

— Moi ? Je croyais que vous alliez m'éclairer, mais vous ajoutez du mystère à toutes mes interrogations…

répondis-je avec amertume. Qu'attend-elle donc de moi? Où est-elle partie?

Je n'arrive pas à dire ma mère, elle m'est encore plus étrangère après ces révélations.

— Elle est retournée en Hongrie, dans leurs domaines…

— Auprès de son père? De Lazlo von Debretsy? Je ne comprends pas… Pourquoi n'est-elle pas retournée vers son ancien amant, puisqu'il est revenu?

… Mon père ne répond pas, il a appuyé sa tête en arrière sur le dossier du fauteuil et contemple le ciel lourd de nuages.

Tout ce qu'il vient de me révéler m'éclaire, certes, sur le proche passé familial, mais ne fait qu'épaissir encore le mystère dont j'ai toujours senti le poids, que j'attribuais aux origines du sang maternel. En l'occurrence, je ne me suis pas trompée. J'ai la troublante sensation que mon père a ouvert une porte très ancienne sur un vestibule octogonal obscur au goût de poussière… D'autres portes aux serrures closes protègent d'autres vestibules fermés, indéfiniment. Un premier secret ouvre sur d'autres secrets, encore et toujours. Comme celui de la Porte… Encore une tradition secrète…

— Est-ce que tout cela a un lien avec la Porte?

— La Porte… Non, elle est entre toi et ta bonne-maman, c'est une connaissance liée à un don qui se transmet par les femmes à travers les générations. Ta bonne-maman est née différente, elle voyait l'avenir à travers les cartes, elle était en contact avec les esprits des morts, son don en était parfois presque effrayant. Son confesseur lui avait interdit de tirer les cartes mais elle voyait au-delà des supports, les visions s'imposaient à elle et déroulaient devant elle passé et avenir. Pas en permanence heureusement, mais souvent. Tu es la seule de la famille à avoir hérité de ses dons de prescience. Tu as toujours raconté des histoires si étranges quand tu étais petite. Tu te souviens du petit bonhomme du plafond? Nous n'en avons jamais parlé, mais te sers-tu de ces dons?

— Un don ou une intuition je ne sais pas… J'écoute mes intuitions sur les gens, les lieux et les choses.

C'est vrai que je sens dans les lieux les empreintes du passé, les influences maléfiques, les douleurs et les violences.

Je peux dans une certaine mesure les nettoyer... Je vois les auras des gens et parfois j'entends leurs pensées qui résonnent jusque dans ma tête... J'ai des rêves prémonitoires, mais tout cela fait partie d'un domaine trop subtil pour en parler... Et souvent aussi je sais ce qui va se passer à l'avance. Mais pour des petites choses, un dîner annulé, un passant sur le trottoir dont je sais qu'il va sonner à tel porche, une femme dont je sais qu'elle va prononcer une phrase précise, un ami qui va m'appeler et je sais ce qu'il va me dire. Cela ne me sert à rien, ne veut rien dire, on dirait que je profite d'un léger et répété décalage dans le temps. Je le constate sans en tirer de conclusion.

Je reviens à ma mère, ma si énigmatique mère, qui est-elle? Avec un père incestueux, un amour saccagé, une enfance entre la vie de château et l'ésotérisme, elle est arrivée au monde et a grandi sous d'étranges auspices. Il devait y avoir plus de sorcières que de fées autour de son berceau. Je cherche à comprendre.

— Comment Klara a-t-elle pris la résurrection de son amant? Elle a dû se sentir trahie, j'imagine que la fausse nouvelle était une machination de son père.

— Tout n'était pas faux, sa caravane avait effectivement été attaquée, et Charles grièvement blessé. Il n'est revenu qu'un an plus tard pour découvrir que Klara était mariée et enceinte. Le retour à Paris de Hiéronimus a créé en elle un véritable cataclysme intérieur, elle ne supportait plus rien, elle ne m'adressait plus la parole. Elle parlait de toi avec amertume: Elle est là, dans mon ventre, et c'est elle ma prison. Elle s'enfermait des semaines entières pour lire, lire vertigineusement. Ma tâche consistait à lui rapporter des monceaux de livres qu'elle dévorait à un rythme effréné. Je ne te cache pas que j'ai eu peur pour l'enfant qu'elle portait, je mettais de la musique, Mozart, Bach, espérant adoucir ainsi l'atmosphère troublée de la fin de sa grossesse.

— Elle l'a revu?

— Pas avant ta naissance en tout cas, elle haïssait son corps déformé, il la rendait furieuse, hystérique. Pour tout l'or du monde elle ne se serait pas laissé voir dans cet état à l'homme qu'elle avait aimé. Elle était très narcissique, tu sais, son extrême beauté était la base même de sa personnalité. Elle avait l'habitude d'habiter un corps proche de la perfection et plus l'image que lui renvoyaient ses miroirs la désespérait, plus elle m'accusait et toi avec de ce qu'elle considérait comme sa déchéance physique. Elle refusait d'exhiber ce ventre monstrueux, selon ses propres paroles, et ne sortait plus de la maison.

— Pas étonnant que je ne garde pas un très bon souvenir de mon passage dans le ventre de ma mère…

Tout cela commence à devenir pesant, je n'ai plus rien envie d'entendre pour aujourd'hui, il le sent et se lève… Il examine autour de lui les rares meubles, les peintures sur bois représentant des paysages, des forêts, des constructions dans des parcs, des villages italiens… Il sourit en voyant par la porte ouverte de mon bureau les amoncellements de papiers, de documents, de livres, de cahiers couverts de mon écriture rose, noire, verte… Je pense soudain à mon frère :

— Antoine sera content de vous voir… Quand le retrouvez-vous ?

— Je dîne chez lui demain, nous avons à discuter de l'achat d'une forêt qui jouxte les bois de Remiremont, dans les Vosges… Vous vous voyez souvent ?

— Pas vraiment, nous déjeunions ensemble de temps en temps, et puis je suis partie à Venise. Et depuis que je suis revenue, cette enquête ne me laisse pas beaucoup de liberté, dans ma tête en tout cas. Qu'en est-il d'Antoine et de ma mère, d'ailleurs, faisait-il partie du deal, lui aussi ?

— C'est un garçon, il porte mon nom, il est l'héritier de ma lignée. Il n'appartient pas aux von Debretsy. Pourtant Klara a voulu un fils. J'ignore pourquoi elle a accepté de voir une nouvelle fois son corps déformé, mais il s'agissait cette fois d'une véritable détermination personnelle. Elle s'était sentie contrainte à te mettre au monde… Pour Antoine ce fut très différent.

Une question me brûle les lèvres, mais je n'ose pas la poser. Lui demander s'il est le père d'Antoine ou si cet enfant désiré est celui de H, ce qui expliquerait la différence de traitement qu'elle nous a réservé, en tout cas *in utero.*

— Voilà, n'oublie pas que ta mère a d'abord été une victime, que son enfance a été saccagée par la perversion de son propre père. Elle n'est jamais revenue de ce no man's land où celui-ci l'a jetée si jeune ; la violence qui dressait ses parents l'un contre l'autre, le suicide de sa mère puis l'amour dénaturé de son père et l'initiation aux pratiques déviantes de la cour du Dragon, tout cela s'est imprimé profondément dans sa psyché, lui enlevant à tout jamais la possibilité de sortir du monde parallèle dans lequel elle avait glissé.

Un long silence s'insinue entre nous, habité par la vision d'une petite fille égarée dans l'univers cruel des ogres et des vampires de légende.

— Pourquoi croyez-vous que Charles Plantard m'ait proposé de rejoindre l'ORV ? En mémoire de son amour pour ma mère ?

— J'ignore ses motivations profondes, mais son désir de t'attirer dans son territoire n'est pas innocent. Ce qu'il attend de toi est-il du domaine de la réminiscence, cherche-t-il à se rapprocher de Klara en se rapprochant de toi, voudrait-il t'utiliser à ton insu, je ne sais pas. À toi d'écouter ton intuition à la lumière de ce que tu as appris. Cette connaissance que j'ai tenu à te donner est une arme défensive.

— Vous croyez que j'ai besoin d'une telle arme ?

À peine avais-je prononcé ces mots que me revient à l'esprit le mystérieux marché conclu avec ma mère autour de la conception d'une fille, moi en l'occurrence. Je représente le facteur décisif du mariage de Klara avec mon père. Est-ce une raison suffisante pour me haïr ?

— Il pourrait simplement désirer te capter dans sa sphère d'influence. Si je m'écoutais, je te demanderais de quitter l'ORV aujourd'hui même pour partir quelque temps en voyage au bout du monde. Mais je te connais, si tu dois le faire ce sera d'autant plus volontiers que nul ne t'y aura poussée. Ta situation m'inquiète mais elle est entre tes mains.

Ma séance avec Brinbrin, après l'épisode des catacombes, avait déjà contribué à éveiller mes doutes sur H, lorsqu'elle l'avait vu tenter de s'introduire dans mon aura. Pour quoi faire ? Scruter mes pensées ? J'avais ressenti avec indignation et répugnance cette intrusion clandestine, la rejetant fermement tout en restant consciente de l'ambiguïté de sa démarche, incompatible avec le personnage galant et raffiné qu'il nous avait joué. Depuis je me méfiais de lui et interprétais ses paroles et ses attitudes à travers le prisme de ma perplexité.

Les révélations de mon père viennent corroborer ces intuitions.

Je découvrirais ce que H me veut.

VII

La Monade hiéroglyphique et la magie

C'est dans le train qui revient vers Paris que je prends conscience de l'impact des confidences de mon père sur ce que j'appellerai ma structure intérieure. Mes frontières s'émiettent, les certitudes sur lesquelles je m'étais construite se transforment en sables mouvants. Mes repères s'effacent.

Je n'ai jamais rencontré mon grand-père hongrois, Laszlo von Debretsy. L'univers adulte évitait son sujet si radicalement que l'idée même de son existence s'était diluée dans un passé infiniment lointain. Je le croyais mort depuis longtemps. Savoir qu'il existe toujours est un premier choc. Découvrir que ma mère, Klara, serait allée le rejoindre, me laisse sans voix. Et savoir par-dessus tout que moi, Arielle, je serais une sorte d'enjeu justifiant le mariage de mes parents, pour une raison incompréhensible, me fait littéralement frissonner. Parce que j'ignore ce que l'on attend de moi et qu'une petite voix me susurre que je détesterais le savoir.

Cette part d'inconnu suspendue au-dessus de ma tête a quelque chose de terrifiant, elle me vole mon libre arbitre dans un contexte où tous les paramètres familiaux se retrouvent faussés, distordus. Nul n'échappe au carnage, pas même ma chère bonne-maman, complice de toute cette folie.

Fermant les yeux je m'efforce de reconstruire un décor solide dans lequel je pourrai évoluer sans qu'il s'effondre, mais ce qui m'apparaît ressemble aux dessins d'enfants à qui l'on a demandé de peindre leur famille :

… La maison est en ruine, les papillons sont brûlés, le père minuscule tient dans ses bras un petit garçon, la mère a deux visages, et des intrus la tiennent par la main, d'un côté son père, de l'autre son amant. La petite fille a enfoui son visage dans ses bras, ses cheveux pendent jusqu'au sol où coulent de grosses larmes. Elle pleure tant qu'une mare se forme à ses pieds, l'eau monte et immerge tout, la maison, le père et l'enfant, la mère et les deux hommes. Quand tout est inondé, qu'il ne reste plus sur la feuille que du crayon bleu, la petite fille relève la tête, ses larmes ont tout lavé. Elle reste seule, infiniment seule après le déluge…

Je suis la seule à pouvoir me réparer.

Je me tenais droite au centre du monde parce que j'étais « reliée », maintenant que ces liens se sont transformés en un écheveau embrouillé, l'équilibre est rompu. Et me voici projetée dans la vision de Mullins, un monde cruel dont la noirceur ne cesse de s'étendre. Si Mullins dit vrai, malgré mon amour de la vérité, je regrette le temps de l'innocence.

Il me semblait hier encore que le désordre se contenait dans notre monde, que les autres dimensions nous offraient la possibilité de rejoindre l'harmonie dont nous rêvions.

Ainsi pensais-je alors, la Terre est une planète d'apprentissage, où de vie en vie, nous apprenons à monter ou à descendre selon notre choix. Où nous décidons de nous incarner à notre propre dessein, choisissant selon nos affinités nos parents et notre milieu social, nos rencontres et nos épreuves, nos cadeaux et nos défis. Où chacun est l'acteur principal d'une vie choisie délibérément où il lui appartient de transcender son destin. Il y avait là une cohérence, une loi de cause à effet sur laquelle je pouvais me reposer pour avancer. Tous les espoirs étaient alors permis, toutes les portes pouvaient s'ouvrir un jour sur la grâce, si j'en trouvais la clé. L'avenir ne pouvait être que meilleur.

Mullins, avec sa sombre peinture du monde, a fait exploser cette idéaliste vision. Nous ne serions que des troupeaux d'humains élevés pour leur valeur sacrificielle, pour régaler de nos émotions et de nos douleurs des vampires psychiques, pour servir de terrain d'expérience à des maîtres sorciers d'autres dimensions, de jouets à des entités malveillantes. La Terre est leur terrain de jeu et nous en sommes les figurants.

Les révélations de mon père ont fini de saccager l'image d'une harmonie familiale que je m'étais créée, en dehors de ma mère. Le Mal m'a rattrapée et arraché mes fragiles certitudes.

Je réalise que nous ignorons tout de ce qui se passe réellement, le sens sacré et profond de l'Histoire, et de notre histoire, nous échappe.

La voix de Dante va me chercher loin, il continuait à cogiter sur Cornelia et la Monade pendant que j'explorais les méandres de ma famille

— Naturellement H doit être mis au courant. Je me demande quelle peut être son interprétation de cette photo.

Dante sort la photo de sa poche et l'examine attentivement. Encore une jolie pièce ésotérique pour notre puzzle, qui ne saurait laisser Hiéronimus indifférent.

— Comme les sigma… marmonne Dante pour lui-même en passant un doigt sur la croix qui barre la photo.

— C'est du sang ?

— Il y a des chances. Qu'en pensez-vous, belle sorcière ?

— C'est assez clair, et inquiétant pour Cornelia, j'en ai peur. Cette photo provient de quelqu'un qui sait utiliser la magie. Soit elle est arrivée là par courrier, soit quelqu'un l'a déposée. Mais d'après Jules personne n'est venu depuis le départ de Cornelia. La photo était donc dans l'enveloppe glissée dans la boîte aux lettres à son intention. Ce qui signifie qu'ils l'ont retrouvée. S'ils l'attendaient en voiture, comme le prétend Jules, elle n'a pas pu s'enfuir, elle est entre leurs mains.

— Par ailleurs, rétorque Dante, il faisait nuit, il y avait la tempête, et Cornelia avait l'air super-entraînée. Elle a pu leur échapper. Ça se tient. Elle s'est enfuie le jour où elle a reçu l'enveloppe, elle a dû paniquer quand elle n'a pas pu vous joindre. Que croyez-vous qu'il y ait eu d'autre que cette photo qui lui ait fait peur au point de disparaître à nouveau ?

— Je n'arrive pas à faire le lien entre Cornelia et la photo de H, lui répondis-je, logiquement c'est son image à elle qui aurait dû porter le sceau de la monade, puisque c'est elle qui est menacée.

— Pourquoi s'agirait-il d'une menace plus que d'une signature ? Comment interprétez-vous cette photo gribouillée ?

Signature, décidément Dante va plus loin que moi dans ses suspicions envers H, mais là il se trompe. Il s'agit manifestement d'un protocole d'envoûtement et non du signe de Zorro/H, manifestation qui serait par ailleurs d'une implacable sottise :

— Les photos sont souvent utilisées en magie. C'est un support idéal pour jeter un sort, car elles contiennent une partie des vibrations de l'être photographié. À partir d'une photo, un bon médium peut entrer dans la vie d'un individu, en remonter le cours, découvrir ses secrets et ses faiblesses. Il peut aussi, en déformant la photo, soit avec des messages ou des dessins, soit simplement une intention, influencer le sujet de la photo d'une façon généralement négative. C'est le B A BA de la magie noire : on peut ainsi provoquer des maladies, des dépressions, des suicides.

— Bon, j'ai eu raison de me méfier, j'ai toujours détesté qu'on me prenne en photo. Une façon de moins de me faire marabouter, se félicite Dante.

— Alors ne laissez pas le moindre cheveu sur votre peigne, brûlez vos rognures d'ongles, n'envoyez jamais une lettre ou un mot écrit de votre main, un simple numéro de téléphone sur un bout de papier peut vous trahir. Un vrai sorcier s'en servira comme d'une photo.

— Vous voulez dire que tout ce qui porte mon empreinte génétique porte également mon empreinte éthérique… réfléchit à voix haute Dante. En somme, les sorciers et les scientifiques travaillent sur les mêmes sources, avec des méthodes différentes ?

— Vous avez raison, nous rejoignons le concept de l'ORV sur la science et la magie ! La convergence…

— On dirait que monsieur Plantard ne nous a pas réunis par hasard, ma chère Arielle. Nous allons faire des étincelles !

— Continuons sur la photo : regardez, la monade, qui représente le moi supérieur de H, a été dessinée en surimpression sur son corps. Ce qui signifie que c'est l'être total relié à l'essence même de la divinité qui est menacé. Le magicien. Quant à la croix faite de sang, elle lui annonce la fin, la disparition. C'est une menace de mort.

— Pas mal, belle prestation, princesse, vous méritez vos émoluments ! Remarquez, je me doutais que le message n'était pas très amical. Bon, eh bien, on n'a plus qu'à attendre la réaction du Sphinx quand il se découvrira sur la liste des victimes.

Dante a l'air satisfait du mâle qui découvre soudain que l'équilibre des forces entre lui et un autre mâle dominant est en train de s'inverser. Comme si la menace sur Hiéronimus lui conférait par transfert instantané le montant de la puissance soustraite à Plantard. Le malheur des uns ferait-il le bonheur des autres ? Il y a souvent un fond de vérité dans ces obscurs adages.

— Mais vous voyez, Dante, ce qui m'intrigue le plus, maintenant que nous avons posé comme principe que la menace ne vient pas de H, mais s'exerce contre lui, c'est la nature du lien apparu entre lui et Cornelia. Et par conséquent avec la jeune morte aux lys. Vous ne trouvez pas ça troublant ?

— C'est plus que troublant, c'est louche. Si vous voulez mon avis, il nous cache une partie de son jeu.

Je ne sais pas s'il plaisante ou s'il est sincère, s'il se moque de mes soupçons perpétuels ou s'il adhère à l'étrangeté de la synchronicité. Je lui demande :

— Vous ne le croyez tout de même pas mêlé à la mort de Diane ? Ce serait plus qu'une coïncidence...

— Mêlé, lié, je ne sais pas, répond-il l'air songeur, on dirait que cette histoire se passe à différents niveaux, c'est ce qui en rend la compréhension si difficile. La politique, la magie, la parapsychologie, le contrôle mental, la sorcellerie, le secret, et j'en passe... Et je crois que nous ne sommes pas au bout de nos surprises. Dites-moi, vous croyez sincèrement que cette photo peut affecter H ?

— Cette histoire me fait penser à une bataille entre sorciers. Soit cette photo a été magnétisée pour l'atteindre dans une autre dimension, soit elle est une menace, une mise en garde... Mais Charles Hiéronimus Plantard n'a rien d'un homme ordinaire, il possède à l'évidence de puissantes protections énergétiques, je doute qu'un simple envoûtement sur photo puisse l'affecter.

— Là, vous me voyez terriblement rassuré... En somme les méchants Inconnus ont cherché à lui nuire en manipulant son ADN par l'intermédiaire d'une photo, et celui-ci maîtrisant parfaitement la combine a dressé un écran protecteur derrière lequel il ricane tranquillement...

— Ce ne sont que des suppositions, des élucubrations si vous préférez... attendons la suite des événements avant d'en faire tout un roman.

— C'est vous qui dites ça ! Tope là, princesse !

Le double visage de mon rêve me revient, derrière chaque visage en ce moment j'en perçois un autre d'une essence différente, un deuxième visage où se condensent les ombres des aïeux, des lignages et des *alter*. Déformation momentanée peut-être, les doubles pullulent. Dante, Hiéronimus, Noirange, Wladimir, l'homme aux yeux verts, Cornelia, Maxime, Julien, mon frère Antoine, impossible de les évoquer sans percevoir leur ombre. Balthus aussi, mais son double est d'essence purement angélique. Je le perçois parfaitement, blancheur de plumes douces, émanation limpide à l'éclat de source. Ouf, sa seule pensée me soigne, je me sens inondée de lumière, merci, Balthus, merci d'exister...

— Dante, je préfère que ce soit vous l'intermédiaire avec H, comme avec Luna. Mais je tiens à être là quand vous lui montrerez la photo, bien sûr. Et pas de cachotterie cette fois !

— Mais non, j'imagine bien que vous ne rateriez ce moment pour rien au monde, c'est une trop belle occasion d'observer ses réactions. OK, je m'en occupe.

Il part téléphoner, heureusement le train est presque vide et nous sommes seuls dans le compartiment de quatre. Le paysage défile, nous passons en Bourgogne, je reconnais les routes qui partent vers des lieux bien connus. Encore Sam, pourquoi faut-il que son empreinte soit si forte ? Le mouvement me berce, je m'assoupis dans les tièdes rayons de soleil. Je rêve...

... Je marche dans une forêt aux très hautes frondaisons, je fais partie d'une sorte de commando, nous longeons une énorme saignée dans la forêt, la terre est complètement retournée sur

plus de dix mètres de large. Soudain, au milieu de la terre retournée, j'aperçois la tête d'un gros ours brun enterré vivant, tout le corps est sous la terre, seule la tête dépasse... Je pense que c'est une façon momentanée de le mettre hors d'état de nuire et qu'il sera délivré plus tard, et puis j'aperçois, çà et là, émergeant de la terre brune des touffes de fourrure, et je réalise qu'il y a plusieurs ours, dont certains sont presque totalement enfouis, et pourtant je ne m'inquiète pas, il me semble qu'ils doivent pouvoir respirer quand même sous la terre.

Nous arrivons dans une sorte de grange ou de hangar immense et nous nous installons dans une pièce très rustique pour dormir. Je pose mes affaires et je pars explorer les lieux qui s'agrandissent au fur et à mesure de mon avancée. Dans la pénombre, j'aperçois des amoncellements d'objets et de meubles, bien rangés. La lumière éclaire progressivement, de pièce en pièce, ces centaines de choses un peu mortes auxquelles je me sens étrangère.

J'ouvre une porte de l'autre côté, à droite et je découvre encore des pièces vides mais propres, et une salle de bains. Bonne nouvelle par rapport à la rusticité de notre halte prévue. Par la fenêtre haute et large de la salle de bains j'aperçois un jardin, des arbres dans la lumière du jour et des enfants qui jouent...

Des voix d'enfants pénètrent la réalité, un groupe joyeux passe dans le couloir, j'émerge... Bizarrement je m'inquiète pour les ours, j'aurai dû les délivrer, je savais pourtant qu'ils avaient un message pour moi. Dante revient, je relègue les ours dans mon catalogue onirique.

— Alors ?

— Demain, nous recevons la visite du Sphinx. Il vient en personne à l'imprimerie vers 17 heures, quand Balthus est là.

— Vous lui avez parlé de la photo ?

— J'ai parlé d'un élément nouveau qui le concerne directement. Je lui ai suggéré qu'une menace pesait éventuellement sur lui, mais cela n'a pas eu l'air de le troubler.

— D'après Noirange, c'est lui qui a choisi cet endroit pour l'ORV. Il doit donc déjà le connaître. Et puis vous savez bien que notre imprimerie a été hautement sécurisée par Luna.

Effectivement, non contente d'avoir perturbé la virginité rustique des lieux par l'introduction d'appareils variés émetteurs d'ondes géo-biologiques, Luna les a doté de dispositifs intelligents de détection et de protection défiant tous les audacieux qui auraient tenté de s'y immiscer. Le passage est couvert par deux caméras liées à un logiciel de capture et d'identification de visage, sonnant une alarme basée sur des paramètres spécifiques. Dante a refusé les caméras qu'elle voulait introduire dans nos bureaux respectifs, refusant de travailler sous le regard d'espions permanents. J'ai limité dans l'enceinte de mon bureau l'invasion magnétique à mon ordinateur avec son imprimante. Pas question de wi-fi, je supporte déjà mal les ondes de mon portable qui m'envoient des douleurs aigües à travers la tête... Dante poursuit :

— Je crois qu'il est curieux de rencontrer Balthus. Vous avez remarqué que Noirange ne se manifeste plus depuis que le Sphinx est arrivé à Paris. Luna assure l'intendance, le corbeau s'éclipse.

— Vous l'appelez le corbeau maintenant ?

— Avec Balthus, nous sommes allés un peu farfouiller dans les dossiers de Noirange, histoire d'équilibrer tout ce qu'ils savent sur nous. Balthus a découvert, entre autres renseignements amusants... qu'il fait ou a fait partie d'une organisation secrète américaine appelée *The Aviary*, créée au moment de la Deuxième Guerre mondiale et dont le but était de discréditer toutes les recherches sérieuses sur les UFOs, les OVNIS...

— C'est bizarre, que fait Noirange dans une organisation américaine ?

— Les membres d'Aviary sont liés à des agences gouvernementales ou à l'armée. Ils se composent d'astrophysiciens, de chercheurs scientifiques, de militaires, de physiciens nucléaires et de politiques, et s'ils sont majoritairement américains, il y a aussi quelques Français, paraît-il, dont Jacques Vallée et un directeur de la météo nationale. Apparemment, Noirange est leur interlocuteur au sein des Services secrets français. Comme aux États-Unis, il semble que nous ayons en France et dans toute l'Europe le même système de désinformation que les

Américains sur tout ce qui touche aux extra-terrestres, ajoute-t-il avec étonnement.

— Oui, je connais le système, dis-je en me souvenant de mes conversations avec Peter, mais pourquoi corbeau ?

— Aviary, c'est une volière. Pour préserver leur anonymat, ils se sont attribués des pseudonymes à base de noms d'oiseaux, pingouin, condor ou fauvette. Le nom de code de Noirange est corbeau.

— Tout simplement ? Un oiseau noir pour un Noirange, c'est prédestiné... Mais je ne sais pas s'il mérite le symbole du corbeau, trop valorisant.

— Valorisant ! s'exclame Dante, Le corbeau n'est pas l'oiseau le plus noble de la création, il est laid et il a mauvaise réputation, moi je trouve qu'il lui convient assez bien.

— C'est fou ce qu'on aime ce pauvre Noirange, il me fait presque pitié. Vous aussi vous riez... Mais sachez que le corbeau sinistre dont vous parlez est un oiseau sacré très important dans la plupart des mythologies... Un grand sage. Ce qui ne me paraît pas être le cas de Noirange... Et quoi d'autre sur lui ?

— C'est un corbeau qui aime qu'on l'attache. Il serait adepte de pratiques sado-masochistes, menottes, fouet et tout le tralala...

— Luna ?

— Probablement, il fréquente aussi quelques clubs SM hétéros.

— C'est sa vie privée, on s'en fiche. Vous n'avez rien de moins sordide, des histoires croustillantes de Services secrets puisque c'est sa spécialité ?

Une fois de plus la sonnerie triomphante de son mobile nous interrompt, tant mieux, je n'ai vraiment pas envie ce soir de discuter des préférences sexuelles de Noirange, je réserve ma curiosité à son égard à la période où il rôdait autour de ma famille.

D'ailleurs nous arrivons à Paris, les rails se multiplient et nous voici bientôt au cœur de la gare de Lyon. Dante insiste pour me déposer en taxi jusqu'à la rue Cassette, sous prétexte que c'est sur son chemin, mais je n'ai qu'une envie, me retrouver seule. Dante garde la photo, son incrédulité le protègera de toute interférence. J'ignore son regard interrogateur quand le taxi s'arrête devant ma porte et je descends sans lui offrir la moindre ouverture dans laquelle ce soir, je le sens, il se serait précipité.

VIII

Dante revendique le sang du Dragon

Le lendemain en fin de matinée, l'esprit flâneur, je me dirige sans me presser vers l'imprimerie. Je me suis lavée de mes angoisses en bouquinant, ma thérapie favorite en cas d'assombrissement mental. Malgré cela, les images se bousculent encore dans ma tête, indélébiles elles refusent de se laisser effacer.

— Toute de blanc vêtue ! Et une robe pour une fois ! Vous avez abandonné vos jeans/converses pour mieux combattre les forces de l'Ombre ?

Dante m'accueille avec une énergie nouvelle, il passe dans l'air, ce matin, une sorte de légèreté et de bien-être qui transcende la pesanteur de notre enquête.

Nous nous installons au premier étage, dans mon territoire, je dessine sur mon tableau des signes la monade hiéroglyphique, très décorative entre les 666, les lys et les croissants de lune.

Revenant dans mon bureau après une courte éclipse pour récupérer un journal oublié en bas, je retrouve Dante debout devant l'écran de mon ordinateur, scrutant les icônes de mes dossiers « meet the beast », « Giordano Bruno », « Sam », « colère », « Apocalypse » ou plus prosaïquement « documentation » ou « courrier ». Je me hérisse, le simple regard de Dante attise un agacement que je ne peux pas contrôler, je suspens l'activité. Le retour de l'écran noir me procure une impression de soulagement intense.

— Désolée, je ne supporte pas qu'on touche à mon ordinateur… Vous cherchiez quelque chose en particulier ?

Comme souvent, Dante répond à ma question par une autre. Le nom du disque dur l'a étonné. « Sceau du ciel » est un clin d'œil de Sam au retour d'une consultation avec mon astrologue chinoise préférée.

— Sceau du ciel ? Cela a une signification particulière, je suppose…

— C'est lié à ma famille. En astrologie chinoise, ma lignée porte la marque du sceau du Ciel, et elle possède la force du Tigre Blanc, qui permet de voir dans les ténèbres.

— Nyctalope ?

Je ris, ce que j'aime bien avec Dante, c'est que quand il ne m'exaspère pas, il arrive à me faire rire…

— Non, pas vraiment dans ce sens-là, cela signifie que dans ma lignée il y a une tradition de vision extra-sensorielle, de prémonition. Ma grand-mère tirait les cartes, par exemple, elle avait des flashs aussi pour certaines personnes.

— Sceau du ciel signifie que votre famille a une sorte d'agrément avec le ciel ? ajoute-t-il avec ironie.

Son ironie m'indiffère depuis que j'ai découvert chez lui un intérêt caché pour le surnaturel qu'il dénigre officiellement. On dirait qu'il cherche à compenser l'attraction qu'exercent sur lui ces domaines tant décriés des scientifiques. Mais sa question éveille en moi le trouble jeté par mon père. La signification de ce sceau du Ciel protecteur, qui m'a toujours semblé aller de soi, est sérieusement remise en question par l'obscurité croissante de ma lignée maternelle…

— Arielle ? Où êtes-vous partie ?

La voix de Dante me sort de mes pensées.

— Dans les arcanes de la famille, le poids des générations qui nous plombe, j'ai l'impression que vous connaissez le problème, non ? Pour être tout à fait franche avec vous, ce Sceau du ciel me semble plus tenir du côté de mon père que de celui de ma mère. Pour la lignée maternelle, ce serait plutôt le sceau du grand Dragon Noir. D'ailleurs l'astrologue chinoise me disait : vous êtes des enfants dragon, les enfants dragons aiment le pouvoir, ils ont un code de l'honneur, de l'orgueil.

— Tout cela a un lien avec la cour du Dragon dont parlait votre monsieur Mullins ?

— Hélas oui, un vrai lien.

Je me laisse aller à lui parler comme s'il pouvait comprendre, même si je réalise que ce que je raconte appartient plus à la légende qu'à la réalité. Seul Sam aurait entendu mes paroles comme je les dis. Mais Dante poursuit, une drôle de lueur dans les yeux qui ressemble bien à une lueur de triomphe :

— Je crois que le moment est venu pour que vous m'en disiez un peu plus sur la cour du Dragon, car j'ai du nouveau. Vous savez l'autre jour, lorsque vous nous avez parlé du sang du Dragon et du prince Nicolas de Vere, vous m'avez intrigué. L'ADN du dragon, c'est un domaine que je devais explorer. Je suis donc allé sur le site Internet de la cour du Dragon et j'ai suivi la procédure. Je lui ai envoyé un échantillon de mon sang et devinez quoi ? Je le regarde, circonspecte, la vision de Dante et Wladimir s'affrontant sous des formes reptiliennes me revient à l'esprit, comme un flash. J'élude :

— Quoi ?

— En préalable je peux vous dire que scientifiquement parlant mon sang n'offre aucune particularité génétique, si ce n'est d'être A négatif, un rhésus rare mais tout ce qu'il y a de plus humain, je suis bien placé pour le savoir.

Je me demande où il veut en venir et quel est l'apogée de ce long prélude, quoique je commence à m'en douter, il va m'annoncer qu'il fait partie des élus... Il poursuit avec une note victorieuse dans la voix :

— Pourtant Son Altesse doit avoir une méthode personnelle pour déceler la magie dans le sang, car il m'a fait savoir que je suis le bienvenu parmi ses fidèles, mon sang est celui du Dragon... Ah ! Je sens que j'ai marqué un point, vous ne vous attendiez pas à ça, non ? Pour une fois vos fameuses intuitions n'ont pas fonctionné.

- C'est une histoire de fou !

- Pourquoi ? Parce que c'est moi ? S'il s'agissait de vous, ce serait naturel, mais que moi, le roturier, l'incrédule, je puisse participer à la grande aventure dragonnesque, c'est ridicule ?

Je sens un soupçon d'agressivité derrière la dérision.

— Non, ce n'est pas ça, c'est la convergence qui m'étonne. Comme si nous étions tous liés sans le savoir autour de cette affaire. Que nous en faisions partie à notre insu. Comme la photo de H chez Cornelia !

— Nous en faisons tous partie, puisque c'est à nous de résoudre l'énigme de la jeune morte aux lys.

— Vous savez très bien ce que je veux dire, ne jouez pas les innocents. De toute façon vous ne croyez tout de même pas à ces histoires de sang du Dragon, n'est-ce pas ? C'est contraire à tous vos principes.

Dante prend un air très sérieux pour me répondre, s'agit-il d'un jeu ?

— Qui sait si nous n'avons pas à inclure de nouveaux paramètres dans les analyses ADN ? J'aime aborder les problèmes sous des angles nouveaux. Par exemple, l'idée d'un sang génétiquement particulier selon des critères qui nous échappent encore. Est-ce ce que cela pourrait recouper la notion de « sang bleu » qui distinguerait l'aristocratie du reste des mortels ? Qu'est-ce que cela signifie d'ailleurs, le sang bleu ?

— Question intéressante, les avis sont partagés. Pour certains, « sang bleu » viendrait de la noblesse castillane, *sangre azul*, mais il existe une autre thèse, qui trouve son origine dans les tablettes sumériennes, découvertes en Irak au début du XIXe siècle. Ces tablettes, considérées comme les plus anciens textes connus dans l'histoire des hommes, racontent que des dieux à la peau bleue venus du ciel se seraient unis avec les filles des hommes pour produire une lignée royale. Dans les anciennes civilisations égyptiennes et mayas, les dieux qui ont créé le monde ont également la peau bleu clair. Avoir du sang bleu signifierait donc descendre des dieux.

Mon résumé semble enchanter Dante, la légende rejoint ses fictions préférées, il a décidément une culture très... contemporaine, entre la bande dessinée et la science-fiction :

— Enki Bilal ! s'exclame-t-il, dans ses BD, les dieux ont la peau bleue.

— Bilal s'est manifestement inspiré de la mythologie sumérienne. Il a emprunté son prénom Enki au dieu sumérien, le « Seigneur de la terre », ou bien « le dieu qui se trouve en dessous » qui faisait partie du conseil des dieux annunakis.

— Je croyais que les Annunakis étaient des Extra-terrestres inventés pour les besoins de *X Files*...

— Bravo, au moins vous connaissez leur existence, *X Files* aborde un certain nombre de sujets qui prennent racine dans l'histoire cachée. Si *La Vérité est ailleurs*, pourquoi pas dans les tablettes sumériennes qui relatent des faits qui remontent à plus de cent mille ans, plutôt que dans les écrits bibliques qui sont quasiment contemporains ?

— Cent mille ans ? Vous vous avancez un peu, ça ne correspond pas aux chiffres officiels... réplique Dante, mettant le doigt sur mon point faible :

— Mais je m'en moque, des chiffres officiels ! En suivant les indications données par ces tablettes cunéiformes, les archéologues ont retrouvé des mines d'or vieilles d'approximativement cent mille ans. Certains d'entre eux postulent que ces mines auraient été exploitées par les Annunakis venant de l'espace, puisque la race humaine évoluée n'était pas censée exister à l'époque.

Dante prend un air blasé pour enchaîner, apportant de façon inattendue de l'eau à mon moulin :

— Ce qui reste encore à prouver... Vous avez entendu parler de la dixième planète ? Cachée dans notre système solaire et découverte par les astronomes dans les années 1980, dont l'existence a été reconnue par la NASA en 1987, je crois. J'ai lu un certain nombre de thèses sur le sujet, plus farfelues les unes que les autres...

Il ajoute comme pour s'excuser :

— Je me suis intéressé à la possibilité d'une vie sur les autres planètes, à cause de la théorie de Francis Crick, qui suggère une origine extra-terrestre à la vie sur Terre, thèse qui pourrait résoudre l'énigme du chaînon manquant. Je suis toujours à la recherche du secret de la mutation qui a abouti à l'homme. Si vous avez des éléments nouveaux, ils sont les bienvenus...

Qu'il plaisante ou bien qu'il parle sérieusement, je perçois chez Dante une vraie curiosité qui n'est pas l'apanage de tous les scientifiques. Il faut reconnaître que ceux-ci doivent lutter en permanence pour ajuster les éléments qu'ils découvrent aux critères qui les ont formatés. Dante est un trublion dans l'âme, il a été banni pour ses idées subversives, ce qui est tout à son honneur.

Je lui pose la question qui m'a effleurée plusieurs fois depuis la soirée psychédélique au château de Rançay :

— Quel est votre signe astrologique chinois ?

— Je suppose qu'il y a un lien ? Dragon, bien entendu.

Il surveille ma réaction en vain.

— Non, je plaisante, Serpent. Scorpion ici et Serpent là-bas. Sympathique alliance, non ? Je suis sûr que vous êtes sous le charme.

— Je ne suis pas étonnée que vous soyez serpent, vous avez un côté stratège, dissimulateur et sceptique. Oui, ça vous va bien.

— Merci pour le dissimulateur... Il s'incline. Et vous, princesse, quel est votre signe chinois ?

— Dragon, vraiment... Balance et Dragon, le rameau Chen, la vérité et la lumière, le visionnaire : on y revient toujours, c'est de famille. Feu de la foudre, ajoutai-je, histoire de lui montrer que je ne suis pas sans défenses. Et dans un méandre de mon cerveau, je reviens à Sam, Scorpion lui aussi. Scorpion/Tigre, le troisième signe lunaire, le Yin, l'Idéaliste... Dante me ramène au présent.

— Dragon feu de la foudre, ce n'est pas le summum de la féminité. Existe-t-il d'ailleurs une femelle dragon, la dragonne ? Ou se reproduisent-ils par parthénogenèse ?

— Où voulez-vous en venir ?

— Je me renseigne, et une fois de plus je sollicite votre avis : le prince de la Cour du Dragon est prêt à m'accueillir parmi ses membres, grâce à mon sang dans lequel doivent flotter quelques particules divines des dieux annunakis. Je sens ma puissance augmenter au fil du temps, ajoute-t-il en aparté. Que pensez-vous de mon intronisation au sein de la sulfureuse cour du Dragon, vous la spécialiste en ésotérisme ?

À vrai dire je ne sais qu'en penser, nous sommes en plein délire. Ce système proposant des analyses de sang par Internet m'a toujours laissée perplexe. S'adresser au grand public pour sélectionner des êtres prédestinés, lorsqu'il s'agit de sorcellerie royale et de la tradition du Dragon a quelque chose de suprêmement anachronique.

Nicholas de Vere revendique de posséder le sang royal de l'ancienne lignée elfique, dite la lignée du Graal, le sang bleu des dieux sumériens dont nous venons de parler. L'usage d'Internet me semble tout à fait déplacé dans ce contexte d'êtres soi-disant supra-humains, qui auraient guidé la destinée de l'homme civilisé. Puisque c'est le sang lui-même qui est la base du « droit divin » revendiqué par ces lignées royales, le sang qui les met à part du reste de l'humanité.

Nicholas de Vere affirme que : *Le sang de la lignée sacrée du Graal contient des gènes spécifiquement programmés.* Alors pourquoi ce besoin de racoler sur le net, est-ce une façon de se faire connaître, d'attirer le plus d'adeptes possibles ? Par ailleurs, le prince est beaucoup trop élitiste pour convier auprès de lui des humains ordinaires, il y aurait donc une présomption d'exception dans le sang de Dante.

Le fait qu'il soit A négatif avait déjà éveillé ma curiosité, il est bien connu que ce rhésus rare appartient souvent à des êtres spécialement doués. Est-il possible que Dante ait intégré l'ORV en raison de ses origines ? Qu'il soit lié à cette mouvance dont je ne sais plus bien maintenant si elle est sombre ou lumineuse, à moins qu'elle n'en possède les deux aspects, que nous recroisons sans cesse depuis le début de cette affaire ? Ce n'est pas la seule question que je me pose :

— Je ne comprends pas comment vous êtes parvenu sur le site qui propose les tests sanguins. Je n'y suis jamais arrivée…

Devant son sourire, la connexion se fait en un éclair.

— Balthus ?

— Eh oui, nous avons un petit génie sous la main, il faut lui demander quand vous ne trouvez pas ce que vous cherchez… Il a trouvé le site très amusant, instructif, et moi aussi. Vous croyez que je dois prêter hommage au prince ? ajoute-t-il comme s'il s'agissait d'une plaisanterie cocasse.

— Bien sûr, lui répondis-je sur le même ton, et profitez-en pour lui demander son secret, sa méthode pour distinguer le sang magique des dragons du sang lambda de tout le monde, puisqu'elle échappe à vos paramètres scientifiques. Cherchez les gènes aliens…

— Excellente idée, et je chercherai aussi les programmes engrammés dans les gènes, répond Dante qui semble très excité par toute cette histoire.

— Avant que vous ne preniez une décision fatale, informez-vous des pratiques recommandées par le prince telles que l'inceste, le cannibalisme, le sacrifice humain et les libations de sang. Voilà tout un programme à explorer… Bonne chance.

Balthus, assis immobile devant l'écran, nous écoute d'une oreille en jouant avec le clavier. Je le sens à la fois ailleurs et ici.

— Savez-vous qu'un hôtelier parisien, le gérant de l'hôtel de l'Odéon, a organisé un circuit en 1998, une sorte de pèlerinage à la princesse défunte ? Il se faisait en Mercedes en partant de la première station : l'hôtel Ritz, vers la seconde : le souterrain de l'Alma, puis la troisième : l'hôpital de la Pitié-Salpêtrière. Le promoteur du circuit pense que Paris est la nouvelle Terre sainte, où la déesse du nouveau millénaire a donné sa vie pour faire ressusciter une image christique au féminin.

— Et le trajet entre le tunnel et l'hôpital, il se fait en ambulance ? demande Dante.

Balthus ne saisit pas l'ironie :

— L'article ne le dit pas, il a été écrit par un journaliste du *Nouvel Observateur*, au moment du premier anniversaire de la mort de la princesse, qu'il appelle « la sainte de l'Alma » christique. Il ne parle pas d'ambulance, d'ailleurs depuis le pèlerinage a peut-être disparu. Mais il analyse le culte dianien en disant que celui-ci s'apparente au culte marial, et ajoute que *lady Di a rejoint mère Teresa dans le panthéon des déesses mères protectrices*. Diana serait la nouvelle divinité des temps à venir.

Dante enchaîne avec conviction :

— Si j'avais le choix entre mère Teresa et la princesse de Galles, je choisirais Diana sans hésiter, avec ce clin d'œil sexy et allumeur des déesses de l'Olympe, et je laisserais à qui veut la bonne mère Teresa. D'ailleurs y a-t-il un culte à mère Teresa ? J'en doute.

— Moi aussi, j'en doute. Ce sont deux icônes aux antipodes l'une de l'autre. Elles ne fonctionnent pas du tout au même niveau. Diana résonne dans les strates du divin où elle a été projetée par son mariage royal, alors que mère Teresa s'inscrit dans la vague caritative de saint François d'Assise. Ce sont deux contextes infiniment différents.

— Savez-vous qu'il y a des dianamaniaques, ajoute Balthus qui continue à lire, et des dianaphages, qui se nourrissent exclusivement de ragots dianesques ou dianiens et qui sont majoritairement des femmes compassionnelles appartenant à l'Église catholique, et des dianaphobes qui ne supportent pas d'en entendre parler…

Dante s'amuse, il poursuit le jeu :

— N'oublie pas les dianaphiles et les dianacompulsifs ! Je ne connais personne d'autre qui ait suscité autant de créativité linguistique, Diana est décidemment une star !

Tout en lisant l'article en question par-dessus l'épaule de Balthus, je pose la question :

— Vous croyez qu'il y a vraiment eu, comme il le prétend, une photo de la princesse de Galles dans un grand cœur rouge, exposée sur le treizième pilier ? Je l'imaginerais plutôt sur le socle de la flamme, au-dessus du pentagramme, bien en évidence.

— Je ne sais pas, répond Balthus, en revanche je vous le lis, le journaliste ajoute que : *Les adeptes de la nouvelle religion planétaire vivent dans un univers marqué par les images spectaculaires, la télévision, la presse consacrée aux vedettes. Sainte Diana a réussi un miracle, celui de réconcilier le monde à scandales, à ragots et à paillettes… avec le bulletin paroissial des bonnes œuvres.*

— Le bling bling versus la princesse du peuple, les yachts versus les mines anti-personnel, ironise Dante, provoquant en moi une réaction immédiate :

— Arrêtez, pas ça je vous en supplie, pas bling bling, cette expression me fait grincer des dents.

— Vous avez raison, moi aussi ces tics récurrents des médias m'agacent. Il y a quelques années, la phrase magique était « tomber dans l'escarcelle ». Il y avait des escarcelles partout, remplies en permanence de myriades de choses diverses. J'étais aux États-Unis à ce moment-là, et chaque fois que j'ouvrais un journal français, ça valsait dans les escarcelles, exaspérant.

— Merci, Dante, c'est agréable d'être pour une fois d'accord sur quelque chose d'aussi important.

Je ris devant son froncement de sourcil. Balthus continue son exploration sur le net :

— La hiérogamie, c'est bien la sexualité sacrée ?

— Cela s'appelle un coq-à-l'âne, Balthus, rétorque Dante.

— C'est également une pratique de la cour du Dragon…

Il s'est tourné vers Dante, qui rétorque :

— Est-ce que cela fait partie du piège ? Qui résisterait à la tentation de ces rites sexuels, perpétués au nom des anciens dieux. Sumer et Babylone ! La quintessence de la luxure !

Dante plaisante, moi j'ai du mal à garder mes distances, depuis que je sais que ma mère adolescente a participé à ces cérémonials sexuels et que, quelque part dans la mémoire de la lignée, j'en porte la trace en moi. Ce qui explique des intuitions qui me parvenaient sur les sources et les vibrations de ces rites. Comme si j'y avais assisté dans une autre vie. Est-ce que ma mère m'a transmis au cours de ma gestation une partie de ses mémoires qui resurgissent lorsque je les évoque ? Je commence à avoir mal à la tête. Que vient faire Dante dans ce monde étrange ? Lui qui est censé représenter un rassurant pragmatisme, il est à son tour aspiré de l'autre côté du miroir…

Je réalise que lui aussi est sous le coup de la réponse de Nicholas de Vere. C'est curieux comme mes gènes spécifiques se trouvent activés dans certaines circonstances, dans l'aura de Dante apparaissent des formes reptiliennes, brèves fumées en mouvement… Bon, cet homme ferait donc vraiment partie de la famille, au sens large du terme… Je ressens un instant les liens généalogiques comme autant de regards luisants et de griffes acérées, des images jaillissent d'histoires légendaires, de sirènes et de licornes. Là-bas les elfes ont pris le pouvoir sur Terre et les dieux à la peau bleue contemplent leur création depuis la dixième planète. Je reviens à Dante qui paraît flotter sur un nuage et lui assène comme si je continuais à plaisanter :

— Ce n'est pas avec des mots que vous intégrerez la vérité du sang du Dragon, mais dans la vision. Allez chercher quelques champignons hallucinogènes ou, mieux encore, rencontrez un chamane. Mais avant d'entrer dans la danse, il vaut mieux que vous sachiez si c'est une valse ou une danse macabre.

IX

Hiéronimus face à la monade de Dee

C'est par la ligne droite et le cercle que fut faite la première et la plus simple démonstration et représentation des choses, aussi bien non existantes que cachées sous les voiles de la nature.

JOHN DEE, *THÉORÈME PREMIER DE LA MONADE HIÉROGLYPHIQUE.*

L'écran de contrôle qui surveille le passage s'allume, la haute silhouette de Charles Hiéronimus Plantard apparaît, suivie de son vampire protecteur. Il n'a pas à s'annoncer, il possède le sésame sans lequel nul ne peut pénétrer dans notre QG, véritable forteresse électronique. Il entre comme chez lui, la canne à la main, précédant Milo Dragovitch dont l'étroit visage gothique reste d'une vacuité mortelle, porteur d'une serviette de cuir ébène d'un extrême raffinement. Avant de nous saluer, H fait le tour des lieux du regard, comme s'il cherchait à retrouver des détails connus. Si je ne savais pas qu'il perd dramatiquement la vue, je ne le devinerais pas. Il se déplace avec une aisance parfaite, comme s'il utilisait un sixième sens pour pallier son infirmité.

Il s'approche et je perçois ses antennes psychiques dirigées vers moi comme des sondes acérées. Mon regard sur lui a changé à la lumière des révélations de mon père. Je ne sais quoi penser de sa galanterie lorsqu'il se penche vers moi, ni de sa voix enveloppante pour me dire son plaisir de me revoir. J'ai l'impression d'être à mille lieues de là et de contempler une scène qui ne me concerne pas. L'amant de ma mère ne manque pas de classe malgré son âge et j'imagine aisément comment il a pu la séduire il y a quelques décennies…

Balthus a plus que jamais l'air d'un lutin, il fixe sur H un regard d'une telle limpidité qu'il donne l'impression de lire instantanément au cœur du Sphinx, qui le considère de son côté avec une bienveillance étonnée.

Après un bref tour des lieux, nous nous installons au rez-de-chaussée, dans le domaine de Dante. Balthus dans son coin continue son dialogue avec l'invisible. J'ai remarqué que par moments il n'utilise même plus le clavier, il se contente de bouger les mains devant l'écran comme dans le langage des sourds, et les fenêtres s'ouvrent et se ferment. Dans ces moments-là une infime lumière bleutée suit tous ses gestes.

Le soleil réfracté par les verrières envoie de longs rayons où dansent les poussières, un silence parfait tombe sur nous. J'attends que Dante commence, le moment est venu d'offrir notre énigme au Sphinx.

— Voici la photo dont je vous ai parlé, elle a été trouvée dans la chambre de Cornelia, glissée sous une armoire...

Hiéronimus se tourne vers moi :

— Vous auriez dû me parler immédiatement de Cornelia, Arielle, n'oubliez jamais que j'ai mes sources, je dispose de renseignements que vous ne trouverez pas ailleurs. Parlez-moi d'elle.

Son ton reste ultimement calme, mais je sens une tension et une onde de colère qui me mettent mal à l'aise et provoquent un sentiment de culpabilité et de gêne très désagréable.

C'est vrai que nous aurions dû le tenir au courant, mais dans notre dynamique du secret, devant les inquiétudes que Cornelia avait manifesté, j'avais instinctivement gommé son existence pour la protéger, avec l'accord de Dante, ce qui montre bien le degré de confiance que nous accordons à Hiéronimus. Je lui parle donc de notre rencontre à Giverny, de sa confirmation qu'un contrôle mental a été exercé sur elle comme sur Diane, et de sa peur de subir le même sort qu'elle, qui l'a poussée à disparaître. Je lui décris sa transformation physique et ses techniques pour échapper à tout contrôle électronique à distance. Je remarque chez lui un infime mouvement d'épaule qui ressemble à une mise en doute de l'efficacité de ces méthodes...

Puis Dante lui raconte comment nous avons pu, grâce aux lumières de Balthus et à un appel donné d'une cabine publique, la localiser dans sa cachette, et lui détaille notre équipée dans les Alpes de Haute-Provence à sa recherche. Il met dans son récit une rigueur et un sens des détails qui m'impressionnent. Enfin il tend la photo à H Celui-ci l'examine attentivement, puis me la passe :

— Oui, je me souviens, cette photo a été prise en Haute-Normandie, il y a quelques années... C'est un lieu que vous connaissez je crois, Arielle ?

J'acquiesce, décidément rien de ma vie ne lui échappe... Je déteste l'idée de partager cet endroit avec lui. Il poursuit comme s'il entendait mes pensées.

— J'aimerais que vous me donniez votre vision des choses. Pouvez-vous me décrire très précisément tout ce que vous voyez sur cette photo ? Prenez votre temps, le moindre détail a son importance.

H a sans doute plus besoin de mes yeux que de mon interprétation, la photo est petite, et rien ne peut corriger le flou induit par sa maladie. Naturellement j'entre dans son jeu, et reprends pour lui mon analyse précise de la monade de Dee et de la croix sanglante, sans cette fois lui cacher mes craintes...

— Je crois que cette photo contient une menace à votre encontre, une menace de mort. Mais ce n'est pas seulement votre être physique qui est menacé, c'est l'être supérieur, spirituel et mystique.

Une imperceptible crispation traverse le visage de Hiéronimus, je sens que mon commentaire a fait mouche, je continue :

— Puis-je vous poser une question qui me tracasse depuis que nous l'avons trouvée? Vous connaissez Cornelia von Stutz ?

H fixe un point très loin au-delà du mur de l'imprimerie, il prend son temps pour répondre comme si je lui avais donné une énigme à résoudre.

... von Stutz, bien sûr, Cornelia von Stutz ! H revoit la scène en un éclair et soudain toutes les pièces se mettent en place, la longue jeune fille châtaine aux yeux bleu-vert arrivée de Hollande, mannequin d'une des plus grandes agences internationales, compagne de cet illuminé de Funk-Romanov avant qu'il ne fasse dissidence, emporté par ses fantasmes de grandeur impériale. Exceptionnellement doué, médium, télépathe, redoutable guerrier, programmeur effrayant, sans état d'âme, sans morale, sans cœur. Son pire ennemi.

Le fait que cette jeune femme qui a été proche de lui, réapparaisse aujourd'hui dans l'affaire de l'Alma modifie son éclairage et ses significations. Si Funk-Romanov est derrière le meurtre de Diane, il n'est pas le seul à être menacé. Il lève la main :

— Nos chemins se sont effectivement croisés, Arielle, il y a longtemps, dans un contexte qui rend son apparition dans notre enquête, disons... inquiétante. En attendant d'en savoir plus, je considère que vous êtes, chacun d'entre vous, concernés par cette menace. Je constate heureusement que l'on a pensé à votre sécurité, ici vous êtes protégés. Soyez vigilants dès que vous quittez l'imprimerie.

Dante reprend la parole :

— Nous avons perdu le contact avec elle depuis plus d'une semaine. Cette photo prouve que les Inconnus, comme nous les appelons – j'ai l'impression que H tressaille fugitivement en entendant leur nom de code – savent que l'ORV les recherche, mais qu'eux savent très bien qui nous sommes. Ils ont un coup d'avance sur nous, ça sent mauvais.

— C'est juste, nous sommes face à un véritable problème, vous avez raison d'être inquiets – reconnaît Hiéronimus en se tournant vers moi – cette photo n'annonce rien de bon pour Cornelia. Je la garde.

Il ajoute en se tournant vers Dante :

— Vous avez fait un prélèvement du sang de la croix, j'imagine ?

Dante acquiesce.

— Il est possible que l'empreinte ADN nous entraîne sur une nouvelle piste. Je ne vous cache pas qu'il peut s'agir d'un indice de toute première importance.

Hiéronimus se tourne alors vers Balthus qui s'est contenté d'observer sans en avoir l'air tout ce qui s'est passé.

— Et vous, Balthus, que pensez-vous de ce dessin ?

— Pourpre et rugueux. L'être n'a plus de conscience humaine. Il fonctionne avec l'Ombre, il en est le prolongement.

Sur le visage de Balthus passent fugitivement douleur et appréhension.

— Vous sentez le danger autour de nous ?

— Je sens une extrême volonté malveillante.

Il relève la tête vers H et ajoute droit dans ses yeux :

— Les mensonges n'aident pas dans la recherche de la vérité. Les trous noirs appellent la lumière.

Puis, sur cette phrase sibylline, Balthus se replonge dans son écran.

H vacille, ainsi il n'est pas totalement au-delà des émotions et conserve quelques lueurs d'intégrité qui se réveillent quand on les titille. Cette imperceptible réaction me rassure irrationnellement sur nos relations à venir.

— Très bien, merci Balthus.

Son merci met un point final à cette partie de la discussion.

— Quelles sont les autres avancées de notre affaire ? ajoute t-il, son regard allant de Dante à moi.

— Le Dr Goslan, dis-je, la psychiatre qui a suivi Diane et Cornelia a repris conscience, je vais aller à Sainte-Anne demain, pendant que Dante suit la trace des lys du côté de Rambouillet...

Dante prend la suite :

— Nous avons retrouvé la voiture d'entretien utilisée pour barrer le tunnel, grâce à sa plaque minéralogique photographiée par les Anglais. Les services de la Ville de Paris montrent une mauvaise volonté évidente à nous rencontrer, ils ont déjà repoussé deux fois le rendez-vous. C'est suspect. J'ai décidé d'y passer ce soir sans prévenir. Nous avons, malgré les défauts de précision de ces photos prises avec un téléphone portable, pu reconstituer les visages des deux hommes qui les ont menacés à l'entrée du tunnel. Aucune de nos bases d'identification ne les a trouvés, pas même le système de reconnaissance biométrique ITV à partir d'une image vidéo ou d'une photo numérique, bien qu'il soit à la pointe des techniques de recherche. Ces deux hommes ne sont pas dans les fichiers. La voiture dans le tunnel est une Velsatis, mais sa plaque d'immatriculation est fausse.

— Vous dites dans votre rapport que la caméra qui couvre l'entrée du tunnel était hors service, je vais faire opérer des vérifications, dit H en se tournant vers moi : Arielle, j'aimerais que vous retourniez voir la jeune Anglaise qui a été poussée dans la Seine, essayez de savoir de quoi elle a si peur et la raison de leur présence ce soir-là. Ils n'étaient pas là par hasard.

— Jane Dowson n'est plus à Paris, elle est repartie à Londres avec son amoureux... Mais je peux retourner voir Laura la gothique à l'hôtel Montalembert ; elle attend leur ami disparu dans les catacombes. Je suis restée en contact avec elle, je l'ai tenue au courant de nos vaines recherches dans les sous-sols de Paris.

— Elle voulait absolument se joindre à nous, mais nous avons refusé qu'elle nous accompagne, trop dangereux, ajoute Dante.

— Il y a trop de coïncidences autour d'eux... cherchez à en savoir plus, ordonna H.

C'est exactement ce que je pense, trop de coïncidences, mais je n'arrive à calquer sur leur histoire aucun scénario qui fonctionne. S'ils étaient au courant de ce qui allait se passer, ils sont complices, mais s'ils étaient complices, ils ne nous auraient pas donné les photos. Je tourne en rond, et les pensées de H semblent avoir suivi le même chemin.

— Avez-vous regardé si la date de la mort de Diane a une signification autre que le solstice d'été ?

— Absolument. Elle correspond à une célébration wicca et aussi vaudou, répondis-je sans conviction, le *new age* s'en est également emparé. C'est tout simplement une date clé qui expliquerait la présence des quatre Anglais à l'Alma. D'autant que Laura disait que Mark, qui a choisi la date de leur voyage, est versé en sciences occultes. Avant que j'aie eu le temps de continuer, H se tourne vers Balthus :

— Est-ce que le 21 juin a un lien symbolique avec la princesse Diana ? Balthus, vous aimez les chiffres, trouvez tout ce qui concerne cette date !

— Oui chef, répond joyeusement Balthus qui, passé un bref moment de déstabilisation, continue à répandre autour de lui des étincelles lumineuses incroyablement réconfortantes. Je ne pense pas que les autres les voient, mais ils les perçoivent, Milo Dragovitch lui-même dans son coin semble apaisé.

Malgré tout ce que nous venons d'évoquer l'atmosphère de l'imprimerie est pure, un état de grâce s'installe dans le silence paisible autour de nous… Nous nous laissons doucement imprégner de cette harmonie étrange. D'autant plus étrange que nous avons parmi nous un supposé vampire et un probable sorcier, ils devraient sortir en courant, brûlés, déchirés par des vibrations aussi angéliques. Surnaturelles ? Cela me conforte dans ma croyance en la rédemption. Nul n'est si noir qu'il ne puisse avoir accès à la lumière.

Le soleil passe derrière un nuage, retirant son nimbe à la réalité et nous sortons de la bulle qui explose sans prévenir dans la stridence du téléphone.

X

Anna et la Vierge noire

Comme la première fois, le mot est glissé sous ma porte, dans une enveloppe ivoire raffinée portant l'écriture cursive de monsieur Mullins. Son mot, toujours laconique, me prie de le retrouver demain matin à huit heures, même adresse, mêmes précautions. Un éclat d'excitation me saisit, il m'a ouvert les portes de la cour du Dragon, il nous a donné le plan du temple souterrain, j'ai hâte de parler avec lui de la suite de notre enquête et surtout de la monade rehaussée de sang. J'attends avec impatience une révélation de sa part, un indice. En attendant, je ne rêve que de la paix du soir qui tombe sur les jardins et d'un bain parfumé. J'allume mon Mac pour regarder mes mails, quelle chance, un message d'Anna m'attend, je clique sur le virtuel bouton bleu, il ouvre une fenêtre sur Alonissos.

Ma douce Arielle,

J'ai fui Sciathos envahie par des hordes bariolées et bruyantes. Ce qui était auparavant animation joyeuse est devenu vulgaire et laid. J'ai mis ma maison en vente et me voici à Alonissos où j'ai retrouvé la sérénité et la limpidité des îles avant l'invasion barbare. Ma nouvelle maison domine la mer au milieu d'oliviers si anciens que l'un d'entre eux sert de reposoir à la statue d'une Vierge noire. Tu vas aimer son histoire.

Elle a été trouvée dans les champs, selon la légende cela remonterait au XVIe siècle. Les villageois voyaient tous les jours à la même heure les oiseaux venir se poser par centaines sur cet olivier ainsi que sur une pierre affleurant sous son ombrage. Ils chantaient, lançaient des trilles, des ritournelles, des roucoulades, et leurs chants étaient si beaux que tout mouvement s'arrêtait pour les écouter et des lumières dansaient à l'unisson sur la pierre comme les reflets du soleil sur la mer. Des esprits élémentaires, aurais-tu dit !

Un jour le vieux pope a vu en rêve une grotte magnifique s'ouvrir sous l'olivier, remplie d'une lumière divine, où tous ceux qui pénétraient étaient pardonnés de leurs péchés et ressortaient en vêtements d'une blancheur éblouissante. Le lendemain, les hommes s'approchèrent et peureusement, respectueusement se mirent à creuser autour de la dalle jusqu'à la faire basculer : ils découvrirent une cavité dans laquelle reposait une Vierge couronnée de douze étoiles, portant une longue robe constellée, son pied nu écrasait un serpent noir crachant son venin. La lune était sous ses pieds. Elle tenait ses bras étendus et ses yeux étaient fermés dans son visage sombre aux traits fins.

Je te parle de cette Vierge car elle a une particularité que je n'avais jamais rencontrée. Elle est enceinte, et dans l'ovale de son ventre arrondi est peint un bébé en position foetale.

La statue est sublime, on a creusé le tronc de l'olivier pour l'y installer, dans un reposoir grillagé… Il y a toujours des fleurs sauvages ou des fleurs de jardin dans les vases posés devant elle.

Tu n'imagines pas la douceur et la paix qui irradient cet endroit. Je suis entièrement conquise. Saurais-tu trouver quelques jours pour me rendre visite ? En attendant j'aimerais que tu me décryptes cette Vierge enceinte qui m'intrigue et me ravit.

Qu'en est-il de la jeune morte aux lys ? Avances-tu dans cette triste histoire ?

Je serai toujours heureuse de te lire, d'autant que les lieux ici sont propices à la réflexion et aux rêves que ne manquent pas d'engendrer tes messages.

Rêves-tu toujours autant ?

À bientôt, je t'embrasse tendrement

Anna

Chère Anna,

Votre message apporte un souffle de douceur dans le maelström qui m'emporte.

J'adore l'histoire de votre Vierge et je conçois bien sa puissance, on dirait la fameuse femme de l'Apocalypse. Je reprends ma Bible de Jérusalem – Apocalypse XII, 1-2 :

« Un signe grandiose apparut au ciel: une femme! Le soleil l'enveloppe, la lune est sous ses pieds et douze étoiles couronnent sa tête ; elle est enceinte et crie dans les douleurs et le travail de l'enfantement. »

Les étoiles évoquent aussi la Vierge de Medjugorje et la statue entourée de douze étoiles dans la chapelle miraculeuse de la rue du Bac à Paris, qui a inspiré Arsène Heitz pour le projet de drapeau européen.

Si l'on remonte aux sources, l'Europe s'est placée sous le signe de la déesse initiale. Son drapeau est l'étendard glorieux de la Femme éternelle qui féconde l'univers, la femme cosmique, la reine du ciel du mythe païen... Intéressant, non ?

Pour revenir à la Vierge enceinte c'est la femme qui enfante le nouveau monde dans les cris et la convulsion. Elle est « mère des formes, des images et des idées », elle est genèse de tous les vivants.

Des peintres italiens et flamands ont représenté la Vierge enceinte, mais je ne connais pas de statue représentant la Vierge montrant son enfant dans son sein. Il existe des Vierges allaitantes en Bretagne, à Kerluan, et Notre-Dame de Treguron à Gouézec. Le Greco, Da Vinci, Zurban, Bramentino ont tous peint des Vierges enceintes.

Il y a aussi la Vierge de la cathédrale de Reims qui n'apparaît enceinte qu'à certains moments symboliques de l'année, lorsque les rayons du soleil la frappe sous un certain angle, découvrant ainsi le relief subliminal de son ventre glorieusement arrondi. Et près de Quéribus, le château cathare de mon cœur, la Vierge enceinte de Cucugnan, les cheveux libres, les mains jointes, portant une robe bleue et or, les pieds posés sur un croissant de lune. Mais aucune de ces Vierges ne montre l'enfant qui l'habite.

Ce qui s'en rapproche le plus est le miracle qui a eu lieu dans la basilique de Notre-Dame de Guadalupe, le 24 avril 2007 exactement. On peut voir sur les photographies de la statue de Notre-Dame une lumière intense qui émanait de son ventre, constituant un halo brillant ayant la forme d'un embryon. Avec un cadrage et un grossissement important, il est possible d'apprécier la position de la lumière qui provient réellement du ventre de l'image de la Sainte Vierge et n'est ni un reflet ni un artefact.

Des centaines de pèlerins ont photographié le phénomène, appuyé de nombreux témoignages et qualifié de miracle ; cette apparition d'une incroyable luminosité rejoint dans la forme ce que vous me dites de votre Vierge noire d'Alonissos.

Merci pour cette échappée vers les étoiles, je suis heureuse de vous savoir, chère Anna, en un endroit béni des dieux et je vous promets que je passerai vous voir et ausculterai votre Vierge dans son aura et ses mémoires, si elle le veut bien.

Ces derniers temps les fondations de mon monde imaginaire ont été bousculées par un séisme d'origine familial, mon père ayant décidé de m'éclairer sur les zones d'ombre de nos lignées. Je ne vous dirai pas par écrit ce qu'il m'a confié, ne l'ayant pas encore entièrement assimilé, mais il y a dans le passé de ma chère mère de quoi traumatiser des générations de jouvencelles effarouchées. Noirissime.

Curieusement, il existe une concordance entre les révélations de mon père et l'affaire de la jeune morte aux lys. Le lien serait la cour du Dragon. Ce serait trop long à expliquer, mais il pourrait d'agir de rituels archaïques dont la résurgence actuelle serait liée aux prophéties apocalyptiques ou christiques.

J'aurai tant de choses à vous raconter, l'Observatoire des rumeurs virtuelles s'avère une sorte d'athanor alchimique où nous devons affronter le plus obscur de notre nature pour, je l'espère, revenir à la lumière. Et ce que nous rencontrons obscurcirait jusqu'à votre soleil grec si je vous en parlais. Laissez-moi donc puiser dans mes forces vives pour affronter les démons qui se déchaînent autour de nous, je vous raconterai le combat loin du champ de bataille, au coin d'un feu, un jour où les ombres seront lointaines.

Voici la pesanteur revenue, mais ne vous inquiétez pas, cette enquête est une sorte de voyage d'Ulysse qui m'oppresse parfois, mais me passionne chaque jour. Je ne suis sans doute pas faite pour la quiétude d'un quotidien lisse et heureux.

Je dois vous quitter, répondez-moi, chère Anna, je vous en prie, vos messages sont du baume sur mon cœur troublé.

Je vous embrasse

Arielle

Ma douce Arielle,

Je suis allée lire ton message près de la Vierge enceinte, la priant d'envoyer sa clarté sur tout ce qui te trouble.

Je me souviens de toi enfant, grave et appliquée à « vivre », comme si ta présence sur cette Terre était une tragique erreur, et que tu cherchais à comprendre le mécanisme de ton incarnation accidentelle. Tes questions incessantes avaient toujours trait à la même interrogation fondamentale :

Qu'est ce que nous faisons là, Anna, pourquoi on est obligé d'avoir un corps, pourquoi est-ce que j'ai oublié comment on vole, je savais voler autrefois, pourquoi il faut manger tout le temps et pas seulement quand on en a envie ?

Tu étais indignée du fonctionnement de ce corps qui te dérangeait tant : pourquoi cette nécessité des besoins naturels, c'est dégoûtant. En gros, tu estimais que Dieu avait mal fait son travail et que de toute façon tu n'étais pas à ta place, que tu aurais dû intégrer un monde de fées et de lutins où l'on se nourrit du parfum des fleurs et de fraises sauvages, où le soleil brille tous les jours, un monde sans école et sans cris où tu avais ta place réservée et que tu allais retrouver un jour, derrière la porte. Tu étais continuellement à la recherche de portes dérobées, de souterrains, d'ouvertures qui te mèneraient là-bas. Chaque fois que nous arrivions dans une nouvelle maison, un hôtel, chez des amis, je te retrouvais dans les endroits les plus improbables, cachée sous les tables, appuyant sur les montants des bibliothèques dans l'espoir de les voir s'entrouvrir vers ailleurs, ouvrant les portes les plus cachées vers les caves et les greniers, visitant les soupentes et les offices. Tu préparais ton évasion en permanence.

Finalement tu n'as pas beaucoup changé, je vois en filigrane derrière tes mots le même monde idéal qui se profile et dont tu te languis. Plus le destin t'immerge dans les ombres, plus tu aspires à l'éther idéal. Surtout ne change rien, c'est ta plus haute protection de te projeter « bien loin de ces miasmes morbides, et boire comme une pure et divine liqueur le feu clair qui remplit les espaces limpides »... tu adorais ce poème, et tu le répétais aussi bien allongée dans la prairie, suçotant le sucré des brins d'herbe, qu'un livre à la main dans un coin du salon. D'ailleurs tu semais des bribes de poèmes un peu partout autour de toi, ils jaillissaient joyeusement ou tristement avec le même élan.

Quand je pense à toi, je revois la petite fille que tu étais, je me demandais quel serait ton destin, je souhaitais qu'il te soit clément avec une légère inquiétude car tu étais comme une petite flamme claire dans les denses ombres familiales.

J'ai souvent eu peur pour toi. J'ai souvent prié pour toi.

Maintenant que tu connais mieux les arcanes qui pèsent sur ta vie, ne les laisse pas t'écraser. En te voyant partir de Venise ce jour-là j'avais la prémonition que ces temps nouveaux qui s'ouvraient à toi recelaient bien des dangers et des douleurs. N'oublie pas que viendront, après « l'an mille après l'an mille », des temps de renouveau et de rédemption. C'est là que doit se fixer ton âme, et que tu dois envoyer le fil brillant de la connaissance.

Je t'embrasse tendrement, ma douce, je serai toujours là pour toi.

Anna

XI

Alia de retour aux sources

À son arrivée par l'autoroute du Sud, Paris baignait ce petit matin-là dans une lumière rose, qui éclaboussait les hauts nuages et donnait à l'air une limpidité particulière... En arrivant en haut de la côte, la ville s'étalait tout entière dans la vallée de la Seine, et quand la voiture noire plongea doucement vers les souterrains, Alia eut un regard intrigué pour les quatre anges de bronze bleu-vert aux ailes déployées autour du dôme effilé de l'église du Sacré-Cœur de Gentilly, avant de s'engouffrer dans le tunnel à gauche vers la porte d'Orléans.

Elle avait conduit toute la nuit, ne s'arrêtant qu'une fois pour acheter une bouteille d'eau et changer son pantalon et son pull trempés par l'orage pour les vêtements élégants parfaitement à sa taille contenus dans la valise posée sur le siège arrière. Elle ne ressentait aucune fatigue, au contraire une curieuse exaltation montait en elle tandis qu'elle fredonnait intensément la petite musique qui avait surgi d'elle-même...

Le temps ne comptait pas, l'essentiel était de trouver le biais pour un face-à-face avec Charles Hiéronimus Plantard afin de lui livrer son ultime message. La circulation était encore fluide quand elle descendit l'avenue du Maine pour retrouver le boulevard du Montparnasse, où elle obliqua à gauche vers les Invalides. Elle conduisait fluidement la Velsatis, maintenant familière de ses particularités après la longue route commencée la veille au soir. Dans son esprit tout ce qui appartenait à « avant » s'était effacé. « Avant » la naissance d'Alia. Elle se souvenait précisément au contraire de ses entraînements dans la montagne, des exercices pour stimuler ses performances physiques et de l'enfant qui la suivait comme son ombre, quand il arrivait à la suivre. La pensée de Jules souleva une émotion au plus profond d'elle, là où Cornelia endormie se battait avec ses rêves. Elle se propagea comme une onde, venant troubler le vide glacé de sa psyché. Elle frémit et écarta la sensation inutile.

Devant elle, le dôme des Invalides rutilait de tous ses ors. Alia revenait au bercail, c'était là qu'elle avait été façonnée à l'insu de Cornelia, là qu'on lui avait conféré ses pouvoirs et qu'elle avait été préparée pour sa mission. Sous le nez même de sa future cible, Plantard.

Elle n'avait pas eu l'ombre d'un choix, son esprit avait subi l'épreuve de la dislocation et de la séparation pendant l'enfance, une configuration en tous points idéale. Ils s'étaient naturellement glissés dans la brèche de son psychisme pour y créer d'autres personnalités, adaptées à différentes situations, et parfaitement inconscientes les unes des autres. Cornelia n'avait rencontré que Barbie dans le cabinet du Dr Goslan, les autres avaient gardé l'anonymat. Aujourd'hui Alia était enfin aux commandes après un long exil. C'était son tour et elle jubilait.

Elle gara sa voiture avenue de Breteuil et se dirigea tranquillement d'un pas souple vers la brasserie de l'Esplanade encore presque déserte. Sur la terrasse, seul un homme sirotait son café en lisant *Le Monde*, il leva les yeux vers elle et ne put un instant les en détacher. Alia avait gardé les courts cheveux blonds de sa cavale, qui encadraient de mèches folles lumineuses son visage caché par d'énormes lunettes noires. La douceur gris pâle de son fin pull de soie sur le pantalon de lin de la même teinte sourde mettait en valeur sa silhouette parfaite. Mais si magnifique qu'elle soit, elle émanait une absence glacée qui donnait à son visage une allure de masque vénitien. L'homme frissonna, mal à l'aise, et se replongea dans son journal. Dommage, elle aurait pu être si belle, mais elle n'avait pas d'âme. Il s'étonna lui-même de cette réflexion qui avait surgi spontanément et ne put s'empêcher de la regarder à nouveau, pour comprendre.

Sans se soucier de lui, elle avait allongé ses longues jambes sur le côté et adossée à son siège contemplait les Invalides avec une totale concentration, sans bouger.

Étrange femme. Il regarda sa montre et se leva, il avait rendez-vous au Palais pour une audience difficile.

Cette jeune femme remuait en lui des souvenirs lointains, il était déjà au volant de sa voiture quand il se souvint. Jeune avocat il avait défendu une femme qui avait tué son mari, un scientifique renommé, et ses deux enfants de quatre et six ans.

D'après leur entourage, cette jolie jeune femme était très attachée à sa famille, une femme amoureuse de son mari, adorant ses enfants... Tout ce qu'il apprenait sur elle rendait son geste encore plus inexplicable. Il n'avait jamais résolu l'énigme. Murée dans son silence pétrifié, elle n'avait jamais offert la moindre justification. Elle reconnaissait avoir tenu le couteau qui avait égorgé son mari d'abord puis ses enfants, mais affirmait contre toute évidence que ce n'était pas elle qui leur avait porté les coups mortels. Elle avait « bénéficié » d'un non-lieu psychiatrique et s'était suicidée dans le centre spécialisé où on l'avait enfermée. Cette affaire l'avait marqué profondément car il pressentait dans la meurtrière un mystère que nul n'avait cherché à résoudre.

Elle avait dans le visage la même absence d'âme que la femme de l'Esplanade, la même aura glacée, mais parcourue sporadiquement d'infimes vagues d'émotion, aussi aiguës qu'éphémères, comme si derrière le masque une autre femme demandait à surgir.

Insoucieuse des interrogations qu'elle pouvait susciter, ressourcée par les puissantes vibrations psychiques émises par les sous-sols secrets des Invalides, Alia saisit son sac et, traversant l'avenue de Ségur, se dirigea vers le numéro 9 de la place Vauban, en face de l'église dont le dôme redoré en 1989 pour le bicentenaire de la Révolution française sert de point de repère à tout Paris.

L'appartement au troisième étage se révéla confortable et fonctionnel. Dans la penderie de la chambre elle fit son choix et se prépara rapidement...

Sœur Magdalena Purunde, religieuse roumaine catholique travaillant pour une maison de retraite huppée du VIIe arrondissement de Paris, ses cheveux gris tirés sous le voile gris bleu, des lunettes de vue si épaisses qu'on distingue mal ses yeux, le dos voûté, la silhouette épaisse sous la superposition de la cape et de la robe en cotonnade bleue sur laquelle se découpe la croix d'argent de sa congrégation, ressort de l'immeuble d'un pas de grosse souris fatiguée. Elle trottine lourdement, un sourire résigné sur son visage gris déformé par l'âge…

Cornelia s'était contentée de transformer les canons de sa beauté, de châtaine à blonde, de cheveux longs à cheveux courts. Alia l'a carrément décomposée, ensevelie sous une nouvelle identité vieillie et enlaidie, son mode de pensée lui-même s'est fait autre. Elle est devenue cette religieuse âgée dont la contenance trahit l'exil et les douleurs de la persécution. Elle porte en elle des siècles d'acceptation et de renoncement. Elle se presse dans la rue jusqu'au métro Saint-François-Xavier, essoufflée, suscitant les regards compassionnels ou curieux des passants, là elle s'engouffre dans l'escalier et prend la direction d'Asnières. La grosse serviette de cuir noir fatigué parait lourde, elle s'effondre sur un siège en soupirant, les yeux baissés derrière les carreaux épais.

À la station Champs-Élysées-Clémenceau, elle quitte la ligne treize pour la une, qui mène directement au terminus de la Grande Arche de la Défense. Elle se retire en elle-même, visualisant les grandes lignes de son plan. Le repérage commence, Alia ne se repose pas sur des renseignements glanés par d'autres, ils lui servent de point de départ, mais elle va tout vérifier point par point. Rien ne doit lui échapper.

Elle passe ainsi d'une esplanade à une autre, des Invalides à la Grande Arche, reliées entre elles par bien des chaînes invisibles insoupçonnables pour le profane. Il lui faut lutter pour ne pas se redresser en arrivant sous l'Arche et conserver son allure misérable.

Comme Dante et Arielle avant elle, elle emprunte l'ascenseur qui mène au zodiaque. Là-haut le vent souffle, elle pose son cartable usé et enfile ses mains dans les longues manches amples à la façon d'un manchon.

Elle est presque seule dans le belvédère, un homme raconte à sa compagne que tout au début de l'Arche il y était venu pour une grande exposition Tintin… La jeune femme semble suspendue à ses lèvres comme s'il lui révélait le secret du Graal.

La religieuse vérifie la perpendiculaire d'un carré magique en se penchant pour relacer ses larges chaussures aux semelles de crêpe, elle décèle le passage à la quasi imperceptible rainure qui confirme son existence. Ouf, C'est bon pour ici. Elle connaît aussi l'emplacement de l'ascenseur privé qui ne monte que chez Charles Hiéronimus Plantard. Elle a dans sa poche la carte magnétique qui permet de l'emprunter, mais le moment n'est pas encore venu. Elle descend au parking, étudie les différents accès, les recoins qui peuvent servir de cachette à un guetteur. Elle fait vite, sa couverture parfaite dans la foule et les lieux populaires pourrait devenir un handicap dans les sous-sols. Elle vérifie que la camionnette est bien là, emplacement 2113, elle ouvre la portière, le fauteuil roulant pliable et les accessoires sont tous là comme prévu. Elle dépose le cartable noir dans l'ombre au pied du siège avant-droit. Tout est en place pour une des variantes de la partie en cours.

Elle reprend l'ascenseur vers l'esplanade, puis l'escalator jusqu'au Dôme Imax, encore un dôme, se hâte lourdement à travers la foule vers le grand magasin de jouets Toys'r'us, oblique pour emprunter le passage de l'Arche, traverse la passerelle vers l'hôtel Renaissance et arrive au pied d'un immense immeuble en verre incurvé KPMG devant une sculpture monumentale posée sur un socle parallélipipédique. Le quidam moyen, les employés et cadres de KPMG qui passent tous les jours devant la sculpture se sont-ils posé des questions sur sa signification ? Si tel est le cas, ils n'ont jamais eu de réponse.

Elle représente une tête inspirée de la statuaire grecque, les yeux vides, la bouche close, sans crâne, plus un masque qu'une tête. À droite du cou, une porte, une ouverture vers nulle part. Deux papillons tagués sur le menton, symboles de la renaissance.

Si quelqu'un observait la scène, il remarquerait une brusque tension dans les épaules de la sœur alors qu'elle contourne la sculpture. De l'autre côté elle se fige, fascinée par le visage d'un enfant bâillonné surmonté de deux ailes d'ange. Il est posé sur deux serpents entrelacés, derrière deux barreaux et un fronton qui forment un tau, caché à l'envers de la tête monumentale. Sur les deux barres, gardiens de l'enfant caché, quatre bustes d'homme en toge, deux de face, deux de dos. Cette œuvre d'Igor Mitoraj, nommée *Tindaro* a été installée en 1997. *Tindaro*: Tyndare. C'est le lieu du rendez-vous fixé à Alia, au pied de ce qui est devenu la sculpture mythique des enfants d'Équinoxe.

À la mémoire d'Alia remontent des moments chargés de violence et de mythes, où elle fut bercée par l'histoire des enfants de Tyndare, roi de Sparte, des immortels Pollux et Hélène, des mortels Clytemnestre et Castor. Les enfants des dieux alliés aux enfants des hommes. Des phrases lui courent dans la tête, se bousculent tels des oiseaux piailleurs. L'enfant crie malgré le bâillon, il hurle son refus à un dessein meurtrier, ses ailes d'immortel sont figées et les serpents d'une connaissance interdite l'enlacent.

La sculpture raconte une histoire occulte que seuls les initiés peuvent décrypter, l'histoire d'enfants dont on avait fait des demi-dieux. Les rebelles d'Équinoxe en ont fait l'emblème de leur combat, le symbole de la manipulation dont ils ont été victimes et que leurs bourreaux ont eu l'audace d'immortaliser dans la pierre…

Alia n'a pas vécu la genèse d'Équinoxe, mais elle en est issue.

Et de même que les jumeaux Hélène et Pollux, sortis du même œuf de leur mère Léda, étaient considérés officiellement comme les enfants du roi Tyndare, ils étaient en réalité d'essence divine puisque Zeus était leur vrai père. De même Alia est l'enfant d'Équinoxe, mi-humaine, mi-divine, la deuxième génération de chimères créées à l'image des dieux.

Ceux qui l'ont formée l'ont faite à leur image. « Croissez et multipliez vous », soyez détruits pour renaître plus forts, et détruisez à votre tour pour augmenter la cohorte des mutants.

Ils viennent tourner autour de Tindaro les uns après les autres, ils arrivent de tous horizons pour rendre hommage à l'enfant ailé qui crie sur le nœud de serpent. Car cet enfant, c'est chacun d'entre eux, les enfants abusés, les jeunes âmes sacrifiées, violées, vengeresses. Leur jour approche.

Pour l'instant ce n'est qu'un simple murmure, mais il va enfler jusqu'au hurlement.

Alia est perdue dans l'aura électrique de l'enfant bâillonné lorsqu'on lui glisse un papier dans la main. Elle attend d'être éloignée pour le déplier soigneusement et lire ce qui n'a de signification que pour elle, un simple nombre à deux chiffres.

Le message est simple : 24. Tindaro n'est qu'une étape du chemin initiatique vers l'accomplissement. Elle est appelée à rejoindre le cœur du réacteur d'où se propagera l'onde destructrice.

XII

Mullins lève le voile sur Équinoxe

Y a-t-il une vie. Vais-je me réveiller pour m'apercevoir que tout ceci est un rêve. Il y en a nécessairement une. Il est impossible que nous ayons été créés pour endurer de telles souffrances.

EMPIRE DE RUSSIE
BUREAU IMPERIAL – ÉTAT-MAJOR

Je reconnais le ton aigrelet de la sonnette… Monsieur Mullins porte une veste d'intérieur violette avec un nœud papillon tout à fait désuet, à l'image de son personnage. Il m'accueille presque chaleureusement, avec un sourire avisé, et m'avance le siège devant la cheminée, où brûle un feu parcimonieux mais néanmoins réconfortant, dans cette grande pièce sombre où je retrouve des glissements d'esprits et des strates de mouvements parapsychiques…

— Alors, mademoiselle de Thal, je vois que vous n'êtes plus tout à fait la même que la dernière fois… L'eau du Mal a coulé sous les ponts. Je souhaite que vous ne vous laissiez pas abîmer par les ombres que vous côtoyez…

Il se tait, moi aussi, je lui laisse l'initiative de ce rendez-vous auquel il m'a conviée, et puis ces ombres qu'il évoque sont trop réelles. Leur seule mention me serre le cœur.

Il avance la main et touche furtivement la mienne, comme pour me réconforter, avant de poursuivre :

— Je vous ai demandé de passer me voir, non sans réticence, pour vous confier une information qui concerne directement l'Observatoire des rumeurs virtuelles. Mais j'imagine que de votre côté vous voyez plus clair dans les motivations qui ont mené à créer cet intéressant service. Équinoxe, cela fait résonner un écho en vous ?

Je secoue la tête, me penche pour remettre dans la flamme une brindille égarée.

— Aucun écho.

— Alors je vais apporter une pierre à votre moulin, celui que vous ne cessez de tourner dans votre tête quand vous parlez aux anges, au Seigneur, à vous-mêmes, à vos morts… Il tourne, il tourne le moulin à prières mais savez-vous où vont vos prières ? Ne peuvent-elles être détournées ? C'est là l'écueil de la prière, il faut la lancer très loin et très haut pour qu'elle ne se perde pas en chemin…

Où veut-il en venir avec ce délire sur la prière ? On dirait qu'il veut me faire croire qu'il sait tout de moi et de mes pensées les plus intimes, et qu'il connaît même la finalité ultime, qui m'échappe à moi-même, de mes conversations avec l'au-delà.

— Bon, je vois que vos défenses ne sont pas tombées, vous restez toujours sur la défensive, pourtant tout ce que je vous ai dit a trouvé sa place dans votre grand dessein, n'est-ce pas ? Vous êtes revenue à la cour du Dragon, tous les fils vous y menaient, et une vérité commence à émerger. Avez-vous peur de la vérité cette fois ?

Je réfléchis un instant, il appuie sur un point sensible et je ne peux éluder sa question car je me la pose à moi-même depuis des jours.

— Je ne sais pas si j'ai peur, j'échapperai à ma lignée maternelle, si c'est de cela dont vous voulez parler. Est-ce Stanislas qui vous a renseigné sur ma famille ?

— Stanislas a semé quelques petits cailloux blancs, je n'ai eu qu'à les suivre pour accéder à ces informations non par curiosité, mais pour être prêt à vous venir en aide, le cas échéant. J'ai un profond respect pour les chercheurs de vérité, surtout quand ils ont à se battre contre une chaîne d'aïeux aussi toxiques que les vôtres, ma chère enfant. Je ne peux que vous suivre et vous soutenir dans votre quête.

— Quel est le lien entre mon héritage génétique, la jeune morte aux lys et cet Équinoxe ?

— Nous y voilà, chère Arielle. Le lien entre votre lignée maternelle et la jeune morte aux lys, vous l'avez déjà compris, c'est la Noblesse Noire, ou treizième lignée mérovingienne qui a été investie d'un pouvoir reptilien, la marque du Dragon. Cette Noblesse Noire perpétue des rites anciens dont elle a tiré son influence occulte, des rites de sang et de mort fidèles à leur objectif originel.

Cela a un rapport avec la mort de lady Di ?

— Nous allons y venir... Un de leurs buts est de susciter une humanité passive qu'ils puissent utiliser à leur gré, comme la comtesse Bathory l'a fait en assassinant, longtemps impunément, des centaines de femmes et d'enfants. Avides de disposer d'êtres d'une parfaite soumission, leurs adeptes ont utilisé la magie et la sorcellerie pour développer la création d'*alters*, de zombies, de goules et de vampires et j'en passe... Ils ont joué avec les morts, la nécromancie étant un de leur sport d'élection. Ils ont soumis les vivants, arraché leurs cœurs, bu leur sang, sacrifié leurs enfants. Ils se sont baignés avec volupté dans l'indicible horreur qu'ils provoquaient. Ils ont créé des guerres pour offrir des victimes sacrificielles à leurs dieux. Croyez-moi ou non, les massacres de 1914-1918, la Bérézina, les jeunes Canadiens massacrés par les Allemands sur la Côte normande à la dernière guerre, tous ces morts injustifiables parce que prévisibles ne furent en réalité que des offrandes sanglantes aux dieux.

— Mais ce n'est pas tout de même pas la Noblesse Noire qui mène le monde : ce ne sont pas eux qui fomentent les guerres ? Les chefs d'État, les généraux, les Services secrets, vous suggérez que tous subissent l'influence d'une caste si cachée que l'on n'en entend jamais parler. Excusez-moi si j'ai du mal à vous croire...

- Nous reviendrons à la Noblesse Noire, parlons d'abord de l'armée : Pourquoi croyez-vous que dans l'armée les ordres d'un chef ne se discutent pas ? Parce que la logique et la raison n'y ont pas leur place, ni la compassion ou le respect de la vie. Les soldats ne sont que du matériel dont on peut se passer et les révoltés disparaissent plus vite que les autres, jugulés dans des geôles, suicidés dans l'ombre ou envoyés en première ligne.

Je ne pus m'empêcher de protester :

— Quelle vision sinistre de l'armée, si loin du culte des héros, du courage, de la gloire. Mon grand-père de Thal était fier de sa guerre dans les chars. Il aurait dû mourir, si les éclats de schrapnels qui ont décimé l'équipe de son char ne s'étaient enfoncés à la place du cœur, dans une bible qu'une jeune fille lui avait donné sur leur route, dans un village d'Alsace. Il la portait toujours sur lui dans la poche intérieure de sa veste militaire… Lui en tout cas croyait dur comme fer à la noblesse du cœur, à l'amitié et à la France. Selon vous, il faisait donc partie des illusionnés.

— Votre grand-père a fait une belle guerre, comme on dit, si tant est que la guerre puisse être belle, avec des idéaux et beaucoup d'illusions sur le cours réel des choses. Car la guerre c'est simplement tuer, répandre le sang d'êtres humains étiquetés comme ennemis. Il n'y a là rien de glorieux, les motivations guerrières sont des leurres qui cachent une stratégie pour diviser les humains, afin de mieux les dominer. Sacrifier, diviser. Provoquer une souffrance qui, de vie en vie, affaiblit la volonté et l'aspiration à la liberté. Ne croyez pas que votre génération qui n'a pas connu la guerre échappe à cette malédiction sous-jacente, la mémoire des souffrances de nos vies antérieures est l'un des obstacles à notre évolution spirituelle, elle est aussi la source de névroses individuelles ou collectives.

— À la fin de sa vie, mon grand-père s'était replié sur la famille, ses enfants et petits-enfants. Quand je repense à lui, je le vois comme un homme trahi. S'il a pu soupçonner un jour, ne serait-ce qu'une partie de ce que nous venez de me dire, je comprends mieux son retrait du monde.

— La guerre est violente quand on la croit juste, elle devient insoutenable quand on découvre qu'elle n'est qu'une mascarade.

Monsieur Mullins relève la tête, le reflet des flammes joue sur son vieux visage ridé, il attrape mon regard et le magnétise sans doute, je ne peux me détourner. Il ajoute :

— Et la douleur, n'oubliez pas la douleur. Ceux qu'ils nomment leurs dieux ténébreux se nourrissent aussi de nos douleurs, de nos émotions, de nos peurs, de toutes nos pulsions.

— Mais qui sont ces dieux vampiriques qui réclament sans cesse leur quota de sang, les dragons, les reptiliens dont parle David Hicke ?

— Ne confondez pas les dragons et les reptiliens. Les dragons sont les anciens princes du monde, ceux qui invoquent son nom, comme le fait la cour du Dragon, tentent simplement de récupérer sa puissance. Ce ne sont pas les dragons, mais les créatures qui ont pris le contrôle de notre monde en maîtrisant son dragon, qui se font passer pour des dieux. Car vous devez comprendre une chose importante : la créature attaquée en premier par les envahisseurs de notre planète Terre a été son dragon, sa force vive. L'ultime étape a consisté à mettre les habitants de la planète, les hommes en l'occurrence, sous le boisseau des religions abrahamiques, qui n'ont été inventées que pour mieux ligoter l'homme avec leurs interdits et leurs limitations. Bien entendu le Dragon a été diabolisé pour leur permettre de revendiquer le beau rôle. Vous me suivez ?

— J'ai un peu de mal, cela ne correspond à rien de connu, tout ce qui est blanc est noir, tout ce qui est noir est blanc. C'est cela ?

Devant son air entendu, je continue sur ma lancée :

— Voulez-vous dire que Lucifer est du côté de la lumière et Yahvé du côté obscur ?

— Ce serait trop simple si l'on pouvait simplement inverser les rôles, comme vous venez de le faire… mais cette autre réalité est bien plus complexe. Pour commencer, il est fondamental de remettre en question la notion du Bien et du Mal, qui est une des grandes illusions de notre dimension. Et si Lucifer et Yahvé n'étaient que les deux faces de la même puissance ?

Monsieur Mullins n'est pas le premier à contester le dieu vindicatif, violent, païen, de l'Ancien Testament, je le regarde sans répondre, curieuse de savoir où il veut en venir.

— Le carcan imposé par les trois grandes religions n'est qu'une technique de contrôle mental suprêmement élaborée, destinée à priver l'homme de sa liberté de penser, tout en lui faisant croire qu'elle lui permettra au contraire d'accéder à cette liberté. Tout leur système fonctionne sur le mensonge. Attention, je parle des religions, des pouvoirs temporels, pas des enseignements du Christ ou des prophètes. Mais il est temps de revenir à la Noblesse Noire, à la lignée mérovingienne et à vos questions sur les Illuminatis et leur existence réelle.

Monsieur Mullins se lève prestement, pour attraper sur l'immense table jonchée de documents et de livres une grande feuille de papier, il me fait signe de le rejoindre. Il s'agit d'une sorte d'organigramme complexe :

— Voilà les treize familles ou lignées principales des Illuminatis qui se transmettent savoir et pouvoir de génération en génération. Leur savoir est fondé sur la sorcellerie et la religion des mystères des mondes anciens, un art qu'ils gardent secret. Leur pouvoir s'appuie sur une longue tradition de programmation mentale essentielle à leurs desseins. Je crois que vous en avez beaucoup appris sur le sujet, récemment, n'est-ce pas ?

— C'est juste, je lui réponds avec prudence, encore perturbée par les révélations de Dante.

— Savez-vous alors que la création de personnalités multiples n'est pas seulement destinée à fabriquer des esclaves, et que la plupart de ceux qui appartiennent à ces treize lignées illuminatis ont été eux-mêmes programmés.

— Les Illuminatis ? Vous êtes sûr ?

— Ils peuvent ainsi mener une vie officielle normale, et lorsque leur *alter* prend les commandes, c'est lui qui pratique des rituels qui leur feraient dresser les cheveux sur la tête s'ils en avaient conscience ; par exemple les sacrifices humains inconcevables aux yeux de notre société…

— Je croyais ce système de contrôle artificiel destiné à ceux que les Illuminatis veulent dominer, c'est logique, mais contaminer l'essence de leur propre caste, c'est insensé…

Le doute s'installe. Mais Arthur Mullins a sans doute encore beaucoup à m'apprendre, je l'écoute attentivement.

— Sachez qu'il existe différents protocoles adaptés à chaque personne, selon ses capacités physiques et intellectuelles, et ses origines génétiques : Les *Bloodliners*, vos Illuminatis, rejetons de plusieurs générations de familles sataniques, qui possèdent génétiquement des capacités télépathiques, ont droit à un programme « psychique » appelé *Thêta*.

— Thêta ! Et quels sont les autres protocoles ? fis-je, intriguée.

— *Alpha* est le programme de base, l'initial, celui sur lequel se construiront les personnalités multiples. Le conditionnement *Bêta* fait sauter tous les verrous moraux en stimulant les instincts sexuels primitifs. Pas de tabous, tout est permis. Idéal pour créer une poupée sexuelle, appelée dans certaines programmations Barbie.

— Diane ?

— Probablement. Mais il existe d'autres programmes, le *Delta*, ou « tueur » utilisé à l'origine pour former des agents spéciaux ou des soldats d'élite…

Je l'interromps :

— Jason Bourne ?

Il me regarde incertain.

— Je ne connais pas Jason Bourne, mais le Mossad, les Delta Forces, le First Earth Battalion, oui… Les sujets sont programmés pour ne ressentir ni peur ni douleur, leurs capacités physiques sont stimulées au maximum ainsi que la production d'adrénaline, et ils sont programmés, si nécessaire, pour le suicide. Les Delta sont des sujets idéaux pour les missions sensibles.

— L'alpha et l'oméga… J'entends à nouveau retentir dans ma tête la voix de mon rêve sous le tunnel. Suis-je sur le point d'en comprendre la signification ?

— Et Omega, il existe un programme Omega ?

— Omega est le programme ultime d'autodestruction, au cas où le sujet serait fait prisonnier, où il commencerait une thérapie ou retrouverait la mémoire. Plutôt mourir que livrer ses secrets.

Je proteste :

— Mais Diane ne s'est pas suicidée !

— Non, mais elle s'est livrée à eux, d'elle-même, elle n'a pas été enlevée. Suicide, automutilation, sacrifice, c'est la fin qui compte.

l'alpha et l'omega ! Le début et la fin. La clé de la programmation de Diane… les questions tournoient dans ma tête, je ne sais par où commencer. Pourquoi pas le grand complot ? Je me lance :

— Vous savez, bien sûr, que les gouvernements secrets utilisent les mêmes pratiques traumatiques que les sorciers pour créer des personnalités multiples ?

Monsieur Mullins me répond avec un petit rire sec :

— Il faut que vous sachiez que les frontières entre la magie et la science sont depuis longtemps allègrement transgressées par les instances officielles. La CIA, par exemple, n'a pas hésité, dans les années 1970, à convoquer des médiums, des astrologues, des magiciens vaudous, des druides ou des satanistes, pour explorer *la magie du chaos*, le surnaturel. La rencontre de deux réseaux en particulier, le Renseignement d'une part et les satanistes de l'autre, leur a permis de parfaire leurs méthodes. Ils ont partagé leurs compétences dans le contrôle mental, ne vous étonnez donc pas que leurs pratiques se rejoignent. Et c'est là que nous arrivons à Équinoxe.

Je vais vous raconter une histoire qui ne remonte qu'à une quinzaine d'années bien qu'elle puisse ressembler à un vieux conte... Venez, reprenons nos sièges.

Arthur Mullins se penche vers le maigre feu qui éclaire les rides profondes inscrites sur son visage. Il semble avoir mille ans, je me demande quel est son âge véritable, si toutes ses connaissances tiennent au fait qu'il aurait traversé les temps, sorte de comte de Saint-Germain ou d'immortel possédant une dimension cosmologique, comme on en trouve dans le taoïsme ou dans les légendes. Il reprend la parole :

— Vous commencez désormais à avoir une vision globale de la vraie marche du monde : c'est simplement *l'envers* de tout ce qu'on vous a enseigné depuis votre naissance. La vérité sera donc en contradiction permanente avec vos réflexes intellectuels. Partant du postulat que le monde ne fonctionne pas comme on nous l'a fait croire, vous comprendrez comment notre gouvernement a eu l'idée, conjointement avec d'autres gouvernements mondiaux, notamment les États-Unis et certains pays du Nord de l'Europe, de procéder à une opération de grande envergure, en créant par contrôle mental de superarmes humaines, des tueurs qu'ils pourraient téléguider discrètement.

Comme on le sait, plus l'être est jeune, mieux il réagit au conditionnement. Leur cible fut donc les enfants. En

France, l'opération s'est passée dans le plus grand secret. La première sélection a eu lieu dans les foyers de la DDASS, en fonction de critères très précis : QI, potentialités génétiques, dons paranormaux. Tous les enfants âgés de deux à sept ans, ayant passé positivement leurs tests sophistiqués, furent dirigés vers un centre situé sur le plateau du Larzac dans les domaines de l'armée, la Forteresse.

Mais cette moisson ne satisfaisait pas les recruteurs, il leur en fallait plus, provenant d'horizons différents. Leur avidité avait grandi, comme chez les prédateurs leur regard était devenu acéré, obsédé par les cours d'école, les centres de vacances, tous les lieux où ils pouvaient repérer des petites proies. C'est ainsi qu'ils procédèrent à une seconde sélection. Il ne leur restait plus qu'à trouver un moyen pour mettre la main sur ces enfants, malgré leur famille et en toute impunité. Que de disparitions d'enfants s'expliqueraient si l'on ouvrait les dossiers classés de la Forteresse...

Ils imaginèrent également d'enlever les bébés à la naissance, lorsque leur potentiel génétique les intéressait, à l'aide de stratagèmes faisant croire qu'ils étaient mort-nés. Enfants de scientifiques ou d'intellectuels généralement de classe supérieure, ils furent anormalement nombreux à mourir à la naissance dans ces années-là. Que de larmes versées, pendant qu'ils étaient récupérés et envoyés à la pouponnière, une aile de la Forteresse spécialement aménagée pour eux.

— Mais c'est immonde ! mon cri de protestation jaillit sans que je puisse le retenir.

... Quelque chose s'arrête de battre en moi, une douleur sourde se cristallise dans mon estomac tandis que Mullins continue son conte de « démons et prédateurs ». Entre la révélation quasi théorique d'un gigantesque complot mondial de lavage de cerveaux, sur lequel je ne pouvais m'empêcher d'entretenir de sérieux doutes, et les dessous précis d'une vaste opération militaire d'enlèvements d'enfants, recoupant ce que nous avons appris sur le contrôle mental, il y a une distance fondamentale, celle de la divagation par rapport à la réalité. Et c'est cette réalité dont Mullins me fait la chronique dépassionnée.

Il continue :

— L'armée a nommé cette opération Équinoxe et y a consacré des moyens énormes. Quand ils ont eu rassemblé plus d'une centaine d'enfants le travail a commencé. Je vous passe les détails honteux de la torture mentale et physique que ces enfants subirent. Vous connaissez le processus.

— Que sont-ils devenus ? Ils sont toujours prisonniers de la Forteresse ?

— C'est là que l'histoire se corse, ces enfants avaient au départ un potentiel intellectuel et psychique extraordinaire, surpassant dès l'origine la plupart de leurs instructeurs, leur entraînement en avait fait de véritables bombes, des monstres... Ce qui devait arriver arriva, un jour ils se sont rebellés, supprimant au passage ceux qui les avaient transformés en tueurs, dans un acte de juste retour de force, la loi du boomerang. Vous pourrez à la rigueur entendre parler de la Révolte si vous frappez aux bonnes portes, mais nul ne vous dira qu'il existait un *deus ex machina* derrière cette révolte, un homme qui avait décidé de voler à l'armée ses créatures... C'est le secret dans le secret.

Les secrets dans le secret, la poupée russe. Sommes-nous tous des poupées russes ? La voix d'Arthur Mullins pénètre au fond de mon esprit :

— La Révolte a été sanglante, d'une violence inouïe, il n'est rien resté de la Forteresse, les explosifs ont réduit les corps de leurs geôliers en particules élémentaires. Tous les jeunes se sont enfuis. Un coup de pied dans la fourmilière des projets gouvernementaux secrets. Le haut commandement était terrorisé, les responsables du projet – qui n'étaient pas à un mensonge près – soutinrent au gouvernement que les enfants soldats étaient morts dans l'explosion finale. Mais les militaires restaient persuadés que leurs créatures essayeraient de se venger, ils élaborèrent fébrilement toutes sortes de stratégies pour les récupérer ou les neutraliser. Ils n'avaient d'ailleurs pas tort, la destruction de la Forteresse n'avait pas assouvi le désir de vengeance des révoltés d'Équinoxe. Malgré les moyens colossaux déployés par l'armée pour retrouver ceux qu'ils avaient transformés en machines de guerre, ils se glissèrent entre les mailles du filet.

Et voyez-vous, Arielle, les militaires ignorent encore qu'ils ont été trahis. L'homme qui avait suscité la révolte, avait aussi fourni aux jeunes rebelles tous les papiers et les identités dont ils avaient besoin, avant de les relâcher dans la nature avec des instructions précises. Dehors, ceux-ci découvrirent, avec une satisfaction carnassière et un mépris infini, que le monde extérieur est peuplé de moutons, d'humains stupides menés par leurs petites peurs et leurs avidités quotidiennes, incapables d'utiliser leur cerveau « intelligemment », faciles à manipuler, à séduire, à effacer. Leur entraînement avait fait d'eux des surhommes mais il avait dévoré leurs âmes.

— Vous voulez dire que ces… mutants se promènent parmi nous sans que nous le sachions, quel âge ont-ils maintenant ?

— L'âge de la maturité, répondit Mullins, certains se sont faits caméléons pour se glisser dans la société, ils ont infiltré les plus hauts services de l'État, de l'armée, de la finance. D'autres continuent leur guerre secrète… N'oubliez pas qu'ils ont été sélectionnés pour leur potentiel intellectuel et éduqués pour survivre au pire… Suivez le fil d'Ariane d'Équinoxe, une possibilité de plus dans le labyrinthe de la jeune morte au lys, le Larzac, l'armée, cherchez le lien, il existe.

— Quel est le rapport entre Équinoxe et notre affaire ?

— Vous m'avez dit vous-même que la victime de l'Alma et son amie ont subi un contrôle mental, dit Mullins sur un ton définitif.

— Mais elles sont jeunes, beaucoup trop jeunes pour Équinoxe, et elles ont grandi dans leur famille qui se sont chargées elles-mêmes de les traumatiser d'ailleurs, ajoutais-je avec amertume.

— Je vous ai raconté cette histoire pour une raison essentielle, vous allez comprendre. Le Secret dans le secret. Celui qui a libéré les enfants s'appelle…

Il semble hésiter un instant.

— Quel est son nom ?

— Un nom dont vous devenez familière, et qui cache un homme redoutable. Ne vous laissez pas prendre aux apparences.

— Qui ?
— Un certain monsieur Plantard…

Il ne manquait plus qu'Équinoxe à accrocher sur notre sinistre tableau de chasse, en compagnie de la Noblesse Noire, des scientifiques fous et des satanistes. Voilà qui agrémente ma journée dès l'aube. Est-ce vrai tout cela ? Pas d'ombres tournoyantes, pas de courant d'air glacial, la révélation des manipulations trop humaines ne suffit pas à exciter les esprits. À peine deux ou trois ombres frêles se sont-elles glissées dans la pièce à mon arrivée. Rien à voir avec l'effervescence de ma première visite. Les ombres sont avides, il leur faut du vrai démoniaque, des contrats avec Satan, du sang vicié. Je sens monter la colère, je ne suis pas d'accord avec cet état du monde, il faudrait tout bousculer, tout renverser, tout changer. Quant au fait que Charles Hiéronimus Plantard ait été l'éminence grise derrière la révolte des enfants soldats, il ajoute encore des inconnues à notre énigme globale. Pour en revenir à elle.

Je froisse un papier dans ma poche, la photocopie de la photo de H, avec le dessin de la monade de John Dee, que j'ai failli oublier.

— À propos de Charles Plantard, que pensez-vous de cette photo ?

Je la pose devant Arthur Mullins, qui plisse les yeux avec une sorte de satisfaction gourmande et s'en empare avidement. Il descend ses lunettes pour l'examiner et marmonne :

— Quand on parle du loup… on en voit la croix !

— C'est-à-dire ?

— Vous connaissez, bien entendu, les origines mérovingiennes revendiquées par la famille Plantard de Saint-Clair ? Sigisbert IV aurait survécu à son père, le roi mérovingien Dagobert III, assassiné en 679. Il aurait été caché dans le sud de la France, près de la ville de Rhaede. C'est ainsi que commence la légende du *rejeton ardent,* en vieux français Plant-ard. Vous n'ignorez pas que les Mérovingiens possédaient des pouvoirs surnaturels, ils parlaient avec la nature, guérissaient avec les mains, mais savez-vous que leurs rejetons naissaient marqués d'une croix rouge, soit sur le cœur, soit sur le dos ? Une croix rouge, comme celle-ci – dit-il en me montrant la photo – le sceau des Mérovingiens.

— J'en avais entendu parler… et donc ?

— Les affirmations des Plantard sur leur lignée ont toujours excité la controverse, d'autant qu'ils n'ont jamais apporté les preuves de leur appartenance au sang royal et prétendument magique des Mérovingiens, mais je ne m'inquiéterais pas pour monsieur Plantard, à votre place. Il a du répondant, ajoute-t-il avec un petit rire sec.

Franchement, ce n'est pas le sort de H ma première préoccupation, il n'est qu'une pièce du puzzle, un lien de plus avec les Mérovingiens, et notre enquête.

— Pour en revenir à lady Di, plus nous avançons, plus son destin me semble lié aux traditions qui imprègnent les familles royales européennes, dont fait partie également par le jeu des alliances la jeune morte aux lys… lui dis-je.

— Les deux histoires se croisent et se recroisent sous les mêmes auspices, et créent un vaste labyrinthe où chacun a sa place. Vous, moi, la princesse et la femme miroir, le magicien, le chevalier et l'ange, le prince-démon et ses acolytes… Le point de départ reste la mort de la princesse…

La voix de Monsieur Mullins se perd, il se penche vers les braises, le visage dans l'ombre et je sens planer sur nous comme un immense nuage prêt à nous emporter. Je lui réponds avec un frisson :

— Je vous remercie pour le croquis du temple souterrain, il nous a livré quelques indications très précieuses.

— Excellent, je suis heureux d'avoir pu participer à votre aventure… initiatique en quelque sorte. Allez explorer Équinoxe maintenant, et n'oubliez pas que le Sphinx porte ses propres énigmes.

Son rôle derrière la révolte fait-il de lui un défenseur des faibles ou un méchant à tiroirs ?

J'aimerai avoir le temps de flâner devant les vitrines du quartier au lieu de courir à l'hôpital Sainte-Anne. Un besoin irrésistible m'envahit d'échapper, ne serait-ce que fugitivement, à cette perfusion de noirceur.

Je réalise alors que la semaine se termine, une envie d'air pur et de mer me gonfle le cœur. Je décide, quoi qu'il arrive, de rejoindre aujourd'hui ma maison au bord de la mer ; après tout je n'ai pas prêté allégeance plénière à l'ORV. Depuis des semaines je me suis laissé vampiriser par cette affaire, fascinée par l'émergence dans la troisième dimension des légendes qui ont bercé mon enfance. Dragons, sorciers et maîtres du monde ricanent tout autour de nous. Je leur dis adieu, ce soir j'oublie tout. Promis.

XIII

Hôpital Sainte-Anne – Les diables du Dr Goslan

Me voilà en parfaite condition pour affronter les vibrations de l'hôpital psychiatrique Sainte-Anne, de véritables vacances après ma rencontre avec Mullins… Je suis ressortie défaite de chez lui cette fois encore, avec en prime la perspective de me plonger sans transition dans l'atmosphère chargée de l'hôpital, aussi ai-je décidé de marcher jusque là-bas, pour drainer les sombres énergies accumulées dans l'antre de l'oracle.

À mon grand étonnement les lieux se révèlent plutôt accueillants, le jardin fleuri respire la paix, les bâtiments anciens n'ont pas les impacts géo-biologiques violents des hôpitaux modernes, la brique et la pierre sont plutôt réconfortantes et une statue de Daphné changée en laurier, mutine, sautille joyeusement sur son piédestal entre les parterres de fleurs. Le monde normal continue d'exister, les apparences sont sauves.

Je me souviens que c'est Napoléon III qui a décidé de construire un hôpital psychiatrique à l'emplacement de la Ferme Sainte-Anne, construite par Anne d'Autriche, où venaient travailler les aliénés de Bicêtre. Ils en avaient fait une ferme prospère et efficace. Autrefois on pensait que le travail dans les champs avait un effet bénéfique sur ceux qu'ils appelaient les fous, et je le crois volontiers. Ils devraient poursuivre l'expérience…

Je traîne un peu avant d'affronter les diables du Dr Myriam Goslan, un banc salvateur m'accueille dans un des nombreux jardins qui entourent les bâtiments. Je n'essaie même plus de récapituler, de relier, de synthétiser, mes pensées s'effilochent. Je pense à Dante, à ses mystérieux agissements qui, je le sens bien, n'ont rien à voir avec l'ORV.

Dédale, fabrique-moi des ailes pour que je m'envole au-dessus du labyrinthe où le minotaure nous guette ! Mais le labyrinthe décrit par Mullins s'étend désormais au monde entier, sur tous les continents et sur toutes les mers, le monde est labyrinthe…

Si l'esprit de Myriam Goslan se bat pour trouver la sortie, il est trop tard pour elle, on lui a volé toutes ses armes. Elle est assise dans une chaise roulante, grise comme les murs, son visage n'exprime que désolation et absence. Les médecins m'ont prévenue, elle n'est sortie de la catatonie que pendant un bref instant où la conscience ne lui a apporté que larmes et effroi ; ses propos confus entrecoupés de cris et d'appels au secours n'ont apporté aucun élément nouveau. Devant l'extrême douleur qu'elle exprimait, elle répétait « coupé en morceaux, coupé en morceaux », puis tombait en pleurs en se tordant les bras et les mains avec violence, il fallut l'attacher, les médecins lui firent une injection d'anxiolytique. À mon arrivée, elle baigne dans un calme médicamenteux qui n'autorise nul dialogue. On me fait gentiment comprendre qu'il peut s'écouler une semaine ou des mois, si ce n'est des années, ou jamais, avant qu'elle ne sorte de cet état hors du monde.

L'infirmière nous a appelés parce que le dossier porte la mention impérative de nous prévenir si quelque changement que ce soit apparaissait dans l'état de Myriam Goslan. Ils sont confus que je me sois déplacée pour rien. Je ne peux m'empêcher de soupçonner quelque sombre agissement : Nous ne connaîtrons donc pas le secret des consultations avec ses deux patientes fatidiques, à moins que nos experts en fouilles scientifiques ne trouvent un indice dans son bureau ou chez elle.

Elle a dû pressentir qu'elle s'était aventurée en terrain interdit en apprenant la mort de Diane Cargill. Notre seul espoir est que, dans cette éventualité, elle ait caché le résumé de leurs consultations en un lieu où nous saurons les dénicher. Sauf si… les autres l'ont fait parler, ce que laisse supposer l'état dans lequel ils l'ont laissée.

Je traîne auprès de Myriam une chaise en plastique vert posée contre le mur de sa chambre, avec la curieuse impression d'avoir une dette envers elle. Je me sens coupable de la voir dans cet état, pour une raison qui m'échappe, et je veux lui tenir compagnie un instant, dans le no man's land où erre son esprit abîmé. Ses mains sont posées sur ses genoux, ouvertes la paume vers le haut, comme pour implorer les dieux ou accueillir la grâce. À défaut de grâce, je les prends, glacées et sèches, dans les miennes et ferme les yeux. Je tente de lui envoyer des vibrations pour réchauffer son apathie, l'irradier d'une lumière rédemptrice. Je sens la chaleur passer de mes paumes aux siennes, je visualise le flux de vie remontant dans ses bras pour vivifier ses sens traumatisés. Montant lentement, comme la marée grignote peu à peu le sable avant d'avoir bientôt tout envahi.

Je lui parle comme on parle à un enfant qui se réveille la nuit dans l'horreur d'un mauvais rêve, tout va bien, tout va bien. Et peu à peu, je sens son esprit apeuré éperdu comme une aile de papillon se poser. Tout va bien, elle prend une longue respiration, brisant l'apnée qui la maintenait en animation suspendue... Je perçois dans son esprit une infime lumière vacillante, je vais à sa rencontre mais elle s'éloigne au fur et à mesure que je m'approche... J'ouvre les yeux, les siens sont toujours perdus dans le vide, mais une infime roseur voile ses pommettes un instant auparavant pâles comme la mort.

J'aimerais tant savoir la soigner, mais le magnétisme n'est pas un don que j'ai suffisamment développé pour un cas aussi extrême. Je peux parfois faire disparaître un mal de tête ou un rhume ; pas ramener un esprit violenté à la raison. J'espère simplement calmer par ma présence la douleur qui l'habite. Je finis presque par m'endormir, ses mains s'abandonnant peu à peu aux miennes, et ma bouche psalmodiant : Tout va bien, tout va aller bien, tout va s'arranger... Doucement, chuchotant dans le silence. Insensiblement les ondes faussement blanches de l'hôpital me drainent de mes forces, l'énergie s'échappe happée par l'avidité des ombres.

Le médecin me sort de ma transe en ouvrant la porte, c'est une jolie femme auréolée de cheveux châtains, extrêmement sûre d'elle, rassurante. Elle m'adresse la parole d'une voix soyeuse :

— Vous voyez, je ne crois pas qu'elle sorte de cet état avant longtemps. Elle est ailleurs, son esprit s'est éloigné de son corps, l'agression a été trop violente.

Elle a un sourire triste en voyant nos mains emmêlées.

— Je connaissais bien Myriam, elle avait de la force, je n'imagine pas ce qu'on a pu lui faire pour la mettre dans cet état. Physiquement, elle n'a presque rien, elle s'est abîmé le visage en tombant probablement. Elle n'a pas été violée ni battue, son corps est pratiquement intact, mais elle a la même réaction traumatique que si elle avait subi les pires horreurs. Que s'est-il passé ?

— Nous l'ignorons, elle soignait deux jeunes femmes victimes d'un contrôle mental extrêmement élaboré. Avez-vous déjà travaillé sur des cas de personnalités multiples ?

Elle réagit comme si je lui avais annoncé que Myriam Goslan traitait des monstres venus d'Orion. La douceur disparaît, un voile descend sur ses yeux, et sa réponse sèche fuse comme un couperet :

— Les troubles dissociatifs de l'identité sont une forme d'hystérie, on en a fait une maladie à la mode aux États-Unis dans les années 1970-1980, ce qui a donné lieu à de nombreux excès, notamment dans les cas de procès criminels. La grande majorité des scientifiques, médecins et psychiatres est restée sceptique, d'ailleurs ces cas ont pratiquement disparu.

— C'est pourtant sur deux cas de désordre identitaire dissociatif que travaillait le Dr Goslan, et d'après l'une d'entre elle avec laquelle j'ai pu parler longuement, Myriam Goslan avait découvert que le psychisme de ces jeunes femmes avait été sciemment manipulé pour créer différentes personnalités dans le même corps. Nous croyons que c'est cette découverte qui l'a mise en danger.

Je sens une absolue dénégation submerger la psychiatre, tout ce que je viens de dire est hors sujet, dans sa formation il n'y a pas place pour des manipulations aussi sophistiquées sans remettre en cause ses certitudes. C'est là que j'apprécie encore plus la tentative du Dr Goslan de comprendre ce qui se passait chez Diane et Cornelia, et de les aider à identifier les personnalités artificiellement créées dans l'ombre de leur psyché. Inutile d'en rajouter sur le contrôle mental, c'est un discours que cette femme ne peut pas entendre.

— Qui s'est occupé du Dr Goslan à son arrivée à l'hôpital ? Tout ce qu'elle a pu dire est important dans notre enquête, même les phrases les plus absurdes ou qui s'apparentent à un délire peuvent avoir une signification pour nous.

— Les seuls mots cohérents qui m'aient été rapportés par l'infirmière présente lorsqu'elle est sortie de sa prostration, c'est « coupé en morceaux ». Si vous voulez lui parler, je peux l'appeler.

Elle fait un effort pour m'être agréable, malgré le trouble induit par les révélations sur les patientes du Dr Goslan. J'acquiesce, bien que le contexte paraisse sans espoir, elle pourrait avoir laissé échapper un indice que nous seuls, au courant de toute l'histoire, saurions remarquer. Je lâche les mains de Myriam qui reprennent leur position d'acceptation suppliante, scrutant son visage dans l'espoir d'un tressaillement, mais c'est le vide.

— Je reviendrai…

J'aurai aimé lui dire je ne sais quoi avant de la quitter, des mots de consolation ou d'espoir, mais la présence raide de la psychiatre empêche les mots de sortir. Nous nous retrouvons dans le couloir blanc et vert, l'infirmière est dans la petite salle de l'étage, je la sens nerveuse sous nos deux regards.

— Je passais dans le couloir quand j'ai entendu crier, elle était dans un état d'hystérie aiguë, elle avait l'air terrifié et répétait des mots sans queue ni tête. Parfois elle psalmodiait à voix basse, puis hurlait comme si on l'écorchait. Elle a répété plusieurs fois : *Coupé en morceaux, coupé en morceaux…*

Elle réfléchit : Elle a dit aussi à plusieurs reprises comme si elle avait très peur : *ses yeux* et *jamais*. Puis elle a essayé de se lacérer le visage, nous nous sommes mis à deux pour l'attacher. Comme elle ne se calmait pas, quand le médecin est arrivé je lui ai fait une piqûre…

— C'est tout, elle n'a rien dit d'autre ?

— Rien dont je me souvienne.

Je lui tends ma carte de l'ORV, avec la curieuse impression de jouer un rôle dans un film.

— Si quelque chose vous revient à l'esprit, quoi que ce soit, n'hésitez pas à m'appeler. Laissez le message sur le répondeur si je ne suis pas là.

La scène m'a étrangement vidée, aussi bien de mes forces que de mes ombres, me voici transparente, un état pas désagréable…

XIV

Au cœur du labyrinthe

Mais quel est donc cet esprit qui était moi et en dehors de moi?... Une idée terrible me vint : l'homme est double, me dis-je.
GÉRARD DE NERVAL,
AURÉLIA OU LE RÊVE ET LA VIE

Mes nuits sont des dédales, à peine mon œil intérieur s'entrouvre-t-il au réel que reviennent flotter, inextricablement mêlés, les fils du destin. Je les déroule sans fin, obsessionnellement, les tirant un à un avec leurs charges d'angoisse, et les visages de bonne-maman, de mes parents, de mon frère se dressent un à un devant moi avec des regards de reproche. Antoine cristallise, malgré notre éloignement, les menaces d'une personnalité dissociée, et je ne peux rien faire pour lui, d'autant plus que la moindre tentative de ma part de lui en parler serait, je le sais, accueillie avec un ricanement moqueur.

Je ressasse aussi la lassitude sur le visage de mon père, déplorant notre incapacité à communiquer. La présence tournoyante de ma mère se déploie autour de moi, tantôt sinistre comme Hécate, tantôt illuminée d'un fugitif amour. Je la scrute en vain cherchant un sens à chacun des mots d'elle dont je me souviens. Je retourne à mon enfance, à mon adolescence, je tourne et je retourne des images, des impressions, de ces moments qui concentrent les angoisses.

La nuit est cruelle, elle fait éclore les fleurs vénéneuses de la culpabilité, des remords et des regrets. Le sujet qui creuse la douleur la plus vive, c'est Sam, de toutes mes forces je repousse les vagues de réminiscences, me jetant sciemment dans mes autres et multiples tourments pour en détourner le flux. Donnez-moi le sommeil, l'oubli, les songes...

Le passé se referme, implacable, autour de moi comme la pièce octogonale de mon cauchemar, il tourne en se refermant dans une spirale en relief, et je me retrouve comprimée au centre, transfixiée de la somme de toutes les angoisses accumulées depuis l'enfance.

Tout est bon pour échapper à la malédiction des insomnies : les infusions de valériane, les bains de lavande additionnés de quelques gouttes d'essence de fleur d'oranger juste avant de dormir, mais invariablement, comme si mon esprit perdu dans l'astral entendait le rappel des trois coups du matin, je me retrouve subitement éveillée en proie à ces pensées inutiles et destructrices. Je malmène mes oreillers, les essayant l'un après l'autre, trop dur, trop mou, trop fin, trop gonflé, je porte le poids du monde sur mes épaules et rien ne vient les détendre.

Et puis un soir je prends machinalement sur la table de nuit le quartz rose de Balthus. À l'instant même où il se love au creux de ma paume me reviennent ses paroles « C'est la pierre de l'amour par excellence, une présence qui soigne l'âme de ses blessures. Garde-la avec toi, tu as besoin de sa douceur. Elle bercera ton sommeil. » Il m'a regardée comme s'il connaissait la place exacte de chacune des cicatrices émotionnelles qui ont jalonné mon parcours, et qu'il me confiait à sa pierre, comme une rescapée.

Le miracle a fonctionné, je me suis endormie instantanément. Le lendemain matin, quand le soleil a pénétré dans la chambre j'avais dormi au large de toutes mes obsessions. J'ai ouvert les yeux, le quartz était toujours dans ma main, brûlant comme une pierre chauffée au feu. Je le passais alors longuement sous l'eau courante pour le décharger de toutes les tensions nocturnes qu'il avait absorbées, priant les devas de l'eau de le purifier. Depuis chaque soir, je reproduis le même rituel, je serre le cristal rosé dans ma main et il est rare qu'il me fasse faux bond. Parfois l'angoisse me saute dessus au réveil, sourde et inévitable comme les temps qui menacent… Je mets alors mes journées sous protection, les entoure de lumière et de forces positives.

L'apparition éphémère de Sam m'a rendu le souvenir du goût des choses, de la magie désormais désertée. Sam. L'odeur de varech, la petite pierre blanche qui ne me quitte plus, que des songes… En réalité je me sens abandonnée, orpheline de tous ceux que j'ai aimés… je réalise que mon corps est affecté par des influences invisibles, des maux de tête subits, une vague nausée permanente. Pollution électromagnétique ? Ou bien je ne sais quelle intrusion psychique ?

Seul Balthus a le don de me ressourcer, en sa présence les ombres se dissipent, Quand je pense à lui, la lumière se fait, elle se répand d'un égrégore immense et brillant et ses vagues vibrantes me réchauffent le cœur. Je lui ai transmis toutes les informations de monsieur Mullins sur le projet Équinoxe, à charge pour lui d'aller rassembler tout ce qui peut avoir un lien avec le Larzac, la Forteresse, les enfants enlevés (statistiques à l'appui), la révolte, et surtout la place de H dans l'ensemble.

Grâce à sa pierre rose, mon lit est redevenu le doux cocon où je me glisse le soir en soupirant de soulagement et qui se referme sur mon corps las. Je laisse la fenêtre ouverte sur la nuit, l'air sent l'herbe et le jardin, je regarde les étoiles briller timidement derrière le voile de pollution de Paris. L'immensité est mienne, je m'y reconnais. Je retrouve les rêves comme je les aime :

Cette nuit je suis arrivée dans une ville lointaine très ancienne, un ville de pays arabe. Je sais qu'elle est au milieu du désert et des montagnes, et qu'elle appartient à un monde parallèle que je connais bien et où je me rends parfois. Pourtant c'est la première fois que je m'aventure aussi loin dans mon exploration de ce monde.

Il y a là un homme qui tousse, il semble souffrir. Je le connais bien, je le prends dans mes bras et je sens un immense amour passer de moi à lui, une compassion extraordinaire, et je lui dis : « Tout ira bien. » Cet amour que je ressens n'a rien de sexuel ni d'humain, il est comme un feu, un fluide lumineux… Puis j'avance dans les rues de la ville jusqu'à un grand portail bleu et blanc sur ma gauche – il s'imprime dans mon esprit comme une photo – le portail s'ouvre sur un escalier blanc qui monte vers les hauteurs de la ville.

La suite du rêve s'est échappée, mais je garde l'impression poignante d'avoir retrouvé un lieu connu, un monde qui m'appartient et que j'avais perdu. J'ai repris le contact avec un de mes mondes parallèles, une onde grisante de bonheur me transperce.

À peine ai-je émergé de ce rêve que, selon mon habitude, je le repasse dans mon esprit pour qu'il ne glisse pas dans l'oubli. Je revis l'incroyable intensité de cet amour quand dans mon demi-sommeil me parvient une odeur de feu de bois, mêlée de la saveur salée d'embruns.

Devant la fenêtre ouverte, une silhouette se détache sur le ciel nocturne. Sam. J'aperçois dehors, derrière lui, un paysage métamorphosé jetant vers les étoiles l'ombre chinoise de multiples clochers et de tours aux fenêtres illuminées.

Au-dessus de Paris plane une autre ville, magnifique et étrange, dans la lumière mercurielle d'un entre-deux-mondes. Je me glisse hors du lit baigné d'une aura bleutée pour rejoindre Sam, il m'accueille contre lui en m'enveloppant dans ses bras, comme dans mon rêve, et comme dans mon rêve cette qualité d'amour inouï se met à circuler entre nous un temps infini…

Nous contemplons les tours fluides suspendues sur Paris dans leur évidence, elles existent depuis toujours, elles ont enfin pris assez de matière pour parvenir à nos regards fascinés. Je me tourne vers Sam, mais son visage se fait transparent et son bras imperceptible autour de moi. En quelques secondes je me retrouve seule, la ville fantôme a pâli, on en discerne à peine les contours, la magie a joué son rôle éphémère… Je suis aspirée vers le lit où je me fonds à la forme endormie de mon corps physique.

XV

Les lys, Dante et Arielle

C'est en compulsant les registres des ventes que Dante découvre, parmi les plus gros clients de lys de la société Danmarie plusieurs noms qu'il envoie directement vérifier, par l'intermédiaire de son précieux palm, au CNIS et à Balthus. Il aime bien, comme H, les regards croisés, ah ah. Il recueille du pollen mais il reconnaît les lys, ils viennent bien de ces serres. Une variété rare, plus fournie en fleurs que celles qu'on trouve partout. Tout concorde, il sait qu'il est au bon endroit. Pourtant c'est fou ce que cette partie de l'enquête l'ennuie, il aurait aimé avoir quelqu'un à envoyer à sa place.

Il reconnaît le nom de Wladimir parmi les clients, pas étonnant puisque celui-ci fait souvent des fêtes et que sa propriété n'est pas loin. Rien de significatif. En réalité son esprit est ailleurs.

Dante est nerveux. Depuis plus d'une semaine il n'a pas eu de nouvelles de Phot-La, il ne sait pas si le montant faramineux de la transaction avec *Mister* Kim a été viré sur le compte comme prévu. Il ne sait pas non plus comment va réagir le vieux maître de Zen kwun Dô à l'arrivée de cette manne. Il a pris des risques calculés, comptant sur la protection de la triade de *Mister* Kim, après avoir longtemps pesé le pour et le contre. La situation était inextricable, il n'a pas trouvé d'autre solution pour payer sa dette que de trahir – enfin trahir est un bien grand mot en l'occurrence – disons aménager ses accords d'exclusivité avec ses amis britanniques de Hong Kong. Il sait ceux-ci chatouilleux et élitistes, il vaudrait mieux que rien ne vienne leur mettre la puce à l'oreille. Leur influence s'étend un peu partout dans le monde et il n'a pas envie de se retrouver sans avoir le temps de s'expliquer avec une balle dans la peau.

Autant dire que cette histoire de lys ne retient que vaguement son attention. Ses pensées s'éparpillent aux alentours du temple, auprès du vieux maître, de ses disciples amis, de la souple jeune fille avec laquelle il a expérimenté une sorte de *Kama-Sutra* exquis, de tous ceux qui ont redonné à sa vie de rebelle furieux un sens et une douceur inconnus.

Son esprit est partagé en deux, entre l'Asie et la France, Phot-La, l'ORV et… Arielle. Car il faut bien qu'il se l'avoue, il se passe un phénomène étrange avec cette jeune femme qui n'entre dans aucune des cases connues dans lesquelles il classe instinctivement les femmes qu'il rencontre, pour peu qu'elles lui inspirent de l'intérêt. Elle plane dans un autre monde, Balthus pense qu'elle possède une force transformatrice. Lui se contente de constater une attraction qui ne tient pas simplement à sa beauté naturelle, plus subtile qu'époustouflante, mais à une particularité qu'il peine à définir. Qui tient plus du magnétisme que du simple charme, et qui confère à sa présence une qualité définitivement addictive.

Avec elle à ses côtés, cette recherche aurait pu être amusante, seul cela devenait un pensum. D'autant que le propriétaire, ce personnage à la renommée douteuse, était soi-disant en voyage à l'étranger, en Afrique pour chercher des animaux rares. Car il ne se cantonnait pas aux plantes et fleurs exceptionnelles, il élevait aussi des reptiles et des fauves du monde entier, pour son propre plaisir et celui d'une clientèle choisie.

Dante n'a rien à faire des sous-fifres spécialistes des plantes, des serpents ou des singes, ni de la secrétaire qui lui a ouvert les livres de commandes et de comptes. Une femme entre deux âges, laminée par une médiocrité lumpen-prolatérienne, qui concentre son humeur massacrante. Il se contente donc de noter les noms, les dates, sans chercher le détail qui change tout. Les lys ne représentent qu'un détail dans la multiplicité d'indices éparpillés autour de la jeune victime. Dans son agacement, il se rabâche qu'ils ont tort de se diviser, puisque l'enquête nécessite leurs regards croisés, ce qu'il ne voit pas, elle l'aurait vu et *vice versa.*

Il reprend sa voiture, désabusé et pressé de rejoindre l'imprimerie… Il ne remarque pas l'homme au premier étage de la maison qui le suit du regard alors qu'il s'éloigne. Ni la voiture noire comme un gros scarabée tapie dans une allée latérale.

Après tout il n'est qu'un scientifique égaré dans une enquête de cinglés, pas un enquêteur privé du style « Duluc » détective, comme la pancarte qu'il a remarqué en passant la veille rue du Louvre. Il a un instant caressé le fantasme de recruter un vrai détective pour l'ORV, avec un imper crasseux et une bouteille de whisky dans le tiroir de son bureau. Mais l'idée qu'il pourrait s'agir d'un jeune *executive* en costume cravate, digne d'un fonctionnaire de ministère, avait enlevé tout charme à sa spéculation…

Bref, Dante tourne en rond, et ce n'est pas la nouvelle d'Arielle s'éclipsant au bord de la mer qui va remonter son moral saccagé. Quand il arrive à l'imprimerie, une Porsche Boxster est garée à sa place, devant son porche… Il va se garer un peu plus loin en pestant contre les importuns quand il voit Arielle sortir de la voiture incriminée et pénétrer tranquillement dans le passage, sans même l'apercevoir.

L'après-midi est déjà avancé, lorsque Arielle leur dévoile le dernier scoop d'Arthur Mullins. Équinoxe leur apparaît comme un nouveau challenge : une opération top secrète sur des enfants, voilà qui conforte l'opinion de Dante sur la duplicité des gouvernements, et lui rappelle les pans de noirceur découverts au cours de ses activités pour la NSA. Décidément ils se valent tous, oubliant toute éthique pour peu que l'appât soit assez juteux. Aujourd'hui, dans son état d'esprit sinistre, Dante veut bien croire aux démons, des démons terriblement humains et pourtant indiciblement malveillants. Il en a rencontré aux Etats-Unis, et aussi en Asie, des êtres habités d'un venin surnaturel, aguerris à commettre les pires horreurs. Dante se sait parfois capable de manque d'éthique, de mensonges et de manipulations, mais il hait ceux qui s'en prennent aux plus faibles, aux enfants et aux femmes.

Arielle leur déroule le scénario d'Équinoxe avec une distance et une grâce parfaites, mais il la sent troublée. Un voile de tristesse plane sur eux. Balthus, qui connaissait déjà l'essentiel du projet secret, pour l'avoir suivi par l'intermédiaire de Thomas, se concentre sur son ordinateur, jetant ses filets sur tout ce qui touche à la Forteresse et aux enfants soldats. À un moment, interrompant sa recherche simultanée, il se tourne vers eux et dit simplement :

— J'en connais un.

— Quoi, demande Dante, nerveux, un quoi ?

— Un enfant d'Équinoxe. Thomas, un ami. On l'appelle Quatorze.

— Pourquoi Quatorze ?

— Les enfants étaient regroupés en essaims de quinze. Chacun était nommé par un chiffre, de un à quinze. Thomas était Quatorze. Que voulez-vous savoir exactement ?

Dante bondit :

— Je veux lui parler directement. Tu peux m'arranger un rendez-vous *asap*, s'il te plaît.

Balthus ouvre de grands yeux et secoue la tête.

— Oublie ça, Dante, et sors tes antennes, avec Thomas il n'y a pas de téléphone ni de mail, nous communiquons exclusivement par télépathie.

Il appuie malicieusement sur « exclusivement » comme si ce mot lui procurait un plaisir particulier. Dante reste coi. Arielle semble lointaine, perdue dans des pensées qui soulèvent chez Dante une intense curiosité et une certaine frustration. Il change spontanément de sujet pour en revenir à elle :

— À qui est la Porsche dehors, je croyais que vous détestiez conduire à Paris ?

— Je pars directement après cette petite réunion, au bord de la mer. Et elle ajoute en surveillant ses réactions sans en avoir l'air :

— C'est ma vieille voiture et j'adore conduire sur les routes les soirs d'été.

Le soulagement de savoir qu'il ne s'agit pas de la voiture d'un autre homme se mêle à la frustration de voir Arielle s'éloigner. Il avait justement l'intention de lui proposer d'aller dîner chez Miroir ou ailleurs, histoire de revivre avec elle des moments rares. Une bouffée de jalousie l'étreint. Il pose sa question l'air indifférent :

— Vous allez rejoindre des amis ?

Elle ne répond pas mais se tourne vers Balthus.

— Je dors avec ton quartz rose, merci, Balthus… regarde,

il ne me quitte pas, elle le sort de sa poche et lui montre, puis lui fait un petit baiser sur la joue.

Balthus s'illumine…

— Salut, les garçons, à lundi peut-être. Tu me parleras de ton ami Thomas ? Voyez cela ensemble tous les deux, moi il faut que je parte si je veux arriver avant la nuit.

Soudain elle s'éclaire à l'idée de se retrouver là-bas et son sourire d'adieu crépite d'étincelles… Dante bondit pour l'accompagner jusqu'à la voiture.

XVI

Fontaine Molière – le mauvais génie de Funk-Romanov

Il faut prendre des précautions spéciales afin de protéger le secret de ces opérations; les informations ne doivent pas arriver chez les forces ennemies et elles doivent être également cachées à l'opinion publique. La révélation du fait que CIA effectue des activités illicites qui violent l'éthique et la constitution peut avoir des répercussions sérieuses dans les cercles politiques et diplomatiques.

LES DOCUMENTS DU PROJET MKULTRA

Des années auparavant, après la chute de la Forteresse, Alexeï Funk-Romanov était arrivé à Paris, crasseux et échevelé, ayant déjoué tous les barrages de police, les contrôles dans les trains et les aéroports, et contourné l'énorme machine de traque installée dans l'affolement qui avait suivi l'hécatombe. Il s'était rendu directement chez sa mère, envahi de sensations contradictoires : la fureur d'avoir été confié à ces fous, l'orgueil d'avoir été jusqu'au bout le plus fort, le plus tenace, le prince des enfants perdus. L'inquiétude de retrouver la vie dont il avait été exclu pendant ces années cruciales était mêlée du soulagement de trouver enfin un havre après cette longue fuite.

Un mois plus tard nul n'aurait reconnu en ce noble rejeton d'une famille puissante le jeune vagabond au regard de fauve. Alexeï a emprunté avec une exceptionnelle acuité l'impeccable vernis de bonnes manières et le langage élaboré de sa caste. Mais il porte toujours, imprimé derrière ce voile mondain, toute la violence âpre du langage militaire, la grossièreté sans fards, les mots qui choquent. Ils sont enfermés en lui comme une cohorte noire que sa mutation l'oblige à garder muette.

Même au cœur de la Forteresse, celui qui se considérait comme un futur chef n'avait jamais cessé de maintenir son rang, exigé le respect. Les militaires qui encadraient le projet, si bornés soient-ils, ne se risquaient pas avec lui aux brimades ordinaires. Ils redoutaient Treize, ses colères meurtrières et son regard glaçant, car sa haine pour eux ne demandait qu'un prétexte pour se déchaîner. Certains l'avaient appris à leurs dépens, au péril de leur vie. Car ces sacrés mômes, comme ils disaient, faisaient de la casse chez leurs entraîneurs, il fallait bien qu'ils se forment avec de vraies cibles, un geste de trop et hop, l'imbécile passait de l'autre côté. Ils avaient leur tableau de chasse, les corps sans vie disparaissaient discrètement, passés en pertes et profits.

Cela c'était le bon côté de la Forteresse.

Les entraînements physiques extrêmes, les missions armées dans des conditions hostiles, les jeux de guerre, l'utilisation de technologies virtuelles pour développer des compétences tactiques et opérationnelles, tout ce qui avait trait à l'entraînement militaire, tirs de nuit, combat de rue, tout cela il pouvait l'accepter car c'était lui qui était en contrôle. Il se souvenait de ces nuits-là, le réveil en sursaut, les ordres aboyés, les marches seul à fuir l'ennemi, les pièges mortels, l'épuisement, les cris. La douleur était inséparable du cours des choses. Toujours sur le qui-vive, toujours aux aguets, aiguisant ses sensations et laminant ses émotions, il serrait les dents, affûtait son regard. Il était Treize.

Mais le programme ne se réduisait pas à l'entraînement militaire, si extrême soit-il, il ne suffisait pas de conditionner leur corps et leur volonté, leurs réflexes et leur acuité. Le projet Équinoxe n'attendait pas de ces adultes miniatures qu'ils deviennent simplement des bêtes de combat, loin de là. La deuxième partie du programme était plus technique, il s'agissait de développer scientifiquement les dons parapsychiques de ces enfants pas comme les autres. Pour cela les responsables du projet avaient créé à l'intérieur de la Forteresse une zone aseptisée, composée de cellules et de salles d'expérimentation où les pires violences étaient infligées aux jeunes enfants, dans le plus parfait cynisme : le Labo. Les enfants l'appelaient entre eux « la Zone ». C'est là que s'était cristallisée la haine de Treize, et ses pires souvenirs, car il devait abdiquer toute volonté pendant des semaines entières, se remettre comme un jouet entre les mains des hommes en blanc, médecins ou scientifiques. À cette seule pensée il retrouvait le sentiment d'impuissance, la rage d'être traité en cobaye, le plus souvent attaché, casqué, relié par de multiples liens et fils à des machines, pour être soumis à toutes sortes de techniques de désorientation, d'électrochocs, d'hypnose, de restrictions de sommeil, d'impulsions électromagnétiques, ou de torture par micro-ondes et ultrasons. Sans compter l'utilisation de multiples drogues, un autre fondement du programme de lavage de cerveau, amphétamines ou drogues hallucinogènes, telles *Sally*, la *Salvia divinorum*, l'ibogaïne, la kétamine, tout un arsenal apte à provoquer des états parallèles.

Ainsi militaires et scientifiques s'étaient-ils unis pour développer les aptitudes physiques, psychiques et paranormales de leurs jeunes victimes, qui devinrent, au fil des années et pour ceux qui survécurent, des recrues exceptionnelles.

Dans la plupart des protocoles de contrôle mental, les programmeurs définissent une base symbolique de vie, qui sert de lien entre l'entraînement militaire et la manipulation psychique, en utilisant les mondes imaginaires de la littérature. Ils y plongent leurs victimes en immersion totale jusqu'à ce que celles-ci ne sachent plus discerner le virtuel du réel. Leurs sources d'inspiration favorites sont des livres au fort pouvoir symbolique : *Alice au Pays des merveilles, Le Magicien d'Oz, le Seigneur des anneaux*, et *Dune*.

Pour Équinoxe, ils avaient choisi *Dune*.

C'est ainsi que les enfants grandirent sur la planète Arrakis.

Alexei a passé les deux premières années de son retour chez sa mère, dans l'appartement de l'île Saint-Louis, où il avait grandi avant la grande séparation. Le premier mois s'est passé à étudier le monde extérieur avec la complicité maternelle, guettant de sa cachette les dîners mondains, les conversations, les codes sociaux, observant le ballet bien rôdé de l'hypocrisie et de l'avidité. Il s'en est approprié les rites et l'arrogance. Lorsqu'il a estimé maîtriser les règles de cette humanité dérisoire, il a fait son apparition dans cette « haute » société, entrée remarquée si ce n'est appréciée, car malgré ses dons mimétiques, quelque chose d'indéfinissable envoyait un signal de danger autour de lui. Il faisait peur, frisson excitant pour les femmes, provocant pour les hommes ; on le flatta, on l'invita, on chercha à se le concilier, pressentant en lui une force inquiétante, allié précieux, ennemi mortel. Lui ne flattait personne, il les méprisait trop. Il retrouva la place qui l'attendait dans des sociétés influentes dont les noms ne sont connus que des initiés, le Bilderberg entre autres où il croisait les hommes qui font le destin du monde. Il intégra aussi naturellement le Siècle.

Il continuait alors tous les jours à se rendre aux Invalides, où il travaillait pour Charles Plantard à toutes sortes de missions d'exploration. Sa nouvelle identité ne souffrait d'aucune faille, puisque c'était celle qu'il avait abandonnée pour entrer dans la Forteresse. Son nom n'était dans aucun des dossiers classés ultra-secret, car dès l'origine Alexeï était une taupe sans le savoir, un phénix destiné à resurgir de ses cendres après un long parcours initiatique.

Il obtint l'autorisation de s'exercer à la programmation mentale, à charge pour lui de recruter ses propres sujets d'expérience. Il se concentra sur les femmes, avide de percer les secrets des psychés féminines, exerçant sur elles une secrète vengeance par rapport à sa mère. Pour elles, il utilisa les techniques qui l'avaient formaté, le monde de *Dune* imprimé à tout jamais dans sa psyché contamina ses victimes, elles faisaient désormais, sans le savoir, partie de sa tribu.

Puis il fit dissidence.

Brutalement, sans prévenir. Reprenant les rênes de la banque familiale.

Au début du troisième millénaire, il ressentit brusquement le besoin d'investir un lieu énergétique qui deviendrait sa base secrète. Confiant que celui-ci viendrait à lui, il exprima son vœu et attendit sans impatience que l'énergie travaille pour lui. Quelque temps après, il remontait au milieu de la nuit la rue de Richelieu, sortant d'un club de nuit de la rue Thérèse, quand il tomba en arrêt devant une fontaine qui résonna en lui comme un coup de gong. Il nota le cartouche sculpté :

À Molière, né à Paris le XV janvier MDCXXII, mort à Paris le XVII février MDCLXXIII – souscription nationale (15 janvier 1622-17 février 1673).

Cinquante et un ans, pas si mal pour l'époque. Il connaît mal Molière, la littérature n'est pas au cœur de son éducation militaire, et pourtant quelque chose l'appelle dans cette fontaine.

Son regard remonta jusqu'à la sculpture qui dominait l'ensemble architectural, un enfant aux cheveux de gorgone et aux ailes déployées, tenant dans ses mains des couronnes de laurier et siégeant sur deux cornes d'abondance… Rien du regard souriant d'un ange, non, plutôt une sorte de génie maléfique, il domine une grande statue sombre de Molière avec l'assurance de celui qui voit au-delà du temps. Il porte la vengeance sur son visage, une moue boudeuse et vindicatrice. Il est prisonnier d'un filet de protection invisible. Il est son frère, son *alter ego*. Des serpents enlaçant des branches d'olivier couronnent les pilastres. Trois têtes de lions crachent tranquillement leur eau dans la fontaine. L'enfant-gorgone fascine Funk-Romanov, comme s'il était la projection symbolique de ce qu'il a vécu… La métaphore des enfants d'Équinoxe. Des deux côtés de Molière, quatre pilastres corinthiens forment la porte d'un temple dominé par le jeune génie ailé. Derrière sa tête rayonne un soleil levant, il surmonte une ouverture, une fenêtre cachée derrière la tête perruquée de Molière.

Il continua son exploration : la grande porte munie de barreaux de la rue de Richelieu ne montre ni serrure ni numéro de rue. De l'autre côté la même porte en vis-à-vis donne sur la rue Molière, numéro 24. Un drapeau bleu aux douze étoiles de l'Europe pend sur sa hampe au-dessus de la porte fermée d'une lourde grille. Des caméras de surveillance gardent les lieux servant apparemment de siège à plusieurs associations improbables. De simples associations protégées comme un ministère, voilà qui ajoute du piment à l'histoire, il y a bien là des remugles de machinations et de secret. Cela ne fit qu'intensifier l'attrait que l'endroit exerçait sur lui.

Il releva toutes les informations exhibées sur la porte, sans en croire un seul mot, sans savoir pourquoi cette certitude l'habitait qu'il y avait là un secret à découvrir. Il fit des recherches sur la fontaine, se fit ouvrir les archives de l'architecte qui l'avait conçue en 1844, persuadé qu'un message y était caché. Louis Tullius Joachim Visconti était l'héritier d'une célèbre lignée d'archéologues italiens, bien introduit dans les milieux du pouvoir, il créa entre autres, dans le style néo-baroque, la fontaine Saint-Sulpice et le tombeau de Napoléon Ier. Un artiste si bien introduit ne le devait pas au hasard, ce qui appuyait la thèse d'une intention cachée. Mais si secret il y avait, Visconti ne lui en offrait pas la clé sur un plateau, il lui permit néanmoins à travers sa biographie de constater qu'il était un initié, et qu'il utilisait son art pour faire passer des messages à travers la pierre et le marbre. Alexeï poursuivit aussi le sculpteur du génie ailé, Jean Jacques Pradier, dit James Pradier, spécialisé dans les sculptures féminines, nymphes, odalisque, Sapho, Diane... et le génie de la fontaine Molière, pour constater qu'il faisait partie de la même nébuleuse que Visconti. Logique.

Quelque part en Alexeï rôde l'idée que s'il résout le mystère de la fontaine Molière, son passé s'en trouvera éclairci. Son intuition ne le trompe pas tout à fait, il est déjà passé par cette porte alors qu'il avait à peine cinq ans, poussé par sa mère qui venait l'offrir en holocauste au mythe du surhomme. Ce fut l'ultime étape parisienne avant le long trajet en car blindé jusqu'à la Forteresse, avec une dizaine d'autres enfants, orphelins ou abandonnés confiés à la DDASS.

C'est là, au cœur de Paris, sous la couverture d'une association destinée à la réinsertion des sans-abri, bénéficiant de donations officielles plus que généreuses, qu'« ils » avaient procédé sur lui à des tests psychologiques, psychométriques, hypnotiques, pénétrant les couches profondes de son inconscient, évaluant ses capacités parapsychiques, analysant son ADN et son potentiel génétique.

Sa mère, triomphante devant les résultats, leur abandonna son rejeton effaré avec une phrase qui devait le marquer tout au long de ce purgatoire où son enfance lui fut arrachée de la plus violente façon. Une phrase à laquelle il s'accrocha et qui grandit avec lui, prenant la place de la tendresse et de l'insouciance qui lui furent volées. « Un jour tu seras un aigle, un jour tu seras un lion, tu auras des ailes et tu monteras sur le trône qui t'est destiné. Tu es un prince, Alexeï, et tu seras empereur. »

Ce propos n'était pas nouveau pour lui, l'obsession maternelle d'une ascendance illustre et du destin impérial de son fils unique sous-tendait tous ses rapports avec lui depuis sa naissance… À travers Alexeï, en l'ancrant dans sa conviction qu'il était prédestiné à restaurer le trône des Romanov, elle visait à la réalisation de son rêve. Elle ajouta le regard brillant : « Si tu dois passer par la mort pour renaître, tu passeras par la mort. »

Il était effectivement passé par ce qui s'apparentait à une mort, celle de l'enfance, de l'innocence, de la part humaine de son être.

Funk-Romanov se retrouva peu à peu la proie d'une hantise, il devait investir à tout prix le 24 rue Molière. Il ignorait qu'il revenait ainsi à l'origine, au point de non-retour où il fut jeté de son cocon douillet d'enfant adulé dans la jungle de la survie. Il n'avait pratiquement aucun souvenir d'« avant », sauf le goût subliminal d'une mousse au chocolat, ainsi qu'une soupe « aux yeux » chez sa grand-mère. Il revoyait le fin bouillon où luisaient les globes brillants du tapioca et l'horrible impression de les sentir bouger dans sa bouche, ainsi que l'envie de vomir. Il se souvenait aussi de son lit d'enfant si rassurant et tiède qui se transformait le soir en bateau volant vers l'immensité. Un rêve sans doute, mais auquel il revenait désespérément dans le dortoir glacial, priant ardemment pour que son cauchemar finisse et pour retrouver cette exquise sensation de flotter au-dessus du monde à l'abri de tous les dangers.

Sensation qu'il devait retrouver dans le voyage astral, quand il parvint à diriger son esprit dans son sommeil et qu'il partit, traînant derrière lui la corde d'argent qui le retenait à son corps pour aller explorer les entre-deux-mondes.

Mais l'innocence s'était enfuie sans retour, dans l'astral il était désormais guerrier et non plus simple visiteur.

Ainsi la fontaine Molière était-elle à son insu inextricablement liée au paradis perdu et, quelque part dans le mécanisme de sa mémoire, investir ce lieu revenait à retrouver le point initial, où résiderait la possibilité magique de modifier le cours des choses. Non pas qu'il veuille revenir dans cette dimension mentale dont se contentent la plupart des humains, et qui lui paraît à présent si étroite. Il constate tous les jours sa différence, pour rien au monde il ne reviendrait en arrière au risque d'effacer tous ces dons sulfureux, séquelles de l'enfer traversé. Mais il a un compte à régler qu'il exprima sans le savoir dans la conquête de ce lieu hautement symbolique.

Il fit jouer tous ses influences, utilisa des leviers un peu glauques, et quelques mois plus tard, ayant bouté hors des murs leurs improbables locataires au déclin, s'y installa victorieusement, sous la couverture d'une association créée spécifiquement comme instrument de prise de pouvoir : EMPIRE était né.

Ce lieu d'une discrétion subtile devint son repaire secret, le centre de sa conspiration.

XVII

Hiéronimus et le mystère Cornelia

Cornelia von Stutz. Plantard avait prévenu Alexeï, lorsque ce dernier avait décidé, avec son accord, de se consacrer aux techniques de manipulation de la psyché. Celui-ci attirait les femmes fragiles comme la flamme les papillons qui venaient y consumer leurs ailes irisées. La tentation était grande pour lui – Plantard le savait – de les faire passer à un stade supérieur de sujétion, pour en faire à vie des captives, à leur insu bien sûr. Fouiller dans les psychés de ces femmes, les torturer jusqu'à faire naître les autres personnalités, constater le pouvoir qu'il prenait sur ces victimes le mettait à l'égal des dieux. Il parvint ainsi à combiner jusqu'à neuf *alters* dans un même corps. Tel un thaumaturge avide de perfection, il ciselait ses créations comme des œuvres d'art, et nul n'aurait pu deviner derrière ces jeunes femmes accomplies les multiples ombres qui les habitaient, attendant patiemment leur moment.

Lorsque son chef l'avait mis en garde contre l'utilisation de ces techniques sophistiquées à des fins personnelles. Alexeï s'était incliné. Apparemment. Il ne travaillait donc que sur des sujets choisis en fonction de critères définis par le Projet.

Officiellement Cornelia von Stutz ne faisait pas partie des « modifiées », la sculpturale jeune mannequin avait fait partie des conquêtes féminines d'Alexeï, comme bien d'autres beautés qu'il exhibait dans les dîners mondains, les fêtes parisiennes, les vernissages d'art contemporain, les opéras et les ballets. H se doutait à présent, au vu de l'enchaînement des faits depuis le meurtre de Diane, qu'Alexeï n'avait pu se refuser une si belle proie. Il y avait de fortes chances que Cornelia ait subi une manipulation mentale clandestine. Dans ce cas, on ne pouvait éliminer l'éventualité qu'elle soit devenue un projectile mortel dirigé par Alexeï vers son ancien chef.

Un danger non négligeable.

Il y avait eu la grande révolte, puis la réintégration. Alexeï supportait de moins en moins d'être soumis à une autorité quelconque, encore moins celle de Plantard, il le considérait plus comme un complice de ses bourreaux que comme leur sauveur. Les manœuvres de Plantard n'avaient pas échappé à son esprit critique. Avide de tuer l'autorité que celui-ci représentait aux yeux des autres rescapés d'Equinoxe, il développa l'obsession de le dépasser, de lui prouver qu'il le surpassait. La rivalité était devenue frontale entre celui qui se considérait comme le futur empereur d'un nouvel empire en gestation et son mentor.

Un jour l'affrontement menaçant qui pesait depuis de longs mois sur le Projet éclata. Lorsque Funk-Romanov quitta le QG secret des Invalides pour ne plus y revenir, la puissance de sa fureur avait fait exploser tous les ordinateurs de la pièce, quelques objets avaient volé d'eux-mêmes à travers les airs, Plantard avait dû se couper de la troisième dimension lorsqu'il avait vu la vague de haine jaillir d'Alexeï en sa direction, se concrétisant en aiguilles de glace prêtes à le transpercer.

Le rejeton maudit de la lignée impériale partit donc, laissant derrière lui un QG saccagé par le seul pouvoir de son mental et Plantard perplexe. Il apprécia l'exploit en lui-même, mais comprit qu'il avait désormais un ennemi mortel dont les capacités létales dépassaient celles d'un bataillon de commandos superentraînés.

Dans cette perspective, la photo retrouvée représentait une véritable menace, qu'il n'avait pas l'intention de prendre à la légère. Lorsque Dante lui avait tendu la photo, il avait fermement senti l'intention qui l'imprégnait, reconnu l'empreinte de Funk-Romanov et entendu son cri de guerre. Un sentiment inusité s'était frayé un chemin en lui qui ressemblait à de la peur.

Comment pourrait-il parler de Cornelia sans trahir Équinoxe et surtout le Projet? Ni Dante, ni Arielle, ni Balthus n'étaient habilités à savoir.

Eux aussi étaient en danger, tous ceux qui l'entouraient l'étaient. Dans sa Bentley conduite par son fidèle factotum, il réfléchissait à une tactique de protection. Ou à un piège. Il fallait tendre un piège pour attraper la flèche avant qu'elle ne touche sa cible.

D'abord la flèche, ensuite l'archer.

Il commença à élaborer un plan. La voiture descendit dans le parking souterrain sous les Invalides. Au troisième sous-sol, elle se dirigea tout au fond vers plusieurs box fermés. Parvenu devant l'un d'entre eux, Milo appuya sur un bouton au centre d'un boîtier et la porte bascula, la voiture entra dans le box qui donnait sur un sas aux allures de simple garage, mais qui n'était qu'un ascenseur vers les profondeurs des Invalides. La descente dura plusieurs minutes, puis le mur du fond coulissa, dévoilant un vaste espace d'une blancheur parfaite où cinq voitures étaient déjà garées. La Bentley s'y glissa tandis que le mur se refermait derrière elle. Un instant après Charles Hiéronimus Plantard se retrouvait au cœur du réseau des *psychics.*

Depuis qu'il avait lancé la traque à l'Avatar, Hiéronimus restait attaché à la nécessité de l'identifier, mais ne le percevait plus comme un danger imminent. La menace avait changé de camp avec l'apparition de Funk-Romanov sur l'échiquier. Que celui-ci soit impliqué dans l'affaire de l'Alma rendait l'ensemble cohérent. La haine d'Alexeï à son égard, sa certitude d'être l'Élu, confortée par les délires de sa mère, son état-major impérial dans lequel il a recruté aussi bien des anciens Équinoxe venant d'autres essaims, que des normaux modifiés par ses soins, mais surtout l'impressionnante logistique internationale mise en place par son père, font de lui un adversaire redoutable. D'autant plus inquiétant que Plantard ignore dans quelle mesure Alexeï n'a pas trouvé une voie détournée pour espionner le complexe souterrain, bien que tous les paramètres de sécurité aient été modifiés et les mesures d'isolation télépathique renforcées, après sa dissidence.

— Oubliez l'Avatar, sauf vous deux, dit-il à ses équipes réunies autour de lui dans la grande salle.

— Concentrez-vous sur Alexeï Funk-Romanov et sur les gardiens du secret. Synthel est-il en place autour de lui ?

C'est Thomas qui répond,

— Tout est en place, sauf dans sa proximité, on ne peut pas l'illusionner, lui, mais on peut semer le doute dans les esprits de ses disciples.

— Qui avons-nous en mission d'infiltration ?

— Huit est toujours resté fidèle, il a introduit plusieurs hommes et femmes à nous dans son réseau. Des spécialistes de la télépathie synthétique, ils possèdent une grande puissance de persuasion, les voix et les pensées qu'ils envoient dans l'esprit des adversaires sont parfaitement adaptées et pénètrent en eux sans éveiller de suspicion ou de doute quant à leur origine.

— Parfait, parfait.

Plantard se frotte les mains comme s'il malaxait un esprit récalcitrant et reprend :

— Dès que je lancerai le signal, tous doivent être activés, il faut les submerger de pensées contradictoires. Vous servirez de relais. Préservez l'effet de surprise, ne leur laissez pas le temps de se concerter ; ils doivent être pris à chaud, dans le feu de l'action, quand ils n'auront pas le temps de réfléchir.

— Nous maîtrisons le processus. L'opération « Révélation » se présente bien. J'ai lancé un de mes contacts indépendants en chasse pour nous.

— Vous êtes bien sûr de lui ? Ce n'est pas le moment d'offrir une faille à notre adversaire.

— Sûr à 100 %, il s'agit d'un autiste Asperger, incapable de mentir ou de manipuler, nous avons suivi ensemble l'entraînement des camps de vacances en pays cathare. Il est incroyablement doué, son vecteur favori est le cristal, il profite d'un maillage planétaire. Nous sommes amis, avec lui toutes les intentions doivent être pures sinon il disparaît.

— Comment s'appelle-t-il ?

Malgré une parfaite maîtrise de ses réactions, Plantard ne put s'empêcher de laisser transparaître un soupçon d'étonnement.

— Balthus, je l'ai rencontré avant Équinoxe, c'était le plus stupéfiant de tous les enfants, ses dons surpassaient de loin tous les autres, mais il était incapable d'entrer dans un programme ou d'accepter un contrôle. Il est resté indépendant, c'est un pur génie d'Internet.

— Surprenant. Balthus travaille pour moi, sur l'affaire de l'Alma, avec l'ORV.

— Ce qui est surprenant c'est qu'il travaille pour quelqu'un, s'étonne Thomas, Balthus fait ce qu'il veut et je n'imagine pas qu'il puisse même comprendre la notion d'obéissance. Je l'aurai cru inaccessible.

— Peut-être devrais-je dire il travaille « avec » nous. Il paraît parfaitement en symbiose avec mes deux atouts. Que vous connaissez pour avoir fait toutes les recherches nécessaires sur eux. Arielle de Thal et lui semblent de vieux amis bien qu'ils ne se connaissent que depuis quelques semaines ; c'est un peu pareil avec Dante Ibozu. À eux trois, ils forment une sorte d'esquisse de *Gestalt.*

— C'est un don que possède Balthus, attirer les gens dans son aura, mais pas n'importe qui.

— Ils ne sont certainement pas n'importe qui, murmure Plantard pour lui-même, nous ne pouvons pas nous permettre de les perdre. Entourez-les sans qu'ils le sachent d'une protection maximale.

La porte glissa sur elle-même, un petit homme maigre aux cheveux en broussaille entra dans la pièce, il semblait singulièrement mal à l'aise.

— Bonjour, monsieur, nous avons une mauvaise nouvelle, nous avons perdu Arielle de Thal. Comme vous nous l'aviez recommandé, nous avons gardé nos distances quand elle est partie en voiture, mais nous avons perdu le contact visuel, elle conduit un véhicule très rapide et elle a coupé son téléphone portable.

— Et son passeport, sa carte d'identité ? Il suffit de repérer leurs signaux avec les puces…

— Elle semble être partie sans pièce d'identité, sa voiture n'a pas été pluggée, elle ne s'en était pas servie depuis longtemps et nous ignorions son existence.

Plantard ne peut s'en prendre qu'à lui-même, ses sbires n'ont jamais eu le dossier complet d'Arielle qui contient trop de détails personnels, il ne leur a livré qu'une version expurgée réduite au minimum nécessaire. Nul autre que lui n'a accès au vrai dossier, pas même les fins limiers du ministère de l'Intérieur. Cela ne les regarde pas.

Il se tait, immergé dans ses réflexions, tandis que les deux hommes attendent son verdict. Cette disparition est-elle délibérée ou s'agit-il d'une simple escapade ? D'un côté, un week-end d'été, un temps radieux, elle peut avoir eu envie de quitter Paris. D'un autre côté on ne peut négliger la menace Funk-Romanov...

— Nous allons partir sur sa trace, je propose de commencer par les aéroports et les gares, dit Thomas.

— D'accord envoyez une équipe, mais si elle a sorti cette voiture dont elle se sert rarement, on peut aussi imaginer qu'elle est partie sur la route. Il y a deux endroits où j'aimerais que vous vous projetiez, Thomas, et je veux que vous le fassiez vous-même, l'un en Bourgogne, l'autre en Haute-Normandie. Je viens avec vous pour les situer sur la carte.

Il se tourne vers le petit homme :

— Vous, concentrez-vous sur Dante Ibozu et Balthus. Ne les quittez pas des yeux un instant. Il y a des chances pour qu'elle les contacte. Interceptez toutes les conversations sur les fixes comme sur les portables, SMS, mails... Rien ne doit vous échapper, c'est bien compris ? Mettez tous les hommes nécessaires, ne les perdez pas de vue un instant. Sinon...

La note glaciale de ces mots sèche la bouche de l'homme, il sait qu'il n'a plus droit à l'erreur...

XVIII

La mission d'Alia

La fontaine crache une eau claire par les gueules des trois lions tandis que sœur Magdalena lève un regard acéré derrière ses grosses lunettes déformantes. Le génie aux cheveux de Gorgone qui domine la fontaine Molière est le jumeau triomphant de l'enfant bâillonné de Tindaro. Une réplique qui ne crie pas mais fomente sombrement ses défenses en contemplant la circulation de la rue de Richelieu. Le lien est évident pour elle, mais elle se demande à quelles directives a obéi le sculpteur lorsqu'il a inclus cette figure malveillante dans l'ensemble de la fontaine ?

De même que la fontaine a fasciné Funk-Romanov, au point d'y installer le centre de son activité, de même Alia ressent devant elle un étrange sentiment d'oppression et de solitude. L'imminence d'une menace qui ne la concerne pas directement mais dont elle est partie prenante.

Mi-humain, mi-dieu, le génie ricane, des couronnes de laurier brandies comme les preuves de ses connaissances. Alia le ressent comme un frère dangereux, elle ignore que ce sentiment, ainsi que tout ce qu'elle a pu ressentir devant la face cachée de Tindaro, lui a été implanté artificiellement et qu'elle porte l'histoire d'un autre.

Il est là et il est ailleurs, il est partout, et nul ne pourra lui échapper.

Sa contemplation n'a duré que quelques minutes, elle se détourne vers le drapeau de l'Europe qui ressemble plus à une bannière mariale désolée qu'au symbole d'une puissance unie, et avec une vivacité que l'on n'attendrait pas d'une femme si âgée, elle se retrouve devant la grille entrouverte. Elle sonne, les caméras se mettent en action et reproduisent sur l'écran du gardien la silhouette épaisse de la religieuse. Il appuie sur un bouton qui libère la porte et la contemple en train d'entrer, puis de monter l'escalier de bois patiné qui mène au premier étage. Elle se redresse dans une métamorphose singulière, retrouve sa sveltesse et une allure souple.

Là-haut elle entre dans une petite pièce munie d'un lavabo et d'une sorte de coiffeuse et poursuit sa transformation, elle ôte son voile et ses lunettes à gros carreaux, la perruque grise part avec le voile, elle sort de ses joues des paquets de cellulose préformée, elle enlève les lentilles de contact qui assourdissent son regard, les couches de fond de teint grisâtre… Peu à peu de la glaise vieillie émergent les traits harmonieux d'Alia.

Du placard elle sort une tenue passe-partout, jean noir et boots, débardeur avec petite veste ajustée en cuir souple. Elle respire mieux que dans la touffeur des superpositions de vêtements qui la grossissaient, elle se retrouve avec satisfaction longue et mince. Et enfin droite. Elle prend une douche et se coiffe soigneusement, prenant son temps pour revenir dans la peau d'Alia. Elle se contemple dans le miroir et tressaille.

Elle ressort dans la pièce principale dont les deux fenêtres latérales donnent sur la rue Molière et la rue de Richelieu. L'œil-de-bœuf qui se découpe, invisible derrière la tête de Molière, donne un étrange aperçu sur la ville, dehors.

Une violente envie de dormir la saisit, elle s'assied dans les coussins moelleux d'un fauteuil de velours violet sombre, et se laisse emporter dans un état de conscience parallèle…

— Pourquoi n'as-tu pas supprimé les gardiens du fort Saint-Ours ? Elle se réveille brutalement avec cette question dans la tête… Pourquoi elle ne l'a pas fait ? Parce qu'il lui est apparu comme plus propre et plus discret de leur faire un petit lavage de cerveau en effaçant dans leur esprit toute trace de son passage. C'est la technique suprême, le contrôle de l'esprit. Pas de victimes, pas d'enquêtes, pas d'ennuis. Soudain la voix surgit :

— Et si précisément je voulais des victimes, une enquête… Il faut parfois savoir frapper fort pour donner un avertissement. Obéir, c'est agir sans réfléchir, sans interpréter les ordres. Tu ne connais pas les implications ultimes de tes actions, elles sont toujours programmées pour une bonne raison.

Elle entend la voix mais ne sait pas d'où elle vient. Quand elle veut se retourner, elle ne parvient pas à bouger. Une invisible contrainte la maintient immobile. La voix s'insinue jusque dans ses nerfs électrisés, en un éclair la voici envahie d'informations nauséeuses, d'empreintes de douleur et de folie. La voix porte en elle toutes les terreurs sous-jacentes depuis son enfance. Elle n'appartient pas au territoire de l'enfance mais elle l'a reconquis, elle a pris le pouvoir sur les ruines brûlées de la petite fille. Ce n'est plus une voix, mais une griffe acérée qui fend le voile de l'oubli. Une voix qu'elle doit honorer et chérir, une voix pourvue d'un regard vert de basilic.

Alia a été conformée pour devenir une tueuse aguerrie, sans état d'âme, elle n'est pas censée ressentir la moindre émotion et pourtant, est-ce le travail de Myriam Goslan qui a ouvert une brèche dans ses défenses, elle éprouve par éclairs le poids du doute. Cornelia cherche à resurgir, elle se glisse hors de la prison où la prise de pouvoir d'Alia l'a confinée. Quelque chose ne va pas, pas bien du tout.

Cette faille imprévue résonne comme une fausse note pour Funk-Romanov qui domine de toute sa taille la mince silhouette figée.

Elle a été parfaite jusque-là, chacun de ses pas sous surveillance. La perfection de son travestissement en bonne sœur prouve, s'il en était besoin, ses compétences, son opération de contrôle à la Défense s'est révélée parfaitement rôdée. Quant au passage chez Plantard dans le nid d'aigle de la vallée de l'Ubaye alors que celui-ci s'en était déjà envolé, elle a parfaitement maîtrisé l'imprévu. Elle avait interprété les ordres à sa façon, certes. La certitude intérieure que son passage devait rester invisible l'avait empêchée d'effacer le gardien, peut-être au fond d'elle une répugnance curieuse à verser le sang, dont elle s'était justifiée avec elle-même dans l'idée de préserver l'effet de surprise pour la suite des événements.

— Je me suis adaptée à la situation.

— As-tu laissé les lieux intacts ?

Alia sort le poignard au manche d'ivoire qu'elle a emprunté dans le bureau de Hiéronimus. Il ne reste plus trace dans son attitude du trouble que Funk-Romanov avait cru déceler.

— Je le frapperai avec sa propre lame, dit-elle en caressant les courbes douces de la sculpture.

— Les paramètres ont changé, je veux d'abord voir Plantard face à face. Tu as pu constater qu'il a érigé autour de lui des protections puissantes, électroniques, humaines et magiques. Pour l'atteindre il nous faut le déstabiliser. J'ai trouvé une faille dans ses défenses, un moyen de l'attirer jusqu'à nous. Lève-toi. Voici celle qui servira d'appât et de révélateur.

Alia/Cornelia se déroule du fauteuil profond, elle se tourne vers Alexeï, telle la proie fascinée par le serpent. Leurs regards se prennent. Immobiles tous deux, ils se fixent et se jaugent. Alexeï ne peut s'empêcher d'être fier de son travail, il a devant lui une quasi-perfection, un instrument modifiable à volonté. Il aimerait avoir le temps de faire resurgir Barbie, mais ce sera pour plus tard. Il sort une photo de la poche intérieure de sa veste et la tend à Alia. À la vue du visage qui la toise innocemment, l'adrénaline se répand dans ses veines, un étrange sentiment la prend qui brouille à nouveau sa détermination, quelques centièmes de seconde à peine avant qu'elle ne reprenne le contrôle.

— Parfait.

— Tu es censée être en fuite, continue à te modifier, personne ne doit te reconnaître.

— Je sais. Mais l'autre n'est pas loin, je la sens qui s'agite, je ne veux pas qu'elle revienne, je veux rester aux commandes.

— Elle ne reviendra pas si tu agis conformément à la mission qui t'a été assignée. Fais ce que tu dois faire et tu garderas le pouvoir.

La voix joue sur des résonances profondes qui atteignent les *alter* engrammés dans les replis de sa conscience, elle éprouve l'étrange sensation de la multiplicité, comme si toutes celles qu'elle avait été depuis sa naissance se retrouvaient subitement au même point temporel pour rassembler son être entier. Sa vision englobe le temps et aussi l'espace, toutes les vies qu'elle a vécues à travers le temps, toutes les connexions qui la lient à ses extensions convergent vers un point proche.

L'inexplicable sensation d'être reliée à une infinité d'elles-mêmes éparpillées à travers le temps et l'espace la transperce, comme un voile qui se déchirerait en crissant.

Il suffirait de peu pour passer de l'autre côté, un lieu où règne l'unité et la paix infinie, où l'âme enfin se retrouverait complète ; elle voit derrière le rideau déchiré cet apaisement où s'enroulent des vagues de fumées blanches et bleues, dans un mouvement souple et harmonieux, où les contraires se rejoignent et se fondent. Elle pressent qu'il y a là une vérité essentielle, que son chemin va inéluctablement vers ce lieu où se dissoudront enfin toutes ses douleurs. Mais elle en est encore loin, incarcérée dans l'alter, immergée dans la troisième dimension. Celle que l'on nomme Alia ne peut se défendre à nouveau d'un doute éphémère, elle visualise une fêlure, une fissure qui traverse ses corps subtils et fragilise sa toute-puissance. Elle sent que quelque chose d'indéfinissable lui échappe, que des forces en maturation dans une part lointaine de sa psyché poussent pour sortir et que la faille peut s'élargir malgré elle. Mais elle n'a pas de choix autre que d'avancer et d'obéir. Elle reprend donc le pouvoir, grisée par l'attrait de la chasse l'excitation brille dans ses yeux... Son esprit tourne à toute allure, construisant le piège dans lequel elle va prendre sa première victime, l'appât de Charles Hiéronimus Plantard.

Elle revêt sans soupirer les oripeaux de sœur Magdalena Purunde, elle s'y sent à l'aise malgré l'oppression des vêtements et l'épaisseur du maquillage, ce qui prouve bien que son entraînement a quelque chose de surnaturel... Peu à peu dans le miroir disparaît la belle, fondue dans les profondeurs traumatiques d'une vieille femme abîmée. Les lunettes, la perruque et le voile bleu, voici que reprend vie cette version librement interprétée d'une Quasimodo de couvent.

Elle ressort du 24 avec un grand sac en papier du Printemps qu'elle traîne dans la rue de Richelieu en haletant comme s'il était très lourd, elle rejoint l'avenue de l'Opéra où elle attend le bus 95 vers Montparnasse. Le bus est bondé, mais une femme laisse sa place à la vieille religieuse épuisée qui la remercie d'un signe de tête. Elle s'assied, agrippée à son sac serré contre elle comme un bébé maléfique. C'est ce que pense soudain l'homme entre deux âges, debout quelques mètres derrière elle, fasciné par ce personnage qui porte sur elle toutes les épreuves du monde…

Elle se sait observée et détourne l'attention de l'homme, le renvoyant dans ses pensées antérieures sur un dîner qui l'amuse et sa femme qui ne le passionne plus. Puis elle lui suggère de regarder la jolie jeune femme plongée passionnément dans le tome deux de *Millenium*, docilement il se rapproche. Il lui dit deux mots, elle se retourne vers lui avec un sourire, acquiesce… Nul ne regarde plus la sœur qui contemple les vitrines de la rue Bonaparte, antiquaires et décorateurs, tandis que le bus suit les trottoirs animés de silhouettes hétéroclites aux bras nus brunis par l'été. Son travestissement agit comme une nouvelle peau, elle se ressent au ban de cette société agile et brillante, exclue de toute la douceur de la vie. Le ressentiment l'habite, l'envie de détruire ces fragiles certitudes qui rassurent les autres, aveugles et privilégiés.

Boulevard du Montparnasse, la vieille religieuse descend lourdement de l'autobus, se dirige vers la gare. Tous ses sens sont en éveil, elle emprunte à gauche l'étroite rue du Montparnasse ; elle marche lentement, derrière ses épaisses lunettes elle note tout, chaque boutique, chaque restaurant, tout ce qui gravite autour d'un endroit précis, la grille qui ouvre vers l'ORV…

L'après-midi du vendredi touche à sa fin, les passants se font rares, elle remarque une Porsche Boxster gris pâle devant le bateau du numéro 49, et continue son chemin jusqu'à une boutique un peu plus loin où elle se plonge dans la contemplation de la vitrine bariolée, remplie d'artisanat du monde… Nul ne fait attention à elle, tel un caméléon elle s'est faite grise comme le trottoir et aussi invisible qu'un mur, elle surveille les allées et venues vers le 49…

Rien ne se passe, elle reprend sa marche fatiguée avant de traverser la rue, là elle revient tranquillement en sens inverse vers la voiture grise ; à ce moment émergent du porche une jeune femme aux longs cheveux châtain doré, vêtue de clair, accompagnée d'un homme en jean noir et chemise blanche aux cheveux bruns ébouriffés, le regard concentré sur sa compagne qui monte dans la voiture. Ils échangent quelques mots la portière ouverte, lorsque la jeune femme se tourne vers la religieuse qui poursuit son chemin sur le trottoir d'en face.

Elle a senti son attention, elle est aux aguets, bien plus que l'homme qui continue à lui parler. Sœur Magdalena sent le regard d'Arielle qui la suit, intriguée. Pourtant son déguisement est plus que parfait, il faudrait une perception au-delà de la normale pour soupçonner la supercherie. Tandis qu'elle s'éloigne vers le boulevard du Montparnasse, elle entend le ronflement de la voiture qui démarre, ralentit derrière elle, la dépasse lentement, elle se sent déjouée… De toutes ses forces elle détourne les pensées d'Arielle vers l'homme qui est resté figé sur le trottoir, et ça marche, celle-ci regarde dans le rétroviseur et lui adresse un petit signe désinvolte de la main droite…

Sœur Magdalena Purunde va pouvoir disparaître à jamais, elle est grillée. Le moment est venu d'une nouvelle métamorphose, Alia a encore quelques repérages à effectuer avant de lancer son filet. La rue Cassette, ainsi que l'hôtel de Dante Ibozu. Elle reviendra aussi vers la rue du Montparnasse mais elle sait que les systèmes de sécurité lui en interdisent l'entrée. Quand elle attendait dans la rue, devant l'imprimerie, elle a envoyé des sondes mentales et a réalisé à sa grande surprise qu'elle ne pouvait y pénétrer, comme s'ils se battaient avec les mêmes armes paranormales qu'elle, leur protection s'est montrée impénétrable… Leurs pensées ne lui ont été perceptibles que lorsqu'ils sont sortis, l'homme et la femme à la voiture grise. Ils correspondent aux photos.

De retour au 9 place Vauban, elle s'est enfin débarrassée de ses oripeaux de bonne sœur et se délasse sous une douche tiède, mais ses pensées tournent trop vite pour profiter de ce moment de détente. Elle fait du retour sur image, elle a senti en elle la connexion entre Arielle de Thal et Cornelia faire tilt lorsque celle-ci est apparue, souriante et déterminée et qu'elle est montée dans la voiture de sport sous le regard perplexe de Dante Ibozu.

XIX

Arielle – échappée en Haute-Normandie

L'arbre qui voudrait monter jusqu'au ciel
devrait faire pousser ses racines jusqu'en Enfer.
Nietzsche

À peine étais-je au volant de ma voiture qu'une sensation étrange m'envahit tout entière, l'aura magique de ma destination distille en moi une émotion qui ressemble à du bonheur. Je souris toute seule. Le plaisir de sortir de Paris et de conduire vers la mer transcende la circulation du vendredi soir, le flot des voitures qui m'enserrent m'indiffère. Zigzags place de l'Étoile, je zappe l'avenue de la Grande Armée bloquée et descend l'avenue Foch au milieu des arbres et des jardins… Place Dauphine, je redescends sur le périphérique et me glisse à droite sous le tunnel vers Neuilly, ma voiture ronronne, Kiri Te Kanawa chante l'*Ave Maria*, je laisse derrière moi pensées macabres et manipulations et contemple sans me sentir concernée l'Arche de la Défense qui domine l'avenue de Neuilly… la A14, bien nommée Autoroute des Riches, jaillit vers la lumière à la sortie des souterrains sous la Défense. Et voilà la route ouverte…

J'ai l'impression de flotter dans un luxe absolu, l'idée de me ressourcer par une longue marche sur la plage, de tailler quelques arbustes dans le jardin si la lune est propice, de ramasser le bois mort pour me préparer un feu dans la cuisine, de retrouver mon lit moelleux de couettes et d'oreillers pour dormir la fenêtre ouverte sur la nuit constellée d'étoiles où se découpent les hêtres immenses, de me réveiller au chant des multiples oiseaux, tout cela m'enchante profondément. J'ai malgré tout emporté mon e-book qui contient toutes nos recherches, au cas où une idée me viendrait mais je ne suis pas sûre de le sortir de sa housse… Malgré le passage d'un jardinier une fois par semaine, le jardin que j'ai abandonné depuis des mois va exiger son dû d'attentions, de taille, de mauvaises herbes à éradiquer… Les branches basses du grand chêne, le cœur du jardin, auront besoin du subtil éclaircissement annuel pour laisser le regard courir jusqu'aux rhododendrons et aux camélias. J'ai hâte…

Il y a peu de lieux plus mystérieux, plus empreints de mysticisme, plus reliés aux sources telluriques les plus lointaines que ce petit village raffiné de la côte normande où les arbres sont plus hauts qu'ailleurs, où les pierres d'étoiles surgissent du calcaire des plages, où la végétation foisonnante évoque les esprits élémentaires d'un paradis perdu…

Souvent les gens ignorent pourquoi, après un bref passage en ce coin précis de la côte d'Albâtre, ils ne songent plus qu'à revenir pour y jeter leurs racines entre campagne et mer. C'est un lieu envoûtant qui saisit l'âme, et rien que d'imaginer la mer aperçue au loin des fenêtres de ma chambre, mon cœur se gonfle du souffle de toutes les tempêtes.

J'en cacherai le nom, qu'il reste secret et réservé à ceux qui subiront son magnétisme.

J'ai éteint mon téléphone, m'isolant ainsi dans une oasis de calme amplement méritée. Le coucher du soleil irradie le ciel d'immenses traînées rosâtres et mauves, passé le péage de Mantes le flot des voitures s'est tari, je roule doucement pour une fois, sans dépasser le soporifique 130 kilomètres/heure, apaisée de retrouver cette route dont je connais chaque tournant et chaque perspective. Personne ne m'attend nulle part. Je savoure l'instant, la musique, le confort de ma chère voiture qui ronronne doucement, un fil invisible nous tire vers ma terre d'élection…

Comme toujours la traversée de Rouen me semble interminable, le rond-point, le feu, la prison, à gauche pour passer le pont et me retrouver sur la rive opposée, dans une circulation pire qu'à Paris. La nuit finit de tomber quand enfin j'atteins l'autoroute qui monte vers Dieppe, laissant les lumières de la ville à ma droite.

J'ai hâte d'arriver maintenant, au diable les limitations, j'appuie souplement sur l'accélérateur, le moteur rugit avec volupté, je laisse la vitesse m'emporter sur un tapis volant… Alors progressivement la voiture se met à chanter, un son monte dans l'habitacle et déroule une mélodie quasi extra-terrestre. Plus exactement, on dirait qu'une sorte de mystérieux archet provoque une longue modulation qui monte et descend harmonieusement sur trois notes, évoquant un je-ne-sais-quoi que j'aurais connu un jour, couleur de cuivre au soleil, avec un goût de mangues écrasées… Mais quoi ? Je savoure cette musique surprenante, y trouvant la mémoire de sensations envolées, sans parvenir à faire le pont dans ma conscience avec un moment précis du passé… C'est toujours accompagnée de ce chant qui semble monter des roues que j'arrive à Saint-Aubin, il cesse quand je tourne à gauche vers Offranville, comme s'il avait rempli son office, peut-être réveiller une connexion avec d'autres dimensions… Il y a en effet une résonance au-delà du réel dans ces trois notes alchimiques…

Plus j'approche, plus les repères se multiplient, la voie ferrée, le Gouffre, la montée et enfin le passage sous le pont à droite, l'if millénaire dont la masse énorme endormie dans l'obscurité respire la poussière des temps depuis mille cent années. Il a été planté sous le règne de Charles III, vers l'an 900, dans le cimetière qui entourait la première église romane, la croyance populaire affirmant à l'époque que les ifs possédaient le pouvoir de neutraliser les émanations produites par la décomposition des corps. Peut-être en effet s'est-il nourri de l'Ombre de tous les cadavres inhumés autour de lui pour avoir pris cette amplitude unique tout en conservant un feuillage si vert malgré les ans. Il concentre dans sa frondaison verdoyante le désir de vie qui reste après la mort attaché au corps périssable. Il est habité des fantômes de onze cent ans d'Histoire qui bruissent en lui.

Pour la première fois ce soir et pour les temps qui viennent, l'if prend une dimension surnaturelle, il s'impose comme le gardien millénaire de la route qui traverse la plaine, avant de pénétrer dans le champ d'influence du vortex le plus puissant de Normandie, à l'exception de celui du Mont-Saint-Michel. Un vortex gardé secret depuis les Celtes, protégé par les Mérovingiens, encore eux. Mon cœur bat comme chaque fois que j'approche. Car il est là le secret que révéraient les druides, qui attire de nos jours encore sorciers et médiums, en ce lieu où fut créé sous les auspices théosophiques un parc dont la beauté ne tient pas seulement à ses arbres et à ses fleurs, mais à quelque subtile aura mystique qui transcende la beauté et captive tous ceux qui ont une âme. Un vortex, passage vers les autres dimensions, lieu invisible de transmutation. Voilà, il se rapproche, les vibrations s'accentuent vers la route de l'église, ici règnent le mystère et la puissance des mondes anciens…

La maison m'attend, blottie derrière un rideau de hêtres et de tilleuls, presque insoupçonnable. Les masses bleues d'hortensias en fleur rayonnent sous la lune, je me souviens qu'au Japon les nuits de pleine lune sont honorées comme le moment idéal pour contempler le bleu iridescent des *Hydrangea* dont les rayons lunaires subliment la perfection. Il est vrai que ce soir les fleurs brillent d'une lumière interne intense, à se demander si nos yeux ne sont pas programmés pour déceler des réalités différentes selon qu'il fasse jour ou nuit. Les grands buis arrondis se devinent dans l'ombre, éclairés fugacement par les phares, je coupe le contact et reste immobile, écoutant derrière la transparence du silence l'infinité des sons nocturnes. La chouette hulule d'arbre en arbre, le vent bruisse à travers les feuillages épais, une soudaine vague d'énergie m'entraîne vers le jardin, mais je sais au fond de moi que je ne fais que reculer le moment de me retrouver seule face à moi-même dans la maison où nous avons passé nos derniers moments sans le savoir, Sam et moi. Je n'ai cessé de refuser son image pendant tout le trajet, mais ici sa présence est trop vive, je ne peux plus lutter contre toutes ses empreintes. Peut-être dois-je les explorer jusqu'au bout, les pleurer même s'il le faut, ou les accepter et les chérir tout simplement.

Première étape, première épreuve : allumer le feu dans la cheminée, non parce qu'il fait froid mais pour purifier l'atmosphère humide de renfermé, tous ces mois sans personne pour instiller la vie et le mouvement de pièce en pièce. Ces journaux que j'ai froissés, ces branches mortes ramassées ensemble sous les arbres et ces bûches que Sam est allé chercher dans la maison de bois au fond du jardin, un feu prêt à être allumé au premier retour, comme j'aime qu'il le soit. Je sors couper quelques branches de sauge qui brûleront en chassant les ombres. Ce feu ne devait pas attendre si longtemps, nous l'avions préparé tous les deux une fin d'après-midi d'automne avec la certitude d'accueillir ensemble les temps à venir, et voilà que l'été culmine et que Sam ne reviendra jamais. J'aimerais tant revenir dans le temps et le figer ce jour-là, même si le prix à payer était de le revivre sans fin.

Je me souviens qu'il fut un temps où je travaillais l'expansion de la conscience pour me déplacer en imagination dans le passé ou l'avenir. La tentation me prend d'emprunter la voie de la visualisation pour ressaisir l'essence de Sam, recréer sa présence physique... Mais ce serait le perdre ensuite une seconde fois, le courage me manque.

Assise dans un vieux fauteuil anglais, je contemple les flammes jaillissantes, le bois qui crépite dans sa langue archaïque tandis qu'une quiétude intemporelle m'ensorcelle. Curieusement la ronde des hommes qui m'ont aimée se met à tourner autour de moi, depuis le vieux prince romain de mes seize ans (il me paraissait si vieux, il en avait quarante !) qui me vénérait sans me toucher, mon premier amour aristocrate russe qui a toujours conservé une place privilégiée dans mon cœur, avec qui l'amour sentait l'orange fraîche, Clarkson que je ne sus pas reconnaître en des temps troublés et qui n'a cessé de grandir dans mon imaginaire comme un ami intemporel, et puis les erreurs et les amourettes, les complices et les sensuels, tributs d'une quête d'absolu dans l'amour affrontée à la médiocrité de la réalité. Enfin Sam est arrivé, qui m'a fait oublier l'impossible quadrature du cercle amoureux dans une fusion alchimique, avec une empathie qui transcendait le temps, l'impression d'être parvenue sur le rivage tant attendu.

Que sont-ils devenus, tous ces hommes qui ont tenté en vain de me saisir, chez qui j'ai vainement cherché l'écho de mes légendes, existent-ils encore ? Cette nuit solitaire, je ne sais pourquoi, j'aimerais sentir qu'il reste un lien avec eux, me rassurer en sachant que j'existe encore pour quelqu'un de vivant, que ma solitude possède des échos dans les âmes de ceux avec qui j'ai tenté de partager mon rêve.

Et sur tous ces visages à moitié effacés que je tente de reconstituer plane la phrase mélodique envoûtante entendue dans la voiture. Je retrouve enfin ce qu'elle évoque : la musique des sphères, les chants des étoiles, les sons captés par les immenses oreilles plantées dans le désert américain.

Dante dirait qu'il s'agit simplement d'un phénomène de résonance des pneus sur le revêtement légèrement mouillé de la route qui crée cette modulation, peut-être aurait-il raison, mais je préfère croire cette fois à un concert particulier orchestré par des êtres invisibles pour me mettre en condition de mieux percevoir le monde en mouvance. C'est un signe, le message de l'If aussi, ainsi que le fait que ce soit la pleine lune : l'impulsion qui m'a entraînée ici n'est que la concrétisation d'une convergence de tous les courants éveillés ces derniers temps dans mon être profond. J'entends à nouveau en filigrane le *langage oublié*, comme l'appelle Fromm, ce langage qui se manifeste dans les rêves ou les visions, qui chante dans notre supra-conscient nous reliant ainsi aux étoiles. Je rejoins la grâce de l'enfance où l'imagination nous entraîne dans des voyages intérieurs à travers les mondes parallèles et spirituels…

Je vais chercher une nappe de lin dans l'armoire du premier étage, où repose tout un linge raffiné comme je l'aime, nappes et serviettes, draps et taies blancs brodés, plaids chaleureux. Je dispose sur la table ronde les quelques courses faites à Paris avant de partir, des fromages accompagnés de beurre, de pain frais et d'une batavia. J'ouvre une bouteille d'un exquis bourgogne vinifié selon les cycles lunaires, le vin rougeoie à travers le cristal du verre à pied, la porte ouverte sur le jardin laisse pénétrer l'air frais encore tiède du soleil d'été qui tourne dans la pièce, la purifiant de ses relents d'enfermement, il sent bon l'herbe coupée, les fleurs sauvages et la mer… Je respire profondément…

Merci pour toute cette harmonie, cette beauté, cette extraordinaire puissance qui se déploie autour de moi.

Je vois maintenant comment j'avais laissé les ombres me rattraper. Elles ont attaqué ma substance même, enroulant leur obscurité au plus profond de mon être. Une implacable tristesse s'est installée en moi à mon insu, le monde m'apparaît plombé de gris, je n'imagine même plus ce que cela peut faire que d'avoir le cœur léger. Même au plus fort de la disparition de Sam j'avais conservé ma clarté, douloureuse certes mais limpide, rien qui ressemble à cet état crépusculaire dont j'ai émergé peu à eu tout au long de ce voyage…

Une seule fois dans ma vie, je m'en souviens encore avec un effroi secret dont j'ose à peine affronter l'évocation, les ombres ont eu raison de moi. C'était après la mort de bonne-maman, il fallait vider son appartement de tout ce qui avait été sa vie, et la vie avant elle de ses parents et grands-parents… Les lieux chargés des émotions et des élans de plusieurs générations, je ne le savais pas alors, possèdent des poches d'ombres macérées au cours du temps. On s'expose aux pires vibrations en ouvrant seulement une armoire. Naturellement, mon père étant alors une fois de plus au bout du monde, mes oncles et tantes trop occupés par leurs voyages et leur vie mondaine, sans parler d'Antoine qui n'aurait même pas imaginé nous offrir son aide, je me retrouvais seule avec ma cousine préférée, surnom Lila, pour fouiller les strates accumulées des reliefs du passé familial, les reliques ténébreuses devenues inutiles déposées au fil du temps dans l'éventualité qu'ils retrouvent un jour leur place dans la vie d'un quelconque descendant. Ma grand-mère étant une femme d'ordre, nous nous sommes trouvées devant des murs de placards entiers remplis de services de vaisselle, de verres et d'argenterie soigneusement emballés soit dans du papier de soie, soit dans des feutrines colorées. Mais en ouvrant les battants d'un des placards au fond de la buanderie, nous avons constaté qu'il servait à exiler les objets en attente de réparation, châles tachés brodés d'oiseaux de feu, bijoux cassés ou ternis par l'oubli, vieilles dentelles décousues de leurs parures, boîtes de laque, draps de lin chiffonnés, nappes d'autel cousues d'or, pièces d'argenterie esseulées, dont le déplacement soulevait une poussière intemporelle si fine qu'elle s'insinuait en nous à chaque respiration…

Tous ces rebuts que l'on ne se résout pas à jeter, ces tissus mangés au mites, ces menues pièces de porcelaine précieuse cassée et ces débris inidentifiables, nous nous sommes empressées de les enfouir dans les grands sacs poubelle apportés à dessein. Au fur à mesure que nous défaisions l'ordre cristallisé des choses anciennes, descendait sur nous l'obscurité. Il faisait de plus en plus sombre, chaque chose était de plus en plus noire. Chaque fois que j'y repense, je vois s'échapper des volutes étouffantes, des tentacules poisseux qui s'enroulent autour de moi et en profitent pour s'immiscer dans toutes les plus petites failles de mon âme.

Lila semblait intouchée, elle maniait les ondes sans même se douter de leur nocivité intrinsèque, s'exclamant joyeusement devant ce qui lui paraissait des trésors retrouvés, elle s'en emparait d'autorité et je sentais chez elle l'envie de possession. Je lui enviais son insouciance.

Après quelques heures de cette occupation mortifère, mes yeux voyaient définitivement en noir et blanc, mon cœur me paraissait lourd comme du plomb et rien ne venait éclairer les ténèbres où cette fouille sinistre m'avait entraînée. Je déroulais un paquet de papier de soie enroulé autour de ce que j'imaginais des dentelles précieuses lorsqu'une lourde chevelure s'en échappa, sinueuse et intacte. Des cheveux châtains qui évoquèrent le sachet bleu contenant les mèches blondes de mon enfance, gardées soigneusement avec mon nom et la date par bonne-maman. Nous décidâmes que ce ne pouvait être que sa chevelure de jeune fille, nous l'avions toujours connue avec une coiffure courte. Lila la jeta dans le fatras du sac poubelle comme s'il s'agissait d'un serpent, non sans que je me défende d'un remords inexprimé envers cette relique conservée soigneusement pendant quelques décennies. Mais je me sentais si plombée, si lourde que je n'eus pas l'idée de réagir…

Ma grand-mère étant déjà morte, on ne pouvait plus guère lui faire du mal par l'intermédiaire de ses cheveux, d'où venait donc ce malaise croissant à l'idée de cette chevelure répandue au milieu des verres cassés et des restes poussiéreux, un manque de respect qui me fit m'excuser auprès d'elle du peu de cas que nous avions fait de ce qui restait de son apparence corporelle depuis sa mort… plus que d'une superstition touchant au pouvoir magique des cheveux, ongles et autres débris corporels.

En ressortant dans la rue, le monde me parut désespérant et solitaire, j'en avais physiquement mal dans la poitrine, avec une brusque envie de pleurer. Les ombres avaient eu raison de moi. Sans que je m'en doute le moins du monde elles s'étaient infiltrées dans toutes mes sensations, les rendant opaques et pesantes. La chevelure de bonne-maman me serrait la gorge comme une écharpe mortelle, je n'arrivais plus à respirer. Il me fallut une semaine pour réaliser ce qui m'arrivait, et conjurer ces ombres en appelant à la rescousse tous mes morts bien-aimés. Paris m'encerclait, je partis dans les Pyrénées-Orientales dans l'espoir de laver ces scories dans la nature sauvage et âpre de cette région méconnue. Prières et exil, le miracle s'accomplit, je retrouvai progressivement ma transparence et la douceur de vivre.

Et voilà que ce mal m'a repris, je me suis laissé envahir à nouveau… Ma « signature énergétique », comme dirait Peter, subit depuis des semaines des assauts déstructurants, les vagues noires m'ont malgré moi impressionnée d'une aura d'obscurité, il est temps de dissiper les ombres, de revenir à la source de la lumière… Dès demain matin, je me promets de reprendre une ancienne coutume de mon enfance, commencer ma journée par la prière à l'ange.

Depuis quelques jours des modifications profondes surviennent sur le plan subtil, des séismes souterrains qui perturbent l'équilibre du monde. Je reçois la montée d'angoisses et de peurs. Elles ne sont pas miennes, elles flottent dans l'air, émanées par des milliers de personnes que l'avenir effraie. À juste titre.

Je me demande si l'on peut revenir en arrière, je rêve du monde ancien. Le feu brûle encore doucement, j'ajoute quelques brindilles qui crépitent, leurs étincelles joyeuses m'éclaboussent le cœur d'espoir. Il est temps de retrouver le sommeil et le chemin des rêves…

Un dernier tour dans la nuit, je m'assieds sur le banc de bois, envahie du parfum des roses anciennes qui dégringolent sur le mur. Toutes les rumeurs se sont apaisées, la chouette passe d'arbre en arbre en lançant son cri aigu, le ciel s'ouvre à l'infini, la lune arrive au-dessus du grand chêne, et le spectacle qui se dessine soudain dans le ciel est si extraordinaire que je m'allonge dans l'herbe fraîche pour mieux le contempler ; j'ai déjà observé ce phénomène quelque part, je ne sais plus où, un tableau, une photo, un film, une impression, mais jamais je ne l'avais vu dans toute sa perfection, là devant mes yeux.

La lune qui brille d'un éclat presque aveuglant s'inscrit dans un anneau clair immense dans le bleu sombre de la nuit ; c'est là le mystère, ce cercle laiteux, lumineux qui semble fait de nuages plus que d'une réflexion lointaine de lumière et pourtant l'entoure d'une parfaite géométrie. La nuit, la lune, l'anneau nuageux qui la souligne d'une auréole cosmique. Je scrute l'immensité à la recherche d'une réponse et devant mes yeux lentement l'anneau parfait se délite et s'étire avant de se dissoudre définitivement dans l'infini. Comment des nuages peuvent-ils former une figure d'une si grande perfection le temps d'un instant autour de la lune ? Le froid s'insinue sur ma peau à travers le fin pull de lin, intriguée je rentre à la recherche de « Ciels », un de ces livres qui offrent photos et explications sur les phénomènes célestes mystérieux. La vision de ce soir évoque d'anciens livres enluminés, des signes précurseurs des temps à venir, elle confirme la face cachée du monde. Ce soir j'ai envie de croire en la magie céleste. J'aimerai que ce phénomène ait un nom, ou que la Sybille ait laissé une prédiction :

« Quand le cercle de glace se formera autour de la lune d'été croissante, alors commencera la grande tribulation où rien ne restera caché. »

Ou bien « Quand les baleines s'échoueront par centaines, que les taupes deviendront sourdes, et qu'une couronne lumineuse entourera la lune d'une immense aura éphémère, alors les temps de la purification seront proches. »

J'ai dû rêver, aucun des livres que je feuillette à la recherche de l'image perdue ne me l'offre telle qu'elle s'est imprimée dans le ciel aujourd'hui, elle conserve son mystère.

Quelques braises rougeoient encore dans la cheminée, les lumières éteintes je monte le petit escalier dérobé qui mène à ma chambre, les fenêtres sont ouvertes sur la nuit. Je bénis ma fidèle femme de ménage qui est venue brancher le chauffe-eau et dépoussiérer la maison. Le bain chaud coule qui appelle mon corps las, j'y ajoute deux poignées de sels aux algues et, la bougie allumée, me glisse dans l'eau en soupirant de bien-être, me voici prête à revenir à l'essentiel, à me purifier.

Les cités de lumière brillent dans le ciel.

Les yeux fermés, j'envoie de mon cœur un courant de lumière monter jusque là-haut, rejoindre une sorte d'immense et radieux égrégore où flânent tous ceux que j'ai aimés et d'autres que j'aime même si je les ai oubliés. Mon âme retrouve tout doucement sa petite musique…

Je ne sais pas de quoi demain sera fait. Mais je l'accepte.

XX

Diane, le vitrail et la grève…

C'est étrange mais vrai; car la vérité est toujours étrange, plus étrange que la fiction.

Lord Byron

Le lendemain matin, la marée est si basse que les rochers noirs et déchiquetés de l'Ailly jaillissent de l'eau tels des crocs de démons, la mer ne m'a jamais paru si belle dans ses nuances opalines allant du verdâtre jusqu'au bleu-outremer pour culminer sur la ligne de l'horizon en un violet lumineux… Le ciel joue aussi toutes les nuances de bleu, de vagues nuages s'éloignent, j'ai descendu la sente escarpée de l'église, encore étonnée en arrivant sur la plage de sa transformation, les concrétions calcaires acérées qui barraient la grève il y a quelques années ont disparu, enfouies sous une douce plaine de sable fin.

Pas une âme à l'horizon, pas un pêcheur de crevettes, pas un chercheur de pierre d'étoile, il n'est que 7 heures dans la fraîcheur du matin et je suis la première à fouler le sable lisse, seuls les oiseaux ont laissé de fines traces de pattes, les falaises se sont encore écroulées, entraînant de pauvres arbres noircis en vrac sur la grève. Je m'assieds sur un rocher, contemplant le monde qui change à vue d'œil, mais reste malgré ses variations apparentes relié à l'immanence d'un monde spirituel. Je ferme les yeux pour ressentir l'énergie et les vibrations du moment. La méditation m'emporte.

Le même paysage s'inscrit dans ma vision intérieure, mais dans une luminescence crépusculaire je vois soudain arriver comme une apparition dans la nuit Diane, la jeune morte aux lys, elle s'est relevée du royaume des morts et porte un flambeau dont la flamme vive se transforme en étoile qui monte au firmament, l'entraînant dans sa course…

Simultanément apparaît devant moi son cheminement au plus profond des entrailles de la Terre à la recherche de son cœur et de son bébé volés, la longue et douloureuse tribulation dans les ténèbres avant de resurgir enfin à la lumière du jour pour monter, monter encore au plus haut des montagnes, là où les fleurs ne poussent plus, là où s'élève la pyramide blanche vénérée par les moines tibétains. Jalousement dérobée aux regards étrangers.

La pyramide s'est ouverte à elle, elle a pénétré par la porte apparue sur sa pente neigeuse et s'est assise en lotus au centre des énergies géométriques sacrées, nimbée d'une lumière éthérique. Ses mains ouvertes posées sur ses genoux, elle s'est abandonnée, se confiant aux êtres de lumière. Sitôt qu'elle accepta de lâcher prise, les formes lumineuses se rassemblèrent autour d'elle, formes elfiques auréolées d'un ineffable amour, gracieuses et souveraines, et par des passes magnétiques semblables à des poussières d'étoiles, comblèrent sa douleur et firent disparaître les derniers engrammes noirs incrustés au vif de son âme.

Bientôt elle se retrouva dans son corps de lumière, régénérée et transparente, emportée dans l'ascension par la torche symbolique.

La vision devient floue et se dissout dans mon ciel intérieur, je reviens à la troisième dimension avec la sensation d'avoir côtoyé l'indicible. Un rêve éveillé. Un poids se lève que je porte en moi depuis le premier soir macabre sous le tunnel de l'Alma. Peut-être Diane leur a-t-elle échappé...

La mer m'attire. J'enlève ma petite robe de lin, mes baskets, l'air du matin est encore un peu frais, mais peu importe, je cours avec bonheur vers la mer, j'y entre sans m'arrêter, faisant jaillir des gerbes d'eau salée, et plonge dans les vagues, saisie un instant par le froid que je conjure en nageant loin vers le large, jusqu'au bout de mes forces.

Dégoulinante, le goût du sel sur ma peau, j'en ressors vivifiée et enroulée dans ma serviette, je laisse le temps couler au dehors de moi, savourant la beauté et la douceur du monde qui m'entoure, ce matin, loin de tout.

Je reprends mon chemin vers la Glacière lorsqu'une petite voix me chuchote de faire demi-tour ; l'église maintenant doit être ouverte et quelque chose m'y attire irrésistiblement, une œuvre rare dissimulée dans le couloir étroit qui mène à la sacristie. Une ouverture vers une autre réalité. Le jour où j'ai découvert ce vitrail secret, il m'a transportée aux confins de mon enfance dans le pays imaginaire que j'habitais alors. Il parle le langage oublié des elfes et des fées, sa croix brumeuse active les mythes et nous emmène dans l'infini.

Suis-je prête pour un second voyage intérieur ce matin ?

Brutalement une pesanteur implacable me traverse, surgi de nulle part le regard vert de l'homme inconnu de Rançay se pose sur moi, je frissonne malgré le soleil... Arrivée en haut de la sente, au lieu de prendre à droite vers l'église comme j'en avais l'intention, je me hâte sur la route à gauche vers le centre du village, comme pour éviter de trahir les lieux avec le repère de l'église sur la falaise. Comme si l'on pouvait me voir et me suivre à distance et que je devais éviter à tout prix qu'on me localise. Bizarre. L'angoisse s'accentue, j'invoque la lumière dorée afin qu'elle m'entoure et me protège. Peu à peu, très lentement, comme à regret, l'emprise se desserre. Je me fais invisible.

Deux promeneurs, un homme et une femme arrivent de la route sur la droite, main dans la main, ils passent à côté de moi sans me voir... Je soupire de soulagement, avec la sensation d'avoir échappé à un véritable danger. En même temps je ne peux m'empêcher de me soupçonner d'avoir trop d'imagination, le même doute éternel m'habite : « Et si tout cela se passait exclusivement dans ma tête ? »

Peut-être le vortex agit-il comme un gigantesque aimant sur le surnaturel, attirant toutes les vibrations qui ordinairement se dissolvent, et les attisant pour créer une zone de magnétisme capable de générer des visions. Diane m'est apparue, l'homme aux yeux verts me poursuit dans l'éthérique, la petite voix revient me guider, cela suffit pour aujourd'hui. J'aime mes univers imaginaires jusqu'à une certaine limite, ensuite j'imagine quelqu'un me racontant exactement ce que je viens de vivre, et ma réaction dubitative...

Pour échapper à cette surabondance de surnaturel, la foule est un bon antidote. Je décide donc de prendre ma voiture pour aller au grand marché du samedi à Dieppe… Mais en arrivant à la maison je trouve un mot sur la table de la cuisine, la voiture et les volets ouverts ont trahi ma présence…

XXI

Double manipulation

À peine Arielle a t-elle démarré dans son monstre gris, suivie du regard perplexe de Dante, que celui-ci s'est senti contraint de reconsidérer sa vision d'elle, réduite jusqu'alors à ses dimensions surnaturelle et intellectuelle. Une femme qui conduit une voiture pareille avec autant de désinvolture pourrait être également aguerrie aux arts martiaux et redoutable en amour. C'est ce qui lui vient à l'esprit. Elle lui apparaît donc sous un nouveau jour... C'est drôle comme un simple accessoire peut influencer le jugement que l'on porte sur quelqu'un. Il s'en veut d'être si impressionné par surprise et décrète que décidément Arielle ne mérite pas les idées préconçues. Il retourne à l'imprimerie, la revoit éclatante dans sa hâte de prendre la route, sous l'œil affectueux de Balthus. Une aura vénusienne, répandue avec inconscience autour d'elle par Arielle, commence à le troubler à son insu, sa pensée l'accompagne vers les routes de campagne lorsque le téléphone de l'ORV se met à sonner.

Dante a décroché, pensant parler à Luna qu'il attendait, mais c'est une voix d'homme dont il reconnaît immédiatement les intonations hautaines, toute la scène au château de Rançay se réactive instantanément dans sa mémoire, en particulier le moment de l'affrontement qui lui laisse un goût de puissance reliée à des forces infinies.

— Pourrais-je parler à monsieur Dante Ibozu ?

— Lui-même

— Wladimir Petrovski.

— Oui ?

— J'ai en ma possession un objet qui pourrait se révéler précieux pour votre enquête... Pourrions-nous prendre rendez-vous ? Je suis libre demain.

— Si vous pouviez m'en dire un peu plus, éveiller mon intérêt d'une manière plus concrète, je voudrais être sûr de ne pas perdre mon temps.

Dante s'amuse à jouer les goujats et à souligner le fait qu'il est en position de force. Petrovski agace son ego, il saura le lui faire payer. Un combat de coqs.

— Quand Diane est… partie, elle a laissé derrière elle un carnet, je viens de le retrouver.

— Un carnet personnel, qu'elle vous aurait laissé ?

Le ton de Dante est dubitatif et un brin furieux.

— Disons que je l'avais gardé, rectifie Wladimir, un petit souvenir pour mieux comprendre aussi ce qu'elle avait dans sa jolie tête en rébellion.

— Je vois, le parfait gentleman. Soit, je vous propose demain samedi, 16 heures au bar du *Four Seasons*.

— Bien, mais mademoiselle de Thal doit être présente, c'est mon unique condition pour vous remettre ce carnet.

— Ah, une condition, intéressant. Vous jouez de malchance, Arielle de Thal est absente de Paris pour quelques jours.

Dante capte le geste que Balthus lui adresse et comprend le message sans un mot :

— Nous allons procéder autrement, oubliez la condition et considérez que vous êtes convoqué demain, à 16 heures précises dans les bureaux de l'ORV. Vous avez l'adresse sur ma carte. Et n'oubliez pas le carnet, sinon vous retrouverez devant votre porte quelques hommes en uniforme qui vous traîneront jusqu'ici.

Il y a des moments où l'on apprécie d'être du côté des forces de l'ordre, mais c'est une mentalité qui n'est pas naturelle à Dante… Il a failli oublier sa toute nouvelle autorité, trop habitué qu'il est à se trouver de l'autre côté de la barrière. Il raccroche, manifestement satisfait, et fait un clin d'œil à Balthus qui lui sourit en retour.

— Tu as vu ? Un vrai pro, non ?

— Sun Tsu… Le carnet n'a pas d'importance, pas sûr qu'il soit vrai d'ailleurs… C'est Arielle sa cible.

Dante, ébahi, interroge Balthus :

— Mais de quoi tu me parles ? Pourquoi un faux ?

— Les gants blancs et le plateau d'argent… C'est un appât, un leurre. La condition c'était Arielle, il voulait l'approcher…

— Pourquoi elle ?

— Qui a été droguée dans le château des vampires ?

— Je ne vois pas le rapport avec notre enquête sur Diane…

— Petrovski, le mec au téléphone, il est lié à la mort de Diane, annone Balthus, il est l'un d'entre eux. Les Inconnus.

— Nous n'en avons aucune preuve, ni son ADN, ni ses empreintes… Quoique… C'est vrai qu'il fait partie des clients des lys, se souvient Dante avec la mauvaise conscience du travail bâclé.

— Les lys, sa liaison avec Diane, mais surtout ses fréquentations. Vous connaissez l'hôte de la fête au château de Rançay ?

— Une certaine comtesse de Chaumont.

— Pas la propriétaire, l'instigateur de la fête, celui qui célébrait on ne sait quoi si somptueusement ce soir-là, vous connaissez son nom ?

— C'est une piste que j'ai abandonnée, ce n'était qu'une réunion mondaine. Banale. Excepté le fait qu'Arielle ait été intoxiquée par des substances hallucinogènes…

— Et tu trouves ça normal ? Dante, il y a quelque chose qui ne tourne pas rond, pourquoi as-tu abandonné la piste de Rançay et de Petrovski si facilement, réfléchis…

— Je ne sais plus, cela me paraissait une évidence, nous nous sommes concentrés sur Cornelia.

Il saisit brusquement l'implication de ce qu'il est en train de dire :

— Tu penses… que j'ai été manipulé, moi aussi ?

Balthus hoche la tête, il regarde Dante comme s'il était un enfant inconscient

— Manipulé, oui. Petrovski est lié à celui qui a organisé la fête, son nom est Alexeï Funk-Romanov et Funk-Romanov est le numéro Treize. Bienvenue chez Équinoxe.

— Treize ? Comme Quatorze ?

Dante revoit vertigineusement tous les paramètres qu'il a négligés, les pistes s'illuminent formant une étoile à cinq branches : H/Diane/Dante. – Diane/Petrovski – Équinoxe/H/Petrovski – Arielle/Diane – Diana.

Il arrache la page du board et commence à organiser les liens entre tous les protagonistes de l'affaire de la jeune morte aux lys. Bientôt les flèches s'entrecroisent dans tous les sens et il se souvient de ce que disait Arielle, lorsque Balthus enchaîne en écho de ses pensées :

— Nous sommes tous liés, nous l'étions avant même la mort de Diane, nous faisons partie du même maillage, nous circulons sur les mêmes voies d'énergie. Il n'y a pas de coïncidences mais des synchronicités.

— Et tu vois clair dans ce mic-mac, Balthus ?

— J'ai mes sources, répond-il malicieusement. Je te l'ai dit, je connais Quatorze, Quatorze était avec Treize à la Forteresse, tous deux viennent d'Équinoxe. H a fomenté la révolte des enfants, c'est vrai, Mullins a raison.

— Parle-moi de Quatorze.

— Quatorze s'appelle Thomas, c'est un *psychic*, ses spécialités, le voyage temporel et le *remote viewing*. Il travaille pour H. Alexeï Funk-Romanov/Treize a quitté le groupe en emmenant Six et Huit avec lui.

— Donc ?

— Donc il faut arrêter Treize, Alexeï Funk-Romanov, avant qu'il ne mette la main sur Arielle.

— Sur la photo, c'était H la cible, pas Arielle.

— H aussi, et peut-être toi aussi. Mais Arielle c'est sûr, je l'ai « entendu ».

Dante se saisit rapidement de son mobile, la boîte vocale d'Arielle résonne comme une fin de non-recevoir.

— Elle a éteint son téléphone, nous ne pouvons même pas la tracer.

Il réagit devant la mine indignée de Balthus :

— Ce n'est pas de l'espionnage, on ne peut pas la protéger si l'on ignore où elle est, et nous n'avons pas pensé à lui poser la question.

— Elle avait besoin de partir. D'oublier tout ça. De se ressourcer. Elle a dit au bord de la mer… non ?

— La mer, c'est beaucoup de kilomètres de côtes, alors si tu pouvais voir des choses plus précises qui permettent de la localiser, ça serait mieux.

Dante s'énerve contre lui-même :

— On nous dit que nous sommes en danger et la première chose qu'Arielle fait, c'est de disparaître sans protection. Une inconsciente ! Et nous n'avons même pas réagi.

— T'inquiète pas, Dante, elle a d'autres protections que nous…

— Ah oui bien sûr, des anges, des fées, des invisibles guerriers de lumière ?

Balthus rit comme un enfant.

— Faut sortir de la troisième dimension, Dante, tu ne vois pas qu'elle est un peu usée aux entournures, elle a fait son temps…

— Oui je sais, environ treize mille ans, dirait Arielle.

— Oh non, les humains vivent dans cette troisième dimension depuis de nombreux cycles de cinquante-deux mille ans. Treize mille ans, c'est la chute de l'Atlantide et le grand chamboulement des continents. Même Platon en parle.

— Je sais, je connais le *Timée*, de nom, mais il n'avance pas de date précise, que je sache. Comment peut-on affirmer comme ça, au hasard, allez treize mille ans, ça ira ?

— Les cycles, Dante, les cycles. Les mouvements des planètes. Les alignements reviennent par cycles dans le ciel. Et les conséquences suivent.

— Mettez-vous d'accord sur les datations, et puis on en reparlera.

— Tu sais, ce n'est pas mon problème, je ne suis pas un scientifique. Mais à propos de l'Atlantide, toi qui portes un nom basque, tu sais ce qu'on dit ? Que les Basques, ainsi que certaines tribus d'Amérique du Sud seraient des rescapés de l'Atlantide.

— Vieille théorie, mais vas-y, continue…

— Le continent atlantéen reliait l'Amérique du Sud et notre continent, quand une série de cataclysmes et de tremblements de terre colossaux l'ont détruit brutalement, il a plongé dans les abysses à une vitesse phénoménale. Mais une partie des Atlantes auraient survécu, sur les hauteurs. C'est ce qu'on peut déduire du fait qu'on retrouve des dialectes et des coutumes similaires dans le pays Basque et chez les Mayas, et que même la pelote basque a son pendant là-bas. Si tu descendais des Atlantes ?

Il a soudain l'air sérieux, dans sa mythologie personnelle, entre Dark Vador et Gandalf, il aimerait avoir pour ami un rejeton de la grande légende atlantéenne, et ce qu'il pressent chez Dante de dimensions cachées active cet espoir. Dante sourit à cette perspective, ce qui l'exaspérerait venant de n'importe qui d'autre devient un jeu avec Balthus.

— Tu crois que je vais me découvrir des pouvoirs transmis génétiquement depuis treize millénaires, qu'ils vont s'activer pour me permettre de survoler cette troisième dimension si décriée par les deux illuminés de l'ORV, Arielle et toi ? Mais je l'aime bien moi, cette troisième dimension que vous dénigrez, si imparfaite qu'elle soit, avec les plaisirs de la vie, le vin, les jolies femmes, les gènes…

— C'est peut-être parce que tu viens d'ailleurs que tu aimes tellement cette planète. DANTE, ADN ET, tu es cramé… Un simple touriste !

— Bien joué, Balthus, je me rends. Promets-moi de ne le dire à personne, les dieux qui m'envoient seraient furax que ma couverture soit grillée par un hacker asperger. Je dois continuer ma mission incognito.

— Tope-là !

XXII

Haute-Normandie – Une visite inopinée

J'avais laissé la porte de la cuisine ouverte, une vieille habitude, une façon d'exorciser les craintes qui traînent et de renouer avec ces temps où l'on n'aurait pas eu l'idée de fermer à double tour pour aller faire une simple promenade… J'avais seulement pris garde à ne pas avoir la moindre pensée négative qui ouvrirait une possibilité d'intrusion hostile, et préparé au contraire les lieux aux visites amicales, projetant des ondes de lumière joyeuse jusque dans les coins les plus obscurs de la maison. Je n'avais pas manqué pas aussi, en partant, de jeter tout autour d'elle une sorte de filet protecteur invisible.

Celui qui a déposé cette lettre n'a rencontré aucune résistance. Je la contemple un instant, rectangle clair sur le bois patiné, on dirait qu'elle rayonne. L'enveloppe est vierge, nulle écriture pour m'offrir un indice… Toutes les possibilités me passent dans la tête tandis que je m'interroge sur l'identité de celui qui l'a déposée là, alors qu'il me suffit d'ouvrir l'enveloppe pour savoir, je ne fais pas un geste. Une absurde pensée surgit, qui me remplit d'une telle bouffée d'espoir que je n'ose pas bouger. Sam. Je prolonge l'illusion encore un instant, avant d'avancer une main hésitante…

La feuille se déplie comme dans un rêve sur une écriture étrangère, je vais droit à la signature, incrédule… que fait ici mon oncle Artus, le chevalier blanc de la famille pour qui j'ai toujours eu une certaine affection, réciproque d'ailleurs. Enfin un vrai original, un aventurier chercheur de spiritualité, disciple d'Aïvanhov, mon interlocuteur favori dans les vastes réunions familiales. Il a voyagé dans le monde entier et ses récits m'ont tôt donné le goût de l'ailleurs. Je suis partie aux Indes à vingt ans sur ses traces, et c'est lui qui m'a le premier ouvert les portes d'ashrams secrets. Je lui dois beaucoup.

Nos chemins ne se sont pas croisés depuis longtemps, aux dernières nouvelles je le croyais toujours là-bas à la recherche de l'Agartha mythique, c'est mon interprétation libre des informations données par son fils, mon cousin Stanislas l'exorciste, quand je lui demandais où était son père…

Sporadiquement je me posais des questions sur lui, curieuse de savoir où l'avaient mené ses pas sur le chemin lumineux des initiés. Car si ma famille présente quelques spécimens particulièrement noirs, Artus se situe à l'opposé, je l'ai toujours vu briller de cette lumière singulière qu'il émane naturellement, sans que l'on puisse émettre le moindre doute du genre : est-il sincère ? Est-ce du cinéma ? Il est « dans » la vérité, cela ne s'explique pas c'est ainsi. Il rayonne.

Avec Balthus dont la présence a le don d'enchantement, Artus est mon héros solaire.

Aussi son message est-il mille fois le bienvenu, et il me remplit d'une joie étrange mêlée d'expectative… À la perspective de pouvoir lui raconter tous ces derniers mois et surtout ces dernières semaines, la jeune morte aux lys, l'ORV, H, Balthus, Dante… Lui parler de mon étrange rencontre avec lady Di dans un Torcello virtuel, et la vision de Diane ce matin sur la plage, et tous ces moments où je surfe entre deux mondes. Peut-être même évoquer Sam et son passage de comète dans ma vie… Sans compter que la curiosité me taraude de savoir où il a passé ces dernières années, pendant lesquelles je l'imaginais dans des lieux secrets parmi les *hommes remarquables*, les sages et les initiés, le front éblouissant d'une lumière rayonnante. A-t-il trouvé le passage vers les mondes intérieurs, sait-il ce que pensent les sages du glissement de notre monde vers la déstabilisation et la folie ? Son regard m'a souvent manqué, je me réjouis aujourd'hui, alors que se concentre un faisceau de sombres vibrations sur la première affaire de l'ORV et sur ses protagonistes, je me réjouis de pouvoir me confier sans arrière-pensées…

Au marché, ma gourmandise reprend le dessus : des bouquets frétillants, des petits fromages de chèvre vendus par la fermière, des vraies tomates de jardin, un mélange de salades, le cresson arrivé droit de la cressonnière et les petits champignons si frais qu'on ne peut s'empêcher de les croquer crus, un assortiment de légumes, carottes, fenouil, petits pois, haricots... Je ne résiste pas à toute cette fraîcheur, ces couleurs, cette gaieté fourmillante du marché. Au fil des rencontres, je compose un dîner presque végétarien, en espérant qu'Artus le partagera avec moi...

*

— Et voilà, la jeune morte aux lys rythme ma vie... J'entre dans son passé, ses pensées, je rencontre ses amis, ses ennemis, je récolte les indices... Et tout autour de moi je sens la malveillance, et même le Mal. C'est un combat de tous les jours...

Nous sommes assis au coin du feu, Artus s'est présenté en fin d'après-midi alors que, montée sur une échelle, je finissais d'éclaircir les branches basses du chêne... En le voyant arriver j'ai ressenti une sorte de soulagement, l'impression de pouvoir enfin me remettre entre les mains d'un autre. Sa présence transcende les lieux mêmes et leur confère une perfection inaltérée... La grâce.

Chaque fois qu'on évoque un homme qui a de la classe, je pense à Artus, et cela ne tient pas à ses vêtements raffinés, il pourrait s'habiller chez Emmaüs, avoir tout perdu, se retrouver en haillons sur une île déserte, il aurait toujours cette classe innée qui le met à part du commun. Aujourd'hui, avec sa veste de velours côtelé noir usée et ses bottes de jardinier, il a une prestance incroyable, un prince... Mais plus que tout, je retrouve la chaleur et la perspicacité de son regard, irradiant une énergie si particulière. Je me sens soignée et apaisée...

Nous avons pris la route de l'église, le verrou qui m'empêchait de parler s'est volatilisé, je ne peux pas plus m'arrêter de lui raconter tout ce qui se comprime dans mon cœur depuis plus d'un an, que de respirer. Mes paroles coulent à flots, les mots arrivent tous seuls, et j'ai cette impression si confortable qu'ils sont immédiatement absorbés, compris et éclairés. J'ai fait le tour de l'enquête pour finir sur Diane… et sur cette sensation de vivre une guerre permanente dans des strates invisibles.

— Arielle, si tu rentres dans l'idée du combat, tu renforces des vibrations guerrières qui appartiennent au cycle finissant et aux énergies anciennes. Tu as désormais à ta disposition une arme ultime, la lumière. Si tu veux combattre quelque chose ou quelqu'un, surtout ne te mets pas en position guerrière, appelle la lumière et laisse-la agir.

— Je me souviens, tu m'as déjà parlé du pouvoir de la lumière à propos d'Aïvanov… Je n'ai jamais oublié cette promenade autour de l'abbaye de la Pierre-qui-Vire. Depuis, j'ai souvent eu recours à la lumière dans ma vie de tous les jours, mais cette fois j'ai l'impression qu'il en faudrait une quantité surnaturelle, gigantesque, pour contrer ceux qui sont derrière la mort de Diane. Ils sont très anciens et possèdent des ramifications innombrables…

— Quels qu'ils soient, ils appartiennent à la loge noire et leur puissance vient à son terme. Contre eux, les réflexes de combat sont inutiles. C'est la première règle. La deuxième, c'est que si tu les affrontes sur un terrain où ils règnent depuis des siècles, tu as perdu d'avance. Ta seule possibilité, c'est d'utiliser la faille qui se crée en ce moment de transition pour puiser dans les hautes sphères ce dont ils n'ont même pas idée. La lumière est la plus puissante des armes contre eux.

Une grosse bûche flamboyante s'écroule, éparpillant des braises incandescentes sur le sol. Tout en parlant Artus saisit les pinces et replace le bois sur le feu, puis une à une cueille les braises pour les remettre au cœur des flammes. Blottie dans mon gros fauteuil je le regarde faire, guettant le passage des ombres, mais l'air reste paisible autour du feu qui crépite.

— Tu dois donc apprendre à procéder autrement. Contre leur puissance, fais appel à l'extraordinaire vague d'énergie positive qui déferle en ce moment sur la planète pour accélérer les temps de transition, tu auras avec toi les forces de Lumière.

— J'ai toujours gardé une connexion avec la lumière après ma première approche de la méditation, à Poona, dans l'ashram d'Osho. Pourtant, depuis que nous avons retrouvé le corps de Diane dans le souterrain de l'Alma, je me sens contaminée, la lignée sinistre de ma chère mère me poursuit dans mes rêves.

Nous nous taisons un instant, perdus dans la contemplation du jeu des flammes dévorant le bois.

— Vois-tu, Artus, je ne cesse de rêver que je cherche dans les maisons de mon enfance parfois une pièce secrète, parfois une boîte dont le fond caché contient un papier essentiel, parfois un secret qui peut être celé n'importe où et que je dois à tout prix retrouver. Les pièces de la maison se multiplient au fur et à mesure de mes recherches… Et ce secret, que je pressens effrayant, s'inscrit en droite ligne dans les arcanes de ma famille.

À peine ces mots sont-ils sortis de ma bouche qu'une sorte d'oppression me prend à la gorge, je tressaille et la voix calme d'Artus vient en dénouer l'étreinte. Il pose sa main sur la mienne, j'accroche mon regard au sien :

— Cesse de te complaire dans ce qui fait mal, appelle la lumière, laisse-la descendre en toi, reçois-la, qu'elle se diffuse dans tout ton être.

Son regard devient extraordinairement lumineux et ce halo luminescent que j'avais déjà remarqué autrefois l'entoure à nouveau. Il émane de lui et m'entoure tout entière…

— C'est cette lumière ton arme. Tu trouveras la force dans le lâcher-prise, l'acceptation de qui tu es et d'où tu viens. Laisse la lumière couler en toi sans rien laisser dans l'ombre, accepte toi, accepte-tes origines. C'est la seule façon de les conjurer.

— Est-ce que ma mère est une sorcière ?

Je ris.

— Quelle phrase idiote, tu sais ce que je veux dire, elle a repris le flambeau de sa lignée. Mon père m'a tout raconté, pas en ces termes bien sûr, mais j'ai étudié la Noblesse Noire.

— C'est un état de fait que tu peux retourner sous tous les angles sans qu'il disparaisse pour autant. C'est ton regard qui doit changer. Lâche prise et envoie la lumière sur tous les engrammes et les cristallisations de ta lignée. Projette-la spécifiquement sur chacun, ta mère, ton grand-père, ta grand-mère et remonte aussi loin que tu peux dans le temps, inonde-les de lumière tout en disant « Je coupe les liens » et surtout, souviens-toi toujours que tu es toi, tu n'es pas eux.

Je sais qu'il a raison, je m'empoisonne inutilement à fouiller dans un passé qui ne m'appartient pas... Comme si une partie de moi y prenait un malin plaisir.

— Je le ferai, j'essaierai. Artus, as-tu des informations sur ce qui est arrivé réellement à lady Di ? Les deux affaires présentent des similitudes qui dépassent un simple hasard... et qui rejoignent les thèses sur la Noblesse Noire, justement... et les forces de l'Ombre.

— Notre planète est un échiquier sur lequel les forces blanches et les forces noires peuvent se rencontrer, une sorte de carrefour où dans leur lutte elles s'enchevêtrent et se croisent. Dans le monde physique, les possibilités sont infinies, il y a du noir dans le blanc et du blanc dans le noir. C'est le principe du yin et du yang. Bien entendu, la mort de la princesse Diana n'a rien à voir avec la version... « humaine » disons, de l'accident. Elle fait partie intégrante d'un plan bien plus complexe, dans la guerre extraordinaire que se livrent les habitants des plans inférieurs et ceux des plans supérieurs. Ce sont précisément les termes d'un message d'Aïvanhov. Tu en as l'intuition mais tu dois le croire, ils existent bien ces esprits de lumière et ces esprits du mal, et chaque être humain doit choisir son camp.

Il y a longtemps que j'ai choisi le mien, vous le savez bien. J'espère toujours que la Fraternité blanche, si elle existe comme je le souhaite, me contactera pour que je puisse travailler en accord avec elle.

— Tu n'as pas besoin d'être contactée pour cela, même si parfois tu te sens trop seule, écoute ton intuition et agis en conformité avec ce que tu estimes bien. Sois fidèle à toi-même et tu seras fidèle à la Fraternité blanche. Apprend à maîtriser la force noire qui est en toi, défais-toi des peurs et des angoisses qui te dénaturent, va vers la sérénité.

— Elle existe alors cette Fraternité ? Des hommes et des femmes joignent leurs connaissances pour contrebalancer ces puissances qui dominent le monde ? Pourquoi suis-je seule alors ? Je rêve de les rejoindre...

Une lueur amusée flotte sur son visage, la nuit a fini de tomber mais la pièce est étrangement claire, bien au-delà du feu qui se consume paisiblement. C'est évident, Artus est l'un d'entre eux, d'où son mystère, d'où sa lumière. Et une pensée parasite s'agite, Stanislas pourrait être un espion blanc dans la vaste entreprise mafieuse du Vatican. J'adore cette idée, j'étais souvent un peu triste qu'il en fasse partie, un juste au milieu des maniganceurs. Mais je n'ai pas le temps de parler de Stanislas, Artus reprend :

— Tu ne te souviens pas de ce que tu fais la nuit quand tu dors, ni qui tu rencontres… Le sommeil est propice aux réunions les plus secrètes, je te conseille d'être très attentive à tes rêves.

— C'est une idée un peu frustrante, j'aimerais garder la mémoire de tous mes rêves, mais ils sont nombreux ceux dont je ne retiens que des bribes… J'ai l'impression d'avancer dans le brouillard, menée par des centaines de fils invisibles auxquels je dois me fier pour ne pas m'égarer.

— Je sais. Tu dois apprendre à lâcher prise. Dans le lâcher-prise tu trouveras la paix et dans la paix tout s'installe.

La paix, état d'être enviable pour une angoissée. Je ne demande pas mieux.

— Tu perçois, j'en suis sûr, les modifications qui s'opèrent en ce moment dans le champ énergétique de la planète. N'est-ce pas ? ajoute-t-il en me scrutant, tu les ressens ?

— Je crois, il m'arrive un phénomène bizarre au niveau de la vision, les images se dépixélisent sans que ce soit un mirage ou une illusion, je les vois réellement se décomposer devant mes yeux comme sur un DVD abîmé. Je vois aussi apparaître des cercles prismatiques d'éclats glacés qui évoluent sans cesse en s'élargissant jusqu'à disparaître. Mon médecin m'a parlé de migraines ophtalmiques, mais je n'ai jamais eu de douleur, seulement ces superpositions lumineuses en mouvement. Et puis des synchronicités répétées, la sensation de planer ou d'être immense au point d'en avoir le vertige… Comme si tout le système qui maintient la cohésion de mon corps par rapport au monde se déréglait.

— C'est un peu cela, le système énergétique de la Terre est en train de se déstabiliser, les lignes magnétiques se déplacent plus vite que jamais, les atomes frémissent. C'est pourquoi il a fallu envoyer sur la Terre, pour l'équilibrer et lui redonner sa cohésion, ce que nous appelons les particules adamantines, qui déploient une extraordinaire énergie d'harmonie. Il nous appartient, à nous humains éveillés, de la relayer telle une multitude d'antennes télépathiques

— Comment ?

— Par l'intention…

L'intention, dont je parlais à Dante à propos du *decumanus*, s'infiltre dans l'essence même de notre monde en suspens… Jusque tard dans la nuit, en compagnie d'Artus, je me suis ressourcée, j'ai désaltéré ma soif de compréhension de ce qui agite les mondes invisibles, sachant bien pourtant que plus j'avancerai sur cette voie, plus le mystère s'épaissirait.

XXIII

Les rescapés d'Équinoxe

Thomas, vêtu d'un sweat-shirt à capuche et d'un jean, isolé dans sa cellule de travail, examine, déconcerté, les mouvements dans les lignes de force télépathiques qui le lient aux anciens d'Équinoxe. Contrairement à Funk-Romanov, il n'a jamais remis en cause son allégeance à Charles Hiéronimus Plantard, qu'il considère comme son libérateur, son protecteur et son chef. Loin d'adhérer à la contestation, puis à la dissidence menée par Alexeï, il s'y est opposé de toutes ses forces.

Le charisme du Russe, son influence sur les rescapés d'Équinoxe, ont toujours représenté un véritable danger pour l'organisation, l'un de ses objectifs étant d'entraîner le plus grand nombre d'entre eux avec lui lorsqu'il partirait. Ils avaient été plusieurs à adhérer au plan grandiose de Funk-Romanov et leur perte avait été lourde. Ils s'étaient éclipsés le jour même de la rupture, devenus ombres parmi les ombres, maîtres en l'art de disparaître de l'aire de vision des *psychics*, eux-mêmes magiciens du temps et de l'espace et experts en contre-manipulation.

Le schisme, bien que prévisible, n'en fut pas moins douloureux pour ceux qui restèrent. Leurs psychés formées à l'école d'Équinoxe avaient fait de leur groupe une sorte de *Gestalt*. L'éclatement du système les laissa d'une certaine façon orphelins d'une partie d'eux-mêmes, quel que soit leur attachement à leur chef, que ce soit Charles Hiéronimus Plantard ou Funk-Romanov. Les années passées à développer la télépathie sur une même fréquence les avaient liés dans ces ondes invisibles qui parcourent l'atmosphère, et aucun filtre psychique ne serait assez puissant pour prévenir toute interférence entre eux.

De même que Funk-Romanov peut, s'il le désire, avoir des visions et des indications sur ce qui se passe dans le tréfonds des Invalides, de même Thomas continue à recevoir les impulsions liées à ses anciens condisciples.

Celles-ci prennent un tour inquiétant, comme si des courants sous-marins remontaient, créant à la surface des perturbations qu'il peine à interpréter. Il ressent une urgence, une extrême tension sur le point d'aboutir, mais sa vision se brouille par moments, comme un vieux poste de télévision hors d'usage.

Lorsqu'il a perçu des tentatives d'effraction dans le réseau psychique initié par Charles Hiéronimus Plantard, il a transmis ses doutes à Balthus : il a senti la haine de Treize pour leur chef s'activer violemment, des forces tournoyer et s'organiser autour d'un plan dont il ne peut cerner les contours.

Balthus a reçu ces informations, doublées d'une impression spécifique : un mouvement épais et fluide, inspiré des serpents gigantesques des légendes, agite les profondeurs volcaniques de la planète. Un monstre démesuré se réveille et le moindre de ses gestes peut provoquer un cataclysme, il souffle les tornades, attise les volcans, s'ébroue dans le vacarme des constructions qui s'écroulent. La mort de Diane n'est qu'une offrande au monstre, le choix du sang, la part de l'ombre.

Treize reste l'objet d'une attention continue de tous les *psychics* restés aux Invalides. Le descendant par la gauche des Romanov, prétendant à la restauration impériale, les a bercés pendant toute leur enfance à la Forteresse de la légende du Grand Retour. Ils ont tous rêvé du changement de paradigme, d'un ordre nouveau qui ferait d'eux les héros dorés des temps à venir. Un temps où leurs capacités ne seraient plus cachées et occultées à des fins étrangères, mais où ils pourraient les exprimer pleinement et fièrement aux yeux de tous. Ils sortiraient de l'ombre et chacun pourrait reconnaître leurs talents qui prendraient enfin le pas sur les illusions matérialistes.

Treize a alimenté leurs rêves de reconnaissance, de conquête et de pouvoir. Même après son départ, ceux qui sont restés continuent à le visualiser dans son armure brillante, créateur d'un monde idéal dont ils seraient les dieux. De cette époque et malgré la scission, il reste des bribes activées dans une zone précise de leur cerveau. Funk-Romanov le sait, il connaît la force de son empreinte… Il sait qu'il est craint et respecté, comme l'ont été son père, son grand-père et ceux de la lignée avant eux.

Lorsque le temple souterrain a été éventré par un bulldozer au moment de la construction des voies sur berge, le père d'Alexeï était en Amérique du Sud. Paniqués par le désastre, les veilleurs l'avaient prévenu sans tarder, et il avait dû rapidement faire intervenir de nombreux contacts pour étouffer la découverte et faire taire tous ceux qui y avaient été mêlés de près ou de loin. Les lieux avaient été comblés, les nettoyeurs avaient fait du bon travail, pourtant depuis rien n'avait plus été pareil, comme si la lumière pénétrant soudain au plus profond de ces ténèbres sacralisés par la déesse avait créé une fuite d'énergie, une déperdition du sacré.

Tout cela il l'avait découvert dans les papiers de son père, lorsqu'il avait pris sa succession après la régence de treize ans assurée par sa mère. Son père était déjà mort lorsque celle-ci l'avait confié à Équinoxe.

Sa mission était si importante qu'elle avait estimé nécessaire de l'aguerrir, comme on le faisait au temps des Gaulois avec les jeunes garçons de sang noble, lorsqu'à l'âge de cinq ans ils quittaient l'abri de la maison et la tendresse maternelle pour être jeté dans l'univers froid et dur des guerriers. Irréversible. Une histoire qui se s'est déclinée dans de nombreuses civilisations et ethnies, où le futur homme devait affronter de violentes épreuves pour révéler toutes ses aptitudes et dépasser ses peurs.

Les contacts de son père se révélèrent considérables ; grâce à eux, il pourrait réaliser le grand dessein longuement mûri au cours des siècles. Lorsqu'il en découvrit l'étendue et la puissance, il ressentit une stupeur qui n'excluait pas le sentiment que tout cela était normal, évident, prédestiné. On avait fait de lui un chef, la suite logique était de lui offrir une armée. Une armée sans armes, mais infiniment plus puissante qu'une cohorte de chars et de missiles… Il en prit le contrôle avec jubilation.

L'histoire était connue de Thomas et des autres *psychics.* Funk-Romanov avait fait l'objet de recherches poussées à l'aide de toutes les données disponibles, dans l'ensemble des bases contenant la somme des secrets de tous les citoyens du pays. Plantard leur avait aussi ouvert l'accès à des strates significatives de l'Histoire ignorées du public, afin qu'ils en maîtrisent les déviances et les labyrinthes. De leurre en leurre, ils avaient appris à décrypter une Histoire multidimensionnelle qui s'est jouée sur plusieurs niveaux, et dont la projection officielle historique n'est qu'une forme simplifiée et outrageusement mensongère.

Les livres d'histoire destinés aux écoliers, et par conséquent aux futurs adultes, ont été conçus pour formater leurs esprits et leur faire croire qu'ils sont face à une vérité immanente. Ainsi, la moindre déviance par rapport aux thèses officielles prend-elle l'air d'extravagance ou de théorie du complot.

La véritable Histoire est d'autant plus difficile à cerner qu'elle est multidimensionnelle, qu'elle croise les dimensions et les mondes, et que peu d'esprits humains sont prêts à la recevoir. Napoléon, Jeanne d'Arc ou Marie-Antoinette ont joué des rôles complexes, bien éloignés de leur image d'Épinal. On s'est servi de leur figure pour figer ou activer certains paramètres historiques, tandis que la réalité de leur incarnation et de leur rôle reste totalement ignorée.

Thomas sait que lui-même ne cerne qu'un nombre restreint d'aspects de cet univers fractionné. Il se sait au cœur de la préparation à la transition, son seul but étant de renforcer la puissance de son chef, Plantard, son propre destin lui importe peu. Pourtant toutes ces forces qu'il sent frémir après une longue attente tournent dans trop de sens différents pour qu'il se sente sûr de l'issue du combat. À travers Funk-Romanov, il retrouve des lignes de force mises en place depuis plusieurs millénaires par des sociétés secrètes multicéphales, ce qui fait de lui leur adversaire le plus redoutable.

Par moments Thomas se sent dépassé par la complexité des strates et des interactions entre les mondes, entre des protagonistes qui deviennent virtuels, dignes d'un jeu vidéo. Les jeux vidéo étant des armes d'ailleurs largement utilisées pour préparer les esprits des humains « normaux » au conflit et les diriger dans la même direction, sans même qu'ils s'en rendent compte, comme le font les cartes magiques Pokemon destinées aux plus jeunes enfants. Chacun organise ses armées, lançant avec des supports variés des appels impérieux auxquels répondent avidement ceux qui fonctionnent sur la même vibration.

Ainsi, sans s'en douter le moins du monde, les esprits de la majorité des hommes se préparent à prendre part à la grande bataille finale entre les prétendants.

Thomas a remarqué un phénomène caractéristique : les femmes ne répondent pas aux mêmes stimulations que leurs homologues masculins, elles ne développent pas la même passion addictive pour les jeux vidéo et les jeux de rôles, ni pour le pouvoir. Pour prendre prise sur elles, il fallut leur envoyer des leurres différents, détourner leur attention vers une image narcissique d'elles-mêmes, leur donner un but ultime de perfection physique à atteindre à tout prix, chirurgie esthétique, mode, shopping, nécessité de posséder des objets proclamés sacrés pour exister, chaque signe portant ses slogans et ses drapeaux. La quête de l'image narcissique avait réussi à reléguer bien loin leurs aspirations à la beauté réelle et à la vérité. Pour certaines d'entre elles. Mais celles qui avaient résisté montaient en puissance, elles refusaient d'accepter les mensonges et les travestissements.

Le salut viendrait-il d'elles ? Le danger viendrait-il d'elles ? Deux façons de regarder, deux jugements, deux possibilités. Et si le salut venait du danger ? Thomas abandonna la vision des esprits féminins tantôt en armure de lumière, tantôt en walkyries sanglantes. Il savait que Balthus voyait plus loin et plus clairement qu'eux tous, car il planait au-dessus de la mêlée.

Il contacta Balthus qui répondit aussitôt.

XXIV

Laura et Petrovski – une étrange connexion

Depuis l'aube tombe une petite pluie fine, agaçante, qui cristallise l'impatience de Dante… Tout est moite, gluant, sous un ciel noirci, mauvaise journée. Il a passé la matinée à la Direction de la voirie et des déplacements, rue du Louvre, sans trouver une seule personne capable de le renseigner. Vacances générales. Il en est revenu exaspéré :

— Affronter une administration en plein été, c'est kafkaïein, j'abandonne, ce n'est pas un travail pour moi. Je laisse les vérifications d'identité à la police, de toute façon ce ne sont probablement que des sous-fifres…

— Dégonfle, Dante, tu vas t'étouffer. Tiens, voilà ton méchant qui arrive…

L'écran s'allume effectivement, la définition est parfaite. Tous deux contemplent incognito Wladimir Petrovski devant la porte.

— Pas un troll, ni un magicien. Un peu de reptile quand même… non ?

— Possible, un sale type en tout cas. Allez ! Je suis curieux de voir ce carnet.

Le fameux carnet s'avère être un notebook du *Elle*, gribouillé de phrases sibyllines, d'une écriture féminine… *que ces pierres nous guident vers un âge de raison*, des croquis, des étoiles, des cercles entourant des groupes de mots.

Dante a oublié Wladimir assis raide dans un fauteuil devant lui. Il feuillette le carnet : *E61 legend – Faema – Sébastien* ? Puis : *pour un cercle restreint.* Enfin sur la même page *tout se passe en ce moment.*

Les pages se suivent : *terre inférieure, terre du milieu, terre supérieure, s'affranchir des médias*, l'ensemble est d'une totale incohérence.

— Balthus ? Tu es fort en cryptogramme ? Amuse-toi…

Il lui tend le carnet et se retourne vers Wladimir, mal à l'aise, lorsque le signal clignote à nouveau, et apparaît sur l'écran une sulfureuse brune gothique, madone des piercings toute taggée de noir.

— Vampire ? Chuchote Balthus.

— Laura. Mon Anglaise *destroy*… Une dangereuse créature de la nuit.

On dirait que Dante a soudain oublié ses griefs contre la vie, la dangereuse créature l'excite, il se lève pour accueillir la visiteuse. Wladimir passe aux oubliettes. Mais Dante ne peut pas s'en débarrasser si vite, il est pris entre deux feux à cause de Balthus, de ce qu'il lui a révélé sur les liens de Wladimir avec les Inconnus.

Laura pousse un cri, son regard s'assombrit :

— Incroyable, que fait-il là ? s'étonne-t-elle en montrant Wladimir, aussi saisi qu'elle.

— Vous vous connaissez ?

— Nous nous sommes rencontrés à Londres, au club de Mark, l'Athenaeum, et ce n'est pas le meilleur souvenir de ma vie.

Manifestement elle le déteste. Sa voix se fait presque venimeuse…

Dante se penche sur Balthus à mi-voix :

— Incroyable coïncidence… Un lien de plus.

Telle une furie nocturne, Laura ignore résolument Petrovski et se tourne vers Dante, médusé, agitant sa main au dragon d'argent.

— Avez-vous eu des nouvelles de Mark ? Il n'a pas pu disparaître comme ça, pfuuit !

— Je regrette, rien de nouveau. Comme je vous l'ai dit au téléphone, nous n'avons pas trouvé de trace de son passage dans les catacombes. Depuis, la brigade de police a continué à chercher, sans résultat. J'espérais qu'il serait ressorti, que vous auriez des nouvelles.

— Mais non. Je crois que je vais repartir à Londres, je voulais vous le dire, c'est trop *clean* Paris. Je m'ennuie. Et je ne vais pas attendre éternellement que Mark daigne réapparaître… *bye bye*

— Elle se lève et se dirige vers la porte… Elle hésite, revient en arrière devant Balthus qui la contemple, béat…

— *Bye bye, strange guy in heaven.*

Elle gribouille quelque chose sur un papier et le pose devant lui :

— OK ?

Balthus sourit :

— OK !

Dante n'en croit pas ses yeux, qu'est-ce que ça veut dire ? Que signifie cette curieuse complicité ?

Il effleure l'épaule nue de Laura pour la guider jusqu'à la porte et sent vibrer les trois serpents enlacés de son tatouage, contact électrique… Avant d'actionner l'ouverture du sas de sécurité, à l'abri des regards de Balthus et surtout de Wladimir, il se lance :

— Laura, avant que vous ne partiez… Venez dîner avec moi ce soir. Je passe vous prendre à l'hôtel, d'accord ? Vers 20 h 30…

Elle secoue la tête, mais il voit bien que la proposition la tente, il a senti dès leur rencontre au Montalembert le petit tilt qui dit, c'est possible…

— *Well*… bon… OK…

Elle s'éloigne sous le porche sans un regard en arrière.

Bon, et maintenant Wladimir Petrovski ! Comment se fait-il qu'il connaisse Mark ? Est-ce la clé de la disparition de l'Anglais ?

Wladimir lui file entre les doigts comme une anguille, contourne les réponses, élude, tout cela avec la meilleure volonté apparente… Rien à en tirer. La seule chose intéressante de ce rendez-vous est le lien qui est apparu entre l'Anglais disparu et l'ancien amant de Diane.

Lorsque celui-ci est parti, Dante prend son tableau et ajoute une flèche entre Wladimir et les Anglais.

— Ça se corse ! Et la belle goule dîne avec moi !

Dante arrive pile à l'heure, il la voit sortir du très chic hôtel Montalembert, vivante incarnation de tous les fantasmes gothiques, ses longues jambes gainées de bottes vertigineuses, un savoureux concentré de ténèbres.

— Ténèbres, prenez-moi la main…, lui murmure Dante.

— *What*?

— Ce n'est rien, le titre d'un livre ! Un hommage à votre beauté ténébreuse, ma chère Laura. Je vous emmène chez Maceo.

— Cuisine italienne ?

— Pas vraiment, vous verrez.

Calmée par l'ambiance feutrée du lieu, apprivoisée avec un bourgogne subtil, Laura se livre sans le moindre tabou. Sa relation avec Mark, assez récente, a pour elle l'attrait de l'interdit. Elle glorifie ses tendances sado-masochistes, et qu'il soit adepte du satanisme l'a totalement fascinée. Devant l'incrédulité de Dante, elle se moque de lui :

— Mais vous vivez dans un jardin d'enfants ! Vous ignorez qu'il y a plusieurs Églises de Satan officielles en Angleterre ?

— Si le culte à Satan est une banalité en Angleterre, il est inimaginable en France, rétorque Dante, agacé. Personne ne peut croire qu'un tel culte existe. C'est un mythe.

— Détrompez-vous, mon cher, en France vous avez l'ordre de Guillaume, une cellule très dynamique du satanisme, instigatrice du FSE, le Front Sataniste Européen, dont le but est de réunir toutes les fédérations satanistes d'Europe.

— Vous voulez rire ?

— Pas du tout, c'est très sérieux. Ici, on dirait que tout ce qui sort du convenu ne peut être que l'émanation d'un esprit malade. C'est pour cela qu'en France les satanistes se cachent. Chez vous, c'est facile d'être original, il suffit de sortir d'un iota des sentiers battus. En Angleterre, il faut en faire des masses pour qu'on jette un regard sur vous, toutes les excentricités nous sont tellement naturelles. L'esprit anglais est moins formaté, plus excentrique et beaucoup, beaucoup plus malsain.

Cette affirmation provocante l'amuse visiblement…

— Malsain ? Et vous trouvez que c'est une qualité ? s'insurge Dante.

— Voilà, j'en étais sûre, réaction classique. Pour nous malsain n'est pas péjoratif, les cercles de l'ombre existent, nous n'avons pas honte de nos pulsions vers le mal, le diable, l'ombre. C'est simplement une voie parmi d'autres. Nous autres, Anglo-Saxons, utilisons la transgression comme un système de reconnaissance des castes supérieures. Si nous sommes au-dessus de la masse, nous pouvons tout nous permettre.

— Historiquement nous nous en sommes aperçus à nos dépens, la perfide Albion face à l'honneur français, nous n'avons pas fait le poids. Mais sous une façade plus morale que la vôtre, nous ne sommes pas pour autant des saints !

— Oh non, loin de là, vous venez vous encanailler à Londres, ou vous le faites chez vous dans des lieux bien cachés, honteusement.

— Quelle hargne ! N'étendez pas la haine que vous portez à Wladimir Petrovski à l'ensemble des Français… Il n'est pas vraiment représentatif. Vous ne le portez pas dans votre cœur, est-ce sa nationalité ou le personnage est-il déplaisant en lui-même ?

Laura se renfrogne, elle joue avec sa bague et le dragon lance des éclats rouges.

— Une histoire de fille, il a ravagé la vie d'une de mes copines, le sale petit manipulateur. J'ai juré d'avoir sa peau. Pas de le tuer, le démolir dans sa sale caboche de malade. L'envoyer en hôpital psychiatrique soigner ses tendances psychopathes…

La violence de ses expressions et sa conviction passionnée jaillissent comme des flèches noires autour d'elle, électrisant l'air et faisant reculer Dante dans son fauteuil… Plus aussi sûr d'être attiré par l'ensorceleuse gothique.

— Et votre ami Mark ? Petrovski fait partie de ses relations, de ses amis ?

— Petrovski est un salaud et un ami de Mark. Mark aime bien les sales types.

— Mais vous l'accompagnez dans son Église de Satan ? Vous participez au culte ?

Son visage se tord, elle hésite… puis reprend de l'assurance :

— Bien sûr, regardez-moi, les gothiques se glissent naturellement dans les mouvements satanistes, nous sommes nos propres dieux, rebelles et ouverts aux plaisirs sexuels… Nous suivons notre instinct primitif qui nous entraîne vers les forces des Ténèbres qui sont les forces de vie, c'est cela que prône le satanisme.

— Et les rituels, les sacrifices...

— Mais c'est un véritable interrogatoire... Quelle heure est-il ? On y va ?

Dante n'ira pas plus loin ce soir-là dans l'exploration des charmes sulfureux de Laura... Mais le lien entre Petrovski et Mark confirme que les Anglais n'étaient pas du tout là par hasard... et que leurs affinités communes portent sur des domaines où le diable règne en maître.

Quatrième partie

LE DÉVOILEMENT

... Il existe un conflit ancestral entre ces deux races humaines primordiales et entre leurs deux créateurs, les Élohim ou « Fils de la Lumière » et les « Fils des Ténèbres » ou Archontes. Cet antagonisme s'aggravera dans l'avenir jusqu'à ce que l'un ou l'autre camp soit victorieux. Le camp des « Fils des Ténèbres » et la race des êtres humains qui les servent aveuglément arrivent tout doucement en bout de cycle, à l'écroulement de leur monde, le nôtre. Cet événement est connu sous le nom d'Apocalypse.

KARMA ONE –© KARMAPOLIS – 15 MARS 2005

I

Hiéro et Artus… Coup de théâtre

Charles Hiéronimus Plantard avait l'habitude de dominer les situations, que ce soit du haut de son nid d'aigle de fort Saint-Ours ou de son palais caché de l'Arche de la Défense. Sa position de naissance lui avait toujours ouvert les portes que d'autres s'acharnaient à pousser, au terme de batailles sans pitié, pour monter dans les strates d'une société prompte à dédaigner ceux qui ne sont pas nés. On s'extasiait parfois devant la réussite d'un de ces sans-nom, sans savoir ce qu'il y avait derrière ce relatif anonymat, la clé étant plus souvent dans un sang caché que dans une chance ou un talent avérés.

Il avait toujours plané dans les plus hautes sphères de la société, rencontré ceux qui comptaient dans le monde, de toutes origines et de tous pays, l'élite qui modelait la face de la planète, politiquement et financièrement, culturellement et spirituellement. Ainsi lui paraissait-il tout naturel de voir Bush ou Poutine venir prêter allégeance au pape de Rome, ou les dirigeants des consortiums, grands prédateurs des ressources planétaires, créer des mouvements humanitaires amplement médiatisés, ou encore les gouvernements trouver les ressources pour créer de grands monuments, opéras, musées ou bibliothèques pharaoniques et déplorer leurs caisses vides lorsqu'on en vient aux besoins des plus démunis. C'est qu'il savait parfaitement que le monde était fait par les riches pour les riches, par une élite pour son propre confort et que c'était dans l'ordre des choses. Un ordre qu'il cautionnait avec le naturel parfait de ceux qui ont tout reçu à la naissance.

Il savait aussi comment tous les puissants étaient liés par le même pacte, quelles que soient leurs apparentes divergences d'opinions et de politique et s'étonnait seulement parfois que leurs rencontres puissent se faire au vu et au su de la planète entière sans que nul ne se pose de question. Le conditionnement fonctionnait parfaitement.

Son déjeuner dans un grand restaurant de la place de la Madeleine avec son ami Artus avait pris un tour étrange, il avait oublié ses intentions premières pour lui exprimer ce qu'il ne s'était pas encore avoué à lui-même, jusqu'à cette incroyable irruption dont il avait encore du mal à se remettre.

Trop perturbé par l'enchaînement des événements, il mit de côté l'apogée de leur rencontre pour se concentrer sur Artus, une façon de laisser reposer ses émotions vives. Leur discussion lui trottait encore dans la tête. D'une grande famille aristocratique qui par le jeu des alliances avait fait partie des cent familles au début du XXe siècle, ne comptant plus leurs propriétés, châteaux et hôtels particuliers en France, ainsi que de cossus pieds à terre dans le monde entier, la branche d'Artus avait réussi l'exploit, en deux générations, de voir se volatiliser toute sa fortune. Par un jeu de pouvoirs et de manipulations, ce furent les familles alliées qui captèrent l'essentiel de ce qui avait été des biens considérables. Ainsi lui et sa descendance se retrouvèrent-ils les moins riches mais curieusement les plus fertiles, les plus créatifs, les plus intelligents... Artus ne ressentait aucune frustration de cet état de chose, au contraire. Il avait même une justification qui aurait presque fait douter H de sa propre légitimité. Il prétendait que c'était précisément parce que sa lignée était plus brillante et surtout plus spirituelle et détachée des biens matériels que celles qui s'étaient avidement emparé de ce qui passait à leur portée, au mépris de toute justice, qu'elle se retrouvait maintenant non pas dans le besoin, loin s'en faut, mais obligée de se préoccuper de contingences matérielles pour la première fois depuis des générations.

Selon lui, cela leur permettait de mieux comprendre la réalité de la vie humaine dans sa multiplicité, ce que ne pouvaient même pas imaginer ceux à qui la vie avait toujours tout donné sans rien demander en retour. Le cadeau de la ruine était l'humanité. Le regard qui s'ouvre vers l'autre.

Artus ne cachait pas une certaine forme de mépris pour les trop riches qu'il soupçonnait toujours de vilenies.

Son regard mesurait l'intérêt des gens à l'aune d'une éthique personnelle originale, si bien qu'au lieu de déplorer un état de fait qui en aurait sclérosé plus d'un, il se réjouissait de l'incapacité et du détachement de ses père et grand-père qui, selon lui, incarnaient une véritable aristocratie, au-delà des compromissions et des avidités vulgaires.

— Ainsi vois-tu, Hiéro, tout ce que la vie m'offre, je le savoure avec bonheur, ce qui n'aurait peut-être pas été le cas autrement, conclut Arthur avec un sourire désarmant en allumant un cigare… Toi tu peux dormir tranquille sur tes monceaux d'or, pas de provenance louche, de trafic d'esclaves ou de profiteurs ?

— On en revient toujours à nos vieilles querelles, tu sais bien que je me préoccupe peu de l'origine de ma fortune, je me contente d'en profiter pleinement pour combler ma passion de collectionneur. Un bel objet ne me ferait pas plus vibrer si j'étais moins riche…

— Qu'en sais-tu ?

— Je ne crois pas à ton système mais je le respecte, tu es un véritable hédoniste et tu l'assumes avec une autonomie de pensée et de goûts devant lesquels je m'incline. Tu ne regrettes jamais la magnificence de tes ancêtres ?

— Je la regretterais si elle n'était due qu'aux mérites et aux qualités de ceux-ci, mais je ne peux jamais m'empêcher de penser au pouvoir de perversion de l'argent, je le vois noir et sanglant que veux-tu, aussi sa disparition est-elle comme une libération. Et puis je suis loin d'être à la rue, nous avons quelques beaux restes…

Pensif, H regardait monter les volutes de fumée bleuâtre autour du visage d'Artus, il se demandait ce que celui-ci cachait derrière sa désinvolture affichée. Chevalier de l'Ordre de Malte et de l'Ordre de l'Étoile noire, Artus était le père de Stanislas, maître exorciste du Vatican et ami d'Arielle, dont il connaissait de source sûre l'implication lointaine dans l'enquête de la jeune morte aux lys.

— Comment va ton fils ? Toujours au Vatican ?

— Toujours dans le secret des dieux, il pulvérise les fantômes et forme les jeunes exorcistes.

— J'ai eu vent de certaines rumeurs… Ton mépris de l'argent sale t'aurait fait endosser l'armure du chevalier blanc, as-tu trouvé un moyen de te battre contre les puissances financières dont tu fustiges l'avidité ?

— C'est maintenant que tu me poses la question, après toutes ces années ? Je suis surpris que tu ne saches pas déjà tout de mes moindres gestes, avec tes sbires du bocal, du Renseignement et de la Défense. Il y a donc des informations qui t'échappent ?

H s'incline devant la réponse sarcastique d'Artus. Sous ses apparences d'aristocrate désabusé, Artus est un guerrier à l'esprit acéré, un adversaire respecté. Il n'avait pas imaginé une seconde le piéger avec des questions anodines, mais le temps presse et devant les dissensions qui éclatent dans son propre camp celui-ci lui apparaît comme un allié potentiel, quoique ponctuel. Il ne sait d'où lui vient ce besoin de trouver un terrain d'entente, de lui montrer qu'ils ne sont pas si éloignés l'un de l'autre et qu'ils peuvent s'unir devant les événements en gestation ; d'où cette rencontre d'apparence anodine.

— Nous ne sommes pas exactement portés par les mêmes idées, pourtant nos intérêts peuvent se rejoindre. Sache qu'Arielle de Thal a rejoint le service spécial que je viens de créer, l'Observatoire des Rumeurs Virtuelles. Notre première affaire, hautement stratégique, nous confronte à un homme extrêmement dangereux. C'est pour Arielle que je m'inquiète. Je lui ai mis quelques anges gardiens aux trousses mais elle a un don pour disparaître qui nous complique la vie…

— Arielle de Thal… Quelle coïncidence, la fille de Klara von Debretsy travaille pour l'ORV… Qui est donc cet ennemi si puissant que tu sois contraint à chercher un allié ?

H poursuit une idée qui l'obsède depuis les années 1970, lorsqu'Artus avait rejoint le grand maître spirituel bulgare, Omraam Mikhaël Aïvanhof. Il avait disparu alors pendant plusieurs années, voyageant dans les lieux les plus mystiques d'Asie à la recherche d'une spiritualité ésotérique, ce qu'il appelait « la vérité cachée des hommes et des dieux ».

Hiéronimus a toujours soupçonné son ami, derrière un apparent dilettantisme nonchalant, de faire partie d'une société occulte opposée aux forces de l'Ombre. Une des sociétés les plus cachées sur la planète, car contrairement à la Noblesse Noire et à ses « dérivés », Bilderberg, Franc-maçonnerie, Trilatérale etc... Ceux qui en font partie sont liés par un silence absolu, et son existence même n'est connue que de quelques initiés, silence nécessaire à leur protection et à l'accomplissement de leur action. H lui-même n'a jamais réussi à obtenir plus que la certitude de leur existence, et il reste persuadé qu'Artus est un des leurs. Il lui faut jouer cartes sur table, au premier mensonge celui-ci mettra un terme à leur échange.

C'est effectivement un ennemi redoutable, un rescapé du programme Équinoxe, pseudo-descendant des Romanov par la main gauche, suprêmement intelligent. Un *psychic* parfaitement entraîné.

— Je vois. Le juste retour des choses. La révolte des manipulés. Mais qu'attendez-vous d'autre, vous les *deus ex machina*, les manipulateurs de cerveaux? La créature finit par échapper à son créateur, tel Frankenstein, habitée par une soif de vengeance absolue, c'est un schéma classique. Le Mal suscite le Mal...

— Le Mal. Je me souviens que tu disais autrefois « le choix n'est pas entre le Bien et le Mal, mais entre la Vérité et le Mensonge ». Je ne nie pas l'effet boomerang, mais on ne peut faire avancer la science sans prendre de risque.

— Ni sans utiliser des cobayes humains, et à quel prix? Allons, Hiéro, tu sais parfaitement que rien de tout cela n'est justifiable... D'autant plus que je n'ignore pas, tu t'en doutes, le grand dessein impérial des Funk Romanov. Tu espérais utiliser Alexeï, tu n'as fait que leur donner des armes contre toi même...

Après une infime pause Artus reprend:

— Quant à ton inquiétude pour Arielle, ne serait-elle pas un soupçon hypocrite, c'est toi-même qui l'as attirée dans le côté obscur de tes manigances. C'est toi qui l'as exposée au danger en connaissance de cause, par quel tour de magie es-tu en train de me demander mon aide? Avoue qu'il est difficile, dans l'empire du mensonge dont tu es une éminence grise, de discerner ce qui procède d'une véritable inquiétude ou d'une manipulation.

— Je conçois ta méfiance, pourtant... Vois-tu, Artus, tu vas sans doute avoir du mal à me croire, depuis quelque temps je doute, de mes engagements, de mes actions passées, de mon implication avec ce que tu appelles « les forces de l'Ombre ». Je vois avec quelle intensité ces forces se mobilisent actuellement, comme s'il s'agissait d'un ultime soubresaut, et je me demande si en choisissant le côté de la puissance noire je n'ai pas été leurré.

Artus contemple avec ironie celui qui vient de lui faire cette confidence inattendue.

— À toi de défaire ce que tu as fait, de réparer ce que tu as saccagé. Tu es le seul maître de ton destin, dans quel but te livres-tu ainsi à moi ? Qu'attends-tu ?

— Ton regard. Ton jugement. Je t'ai profondément envié pendant toutes ces années, tu possèdes le contact direct avec les autres mondes, tandis que j'ai toujours été obligé, pour y accéder, d'utiliser ces objets magiques dont la recherche a été mon obsession majeure. Tu es né avec un don spirituel, une intuition qui t'a préservé des dérives, contrairement à moi...

H semble réellement déstabilisé, comme si la longue cohorte de toutes ses erreurs défilait devant ses yeux.

— Allons, Hiéro, tu es un initié, et bien que ta loge soit d'essence obscure, tu sais que les temps du changement sont venus... Vous tremblez tous en sentant arriver avec la fin du cycle la mort de votre règne. Sais-tu de quelle sorte seront ces bouleversements ? La Morale spirituelle cosmique va-t-elle rétablir l'ordre du monde, et toute la négativité que vous avez engendrée se retourner contre vous ? Votre incessante malfaisance et la confiscation de la planète au profit d'une poignée de profiteurs va-t-elle basculer dans un système radicalement différent où vous n'aurez plus de place ? Aurais-tu peur du changement de paradigme ?

Artus ne se départ pas d'un infime sourire...

— Peur, je ne sais pas, répond Hiéronimus, récemment le monde a commencé à m'apparaître sous un jour nouveau.

Le pouvoir a perdu son attrait, les honneurs m'ennuient, je continue à jouer sans y croire. Pire, j'ai une impression curieuse – Il scrute Artus en lui parlant – un autre moi s'est réveillé, un autre qui ressemble à une part oubliée de moi-même... Comme si une énorme vague souterraine bousculait mes anciennes convictions sous le regard d'un autre qui étrangement posséderait compassion et désir de lumière. Amusant, non ?

Artus reste sceptique, il fait un signe au serveur qui leur apporte des cafés, il prend son temps, fait dissoudre tranquillement un sucre dans le sombre liquide parfumé, le respire avant d'y goûter...

— Quelle tentation de te croire... Tu me demandes mon aide, toi le maître et sorcier, mais tu sais parfaitement qu'il nous faut habiter le même royaume de conscience pour communiquer. Peux-tu t'aligner sur les vibrations de lumière, c'est l'ultime condition pour entrer en interaction... Pourrais-tu faire le salut d'Orion ?

H grimace, Artus lui tend un piège. Aucun être, force ou présence opposée à la lumière ne peut faire le salut d'Orion, pas plus que le diable ne peut faire le signe de croix. Il a fait à l'aube de sa vie le choix de l'Ombre et le trouble qui s'est levé en lui, l'infime lumière qui le perturbe et lui donne l'impression qu'il a encore une possibilité de choix ne l'autorise pas – il le ressent avec douleur – à faire le salut d'Orion. Il n'essaie même pas, tant ce geste lui-même lui est étranger. L'amertume se déploie comme une vague puissante.

— Tu sais bien que non. Pas encore. Mais qui sait ? Depuis des années je sens votre influence grandir, vous parvenez à attirer des êtres de plus en plus nombreux avec vos propositions de lumière et la promesse d'un monde idéal – sa voix contient une note de dérision – et nous avons vu vos égrégores grandir en puissance et en éclat, pourtant nul ne vous connaît, nul ne sait qui vous êtes, vous restez transparents, puissants et transparents.

— Puissants et attirants. Nous offrons aux hommes qui le désirent de retrouver la partie supérieure d'eux-mêmes, dont ils ont été coupés. Que les aspects du monde qui leur sont devenus invisibles leur soient rendus, et que soudain ils puissent voir et entendre les êtres élémentaires, les invisibles, les auras, les sourires des arbres et les rêves des pierres… Un soupçon trop romantique, non ?

Devant son regard intrigué, Artus poursuit :

— En d'autres termes, nous leur proposons de réactiver leurs segments originels d'ADN, afin de les sortir de la cage dans laquelle cette mutilation a enfermé l'humanité. Ceux qui sont prêts nous entendent…

— Par quels moyens ?

— Rien à voir avec vos techniques pour développer les dons des médiums et des *psychics*, nous agissons à un niveau global pour que de plus en plus d'êtres humains parviennent à modifier eux-mêmes leur ADN, pour se guérir par exemple. C'est le cas de ces enfants nés avec le sida, qui guérissent spontanément et chez qui l'on a constaté que l'ADN était modifié.

— Dante Ibozu a une théorie sur la capacité des gens à modifier leur ADN soit volontairement par leur façon de penser, soit inconsciemment par la force de leur intuition.

— En effet, il a compris l'interaction entre l'esprit et l'ADN. Il suffit d'un petit coup de pouce pour que la mutation s'opère. Nous mettrons dans l'invisible les conditions nécessaires au changement.

— Je viens de comprendre quelque chose : Balthus. C'est Balthus mon révélateur, je me comprends, je viens de réaliser qu'il est à l'origine de ce qui me trouble aujourd'hui. Son regard a changé le mien. Comment est-ce possible ?

— À ta question je vais répondre par d'autres questions : quelle intuition t'a poussé à m'appeler ? Pourquoi cette confession ? Je sais que tu cherches à me sonder, à évaluer à travers moi la justesse de tes craintes. As-tu seulement réalisé que nous accompagnons déjà Arielle et Dante ? Nous leur avons envoyé des messagers, des signes, ouvert des portes. Ne serait-ce que Balthus justement… Oui tu vois je connais tes secrets, et ce qui me ferait hésiter dans mon opinion sur toi, c'est la qualité d'Arielle et de Dante. Ils ont en eux à part égale la lumière et l'ombre, mais par-dessus tout ils possèdent une qualité primordiale, ils cherchent la vérité. S'il existe des chemins vers la rédemption ils passent par eux en ce qui te concerne.

— Balthus ? C'était vous ?

— Non, pas de la façon que tu penses, nous ne manipulons pas les êtres, nous leur offrons des possibilités. Balthus a été appelé, il a répondu. Cela se passe à un autre niveau que la troisième dimension dissociée, le temps et l'espace sont autres. Ce n'est pas à toi que je l'apprendrai, toi qui utilises le royaume de conscience de tes *psychics* pour transcender le temps et voyager dans les dimensions invisibles.

— Mes *psychics*... Ce sont leurs dons que j'aurais voulu avoir...

— Voilà le cœur de tes problèmes, tu as toujours voulu posséder plus, plus de secrets, plus de pouvoir, plus d'objets magiques, plus de relations, plus de dons... Et te voilà sur le point de devenir aveugle, symbolique, non ? Tu as passé ta vie à refuser la lumière, à te complaire dans l'obscurité et la noirceur des prédateurs, tu es enfin parvenu à te rendre aveugle physiquement après avoir tant travaillé à le rester spirituellement.

Hiéronimus reste muet, Artus continue à fumer son cigare, et il se fait la remarque que pour un être aussi spirituellement avancé, celui-ci ne se préoccupe pas de polluer l'espace autour de lui avec l'âcre parfum du cigare. Les spirales de fumée bleue se défont devant son visage lorsque H réalise soudain qu'il ne sent aucune odeur de tabac, comme si le cigare d'Artus était d'essence purement virtuelle. Celui-ci se penche vers lui et son regard change, concerné, amical.

— Ne t'inquiète pas pour ton dissident, les jeux sont déjà faits. Quelle que soit l'issue de votre combat, ceux qui doivent être protégés le seront. Les autres ont fait leur choix. Ne crois pas qu'il s'agisse de deux armées face à face, l'armée des Ténèbres contre celle de la Lumière, armes contre armes. Nous ne portons pas d'armes, nous ne jouons pas au jeu de la guerre.

Artus fait une pause, bois une gorgée de son café et reprend :

— Nous avons chacun nos défis à affronter, et un des plus grands défis pour Arielle, puisque tu te soucies tant d'elle, en cette période de confrontation, c'est sa mère...

Mais Hiéronimus n'a pas le temps de répondre, pâle, il semble sous le choc d'une vision impossible. Il n'a vu qu'une floue et svelte silhouette de femme pénétrer dans le restaurant, tandis qu'un serveur écartait le rideau qui protège l'entrée. Mais il sait, malgré ses yeux malades, et le choc arrête un instant les battements de son cœur et l'étourdit. C'est Elle. Au moment précis où Artus l'évoquait, elle a surgi devant eux. Pour une fois, il ne sait plus où il en est. Artus saisi par sa réaction se retourne et aperçoit Klara. H est trop troublé pour saisir l'éclair qui s'allume dans le regard de son ami, en un instant une qualité de silence médusé s'est répandue autour d'elle comme une nappe de pétrole sur la mer, écrasant les vagues de paroles des convives. Klara a toujours eu ce don spécial d'attirer magnétiquement le regard des gens non seulement par sa beauté, mais aussi par son intensité triomphante. H perçoit le silence comme un hommage à celle qui est restée l'unique femme qui ait jamais su le faire vibrer.

Artus se lève :

— Mon vieux Hiéro, je vais te laisser... avec tes démons ajoute-t-il d'une voix presque imperceptible.

Il contourne Klara comme s'il s'agissait d'un serpent venimeux, sans chercher à cacher sa répugnance, et disparaît derrière le rideau.

— J'ai fait fuir le preux chevalier... Tu m'acceptes à ta table ?

Hiéronimus sort de sa transe, il se lève courtoisement pour rapprocher la chaise de Klara, elle le laisse faire avec une grâce amusée. Elle enlève tranquillement ses longs gants ivoire comme si elle se défaisait d'une seconde peau, tout en le fixant de ses yeux verts, elle s'impose à lui comme une apparition, le retour de sa bien-aimée disparue. Elle réussit en quelques minutes à effacer toutes les années d'absence et à justifier tous ses choix passés. Ses doutes disparaissent, il retrouve la plénitude et la certitude.

— Alors, tu pactises avec l'ennemi ou tu cherches à l'entraîner dans notre voie royale ?

— Tu connais Artus... rien ne saurait le détourner de ses fantasmes de lumière.

II

Arielle retour vers l'inconnu

Les remords viennent me troubler. Presque trois jours volés sans penser à la jeune morte aux lys, et sans voir personne, si ce n'est la bienheureuse surprise du passage d'Artus. J'ai pourtant l'impression d'être partie de Paris depuis des semaines. Le temps s'est arrêté, ou étiré plutôt, il n'en finit pas de couler sans que j'aie à le retenir…

Je viens de rallumer mon portable, poussée par une mauvaise conscience soudaine à l'idée d'avoir abandonné Balthus et Dante sans aucun moyen de me joindre. Quoique… Il y a à l'ORV au moins une personne au courant de mon domaine clandestin, H me l'a bien souligné, comme s'il voulait que je sache que rien de ma vie ne lui échappe. Je le laisse penser ce qu'il veut, mais il se trompe. Il ne connaît que la part de ma vie que je lui accorde, je garde pour moi mes mystères.

C'est sans état d'âme, si ce n'est un léger regret, que j'ai refermé à clé la porte sur la maison éclaircie, la vie m'appelle à nouveau. Je jette un dernier coup d'œil sur le jardin, s'il n'a rien perdu de son charme sauvage, les branches basses du chêne laissent désormais le regard couler jusqu'au grand rhododendron tardif déjà fané et vers les camélias d'été. J'aime sculpter ces branches pour y ouvrir d'infimes fenêtres sur le sous-bois et l'horizon, comme autant de tableaux flamands.

Le téléphone commence à sonner, combien de messages ? Trois. Je respire un grand coup avant de les écouter, prise d'un obscur pressentiment qui n'est peut-être, je l'espère, que l'écho de ma mauvaise conscience… Dante, Antoine, je passe vite, et soudain, un message hier à 22 h 42, la voix terrifiée de Cornelia :

— Arielle, je vous en supplie, répondez-moi, je suis revenue à Paris, il faut que je vous parle, ils m'ont retrouvée, j'ai besoin de vous. Rappelez-moi d'une cabine à ce numéro… Vite.

Et voilà, je l'attends des semaines et il suffit que je m'éclipse quelques jours pour que le drame survienne… Cornelia a le sens de l'à-propos, mais je ne vais pas lui en vouloir de déchirer brutalement l'harmonie retrouvée ; on n'a sans doute pas le droit de rêver lorsque les temps changent… Je décide de descendre jusqu'à Pourville, il y a une cabine téléphonique près de la promenade. L'air est encore tiède. Dans le soir qui tombe, malgré ma hâte de rappeler Cornelia, je suis saisie par la beauté du soleil couchant qui se liquéfie dans l'or de son reflet, sur la mer étale. Il coule lentement à l'horizon, splendide et tranquille, et je le regarde s'enfoncer avec un émerveillement douloureux. Un monde disparaît… Je compose le numéro avec l'angoisse d'arriver trop tard. Un répondeur s'enclenche, le message apparemment n'est destiné qu'à moi :

Arielle, le temps presse et je ne sais pas si je pourrai tenir longtemps. Retrouvez-moi 24 rue Molière, le mot de code est Ruggieri. Surtout ne dites rien à personne, toutes vos communications sont surveillées. Souvenez-vous de Giverny.

Giverny pour m'assurer que c'est bien elle, d'accord. Quant à Ruggieri, l'astrologue de Catherine de Médicis, que vient-il faire ici ? Et comment diable sait-elle que je suis épiée ? Ce que je crois volontiers depuis l'intrusion rue Cassette et les apparitions récurrentes des Velsatis, qui sont devenues dans mon imaginaire une extension de ce redoutable *Ordre noir et secret,* creuset toutes ses peurs.

Je reviens à la cabine, oscillant entre l'envie de confier à Dante le message de Cornelia pour m'assurer son soutien, et la crainte de trahir involontairement sa cachette à des oreilles aux aguets. Je réfléchis en regardant les lumières du port de Dieppe scintiller dans les dernières clartés du jour. C'est si beau, si intouché que j'aimerai m'ancrer là pour toujours, me transformer en pierre blanche polie par les vagues et me laisser emporter dans les flots. Disparaître. Je saisis au fond de ma poche les deux pierres qui ne me quittent plus, la blanche et la rose, elles chauffent le creux de ma paume, l'incertitude me prend. Ce rendez-vous m'apparaît comme une immense main noire qui va se refermer sur moi.

Et pourtant je n'ai pas le choix, dans moins de deux heures si tout va bien je serai à Paris. Et Cornelia m'attend. J'ai donc deux heures pour réfléchir à une stratégie… qui nous protège toutes les deux ! Si au moins je pouvais parler avec Artus pour lui demander conseil, je me sentirais moins désemparée, mais il est injoignable.

En remontant la pente de Pourville vers Hotot, j'éprouve une brève nostalgie à l'idée de quitter mon refuge pour replonger dans le labyrinthe où se livre le combat, autour des fantômes de Diane et de lady Di, la sainte de l'Alma comme la nomme les adeptes de son culte. Je frissonne soudain en pensant à ma mère au cœur de la cour du Dragon, cette autre face des choses prend ce soir une dimension troublante. Comme si toutes les ramifications souterraines de notre affaire me rapprochaient insidieusement et sans possibilité de retour en arrière du cœur de l'énigme. C'est le moment d'appeler la lumière d'Artus, la lumière purificatrice…

Voilà dans l'autre sens le vieil if d'Offranville, gardien du vortex secret, son tronc gigantesque torturé par les esprits de tous les morts enterrés autour de lui respire au rythme des siècles. Il regarde les humains passer, le monde changer de plus en plus vite comme dans un film en accéléré. Il nous regarde passer, ma voiture et moi, et je lui fais un petit signe de reconnaissance, du style je sais. Je sais que tu perçois mes pensées qui s'envolent bordées de noir, bientôt auréolées d'une lumière grandissante, que je cours pour tenter de changer le cours des choses alors qu'il suffirait peut-être de « penser autrement », lâcher prise, appeler la lumière immobile et reliée au Tout, pour que s'initient les transmutations espérées.

III

Thomas – L'œil qui voit tout

Thomas avait fini par repérer Arielle, il s'était d'abord projeté en Bourgogne mais n'y avait trouvé nulle trace d'elle. La propriété était fermée, les volets clos, et seul un jardinier parcourait les allées des jardins pour en tailler les buis dans des grandes vasques de pierre... Les lieux avaient le charme en attente de ces endroits abandonnés depuis peu, où les traces des êtres commencent à s'effacer, où les ultimes empreintes du présent se superposent à celles du passé, leur conférant une aura intemporelle. Il retrouva, sans l'avoir voulu, un enfant debout sur une balançoire improvisée, accrochée à une grosse branche de tilleul, un autre groupe d'enfants rieurs faisant du feu avec la paille du grenier dans le chenil, une jeune femme en jean, coiffée d'un grand chapeau de paille, en train de tailler des rosiers anciens, une vieille dame allongée sur une méridienne bariolée à l'ombre douce des tilleuls. Les scènes se succédaient comme dans un rêve, l'enfant pâle sur le lit avec son ours dans les bras, les yeux clos comme une poupée de cire. Les ombres qui tournent dans l'escalier de pierre, la douleur, le fantôme d'une chouette blanche... La douleur encore, des dizaines de jeunes dansant, la musique, les lumières des bougies, des baisers dans l'ombre, des chevaux galopant dans la prairie... Les empreintes tournoyaient dans le temps, il lui suffisait de les figer une seconde pour leur restituer leur essence avant qu'elles ne se dissolvent... Mais celle qu'il cherchait appartenait au présent, Arielle n'était pas là...

... Il se tourna vers le deuxième lieu indiqué par son chef, là les traces étaient vibrantes, un feu brûlait dans la cheminée, la voiture grise était garée derrière la maison. Elle dormait dans sa chambre. Quand elle sortit à l'aube, une serviette de bain à la main, il la suivit sur la plage... De loin, sans trop s'approcher.

Il la vit s'asseoir sur un de ces énormes rochers en forme de monstres marins, tapis sur le sable en attendant l'heure du réveil. Elle y resta en transe, pendant un long moment, avant de se relever, de laisser tomber sur le sable sa robe légère et ses baskets, et de courir jusqu'aux vagues en maillot de bain, silhouette gracieuse bientôt plongée dans l'eau mouvante. La marée remontait.

Il la regarda nager vers le large, solitaire, le soleil levant jetait des éclairs dans l'eau… lorsqu'elle émergea, sa longue chevelure trempée, lumineuse et glacée, elle se retourna pour regarder la mer avant de s'enrouler dans la serviette. Assise sur le sable, immobile, elle contempla un long moment la mer aux nuances infinies et les roches noires échouées sur la grève. On eût dit que le temps s'était arrêté autour d'elle.

Plus tard, il la vit remonter les marches escarpées de la cavée, d'un pas léger. Lorsqu'elle obliqua à sa droite vers l'église marine, Thomas sentit soudain qu'il n'était plus seul, quelqu'un empruntait sa voie pour venir regarder par-dessus son épaule, une présence dense, intense, dont il reconnut la marque : Treize était sur la piste d'Arielle, lui aussi. Brutalement, Thomas cassa le lien et se retrouva dans son corps, il avait interrompu l'intrusion de Treize. Celui-ci l'avait utilisé comme un vulgaire canal pour espionner, et peut-être localiser Arielle. Mais s'il n'avait pas eu le temps de reconnaître les lieux, il serait dans l'incapacité d'y retourner.

Thomas intégra le paramètre Funk-Romanov et décida de procéder désormais par flashs, des incursions fugitives et éphémères pour veiller sur Arielle et éviter que Treize ne puisse se servir de lui pour la retrouver. Les instructions de son chef étaient précises, la suivre sans qu'elle s'en doute et avoir l'œil sur Funk-Romanov. Toute anomalie ou intrusion devait lui être signalée sans délai. Il prit donc son téléphone, le message était simple : il avait retrouvé Arielle en Haute-Normandie, mais Treize était à sa recherche.

C'est ainsi, que par de brefs coups d'œil, Arielle lui apparaissait dans des tableaux éphémères, dans son jardin, taillant les arbustes, faisant des bouquets, ramassant le bois mort dans le sous-bois pour le ranger dans le bûcher. Il la vit en voiture longer la mer jusqu'à Dieppe, se promener dans la foule joyeuse du marché, remplissant son panier de poires, de cresson, de légumes et de fruits. Il vit l'homme arriver à pied, et Arielle l'accueillir un soir comme un vieil ami. Le reste de la soirée, ses tentatives pour la visualiser furent vaines, une sorte de voile les entourait, Thomas était stupéfait, jamais sa vision à distance n'avait été autant perturbée, il sentait sa présence là-bas, et la présence de cet homme, mais il ne voyait et n'entendait rien. Bien qu'intrigué, il ne percevait aucun signe de danger. Il ne s'alarma donc pas. Le lendemain tout était redevenu clair, son regard d'une acuité absolue.

Il la flasha le soir à Pourville devant le soleil plongeant sur la mer, puis sur la route du retour saluant au passage l'if vénérable ; sur la file d'attente au péage de Mantes, se faufilant à travers la circulation dense du dimanche soir, enfin à son arrivée à Paris. Il la sentait concentrée, intense. Les équipes sur le terrain l'attendaient et une voiture la prit en filature porte Maillot, une autre attendait devant l'imprimerie. Thomas ne se posait pas de questions, si son chef croyait Arielle de Thal en danger, elle l'était. Tout avait été mis en œuvre pour la protéger… Il se sentait donc raisonnablement rassuré jusqu'à ce qu'il apprenne qu'ils l'avaient perdue. Les minicaméras placées à l'extérieur de l'imprimerie avaient filmé son arrivée rue du Montparnasse. On voyait avec une incroyable netteté sa voiture s'arrêter devant le porche, son geste pour ouvrir la portière et soudain la panique envahir son regard après un bref coup d'œil dans le rétroviseur.

Elle s'était figée un instant avant de redémarrer en trombe… se coupant ainsi sans le savoir de sa garde secrète au moment crucial. Car tous les dangers convergeaient vers cette nuit, les dissonances s'accumulaient, des visions sporadiques dévoilaient de nombreux mouvements, souterrains et aériens, une véritable petite armée se mettait en place.

Il tenta de se reconnecter avec Arielle, le contact était coupé, elle était devenue invisible, Plantard n'allait pas aimer. Sans perdre une seconde, il alerta l'équipe des *psychics* qui se mirent instantanément en réseau. Seul Balthus restait inaccessible, isolé dans ses recherches. Thomas maintint l'information suspendue aux limites de l'esprit de son ami, prête à pénétrer son supraconscient dès que la route serait libre. Un appel en attente en quelque sorte.

À nouveau il contacta son chef et perçut immédiatement une présence étrangère auprès de lui. Lorsque celui-ci lui donna d'un mot anodin le signal de lancer l'opération, ils surent tous à la même seconde que le moment de l'affrontement était venu. Leur adversaire avait fait le premier mouvement, le rapt de la dame blanche, à eux de jouer. Funk-Romanov avait lancé un gant que son ancien mentor ne pouvait que relever.

Les mouvements de l'adversaire avaient été anticipés à la mesure de l'esprit monomaniaque de celui-ci. Les *psychics* accordèrent leurs fréquences…

Lorsque quelques heures plus tard Balthus rejoignit leur cercle, il les connecta à la chambre pyramidale où reposait Arielle, plongée dans une étrange catalepsie… Alors ils entrèrent en « phase intel », projetant vers leur cible et ses alentours des faisceaux de pensées persuasives, la déstabilisation commença. Bien que Balthus les ait prévenus, ils s'étonnèrent en constatant que leurs impulsions mentales ne pénétraient pas la salle souterraine, un bouclier vibratoire d'une extraordinaire puissance les refoulait instantanément. Il leur fallait contourner l'obstacle.

IV

Arielle au cœur du maelström

Je me réveillai immergée dans une noirceur souveraine, palpable, un instant je me crus transportée dans le passé, retournée au fond des catacombes… Dans le silence presque absolu, je ne discernais qu'une profonde pulsation rythmique, sorte de lointain battement de cœur d'un gigantesque animal. Je tentai de bouger, mais j'avais l'impression que d'innombrables liens d'une grande finesse m'enserraient. Mon corps était devenu immense, Gulliver prisonnier d'infimes créatures malveillantes. Je me croyais réveillée mais en réalité j'étais en train de rêver. Sinon comment serais-je arrivée dans ce no man's land ? Ce nulle part ? Que s'était-il passé ?

… Je me souviens de la route de retour vers Paris, de la lune étincelante qui se glissait derrière les nuages sombres, de l'air tiède qui jouait dans mes cheveux, de mes questions sur Cornelia. Je n'allais pas me jeter la tête la première dans un piège, la question se résumait à : comment informer Dante et Balthus du rendez-vous avec elle sans utiliser les voies surveillées du téléphone ou du mail ? Car il n'était pas question que je suive sa principale directive, n'en parler à personne. Elle aurait pu me laisser ses deux messages sous la contrainte, séquestrée par les réducteurs de tête sataniques coupables du meurtre de Diane. Mais je ne pouvais pas non plus éluder la possibilité inverse, qu'elle ait dit vrai, elle leur avait échappé, avait besoin de mon aide, tout appel de ma part révélant le lieu du rendez-vous à Dante les jetterait immédiatement crocs et griffes en avant vers Cornélia morfondue d'angoisse. Elle m'attendait avec anxiété, je devais me dépêcher.

À peine arrivée avenue de la Grande Armée, remontant vers l'Étoile, il me sembla apercevoir à nouveau une Velsatis noire, je me traitai d'obsessionnelle. Pourtant une impression larvée d'inconfort me taraudait, effaçant toute la sérénité regagnée sur les angoisses intestines de l'affaire de la jeune morte aux lys. Une obscure densité s'attaquait à moi, remontant par paliers, me serrant le cœur à nouveau.

Je décidai d'aller à l'imprimerie en espérant y trouver Dante, malgré le détour que cela impliquait et qui volerait encore quelques minutes à Cornelia. S'il n'était pas là, je lui écrirais un mot. Qu'il sache où j'allais. Je me garais rapidement sur le bateau lorsque mon cœur s'arrêta de battre, la foudre me tombant dessus n'aurait pas pu me saisir plus violemment. Je venais d'apercevoir, garée derrière un peu plus loin l'éternelle voiture noire, le moteur tournant au ralenti, les phares allumés ne laissant rien deviner que des silhouettes indéfinissables et menaçantes. *Ils sont dans le grenier et la cave, ils sont partout...*

La comptine se mit à cliqueter malignement dans un coin de ma tête, la peur me tordit l'estomac instantanément. Je restai quelques minutes tétanisée, la main gauche sur la poignée de la portière, incapable de prendre une décision dans un sens ou un autre. Me réfugier à l'abri des systèmes de sécurité de notre forteresse de l'ORV, m'enfuir vers la rue Molière au risque d'être suivie.

Si Cornelia disait vrai, ce que semble confirmer cette surveillance de nos locaux, elle est en danger et m'attend pour la soustraire à nos ennemis. Si elle est déjà entre leurs mains, ce dont je ne pourrai jamais être sûre, c'est moi qui vais me lancer dans un piège. Comment prévenir Dante ? Je n'arrivais plus à penser clairement. Je nous maudissais de n'avoir pas préparé un moyen de communiquer hors des réseaux accessibles au piratage. Puis, en désespoir de cause, j'élaborai un plan précaire qui me laissait sans renforts pour la nuit.

Je démarrai sur les chapeaux de roue. Avant que les inconnus à la Velsatis n'aient le temps de réagir, j'étais déjà loin sur le boulevard Raspail vers les quais, guettant les phares dans le rétroviseur. Brusquement, après le carrefour de la rue de Sèvres, je m'engouffrai dans la rue de la Chaise où je m'arrêtai tous phares éteints. La manœuvre avait pris moins de dix secondes. Des véhicules passaient sur le boulevard, pas de Velsatis en vue, la menace du scarabée noir semblait s'être éloignée… Une brève pensée attendrie me traversa pour Jules, qui ne saura jamais qu'il a appartenu fugitivement à une incroyable histoire de magiciens et de sorciers. Je griffonnai un message, le fourrai dans une enveloppe avant de repartir, aux aguets.

Arrivée rue du Louvre je jetais à la poste mon mot écrit à la hâte avec l'espoir qu'il atteindrait son but. Place des Victoires, rue des Petits Champs, l'étrangeté de cette nuit conférait aux lieux familiers une aura brumeuse. Je tournai à gauche dans la rue de Richelieu, passai très lentement devant la fontaine Molière, scrutant les environs déserts… Malgré la tiédeur de l'air nocturne, quelque chose en moi frissonnait, je n'avais plus le choix. Je garai ma voiture le long des jardins du Palais-Royal où, immobile, retenant mon souffle, je fouillai en vain les ombres de l'étroite rue de Montpensier. La sensation d'être épiée ne me quittait pas. La capote se referma dans un doux bourdonnement, léger vertige, je m'arrachai à l'abri de ma voiture pour rejoindre à pied le 24 rue Molière où m'attendait Cornelia… Mes pas se sont faits circonspects en remontant la rue de Richelieu, face au flot espacé des voitures, mon portable éteint resté dans la voiture, la mise en garde de Cornelia ayant réactivé toutes mes paranos orwelliennes… Arrivant près de la fontaine Molière, sans me défaire d'une once de vigilance, au fond de moi un je-ne-sais-quoi criait : Attention danger !

Mais il ne m'appartenait plus d'arrêter le cours des choses. Les dés étaient lancés qui m'entraînèrent vers la grille du 24.

Une dernière hésitation avant d'appuyer sur le bouton. Lorsque la voix de femme retentit avec un simple oui interrogatif, malgré le pressentiment qui sonnait l'alarme de plus en plus fort, malgré une répugnance spontanée, je prononçai « Ruggieri » tout en serrant dans ma main les deux pierres qui ne me quittaient plus.

J'aurais donné beaucoup pour que Dante soit avec moi lorsque le clic indiqua l'ouverture de la porte, pourtant je franchis seule le seuil et montai l'escalier de bois en osant à peine respirer.

… La silhouette élancée en haut de l'escalier découvrit un visage familier couronné de cheveux blonds. Ouf, je me remis à respirer, nous étions enfin réunies, j'allais connaître la vérité sur sa disparition à la Haute Combe. Le soulagement de la retrouver se tempéra très vite devant l'expression troublante de son visage, non pas l'apaisement de me voir enfin arriver à son secours, mais le triomphe, quel triomphe ? Elle avança la main vers moi, la posa sur un endroit précis de mon cou, mon corps se dissipa en mille pixels et je disparus, gardant imprégnée dans ma prunelle le visage d'une Cornelia sardonique.

Tels sont mes ultimes souvenirs avant de me retrouver immergée dans l'obscurité, immobilisée par des liens multiples et invisibles.

Elle serait donc passée à l'ennemi, mais pour quelle raison serait-elle devenue complice de ceux qu'elle fuyait il y a quelques semaines ? Les informations qu'elle m'a livrées à Giverny nous ont permis d'avancer dans l'enchaînement implacable qui a abouti au meurtre de Diane… Elle disait vrai, elle ne jouait pas une comédie morbide. Cela ne rime à rien si elle est dans l'autre camp. Une énigme de plus. J'accumule les questions, j'ignore combien de temps je suis restée inconsciente, si la nuit est passée, si Dante a reçu mon message, qui est derrière ce piège… Dans cette opacité souveraine, mes repères disparus, j'ai perdu le sens du temps, il a pu s'écouler aussi bien une heure que dix.

Je tente à nouveau de bouger mais en vain, m'ont-ils donné cette drogue qui paralyse le corps en conservant la conscience, je ne peux même pas identifier la matière sur laquelle je repose, un lit, le sol… J'analyse les sensations qui me restent, une odeur de terre et de fleurs, une impression de léger courant d'air, un souffle sur mon visage, la pulsation sourde qui rythme l'obscurité profonde.

De toutes mes forces je projette ma pensée vers Sam, lui demandant son aide de l'au-delà, un miracle qui me rendrait soudain libre, qui me réveillerait dans mon lit rue Cassette. Soudain me vient la pensée qu'il est possible que tout cela soit un rêve, la jeune morte aux lys, Dante, H et tous ceux qui tournent autour de moi depuis ce qui me paraît un temps conséquent. Ces dernières semaines qui ont changé mon regard et mon âme ne seraient qu'un rêve sans fin. Maintenant ils m'ont enlevé mon corps, ils ont incarcéré mon esprit dans l'obscurité absolue. Une vague d'angoisse me saisit. Seuls les Invisibles ou ceux qui traitent avec l'autre côté me semblent posséder le pouvoir de me délivrer. Vous tous, esprits qui tournez autour de moi, venez à mon secours… Je me surprends à répéter comme un mantra, comme la radio de *Lost* qui émet sur l'île son message en boucle: 24 rue Molière et je leur envoie simultanément l'image de la fontaine, de la statue et du génie qui la survole. 24 rue Molière, je suis prisonnière…

Je ferme les yeux sur l'obscurité affolante pour me recréer une vision intérieure. Peu à peu la panique reflue, panique inutile car j'ai besoin de tout mon calme. En réfléchissant bien, j'aurais infiniment plus peur de sentir des pattes d'araignées se promener sur mon corps que d'être menacée d'une arme. L'au-delà ne m'effraie pas, les humains fous si, et les insectes aussi. Et il me reste toujours la porte vers Torcello si l'obscurité devient trop insupportable. Torcello. Peu à peu les battements éperdus de mon cœur frappé d'angoisse s'apaisent, une lueur apparaît sous mes paupières…

… Je ne me retrouve pas dans la nef de Santa Maria Assunta, mais en un lieu clé de mon enfance. J'ai à nouveau six ans, je marche pieds nus dans le petit bois de goyaviers vers la maison en ruine, vers la clairière. Quelque chose m'appelle qui est plus fort que moi, la lumière passe à travers la futaie et je vais à sa rencontre… Dans mon corps de petite fille, mon esprit de femme revit la situation comme un film du passé. Je revis ce qui s'est passé dans mon enfance, qui s'est inscrit dans un méandre de ma mémoire.

Par quel miracle ai-je accès aujourd'hui à ce lieu, qui représente une énigme pour moi depuis si longtemps, lorsque j'ai pris conscience qu'il s'y était passé quelque chose, une rencontre, un enseignement spirituel, maintenant j'ai peur de penser « un conditionnement » ou pire encore? J'en ai souvent rêvé, rêve de nuit ou rêve éveillé, j'ai aussi tenté de m'y projeter plusieurs fois afin de reconstituer ce qui s'y était passé. En vain. Le verrou s'avérait solide.

Une seule échappée s'est ouverte à moi un jour : dans un livre des Maurois-Givaudan sur les annales akashiques, ils se promenaient dans une sorte de musée de toutes les divinités imaginables ; quand ils arrivèrent à Manitou, le grand dieu indien, son image se superposait parfaitement avec l'empreinte mémorielle de celui que j'avais rencontré dans la clairière. Je restai donc longtemps persuadée que Manitou était venu m'enseigner et que les intuitions sur la vérité du monde qui surgissaient sporadiquement dans ma conscience me venaient de lui, qu'il les avait inscrites en moi pour qu'elles surgissent le moment venu. C'était une jolie légende, rassurante et mystérieuse qui me convenait parfaitement. Je m'inventai ainsi un passé indien, dont je sentais réellement l'imprégnation et qui déroulait dans mes rêves des chants psalmodiés et des marches dans la neige.

... J'avançais sur l'étroit sentier menant à la clairière, respirant avidement tous les parfums tropicaux, regardant où poser mes pieds pour ne pas les blesser sur une pierre ou une épine, et comme dans un mauvais rêve tout commença à prendre une signification menaçante. Pour conjurer le sort, je cueillis une goyave dont je défis la peau pour mordre dans l'éclat rose de la chair pulpeuse, elle avait le goût de la réminiscence que je n'avais su retrouver depuis mon enfance... La clairière s'ouvrit devant moi, je restai à la lisière, dans la pénombre, scrutant cet endroit si prégnant dans ma mémoire. Je me sentais si petite et si puissante pourtant, lorsqu'il fut soudain devant moi. Son regard immense filtrait la lumière. Ses pensées commencèrent à couler vers moi comme du miel, je m'allongeai dans l'herbe comblée d'un féroce bonheur et quand il se fondit en moi, la douleur jaillit comme un cri.

Quand je reviens à moi dans ma prison de ténèbres, rien n'a changé, si ce n'est qu'il me semble sentir sous mon corps la pierre froide, et que le vague parfum de fleurs s'est métamorphosé en une puissante fragrance vénéneuse, dont l'intensité me met le cœur au bord des lèvres. Je n'ai jamais aimé l'odeur des lys. Quelle étrange rêve, j'ai encore la saveur de la goyave dans la bouche…

J'ai toujours détesté l'obscurité totale, pour respirer il me faut une transparence, une luminosité même vague ou lointaine, et je commence à sérieusement suffoquer dans ce noir abyssal. Tous les dangers me guettent de leurs milliers d'yeux malins. Je suis à la merci d'un psychopathe ou d'un fou, de n'importe quoi, de n'importe qui, les insectes peuvent ramper sur mon corps, mon visage… La panique me guette, toutes griffes dehors. Je me force à respirer, profondément, de plus en plus profondément pour calmer les battements précipités de mon cœur… Surtout ne pas ouvrir les yeux, je fonctionne sur mes lumières intérieures. Pour ne pas voir remonter des obsessions, je cherche un sujet de réflexion, n'importe quoi à répertorier qui m'occupe l'esprit et m'interdise de paniquer… Au-delà du sang et de la lignée, la clé est le Graal. Je vais partir explorer le Graal, dont la quête ne cesse d'envoûter ésotéristes et aventuriers, un sujet sans fin, parfait en ces circonstances :

Si le Graal était une pierre, ce serait la pierre philosophale… trop facile ! S'il était un état d'âme, ce serait l'illumination… La connexion au divin par l'expérience mystique… S'il était un secret, ce serait le secret de la lignée sacrée… Mais une lignée ancienne préexistant au christianisme. S'il était une partie du corps, ce serait la matrice tellurique, la possibilité de revenir au grand Tout. S'il était une femme, ce serait la déesse qui porte les rayons sur sa couronne et annonce l'Apocalypse. Si le Graal était un animal, ce serait la licorne blanche… ou le dragon écarlate !

S'il était un moyen d'expression, ce serait l'écriture céleste, le langage des étoiles… Celui des magiciens et des sorciers. S'il était un liquide, ce serait le sang bleu des Annunakis… La source de vie, la fontaine d'immortalité. Si le Graal était…

Un froissement fait éclater la bulle de mes extrapolations, un frisson me saisit, je commence à ressentir le froid en profondeur et non comme une simple caresse sur ma peau, et au-delà de cette sensation glaciale, j'entends quelque chose ramper ou bouger furtivement autour de moi. Les mâchoires crispées, j'écoute de toutes mes forces les variations du silence, tandis que la vision de Nagals décolorés et pâles tendant vers moi leurs longs doigts griffus surgit dans mon esprit. Mais après un temps infini à guetter le moindre bruit et à ne rencontrer qu'un silence abyssal, je repars dans mes rêveries... Où en étais-je? Oui, le Graal...

Si le Graal était un être humain, ce serait la petite fille. Où est-elle passée?

Je décide de partir à sa recherche et je descends en moi-même, j'explore mon corps allongé comme dans mes voyages intérieurs, je visualise cette excursion dans le pays en perpétuel changement de mon corps. À peine me suis-je glissée en moi-même qu'une lumière laiteuse se met à éclairer de longues plaines en noir et blanc où se dressent des arbres morts. Si la petite fille se cache, ce n'est sûrement pas ici, trop sinistre. J'avance et mon flanc gauche se transforme en montagne, je m'approche, la montagne couverte de végétation tropicale tombe jusque dans la mer... Je me retrouve assise sur un trône de pierre, je regarde mes mains crispées comme des serres sur les accoudoirs, des mains de momie éternellement vieilles, et je sais que je suis ancienne comme les temps. Une vieille, vieille, vieille entité, accrochée au flanc du volcan, contemplant l'éternité de la mer depuis des temps immémoriaux. Je sais qu'elle est moi, ou part de moi, ou mémoire de moi, ou extension de moi, et elle m'est à la fois infiniment étrangère et étrangement familière. Je ressens les méplats de cuir de son visage tanné et à travers les orbites creuses son regard immense, ou devrais-je dire de mon visage? Je m'abandonne à l'infini avec la sensation de me débarrasser de toutes mes scories, plus de famille ni de lignée, plus de satanisme ni de manipulations mentales, j'ai rejoint l'origine. Je cherchais la petite fille du passé et je tombe sur l'aïeule, au-delà des limites de cette incarnation. Drôle de voyage!

Une sensation d'inconfort me ramène dans la réalité, je recommence à sentir mon corps, un froid glacial le couvre d'une pellicule aiguë, mes épaules résonnent de douleur, je sens quelque chose entre mes doigts mais impossible de les actionner. Mes nerfs ont disparu, ou bien mon cerveau n'est plus connecté aux muscles, j'ai perdu le chemin de mon corps, il ne m'obéit plus, il subit. Cette paralysie n'est pas sans me rappeler le rêve de Venise, le jour-même où Noirange a resurgi du passé pour me proposer cette aventure délirante. Brutalement j'émerge de cet état irréel pour venir habiter une dangereuse réalité :

… Me voici attachée dans les profondeurs de Paris, entourée de lys dont l'odeur nauséeuse m'asphyxie, à la merci de fanatiques ou de psychotiques. Comment ne pas faire un parallèle avec Diane, massacrée avant d'être déposée entourée de lys dans l'ombre du tunnel de l'Alma ? Et avec lady Di qui, selon Mullins, se serait entièrement vidée de son sang dans le même tunnel maudit pour respecter des rites millénaires ?

Me voici à mon tour dans la position de la victime impuissante attirée dans un labyrinthe sombre. Pourquoi ces mises en scène souterraines ? S'agit-il d'une sorte d'épreuve initiatique, le passage par l'ombre ou la mort pour mieux renaître à la lumière ? L'idée de ma mère s'insinue dans mes pensées. Pas la mère glaciale qui me tenait à distance mais l'autre, celle qui avait laissé transparaître son humanité, la femme amoureuse de H. Je la vois planer au-dessus de moi comme un ange noir et ses yeux brillent dans l'obscurité, je ne peux m'empêcher de lui chuchoter qu'elle a là une occasion de racheter tout le passé en me sauvant de ce mécanisme qui vient de me happer dans les profondeurs… C'est absurde.

J'ai toujours tenté d'aborder le problème maternel comme une simple équation, lui déniant tout pouvoir sur moi, et je réalise progressivement que je n'ai rien réglé de cette façon. Ce n'est pas en ignorant les choses qu'on les fait disparaître. Elle resurgit donc, immense et toute-puissante, belle et dangereuse, et tourne autour de moi, fantôme dont j'ignore les desseins. Je pense à la lumière et elle se fait furtive d'abord, infime lueur qui se déploie insidieusement dans le velours de l'obscurité, j'essaie en vain de tourner la tête vers la source de cette lumière, le parfum des lys s'exaspère tandis que surgissent deux yeux verts magnétiques qui me fixent intensément…

Une sensation de piqûre et le monde s'efface…

V

Balthus à la poursuite du quartz rose

Pendant ce temps Balthus, allongé sur son lit dans l'obscurité de sa petite chambre, à Montmartre, sent monter une inquiétude douloureuse. Le quartz rose d'Arielle s'est allumé comme un signal d'alarme dans l'espace intérieur de sa conscience élargie au monde entier. Il pulse, feu follet bombardé de vibrations contradictoires.

L'actualité terrestre de ces derniers temps lui paraît terrible, il se sent de plus en plus pessimiste, avec d'horribles visions pour l'avenir. Il sait qu'ils sont plusieurs à remonter les programmations du temps pour conjurer le danger actuel. Mais il y a des *psychics* à l'œuvre dans les deux camps, et ceux qui détruisent la planète et affament les humains mettent une rage et un acharnement violents à maintenir l'entropie galopante qui détruit les ressources vives nécessaires à la vie humaine. Leurs machinations deviennent folles, les nécrocarburants dévorent les plantes autrefois dédiées à la survie des hommes. Les émeutes se multiplient sur toute la planète. Les prédateurs n'ont cure d'affamer les populations pauvres, c'est une autre manière de les supprimer

Balthus sait que les plus fantaisistes scénarios de science-fiction prennent leurs racines dans le réel, mais si on lui avait dit quelques années auparavant que des facteurs économiques pervers feraient choisir de nourrir les voitures plutôt que les hommes, il aurait eu du mal à le croire. Il veut penser que, globalement, les choses vont évoluer vers un monde meilleur, mais il commence à ressentir un terrible doute.

Sa proximité avec Arielle le rend particulièrement sensible. Il n'a cessé de la suivre, une surveillance légère et tendre qui n'est que l'expression de son lien avec elle, et ce qu'il a perçu la concernant dans la nébuleuse autour de Wladimir et surtout de Treize/Funk-Romanov suscite en lui une appréhension grandissante… Il voit beaucoup de monde tourner autour d'elle sur les plans invisibles, dont certains qui ont gardé une dent contre elle d'un point de vue karmique. Le problème d'Arielle, c'est qu'elle n'a ni conscience de la volonté de ses adversaires à lui nuire, ni connaissance de leur identité, sinon avec le pouvoir qu'elle possède à son insu il lui suffirait de les visualiser comme une crêpe aplatie pour les annuler. L'idée de la crêpe aplatie le fait sourire.

Dans ce monde de prédation, il a ressenti le départ d'Arielle et les quelques jours passés dans son jardin et au bord des falaises comme une échappée bénéfique et un ressourcement. Il lui suffisait de se couler dans la pensée d'Arielle pour que les informations lui parviennent, mais sans le quartz rose il n'aurait su la localiser, si ce n'est essayer par déduction de trouver la source des images qui lui parviennent. Il sait qu'elle est revenue, il l'a sentie conduire la voiture sur l'autoroute, avec l'image de Cornelia qui tournait sans cesse dans ses pensées, sous le sceau d'une appréhension prémonitoire. Quand il a perçu devant l'imprimerie sa panique soudaine, il s'est levé, habillé et s'est mis devant son ordinateur. Elle traverse Paris, il le sait dans une zone non rationnelle de son cerveau, il perçoit la fuite en voiture, les pulsations désordonnées de son cœur, l'approche vers un lieu qui lui fait peur, puis l'obscurité s'est refermée sur elle. Elle lui est apparue une dernière fois, comme Blanche-Neige dans son cercueil entourée de volutes irisées. Depuis plus rien. Il descend dans la salle à manger de ses parents et fait le numéro de Dante sur le vieux téléphone en bakélite.

Celui-ci répond aussitôt comme s'il l'attendait, il arrive.

Balthus se concentre sur le cristal, dont la pulsation est intacte bien que désordonnée. Il sort sur son écran le plan de Paris et y recherche ses vibrations. Il lance un appel. Tous les cristaux des ordinateurs, tous ceux qui reposent sur un meuble, sur le rebord d'une baignoire, qui ornent les salons ou les cabinets de thérapies, ceux qui brillent sur les colliers et les bagues, tous s'activent dans une immense toile lumineuse pour converger sur un quartier particulier, proche du

Palais-Royal, et soudain la pierre d'Arielle se met à briller comme un signal lumineux.

Le bruit de la voiture qui s'arrête dans la rue l'extrait de sa vision, il referme son ordinateur portable, le saisit et sort rejoindre Dante.

Ce dernier est sombre, il y a sur cette nuit quelque chose de maléfique en attente. Avant l'appel de Balthus il n'avait pas encore réussi à s'endormir, trop de choses se bousculaient dans sa tête… Comme il le craignait, son virement pour remettre la pagode en état n'a pas illusionné le vieux maître, cet argent est impur et peut attirer les foudres sur leur espace de méditation. L'intention n'est pas suffisante, il faut aussi la manière ; la fin ne justifie pas les moyens, comme le pense souvent les Occidentaux. Cet argent dont l'origine les met en danger n'est pas en odeur de sainteté, malgré son ultime dessein altruiste. Il a pris des risques pour une bonne cause mais ce n'est pas suffisant, il espère que le choc en retour ne sera pas destructeur.

Dante n'est pas retourné au dojo, sa dernière rencontre avec Enamoto a été une douche froide sur ses convictions scientifiques. Cette expérience l'a déstabilisé, il a l'impression d'avoir été manipulé, projeté dans une histoire de fous, comme bien des paramètres de cette affaire de l'Alma. Mais ce qui le trouble le plus, c'est cette impression qu'Arielle flotte en permanence dans son esprit, et que sa disparition ne fait qu'attiser des pensées qui tournent presque à l'obsession.

Au moment de l'appel de Balthus, il avait commencé à relire un polar de Connelly, *Le Poète*, pour essayer de s'extraire de ses pensées, tournant indéfiniment en rond entre Diane, Arielle, et H dont le personnage ambigu le fascine… Mais qui n'est pas double ? Comme si sa vision de lui-même était passée à travers un révélateur, Dante est confronté à sa propre part d'ombre, elle lui apparaît dans toute son évidence et il ne peut s'empêcher d'aimer ce qu'elle apporte de profondeur et de doute à sa légende personnelle. Il a fait un double choix pour des raisons discutables, à lui de l'assumer. Mais il sait par exemple qu'il aurait du mal à le reconnaître devant Balthus, celui-ci ne saurait comprendre son dévoiement immoral ; et il se trouve que Balthus a pris une place inédite dans sa vie, son regard devient une balise entre le Bien et le Mal, jusqu'alors intimement mêlés.

Il est sombre car il sent la menace qui plane sur Arielle...

Suivant les indications de Balthus, Dante se gare devant le *Juveniles*, un de ses bars à vins favoris de la rue de Richelieu, lieu de prédilection des amateurs de vins non classiques, où il aime diner d'un petit plat avec un bon verre dans une ambiance sympathique. Le restaurant est fermé, la nuit est trop avancée, il n'aura pas droit au verre du condamné avec Tim, son Écossais préféré, patron du *Juveniles*. Il éteint les phares et attend la suite, le silence de Balthus fait écho à ses préoccupations, une sorte de fatalisme s'est installé en lui, cette nuit lui apparaît comme le carrefour de toutes les énergies rassemblées depuis cet après-midi à Hong Kong où il a reçu l'appel de Noirange, le point de convergence de chacun des protagonistes de l'affaire, comme si leurs vies s'étaient imperturbablement dirigées vers ce moment, pour une raison encore incompréhensible. C'est ce que lui disait Arielle sans qu'il le comprenne vraiment, mais ce soir pour une obscure raison tout a changé.

Il réalise que depuis quelques heures une force gigantesque, qu'il visualise comme un énorme pilier sombre, grandit en lui. Est-ce lui ou un phénomène provoqué de l'extérieur, dont il ne serait que le support ? L'impression lui rappelle Rançay et son affrontement avec Wladimir. Il a la sensation qu'une part de lui, un autre lui-même, prend le pouvoir et il s'incline devant sa puissance, il aime sentir monter cette indicible connaissance qui le relie aux forces de l'univers. Il n'est pas un pion mais un seigneur, la certitude le remplit, il pense au serpent inscrit de naissance sur sa peau, à son ascendance basque, à tout ce qu'il a appris sur le contrôle mental qui laisse à penser que la part inconnue en chacun est souvent la plus puissante.

Balthus l'entend remuer toutes ces idées, trop fort même, cela le gêne dans sa recherche.

— Dante, sortons, je crois que je verrais plus clair dehors. Nous sommes tout près.

Ils avancent vers la fontaine Molière, éclairée par les lampadaires, et l'évidence le frappe.

— Elle est là, derrière la statue.

— Et maintenant ? On escalade ce superbe monument ? Tu connais l'entrée du royaume de Molière ?

Balthus ne se démonte pas, il contourne la fontaine par la droite et se dirige vers la grille qui s'ouvre toute seule.

— Mauvais signe, constate Dante, décidément assombri, allons-y…

Derrière la grille, la porte est fermée, mais Dante énervé ne se laisse pas impressionner, il casse le carreau et passe son bras pour l'ouvrir de l'intérieur. Pas de sonnerie ni de lumières, s'il y a bien un système d'alarme, il semble déconnecté. Balthus a mis les mains sur ses oreilles dès qu'il a compris l'intention de Dante, il ne supporte pas l'odieuse violence du verre qui explose. Le silence répond à leur intrusion bruyante, un silence vénéneux et dense qui ne les empêche pas de monter l'escalier.

Ils arrivent dans une pièce aux murs entièrement couverts de boiseries de chêne clair, où trône un long bureau Louis XVI bardé de bronzes torturés. Un grand fauteuil de dos dresse son ombre impénétrable. Dante écoute… Pas un bruit, pas un souffle, la pièce est étouffante, ils sont figés tous deux dans l'attente… Balthus la voit soudain, petite pierre rose luminescente posée sur le cuir du bureau, comme pour les narguer…

Arielle leur a échappé.

Il prend le quartz arrondi dans la main, le sonde, la pierre s'est imprégnée de tensions et d'inquiétude, de violence et de peur. Il nettoie tout, envoyant les effluves noirs se perdre dans la terre, loin en profondeur et c'est alors en suivant leur trajet qu'il tombe sur un écho : 24 rue Molière, je suis prisonnière, répété à l'infini… Cet écho surgit d'une forme pyramidale, la vision se précise. Balthus se retrouve dans une réplique d'une chambre funéraire égyptienne. Au centre de la pièce trône un long sarcophage de basalte sombre, surélevé par quelques marches et, dans un cercueil de pierre, posé à même le sol comme une offrande au prince endormi, repose la forme d'une femme aux longs cheveux clairs, ses mains sont jointes sur sa poitrine et tiennent une fleur de lys. Ses yeux sont fermés et son corps entièrement entouré de bandelettes qui l'enserrent de la poitrine jusqu'aux pieds. Dans l'espace se dessinent trois pyramides superposées. L'une projette sa transparence minérale vers le ciel, la seconde plonge dans une image inversée de la première, la troisième rejoint par son sommet celle du milieu. C'est dans celle-ci, la plus profonde, dans la pyramide cachée aux yeux des profanes, que la silhouette d'Arielle grandit en luminosité. Il voit ses yeux s'ouvrir dans l'ombre et perçoit son angoisse montante. Et simultanément il perçoit une Présence dont les vibrations le troublent et dont l'empreinte remonte infiniment loin, à l'Égypte ancienne et aux premiers pharaons. C'est alors qu'il envoie son message à ses alliés, aux *psychics*.

Lorsqu'il revient dans cette dimension, auprès de Dante qui le contemple, l'air mauvais, surgit entre eux une silhouette menaçante. Avant qu'il ait le temps de réaliser ce qui se passe, d'un unique mouvement fluide, la pointe du soulier de Dante a écrasé la gorge de l'intrus, le projetant violemment en arrière s'écraser contre les bibliothèques. À peine son geste accompli, tournant sur lui-même, Dante lance ses mains en avant vers un deuxième assaillant dont il transperce les yeux de ses doigts tendus en griffes. L'homme pousse un cri atroce et s'effondre. La bataille continue comme une danse autour de Balthus immobile, les yeux fermés, enfermé dans un espace qui l'isole de ces assauts de brutalité.

Dante bondit et se multiplie face à des adversaires qui semblent sortir des murs comme des cafards. Ses pieds, ses mains se transforment en armes létales, imprévisibles, qui fauchent, cassent et détruisent… Ses années d'entraînement aux techniques du Zen kwun Dô trouvent leur exutoire, il est entré en transe, ses gestes ne lui appartiennent plus, ils viennent de ses mémoires profondes, de sa part féroce de prédateur.

Quand le mouvement se calme, il y a cinq silhouettes au sol autour de lui.

Balthus pousse un gémissement, il oscille toujours debout à la même place, paralysé d'une détresse profonde. Sa nature refuse absolument toute forme de ces violences qui résonnent en lui comme des coups dans sa propre chair… Dante lui pose doucement la main sur l'épaule et lui parle d'une voix basse aux intonations rassurantes. Il le soutient jusqu'au fauteuil pour le forcer à s'asseoir. Balthus tremble comme une feuille au vent, mais il sait qu'il doit parler à Dante de sa vision, de la troisième pyramide où repose Arielle. Il commence d'une voix pâle :

— Dante… Tu as des instincts de tueur, tu n'as pas capté ce que je te disais l'autre jour ? Tu peux paralyser tes adversaires par l'esprit, tu n'as pas besoin de démolir leur corps physique.

— OK, mais en attendant de développer mes pouvoirs paranormaux j'utilise les vieilles méthodes.

— D'où viennent-ils ? On dirait qu'ils ont surgi du mur, chuchote Balthus

— De là, dit Dante en montrant l'ouverture derrière le panneau de bois, il y a même un sacré courant d'air, Balthus je vais descendre voir ce qui se passe dessous, va m'attendre dans la voiture, tu as une mine de fantôme. Tu as vu quelque chose ?

— Oui, j'ai eu une vision d'Arielle… Allongée comme une momie, dans une pièce pyramidale. J'ai senti l'odeur des lys, de l'embaumement et de la tombe. Et avec elle une présence, un esprit aux vibrations violettes lié aux premiers pharaons. Cet être de pouvoir dont l'âme est très très ancienne, d'essence égyptienne, hante son propre tombeau. C'est là qu'Arielle est prisonnière, dans une troisième pyramide secrète située sous les deux autres.

Balthus parle comme s'il était en transe, conteur de l'invisible… Dante s'insurge faiblement :

— Un pharaon qui hante son tombeau ? s'étonne-t-il en soupirant… Entre les égorgeurs sataniques et les manipulateurs mentaux, il ne nous manquait plus que les Égyptiens et les pyramides… Dis-moi la seule chose importante, tu penses vraiment qu'Arielle est quelque part là-dessous ?

Balthus hoche la tête, mais il n'a qu'une hâte, sortir de cet endroit et rejoindre la sécurité relative de la voiture, il ne comprend pas ces humains et leur manie de saccage et d'agressivité. Il a besoin de calme pour se concentrer sur Arielle. Si Dante veut chercher le chemin vers elle en partant du 24, libre à lui mais il ne le sent pas, il faut assurer une autre voie si cette dernière se révèle une impasse… Il descend l'escalier et ressort dans la nuit tiède et sombre, un instant il a l'impression que tous les lampadaires se sont éteints mais leur luminosité est simplement tamisée par une étrange brume. Il se réfugie dans la voiture, ouvre son ordinateur et cherche… À nouveau toutes les forces cristallines se conjuguent pour répondre à ses interrogations muettes.

Pendant ce temps, Dante s'est engagé dans le corridor derrière la porte dérobée par laquelle ont pénétré les assaillants. Finalement l'alarme a fonctionné à sa façon, lançant son signal silencieux vers des strates inférieures. L'escalier qui descend n'est pas sans lui rappeler leur excursion à la recherche de l'Anglais disparu, si ce n'est qu'il s'agit d'un escalier en vis interminable dont les murs de pierre suintants sont rongés d'une mousse verdâtre. L'éclairage est assuré par un fil électrique qui alimente des ampoules nues… minimaliste. Dante descend les marches avec méfiance, prêt à voir surgir d'autres adversaires. Il n'a pas peur, il se sent intouchable. Il est tendu vers son but et, lorsque après une descente qui lui paraît interminable, il se heurte à un mur qui ferme l'escalier, il se sent prêt à le traverser ; mais il a beau en chercher l'ouverture hypothétique, glisser ses doigts dans les fissures et les joints entre les pierres, appuyer sur chaque pierre une à une, il doit se résoudre à constater qu'il est arrivé dans un cul-de-sac. Il remonte, attentif au moindre signe qui indiquerait un passage, il examine l'usure de chaque marche, la mousse qui couvre les murs, mais rien ne révèle la possibilité d'une issue. Il se retrouve en haut, déçu et frustré : dans la pièce qu'il a quittée un instant auparavant, les corps affalés de ses adversaires ont disparu, ils semblent s'être dissous dans le néant…

Ainsi ils sont revenus escamoter leurs blessés, sans qu'il n'entende rien au fond de son souterrain. Brusquement l'urgence le saisit, il se précipite dehors tenaillé par la crainte qu'ils aient trouvé Balthus.

... Mais la voiture, toujours garée devant le *Juveniles*, est encadrée de deux voitures de police et d'un camion de la fourrière. Les policiers parlent entre eux en regardant à l'intérieur. Quand Dante se rapproche, il voit Balthus assis à l'avant, son ordinateur ouvert brillant d'une lumière bleutée, pianotant sur son clavier sans se soucier de l'agitation autour de lui. Dante sourit malgré son angoisse, les flics ne doivent rien comprendre à cet extra-terrestre perdu dans le net à 2 heures du matin rue de Richelieu, une rue où ils adorent enlever toutes les voitures garées dans le couloir des bus.

Il s'approche et sort sa carte de l'ORV. Il faut croire que c'est le passe suprême et que tous les sous-fifres de la police ont été briefés, car immédiatement l'énervement se calme, leurs regards se voilent, ils remontent dans leur véhicule sans un mot. Stupéfait, Dante les regarde s'éloigner, fait éclater la bulle de Balthus en ouvrant la portière et celui-ci lève vers lui des yeux brillant d'angoisse : – C'est superbizarre, dans la pyramide, Arielle communique avec l'esprit de l'ancien pharaon... Je sens une énergie extraordinaire, cosmique autour d'eux, mais quelque chose me bloque, peut-être un bouclier énergétique, ou la violence de ce qui s'est passé là-haut... Je ne sais pas.

Balthus regarde dans le vague, il semble troublé. Dante saute sur le point qui l'intéresse.

— Elle est vivante, c'est l'essentiel ! Il faut que nous la retrouvions le plus vite possible. Ta forme pyramidale, ce pourrait être la pyramide du Louvre ? Celle qui a faussé l'axe du *decumanus*.

— Limpide.

Balthus se penche sur l'écran, il a retrouvé sa clarté et son allant :

— Voyons le tréfonds de la pyramide de Pei... J'hallucine, ça va te plaire, on est au zénith du top secret ! Heureusement que j'ai mes entrées dérobées...

Il continue à pianoter intensément :

— Tu n'as pas trouvé de passage ?

— L'escalier finissait en impasse. S'il y a un passage, il est bien caché. L'éclairage n'était pas idéal non plus. Ces gens sont parfaitement organisés, le temps que je descende, les types que j'ai laissé sonnés se sont volatilisés. As-tu remarqué du mouvement à la porte ?

Il regarde Balthus qui s'est replongé dans son écran et comprend l'inanité de sa question, le jeune garçon est entièrement immergé dans le virtuel, les cavaliers de l'Apocalypse pourraient galoper dans la rue qu'il ne s'en apercevrait pas. D'ailleurs il ne répond pas, ses prunelles brillent, ses mains voltigent sur le clavier.

Dante pense tout haut :

- Je vais prévenir H qu'Arielle a disparu. Il en sait plus que nous sur toute cette histoire. Tu crois qu'on peut lui faire confiance ?

S'il espérait l'opinion de Balthus, c'est raté, dans le doute il fait le numéro de H et lui laisse un message, l'essentiel. Il appelle aussi Luna, pour s'assurer d'un maximum de renforts, il faut vite mettre en place une véritable stratégie pour retrouver Arielle. N'ayant plus rien à faire en attendant les lumières de Balthus, cramponné au volant de la voiture immobile, il réfléchit…

… Elle est séquestrée dans les entrailles de la ville, dont ils ont eu l'occasion ensemble d'apprécier la complexité et de frôler les mystères. Par qui ? Qui sont-ils ? Dante imagine les méandres d'esprits malades, imprégnés de théories sanglantes, des cinglés avec leurs rites et leurs petits mystères, leur prétention et leur cruauté. Il perçoit comme un schéma sous-jacent dans toute l'affaire de la jeune morte aux lys, Arielle avait raison, Balthus et lui aussi ont leur place dans le jeu. Reste à savoir quel est le véritable rôle de Hiéronimus, l'homme est trop mystérieux et trop puissant pour n'être qu'un simple commanditaire.

Dante aimerait que Balthus sorte de sa transe de recherches intensives, mais il sait aussi qu'il faut le laisser explorer ses propres voies, même s'il ressent l'urgence du danger qui menace Arielle… La façon dont fonctionnent ces psychotiques ou satanistes, peu importe, exige de l'adversaire des talents à leur mesure. D'après tout ce qu'il a découvert avec Arielle sur ceux qu'ils appellent les « Inconnus », il existe une forte probabilité pour que ce soit des gens menant une double vie, avec une couverture parfaitement organisée, et que l'on ne peut pas piéger avec les méthodes humaines classiques. Hypnose, contrôle mental, moyens logistiques, appuis secrets, Dante fait l'état des lieux des atouts de l'ennemi et le bilan est inquiétant.

Son pouls bat trop vite, il ronge son frein, l'inquiétude le taraude, mais il se force à faire le vide dans son esprit, histoire d'éliminer les pensées inutiles. Si le temps perdu maintenant est du temps gagné pour retrouver la trace d'Arielle, soyons patient. Il ferme les yeux et se force à se détendre alors qu'il a envie de hurler et de secouer Balthus. Puis il le regarde, si concentré dans sa recherche, si lumineux et ce qu'il perçoit de ses angoisses relativise les siennes.

VI

Alia – Une intruse dans la forteresse de Hiéronimus

L'appât était posé au centre de la toile, les premières approches avaient été faites, le doute jeté, il s'agissait d'attirer leur gibier en agitant les leurres et en jouant habilement de ses faiblesses. Pour cela, Alia devait reprendre l'apparence de Cornelia et mettre la main dans la gueule du fauve. Elle savait que Hiéronimus était un adversaire redoutable, doué de prescience, entouré d'esprits acérés capables de voyager dans le temps et l'espace, impossible à illusionner. Le danger menaçant Arielle devait être réel et perceptible aux *psychics*. Rien n'interdisait d'ailleurs de laisser entendre que celle-ci était destinée à parfaire le rituel. Alia entrait dans la deuxième phase du plan.

Dans son repaire de la place Vauban, elle commença à se préparer. Pas de transformation spectaculaire, il s'agissait d'opérer un retour aux sources en se conférant l'allure d'une femme aux abois. Des vêtements fatigués, des cernes bleus pour accentuer l'impression de détresse, des cheveux mal coiffés… mais l'essentiel, bien au-delà de la simple apparence, consistait à se glisser dans la peau de la fugitive, de penser comme elle, agir et réagir comme elle, recréer son univers mental avec tous les paramètres à sa disposition, afin que des sondes mentales ne puissent pas déceler la supercherie. Elle se savait très forte à ce jeu, Cornelia devait devenir sa légende. Elle allait devenir Cornelia dans le corps où celle-ci était retenue prisonnière. Elle s'autorisa un dernier sourire ironique avant de *switcher* ses personnalités… La métamorphose fut immédiate, l'armure de la walkyrie triomphante se flouta dans un léger brouillard, d'où surgit la longue silhouette d'une jeune femme à fleur de peau, le regard hanté par des peurs incontrôlables.

L'aube était encore loin, elle marchait dans la rue d'un pas ferme bien qu'empreint d'une profonde lassitude. Elle se dirigeait à pied vers la Défense. Elle n'avait pas besoin d'intermédiaire, elle allait pénétrer directement chez sa cible. Tout était prêt pour cela. Ensuite, elle aurait besoin de toute la puissance de la Voix, et de sa persuasion empathique et magique afin de contourner l'armure psychique du grand initié...

Alia héla un taxi en maraude, se fit déposer de l'autre côté du pont de Neuilly, au pied de la Défense. Elle évoqua l'enfant bâillonné pour stimuler son courage. Avant tout, elle ne devait pas en arriver à l'affrontement, la balance ne pencherait pas de son côté et ce serait sa perte, elle devait surfer sur les vagues de la fugitive, Cornelia. Sachant cela, « il » lui a donné un atout essentiel, à n'utiliser qu'en cas d'ultime nécessité, la révélation d'un secret tel que Hiéronimus ne pourrait que la croire.

Néanmoins sa mission ne s'arrêtait pas là...

Hiéronimus était encore sous le coup de son entretien avec Klara. Il n'avait jamais oublié la puissance magnétique de son aura, mais les années qui séparaient la femme qu'elle était devenue de l'amante de son passé avaient opéré en elle une transformation qui allait bien au-delà de l'apparence. Elle était restée belle, étrangement jeune malgré le temps passé, mais avec comme la reine des glaces un éclat funeste dans le regard, et il percevait autour d'elle des ombres de velours sombre. Pas étonnant qu'elle soulève autant de fascination sur son passage, elle entraîne derrière elle toute une cour invisible et tournoyante que lui, Hiéronimus, pouvait déceler immédiatement, mais qui restait imperceptible au commun des mortels. Ceux-ci se contentaient, selon leurs affinités et leur niveau de maturité spirituelle, soit de se sentir envoûtés, aspirés et conquis par l'étrangeté de son âme, soit par réflexe de la repousser d'une main en protection devant eux, soit de rester ébahis devant sa classe et sa beauté. Elle ne pouvait laisser personne indifférent.

Il ne se demandait même pas comment elle l'avait retrouvé, il connaissait son instinct, elle s'était simplement laissé guider vers lui, comme par une main invisible – et infaillible. Arthur ne s'y était pas trompé, son irruption avait modifié toutes les ondes de la salle du restaurant, elle avait envahi jusqu'au moindre recoin, dompté tous les regards. Même lui s'était laissé prendre à son jeu, sans chercher la raison de sa présence soudaine.

Tout le monde cherche des alliés, à croire que le mouvement s'est accéléré. Il s'est tourné vers Arthur, et voilà que Klara faisait son entrée sur scène. À quelle intention secrète obéissait-elle ? Elle ne lui avait rien livré de ses propres desseins.

Thomas l'avait alerté, Funk-Romanov s'intéressait à Arielle. Son grand dissident, le prétendant au titre ultime des temps à venir, l'homme qui le haïssait le plus au monde sans doute avait jeté son dévolu sur la fille de Klara, sa protégée secrète. Arielle aurait-elle été moins impliquée s'il ne l'avait pas attirée dans l'arène avec le miroir aux alouettes de l'ORV, comme le suggérait Artus ?

Il ne peut se défendre d'un sentiment de culpabilité vis-à-vis d'elle, même s'il est persuadé qu'elle n'aurait pu échapper à son destin en restant à Venise. Il l'a, il est vrai, plongée au cœur du maelström en l'attirant à Paris où se joue cette partie décisive, mais il n'ignore pas que d'une manière ou d'une autre elle avait déjà sa place sur l'échiquier… Dans le contexte actuel, elle bénéficie, en plus de sa protection, de celle des psychics, de Dante et de Balthus. Et il lui a donné un atout supplémentaire, puisqu'elle a un aperçu de la situation là où elle se serait retrouvée prise au dépourvu.

Il a une autre raison de se sentir mal à l'aise. Klara lui a habilement soutiré des informations sur l'ORV, et sur l'affaire en cours, qu'il aurait été plus judicieux de garder secrètes tant qu'il n'avait pas une idée plus précise de son rôle dans la cour du Dragon. Ses questions au sujet d'Arielle lui apparaissent avec du recul un peu trop pressantes et précises. Elle s'est montrée sincèrement concernée, ce qui aurait dû l'alerter tant ce genre de sentiment lui ressemble peu. Et elle n'a pas prononcé le nom de son préféré, Antoine. Hiéronimus n'a pas résisté au magnétisme de la femme qu'il a tant aimée, il en est même à se demander, maintenant qu'il est sorti de son emprise, si elle n'a pas usé de charmes pour jeter le trouble dans son esprit et parvenir à ses fins. Mais dans quel but voulait-elle ces informations sur Arielle ? Au moment précis où Funk-Romanov cherchait à l'atteindre, Klara resurgit, tous deux convergeant dans les méandres de l'affaire de la jeune morte aux lys… Se pourrait-il que cette convergence ne soit pas aléatoire, mais signe de complicité, deux membres de la Noblesse Noire liés par un pacte venimeux ? Ont-ils un rapport avec sa photo à la croix sanglante ? Avec Cornelia ?

Tout est lié, c'est une évidence pour qui connait les plans de Funk-Romanov et l'émergence de son empire tentaculaire. H cherche le biais, la raison qui pousserait Klara à s'impliquer dans la bataille au côté de son ennemi. La trahison, il l'aurait perçue en un éclair, quelles que soient ses talents pour le mensonge et la dissimulation, et son art de faire prendre à qui elle voulait ses chimères pour la réalité. Le lien créé entre eux était immuable, trop puissant pour ne pas perdurer au passage du temps.

Un bruit infime le fait tressaillir, il reconnaît le souffle caractéristique de la porte de l'ascenseur qui s'ouvre… directement dans son domaine, où nul ne vient sans se faire annoncer. Il scrute le silence, les ondes de pensées qui émanent de l'intrus lui parviennent comme effarées, essoufflées ; il y a de l'anxiété et de la détresse, de l'espoir aussi. Les vibrations sont féminines. Il pense à Arielle, mais non c'est impossible… Pas d'agressivité, pas d'armes et pourtant cette présence inattendue est chargée de toutes les menaces qui se rassemblent depuis des semaines sous la bannière de la jeune morte aux lys.

Il se déplace sans bruit dans l'ombre, l'ombre est désormais son amie qu'il s'est acharné à apprivoiser depuis que sa vision disparaît. Il a reconstruit dans sa tête les moindres détails de son domaine, il connaît les distances entre les meubles, de pièce en pièce, il sait le nombre de pas et les résonances particulières à chaque endroit. Il se glisse dans l'entrée, un souffle apeuré lui parvient suivi de quelques mots à mi-voix, une voix de femme…

— Il y a quelqu'un ? Monsieur Plantard ? Je vous en prie, aidez-moi…

Ce n'est pas Arielle… Première certitude, mais quelque chose dans cette voix fait passer un frisson sur sa nuque… La femme s'est arrêtée, figée par ce qui semble être de la peur.

Il attend, il n'oublie pas que le danger est partout, que les illusions sont multiples, il pense à Diane Cargill. À Funk-Romanov, à la tradition hermétique et à l'idée impériale qui sont devenues les fondements de sa puissance. Aux personnalités multiples.

Lorsque comme un hurlement d'animal la sonnerie du téléphone fait voler en éclat son attention aux aguets, l'ombre de la femme tressaille, se blottit dans un coin sous le miroir de sorcière, retenant son souffle. La sonnerie impérieuse continue, anormalement stridente, dont H perçoit l'urgence. Il se replie dans son bureau, décroche sans un mot

— Nous avons perdu Arielle de Thal…

Il ne demande rien, dit un seul mot et raccroche, allume la lumière… Tout l'appartement s'illumine, les lustres brillent, les reflets de bougies électriques se croisent et se recroisent par le jeu de lumières cachées. Prise au piège des lumières comme une bête traquée, Cornelia le regarde, les yeux écarquillés, la main sur la bouche.

— Ne craignez rien, suivez-moi.

Il avance vers la femme tétanisée, elle regarde effarée autour d'elle l'incroyable décor de légende, comme si elle était arrivée dans un autre monde. H reconnaît cette sidération parfaitement provoquée par l'agencement particulier des lieux. Nul n'y échappe la première fois. Mais aujourd'hui ce jeu ne le fait plus rire, Cornelia n'est pas là par hasard la nuit même où Arielle a disparu. Il la guide avec autorité jusqu'à son bureau.

— Asseyez-vous, un Glen Morangie ne vous fera pas de mal, n'est-ce pas ?

Il verse le liquide ambré dans un verre de cristal taillé sur lequel rebondissent les lumières mouvantes. Il prend son temps, s'il ne voit pas la jeune femme dans ses moindres expressions il la perçoit en profondeur. Pas de double. Il semblerait qu'il ait bien affaire à la Cornelia originale et non à une quelconque extension au travail. Celle-ci se tait, la gigantesque baie vitrée l'aspire vers la nuit lumineuse de Paris, parsemée d'une multitude de lumières… Puis son attention revenue sur les lieux est captée par l'intensité de puissance des objets rares réunis dans l'extraordinaire pièce, elle ne sait plus que regarder, que sentir… Les ondes la submergent, appellent Alia, elle ferme les yeux, un millième de seconde elle s'exhorte de n'être que Cornelia, l'amie de Diane, elle coupe toutes ses autres intuitions d'ailleurs, elle n'est qu'une jeune femme meurtrie à laquelle les extensions magiques sont interdites.

H a senti passer un souffle froid, infime mais il est trop aux aguets pour ne pas en tenir compte. Cette femme a une faille. Il est temps de la sonder.

— Nous allons commencer par le plus simple, qui êtes-vous ?

— Cornelia von Stutz. Nous n'avons pas de temps à perdre, Arielle est en danger.

— Je le sais. Comment êtes-vous parvenue jusqu'à moi ?

Un éclair d'affolement traverse son visage.

— Vous m'avez envoyé ce mot, donné le code de l'ascenseur… je…

Mais plutôt que de continuer ses explications, elle sort un papier de sa poche, et le lui tend, H reconnaît son propre papier à lettres, les armes de sa famille et en majuscules un message écrit à l'encre violette : « Cornelia, je sais ce qui se passe, vos ennemis sont redoutables. Je peux vous aider. » Suivent l'adresse avec des indications précises et le code de l'ascenseur. Ce message l'irrite instantanément, l'écriture ronde de jeune fille de pensionnat religieux, le texte simpliste, un travail bâclé… Il fulmine, son regard noir se tourne vers la jeune femme dont la crédulité l'intrigue :

— Ainsi vous êtes parvenue jusqu'à moi grâce à ce… bout de papier. Je vous écoute.

— J'ai rencontré Arielle de Thal après la mort de Diane Cargill. Diane était mon amie. Mais tout cela, vous devez le savoir sans doute. Après son meurtre, j'ai compris que j'étais menacée aussi, qu'il fallait que je disparaisse. Avant de partir j'ai transmis à Arielle tout ce que je savais. Je n'ai pas pu leur échapper – ajoute t-elle avec amertume. Ils m'ont retrouvée et ils se sont servis de moi pour la piéger… cette nuit. Elle est tombée dans un piège, à cause de moi. Je m'en veux.

— Qui sont-ils ? Vous connaissez vos agresseurs ?

— Je connais celui qui les dirige, Alexeï Funk-Romanov, c'est un homme cruel et dangereux, il se prend pour le futur empereur du monde…

— Où est Arielle ? Chez Funk-Romanov ?

— Non, non, pas du tout, rue Molière derrière la fontaine. Au numéro 24.

— Pourquoi me faites-vous confiance ?

Cornelia soupire :

— J'ai confiance en Arielle et je sais que vous êtes à la tête de l'ORV… J'ai néanmoins beaucoup hésité à venir, quelque chose dans votre message me semblait… bancal, anormal… un piège peut-être. J'ai passé une partie de la nuit dans un bistro à me calmer et à réfléchir… J'en ai conclu que je n'avais rien à perdre à vous faire confiance. Si vous m'avez trompée, je me retrouve dans la position précédente, prisonnière. Si vous êtes de notre côté, je peux vous mener vers Arielle.

H la scrute de son regard d'aigle légèrement voilé, tous ses sens en éveil.

— Continuez…

— Comme je l'ai dit à Arielle, lorsque grâce à l'hypnose Diane et à moi avons compris ce qui s'était passé, nous nous sommes retrouvées seules. Personne ne pouvait nous croire ni nous comprendre, nous étions condamnées à nous taire si nous ne voulions pas passer pour mythomanes… ou folles. Je n'ai pas retrouvé la carte de Dante Ibozu, j'ai dû la perdre ou l'oublier dans mon refuge, dans la montagne, là où « ils » m'ont retrouvée. J'ai pensé aussi à Maxime Cargill, mais il ne répondait pas. Il ne me restait que vous. Voilà.

Elle le scrute avec acuité, avec espoir. Elle se redresse, reprend forme, la peur l'a quittée, le whisky ne tremble plus dans son verre. Elle le lève vers lui et boit, en signe de confiance.

— Voilà tout ce que je sais…

Un moment plus tard, H et Cornelia, conduits par Milo Dragovitch, se retrouvent dans la Bentley grise fonçant dans la nuit, vers le 24 rue Molière.

Alia a réussi la première partie de sa mission, convaincre Charles Hiéronimus Plantard de partir avec elle à la recherche d'Arielle, il s'agit maintenant de l'attirer dans les catacombes où le piège se refermera sur lui, pour le livrer enfin à Funk-Romanov... Tout est prêt pour la grande mystification.

Elle reste aux aguets, elle sent bien qu'avec un personnage aussi machiavélique que Hiéronimus, le fait qu'il ait accepté de la suivre ne signifie pas qu'elle l'ait illusionné. La légendaire perspicacité de H, et sa parfaite connaissance des phénomènes ultra-sensoriels ne lui autorisent pas le moindre écart, aussi les failles infinitésimales et éphémères qui ont traversé sa conscience, appels de Cornelia à reprendre le pouvoir, l'inquiètent-elles : aurait-il perçu une distorsion ? Le fait de jouer le rôle de Cornelia permettait-il à celle-ci d'émerger subrepticement, de lancer un signal subliminal ? Alia s'interdit ces trop dangereuses pensées, elle doit habiter son rôle si pleinement que l'autre n'ait pas la moindre possibilité d'exister. Entrer dans la peau de Cornelia, dans sa structure biologique, son psychisme, dans son âme, dans ses rythmes circadiens, ses souvenirs d'enfance, sa respiration, son souffle... Ses peurs et ses confusions... Si H surprend un trouble, le transformer en mouvement naturel.

De profil, il la perçoit en taches de lumière, blancheur de son long cou mince courbé, éclat de ses mains enlacées sur son visage perdu dans l'ombre. Elle évoque l'image d'une madone en prière, les mains jointes de ferveur devant ses yeux fermés.

Sans dire un mot, tout en conduisant, Milo la surveille du regard, vigilant. Son arrivée par l'ascenseur privé l'a rendu fou de rage, c'est lui qui veille à la sécurité de H, son intrusion est un défi, une impossibilité... Une trahison. Celui qui a trahi paiera, et cette belle jeune femme ne perd rien pour attendre si elle est complice.

VII

Mot de passe : Ruggieri – un hologramme trompeur

Car le lis refleurira sur les monts et les plaines, jusqu'aux extrémités de la terre. Cherchez et vous trouverez. Amen.
Jacob Boehme, *De la signature des choses*

Ruggieri. Le nom qui vient de parvenir à Balthus sonne comme un glas. La tour Ruggieri, l'antre du sorcier de Catherine de Médicis, surgit sur son écran avec tous les relents de son histoire sinistre, des bas-fonds ténébreux qui lui donnent la nausée, mais il s'obstine pour trouver le passage vers les catacombes…

Après une fulgurante triangulation tour Ruggieri/fontaine Molière/pyramide du Louvre, les multiples plans des sous-sols de Paris se superposent vertigineusement, éclairant les connexions entre ces trois lieux. Oublié le souterrain de la fontaine Molière, ainsi que celui du Louvre, dont le passage est sous surveillance accrue, la seule option pour Dante et ses hommes est d'emprunter le souterrain qui s'ouvre sous la tour Ruggieri. De là, un itinéraire compliqué les mènera jusqu'au tréfonds du Louvre. Dante se multiplie, dans l'urgence il convoque plusieurs unités des Forces spéciales, le groupe Intervention du RAID…

— Envoyez-nous tous les éléments disponibles sur Paris, avec le matériel nécessaire pour des voies souterraines dénuées d'éclairage, il nous faut des systèmes de communication qui passent en profondeur… Le Gost est déjà sur le coup.

Balthus l'interrompt les yeux brillants, le Ghost, une unité fantôme ?

— Pas loin, le Groupe opérationnel de soutien technique comme son nom l'indique est le superspécialiste de la surveillance électronique, je leur ai demandé de s'occuper de nos principaux suspects et de surveiller leurs contacts avec Arielle depuis l'intrusion chez elle.

— Mais tu ne nous as rien dit, s'indigne Balthus, qu'est-ce que ça veut dire, tu la surveilles en douce ?

Dante lève les deux mains en l'air

— Mais vous êtes paranos, tous les deux ! Souviens-toi, Arielle était traumatisée, son entrevue avec Cornelia l'avait fait douter de tout le monde, je ne voulais pas risquer qu'elle s'y oppose ; H est au courant bien sûr, c'est lui qui m'a proposé de charger le Gost de cette mission de surveillance et de protection. Crois-moi, Balthus, ce sont les meilleurs dans ce domaine.

— Les meilleurs ? Arielle a été enlevée et ils en savent encore moins que nous... Si c'est ça les meilleurs, on peut se passer d'eux.

— En tout cas, là maintenant, nous n'avons plus le choix. Si Arielle est bien prisonnière là-dessous, il faut mettre tous les atouts de notre côté, et je ne peux pas affronter seul ces malades mentaux en ignorant leur nombre et leurs armes. Alors on ne va pas cracher sur des groupes d'assaut superentraînés, plus ils seront nombreux et dangereux, plus je serai content. Tu vas voir, eux ce sont vraiment les hommes en noir, des bêtes de combat dignes de tes livres de science-fiction.

Balthus s'incline...

— Envoie tes spadassins de l'ombre, ils sont nombreux en bas, je te préviens... Je commence à les sentir malgré leurs protections... Attends !

Il s'éloigne avec son portable, s'assied sur une voiture garée dans la rue, Dante voit s'allumer l'écran, mais Balthus ne touche pas le clavier, il se contente d'esquisser des gestes de la main, de plus en plus vite.

— Thomas... C'était Thomas, c'est bien ce que nous pensions, Arielle était en Normandie, elle est revenue hier soir et a disparu. H leur avait demandé de la protéger, il doit être fou de rage. Tu te rends compte ? Un pool de *psychics*, l'équipe des fantômes du Gost, des voitures de surveillance, et elle trouve le moyen de tous les contourner pour disparaître... Et se jeter dans les bras d'un vieux pharaon, ajoute Balthus.

— Quel bordel, ça s'agite comme dans une fourmilière on dirait...

— Ah, si tu entends des choses bizarres dans ta tête, n'en tiens pas compte, ne te laisse pas submerger, continue sur ta lancée et accroche-toi. Ça va swinger dans les ondes télépathiques cette nuit, mais dans notre sens rassure-toi.

— Ça veut dire quoi dans notre sens ? questionne Dante, intrigué.

— Ça veut dire que les télépathes sont dans notre camp.

Balthus semble énoncer une évidence.

— On n'a pas vraiment le temps maintenant pour que tu m'expliques ce nouveau paramètre, mais tu ne perds rien pour attendre. Dès que nous sortons de cet imbroglio avec la princesse de l'ORV intacte, tu vas me faire un cours sur la guerre télépathique.

— Pas de blem !

— Tu ne descends pas dans les entrailles de la tour Ruggieri, j'imagine ?

— Pas de souterrain pour moi, non. Tu sais bien...

Balthus ne s'excuse pas, il connaît ses limites, c'est comme si on demandait à un poisson d'escalader un arbre. Dante le regarde et comprend :

— OK. Voilà les hommes en noir, ajoute-t-il en voyant les commandos descendre des gigantesques 4x4 les armes à la main. On reste en contact : il tapote le puissant talkie-walkie qu'il a mis dans la main de Balthus...

— Désolé je n'ai pas fini mon cursus de télépathe, c'est toi qui nous guides !

Avant de pénétrer dans la tour, il se retourne une dernière fois vers Balthus statufié.

— Surtout ne bouge pas d'ici, je veux que tu sois le premier à nous accueillir quand nous remonterons de la tanière du Dragon !

Balthus sent bien qu'il plaisante pour masquer son angoisse, mais il veut croire qu'en effet il resurgira en tenant Arielle par la main.

Dante se sent des ailes, des crocs aussi, la sensation de danger aiguise sa rage, il ressent les hommes en noir derrière lui comme son armée personnelle... Ils passent la lourde grille et s'engouffrent dans le souterrain, ils avancent vite mais sans un bruit, leurs pas sont étouffés par des semelles spéciales. Il suit le chemin indiqué par Balthus, ils ont à peu près sept cent mètres à parcourir sous la terre, sept cent mètres de boyaux entremêlés dans la direction des jardins du Palais-Royal, avant d'obliquer vers le Louvre... Ils progressent silencieusement, lorsque le talkie de Dante vibre, c'est Balthus :

— Dante, attention : Arielle a été déplacée, elle n'est plus dans la salle de la pyramide, elle doit se trouver maintenant à cent cinquante mètres de vous, à peu près sous le ministère de la Culture... Et il y a du monde autour d'elle... Préviens-moi quand vous serez arrivés au plus près, je te guiderai.

Dante envoie devant lui une partie des commandos nettoyer l'ensemble des tunnels adjacents à la cible, pour neutraliser d'éventuels obstacles... Il reste en jonction avec Balthus qui tranquillement le guide à travers le labyrinthe, sa voix sereine distille sa grâce jusqu'à l'obscurité suintante des boyaux souterrains. Il suit, hypnotisé, ses calmes directives... Lorsqu'il appuie sur la pierre en saillie, le mur pivote sur un spectacle étonnant, les Inconnus ont décidément le sens de la mise en scène gothique : au centre d'une immense salle voûtée éclairée de multiples cierges, il distingue la silhouette d'Arielle allongée sur une table de pierre, comme illuminée de l'intérieur, presque vaporeuse, flottant rêveusement un lys dans ses mains jointes. Elle a les yeux fermés.

Un immense soulagement le submerge, ils arrivent à temps...

Simultanément d'étranges pensées lui parviennent, ses jambes s'alourdissent, il avance dans un brouillard épais, le monde se brouille à travers ses lunettes à vision nocturne... Tout est perdu, tout est fini, il vaut mieux disparaître, Équinoxe n'existe plus, l'empereur est condamné, il n'a pas transmuté l'eau de la vie, il vaut mieux fuir, des serpents de doutes s'insinuent dans son cerveau, il a l'impression de fonctionner au ralenti. Un temps infini s'écoule où il sombre, englué dans un monde qui n'est pas le sien, des images fantasmagoriques se croisent dans sa tête... Il perd la notion du temps, chavire dans le néant, figé sur place par l'oppression.

Puis aussi soudainement qu'elle était apparue, l'illusion se défait, il retrouve son acuité, son agilité. Diable, Balthus l'avait prévenu, ils y vont fort dans les ondes télépathiques. Vite, Arielle ! Il se retourne vers la silhouette lumineuse, tout à sa hâte de la délivrer, de la saisir, de s'assurer qu'elle respire, qu'elle est vivante... lorsqu'il se passe un phénomène troublant : plus il s'approche de la jeune femme endormie, plus elle lui semble acquérir une subtile transparence. Le doute le saisit, il tend la main vers elle, elle n'est pas plus dense qu'un rêve, qu'une image en trois dimensions... Un hologramme !

Du regard Dante fait le tour de la salle, il repère les rétroprojecteurs et les faisceaux qui convergent vers la forme lumière. Extraordinaire technique, il connaît un peu ce domaine de recherches très pointu. Les hologrammes, éléments décisifs de la future guerre psychologique, font partie des projets secrets de l'armée américaine, le projet Blue Beam en particulier... Ils auraient prévu, entre autres, de matérialiser au-dessus des grandes villes des hologrammes d'OVNIs, histoire de faire croire à une invasion extra-terrestre ! Dante ignore la part de vérité de cette rumeur récurrente, mais il admire l'exploit technologique, sans savoir qu'il n'en perçoit que la partie visible. En effet, la véritable perfection de l'œuvre tient au fait que les vibrations d'Arielle, ses émanations les plus subtiles ont été capturées et intégrées dans l'hologramme, envoyant à tous les médiums son empreinte invisible... C'est ainsi qu'ils ont tous été leurrés.

Dante contemple la fée cristalline allongée sur la pierre, et la pensée de l'Arielle de chair et de sang l'électrise, la rage le saisit, il vise un rétro-projecteur mais une main invisible le retient, une superstition, une crainte, qu'en détruisant l'image il n'atteigne le modèle. Son geste reste suspendu, mais lorsque H surgit dans la pièce et se fige devant la scène étonnante, sa fureur jaillit :

— Un hologramme ! On s'est tous faits avoir par un hologramme ! Vous, vos foutus *psychics*, Balthus et moi...

Hiéronimus semble aussi saisi que lui, momentanément éjecté de sa sphère de toute-puissance. C'est Cornelia/Alia qui l'a introduit dans les souterrains qui courent sous les jardins du Palais-Royal, à travers l'entrée dérobée du 24 rue Molière. Il réalise à présent la dimension diabolique du plan de Funk-Romanov, un piège pour l'attirer vers un ersatz d'Arielle et le capturer. Il frémit à l'idée de ce qu'il lui destinait, la mort du roi pour s'emparer de ses pouvoirs. Grâce au ciel, il avait prévu le premier mouvement et le processus d'annihilation des forces ennemies. Dès qu'il avait senti les vibrations hostiles le cerner, il avait envoyé le signal, les *psychics* s'étaient mis en processus *Intel* et les ondes télépathiques avaient réduit à néant les motivations de l'ennemi. L'emprise desserrée, il avait suivi le signal, laissant Alia désemparée derrière lui. Il avait vite compris qu'elle appartenait à l'ennemi : malgré la perfection de son implication, l'imbrication de ses mémoires l'avait trahie en de brèves éclipses. Il attendait qu'elle se découvre, elle l'a pris de court. Dès qu'elle a senti le vent se retourner contre elle, elle s'est enfuie.

Là-haut, assis près de la tour Ruggieri, Balthus suivait toutes ces péripéties. Lorsque la flamme qui le guidait dans le monde d'en bas s'est subitement éteinte, il a su qu'un événement grave avait eu lieu, qui tenait à l'essence même de son amie. En une seconde toute trace d'elle s'était volatilisée, elle s'était éclipsée dans le néant, comme aspirée par un trou noir... C'était impossible. Il ferma les yeux pour calmer le flux d'informations qui lui parvenaient par vagues désordonnées : Dante, H, le fantôme lumineux d'Arielle, les télépathes, les ennemis, les spadassins noirs... La déception amère de Dante et les vaines recherches de ses hommes dans les détours des souterrains. L'abandon. Ils émergèrent en ordre dispersé de la tour Ruggieri comme s'ils fuyaient l'enfer, traînant leurs prisonniers avec eux... Dante et Hiéronimus apparurent enfin, le visage défait. Balthus ne chercha pas à les questionner, il se contenta de leur diffuser silencieusement l'espoir qu'il n'était pas sûr de ressentir lui-même.

Ils revenaient les mains vides, avec l'écœurante impression d'avoir été illusionnés. Ils avaient pris quelques petits pions, mais la dame blanche était toujours prisonnière et sa trace perdue.

Le petit jour se lavait doucement des scories de la nuit, l'épuisement des dernières heures leur tomba dessus, brutal et amer. Ils restèrent tous les trois sans parler un instant, unis par les mêmes pensées, tandis que les énormes 4x4 noirs disparaissaient dans les voies souterraines des Halles.

Pendant ce temps un *lear jet* atterrissait dans un petit aéroport désaffecté près de Bâle…

VIII

Arielle et Funk-Romanov – Le roi et la déesse

Une élite est une veine, une veine précieuse, mais une veine seulement : il faut d'autres veines et il faut que toutes convergent, bien que seule la veine centrale, la plus cachée, se ramifie royalement, et, tout en se cachant, en s'enfonçant, domine.

Julius Evola 1958

Un rayon de soleil vient me réveiller, tout n'était qu'un rêve, me voici de retour dans ma chambre à Venise. Je m'étire avec une intense sensation de liberté avant d'ouvrir les yeux… et de découvrir un décor inconnu digne d'un roman d'Huysmans ou d'Edgar Allan Poe, la chambre écarlate ! Tendue de velours grenat des murs jusqu'au dais souple qui encadre l'immense lit aux multiples oreillers et édredons dans lequel je me prélasse, vêtue d'une chemise de nuit de soie grège, brodée d'un ravissant motif art and craft de feuilles et de fleurs… J'ai l'impression de sortir du hammam, comme si de douces et intransigeantes mains orientales m'avaient frottée, poncée, massée et enduite de crèmes langoureuses. Mes cheveux ont suivi le même traitement, ils coulent sur mes épaules comme de souples fuseaux, avec un lourd parfum de musc.

Est-ce un rêve dans le rêve ?

De l'enfer au paradis, ou plutôt au harem médiéval, me voici préparée comme la houri qui va être présentée au sultan, même mes mains ont subi le traitement ultime, mes ongles rutilent comme autant de gemmes écarlates, ils semblent assez satisfaits de ce traitement inédit. Le croissant de lune incrusté dans mon pouce a disparu sous les couches de vernis sanglant, je ne sais que penser de tout cela… Je m'étire, des barreaux sombres barrent la fenêtre qui domine la vue vertigineuse d'une plaine lointaine, cernée de hautes montagnes. Une sensation de déjà-vu s'impose, que je ne parviens à relier à aucun lieu en particulier. Les Vosges, Méribel, Megève, les montagnes se superposent sans rien me livrer. Le domaine de H dans les Alpes de Haute-Provence ? Sauvée du sacrifice par le maître de l'ORV ?

J'ai beau scruter le paysage, je n'ai jamais eu le sens de l'orientation ni des repères. La fenêtre s'ouvre et des odeurs grisantes de montagne, sève des sapins et âcreté des fleurs sauvages s'enroulent autour de moi. Merci, mon ange, même si je me sens un peu prisonnière, j'aime bien cet endroit... Mais à peine avais-je exprimé cette pensée que son envers me parvient comme un boomerang, des images abruptes et sinistres jaillissent, je me sens aspirée vers les profondeurs où se trament des choses ignobles. Cet endroit n'a rien de sain, rien de clair, rien de vrai. Me voici au centre du Mal. La sensation passe, violente et fugitive...

Comment suis-je arrivée ici, ma vie va d'éclipse en éclipse, on profite de mon inconscience pour me déplacer d'un endroit à l'autre, comme une pièce sur un échiquier, c'est un peu humiliant... Mes derniers souvenirs remontent à cette pièce au noir abyssal où je me suis réveillée après la trahison de Cornelia. Je me souviens y avoir fait un rêve :

J'étais allongée sous des voûtes de pierre dans ce lieu où les embaumeurs égyptiens préparent les corps à l'au-delà, enserrée de bandelettes comme une momie. Des gens circulaient autour de moi sans me voir et je savais que je n'étais pas morte, bien que des canopes répartis autour de moi contiennent mes organes embaumés. J'émergeai de ce corps et me retrouvai au pied du pharaon, où il me confia en quelques phrases fulgurantes le sens du monde. Toutes mes interrogations n'avaient plus lieu d'être.

Je me disais : Je ne dois pas oublier, je dois me souvenir, mais ces mots si précieux, si fondamentaux s'effilochèrent comme ils savent si bien le faire en rêve. Je n'en gardai que le goût exaltant, la lumineuse ouverture sur des espaces infinis auxquels je serais reliée depuis l'éternité. Les mots, les mots humains qui me permettraient de résoudre l'énigme de l'existence se sont escamotés. À moins qu'ils n'appartiennent à une langue oubliée que l'on ne saurait décrypter qu'en un monde onirique, comme la langue de combat d'inspiration divine que Stanislas utilisait pendant l'exorcisme pour proscrire les démons. Curieusement il me reste de ce rêve une sensation d'espace infini, traces cosmiques lumineuses liant les galaxies entre elles…

Quelle heure peut-il être ? Le soleil est déjà haut dans le ciel et je déteste l'idée de m'attarder en chemise de nuit, si somptueuse soit-elle. Je me sens trop vulnérable. Mais à part une robe de chambre en soie assortie, je ne trouve pas le moindre vêtement, les portes sculptées du seul placard de la chambre sont fermées à clé, la porte aussi. Prisonnière, comme la femme de Barbe-Bleue, je me penche à la fenêtre, quelques tourelles me confirment que ma prison appartient à la catégorie des geôles médiévales, j'espère ne jamais en connaître les oubliettes… Vœu pieux en ces temps où les bas-fonds connaissent un tel regain d'activité. La seule route visible ne poudroie pas le moins du monde, on dirait que le piège s'est refermé sur moi sans que mes appels parviennent à Balthus. Comment ont-ils pu me soustraire si facilement à l'attention de mes amis ? Par quel sortilège suis-je arrivée dans ces montagnes ?

Je fixe intensément la vue, dessine intérieurement la place de chaque massif montagneux, les situe les uns par rapport aux autres, puis je passe en mode émetteur… J'ouvre le sommet de mon crâne pour envoyer les pulsions vers l'extérieur, puissants faisceaux dirigés vers une cible privilégiée : Balthus. Inlassablement, je lui envoie en boucle les clés des lieux qui m'entourent. J'élargis mon esprit le plus loin possible cherchant à m'accorder à lui, je sens les ondes concentriques issues de mon cerveau s'élargir pour transcender les dimensions et l'atteindre. Le temps et l'espace se courbent…

Le bruit d'une clé dans la serrure m'arrache de la transe.

Dans les yeux de l'homme qui s'approche vers moi, je retrouve l'obscurité de la crypte, mais leur éclat vert n'a pas la même intensité que dans l'ombre de la chambre mortuaire, dans les lumières de la fête de Rançay ou dans l'intrusion de la route de l'église. Ils sont plus opaques avec une nuance de bleu, me semble-t-il. Je ne ressens ni colère ni ressentiment, seulement une intense curiosité. Alexeï Funk-Romanov se présente, enfin un nom à mettre sur son visage entraperçu, il avance dans la pièce, tel le seigneur en son château, vêtu d'un très élégant costume sombre orné d'une pochette de soie rouge, ses cheveux aux reflets métalliques parfaitement lissés, très dandy des années 1930. Le nez un peu long, une cicatrice pâle traversant son sourcil droit pour se perdre dans ses cheveux, son visage respire la morgue et la tranchante certitude de sa supériorité. À nouveau, comme à Rançay, je reçois l'image glacée d'un officier nazi... Il me fait signe de m'asseoir dans un petit canapé écarlate, prend lui-même place dans un fauteuil au dossier tarabiscoté, et sans plus d'explication entre dans le vif du sujet. Intriguée mais patiente, je remets mes questions à plus tard.

— Bienvenue dans mon royaume, Arielle, commence-t-il en me dévisageant avec acuité, regard que je lui rends sans baisser les yeux. Je me présente : Alexeï Funk Romanov. Même si mon nom vous est inconnu, vous n'êtes pas là par hasard. Vous faites partie d'un vaste dessein, d'un projet sur le point d'aboutir, destiné à restaurer ce monde en décadence.

Il se lève, porté par sa vision. Sa haute silhouette se déploit, envoyant à contre-jour une sensation d'ombre incarnée, d'autant plus sombre que le soleil rayonne autour de lui. Il poursuit d'un ton de prophète.

— Le siècle dernier a coupé les hommes de leurs racines spirituelles, il les a fourvoyés dans le matérialisme, et les hommes se sont laissés dévorer. Ils vivent au milieu des ruines de la société traditionnelle, coupés de leurs intuitions et de leurs pouvoirs. Les aspects supérieurs de l'âme sont niés, le sexe a perdu son essence divine, il se résume à de vulgaires échanges de fluides et de gestes... Peu importe, car ils sont le troupeau aveugle ! Seule compte l'élite. Vous et moi, ensemble nous pouvons transcender la sexualité et lui restituer son pouvoir mystique, nous pouvons rendre à ce monde perverti sa dimension sacrée.

Nous y sommes, serait-ce la clé de mon enlèvement, le vieux concept de l'union sacrée? Mais comment le relier à la mort de Diane et au mythe de Diana? Trois femmes, trois destins qui convergent mais de quelle manière? Les questions fusent dans ma tête, tandis qu'Alexeï arpente la chambre comme un tigre, dont il possède la puissance animale. Je me surprends à éprouver une sorte d'attirance magnétique... que je m'empresse de combattre. Cet homme est manifestement inspiré, comme le sont souvent les déments et les démons, il n'en est pas moins dangereux et malsain.

— Je sais que vous pensez comme moi, Arielle, j'ai tout lu de vous. Vous déplorez la perte des repères et stigmatisez l'involution des hommes qui, faute de reconnaître leurs racines célestes, sont descendus dans la fange de l'infra-monde.

— Mauvaise interprétation, le repris-je agacée, je ne méprise pas ceux que vous appelez le troupeau aveugle, et je n'ai jamais stigmatisé personne, ni appelé fange cette troisième dimension. Ne m'associez pas à vos discours méprisants. Ce que j'ai exprimé, c'est mon espoir que les hommes renouent leurs liens avec le divin, qu'ils renversent les veaux d'or, mais je suis loin d'adhérer à votre vision nihiliste globale.

— Allons, Arielle, un peu de sincérité, m'assène-t-il violemment, regardez cette masse abrutie, ces drogués de la télévision et de l'argent, qu'espérez-vous d'une humanité qui n'imagine même pas qu'il puisse exister des principes supérieurs?

— Qu'ils retrouvent leur mémoire perdue, qu'ils se réveillent, répondis-je avec conviction. La masse est désespérante, je le concède, mais de nombreux individus sont prêts à ouvrir les yeux et à rêver d'un changement de paradigme. Vous savez comme moi que tout a été fait pour réduire leur conscience et les bercer d'illusions hypnotiques, afin d'en faire les dociles et aveugles outils du pouvoir en place.

Dingue cette histoire, je me retrouve en train de discuter politique avec l'homme qui me retient prisonnière, en chemise de nuit, dans une chambre écarlate où je suis arrivée sans savoir comment. Une sorte de sidération s'empare de moi, tandis qu'Alexeï poursuit avec une exaltation contenue.

— Seul un organisme politique qui s'emparera du pouvoir pour restaurer les grandes traditions européennes, et renverser les institutions actuelles corrompues et dégradées pourra permettre un changement de paradigme.

— Alors là, vous tombez très mal.

Je me lève à mon tour, agacée par le tour que prend cette conversation, et me dresse devant lui.

— Je ne crois pas à une énième prise de pouvoir, Toutes les utopies, les socialismes, communismes, pseudo-démocraties, totalitarismes ne créent qu'une alternance ponctuelle et finissent de la même façon. Dans l'injustice. Je n'ai rien à voir avec votre logique fasciste.

— Je connais vos convictions, Arielle, mais sachez qu'elles procèdent de votre ignorance d'un ordre des choses qui agit bien au-delà du visible.

L'éclat métallique de son regard s'intensifie, il serre le poing. Une brutale angoisse me serre le cœur, je contemple mes mains comme si elles ne m'appartenaient pas. Une force étrangère m'exile hors de moi-même, en un ailleurs où je flotte, incertaine. Je murmure, m'accrochant aux mots comme ultime recours :

— Mais au nom de quoi tenez-vous tant à m'associer à votre croisade ?

— Vous êtes associée à notre croisade, comme vous le dites si bien, parce que le changement annoncé par toutes les prophéties est sur le point de se produire, et dans le rôle crucial qui m'incombe au cours de cette transition, vous êtes liée à moi, au nom de la lignée. Que vous le vouliez ou non.

Que nous parvenions dans la phase ultime que dépeint Jean de Jérusalem, je commence à le croire, et cet homme appartient sans nul doute à *l'Ordre noir et secret*, à la mouvance de l'antéchrist annoncé plus qu'à la nébuleuse lumineuse d'Artus. Comment pourrais-je ne pas ressentir les pouvoirs de cet homme ? Il joue avec moi, boit mon énergie et sape mes forces tout en continuant à développer le concept de l'union sacrée du roi et de la déesse. Je reprends de la distance à la pensée des rituels sadiques qui ont mené à la mort de Diane…

Mais ses paroles malgré moi s'inscrivent... Je lui serais prédestinée, selon une inéluctable et ultime nécessité d'union mystique excluant toute forme pervertie de sentiment amoureux. Nous sommes bien au-delà d'un sentimentalisme déplacé, destinés l'un à l'autre depuis des temps immémoriaux. En somme, je représente, pour une raison qui m'échappe – pourquoi moi ? – la déesse qui s'unissant au prince fait descendre en lui le principe sacré qui seul lui permettra de devenir roi.

Je suis son Graal, en quelque sorte...

Toutes les légendes indo-européennes racontent la même nécessité initiatique : les rois n'accèdent au pouvoir sacré qu'en passant par le couple, l'alliance avec la femme divine est la seule véritable clé vers la royauté. Une alliance transcendante apte à transmuter l'homme en roi. C'est un point qui m'a toujours passionnée, que les hommes aient besoin de la bénédiction de la grande déesse, par l'intermédiaire d'une de ses vestales, pour accéder à la divinité. Aussi le discours d'Alexeï ne me surprend-il pas. Ce qui m'étonne, c'est que je sois cette femme qui le fera passer du côté des dieux. Sans moi pas de sacré, pas de sacre, pas de royaume. Il y a pourtant suffisamment de princesses en Europe dont les lignées plus prestigieuses que la mienne auraient mieux convenu à son projet impérial. À moins qu'il ne s'agisse d'une alliance en sous-main de dynasties secrètes, celle des Romanov qui court par une voie souterraine jusqu'à Alexeï, comme il le prétend, et celle de ma mère dont je ne connais pas les origines lointaines... Ces pensées me traversent l'esprit en un éclair, tandis que le futur empereur continue sur sa lancée.

Il s'agit de récupérer la force de mon sang – allusion comme je le pensais à la lignée maternelle – et probablement sa puissance magique qui transite à travers moi incognito. Je me retrouve l'otage d'une métaphysique du sexe quasi évolienne... Serais-je donc destinée à m'unir à un homme que je n'aime pas, dans la logique de la chaîne lésionnelle familiale, comme ma mère Klara a été contrainte d'épouser Hector de Thal ? Qu'ils ne comptent pas sur moi pour prolonger les erreurs du passé, les schémas morbides des générations précédentes… J'échapperai aux griffes de cet héritage, j'en prends la ferme décision.

— J'espère que je ne suis pas la seule candidate au titre de déesse…

Le pouvoir transformateur de Vénus, cette phrase me revient à l'esprit ainsi que toute la scène qui l'accompagnait. Il y a très longtemps, j'étais allée chez un médecin, j'ai oublié pourquoi, mais je n'ai pas oublié le piano à queue dans le clair-obscur d'un grand salon où, après sa consultation, il m'a joué un morceau envoûtant. Je restais debout, saisie de l'étrangeté de l'instant; lorsque les dernières notes se sont éteintes il s'est tourné vers moi et m'a dit: *Vous avez le pouvoir transformateur de Vénus…* La phrase est entrée en moi comme une flèche et ne m'a plus jamais quittée, je la retrouvais de temps en temps pour tenter de percer son mystère. Me voilà face aujourd'hui à une interprétation inquiétante. Serait-ce le pouvoir de la déesse qui transmute le chef en roi, par la magie de leur union sexuelle?

Alexeï Funk-Romanov a repris sa place dans le fauteuil tandis que je reste debout devant la fenêtre, je l'écoute, et ses paroles ont la densité des légendes et des grandes sagas mythologiques. Je contemple les nuages qui se pressent à l'horizon tandis qu'il me précise ce qu'il attend de moi, une sorte de perfection accompagnatrice, la beauté au réveil, une totale dédication à sa cause, il me dépeint la compagne idéale de son rêve de pouvoir. Génial.

Me sentant lointaine, et désireux sans doute de me montrer tous les atouts de son jeu, il me décrit l'ampleur cosmique de son royaume présent et futur… Quand il aborde le chapitre des essaims de jeunes guerriers psychiques qui se sont répandus partout dans le monde pour renforcer le réseau séculaire des Forces impériales, je reçois l'image d'Équinoxe telle que Mullins me l'a transmise. Cher vieux monsieur, je suis sûre que ce qui se passe ici vous passionnerait… Alexeï poursuit:

— Notre centre de télécommunication n'a rien à envier à celui des Invalides, Nous utilisons les systèmes les plus perfectionnés; plusieurs satellites nous permettent d'espionner le monde entier. Nous avons des antennes dans tous les lieux stratégiques, au cœur du Vatican lui-même, auprès du dalaï-lama, au sein des gouvernements... Nous sommes un État à part, invisible, incrusté dans toutes les strates du pouvoir mondial. Vous n'imaginez pas notre puissance. Nous avons infiltré les multinationales, les *preachers*, les grandes organisations caritatives... Tous les décideurs de la planète !

Alexeï semble particulièrement satisfait de lui-même et de son extraordinaire organisation, à juste titre s'il n'est pas totalement mythomane. Il revendique l'héritage d'un ordre planétaire – *l'ordre noir et secret ?* – qui parvient au moment de son dévoilement, l'heure serait venue de donner naissance à une organisation politique dans la grande tradition occidentale. L'Empire.

Me voilà au cœur de la problématique de ce nouvel empire, derrière lequel je pressens de sombres et vastes machinations. J'ai cette impression encore confuse qu'Alexeï ajuste son discours pour me toucher. Il appuie sur les zones sensibles : perte de la spiritualité, destruction du divin en l'homme, prophéties de fin d'un cycle. Mais je sais ce que peut cacher ce genre de discours, l'intolérance, le cynisme et quantité de perversions de la pensée. Mullins me parlait de satanisme. Que dissimule-t-il derrière sa mégalomanie soi-disant lumineuse, sa quête mystique, et quel est son rôle dans la mort de Diane ? Je ne pose aucune de ces questions qui m'habitent, j'apprends à contrôler mes impulsions et à accompagner ses paroles pour qu'il m'en livre le plus possible. On dirait qu'il considère qu'au-delà de quelques réticences de détail, mon adhésion lui serait acquise d'emblée, comme un droit divin qu'il posséderait sur moi. Il s'adresse à moi comme à son *alter ego*, inconscient de mon altérité et de ma propre détermination.

Je sais soudain à qui il me fait penser : Christina ! Un cas pathologique plus courant qu'on ne le pense... Elle s'était persuadée qu'il existait un lien amoureux intemporel, plus fort que tout, entre elle et un membre de la communauté russe de la rue Daru. Sans que rien ne se soit passé entre eux, elle inventait leur histoire au fil du temps, interprétant le moindre geste et la moindre intonation pour les inclure dans son grand schéma romantique digne de Roméo et Juliette, puis elle était passée au stade du harcèlement, intimement persuadée avoir vécu une grande histoire d'amour avec lui alors qu'il ne lui avait même pas tenu la main. Rien n'aurait pu lui enlever de l'esprit qu'ils étaient faits l'un pour l'autre, un peu comme Alexeï avec moi, dans sa certitude que je partage corps et âme son grand destin. C'est l'archétype du pervers narcissique, on appelle aussi ce processus érotomaniaque le syndrome *Dracula*, amusant en l'occurrence, non ?

... D'une façon sournoise et progressive, les ondes changent autour de moi, mes molécules subissent une étrange mutation, je deviens une autre que j'aurais oubliée...

Alexeï m'aspire dans son aura.

La chambre respire et m'entoure de tièdes effluves, je me tourne vers lui... Il se lève, les mots disparaissent et son regard ardent me transperce d'une émotion voluptueuse. Il pose la main sur mon épaule, la chaleur de son contact à travers la soie fait fondre au creux de mon ventre un étrange trouble, mes seins gonflent malgré moi, toute distance s'abolit... Mon cœur s'affole, une douceur incroyable m'ouvre les lèvres. Manifestement Alexeï perçoit cette tempête de phéromones qui me percute, tel un tsunami, d'une sensualité étourdissante. Je me sens prête à fondre dans ses bras, à me livrer sans condition...

Une ultime défense se lève en moi, de mes lèvres alanguies par une trouble sensualité jaillit une phrase incontrôlable :

— Et Diane ? Quel est son rôle dans ce grand avènement ? L'offrande à la déesse ? Vous lui avez tranché la gorge, arraché le cœur. Qu'avez-vous fait de son bébé, vous l'avez égorgé aussi pour boire son sang ?

Au fur et à mesure que les mots sortent de ma bouche je redeviens moi-même, l'étrange envoûtement cesse et Alexeï perd son pouvoir. Le fauve triomphant disparaît au profit du manipulateur d'esprits. Ciel, j'ai failli m'y laisser prendre. Je m'éloigne vertigineusement de son emprise. Le rejet est brutal, je vois le choc dans ses yeux, mes questions sur Diane l'irritent, je viens de gâcher un moment unique. Il s'écarte, me répond sèchement :

— Chacun son rôle, celui de Diane était programmé depuis l'origine. Les rituels demandent du sang, des sacrifices et cela depuis la nuit des temps…

— La princesse Diana aussi ? Tout était prévu, jusqu'à sa mort accidentelle dans le tunnel de l'Alma ? Mais qui êtes-vous pour programmer le destin de ces femmes, vous vous prenez pour des dieux ?

Il me dévisage avec une sorte de rage courtoise avant de me donner sa version des faits.

— Lady Di est en train de grandir en puissance grâce au sacrifice qui lui a donnée sa dimension divine. Comprenez bien que l'essentiel est ailleurs, la vie humaine n'est qu'éphémère, ce sont les projections de cette vie dans la trame de l'Histoire qui importent. La mort sublimée est une promesse d'éternité. Vous ne semblez pas saisir que la substance même de notre nature, notre essence, est dans le sang. Le sang qui coule dans nos veines, le sang répandu, offert, partagé. Le sang qui nous rend immortels… Nous sommes nés pour tuer, pour répandre ce sang précieux. Regardez ce que font les hommes, ils vont de massacre en génocide et, dès que la situation s'y prête, égorgent hommes et animaux avec la même indifférence de prédateurs.

Dans ses yeux brillent des éclats de ténèbres, il poursuit sur un ton de confidence empoisonnée.

— Dans notre société occidentale civilisée, les hommes s'empêchent de ressentir l'envie de meurtre, consubstantielle à leur condition humaine, ou bien si la pulsion devient trop forte, ils sont contraints de l'assouvir dans le secret. Ils ont perdu les rituels, la véritable sacralisation du sang versé, l'extraordinaire lien créé avec la divinité lorsque la vie offerte s'écoule avec le sang. Le moment où, grâce à nos rites immémoriaux, l'âme stupéfaite est capturée alors même qu'elle émerge du corps… pour nous nourrir de sa flamme individuelle. L'exquis moment où elle devient nôtre pour être passée par le sang et la douleur où, tel un fluide nourricier, l'énergie transmutée bascule dans nos ombres.

Il se tourne alors vers moi et son visage ne me paraît plus tout à fait humain :

— Et plus la victime est pure, plus elle est innocente et forte dans sa lumière, et plus grande est la volupté de la saccager, plus précieux est l'éclat d'âme que nous lui volons. C'est pourquoi les enfants sont des victimes privilégiées, qui doivent être choisies en fonction de plusieurs critères. Un jeune garçon blond aux yeux bleus est une victime parfaite, une offrande absolue aux puissances démoniaques. Vous connaissez l'effet des rituels, leur puissance dévastatrice, source de pouvoirs médiumniques et clairvoyants, n'est-ce pas ?

Horrifiée, sidérée, je vois une expression énigmatique transformer le visage d'Alexeï, comme le soir au château de Rançay entre Wladimir et Dante. Il semble grandir, il se déploie, prend une densité inconcevable, je retrouve cette impression que donnent les dieux des BD de Bilal, qui concentrent la puissance reptilienne de Sumer.

— Nous sommes des dieux...

Il a un sourire chaleureux, puis son visage passe en un kaléidoscope vertigineux par toute une palette de sentiments, joie, cruauté, défi, tendresse, triomphe, désespoir, férocité... il change vertigineusement d'apparence, un aigle me toise de son regard perçant, se transforme en taureau aux cornes effilées qui se métamorphose en lion rugissant. Il reprend quelques secondes un visage humain pour affirmer à nouveau :

— Des dieux...

... Et il n'est plus là, sans que je sache s'il s'est évaporé sur place ou s'il a ouvert la porte pour sortir...

Monsieur Mullins m'avait prévenue, les rescapés d'Équinoxe sont de redoutables psychopathes aguerris à toutes les techniques du contrôle mental, de l'hypnose et de l'illusionnisme. Ils sont aussi adeptes de magie noire. Je réalise à cet instant que tout ce qui m'a été révélé sur le sang et les lignées tendait à me donner des protections pour ce moment, probablement prédestiné aussi, de la confrontation avec le monstre.

Désormais j'ai vu son vrai visage, il ne pourra plus m'illusionner. Tout ici me fait horreur, il faut que je sorte de ce piège avant que les fantômes de ma famille reviennent me hanter, car si fou que soit Alexeï, il faut croire qu'un lien existe entre nous à travers ma sombre famille maternelle… Le secret qui entoure ma conception et ma naissance prend une dimension nouvelle, proche du dévoilement. Ne serai-je qu'un pion ? Comme Diane, comme lady Di peut-être, dans une trame immense dont la finalité m'échappe ?

Soudain dans le silence effaré qui a suivi la disparition d'Alexeï, je perçois un frôlement à la porte, le bruit d'une clé dans la serrure, ai-je droit à une nouvelle visite de mon diabolique prétendant ? Stupéfaite, je vois une longue silhouette se glisser dans la pièce, la mèche sur les yeux : Maxime ! Et vertigineusement l'évidence me saisit, mais bien sûr, je suis en Suisse, au Drachenhorst, dans le repaire des reptiliens aux armoriaux peuplés de dragons et de serpents, ce lieu hautement sécurisé qui fut l'une des premières étapes de notre enquête sur la mort de Diane Cargill… Ce lieu dont je suis repartie si mal à l'aise, avec la trouble impression de liens indéfinissables qui prenaient leur source au plus loin de mon enfance. Ce lieu où Dante avait repéré un véritable arsenal de sécurité, où les dernières technologies sont mises au service des plus sinistres traditions. Au Drachenhorst où nous étions passés à côté du Mal.

— Vite, préparez-vous, je vais vous faire sortir d'ici.

Son regard me supplie de me dépêcher, je le sens habité d'une détermination désespérée, je veux le croire. Un immense soulagement me saisit, il me tend une pile de vêtements dans laquelle je reconnais ceux que je portais quand je me suis présentée au 24 rue Molière, soigneusement lavés et repassés. Maxime se tourne vers la fenêtre pendant que je me change dans la salle de bains. Mes pensées se catapultent, mais je ressens l'urgence dans sa voix…

Chut !

Il pose le doigt sur sa bouche et m'entraîne dans le couloir jusqu'à une porte un peu plus loin, il l'ouvre vivement mais sans un bruit ; nous nous retrouvons dans un petit salon bleu octogonal, cernés de méchants portraits d'ancêtres qui nous suivent de leurs regards aigris. Maxime fait glisser un panneau qui découvre un escalier, nous nous y engouffrons, tandis que derrière nous l'issue se referme sans bruit. Il me chuchote de retirer mes chaussures, nous devons descendre dans le plus grand silence. Alors commence une plongée interminable par ce minuscule escalier à vis, vers les profondeurs du Drachenhorst. Mon cœur bat la chamade, les marches sont glacées, j'aimerai tant poser à Maxime les questions qui se bousculent, mais il réitère son geste sur les lèvres, me condamnant à un mutisme absolu. Nous parvenons enfin à un passage voûté qui s'étire interminablement sous la terre, j'ai l'impression que nous cheminons pendant un temps infini. Nous croisons des boyaux obscurs qui s'enfoncent de part et d'autre, au fond desquels je discerne des lumières lointaines, des sons atténués par la distance... Mais alors Maxime me presse, je sens la terreur suinter de sa peau et m'envahir. Les battements de mon cœur s'emballent, ils cognent dans ma poitrine avec une intensité de machine infernale... Quelque chose de funeste rôde dans les profondeurs...

Quelle est donc cette force maligne qui sans cesse me ramène dans les entrailles telluriques de la Terre, le monde d'en bas, alors que je ne rêve que d'envol, de monter là-haut dans l'éther me dissoudre avec la lumière... Depuis si longtemps j'ai fait mien le poème de Baudelaire dont parlait Anna... *va te purifier dans l'air supérieur, et bois comme une pure et divine liqueur, le feu clair qui remplit les espaces limpides...* Que faut-il que je comprenne pour parvenir enfin à me libérer du pouvoir d'attraction de l'ombre ?

Maxime me prend par la main, nous sommes presque arrivés, la porte pivote sur une minuscule pièce éclaboussée de lumière. Une sacristie ? Des vases pleins de lys fanés, des bougies noires à demi consumées et des vêtements religieux brodés dont le motif entraperçu au passage me fait frissonner, une croix inversée entourée de motifs sataniques... Hors d'haleine, bouleversés, nous nous retrouvons dans une petite chapelle, petite mais intense et mauvaise, pervertie par ce qu'ils en ont fait. J'ai la nausée, comme dans la tour

Magdala à Rennes-le-Château. Prise d'une sorte de panique je me précipite vers la porte, je dois sortir respirer… Maxime tente de me retenir, mais c'est plus fort que moi, j'ouvre vers l'air pur et l'enfer s'engouffre en hurlant dans la chapelle…

IX

H, Dante et Balthus : sus au Drachenhorst

... C'est vers l'intérieur que va le chemin mystérieux.
NOVALIS

H raccompagna Dante et Balthus jusqu'à l'imprimerie, ils parlèrent peu, occupés à démêler les nœuds du fiasco, chacun cherchant la faille dans laquelle il était tombé. L'imprimerie avait pris un coup de gris, une sorte de voile obscurcissait ce lieu habituellement si préservé. Son calme se faisait pesant, ses ondes bousculées... Balthus lui-même avait perdu un peu de son éclat.

Simultanément, deux événements se produisirent.

Balthus reçu une vision et le téléphone sonna.

Transposant sa vision sur l'écran, Balthus mit en marche tout un dispositif de reconnaissance topologique... Il se concentra sur les montagnes françaises, suisses et italiennes. Il ne mit pas longtemps à cerner les lieux où Arielle était retenue. Les photos du Drachenhorst se succédèrent, révélant un ensemble de bâtiments dont Dante et Arielle n'avaient décelé qu'une infime partie le jour de leur visite aux Cargill. Manifestement, le Drachenhorst ne servait pas seulement aux réceptions mondaines, ses systèmes de communication et de sécurité se justifiaient pour préserver des secrets autrement plus cruciaux qu'un armorial, il s'agissait d'un véritable QG de guerre pourvu d'un arsenal technologique redoutable. Des hommes discrètement armés, accompagnés d'énormes chiens, circulaient en permanence à l'intérieur des limites du domaine, et d'invisibles barrières magnétiques constituaient des lignes de fortifications mortelles. Les nombreuses caméras devaient être reliées à une infinité d'écrans et la piste d'atterrissage pour hélicoptères était protégée par des hommes armés dans une guérite.

Quand il voulut entrer, il rencontra des écrans psychiques aussi puissants que le béton armé des blockhaus allemands, et plus impénétrables encore que le dodécaèdre magique du ministère de l'Intérieur. L'entrée pour *remote viewing* à l'intérieur des bâtiments lui était refusée. Il lui faudrait un peu de temps pour trouver la faille...

Pendant ce temps, au bout du fil, Maxime dans un état de stress absolu confirmait à Dante la présence d'Arielle au Drachenhorst, et lui indiquait une petite chapelle reliée par un souterrain aux profondeurs des lieux. La seule façon d'après lui de contourner le système de sécurité. Dante s'inquiéta pour Arielle, Maxime se mit à chuchoter. Bien qu'il ait prétendu l'appeler d'un petit village voisin, il semblait terrorisé à l'idée qu'on l'entende. Il promit d'emmener Arielle jusqu'à la chapelle où Dante et ses hommes pourraient la récupérer. Quand celui-ci raccrocha, il avait retrouvé l'élan de l'action. Balthus lui confirma que cette fois ce n'était pas un leurre, Arielle elle-même lui avait permis de la localiser au Drachenhorst.

Ils se tournèrent vers H : comment contourner les lois internationales pour intervenir le plus rapidement possible ? Toute demande officielle entraînerait des jours de délai, pendant lesquels les autres pouvaient déplacer à nouveau Arielle ou pire encore...

Dante connaissait l'arrivée par la route avec le *check point*, et la chapelle que Balthus avait repérée était à la limite, mais à l'intérieur du domaine sécurisé. Il leur fallait des renforts, et quand Balthus leur expliqua la complexité des défenses qu'ils allaient avoir à franchir, H prit les commandes. Le moment était venu pour l'ORV de passer à une vitesse supérieure, technologiquement parlant. Il contacta les militaires. Une bonne occasion de tester des armes magnétiques, des brouilleurs et autres engins de déstabilisation.

Il ne suffisait pas d'avoir les moyens d'annihiler leurs défenses, encore fallait-il le faire discrètement et dans le plus total anonymat. Il fallut la journée entière pour rassembler le matériel, ainsi que les hommes entraînés à s'en servir, à l'aéroport du Bourget. L'avion décolla dans l'après-midi vers Bâle. Il fut dirigé à son arrivée vers un énorme hangar, les portes se refermèrent sur l'appareil encore vibrant.

L'attaque était programmée pour la tombée de la nuit.

La flottille d'ULM, semblables à un vol sombre de gigantesques libellules, parfaitement silencieux, invisible aux radars, parvenant aux limites du domaine du Drachenhorst, envoya une puissante impulsion magnétique qui annihila instantanément les systèmes de surveillance, caméras et barrières électromagnétiques… Se glissant dans l'ombre les *snipers* visèrent d'en haut les hommes armés et leurs chiens qui s'effondrèrent dans les hautes herbes.

Ils atterrirent comme prévu derrière la petite chapelle et se déployèrent selon un plan rigoureux. Si Maxime avait réussi, ils attendaient leur arrivée, Arielle et lui, à l'intérieur. L'adrénaline de l'assaut, l'euphorie d'atteindre enfin son but, la perspective de repartir sur-le-champ avec elle, entraînaient Dante dans un élan irrésistible. Il eut quelques secondes d'hésitation devant le seuil de la petite église, remarqua au milieu du portail de pierre une colonne surmontée d'une flamme, entourée de deux dragons marins gueules ouvertes dévorant leurs victimes… Toujours aussi accueillant, ce Drachenhorst, pensa-t-il furtivement.

Le choc fut violent lorsqu'il ouvrit la porte suivi de ses hommes surarmés, l'odeur d'abord les saisit à la gorge, une puanteur d'abattoir où se mêlaient les remugles de sang et d'entrailles béantes… Dante se sentit percuté par l'horreur, précipité dans des abysses lorsqu'il aperçut à la lueur de bougies noires éparpillées sur le sol ce qui restait d'un être déchiqueté, broyé, une vision infernale sous une sinistre croix noire inversée.

Paralysé par la stupeur, transfixié à l'idée qu'il puisse s'agir d'Arielle, Dante émergea de sa transe et s'approcha des restes sanglant, les yeux embués de larmes.

— Un homme, c'est un homme.

Le militaire était penché sur le carnage, ses simples mots ont sorti Dante du gouffre. Il n'osait encore y croire.

— Vous êtes sûr ?

— Regardez ses cheveux… mâchoire, carrure, taille, je vous assure c'est un homme.

Dante se redressa.

— Arielle de Thal est toujours à l'intérieur.

Le militaire se retourna vers ses hommes, ils se concertèrent avant de contacter les autres équipes :

— Nous entrons en phase deux. Je répète : phase deux. Cible à l'intérieur.

— Balthus, tu m'entends… Arielle n'est pas là. Peux-tu la localiser ?

— Je fais tout ce que je peux, c'est compliqué… Tout ce que je peux te dire c'est qu'elle est dans la maison. Le passage souterrain part de la petite pièce à gauche au fond, au centre du mur. Il doit y avoir une ouverture… vas-y.

Le talkie à la main, Dante s'approcha des placards qui tapissaient le mur, ouvrit les portes, chercha un mécanisme en vain. Des émotions fluctuantes le parcouraient, il fit signe aux hommes :

— Trouvez le passage !

Un instant plus tard, le mur défoncé, ils s'enfoncèrent dans le ventre obscur du Drachenhorst, l'antre du Dragon…

X

La cérémonie de l'union mystique

Étudier la vie mondaine, c'est donc aussi penser le crime sous son autre face, celle de l'assassin. Cet exercice est indispensable pour prendre la mesure de son acte et comprendre comment son indifférence à la souffrance d'autrui a été possible. Le lien étrange entre banquet et sacrifice, banquet et massacre explique en partie cette attitude... Banquet, massacre des autres et consomption de soi ressortissaient à une conception eschatologique du monde qui supposait de prendre son plaisir par la victoire et la destruction de l'adversaire, et sinon de périr à son tour pour maintenir vivant un principe.

Patrice d'Almeida,
La Vie mondaine sous le nazisme

Après l'effroyable scène de la chapelle, ils m'ont transportée évanouie dans la chambre écarlate où j'ai repris conscience, transfixiée d'horreur au plus profond de mon être. Je ne pouvais plus esquisser un geste, les larmes coulaient sans fin, trempant mes cheveux, coulant sur les oreillers... L'atroce vision de l'agonie de Maxime imprégnait mon âme révoltée. La femme est entrée, une seringue à la main, je ne pus même pas protester et tout s'effaça.

Lorsque je revins à moi, par les fenêtres grandes ouvertes me parvenait l'odeur des sapins, je ne pris pas conscience immédiatement d'une présence dans la pièce, trois présences en réalité que je dévisageais avec étonnement, trois femmes debout aux yeux singuliers fixés sur moi. Je remarquais alors les vêtements posés sur les fauteuils de velours pourpre, une longue robe en faille écarlate, et des chaussures rouges aux talons vertigineux... Je réalisais que pendant cette éclipse de conscience j'avais été baignée à nouveau des pieds à la tête et enduite de baumes parfumés, il ne restait plus trace de l'expédition dans les miasmes des sous-sols, plus d'éclaboussures sanglantes ni de toiles d'araignées.

Silencieusement, les femmes m'entourèrent, le regard vide, et sans que je puisse protester, elles m'habillèrent comme on le ferait d'une poupée. J'avais parfaitement conscience de tout, la lumière, le parfum âcre qu'exsudait ma peau veloutée, si loin des fragrances de fleurs et de fruits que j'aime, les mains agiles de ces femmes autour de moi…

Elles sortirent un lourd bijou d'un antique écrin, un dragon d'or et de rubis qui pesait à mon cou… Je ne parvenais pas à réagir, à me dérober à leur détermination intense… Il me semblait qu'un ressort en moi s'était cassé, me laissant aussi morte que ces femmes zombies.

Je me retrouvais debout devant une grande psyché, tandis qu'elles finissaient de me préparer, brossaient mes cheveux, arrangeaient les plis lourds de la robe. La femme du miroir avait peu de chose à voir avec moi. Curieusement, pour la première fois de ma vie, je constatai une ressemblance avec ma mère qui me troubla et m'inquiéta…

Les trois Parques me guidèrent jusqu'à un grand escalier plongeant en longues volées vers une pièce qui me sembla aussi immense que lointaine, d'où montait un brouhaha de voix nombreuses et excitées. Alexeï apparut à mes côtés, me prit le bras et nous descendîmes l'escalier d'une allure royale… Tandis que le murmure des conversations faisait place à un silence singulier, une puissante vague d'adulation monta jusqu'à nous.

Je sais que tout ceci est faux, que ce n'est pas moi, que je refuse de me lier à Alexeï, et pourtant je descends tranquillement les marches au bras du monstre, sous l'ovation d'une assemblée toute de noir vêtue. Par quel prodige vais-je me soustraire à cette emprise ? Mon esprit cherche désespérément des issues, mais il semble déconnecté de ce corps triomphant qui me nargue dans sa robe cramoisie…

Et nous nous retrouvons en train de faire le grand tour des invités, comme pour un rituel de mariage. Alexeï fait les présentations et les noms fameux s'envolent comme des oriflammes et se dissolvent dans ma mémoire… Sauf un, car il a un lien avec ma vraie vie: son visage m'est familier, Mark Moore! Le disparu des catacombes, la petite photo sur le passeport, le fiancé de Rose la gothique! Il s'incline devant moi comme les autres, comment pourrait-il savoir que j'ai descendu à sa recherche les degrés qui mènent aux Nagals?

Deux visages encore se détachent de la foule, Kristof et Wladimir, les revenants de Rançay, viennent chacun leur tour nous baiser les mains, sans que je ne puisse rien exprimer de ma révolte.

La cérémonie se déroule dans des chuchotements qui m'apparaissent comme un bourdonnement menaçant... Je me sens salie, brûlée, déshonorée sous les sourires tordus ou vils, les expressions avides et perverses... Car si cette assemblée présente tous les caractères extérieurs de la bonne société, derrière les masques polis je ressens avec une violence inouïe leur face cachée dégradée...

Seigneur, dans quel piège m'a-t-on attirée? Je désespère de reprendre le pouvoir sur mon corps, de reconquérir la parole et mon libre arbitre, je dois me contenter de suivre cette femme fantoche qui sourit aux uns et aux autres... Comme si elle était une des leurs...

Est-ce cela le secret, je ferais partie de ces gens horribles, ces sans-âme?

Alexeï Funk-Romanov, l'antéchrist de leur Église noire, invite sa sanglante fiancée sous un dais noir et argent. Il scintille littéralement sous l'adulation de la foule. Lorsqu'il lève la main pour arrêter les murmures, le silence se fait de verre... Tout se déroule derrière un miroir derrière lequel je suis prisonnière, et j'ai beau frapper – ding, ding, au secours – nul ne voit que je suis là, rebelle et consciente, refusant tout en bloc de leur mascarade.

— Mes chers amis, nous voici à la phase ultime de notre grand plan. Après des siècles d'existence clandestine à monter nos réseaux, nous allons apparaître au grand jour...

Il fait une pause, parcourant du regard la foule galvanisée, il me lève la main:

— Je vous présente celle qui partagera mon destin, Arielle de Thal!

Le zombie sourit béatement pour moi sous les applaudissements, tandis que je proteste en vain derrière le miroir.

Les flashes commencent à crépiter, les portables brandis clignotent de toutes leurs lumières, acharnés à immortaliser ce moment unique préludant à l'union de leurs souverains. Je cherche en vain dans la foule un visage familier, de l'aide improbable. C'est alors que j'aperçois ma mère, Klara, sibylline et intense, qui me capte dans son aura. Fascinée je ne peux détourner le regard, l'homme à son côté lève son appareil photo et déclenche une série de flashes de lumières stroboscopiques, éclatante phrase musicale. Ces lumières vives percutent directement le miroir qui me retient prisonnière et qui s'effondre en tintinnabulant. Je porte la main à mon front, encore éblouie et incrédule, l'enchantement a cessé. Je suis à nouveau aux commandes de mon corps, je peux parler par ma bouche, mais que dire sous les ovations qui nous font comme une haie d'honneur ? Seule au milieu d'une centaine de fanatiques aux goûts sanglants ? Je les imagine se jetant sur moi crocs en avant, avides de se régaler de mon sang, si j'osais le crime de lèse-majesté d'humilier publiquement leur idole. Je conserve donc le petit sourire idiot de l'autre, attendant le moment propice pour… quoi ? M'enfuir ? Et être rattrapée par les chiens ! Me cacher ? L'endroit doit être truffé de caméras, jusque dans les tiroirs des commodes Louis XVI. Comme ils l'ont démontré avec Maxime, le choix est mince, se soumettre ou mourir. Ou espérer un miracle.

… La couche est vaste. Il semble que, comme la coutume le voulait autrefois au cours de mariages royaux, notre première étreinte, le premier acte vers le sacre, doive se dérouler devant un public. J'ai un élan de pitié à la pensée de ces adolescents royaux tenus à s'accoupler sous le regard impitoyable – et voyeur – d'une clique choisie. On ne me fera pas croire que ces rites étaient innocents, les historiens ont beau les habiller de banalité, ils respirent la perversité. J'en ai la preuve à présent, dans les regards ouvertement concupiscents de ces dégénérés. Je les regarde, désolée de me retrouver là, chez ceux qui se croient au-dessus des lois et des éthiques, chez les officiants de ces dérives spirituelles dévoyées. Toute cette mascarade me déplaît d'autant plus que toutes les pratiques sexuelles libertaires, échangisme, partouzes, sado-masochisme et autres excitations de la libido par la transgression, piment de la sexualité de nombreux humains, ces pratiques me sont aussi parfaitement étrangères que les sacrifices de chair et de sang... Disons que je fais simplement partie d'un monde d'âme différent. Et si j'éprouve une répulsion instinctive, je ne les juge pas pour autant...

À peine cette pensée m'a-t-elle traversée l'esprit que d'un seul élan la foule s'agite, ils revêtent des masques, de dragons et de bêtes cornues, de golems, de loups-garous, de reptiles voraces, de monstres hérissés de cornes et de grelots... En une vague de transmutation inquiétante, la foule a pris les formes démentes de toutes nos peurs et les couleurs de l'Apocalypse... Reptiliens et monstres s'agitent, grandissent, leurs oripeaux noirs tombent à terre. Je comprends brutalement que les visions de Hieronymus Bosch ne sont pas que fantasmes, elles habitent une troublante réalité alternative. Ma marge de manœuvre se fait de plus en plus étroite.

Les trois Parques s'approchent de moi, tenant dans leurs mains une étrange coiffe qui évoque la grande prostituée de Babylone de l'Apocalypse. La phrase surgit dans mon esprit en lettres de feu : ... *Je vis une femme assise sur une bête de couleur d'écarlate... qui avait sept têtes et dix cornes... Cette femme était vêtue de pourpre et d'écarlate ; elle était parée d'or, de pierres précieuses et de perles, et avait à la main un vase d'or plein des abominations et de l'impureté de sa fornication.*

Je ne me sens nullement prête à jouer le rôle de la *mère des fornications et des abominations de la terre.* D'ailleurs il n'y a pas de vase d'or... Je les laisse m'affubler de ces cornes qui ne sont pas sans rappeler les rayons qui couronnent la statue de la Liberté, tout en cherchant obstinément une échappatoire... M'évanouir ? Trop risqué. Hurler, protester, refuser, disparaître ? Disparaître, quel bonheur impossible aujourd'hui... J'aspire à des pouvoirs surnaturels, à la véritable invisibilité, à la domination de la foudre et des tornades, je ne me sens pas l'âme conciliante mais guerrière. Je me redresse, consciente de grandir dans la lumière, des rayons jaillissent de mon chakra coronal, mes épaules se déploient, je me défais de la lourde coiffure, la laissant tomber au sol aux pieds du Minotaure, Funk-Romanov masqué d'une tête de taureau. Les caquetages et autres feulements se sont tus.

Je me sens triomphante, provocante, plus forte qu'eux tous avec leurs tristes appétits :

— Je ne suis pas des vôtres, et je ne le serai jamais... Vous avez perdu vos âmes, vous ignorez ce qu'est la lumière, la beauté et l'amour. Vous tentez de vous les approprier par la sorcellerie, mais vous vous retrouverez les mains vides, aussi vides que vos cœurs. Je refuse de jouer le rôle qu'il m'a assigné – je désigne avec mépris le Minotaure figé sur place – adieu !

Je me retourne vers Funk-Romanov transfixié de rage :

— Vous vous trompez, Alexeï, nous n'avons rien en commun. Et vous avez perdu d'avance, comme l'annoncent les prophéties. Toutes vos victoires ne seront qu'éphémères.

J'aurai aimé trouver des mots plus frappants, qui les auraient laissés transfixiés, ébahis, détruits par le doute, prêts à se convertir à la lumière, mais je n'ai pas le don de la parole ni le talent de l'improvisation ; je leur ai transmis l'essentiel, et maintenant j'aimerais avoir une porte de sortie dans les coulisses.

Fendre cette foule infernale armée de griffes et de becs me terrorise, mais poussée par une incroyable énergie, je joue sans férir mon rôle de déesse outragée. À mon grand étonnement, alors que je pensais qu'ils se jetteraient sur moi pour me mettre en pièces, les masques se bousculent pour me laisser passer, comme si mon simple contact pouvait les réduire en cendres. Devant la porte d'entrée, des gardes aux visages fermés me barrent le passage... et me guident fermement mais sans un mot jusqu'à la chambre écarlate. Je soupire profondément, en m'appuyant contre la porte refermée. D'épuisement et de soulagement.

Le soulagement de décider moi-même de mon destin. Même si je vois mal pourquoi ils m'épargneraient. C'est avec une certaine sérénité que j'envisage le passage par la mort, tant ce qu'ils me réservaient dans cette dimension m'était impossible. La mort n'est pas une fin et j'ai toujours été curieuse d'en connaître les secrets… S'ils me tuent, ils me libéreront de tous ces liens qui me retiennent dans la troisième dimension, et peut-être de l'autre côté retrouverai-je Sam. C'est ainsi que je dois regarder les événements à venir : en changeant d'angle de vision. En me libérant ainsi de la peur viscérale de la mort, flanquée du jugement et de la damnation, que l'on nous a inculquée dans cette terrible culture judéo-chrétienne.

Pour le jugement et la damnation, je les ai depuis longtemps jetés aux orties avec tout leur attirail de menaces et de péché originel. La mort reste un mystère, et comme tous les mystères, elle possède une face effrayante… Pour mon dernier soir peut-être, je contemple par la fenêtre ouverte les lumières de la vallée au loin et je me dis que je ne marcherai plus jamais dans l'herbe pieds nus au petit matin, que je quitterai cette planète sans avoir connu le maelström des îles Lofoten, le cercle mégalithique de Stonehenge et les lignes de Nazca au Pérou…

Je réalise qu'ici et maintenant, au Drachenhorst, je suis tombée dans un de ces mondes parallèles que nous côtoyons depuis le début de l'enquête sur la jeune morte aux lys. J'aurais pu me retrouver dans un labo de manipulation mentale où des médecins déments aux noms de couleurs m'auraient modifiée à l'aide de drogues psychotroniques, d'ondes électromagnétiques et d'électrochocs. J'aurais pu être abductée par des Extranéens pour des expériences transgéniques ou je ne sais quoi encore, mais c'est la mouvance sataniste qui m'a captée et ces gens-là n'ont pas plus de scrupules que les autres. Progressivement, la normalité a disparu de ma vie, on m'a aspirée dans des cercles étrangers – hors du temps et de l'espace – tout cela, loin d'être le fruit d'une psychose, n'est que le résultat d'une réelle expérience traumatique. Diane est vraiment morte, Maxime aussi, et je ne suis pas en train de rêver… À moins d'un miracle je suis condamnée.

Quand la porte s'ouvre, je suis ouverte à tous les possibles, sans pouvoir me défendre d'une effrayante angoisse.

XI

Le pouvoir de la litanie

… Primitivement le double était une assurance contre la destruction du moi, un « énergique démenti à la puissance de la mort » (O. Rank) et l'âme immortelle a été sans doute le premier double du corps…
… Le double s'est transformé en image d'épouvante à la façon dont les dieux, après la chute de la religion à laquelle ils appartenaient, sont devenus des démons.

SIGMUND FREUD

Le ciel de lit en velours pourpre a laissé la place à des arcs-boutants de pierre et je retrouve l'odeur fétide, cette odeur si spécifique aux caves et aux souterrains, subtil mélange de moisissures et de poussière, de champignons et d'eau croupie. En approchant des lumières, des parfums de cire chaude, de musc et de substances nauséeuses s'y mêlent. Au fond de moi monte un gémissement, pourquoi inlassablement me ramènent-ils vers ce deuxième monde obscur qui semble courir sous toute la surface de la Terre, multipliant les dédales et les labyrinthes obscurs. Est-ce là que s'ourdit le monde de demain, la nuit au fond de laquelle nous nous enfonçons sous les yeux rouges du Minotaure, comme le prophétisait Jean de Jérusalem ?

À nouveau j'ai descendu un à un les degrés vers le monde d'en bas, entourée de gardes au regard aussi vide que celui des trois Parques, pour rejoindre les salles souterraines dont nous avions aperçu les lumières flottantes au loin avec Maxime, ces émanations d'un monde terrifiant. Des dizaines de torches vacillantes éclairent une immense salle voûtée de forme octogonale, allongeant les ombres sinistres d'une multitude pressée autour d'un autel… Mes sensations participent du rêve. Je me sens intensément transparente, comme peut l'être un esprit. Chacun des êtres qui se pressent dans la pénombre possède sa propre luminescence qui l'entoure d'une brume irisée. Si je les vois se mouvoir, si je perçois l'éclat de leurs regards, je n'entends pas le moindre bruit, toute la scène se déroule dans un silence sidéral tandis qu'on m'entraîne jusqu'à une colonne surmontée d'une flamme éclatante, la flamme des Illuminatis qui jalonne notre enquête sur la mort de Diane Cargill. Cette colonne, telle une dame de fer, comporte un espace dans lequel ils m'insèrent, littéralement, sculpture vivante dans ma robe écarlate. Mes mains passées dans des ouvertures de part et d'autre, mes chevilles qu'ils cerclent de fer, me voici immobilisée, à leur merci…

… et une certitude se fait jour en moi, le dévoilement d'une partie de l'énigme de la jeune morte aux lys : c'est ici, dans ce sanctuaire octogonal qu'elle a été sacrifiée par ces mêmes illuminés, comme offrande à leurs dieux mais aussi comme symbole du retour aux sources noires, ce qui explique la mise en scène sous le tunnel de l'Alma. La pierre me déchire les poignets comme elle a écorché les siens. Il me semble voir à travers elle, une aura froide irradie de mon corps même, le couvrant d'une pellicule iridescente. Une main invisible me tire les cheveux vers la flamme à l'emplacement du septième chakra. J'ai cette étrange impression de voir les yeux fermés, à travers mes paupières closes, une autre version du réel au ralenti.

Alors me revient, cinglante, l'horreur de la petite chapelle, le corps ensanglanté de Maxime crucifié tête en bas, livré à la meute de mastiffs affamés, mes hauts-le-cœur devant le carnage insoutenable, sous les hurlements stridents des monstres qui se disputaient leur proie. J'ai hurlé, crié, supplié, puis ma voix s'était faite invisible, et des poignes fermes me retenaient de fléchir. Ils m'obligèrent à regarder jusqu'à la fin la scène atroce devenue un cauchemar infini. J'en perdis conscience… Maintenant c'est mon tour. Alexeï Funk-Romanov doit avoir des déesses de substitution. Je plains ces inconscientes.

Une cloche sonne neuf coups sombres qui résonnent comme autant de mises en garde. La bulle de silence éclate, Alexeï jette une invocation que les autres reprennent et répètent, avec toute une kyrielle de noms infernaux que je reconnais au passage, Belzébuth… Moloch… Pan…

Lilith… Bélial… Mammon… Léviathan… Je me retrouve noyée dans leur mélopée inquiétante, au centre de l'attention d'un flot de regards fanatisés. De hautes chandelles noires, symboles de la lumière de Lucifer brillent férocement autour de moi… Les sociétés ésotériques ont le sens de la mise en scène, me dis-je avec dérision, à nouveau la scène centrale d'*Eyes Wide Shut* me revient à l'esprit, Stanley Kubrick n'a rien inventé, je le soupçonne même d'avoir participé à ce genre de cérémonial pour avoir si bien su le décrire.

À gauche de l'autel, qui sépare la colonne qui m'emprisonne de la foule illuminée, une grande chandelle blanche rappelle l'inanité hypocrite de la magie blanche. Me voici au cœur brûlant des rituels évoqués dans des livres que j'étudiais avec passion sans en imaginer l'effarante réalité, ils appartenaient, me semblait-il, à un monde mythique au même titre que les dieux de la mythologie grecque, le Baal de Sumer ou le démon Pazuzu qui m'effraya tant dans mon enfance. Pourtant ce n'est pas un rêve cette fois. Le calice de cristal posé au centre de l'autel renvoie par éclats la lumière des bougies, et un gong commence à résonner derrière les incantations, hypnotique appel aux puissances des ténèbres. Les bouches s'agitent, les pentagrammes oscillent en rythme sur les robes noires des officiants, les deux pointes en haut, et la pointe basse aimantée vers le sexe sacré, symbolisant le matérialisme et la jouissance. L'étoile à cinq branches des satanistes. Le pentagramme de la flamme de l'Alma.

Je tente de dégager mes mains de la gangue de pierre qui me scie les poignets, en vain, plus je bouge, plus la pression s'accentue, impitoyable… Ils sont là, autour de moi, tels des anges noirs, ma mère Klara, Alexeï Funk-Romanov et Cornelia au double visage…

Que fait ma mère dans ce délire ? Je désespère de l'imaginer complice de ces meurtriers, et pourtant ce que m'a révélé mon père de sa nature profonde ne devrait pas m'autoriser à douter. Klara a été élevée dans un monde à part, où les élus règnent par le pouvoir du sang, elle a été consacrée dans la Noblesse Noire et leur appartient.

Pourquoi au fond de moi ai-je pour elle ce désir de rédemption, comme si elle représentait une part de moi égarée appelant au secours ? Sa présence aujourd'hui m'est à la fois espoir et désespoir, la peur de l'inconnu me déchire la poitrine. Mes yeux se bloquent sur les siens, mais je n'ai plus de voix et ses prunelles gardent la froideur des agates. Sans doute n'ai-je pas suivi docilement la ligne que l'on m'avait tracée, comme Diane, comme Diana. Est-ce ainsi, les rebelles doivent mourir ?

Les bouches continuent à remuer sous les regards hallucinés et leur sombre prière résonne comme les roulements de tambour avant l'exécution d'un condamné. Une poigne glacée plonge et me tord le cœur. Je me tourne vers Alexeï, son regard aussi s'est transformé en pierre, ainsi que celui de Cornelia. Trois êtres liés à moi par le sang, la prédestination et l'indicible, devant lesquels je me retrouve déshumanisée. Les incantations funèbres se mettent à grincer comme sous l'effet d'une distorsion, mes yeux se remplissent de larmes non par peur de cet absurde sacrifice, mais pour la profondeur des abîmes au-dessus desquels je me sens suspendue, abandonnée à une effrayante solitude…

Nul ne me voit, nul ne m'entend, mon statut de victime propiatoire m'enlève toute identité, mon sang appartient déjà aux flots noircis déversés depuis des millénaires dans les gorges ardentes de leurs maudits dieux, je ne m'appartiens plus. Mes cheveux se mettent à flotter autour de moi, mes mains se délitent, seule la douleur grandissante dans ma poitrine me rappelle que je suis vivante, encore vivante. Je referme les yeux pour envoyer un dernier appel à Balthus et à Sam. Je les remercie d'avoir croisé ma vie, d'avoir rempli mon cœur. Je ne pouvais pas plus accepter le marché d'Alexeï que de cesser de respirer. L'alternative n'a jamais existé. La mort n'est pas un plongeon dans d'éternels abîmes, je veux le croire. Selon la phrase du *Bardo thödol*, le Livre des morts tibétain : *L'état d'après la mort est semblable à l'état de rêve et ces rêves sont les enfants de la mentalité du rêveur…*

Mon ange va me saisir pour m'emmener dans la lumière, au bout du tunnel…

Hélas ! tout ce que j'ai découvert sur l'envers du monde lève un grand doute dans mon cœur, et l'angoisse me saisit de cet inconnu qui m'attend. La douleur s'intensifie, je dois dépasser l'effroi, machinalement je commence à me réciter la litanie de la peur, telle que ma mère me l'enseigna enfant avec la légende de *Dune*. Je voyais alors ma mère, je m'en souviens, comme la Révérende Mère et diseuse de vérité de l'Empereur, celle qui possède les clés de la vie et de la mort. La litanie surgit de moi, au fond de moi, en une ultime conjuration :

Je ne connaîtrai pas la peur, car la peur tue l'esprit.
La peur est la petite mort qui conduit à l'oblitération totale.
J'affronterai ma peur. Je lui permettrai de passer sur moi, au travers de moi,
et lorsqu'elle sera passée, je tournerai mon œil intérieur sur son chemin,
et là où elle sera passée, il n'y aura plus rien, rien que moi.

Je répète inlassablement ces mots en moi-même comme un mantra tandis que s'apaise la tourmente, il n'y a plus que moi, le reste a disparu…

Soudain je réalise que la mélopée des ombres s'est changée en un *humming* continu aux tonalités menaçantes. On dirait que la foule se rapproche, me cerne, je ne cesse de murmurer en moi-même la litanie lorsque je perçois comme un brusque trou d'air, une suspension de tous les souffles et j'ouvre les yeux pour découvrir Cornelia devant moi, les bras levés tenant dans ses mains jointes comme pour une prière une lame qui scintille à la lueur des bougies… Je vois tout avec une acuité absolue, c'est Cornelia mais ce n'est pas elle, je vois ce regard implacable habité d'une hiératique détermination, la lame brillante et aiguë, et les regards tout autour éclatants de ferveur, illuminés d'une absolue certitude. Klara, le visage déformé de vagues mauvaises, reste étrangement immobile. Cornelia descend son regard vers moi, le diable me regarde à travers elle, je frissonne violemment lorsque quelqu'un pousse un cri. La Litanie jaillit de ma bouche jusqu'alors scellée, comme un défi ultime :

— *Je ne connaîtrai pas la peur, car la peur tue l'esprit...* ma voix s'élève telle une corde lumineuse et les mots s'inscrivent dans l'espace en lettres de feu tandis que se déroule la Litanie jusqu'à *rien que moi.*

Alors, l'espace d'une nanoseconde, l'air se fige, les vagues de haine refluent... Et tout change en profondeur. Le geste de Cornelia s'arrête en plein élan, la voilà comme arrachée d'un songe, je la vois reprendre le pouvoir usurpé par celle qui lui avait volé son corps et exilé son esprit. Ses yeux sont clairs et tristes, elle regarde le poignard dans sa main comme une chose inconnue, puis autour d'elle tous ces regards trop brillants qui la somment d'accomplir son devoir, elle se retourne enfin vers moi et murmure :

— ... Arielle ?

Au lieu de plonger l'arme dans ma poitrine elle s'agenouille pour me libérer les chevilles. Le miracle a eu lieu.

La foule gronde, féroce... Des cris surgissent, des coups de feu éclatent et soudain je ne vois plus ni ma mère ni Alexeï, et tandis que Cornelia m'attire dans ses bras, encore glacée et désemparée, un mouvement de panique parcourt l'assemblée qui s'éparpille, et des hommes en noir portant des armes sombres surgissent à la lumière des candélabres. Dante se retrouve comme par magie devant nous. Figé devant le tableau étrange que nous devons présenter, il me regarde comme si j'étais un fantôme prêt à se dissoudre progressivement dans l'au-delà... J'éprouve la même incrédulité devant son arrivée si providentielle dans le fief des dragons. Je ne peux que prononcer son nom, perplexe :

— Dante ?

Tandis que des larmes d'émotion me remplissent les yeux. Le son de ma voix agit comme un révélateur, il émerge de sa stupeur et me serre contre lui presque violemment, comme s'il voulait s'assurer de ma réalité. Son énergie m'investit, réconfortante, lumineuse, redonnant sa substance à mon corps déserté, tandis que Cornelia me presse doucement la main. La situation s'est inversée si vite que j'ai du mal à croire que ce soit fini.

C'est alors seulement que j'aperçois la statue. Celle que l'architecte avait dessinée sur son carnet en la découvrant dans le sanctuaire de l'Alma. D'une extraordinaire puissance, Ishtar entourée du dragon trônait derrière la colonne sans que je le sache. Si terrifiante et si belle au fond du labyrinthe obscur, comme l'avait prédit Arthur Mullins. Il ne croyait pas si bien dire… Dante suit mon regard.

— Ah, vous l'avez retrouvée, votre statue ! Ne me dites pas que c'est pour elle que vous êtes venue jusqu'ici…

J'essaie de sourire à Dante, à sa piètre plaisanterie. Je n'ai qu'une envie, brûlante, viscérale, retrouver le monde d'en haut, la lumière, ma vie d'avant.

Balthus ?

Là-haut ! Il nous attend… Alors vous l'aimiez tellement ce repaire de dragons pour y revenir secrètement en villégiature ?

Son regard inquiet, hanté, contredit la légèreté de son ton, il scanne l'espace autour de nous, sécurisé par quelques hommes en noir, comme si des diables pouvaient encore surgir… Cette seule pensée me fait chanceler.

J'essaie de faire un pas, mais mes jambes sont deux colonnes de brouillard… Dante me prend fermement dans ses bras au moment où j'allais m'affaisser. Je me laisse faire avec une sensation d'abandon absolu, enfin en sécurité, protégée des ondes maléfiques et des manipulations, je me coule contre lui, tous mes os ont disparu avec mes larmes, revenante d'un autre monde. Mes yeux s'absentent… Klara, je voudrai lui parler de Klara, les mots m'abandonnent.

Pendant ce temps… Klara fuyait par une de ces voies détournées prévues en cas d'attaque. Lorsqu'enfin la litanie de la peur avait défait l'emprise d'Alia, l'arrêtant dans son geste meurtrier et la renvoyant dans sa prison intérieure, l'impassible Klara avait poussé un soupir de soulagement en décrispant la main sur son arme. Elle n'avait pas eu à s'en servir, son personnage restait sans ombre, le plan s'accomplissait comme prévu. Maxime avait joué son rôle, quant à Arielle, elle ne devait pas mourir, elle est préparée depuis toujours à son insu et vient de prouver que sa programmation était efficace. En réalité Alia n'avait pas la moindre chance ne serait-ce que d'effleurer Arielle, elle serait morte avant que son poignard ne pénètre sa cible. Klara n'avait voulu confier à personne le soin de veiller sur sa fille. À l'arrivée de Dante et de sa petite armée, elle s'esquiva tout en gardant à l'esprit l'effrayante certitude d'avoir été trahie qu'elle avait lue dans le regard d'Arielle. Un jour elle comprendrait…

Klara gardait la confiance de Funk-Romanov. Celui-ci, fou de rage d'avoir raté l'enlèvement de Charles Hiéronimus Plantard, alors qu'il comptait lui voler ses secrets et ses pouvoirs, furieux de voir ses plans contrecarrés, avait explosé à la nouvelle de la fuite d'Arielle avec Maxime. Aveuglément, férocement, il avait décidé de la soumettre… jusqu'à son ultime provocation.

Il ne devait pourtant qu'à lui-même l'étrange dénouement, le déconditionnement d'Alia et le réveil de Cornelia. Cet antidote, signal inscrit dans les derniers mots de la litanie de la peur, qu'il avait par pur plaisir esthétique introduit dans la programmation complexe de Cornelia, avait joué son rôle. L'ultime perfectionnement de sa créature s'était retourné contre lui.

Ulcéré à l'idée que Hiéronimus Plantard ait mis la main sur certains de ses hommes, frustré du rejet d'Arielle et du tour imprévu qu'avaient pris les événements, il avait quitté, incrédule, les lieux du désastre. Habité de sentiments contradictoires, il abandonna le Drachenhorst ravagé pour rallier son repaire de New York.

Devant la vue dominant Central Park, il sentit monter l'exaltation orgueilleuse qui le prenait chaque fois qu'il rejoignait l'atmosphère singulière du treizième étage du Dakota Building.

Dans ce lieu mythique, inscrit sur le lieu même du cimetière des âmes perdues des anciens peuples indiens de Manhattan, Alexeï Funk-Romanov respirait avec volupté l'aura sulfureuse qui avait attiré, depuis sa construction, bien des âmes glorieusement noires…

XII

Chacun sa voie

Avoir confiance ne signifie pas s'en remettre aveuglément à un sorcier plus doué que les autres. C'est au contraire apprendre à marcher tout seul, sans l'aide d'un sorcier.

M.C. *Revue des deux mondes*

Je regagne enfin l'aire protégée de l'imprimerie, seule. Je ne sais pourquoi j'ai voulu y revenir avant de me réfugier chez moi, à la recherche peut-être des vibrations d'avant, quand nous poursuivions la vérité sans en imaginer la terrible densité. Un retour dans le passé pour effacer ces derniers jours de cauchemar, je ne sais pas. Je me suis assise dans le fauteuil de Balthus et j'ai fermé les yeux, abandonnée aux ondes bienheureuses dont il l'a imprégné, priant pour retrouver la paix… Une extraordinaire impression de sérénité s'enroule autour de mon âme brûlée, dans un léger parfum d'encens. L'espace s'élargit immensément autour de moi. Lorsque j'ouvre les yeux, la *Madonna Teotaca* m'aspire dans la douceur infinie de son regard, me purifiant des fluides noirceurs qui m'ont imprégnée à mon insu, me rendant mes énergies dans leur intégrité, lumineuses et apaisées. Je suis à Torcello, dans l'enclave magique de la cathédrale Santa Maria Assunta, mes pieds reposent sur le dallage noir et blanc, le bois du banc lisse sous ma main, l'air frissonnant de poussières d'or… le temps s'étire à l'infini Je ne respire plus de peur que le mirage se dissolve…

*

Au même moment, Dante et Cornelia se reposaient dans l'avion privé de H en vol vers New York, les avions de ligne avaient été éliminés pour privilégier leur sécurité, nul ne sachant où étaient passés Funk-Romanov et sa clique.

Arielle retrouvée, les assaillants étaient repartis, les uns par la route emmenant leurs prisonniers dans un fourgon blindé jusqu'à l'aéroport, d'autres avec les ULM furtifs, abandonnant le fief à ses dragons, comme disait Balthus. C'étaient les limites de l'opération, Dante avait bien tenté de pénétrer les défenses de leur centre de communication, mais une nouvelle impulsion, loin d'en ouvrir les portes, les avaient bloquées. Tout le système électronique avait implosé. Pour quelque temps le monstre resterait muet et aveugle…

À peine rentrés à Paris, poussé par Hiéronimus lui-même, Dante avait tout organisé pour confier Cornelia à des déprogrammeurs d'élite. Clarkson les attendait à New York, elle aurait enfin une chance d'inverser la procédure qui avait fait exploser sa psyché en personnalités multiples. Le processus serait long et complexe avant que ne soient enfin réunies ces extensions cachées les unes aux autres, pour leur permettre de se reconnaître et de s'unifier et que renaisse enfin son être dans son intégrité.

Dans l'avion, Cornelia pétillait d'énergie, l'espoir lui redonnait toutes ses forces… Après avoir feuilleté distraitement quelques journaux, elle se tourna vers Dante encore troublé par les événements de la veille, dont les pensées s'égaraient vers Arielle dans sa robe de sang et le moment où, la saisissant dans ses bras, il avait senti tout son être s'abandonner…

Cornelia le surveillait du coin de l'œil, consciente du magnétisme qu'il exerçait sur elle, malgré et peut-être à cause de sa curieuse réserve. Elle n'avait que trop l'habitude de ces regards masculins qui la déshabillaient et la convoitaient trop ouvertement. Avec Dante le jeu serait plus subtil, il lui fallait aller le chercher dans les territoires lointains de ses pensées. Elle se demandait s'il l'avait une seule fois regardée comme une femme, et non comme un cas rare de manipulation mentale. Il était temps de l'attirer dans le cercle de la séduction, un art qu'elle maîtrisait à merveille.

Quand Cornelia posa la main sur la sienne, son contact électrique fit sursauter Dante, puis s'insinua en lui fiévreusement, elle approcha de lui son beau visage sensuel, si proche qu'il sentait son souffle le caresser, puis avec un petit rire le relâcha :

— Je rêve d'un grand verre de champagne, pas vous ?

Ses yeux s'accrochèrent aux siens, il sentait encore la chaleur de ses doigts sur sa peau, et il lut dans ses yeux ce qui allait arriver...

— Champagne, belle dame !

Il remarqua son sourire triste, la perfection gourmande de son teint hâlé et de ses longues mains déliées, il se laissa prendre à l'intensité de son appel. Cornelia ? Après tout je ne suis pas un moine...

Libéré, il se concentra sur elle, ils se parlèrent, se rapprochèrent autant que le permettaient les lieux, sentant monter la tension érotique tandis que d'intenses vibrations passaient de l'un à l'autre.

Comment auraient-ils pu imaginer que parallèlement à leur avion, un jet anonyme se dirigeait également vers New York, et que par une détermination surnaturelle le maître manipulateur et sa victime en fuite allaient se retrouver sans le savoir dans la même ville, à quelques blocs de distance ?

*

Balthus aussi venait de quitter Paris, pour le Sud... Il lui fallait respirer, réparer sa tête sens dessus dessous et ses nerfs à vif après leur épopée franco-suisse et il avait promis à ses parents de les rejoindre dans leur petite maison de Soulatge, comme chaque été... Il allait retrouver ses oiseaux, ses amis ailés, et tous les petits animaux, se ressourcer dans la nature. Enfin une pause, des contacts télépathiques avec des êtres purs.

Il n'en peut plus des humains. Trop de fureur, de haine, de bêtise, de mouvements pour rien...

L'odeur de soufre et de sang du Drachenhorst le poursuit, il a vu de loin l'assemblée se métamorphoser, et si les humains l'ennuient, les reptiliens lui répugnent. Il n'en voit que trop dans ses voyages dans les autres dimensions.

Il pense avec affection à ses amis, Arielle et à Dante, qui n'appartiennent pas au cercle des humains ordinaires, leur proximité affective l'enchante... Il veut profiter de ces quelques semaines pour continuer ses recherches, il rêve de créer un ordinateur fonctionnant avec les acides aminés, une dynamique biologique qui permette de se brancher sur les sphères supérieures, comme lui le fait naturellement par le biais des cristaux de silicium.

Ainsi, par un curieux tour du destin, après avoir concentré les énergies de tous, Arielle se retrouve-elle soudain isolée de ceux qui avaient partagé sa vie, qui s'étaient immiscés dans ses pensées et avait gagné son affection pendant ces quelques semaines de l'affaire de la jeune morte aux lys… comme s'ils s'étaient donné le mot pour la laisser face à elle-même.

*

Pendant ce temps, une animation singulière régnait dans les sous sols des Invalides. Hiéronimus Plantard ne savourait pas sans arrières-pensées sa relative victoire sur Funk-Romanov, car si Arielle était sauvée, celui-ci lui avait échappé. Cependant, dans cette guerre déclarée, il possédait un atout considérable face à son ennemi, les prisonniers. Ceux des catacombes étaient pour la plupart des mediums ; certains étaient de vieilles connaissances, des dissidents qui avaient fui les Invalides pour rallier Funk-Romanov. Au Drachenhorst, leurs prises avaient été moins nombreuses, mais tout aussi intéressantes.

Au plus profond de la forteresse souterraine, Plantard referma derrière lui la double porte sécurisée et fit un code qui verrouilla le long couloir qu'il venait de quitter. Dans ce quartier de haute sécurité, isolé par de nombreux sas, au plus profond du complexe souterrain des Invalides, étaient détenus les cas sensibles. De part et d'autre du passage éclairé en permanence, balayé par les caméras, se succédaient des cellules blindées de plomb, hermétiquement isolées les unes des autres. Aucune onde magnétique ou télépathique ne pouvait passer, ni dans un sens ni dans l'autre. Chaque occupant des cellules portait un casque d'allure futuriste qui diffusait en permanence des infra-sons, des notes inversées ou des vibrations rythmiques obsédantes destinées à créer des distorsions, des ruptures des schémas établis. Leurs yeux cherchaient en vain la pénombre pour s'y cacher, la lumière aveuglante prévenait toute vélléité de sommeil tandis que les sons leur vrillaient le cerveau, et que de souples liens les maintenaient dans l'impuissance du moindre mouvement.

Ils seraient bientôt prêts à révéler, sans même en avoir conscience, tout ce qui était imprimé dans les multiples strates de leur mémoire. Traitres malgré eux.

Pour eux ni procès, ni avocats, ni jugement. Chaque jour des gens disparaissent, que l'on ne revoit jamais, ils seraient de ceux-là.

Une fois réglé le départ de Cornelia avec Dante, H renforça l'invisible surveillance autour d'Arielle. Il sentait celle-ci désemparée, mais il lui appartenait, à elle seule, de reprendre le cours des événements pour les dépasser. Les temps n'étaient pas à la compassion.

XIII

Tsunami sous la voûte céleste

Il semble que le temps de l'innocence soit passé pour l'humanité, bientôt nul ne pourra plus fermer les yeux pour ne pas voir car ils auront les paupières arrachées et le cœur à vif.

NATHAN ABRAMOVIC, *LE SILENCE EXPLOSÉ*, 2001

Je rentre seule chez moi, Milo Dragovitch m'a déposée devant le grand porche vert de la rue Cassette, à la fois troublée et anxieuse de retrouver mon domaine hors du monde. Je monte l'escalier comme si chacun de mes pas devait exorciser l'empreinte de ces derniers jours et restituer à mon être son ancienne forme, les dernières ombres s'effritent et se détachent de mon aura, glissant sur le sol qui est bientôt couvert d'une multitude de plumes noires… Arrivée à la porte j'introduis ma clé dans la serrure avec douceur, saisie d'une étrange appréhension que rien ne soit plus semblable. Et d'une certaine façon c'est vrai. Tout est à sa place, les fenêtres plongent toujours sur le jardin endormi des Carmes, les documents et les livres jonchent ma table de travail, mon iBook dort, les fleurs encore fraîches que je ne m'étais pas résolue à jeter en partant ont éparpillé leurs pétales froissés sur la cheminée, tout est calme et semblable. Et pourtant l'ordre des choses a subtilement changé au moment même où j'ai pénétré dans l'appartement… J'espérais avoir laissé l'obscurité derrière moi, mais il semble que, malgré mon passage dans les ondes purifiantes de Torcello, elle ait imprégné mon essence même et modifié subtilement mon regard…

Au début de l'été j'étais encore dans la lumière de Venise, je me croyais alors aguerrie, capable de jouer entre les dimensions et d'affronter l'inconnu avec insolence. Mais loin d'être de l'insolence, ce n'était qu'innocence. Je savais encore m'émerveiller d'une transparence ou d'un éclat, respirer au vif du hasard, mon armure s'arrondissait doucement à la lumière…

Quand je regarde celle que j'étais, complice bienheureuse et malheureuse d'Anna, je ressens une envie déroutante de tout recommencer, de monter à nouveau sur l'escabeau de la bibliothèque à la recherche du *Protocole* et de laisser sonner le téléphone sans y répondre, changeant ainsi le cours de mon destin.

Ce *Protocole*, ouvert sur la table devant moi, jette sa prophétie comme une arme :

Lorsque commencera l'An Mille qui vient après l'An Mille

L'homme sera devant la bouche d'ombre d'un labyrinthe obscur.

Et je vois au fond de cette nuit dans laquelle il va s'enfoncer les yeux rouges du Minotaure…

Prends garde à sa fureur cruelle,

Toi qui vivras l'An Mille qui vient après l'An Mille.

Les yeux rouges du Minotaure, leur éclat entraperçu me brûle encore l'âme de tristesse… Car ils étaient bien là, au fond du labyrinthe obscur, comme le prédisait Jean de Jérusalem, éclairant de leur lueur venimeuse les méfaits des hommes.

À présent je sais qu'il est certains secrets qui doivent rester cachés. Nous, les humains, ne sommes pas prêts pour l'ultime vérité si nous voulons continuer à dormir tranquilles et à affronter nos défis quotidiens. De l'autre côté se déploient des forces qui nous dépassent.

Où en suis-je de ma quête de connaissance, qu'en est-il de mes certitudes soigneusement élaborées, de l'équilibre entre les forces des ténèbres et de la lumière, du Mal et du Bien, de la vie et de la mort ? Fragiles certitudes que les portes ouvertes ces dernières semaines ont bousculées violemment. Que sais-je sur la mort de Diane, sur ces desseins poursuivis dans les coulisses obscures de l'Histoire, sur ce qui semble hasard et se révèle détermination implacable.

Nous n'avons démêlé qu'une partie de l'écheveau de la jeune morte aux lys. Victime prédestinée d'un complot aux racines millénaires, sacrifiée dans les profondeurs du Drachenhorst, pour être transportée et et exposée sous le tunnel de l'Alma, effet miroir d'une autre offrande aux résonnances planétaires. À lady Di répond Diane, le sang appelle le sang.

Leur destin était écrit depuis des temps immémoriaux, aux bouches avides il faut agapes sanglantes.

Je me blottis dans le fauteuil rouge, ferme les yeux.

Le tonnerre gronde sur Paris obscurci, à moi aussi ils ont pris tout mon sang, me voici transparente. Je contemple le jardin des Carmes, si sombre soudain, et je n'ai plus ni voeux ni désirs, si ce n'est me dissoudre ne laissant qu'une infime empreinte. J'ai froid.

Je me retrouve là, face à des cieux qui s'ouvrent, infinie fenêtre vers les ténèbres ponctuées d'étoiles tournoyantes, et le vertige me prend qui serre le cœur et affole la raison, car je ne peux même plus imaginer ce qui est en train de se ruer sur nous, un gigantesque tsunami énergétique capable de balayer sans retour toutes nos vieilles croyances…

Sur tout cela danse une ultime pensée lumineuse : si Sam est encore là, caché quelque part dans cette dimension, il est temps que nous nous retrouvions… La tribulation que nous avons commencée depuis sa disparition arrive à son point culminant, les contraintes humaines vont disparaître, sa fuite n'aura plus de raison.

Bientôt il sera près de moi, c'est à ce désir que je mesure ma solitude.

FIN

11 février 2011

Remerciements

Je remercie chaleureusement tous ceux qui m'ont accompagnés dans cette aventure, qui ont cru en moi et m'ont soutenue:

Mon mari, Bruno Blanckaert, par sa confiance et ses certitudes, a été la pierre angulaire de ma sérénité pendant ces longs mois, voire années, passés à écrire Il devait venir régulièrement me chercher dans mes espaces imaginaires pour me ramener dans le réel, avec une patience et une compréhension surnaturelles.

Ludivine, ma lectrice préférée, pour son enthousiasme quand je lui ai donné les 200 premières pages à lire, la seule à avoir suivi au fur et à mesure l'avancement des *Temps qui viennent*, qui par sa vision claire et ses conseils précis m'a aidée à ordonner et à modifier des passages importants.

Mon fils Alexandre parce que l'idée de le surprendre un jour est restée sans cesse suspendue dans mon esprit comme une petite lumière.

Justin qui, connaissant mon goût pour l'étrange, m'a introduit dans l'univers singulier de *Tindaro* et de l'Empire.

Antonin qui toujours su me soutenir sans en avoir l'air.

Joséphine pour son regard littéraire perspicace et affectueux.

Jean Mathis et Francis Basset, mes complices de délire sur les aventures d'Arielle et Dante dans la série *Le Treizième Cercle*, avec qui ces personnages ont pris une vraie densité dans mon esprit, et qui m'ont suggéré de faire un livre de l'affaire miroir de l'accident de lady Di, idée qui à l'époque me paraissait insurmontable.

Francis encore, premier fan absolu des *Temps qui viennent* en dehors du cercle familial, pour m'avoir présenté Olivier Delavault, passeur passionné, devenu le deuxième fan et mon intermédiaire avec les éditions Alphée

Antoine Sénanque et ses remarques judicieuses qui m'ont poussée à développer certains passages, dont celui sur l'exorcisme

Jeff et Julianne Manzetti, pour leurs superbes photos, et nos affinités rares sur le sens de la vie et l'ordre caché des choses.

Philippe Meyer, lecteur implacable mais juste.

Une pensée pour Isabelle Canovas-Grunelius, qui m'a dit : « ton livre a changé mon regard sur le monde », le plus beau compliment que l'on puisse me faire !

Muriel Hees, Martine Offroy, Marie Françoise Audouard, Christian Blanckaert, qui ont contribué à répandre le manuscrit des *Temps qui viennent* à travers la nébuleuse des éditions parisiennes.

Claire Nozières qui m'a conseillé de garder mon nom, empreint selon elle « d'exotisme, d'histoire et de glamour », idéal pour le public anglo-saxon.

Peter Roche de Coppens, à qui je n'ai pu m'empêcher de donner un rôle fantôme essentiel dans *Les Temps qui viennent*, tant les moments que nous avons passés ensemble ont été pleins de révélations et de vitamines d'amour.

Olivier M., ami de toujours, au regard visionnaire, guerrier des autres dimensions, qui m'a introduite dans bien des lieux secrets…

Tous ceux, amis du cinéma et d'ailleurs, à qui je racontais avec passion cette histoire qui m'a occupée pendant près de trois ans, et qui me disaient : « j'ai hâte de lire ton livre ».

Enfin et surtout, je ne saurai assez rendre grâce à mon éditeur, Pascal Galodé, pour sa confiance audacieuse, pour avoir compris et apprécié le manuscrit des *Temps qui viennent* et lui avoir donné la chance essentielle d'être édité.

Grâce à l'immense toile du net et aux centaines de sites ouverts sur l'étrange et sur la spiritualité, sur les dernières avancées technologiques et la face cachée de la science, grâce à tous ceux qui œuvrent pour ouvrir les yeux des hommes sur la complexité du monde, *Les Temps qui viennent* ont été en mutation permanente. De ces nombreuses visions et informations, Arielle a faite siennes celles qui entraient en résonnance avec son intuition des mystères de ce monde.

Que ceux qui y reconnaîtront des bribes de leur pensée n'y voient que l'hommage qui leur est rendu.

Quelques sites de prédilection :
http://www.autresdimensions.com
http://terresacree.org/
http://www.newrealitytransmission.com
la mailing list de :
http://fantastiquephoenix.free.fr
http://www.syti.net/BigBrother.html
http://www.nexus.fr/
et pour le Protocole des prophéties
http://joeliah.amie-des-anges.pagesperso-orange.fr/jean.htm
et bien d'autres…

Table des matières

Cet ouvrage a été imprimé
en avril 2011 par

CPI

FIRMIN-DIDOT

27650 Mesnil-sur-l'Estrée
N° d'impression : 105252
Dépôt légal : mai 2011

Imprimé en France